KB146461

남명학파의 문학적 상상력

이 저서는 2007년도 경북대학교 학술연구비에 의하여 연구되었음

남명학파의 문학적 상상력

정 우 락

책을 내면서

조식의 학문인 남명학은 험난한 우리 시대를 위하여 어떤 기능을 할 수 있는가? 이에 대한 대답은 여러 가지로 할 수 있지만 쉽지가 않다. 敬義思想에 입각한 올곧은 정신과 과단성 있는 실천은 추상적인 구호일 수 있고, 그 문하생들 가운데서 미증유의 국난을 극복하기 위한 의병장들이 무수히 나왔다지만 역시 과거의 일로 추념에 그칠 뿐이다. 조식을 조선 선비의 표상으로 삼아 본받고 따르자는 생각도 디지털 기술로 동서가 넘나드는 이 시대에는 요원하기 짝이 없다.

남명학의 시대적 기능을 생각하면서 그 학파를 다시 본다. 남명학파의 몰락을 의미하는 인조반정(1623년) 이후에도 조식의 정신을 계승하려는 움직임은 지속되었다. 일부이기는 하나 노론과 남인을 가리지 않았다. 이 같은 명맥유지는 80년대 민주화운동 등 시대적 현실과 맞물리면서 조식의 爲民意識과 그 문인집단의 실천적 자각과 함께 특별하게 부각되었다. 이후 90년대에는 조식의 사상과 학문이 더욱 정치하게 논의되었고, 이것은 2000년대에 들어 그 학파에 대한 관심으로 확장되기에 이르렀다.

어떤 학파든 내적 통일성이 결여되면 그 학파는 기능을 상실하고 만다.

즉 누가 누구에게 '언제' 배웠는가 하는 것이 문제가 아니라 '무엇'을 배웠으며, 그 '무엇'이 학파 내적 결속력에 어떤 기능을 하는가 하는 문제가 매우 중요하다는 것이다. 문학적 측면에서 볼 때, 조식과 그 학파는 敬義라는 사상내용과 출처의식에 대하여 심각하게 고민하면서 현실에 대한 초월과 참여의 변증체계를 그 작품세계에 드러내고 있었다고 본다. 이것은 남명학의 특징에서부터 남명학파의 개별 작가론, 남명학파의 문학구조를 살피면서 일관되게 유지하고 있었던 이 책의 중요한 문제의식이었다.

학파 내적 통일성을 유지하고 있다고 하더라도 문인집단의 개인적 성향, 시대적 변화, 지역적 相異 등에 따라 그 개별적 성취는 다를 수밖에 없다. 이 때문에 논의 과정에서 통일성이 경직으로 진행되지 않도록 이 책은 문인들의 다양한 문학세계를 충분히 고려하였다. 즉 직전제자인 오건, 최영경, 임운, 정인홍, 김담수, 김우옹, 오운 등과 私淑人인 정경운, 최후대, 하응운 등을 시대적 순서에 따라 배열하고 이들의 다기한 문학적 관심을 자유롭게 논의하였다는 것이다. 이를 통해 우리는 남명학파의 문학세계가 통일성을 유지하면서도 다양한 빛깔로 직조되어 있었다는 사실을 알게 된다.

이 책의 제1부에서는 남명학파를 가능하게 했던 조식의 학문적 특성과 그 학파의 대체적인 규모를 보였다. 먼저 현실에 대한 비판의식이 강했던 영남우도의 역사적 배경, 조식 생애의 변이과정을 거치며 추출해 낼 수 있는 학문적 특징, 나아가 조식의 정신에 내재되어 있는 현실에 대한 초월과 참여라는 이중구조 등을 살폈다. 남명학파의 전체적인 규모는 표를 만들어 간단히 제시하였고, 남명학의 핵심내용이 그 후계자들에게 어떻게 계승되고 있는가 하는 부분 역시 포괄적으로 다루었다. 이후 논의의 토대를 마련하기 위한 조처였다.

제2부에서는 남명학파의 문학이 그동안 어떻게 연구되어 왔으며, 연구자들 앞에 놓인 과제는 무엇인가 하는 것을 검토하였다. 남명학파의 문학 연구는 지금까지의 연구를 모두 합치더라도 이 학파의 종장인 조식에 대한 문학 연구를 그 질량적인 수준에서 따르지 못한다. 정구와 김우옹, 그리고 곽재우 등 특정 문인들을 중심으로 연구되어 왔던 학계의 상황을 돌아보면서 관련 연구자들 앞에 놓인 과제가 무엇인가 하는 문제를 구체적으로 살폈다. 이 책은 이 과제를 해결하는 과정에서 발생한 연구의 성과물들을 일련의 체계를 갖추어 재배열한 것이다.

제3부에서는 남명학파의 문학적 상상력과 그 행방을 다각도로 추적하였다. 오건 문학의 형상원리, 최영경 문학의 미적 체계, 임운 문학에 나타난 淸眞의 세계, 정인홍의 문학비평과 창작의 실제, 김담수의 전쟁체험과 문학적 대응, 김우옹의 사물인식과 경전이해 방법, 오운 문학의 낭만주의적 성격, 정경운의 전쟁체험과 위기의식, 최후대 문학에 나타난 일상성, 하응운 문학의 主靜主義的 세계관 등이 대체로 그러한 것이다. 조식의 직전제자가 중심이 되기는 하였지만 정경운 등 계보를 잇는다고 할 수 있는 그 이후의 문인들도 함께 거론하여 남명학의 후대적 계승이 어떤 양상을 띠는 지를 보였다.

제4부에서는 남명학파의 문학을 단일한 구도로 논의하였다. 이를 위하여 당대 작가들의 문학정신을 먼저 살펴볼 필요가 있어 사물관의 차이가 그들의 문학정신에 어떠한 변별적 자질로 작용하는가 하는 것을 밀도 있게 따졌다. 이에 근거하여 남명학파 문학에 공통적으로 등장하는 문학정신과 현실인식의 이중구조를 살폈다. 이를 통해 우리는 남명학파의 문학에 나타나는 자연탐구와 일상성의 극복, 현실비판과 질서의 회복, 두 지향의 관계론적 의미 등을 두루 살필 수 있었다. 여기서 더욱 나아가 남명

학파 문학이 당대의 사림파 문학과 어떤 상관관계가 있는가 하는 문제를 살펴 한국문학사 안에서 남명학파가 보유하고 있는 문학적 역량이 파악될 수 있도록 했다.

그리고 마지막에는 부록을 추가하여, 남명학파를 연구한 대표적 저작물을 들고 이것에 대한 서평을 실었다. 오이환 교수의 『남명학파연구』(남명학연구원출판부, 2000), 신병주 교수의 『남명학파와 화담학파』(일지사, 2000), 이상필 교수의 『남명학파의 형성과 전개』(와우출판사, 2005)가 바로 그것이다. 이들 저작물은 역사와 철학적 측면에서 남명학파를 다룬 것으로 남명학파의 문학은 물론이고 남명학파를 전반적으로 이해하는데 있어 충실한 안내역할을 한다. 이밖에도 이 책에서는 '남명학파 연구논저 목록'을 실어 남명학파의 총괄적 연구와 개별 작가에 대한 연구가 현재까지 어떻게 진행되어 왔는지를 한 눈에 볼 수 있게 하였다.

이 책은 남명문학의 특징, 남명학파 문학의 연구사적 검토, 남명학파의 개별 작가론, 남명학파의 통일적 의식구조를 순서대로 살핀 것이다. 이를 통해 우리는 남명학파가, 당대 사림파 문인들의 보편적 문학정신과 소통하면서도 특수한 국면의 학파적 결속력을 이루고 있었던 사정을 알 수 있었다. 이 책의 서술체계가 대체로 이러하지만 다음 사안들은 고려하면서 읽을 필요가 있다. 적용된 연구방법론, 남명학파 문학에 나타난 현실 응전력, 재전제자 이후 남명학파의 문학적 전개방향 등이 그것이다. 이를 간단히 보이면 다음과 같다.

이 책에 적용된 연구방법론은 문학작품이 작품 외적 요소들과 어떠한 상관관계를 지니고 있는가 하는 것이다. 작가의 사물관과 문학작품의 소통(김우옹의 사물인식방법과 16세기 사림파 작가들의 사물관), 문학과 사상의 통일적 결합(오건·정인홍·오운 등의 문학사상 및 비평정신), 일상경험의 문학적 형상(김담수·정경운·최후대 등의 문학에 나타난 일상) 등이 대체로 그것이다. 이 같은 방법론은 더욱 계발되고 다듬어져야 하겠지만 남명학파는 물론이고 일반 성리학자들의 문학을 이해하는데 있어서도 여전히 유효하다. 문학의 소통기능에 초점을 두고 연구가 진행되었기 때문이다.

현실에 대한 응전력은 남명학파의 문학에 존재의의를 부여할 수 있는 요소이다. 남명학파의 종장 조식이 그러하였듯이 이들은 노장사상에 대하여 비교적 개방적인 태도를 보이면서도 부조리한 현실을 강력하게 비판하였고, 나아가 대안적 세계를 꾸준히 모색하였다. 최영경이 당대를 나라의 존망과 안위가 달린 시기로 보면서 智愚의 미적 체계를 확립한 것이나, 정인홍의 비평정신에 함의된 절의는 모두 이 과정에서 제출된 것이다. 김담수 문학에 다량 내포되어 있는 위기의식과 국난극복의지 역시 같은 입장에서 이해된다. 오건이나 임운과 마찬가지로 정통 성리학을 깊이 수용하기도 하고, 오운이나 곽재우처럼 낭만주의적 성향을 드러내기도 한다. 그러나 이것은 모두 현실에 대한 응전력을 기르기 위한 남명학파의 문학적 고민과 그 해결과정에서 제시되었던 일 경향이라는 사실을 간과하면 안 된다.

조식의 재전제자와 그 이후의 문학적 전개를 살펴보기 위하여 세 편의 글을 실어 대체적 방향을 알 수 있게 했다. 정경운과 최후대, 그리고 하응운 문학에 대한 논의가 바로 그것이다. 정경운은 정인홍을 부모와 같이 우러르고 神明과 같이 믿었던 북인계열의 작가였다. 최후대는 정구의 제자 최항경의 후손으로 남인계열의 작가였으며, 하응운은 하증의 후손인데 선대가 북인에서 전향한 노론계열의 작가였다. 남명학파의 몰락 이후 이 학파는 다양한 정치적 성향을 띠면서 분화되어 갔다고 하겠는데, 이 세 작가를 통해 우리는 남명정신이 표면과 이면에서 지속적으로 계승되고 있었던 사실을 확인하게 된다.

이 책은 남명학파의 문학에 대한 종합적이면서도 체계적인 연구를 위한 중간보고서적 성격을 띤다. 이 책에서도 일부 시도하기는 하였지만 남명학파를 일정한 계열로 나누고, 이 계열들이 지향하는 문학적 성과들을 다각도로 검토하는 공시적 연구와 남명학파의 문학적 특징이 지속과 변화라는 문학사적 보편성에 입각하여 검토하는 통시적 연구가 동시에 이루어져야 하기 때문이다. 이 책이 처음부터 이것을 기획한 것은 아니라 하더라도 작가들의 특성을 살피면서 시대순으로 배열하여 그 흐름을 파악하게 하였다. 이로써 남명학파의 문학적 역량과 그 지향을 이해하는 데 있어 일정한 도움은 될 수 있을 것으로 본다.

남명학파의 중요한 일원인데도 불구하고 이 책에서 본격적으로 다루지 못한 작가들이 있다. 정구, 곽재우, 성여신 등이 바로 그들이다. 문학에 특별한 장기를 보였던 이산해, 윤근수, 허봉, 권응인 등도 작가론적 측면에서 충실히 다룰 필요가 있다. 우리는 흔히 남명학파의 주요 특징 가운데 하나로 글을 적게 남기고 문학창작을 즐기지 않았다는 것을 든다. '정자와 주자 이후 반드시 저술할 필요는 없다'라고 했던 조식의 말과 결부시켜 그 학파를 이해하기 때문이다. 이것이 사실이라 할지라도 남명학파의 구성원이 한결 같지 않으며 어떤 작가는 문학에 용심하면서 문학사적 측면에서 높은 봉우리를 형성하기도 했다. 이 부분에 대한 연구는 거의 진척이 없어 관련 연구자들에 대한 독려가 필요하다.

이 책은 시간대를 달리하여 꾸준히 써왔던 글을 일정한 체계를 잡아 하나의 구조로 총합한 것이다. 이 때문에 삭제 혹은 추가 된 부분이 적지 않다. 나의 이러한 작업에 교정을 하며 도와준 이는 경북대 문학사상연구실의 손유진 문생을 비롯한 이민경, 이명숙 제생이다. 학문공동체를 이루며 동행하는 이들의 앞길에 축복이 있기를 기원한다. 그리고 나에게 일정한 학술연구비를 지원하여 연구에 박차를 가할 수 있게 한 경북대학교, 적잖은 분량인데도 선뜻 출판에 응해준 도서출판 역락, 진정한 학문세계를 열어 보이며 지속적인 보답을 해야 할 곳들이다.

이 책을 쓰면서 나는 예전에 없었던 극도의 피로감을 느꼈다. 의사의 말로는 간기능에 일정한 문제가 생겼다고 한다. 이를 치료하기 위하여, 한편으로 간기능 개선제를 투여하면서 다른 한편으로 그동안 즐겨오던 惺惺酒를 끊었다. 원고를 넘기고 머리말을 쓰는 지금은 다시 예전의 상태를 거의 회복하여 약은 끊었고 성성주는 곧 재개할 생각이다. 이 같은 일련의 과정을 거치면서 나는 학문과 건강의 아름다운 공생관계를 생각하게 되었다. 남명학파가 나의 건강에 악영향을 미친 것은 아니지만, 나의 건강은 남명학파 문학연구에 일정한 영향이 없을 수 없었다. 강호 제현의 질정을 바란다.

2009년 3월

새학기를 시작하며 정 우 락

목차

제1부 남명학의 특징과 남명학파의 규모

제 2 부 남명학파 문학의 연구사적 검토

제 3 부 남명학파 문학의 상상력과 그 행방

제 4 부 사림파의 사물관과 남명학파 문학의 구조

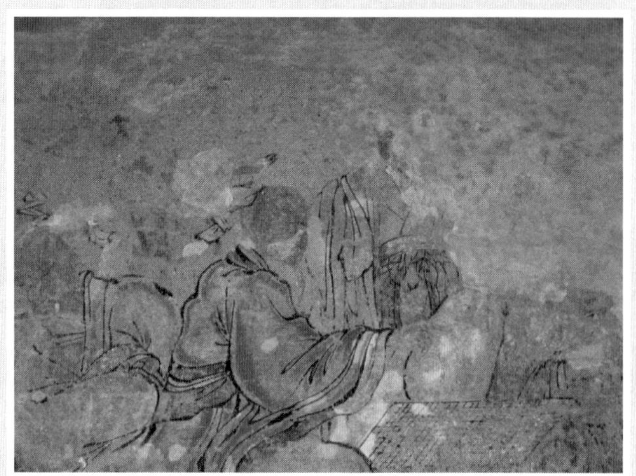

산천재 벽화

제1부 남명학의 특징과 남명학파의 규모

제1장

영남우도의 土風과 曺植의 생애

1. 영남우도의 土風

16세기의 조선 중기사회는 士林들이 새로운 세력으로 성장하고 있었던 시기이다. 이들은 지방에 정치적 거점을 마련하고 유학을 학문적 토대로 하여 향촌의 질서를 잡아나갔다. 지방에 따라 학문적 차이도 드러났으며 학문적 차이는 학파의 형성을 촉진시켰다. 이 시기 경상도에서는 남명학파와 퇴계학파의 성립을 보게 된다. 남명학파가 진주를 중심으로 형성되어 현실을 비판적으로 인식하고 모순된 현실을 극복하기 위해 노력했다면, 퇴계학파는 안동을 중심으로 형성되어 현실을 안정적으로 인식하고 진리에 대한 학문적 천착을 위해 노력하였다. 남명학파의 중심지인 진주권과 퇴계학파의 중심지인 안동권은 낙동강을 사이에 두고 左右

로 나누어져 있으면서 역사적 전통과 자연 환경, 이와 관련된 백성들의 기질까지 상호 대조를 이루고 있어 흥미롭다.

영남우도(강우지역)인 진주권은 변한 지역에서 가야 및 신라에 병합된 곳으로 역대의 왕권이나 관권에 저항하는 사례가 허다하였다. 이에 비해 영남좌도(강좌지역)인 안동권은 진한 지역에서 신라로 발전한 곳으로 고려 태조에 밀착하면서 역대로 중앙정부와 관권에 대한 반항사례를 찾아보기가 어렵다. 그리고 지역의 자연환경과 사람들이 숭상하는 것도 각기 달랐다. 우도가 토질이 비옥하고 육해산물이 풍부하였으며 貴보다 富를 지향한데 비해, 좌도는 토질이 척박하고 토착성이 강하였으며 부보다 귀를 지향하였다. 이 같은 역사적, 지역적 특징과 관련하여 양학파의 종장인 曺植(南冥, 1501-1572)과 李滉(退溪, 1501-1570)은 흔히 비교되면서 논의되어 왔다. 李瀷(星湖, 1579-1624)이 제시한 다음 자료는 그 대표적이다.

> 중세 이후에는 퇴계가 소백산 밑에서 태어났고, 남명이 두류산 동쪽에서 태어났다. 모두 경상도의 땅인데, 북도에서는 仁을 숭상하였고 남도에서는 義를 앞세웠다. 유교의 감화와 기개를 숭상한 것이 넓은 바다와 높은 산과 같았다. 우리의 문명은 여기에서 절정에 달하였다.[1)]

여기서 보듯이 이익은 남도(영남우도)와 북도(영남좌도)를 '頭流之東 ; 主義 ; 山高'와 '小白之下 ; 尙仁 ; 海濶'로 요약하면서 俗尙과 관련한 조식과 이황의 학문경향을 제시하였다. 이익은 여기서 나아가 그 문하생들의 경향까지 언급하였다. 즉 지리산 아래서 출생한 조식은 우리나라에서 기개와 절조로서 가장 높은 위치를 차지하였다고 하면서, 그 후계자들이

---

1) 李瀷, 「東方人文」(『星湖僿說』 卷1 張33), "中世以後, 退溪生於小白之下, 南冥生於頭流之東, 皆嶺南之地. 上道尙仁, 下道主義, 儒化氣節, 如海濶山高, 於是乎, 文明之極矣."

여기에 영향을 입어 정의를 사랑하고 굽히지 않는 독립적인 지조를 지녔다[2]는 것이다. 이에 비해 소백산 아래서 출생한 이황은 우리나라 유학자의 우두머리가 되었다고 하면서, 그 후계자들은 깊이가 있고 겸손하여 洙泗의 유풍을 방불케 한다[3]는 것이다. 이것이 바로 영남의 남부와 북부가 다른 점이라는 것을 힘주어 말했다.

남명학파가 영남우도에 기반해 있으니 여기에 주목할 필요가 있다. 영남우도는 진주를 중심으로 東으로 김해·밀양·청도, 西로 산청·하동·함양, 南으로 사천·고성, 北으로 창녕·현풍·성주 등을 거느리고 있다. 이 지역은 대체로 조식의 영향권 안에 있는 지역들이다. 특히 1452년 河演이 경상감사로 복무하면서 편찬한 『慶尙道地理志』「俗尙」조에는 조식과 가장 관련이 있는 晉州, 三嘉, 金海의 풍토를 적고 있어 흥미롭다. 즉 '强敏富麗崇文好武', '强悍', '强簡力農好學'이 각각 그것이다. 이 지역 사람들이 '강하고', '민첩하며', '무를 숭상하고 있다'는 것에 주목할 만한데, 특히 '사납다(悍)'라는 표현을 하기도 했다. 이 지역이 고려시대 무신집권기와 몽고침략기에 강하게 저항하였고 조선조에 들어와서도 민란 또한 빈발하였으니, 이로 인해 주민들의 기질이 과격하고 현실에 대한 대응태도 역시 비판적이었기 때문에 이렇게 평가한 것이 아닌가 한다.

한편, 이 지역에서 사림파의 선구로 이야기되는 金宗直(佔畢齋, 1431-1492), 金宏弼(寒暄堂, 1454-1540), 鄭汝昌(一蠹, 1450-1504), 金馹孫(濯纓, 1464-1498) 등이 배출되었다는 사실에도 주목할 필요가 있다. 15세기 후반 영남사림의 종장이 되었던 김종직은 밀양에서 성장하였다. 그가 성종의 총애를 받으면서 중앙에서 활약하자 영남우도 출신 문인들이 대거 모

---

2) 李瀷, 「白頭正幹」(『星湖僿說』 卷1 張26), "南冥生於頭流之下, 爲東方氣節之最, 其流苦心力行, 樂義輕生, 利不能屈, 害不能移, 有特立之操焉."

3) 李瀷, 「白頭正幹」(『星湖僿說』 卷1 張26), "退溪生於大小白之下, 爲東方之儒宗. 其流深涵濃郁, 揖遜退讓文彩彪暎, 有洙泗之風焉."

여들었으며, 김종직의 삼대 제자로 거론되는 현풍의 김굉필, 함양의 정여창, 청도의 김일손은 모두 조식이 존경했던 인물이었다. 김굉필의 사적을 적은 책인 『景賢錄』을 읽고 독후감을 쓰거나 김굉필이 갈무리 해두었던 병풍에 발문을 쓰며 그리워한 것도 이 때문이었으며, 두류산을 유람하면서 정여창을 추모한 것도 같은 이유에서였다.

2. 조식 생애의 변이과정과 그 특징

조식은 1501년(연산군 7) 음력 6월 26일 경남 삼가현(현 합천군 삼가면) 토동 외가에서 3남 5녀 중 둘째 아들로 태어났다.[4] 부계는 몰락한 사대부의 집안이었고 모계 인천 이씨는 부유한 공신의 집안이었다. 1572년(선조 5) 음력 2월 8일 지리산 아래 덕산에서 타계하였는데 향년 72세였다. 조식의 선대는 대체로 서울에 살다가 조부 安習에 이르러 합천군 삼가면 板峴으로 낙향한다. 조식의 조부는 무반의 낮은 벼슬로 한미하였으나 아버지 彦亨과 숙부 彦卿 대에 와서 비로소 환로가 트이기 시작하였다. 그러나 아버지와 숙부는 사화에 연루되어 파직 혹은 좌천당하고 말았다. 어머니는 忠順衛 李菊의 딸로 외증조부 崔潤德(1376-1445)은 아버지를 따라 여러 번 공을 세우고 좌·우의정과 領中樞院事 등을 역임하기도 한 인물이었다.

조식은 16세기의 모순된 역사적 현실을 직시하고 거기에 적극적인 반응을 보이면서 자신의 삶을 영위해 나갔다. 조식 생애의 정신사적 변이과정을 이 같은 그의 현실인식에 근거하여 4기로 나눌 수 있다. 수학기

4) '昌寧曺氏族譜'에 의거한 것이다. 그러나 조식이 직접 쓴 「先考通訓大夫承文院判校墓碣銘」에는 7남 4녀로 기록되어 있다. 7남 중 4명은 일찍 죽은 것으로 보이는데, 1女가 더 많은 것은 그 연유를 알 수 없다.

(1세-25세), 모색기(26세-45세), 정립기(46세-60세), 온축기(61세-72세)가 그것이다.

수학기의 조식은 다양한 학문에 관심을 보이며 과거를 위한 공부에 전념했다. 문과에 급제한 아버지를 따라 5세(1505)경에 삼가에서 서울로 올라갔으며, 이후 서울과 端川을 오가면서 四書 등의 유가경전과 함께 천문, 지지, 의방, 수학, 궁마, 관방 등 세상에 소용되는 것이라면 무엇이라도 공부하였다. 20세(1520)에 문과 회시에 나아가 실패하고 자신의 문장수업을 반성하며 다시 공부하게 된다. 25세 되던 해에는 『性理大全』을 읽다가 원나라 許衡(魯齋, 1209-1281)의 출처에 대한 언급을 통해 깨달은 바 있어 爲己之學을 근간으로 한 성리학에 매진한다.

모색기의 조식은 모순된 현실을 직시하며 비판적 현실인식을 가다듬어 갔다. 26세 때 아버지가 돌아가시자 고향 삼가로 다시 내려와 冠洞 선영에 장사지낸다. 이 당시 조식은 합천과 의령의 민중들이 당하는 고초를 체험하게 된다. 30세(1530)에는 처향인 김해 炭洞으로 이사하여 山海亭을 짓고 공부한다. 申季誠(松溪, 1499-1562), 金大有(三足堂, 1479-1551) 등과 교유하면서 학문을 토론하게 되는데, 바닷가에 살면서 왜에 대한 인식을 새롭게 하고 아울러 국토에 대한 애착을 가지게 된다. 모색기에 들어와서도 조식은 과거에 대한 꿈을 버리지는 않는다. 그리하여 명경시(34세)에 나가기도 했다. 시험에 실패하고 37세(1537)에는 현실적 부조리를 생각하며 드디어 과거를 포기하고 만다.

정립기의 조식은 시련을 통해 단련된 자아를 바탕으로 하여 자신의 역설에 기반한 현실주의적 세계관을 정립한다. 조식은 45세(1545) 되던 11월에 어머니가 세상을 떠나자 선영에 장사지내기 위하여 다시 삼가로 돌아온다. 삼년상을 마치고 48세(1548) 되던 해에는 兎洞에 鷄伏堂과 雷龍舍를 짓고 학문을 연마한다. 특히 '雷龍'이라는 당호를 통해서 알 수 있듯이, 초야에 묻혀 지내다 때가 되면 뇌성처럼 소리치고 용처럼 나타난다는 모순된 두 정신을 함께 드러내는 역설적 세계인식을 굳건히 하였다. 벼슬하지 않는 처사였지만 급진적이고 과격한 상소를 올려 부조리한 현실을 비판한 것은 모두 이 때문이었다.

온축기의 조식은 정립된 세계관을 온축하며 제자들을 통해 후세에 적극적으로 전하고자 하였으며, 또한 '敬義'로 요약되는 실천이론을 가다듬었다. 61세(1561) 되던 해 삼가에서 지리산 밑의 德山으로 들어가 山天齋를 짓고 강학하였다. 당호인 '山天'은 『주역』 「大畜」(☶☰)괘의 '강건하고 독실하여 밖으로 빛을 드러내고, 날마다 그 덕을 새롭게 한다'[5]는 말에서 의미를 갖고 온 것이니, 온축의 의미가 여실히 내포되어 있음을 본다. 이 당시 조식은 정립기에 확보한 현실주의적 세계관을 지속적으로 지니면서 그의 실천적 학문경향을 전수하려 노력하였다. 창벽 간에 '敬義' 두 자를 써 두고 제자들을 독려한 것이 그것이다.

조식 생애의 변이과정을 살폈으니 이제 이에 나타난 특징을 살필 차례이다. 조식의 선대는 대체로 서울에 살다가 조부 安習에 이르러 합천군 삼가현 板峴으로 낙향하였다. 조식의 조부는 무반의 낮은 벼슬을 지냈고 아버지 曺彦亨(1469-1526)과 숙부 曺彦卿(1487-1521) 대에 와서 비로소 환로가 트이기 시작하였다. 그러나 연산군의 혼조를 맞이하여 이들의 벼슬길은 순탄한 것이 아니었다. 사화에 연루되어 화를 당하거나 낙향했기 때문이다. 어머니는 忠順衛 李菊의 딸로 자못 부유한 집안에서 자랐다. 특히 이국의 妻父, 즉 조식의 외증조부 崔潤德(1376-1445)은 아버지를 따라 여러 번 공을 세우고 좌·우의정과 領中樞院事 등을 역임하기도 하였다. 조식의 어머니가 남편이 죽자 자녀를 이끌고 친정으로 가게 된 것도 이 같은 경제적 지원을 획득하기 위한 것이었다. 여기에 기반하여 조

---

5) 『周易』, 「大畜」, "剛健篤實, 輝光, 日新其德."

식의 삶에 나타난 특징을 살필 수 있다. 즉 가난한 살림으로 인한 빈번한 거주지 이동, 경제적 · 가정적 · 개인적 불우, 가정 안팎으로 관련된 사화가 그것이다.

빈번한 거주지 이동부터 살펴보기로 한다. 조식은 합천 삼가에서 태어났지만 아버지가 문과에 급제함에 따라 서울(5세 경)로 올라간다. 함경도 단천군수로 아버지가 외임을 맡자 따라갔다가 서울(18세)로 다시 돌아온다. 아버지가 돌아가시자 고향 삼가(26세)로 돌아와 장사지내고 만 4년을 살다가 처향인 김해(30세)로 이주한다. 어머니가 돌아가시자 삼가(45세)의 선영에 장사지내고 16년동안 거기서 생활한다. 그리고 지리산 아래 덕산으로 이사해서 세상을 마치게 된다. 이처럼 조식은 삼가→서울→단천→서울→삼가→김해→삼가→덕산으로 아버지의 직장을 따라, 혹은 경제적인 이유로 외향이나 처향으로 자주 옮겨 다닌다.[6] 다음 자료는 사정의 이러함을 잘 말해준다.

> 남의 집에 살다 보니 날마다 불편한 일이 생기어, 선친께서 계시던 옛터로 돌아가 뜻을 같이하는 향리의 벗들과 함께 지내고 싶은 생각입니다. …… 지금부터는 하루의 일과가 나의 것이 되도록 해야 하겠습니다. 다만 몸을 의지할 계책이 없어 쉽게 뜻을 이루지 못할까 염려스러울 따름입니다.[7]

위의 자료는 김해에서 盧欽(立齋, 1527-1602)에게 보낸 편지의 일부이다. 조식은 여기서 남의 집에 살기 때문에 불편한 일이 많이 생겨 고향인

---

6) 曺植, 「年譜」(『南冥集』, 亞細亞文化社刊 影印, 1982. 168쪽), "先生家勢淸寒, 無以爲養, 婦家頗饒, 於是, 奉母夫人就養于金海." 이하 『南冥集』은 모두 이를 이른 것이며 문집명과 쪽 수만 제시한다.
7) 曺植, 「與盧公信書」(『南冥集』, 35쪽), "方且寓居人家, 日復生梗, 思欲投骨於先人舊土, 以與鄕里執要相隨 …… 從今一日, 作爲吾有, 第恐資身無策未易遂意."

삼가로 옮겨가고 싶다고 하였다. 그리고 거기서 벗들과 함께 학문을 강마하고 싶다고 하기도 했다. 그러나 몸을 의탁할 곳 또한 마땅하지 않았으니 그것 또한 제대로 될 것 같지 않아 자신이 생각했던 진실된 공부를 이루지 못할까 염려하였던 것이다. 이처럼 조식은 아버지의 전근이나 경제적 이유로 인하여 자주 거주지를 옮겨 다녔다.[8] 이 때문에 오히려 조식은 폭넓은 체험을 할 수 있었다. 즉 민중의 생활모습을 제대로 관찰할 수 있었으며, 국토를 새롭게 인식하는 계기가 되기도 했다는 것이다. 서울에서 지방까지, 혹은 내륙에서 해안까지 거주지를 이동하면서 조식은 그의 사유 속에 현실과 밀착된 사상을 키워왔던 것으로 이해된다.

또한 조식의 삶은 대단히 불우했던 것으로 보인다. 가난한 집안에서 태어난 조식은 자신의 일생을 통해 수많은 시련을 겪게 된다. 吳健(德溪, 1521-1574)과 鄭琢(藥圃, 1526-1705)에게 편지를 보내 '바닷가로 가면 온 가족이 통곡을 하고, 산으로 가면 온 집안 식구들이 근심에 잠겨 있습니다. 죽을 날이 멀지 않은 이 늙은이가 자신을 돌이켜보고 싶지만 그럴 만한 곳도 없습니다. 오직 천명만을 기다릴 뿐입니다.'[9]라 하면서 자신의 불우를 강하게 토로하고 있다. 김해나 삼가 할 것 없이 온 집안사람들이 근심에 싸여 있을 뿐만 아니라 자신을 돌이켜 볼 겨를도 없는 급박한 심정이라 하였다. 하늘의 명령만 기다릴 뿐이라 하면서 어찌할 수 없는 자신의 삶을 비통한 심정으로 돌아보고 있다. 조식의 이 같은 불우는 그를 관념적 유희에 빠지지 않게 하는 역할을 했다. 철저히 고뇌하면서 현실을 바라볼 수 있었다는 것이다. 조식의 불우는 그의 현실주의를 따지는

---

8) 士族들은 妻鄕이나 外鄕으로 거주지를 자주 옮겨 다녔다. 당시 가산 상속이 철저한 子女均分制였기 때문이다. 처가 또는 외가가 있는 곳에는 妻邊과 母邊財産이 있었던 것이다. 李樹健, 『嶺南學派의 形成과 展開』, 一潮閣, 1995. 193쪽 참조.

9) 曺植, 「與子强子精書」1(『南冥集』, 33-34쪽), "之海則一家喪哭, 之山則一室抱憫, 身濱於死, 雖欲自反而無地, 唯自待天而已."

데 있어 대단히 중요한 요소로 작용하기 때문에 좀 더 세부적으로 살펴보기로 한다. 경제적, 가정적, 개인적 불우가 그것이다.

조식에게 있어 경제적 불우는 심각한 것이었다. 사실 조식은 일정한 생업이나 봉록 없이 일생동안 처사의 신분으로 살았지만 통혼관계에 의한 재지적 기반은 결코 무시할 수 없었다. 즉 어머니의 집안과 아내의 집안이 자못 부유하였으므로 토지와 노비 등을 수수하였다는 것이다. 그러나 조식은 만년으로 갈수록 심한 경제적 곤궁을 느꼈다. 「答仁伯書」에 '이 늙은이는 자신의 일도 제대로 못하는데, 어찌 감히 남에게까지 미치겠습니까? 다만 공(金孝元, 1542-1590)이 나를 깊이 생각해 주는데 나는 집이 빈한하여 아무것도 공에게 줄 것이 없으니, 참으로 부끄러워할 일입니다.'10)라고 한 것을 미루어 보더라도 우리는 그의 가난을 쉽게 짐작할 수 있다. 그리하여 金大有(三足堂, 1479-1551)는 조식의 경제적 불우를 염려하여, 조식에게 해마다 곡식을 보내주라는 유언을 남기기도 했던 것이다. 이에 조식은 「辭三足堂遺命歲遺之粟」을 지어, '劉道源 역시 司馬光에게 받지 않았고 胡康侯도 죽을 때까지 가난을 말하지 않았다'11)며 거절하였다.

가정적 불우는 항상 조식을 따라다녔다. 경제적 불우는 조식의 가정적 불우를 예견한 것이었다. 가난할지라도 가족이 모두 무고하면 불우하다고 할 수 없겠으나 조식에겐 이 같은 사정이 허락되지 않았다. 가족의 질병과 죽음은 그에게 커다란 고통으로 육박해왔기 때문이다. 申季誠(松溪, 1499-1562)에게 전한 글을 보면 '집안이 망해가는 것을 앉아서 지켜보고만 있는 처지인지라, 항상 죽는 것만 못하다고 생각한지 오래입니다. 어

---

10) 曺植, 「答仁伯書」(『南冥集』, 39쪽), "老夫不任自家, 曷敢及人耶? 第承深眷, 家寒無以相寄, 方可羞也."
11) 曺植, 「辭三足堂遺命歲遺之粟」(『南冥集』, 14쪽), "於光亦不受, 此人劉道源. 所以胡康侯, 至死貧不言."

머니의 병환은 끊이질 않고, 처의 병세도 더욱 심해 피눈물을 밤새 흘립니다. 훌쩍 먼 곳으로 달려가고 싶지만 그렇게 할 수도 없고, 그대를 만나고 싶은 마음 항상 간절하지만 늘 그러질 못하고 있습니다. 일마다 참으로 고통스럽습니다.'[12]라 하고 있다. 조식은 여기서 '泣血終宵'라고 하였다. 어머니와 아내의 병으로[13] 인한 고통을 극대화한 표현이라 할 것이다. 설상가상으로 아들 次山의 병마저 날로 심하여 조물주의 처분만을 기다리다가[14] 결국 조식이 44세 되던 6월에 차산은 아홉 살의 나이로 요절하게 된다.[15] 그 후 盧欽에게 편지하여 '나는 죄가 쌓인 것이 더욱 커져서 몇 달 사이에 朞年服과 功服을 입을 사람이 네 명이나 세상을 등졌습니다. 나 자신도 이 세상에 살 날이 얼마나 되겠습니까?'[16]라며 자신의 비통한 심정을 토로하기도 했다.

개인적 불우 또한 조식은 극복해야만 했다. 조식의 개인적 불우는 과거의 실패, 신병, 비난 등을 들 수 있을 것이다. 조식은 사마시의 초시와 문과의 초시에 합격(20세)하지만 사마시의 회시는 포기하고 문과의 회시에는 나아갔으나 실패(21세)한다. 그 후 향시에 합격(33세)하였으나 명경시에 다시 실패(34세)하고 만다. 사정의 이러함을 생각하며 조식은 스스

12) 曺植, 「與申松溪書」 2(『南冥集』, 32쪽), "坐作亡家之物, 恒不如死之久矣. 母病猶未絶, 妻病侵尋, 血泣終宵. 雖欲奮身遠走而未得, 欲奉君侯恒切而恒未果焉. 事事眞堪痛也."

13) 曺植, 「與申松溪書」 3(『南冥集』, 32쪽)에 '老母前患瘧證, 往來未絶'이라고 한 것을 보면 조식의 모친 병은 학질이었던 것 같다.

14) 曺植, 「與申松溪書」 3(『南冥集』, 32쪽), "兒病爲日苦久, 一俟司命者處分" 南冥은 이어서 '한 가정이 일 년 동안 하는 일이 이 같은 병치레 이외에는 다른 것이 없다'고 하기도 했다. "一家終世所業, 此外無他矣."

15) 이 때 조식은 아들의 죽음과 자신의 불우를 생각하며 칠언절구 한 수를 남긴다. 「喪子」가 그것이다. 曺植, 「喪子」(『南冥集』, 20쪽), "靡室靡兒僧似我, 無根無蔕我如雲. 送了一生無可奈, 餘年回首雪紛紛."

16) 曺植, 「與盧公信書」(『南冥集』, 35쪽), "僕罪積愈大, 數月來期功化者, 四人, 身亦在世, 能幾時耶?"

로 '지난 오십 년의 세월을 벼슬길에 나가는 데 모두 허비했다.'[17]라고 하기도 했다. 한편 조식은 9세에 큰 병을 앓았으며,[18] 장년에는 두통으로 괴로워한다.[19] 이 두통은 만년에 현기증으로 이어져 방안에 편안히 앉아 있다가 자신도 모르게 쓰러지기도 하고,[20] 갑자기 눈앞이 깜깜하여 땅에 주저앉기도 하고,[21] 그리하여 결국 선조의 제사에 가서 절을 할 수 없는[22] 지경에까지 이른다.

이 밖에도 조식은 1568년에 일어난 소위 晉州淫婦事件[23]의 배후인물로 지목되어[24] 비방을 듣게 된다. 이 때문에 成運에게 '죽음이 임박한 나이에 만사가 모두 끝났습니다. 조용히 눈을 감고 관 속에 들어가야 하는데도 규문에서 생긴 화가 우리 집안에까지 미치게 되어 이름이 供狀에 나오게 되니 상하로 비웃고 의논하는 사람이 한 둘이 아닙니다.'[25]라고

---

17) 曺植, 「與盧公信書」(『南冥集』, 35쪽), "從前五十年日月, 盡沒於官."
18) 曺植, 「年譜」(『南冥集』, 167쪽), "先生有病, 方危殆, 母夫人, 憂形於色."
19) 曺植, 「與申松溪書」 3(『南冥集』, 32쪽), "僕之頭病, 隨日侵加."
20) 曺植, 「答慶安令守夫書」 2(『南冥集』, 32쪽), "植邇來眩證甚劇, 燕坐一室, 悶然仆席者, 日再."
21) 曺植, 「與成大谷書」 5(『南冥集』, 38쪽), "然僕則眩證轉劇, 或時怳然仆地, 食不知味, 陷不數合, 定應先公隨化矣."
22) 曺植, 「與吳子强書」(『南冥集』, 36쪽), "僕之衰謝, 隨日轉劇, 於今已不得隨意動作, 往拜先人祀事, 他事可占矣."
23) 河宗岳 후처의 음행이 알려지자 음부의 집을 불태우고 옥사가 크게 일어난다. 이 사건으로 인해 결국 조식은 李楨(龜巖, 1512-1571)과 절교하게 되고, 조식은 그의 제자인 吳健(德溪, 1521-1574)과 鄭琢(藥圃, 1526-1605)에게도 이정과의 절교를 권유한다. 「與子强子精書」(『南冥集』, 34쪽), "剛而於此, 三次反覆, 初曰昧昧, 中曰果然, 終曰虛事, 此果談聖賢書, 嘗說敬義者事乎? 曾詔彦久(尹椿年字), 後事公擧(李樑字), 更陷友人於禍中, 受賂於淫婦, 背棄亡友, 義所當絶也. 吾已謝絶, 僉意如何?" 이 사건에 대한 송사의 전말은 己酉本 『南冥集』(『韓國文集叢刊』 31, 486-487쪽)에 상세하게 기록되어 있다.
24) 曺植, 「與子强子精書」(『南冥集』, 33쪽), "但晉山有淫婦獄大起, 發之者, 在中道, 而發時指我爲據者, 爲淫婦之夫河宗岳, 其先妻, 乃吾亡兄之女也. 門戶相連, 而擧我爲辭."
25) 曺植, 「與成大谷書」 7(『南冥集』, 38쪽), "僕雖生寄, 滋得口舌, 殆若難保餘喘, 垂死之年, 合宜萬事都休. 冥冥就木, 爲緣帷薄之禍, 尙聯弊族, 名出供狀, 上下嘲議者,

하며 괴로워하였던 것이다. 그러나 조식의 개인적 불우는 오히려 그의 정신을 단련시키는 기능을 하기도 했다. 여러 번 과거에 낙방하여 불우를 체험하게 되나 자기반성을 통해 가야 할 길을 제대로 찾게 되었고, 그 길을 가다가 본지풍광을 볼 수 있었다[26]고 한 것이라든지, 薑桂之性은 늘그막에 더욱 매워져서 밖에서 들려오는 말이 아무리 많더라도 매양 차가운 웃음으로 흘려버린다[27]고 한 것을 통해 이 같은 사실을 충분히 짐작할 수 있다.

그리고 가정 안팎으로 관련된 사화 또한 조식 삶의 한 특징으로 들 수 있다. 조식은 일생을 통해 세 번의 사화를 경험하는데, 모두 자신과 밀접한 관련이 있는 사건들이었다. 4세(1504)에는 甲子士禍가 일어나 외계에 속하는 趙之瑞(知足堂, 1454-1504)가 화를 당하고, 19세(1519)에는 己卯士禍가 일어나 숙부 彦卿과 아버지 彦亨이 연루되어 숙부는 파직당하여 얼마 있지 않아 죽고, 아버지는 낙향하게 된다.[28] 또 45세(1545)에는 乙巳士禍가 일어나 평소 친분이 두텁던 李霖(字 仲望, ?-1546), 郭珣(警齋, 1502-1545), 成遇(字 仲慮, 1495-1546) 등이 희생당한다.[29] 이 세 사화는

不一."

26) 曺植, 「書圭菴所贈大學冊衣下」(『南冥集』, 45쪽), "屢屈科第, 因困求亨, 而尋得路向這邊去, 見得本地風光, 聞得父母謦咳."

27) 曺植, 「與成大谷書」 3(『南冥集』, 37쪽), "僕薑桂之性, 到老猶辛, 外來之言, 雖或百車, 每付之一寒笑."

28) 조식은 이때 山寺에서 과거를 위하여 독서하고 있었다고 한다. 거기서 사화가 일어나 趙光祖(1482-1519)가 희생되었다는 소식을 듣고 어진 사람의 운명이 기구하다는 것을 알았다 한다. 「年譜」(『南冥集』, 167쪽), "是年, 南袞·沈貞·洪景舟等, 構陷靜菴趙先生, 一時明賢, 其流徙廢錮者, 數十人, 先生乃知賢路之崎嶇."

29) 조식은 말이 이들에게 미치면 눈물을 흘리며 흐느껴 울고 죽을 때까지 잊지 않았다 한다. 曺植, 「年譜」(『南冥集』 169쪽), "是年, 李芑·尹元衡, 構殺桂林君及尹任·柳灌·柳仁淑三大臣, 又殺直筆史臣安命世, 仍屠殺善類 …… 一時士類波及者, 甚衆, 李大諫霖·郭司諫珣·成參奉遇, 皆先生之執友也. 俱被慘禍, 先生常語及, 必嗚咽流涕, 至死不忘." 河謙鎭 또한 「敬義堂重建上樑文」,(『晦峯集』)에서 "時經己乙大禍夜月之歌長悲."라 하며 사화로 인해 생긴 조식의 비분한 마음을 전한다.

안으로는 가족이, 밖으로는 친구와 외족이 연루되어 있었다. 조식은 이 사화에 대단히 민감한 반응을 보이면서 희생된 이들을 추모하는 한편 자신의 정치에 대한 비판적 입장을 가다듬었다. 다음 자료는 그 대표적인 것이다.

(가)-1. 승선은 의인이었다. 그 기상은 높은 바람이 불어오자 벽을 사이에 두고서도 몸이 춥고 떨리는 듯하다. 조지서는 연산군이 능히 선왕의 업을 잇지 못할 것을 알고 십여 년을 물러나 있었건만 그래도 화를 면할 수 없었다.[30]

(가)-2. 갑자사화 때에 몸은 저잣거리에 내 걸리고 집은 연못이 되고 시체는 강물에 던져졌다. …… 자산이 죽자 공자가 눈물을 흘리면서 말하였다. "옛날의 곧은 유풍을 간직한 사람이다." 나는 이어서 말한다. "보덕 역시 옛날의 곧은 유풍을 간직한 사람이다."[31]

(나) 을축년 8월 16일 꿈에 대사간 李仲望을 나무 아래서 만났다. 정겨운 이야기가 다 끝나기도 전에 이군이 일어나 가버렸다. 내가 그의 소매를 잡고 짧은 絶句를 읊어 주고서 작별했다. 꿈에서 깨어 더욱 괴로운 마음으로 지난 일을 회상하였다. 이제 다행히 河公을 만나니, 어제 꿈에 이군을 만난 것은 바로 지금 하공을 만날 징조였다. 더욱이 精靈이 아직 없어지지 않은 것에 대해 울면서 탄식하였다.[32]

위의 자료에서 (가)는 갑자사화로 희생된 趙之瑞(知足堂, 1454-1504)와

30) 曺植, 「遊頭流錄」(『南冥集』, 68쪽), "承宣, 義人也. 高風所擊, 隔壁寒慄, 知燕山不克負荷, 退居十餘年, 猶不免."
31) 曺植, 「中訓大夫侍講院輔德贈通政大夫承政院都承旨趙公墓銘」(『南冥集』, 46-47쪽), "甲子歲, 市於身, 沼其家, 投屍于江 …… 子産之沒, 仲尼出涕曰, 古之遺直也. 植繼之曰, 輔德亦古之遺直也."
32) 曺植, 「記夢贈河君序」(『南冥集』, 14쪽), "乙丑仲秋既望, 與夢見李大諫仲望於樹下, 情話未畢, 李君起去. 余攬其袖, 卽吟短絶以贈別. 覺來益苦, 追感今幸, 見河公昨之夢遇李君, 乃今見河公之兆也. 尤用泣歎精靈之未泯也."

관련된 글이다. 조지서는 조식 조모의 동생이니 인척간이라 하겠다. 그는 연산군이 세자였을 때 사부였다. 1504년 갑자사화가 일어나자 연산군이 세자시절부터 그의 집요한 훈도를 미워하여 사화에 연루시켜 참살시켰던 것이다. (가)-1은 조식이 두류산을 유람하다 旌樹驛 객관 앞에 있는 조지서의 아내 정씨 부인의 정려문을 보고 조지서를 회상한 부분이다. 조식은 여기서 조지서를 '義人'이라고 평하고 연산을 피해 물러나 있었으나 끝내 화를 면하지 못했다며 안타까워하고 있다. (가)-2는 조지서의 묘지명의 일부이다. 여기서 조식은 사화를 만나 파산되는 참혹상을 표현하면서 '古之遺直'이라 평하고 있다. 그러니 조식은 조지서가 '義'와 '直'을 지닌 사람이라고 보았던 것이다. 그러나 현실은 그를 오히려 도륙하고 말았으니 조식은 여기서 현실의 모순을 절감하고도 남음이 있었던 것이다.

(나)는 을사사화로 희생된 李霖(字 仲望, ?-1546)과 관련된 글이다. 이림은 조식과 젊은 시절부터 사귀었던 친구이다. 그는 을사사화에 연루되어 義州로 杖配되었다가 이듬해인 1546년 賜死되었다. 조식은 1565년 이림의 외손이면서 조식의 질서인 河天瑞에게 서문을 붙여 「記夢贈河君」이라는 시를 주었다. 위의 자료는 그 서문의 일부인데 예사롭지가 않다. 을사사화로 죽은 친구 이림이 조식의 꿈에 나타나서 함께 정담을 나누었다고 하였다. 그런데 정담이 끝나기도 전에 갔다고 했으니, 세계의 횡포가 이 둘의 정을 끊어버렸다는 것을 간접화시켜 표현한 것이라 하겠다. 그리하여 조식은 지난 일을 회상하며 괴로워하고, 편안히 저승에 가지 못한 친구의 정령을 생각하며 '泣歎'하였던 것이다. 조식은 시에서 '속은 탔지만 아직 죽지 않아, 반쪽 껍질만 남아있다.'33)라고 하였다. 이것은 사화로 인해 파괴된 정서가 한을 품은 채 살아있다는 것을 속이 탄 나무

---

33) 曺植, 「記夢贈河君」(『南冥集』, 14쪽), "樹下與君別, 此懷誰似之. 爕心猶未死, 只有半邊皮."

에 비유한 것이다. 이를 통해 우리는 조식이 얼마나 철저히 모순된 현실을 직시하며 분노의 칼을 안으로 갈고 있었던가 하는 점을 충분히 알 수 있다.

이상에서 보듯이 조식의 삶은 일정한 변이과정을 거치며, 거기에는 그 특징 또한 뚜렷이 제시되어 있다. 변이과정은 현실에 대한 인식변이에 근거하여 '수학기→모색기→정립기→온축기'로 요약할 수 있었다. 수학기에서 조식은 현실에 소용되는 것이라면 가리지 않고 배우려는 박학적 학문태도를 보여주었으며, 모색기에서는 현실의 부조리를 인식하고 과거를 포기하며 가치있는 삶을 찾고자 하였다. 이것은 퇴처의 단행으로 이어지는데, 앞 시기의 폭넓은 학문수용에 근거하여 현실에 대한 비판적 안목을 길러갈 수 있었다. 그리고 정립기를 통해 조식은 현실에 대한 역설적 인식을 확고히 하였으며 강한 비판을 통해 구체화시켰다. 온축기의 조식은 정립된 자신의 세계를 후세에 전하기 위해 노력하였으며, 특히 '경의'의 개념을 명확히 하며 실천을 강조하였다.

순차적 시간에 의해 드러난 조식 삶의 변이과정 속에는 다음과 같은 특징도 드러났다. (1) 빈번한 거주지 이동, (2) 불우한 삶, (3) 가정 안팎으로 관련된 사화가 그것이다. (1)의 결정적인 이유는 아버지의 직장 이동과 경제적 곤궁 때문이었다. 그러나 이를 통해 조식은 중앙과 지방, 내륙과 해안 등 국토 곳곳을 살필 수 있게 되었으며, 이것은 민중의 삶을 이해하는 계기가 되기도 했다. (2)는 경제적 불우, 가정적 불우, 개인적 불우 등으로 다시 나누어진다. 조식의 불우는 오히려 그의 정신을 단련시키는 역할을 했다. (3)은 그를 철저한 비판적 지식인으로 만들었다. 안으로 가족이 밖으로 외족과 친구가 연루되어 참살을 당하였다. 이 같은 상황을 목도하며 조식은 그의 현실주의적 세계관을 더욱 철저하게 가다듬어갔던 것이다.

제 2 장

남명학의 특징과 현실 대응방식

1. 학문에 대한 개방적 태도

조식의 학문경향은 그가 어떤 서적을 탐독하고 있었던가에 대한 고찰로 드러난다. 앞에서 언급하였듯이 조식은 일찍이 세상에 소용되는 모든 것을 배우고자 하였다. 그래서 유가의 경서를 중심에 두면서도 소위 이단이라 할 수 있는 도가의 서적도 박람하였던 것이다. 글짓기에 특히 힘써 古文을 숭상하였다. 成運(大谷, 1497-1579)은 「墓碣銘」에서 '점차 자라남에 온갖 서적을 널리 통달하였고 더욱 좌구명과 유종원의 글을 좋아하였다.'[34]고 하였고, 金宇顒(東岡, 1540-1603)은 「행장」에서 '사뭇 『參同契』를 즐겨 보았는데 좋은 부분은 학문을 하는 데 도움이 된다고 여겼기 때

34) 成運, 「墓碣銘」(『南冥集』, 143쪽), "稍長, 於書無不博通, 又好左柳傳文."

문'[35]이었으며, '음양, 지리, 의약, 도류, 항진의 법과 관방, 진수의 자리에도 뜻을 두어 연구하지 않음이 없었다.'[36]고 한 언표는 모두 이를 말하는 것이다. 조식이 읽었던 서적은 편의상 유가 서적류, 도가 서적류, 기타 서적류로 나눌 수 있다.

유가 서적류는 『소학』 및 사서오경, 그리고 송대의 서적이 그 중심을 이룬다. 당시 유학자들 모두가 두루 중시하였던 것처럼 조식 역시 이 책들을 순환하며 읽었다. 金宏弼(寒暄堂, 1454-1504)과 마찬가지로 『소학』을 통해 '灑掃應對' 등 실천 윤리적 측면을 먼저 터득하고자 했다. 이어서 '사서'와 '오경'을 읽어나갔으며 송대의 성리서 또한 깊이 탐독하였다. 이들 여러 책 중에서 조식이 학자들에게 특히 긴요한 것으로 여긴 것이 있다. 사서에서의 『대학』, 오경에서의 『주역』, 성리서에서의 『심경』이 그것이다. 이 중 『대학』의 경우를 보면, 金孝元(省菴, 1542-1590)에게 답한 글에서 조식은 『소학』을 읽어 '쇄소응대'하는 습관이 익숙해지면 바로 『대학』을 읽어 학문의 체계를 세우라고 하였다. 체계가 서면 어디를 가더라도 유학의 본령으로 돌아올 수 있다는 것이다.[37] 宋麟壽(圭庵, 1499-1547)가 『대학』을 선물하자 그 책의 표지에 독후감을 써서, 이 책은 자신을 돌이켜 보는 방법이 제시되어 있으니 단순한 책으로 보지 말 것[38]을 스스로에게 당부하기도 했다.

조식은 도가 서적류 또한 애독했다. 일찍이 金宇顒(東岡, 1540-1603)이 그의 스승을 평하여 『參同契』를 비롯한 '道流之言'에 대해서도 섭렵하고

35) 金宇顒, 「行狀」(『南冥集』, 139쪽), "頗喜看參同契, 以爲極有好處, 有補於爲學."

36) 金宇顒, 「行狀」(『南冥集』, 139쪽), "至於陰陽地理醫藥道流之言, 無不涉其梗槪, 以及弓馬行陣之法, 關防鎭戍之處, 靡不留意究知, 蓋其才高志彊, 而無所不學也."

37) 曺植, 「答仁伯書」(『南冥集』, 39쪽), "灑掃應對, 幼稚習慣事也. 已向六分路頭, 於今直把大學看, 傍探性理大全一二年, 常常出入大學一家, 雖使之燕之楚, 畢竟歸宿本家, 作聖作賢, 都不出此家內矣. 晦菴平生得力, 盡在此書, 豈欺後人耶?"

38) 曺植, 「書圭菴所贈大學冊衣下」(『南冥集』, 45쪽), "善反之具, 都在是書 …… 當不以黃卷視之, 可也."

있었다고 하였거니와, 조식은 『노자』와 『장자』를 중심으로 하여 『포박자』, 『회남자』, 『열자』 등도 틈틈이 읽은 것으로 보인다. 이들 책 중에서도 『장자』는 조식의 도가류 애독서 가운데 단연 으뜸이었다. '남명'이라는 자호 자체가 『장자』 내편 「소요유」에 보이는 大鵬이 마침내 지향하는 '天池'임을 감안할 때 이 같은 사실은 어렵지 않게 납득이 간다. 조식은 『장자』의 거의 모든 장을 그의 작품에 활용하고 있다. 이것은 그가 얼마나 『장자』를 즐겨 읽었는가 하는 것을 묵시적으로 보여주는 것이라 하겠다.

박학을 통해 학문적 토대를 마련하였던 조식은 이 밖에 역사서와 패설, 그리고 문장 수업을 위한 책을 두루 읽기도 했다. 특히 우리 역사서인 『東國史略』을 읽고 독후감을 남겼다. 조식이 1532년 서울로부터 김해로 내려 올 때 成遇(字 仲慮, 1495-1546)가 『동국사략』을 선물하자 그것을 읽고 쓴 「題成中慮所贈東國史略後」가 그것이다. 여기에서 우리나라의 역사를 기록한 『동국사략』은 옛일을 살펴보는 바탕이 된다는 것, 깊이 생각하면서 길이 상상을 펼칠 수 있다는 것 등을 지적하면서 매우 많은 가치가 있다는 것을 지적했다. 옛일을 살펴보는 바탕이 된다는 것은 조식이 가장 관심이 있었던 고금의 治亂과 인물의 출처가 거기에 나타나 있기 때문이며, 깊이 생각하면서 상상을 펼칠 수 있다는 것은 현실과 맞닿아 있는 역사를 깊이 인식하여 당대의 문제를 해결하려 했기 때문일 것이다. 이것은 조식이 우리의 역사적 현실에 특히 민감했다는 방증일 터이다.

2. 敬義에 입각한 실천정신

조식은 지식만 추구하고 실천이 따르지 않는 것을 대단히 부끄럽게 여졌다[39]고 한다. '실천'은 이론 위주의 학문을 공격하면서 성립된 개념으로 유가적 도덕률과 관련된 '致用踐實'[40]을 의미한다. 이 때문에 조식은 제자들을 가르칠 때에도 『역학계몽』이나 『태극도설』 등을 배우는 것은 몸과 마음에 아무런 이익이 없고 마침내 명리나 위하는 것으로 귀착된다면서, 『근사록』과 『성리대전』을 부지런히 읽어 전현의 말씀을 체득하여 실천하는 것을 급선무로 삼게 하였던 것이다. 실행 없이 章句나 익히는 詞章末技, 혹은 성리학의 공소성을 비판한 것이라 하겠다.

조식 실천정신의 바탕은 敬義에 있었다. 그는 '경'과 '의'의 관계를 인식하면서 이것으로 자신의 실천정신을 확고히 하고자 했다. 이 둘의 관계는 체와 용, 표와 리, 내와 외, 정과 동, 지와 행, 선과 후 등으로 다양하게 설명되기도 하고. 전통적으로 居敬集義, 主敬行義, 敬義夾持 등으로 이야기되기도 했다. 주자는 '경'과 '의'의 관계를 인체에 비유해 잘 설명하고 있다. 즉 '두 다리로 반듯하게 서는 것이 경이요, 여기에 의거하여 나아가는 것은 의다. 정신을 두 눈에 모으는 것은 경이요, 눈을 떠서 사물을 보는 것은 의'라 하여 '경'과 '의'는 밀접하게 상호 작용하는 관계인데 '경'이 '의'를 위해 선결되어야 하는 조건으로 파악하였다. 조식 또한 경의를 내외의 관계로 파악했기 때문에 『주역』 「坤」(☷)괘 '문언'의 '군자는 경으로 안을 곧게 하고, 의로 밖을 방정하게 한다.'[41]는 것을 자신의 인식체계 안에서 변형시켜 「패검명」을 지었다. '안으로 마음을 밝히는 것은 경이요, 밖으로 결단하는 것이 의이다.'[42]라고 한 것이 바로 그것이다. 행동실천의 원리인 '의'는 안을 규정하는 '경'에 의해 이루어진다고 보았다. 즉

39) 鄭蘊, 「學記跋」(『南冥集』, 135쪽), "先生一生, 常以求知爲恥."

40) 『宣祖修正實錄』 宣祖5年 正月 戊午條, "植之爲學, 以得之於心爲貴, 致用踐實爲急, 而不喜講論辨釋之言, 未嘗爲學徒談經說書."

41) 『周易』 「坤」, '文言', "君子 敬以直內 義以方外"

42) 曺植, 「佩劍銘」(『南冥集』, 28쪽), "內明者敬, 外斷者義."

'경'의 확산을 통해 '의'가 성립된다는 것으로 이해되는 것이다.

조식이 생각한 학문의 바른 태도는 하학을 통한 反躬實踐이다. 이것을 진실되게 하면 상달은 자연스럽게 따른다고 보았기 때문이다. 그러나 조식은 당시의 학자들이 학문을 관념적인 유희로 삼아 출세와 利祿을 목적으로 세상을 속이면서까지 허명을 구하려 한다고 생각하였다. 당시 성리학자들이 이기논쟁을 활발히 전개하면서 형이상학적 이론 추구를 학문의 궁극적 목표로 삼았기 때문이다. 이것을 비판하면서 조식은 백성이 유망하는 당대 현실을 위하여 선비는 마땅히 어떠한 방식으로든 현실에 소용되는 실질적인 학문을 해야 한다고 하였다.

이처럼 조식은 비록 천근하더라도 우리의 실생활에 적용이 용이한 학문을 해야 한다면서 성리의 고담보다 쇄소응대의 실천을 강조했다. 이는 도가 높고 먼 데 있는 것이 아니라 바로 생활 현장에 있다는 인식 하에 마련된 주장이라 할 것이다. 이 때문에 조식은 64세 되던 해 9월에 이황에게 편지를 보내 당시 퇴계학파를 중심으로 이루어지고 있던 성리논쟁을 '盜名欺人'이라 매도하며 그만두기를 간절히 희망했던 것이다.

> 요즘 공부하는 자들을 보건대, 손으로 물 뿌리고 비질하는 절도도 모르면서 입으로는 천리를 담론하여 헛된 이름이나 훔쳐서(盜名) 남들을 속이려(欺人) 하고 있습니다. 그러나 도리어 남에게서 상처를 입게 되고, 그 피해가 다른 사람에게까지 미치니, 아마도 선생 같은 長老께서 꾸짖어 그만두게 하지 않기 때문일 것입니다. 저와 같은 사람은 마음을 보존한 것이 황폐하여 배우러 찾아오는 사람이 드물지만, 선생 같은 분은 몸소 상등의 경지에 도달하여 우러르는 사람이 참으로 많으니, 십분 억제하고 타이르심이 어떻겠습니까?[43]

---

43) 曺植, 「與退溪書」(『南冥集』, 30쪽), "近見學者, 手不知灑掃之節, 而口談天理, 計欲盜名, 而用以欺人, 反爲人所中傷, 害及他人, 豈先生長老無有以呵止之故耶? 如僕則所存荒廢, 罕有來見者, 若先生則身到上面, 固多瞻仰, 十分抑規之如何?"

이황에 대한 조식의 이 같은 태도는 이황의 문인이었던 琴蘭秀(惺齋, 1530-1604)의 『惺齋日錄』에서도 발견된다. 금란수가 조식을 방문했다가 이별하고자 할 때 조식은 '하고 싶은 말이 있다'고 하면서 이황에게 전하게 했다. 즉 이황과 奇大升(高峯, 1527-1572)의 성리논쟁을 문제 삼아 전현들의 논의가 지극하여 후학들은 전현에게 미치지 못하고, 전현의 말을 행하는 것에도 힘이 오히려 부족한데 어느 겨를에 성리에 대하여 논하겠는가며 가서 퇴계에게 고하라[44]고 하였던 것이다. 이것은 1561년에 있었던 일인데, 이 일이 있고 난 3년 뒤에 드디어 이황에게 위와 같은 편지를 띄우게 되었던 것이다. 성리에 대하여 묻는 사람이 혹시 있다고 하더라도 마땅히 제지해야 한다고 생각하였기 때문에 조식은 위의 자료에서와 같이 억제하고 타일러야 한다고 했던 것이다.

3. 현실인식과 출처의식

'출처의식'이란 시대를 예리하게 관찰하여 그 마땅함과 마땅하지 못함을 자각한 후 세상에 나아가거나 물러나고자 하는 의식을 말한다. 여기서 시대의 마땅함과 그렇지 못함을 '時宜', '時不宜'라고 한다. 조식이 부조리한 자신의 시대를 보면서 가장 심각하게 고민한 것은 바로 이 시대에 대한 인식이었다. 출처가 바로 이것으로 결정되기 때문이다. 조식은 일찍이 공명을 이루기 위하여 열심히 과거공부를 하기도 했었다. 그러나

---

44) 琴蘭秀, 『惺齋日錄』 4月 18日條, "又曰 有欲告退溪者矣. 君見湖南諸生與退溪辨論性理之說乎? 前賢論釋至矣盡矣, 後生不及於前賢遠矣. 尋究前賢之言, 而行之力不足焉, 不求前賢之言, 而尋高論性理之學, 吾不知其可也. 問者雖問, 退溪則止之可也. 退溪亦爲之, 吾所不取, 或請余亦爲之, 吾於前賢之言, 未得着手, 何暇更論性理乎? 君以是告退溪."

시대는 사화가 거듭 일어나 뜻있는 선비는 희생당하고, 관리들의 가혹한 수취가 흉년과 기근에 겹쳐 유망하는 백성들은 속출하였다. 그리고 학자들은 口耳之學에 여념이 없었다. 현실의 이같음을 면밀히 주시하고 있던 조식은 자신이 살고 있는 시대의 '의'·'불의'에 대한 자각과 출처의식을 가다듬어 갔다.

조식은 「학기유편」에 '시의' 및 '시불의'와 관련된 程子의 말을 인용하고 있다. 즉 '학문은 말을 아는 것보다 귀함이 없고, 도는 시대를 아는 것보다 귀한 것이 없다'45)는 것이 그것이다. 언어에 함의되어 있는 뜻을 이해하는 것이 학문에서 가장 귀하듯이 자신이 처해 있는 시대가 어떠한가를 제대로 파악하는 것이 학자의 진정한 도리라는 것이다. 우리는 여기서 조식이 程子의 '識時'를 인용한 뜻을 충분히 이해하게 된다. 바로 조식의 생각과 결부되는 것이었기 때문이다. 시대를 주밀하게 읽어 정확히 자각하고, 기미를 파악하여 변화에 대응해 나가야 한다는 것으로 이것은 요약될 수 있을 것이다.

조식은 생각이 이러했으므로 그의 작품 도처에서 시의문제를 제기하고 있다. 그는 이것을 시대의 행·불행이라고 표현하였는데, (1)「杏壇記」, (2)「陋巷記」, (3)「嚴光論」에 구체적으로 나타나 있다. (1)에서는 공자가 주나라 왕실을 바로 잡으려 했으나 바로 잡지 못한 것은 이미 주나라 왕실이 어지러워진 뒤였기 때문이라 하였다. 그러니 공자의 실패는 시대의 행·불행과 관련되어 있다46)는 것이다. (2)에서는 안연이 커다란 덕을 지녔으면서도 누항에 살 수밖에 없었는데 이것은 안연이 타고난 시대가 불행했기 때문이라는 것47)이다. 이와 같은 사정은 (3)에서도 마찬가지

45) 曺植, 「學記類篇」(『南冥集』, 96쪽), "程子曰, 學莫貴於之言, 道莫貴於識時."
46) 曺植, 「杏壇記」(『南冥集』, 42쪽), "夫子之興感斯壇者, 當王室旣亂之後, 而欲正之, 則時之幸不幸, 世之治不治, 天也."
47) 曺植, 「陋巷記」(『南冥集』, 42쪽), "使虞舜不離河濱, 則爲陋巷之顔回, 使傅說不出

였다. 즉 엄광이 끝내 출사하지 않고 傅巖에서 늙어 간 것을 '성현이 백성에게 마음을 쓰는 것은 한 가지이나 또한 그 만난 때가 다행함과 불행함이 있었던 것이다.'48)라며 '시의'로 돌리고 있다. 이 같은 조식의 시대인식은 그의 의식에 집요하게 자리 잡고 있었던 것이다.

조식의 출처의식은 시의·시불의에 대한 자각에 기반한다. 그는 16세기의 모순된 역사적 상황을 인식하면서 항상 출처에 대해 강조해 왔다. 출처가 군자의 대절이라 생각했기 때문이다. 일찍이 鄭逑(寒岡, 1543- 1620)가 그를 拜訪하고 배움을 청했을 때 '네가 나아가거나 물러나는 것에 대하여 대체로 본 것이 있으니 나의 마음을 허락한다. 士君子의 대절은 오직 출처에 있을 따름이다.'49)라 한 것에서 그의 출처에 대한 투철한 인식을 바로 읽어낼 수 있다. 成運(大谷, 1497-1579)은 사실의 이러함을 다음과 같이 입증하고 있다.

> 일찍이 세상이 衰하고 道가 없어지며 人心이 그릇되고 풍속이 투박해져서 큰 가르침이 폐하여 풀어짐을 보았다. 또 현인의 길이 기구하여 재앙의 기미가 은밀히 드러나니, 이때를 맞아 교화를 만회시킴에 뜻을 둔다고 할지라도 道가 때를 만나지 못하여 결국 배운 바를 행하지 못할 것이라 여겼다. 이런 까닭에 詩場에 나아가지 않았으며 벼슬도 구하지 않고 품은 뜻을 거두어 산야로 물러났다.50)

위의 자료에서 보듯이 조식은 당대를 '世衰道喪', '人心已訛', '風漓俗薄',

巖下, 則爲簞食之顔回矣. 時之幸不幸, 天亦無如之何矣."

48) 曺植, 「嚴光論」(『南冥集』, 61쪽), "聖賢之心乎生民也, 一也, 而抑時有幸不幸也."

49) 張顯光, 「行狀」(『寒岡全書』下, 景仁文化社 影印, 1979. 242-243쪽), "曹先生謂先生, 曰汝於出處, 粗有見處, 吾心許也. 士君子大節, 惟在出處而已."

50) 成運, 「墓碣銘」(『南冥集』, 143쪽), "嘗自見世衰道喪, 人心已訛, 風漓俗薄, 大敎廢弛. 又況賢路崎嶇, 禍機潛發, 當是時, 雖有志於挽回陶化, 道不遇時 終未必行吾所學. 是故, 不就試不求仕, 卷懷退居山野."

'大敎廢弛'로 파악하였다. 따라서 그는 세상과 인심, 풍속과 가르침이 모두 피폐해졌으며, 거기다 현인들은 사화를 만나 기구한 삶의 길을 걷는다고 인식하여 마침내 출사를 포기하였던 것이다. 그러나 조식은 세상에 법도가 행해지면 출사할 뜻을 분명히 하고 있다. 명종에게 상소하여 다른 날에 임금이 왕도의 정치를 이룩하면 자신은 마땅히 마굿간에서 고삐를 잡으면서도 그 마음과 힘을 다하여 자신의 직분을 다할 것이라 했다.

한편 金宇顒(東岡, 1540-1630)에게도 때가 되면 큰일을 위하여 士君子된 사람은 지킨 능력을 발휘해야 할 것을 강조하기도 했다. 출사할 때가 아닌데도 불구하고 나아가 자신이 지니고 있는 커다란 능력을 보잘 것 없이 써서도 안 되지만, 때가 되면 그 능력을 마음껏 발휘해야 한다고 강조하였던 것이다.[51] 조식 스스로도 65세 되던 해에 尹元衡(字 彦平, ?-1565)이 쫓겨나고 乙巳士禍 때 귀양간 盧守愼(穌齋, 1515-1590), 白仁傑(休菴, 1497-1579) 등이 조정에 다시 서서 벼슬길이 일신되자, 비록 며칠만에 돌아와 버렸지만 출사하기도 했다. 소인배들이 쫓겨나서 조야가 청명해졌다는 생각을 했기 때문이었다.

4. 현실에 대한 역설적 대응

당대를 현실적 모순이 심각한 시기로 보았으므로 조식은 확고한 출처의식에 의거하여 출사하지 않았다. 출사하지 않을 뿐만 아니라 출처가 불분명한 역사적 인물을 신랄하게 비판하기도 하고, 당대의 현실이 부조리한 데도 불구하고 벼슬하고 있는 사람들에게 퇴처하기를 권유하기도

51) 曺植, 「言行總錄」(『南冥集』, 181-182쪽). "先生嘗語宇顒曰, 丈夫動止, 重如山岳, 壁立萬仞, 時至而伸, 方做出許多事業, 千勻弩一發, 能碎萬重堅壁, 故不爲鼷鼠發也."

하였다. 그러나 그 자신 여러 번 상소하여 현실의 다양한 부조리를 비판하면서 현실에 대한 관심을 늦추지 않았다. 조식의 이 같은 대응태도는 현실에 도가 시행되면 나아가서 자신이 온축한 도를 펴고 그렇지 않으면 물러난다는 그의 확고한 유가적 출처의식에 기반한 것이기도 하지만 도가의 역설적 현실대응의 원리 또한 작용한 것이다.52) 이 둘이 함께 강하게 작용되고 있었기 때문에 그는 산림에 퇴처하고 있었으나 현실에 대한 애정과 함께 강한 비판을 삼가지 않았던 것이다.

조식은 자신의 핵심사상인 '경의'의 의미를 명확히 하기 위해 이를 구도화하여 「神明舍圖」라는 그림을 그리고 아울러 거기에 잠명도 썼다. 잠명의 마지막 구에 '尸而淵'이 제시되어 있다. 여기에 주목할 필요가 있다. '시이연'은 『장자』 「재유」의 '尸居而龍見, 淵墨而雷聲'을 줄인 표현이다. 시동처럼 가만히 있으면서도 용처럼 나타나고, 연못처럼 고요하면서도 우레의 소리를 낸다는 것으로 해석된다. 조식은 이 구절을 程子가 중시한 것이라며 「학기유편」에 인용해 두기도 하고, 「신언명」에서는 '尸龍淵雷'라는 축약적 표현을 쓰기도 하였다. 그리고 '雷같은 소리를 내려면 몸을 깊이 감추고 있어야 하며, 龍같은 모습을 드러내려면 바다처럼 침잠해야 한다.'면서 장자의 말을 변용한 명을 짓기도 하였으며, 이를 다시 '뇌룡'으로 축약하여 자신의 당호로 삼기도 했다.

이로써 우리는 조식이 이 말을 무엇보다 중시한 까닭에 대해 알 수 있다. 그 이유가 무엇일까? 그것은 바로 자신의 역설적 세계관과 결합되기 때문이다. 즉 '시'의 고요함과 '룡'의 드러남, '연'의 침묵과 '뇌'의 소리를 병치시키고, 이 둘이 동시에 작용하는 역동적인 역설구도를 성립시킨다. 그리고 이것은 그의 출처의식과 관련되면서 현실 세계에 적용되었다. 퇴

52) 조식정신에 나타나는 역설성은, 정우락, 「남명정신, 그 역설의 미학」, 『오늘의 동양사상』 5, 예문동양사상연구원, 2001 가을호 참조.

처하였으나 현실을 잊을 수 없다는 역설적 대응으로 구체화된 것이다. 산야에 퇴처해 있으면 時政의 득실을 잊어야 할 터인테, 조식은 그럴 수 없었다. 강한 구세의식이 함께 작용하였기 때문이다. 史臣이 '그 의기가 높고 깨끗하여 유속에 더럽혀질까 피하는 것 같았으나 시사를 걱정하는 마음은 잠시도 잊지 않았다. 매양 말이 조정의 闕失과 민생의 困悴에 미치면 언제나 강개하며 한숨을 쉬었고 혹 눈물을 흘리기도 하였다.'[53]라 한 언표는 이를 증명하기에 충분하다. '한숨'과 '눈물'은 바로 조식이 퇴처를 통한 강한 현실 지향의식을 드러내고 있음을 보이기 위하여 동원된 단어이다. 그 스스로도 다음과 같이 말한 적이 있다.

> 전하께서 만약 저의 말을 버리시지 않고 너그럽게 용납하신다면, 제가 비록 천 리 밖에 있더라도 전하의 机筵 앞에 있는 것과 같을 것입니다. 어찌 반드시 누추한 늙은이를 면대한 뒤라야 저를 임용하신 것이라 하겠습니까? 또한 듣건대 임금을 섬기는 자는 임금을 헤아려 본 뒤에 들어간다고 하는데, 정말 전하는 어떠한 임금이신지 모르겠습니다. 만약 저의 말을 좋아하지 않으시면서 한갓 저를 보려고만 하실 뿐이라면 葉公이 용을 좋아하던 일이 될까 두렵습니다. 오늘 전하께서 밝게 보셨는가 어둡게 보셨는가에 따라 앞으로의 다스림이 성공할 것인가 실패할 것인가를 점칠 수 있을 것입니다.[54]

여기서 보듯이 조식 자신의 역설적 현실대응을 임금에게 분명히 제시하고 있다. '천 리 밖에 있어도 전하의 궤연 앞에 있는 것과 같다'고 한

---

53) 『明宗實錄』 明宗21年 12月 2日 戊子條, "其意氣峻潔, 若將浼於流俗者, 而憂時感事之督未嘗少忘. 每語及朝政闕失, 生民困悴, 常慷慨太息, 或爲之泣下."

54) 曺植, 「戊辰封事」(『南冥集』, 59-60쪽), "殿下若不棄臣言, 休休焉有容焉, 則臣雖在千里之外, 猶在机筵之下矣. 何必面對老醜而後, 曰用臣乎? 抑又聞事君者, 量而後入, 實未知殿下爲何如主也. 若不好臣言, 徒欲見臣而已, 則恐爲葉公之龍也. 請以今睿鑑之明暗, 卜爲來日治道之成敗."

것이 그것이다. 가장 중요한 것은 바로 자신이 진언한 말을 시행하는가 그렇지 않은가 라는 것이다. 말을 버리면 궤연에서 모신다고 하여도 모시지 않는 것이 되고, 말을 버리지 않는다면 산야에 숨어 있어도 궤연에서 섬기는 것과 같다고 보았기 때문이다. '섭공이 용을 좋아하던 일'[55]을 떠올린 것도 이 때문이었다. 선비에게 가장 중요한 것은 '의'를 헤아려 나아가거나 물러나는 것이며, 군왕에게 가장 중요한 것은 옳은 말을 시행하는가 그렇지 않은가 하는 것이다. 군왕은 선비의 말을 받아들이지 않고, 선비는 의를 헤아려야 하니 조식의 현실대응 태도는 분명해진다. 퇴처를 통한 역설적 현실대응이 바로 그것이다. 퇴처하면 할수록 현실 지향의식은 더욱 치열해진다는 것이 바로 이것이다.

5. 초월과 참여의 변증법

여기서는 남명 상상력의 행방이 초월과 참여라는 이중구도 속에서 현실세계로 열려져 있다는 것을 보이고자 한다. 이를 기반으로 하여 남명학에 내재되어 있는 현실주의적 경향이 극명하게, 그리고 구체적으로 드러날 것이기 때문이다. 남명은 그의 시세계를 통해 때로는 현실에 대한 초월적 意象을, 때로는 현실에 대한 참여적 의상을 보이기도 했다. 초월과 참여[56]의 관계 속에서 우리가 생각해 볼 수 있는 것은 (1) 참여를 부정하며 초월을 긍정한 경우, (2) 완전한 초월을 이룩한 경우, (3) 초

55) 春秋時代 楚나라 사람 葉子高가 龍을 너무나 좋아하여 온 집에 龍을 새겨 놓았다. 하늘에 있던 龍이 그 소문을 듣고 내려와 窓門에 머리를 들이밀고, 마루에서 꼬리를 흔드니 葉公이 놀라 달아나 버렸다고 한다. 葉子高의 虛名을 嘲弄한 것이다.

56) 초월은 현실세계에 대한 초월이며, 참여는 현실세계에 대한 참여이다. 이하 '현실에 대한'이라는 말을 굳이 붙이지 않더라도 이를 말한 것이다.

월을 부정하며 참여를 긍정한 경우, (4) 초월과 참여를 동시에 긍정한 경우가 그것이다. 여기서 우리는 두 의식의 상호지양과 새로운 세계를 창출이라는 남명의식의 변증법적 요소를 발견하게 된다. 남명은 이를 그의 작품 속에서 다양하게 나타내고 있다. 시적 대상을 사물로 제한해서 보면, (1)은 安陰의 玉山洞을 통해서, (2)는 聞見寺의 松亭을 통해, (3)은 지리산 靑鶴洞을 통해, (4)는 黃溪瀑布를 통해 나타나고 있다. 그러니까 남명은 그의 초월과 참여가 벌이는 역동적 의식구조를 계곡, 소나무, 폭포 등의 사물을 통해 보이고자 했던 것이다.

첫째, 참여를 부정하며 초월을 긍정한 경우이다. 사물은 안음에 있는 옥산동(일명 화림동)을 선택했다.

碧峯高插水如藍	푸른 봉우리 우뚝 솟았고 물은 쪽빛인데,
多取多藏不是貪	좋은 경치 많이 간직했어도 탐낸 건 아니라네.
捫蝨何須談世事	이 잡고 살면서 어찌 꼭 세상사 이야기할 것 있으랴?
談山談水亦多談	산 이야기 물 이야기만 해도 이야기가 많은데.[57]

이 작품의 3구와 4구에서 보듯이 '世事'와 '山水'를 대비시키며 현실에 대한 참여를 부정하며 자연에로의 초월을 강조하고 있다. 여기에 그의 진정한 樂道가 있다고 생각했기 때문이다. 부정한 것은 '세사'이고 지향한 것은 '산수'이다. 1구에서 먼저 남명이 추구하는 세계를 노출시켰다. '산수'가 그것이다. 산은 '峰'으로 수는 역시 '水'로 표현하였다. 2구에서는 1구에서 보인 푸른 봉우리와 쪽빛같은 물은 의식적으로 탐낸다고 되는 것이 아니라 자연스럽게 이루어지는 것이라 하였다. 그렇게 할 때 '多取多藏'의 풍요를 누릴 수 있다고 믿었기 때문이다. 3구는 '세사'인 현실을 부

57) 曺植, 「遊安陰玉山洞」(『南冥集』, 17쪽)

정한 것이고, 4구는 '산수'를 통해 1구의 '봉수'와 결부시키면서 산수를 즐기려는 마음을 보다 적극적으로 펼친 것이다. 李睟光(芝峯, 1563-1628)은 남명의 이 작품을 두고 그의 저서 『芝峰類說』에서 '語意更高'로 평가[58]하고 있다. 남명이 자연 속에서 보다 거리낌없는 초월적 자아를 연마해 가는 모습을 읽었기 때문일 것이다.

둘째, 완전한 초월을 이룩한 경우이다. 사물은 문견사의 소나무 정자를 선택했다.

雲袖霞冠尊兩老　구름 소매 노을 갓의 두 늙은이,
常瞻長日數竿西　긴 해 서쪽으로 몇 발이나 남았는지 늘 바라본다.
石壇風露少塵事　돌 제단 바람 이슬에 티끌 세상의 일 적어,
松老巖邊鳥不啼　늙은 솔 바윗가에 새도 울지 않네.[59]

이 작품에서 남명은 세속과 관련된 일이라 할 수 있는 '塵事'를 부정하면서 자연을 통한 초월의지를 적극적으로 추구하였다. 1구와 2구가 '구름', '노을', '해' 등을 제시하며 천상의 풍경을 그린 것이라면, 3구와 4구는 '석단', '소나무', '새' 등을 제시하며 지상의 풍경을 그린 것이다. 천상과 지상의 풍경 사이에 탈속한 '두 늙은이'가 있는데 이들을 내세워 자연과 완전한 화합을 이룩한 심경을 강하게 표출하고 있다. 1구에서 구름을 소매로 하고 노을을 갓으로 한 두 늙은이라 한 것이 바로 자연과 합일된 意景인 것이다. 2구에서는 탈속한 늙은이들의 남은 세월을 제시하였다. 여기에서 우리는 늙음이 가져다주는 허무를 조금도 느낄 수 없다. 세속적 가치의 초월로 인간적 허무가 개입될 여지가 조금도 없었기 때문이다.

---

58) 李睟光, 『芝峰類說』 「文章部」 6, "曺南冥詩曰, 捫蝨何須談世事, 談山談水亦多談. 成大谷詩曰, 逢人不喜談山事, 山事談來亦忤人, 語意更高."

59) 曺植, 「題聞見寺松亭」(『南冥集』, 21쪽)

특히 3구에 주목할 필요가 있다. 남명이 자신들이 서 있는 절로 다시 시각을 옮겨 속기 없는 석단을 제시하고 있기 때문이다. 남명은 여기에서 현실에서 완전히 벗어난 것을 보여주고 있다. 4구에서는 '새도 울지 않는다'며 자신의 이 같은 심경을 더욱 강조하였다.

셋째, 초월을 부정하며 참여를 긍정한 경우이다. 사물은 지리산 청학동을 선택했다.

獨鶴穿雲歸上界　한 마리 학은 구름으로 솟구쳐 하늘로 올라갔고,
一溪流玉走人間　구슬처럼 흐르는 한 가닥 시내는 인간 세상으로 흐르네.
從知無累翻爲累　누 없는 것이 도리어 누가 된다는 것을 알고서,
心地山河語不看　산하를 마음으로 느끼고는 보지 않았다고 말하네.[60]

일찍이 남명은 「유두류록」에서 '바위로 된 멧부리가 허공에 매달린 듯 내리 뻗어서 굽어 볼 수가 없었다. 동쪽에 높고 가파르게 서서 서로 떠받치듯 찌르면서 조금도 양보하지 않는 것은 香爐峯이고 서쪽에 푸른 벼랑을 깎아 내어 만 길 낭떠러지로 우뚝 솟아 있는 것은 毗盧峯이었다. 청학 두 세 마리가 그 바위틈에 깃들어 살면서 가끔 날아올라 빙빙 돌다가 하늘로 올라갔다 내려 오곤 했다. 그 밑에 鶴淵이 있는데 컴컴하고 어두워서 바닥이 보이지 않았다.'[61]라고 하면서 청학동에 대하여 특별한 관심을 드러냈다. 위의 작품에서 남명은 하늘과 현실의 매개자로 청학동을 제시하고 초월 공간인 이곳을 들어 오히려 현실세계를 강조하고 있다. 즉 역설적 기법을 활용하고 있는 것이다. 1구에서는 청학동에서 학이 하늘로 올라간다고 했고, 2구에서는 청학동에서 구슬같은 한 가닥 시냇물이

60) 曺植, 「靑鶴洞」(『南冥集』, 17쪽)
61) 曺植, 「遊頭流錄」(『南冥集』, 66쪽), "岩巒若懸若懸空, 而下不可俯視, 東有崒嵂撑突, 略不相讓者曰香爐峯, 西有蒼崖削出壁立萬仞者曰毘盧峯, 靑鶴兩三, 栖其岩隙, 有時飛出盤回, 上天而下, 下有鶴淵, 黝暗無底."

인간 세상으로 흐른다고 했다. 청학동은 학을 통해 하늘과 연결되고 물을 통해 인간세상과 이어진다는 것을 인식한 것이다. 여기서 남명이 하늘과 연결되는 '학'을 중시하는가, 아니면 인간 세상으로 이어지는 '물'을 중시하는가가 문제이다. 남명은 후자를 선택했다. 즉 구슬같은 물은 누가 없을 터인데 이것이 도리어 인간 세상에는 누가 된다는 것이다. 이는 남명이 세상을 살아가자면 세상의 얽매임이 없을 수 없다(「讀書神凝寺」)62)고 한 생각과 근본적으로 일치하는 논리이다.

넷째, 현실과 초월을 동시에 긍정하는 경우이다. 사물은 황계폭포를 선택했다.

> 懸河一束瀉牛津　강을 달아맨 듯한 한 줄기 물이 우진에 쏟아지니,
> 走石飜成萬斛珉　구르던 돌이 만 섬 옥으로 변하였다네.
> 物議明朝無已迫　사람들 논의가 내일 아침엔 그리 각박하진 않겠지,
> 貪於水石又於人　물과 돌에 탐을 내고 또 사람에게 탐을 냈으니.63)

이 작품은 「황계폭포」 두 수 가운데 두 번째 작품이다. 여기서 남명은 자연과 인간 사이의 경계가 끊임없이 쏟아지는 폭포수로 인해 소멸된다는 것을 표현하고 있다. 하늘에서 바로 떨어지는 물줄기를 보고 남명은, 돌이 만 섬의 옥으로 변한 것이라고 생각했다. 1구와 2구가 그것이다. 그리고 3구와 4구에서는 그 힘과 그 넉넉함, 혹은 자연에의 탐구로 내일 아침엔 사람들의 의논이 그리 각박하진 않을 것이라고 생각하기도 했다. 여기서 남명은 중요한 개념 둘을 떠올렸다. 4구에 보이는 '水石'과 '人'이 그것이다. '수석'은 자연에 다름 아니며, '인'은 인간에 다름 아니다. 남명

62) 曺植, 「讀書神凝寺」(『南冥集』, 19쪽), "瑤草春山綠滿圍, 爲憐溪玉坐來遲. 生世不能無世累, 水雲還付水雲歸."

63) 曺植, 「黃溪瀑布」(『南冥集』, 18쪽)

은 자연을 통해 현실을 초월하려고 했고, 인간을 통해 현실에 참여하고자 했다. 여기에 대한 인식을 폭포라고 하는 자연현상을 통해 명확히 하고 있다. 즉 자연이라는 초월공간에서 인간이라는 현실공간을 떠올려서 양자를 같이 강조한다는 것이다. '탐낸다'는 표현에서 이를 극명하게 읽을 수 있다. 여기서 남명은 내일 아침이면 논의가 각박하지 않을 것이라고 했다. 초월과 참여가 자리를 같이하기 때문일 것이다.

이상의 논의에서 우리는 초월과 참여의 변증법을 발견할 수 있다. 즉 초월과 참여가 서로 지양되는 가운데 현실참여가 다시 긍정된다는 것이다. 다시 긍정된 현실은 초월을 내포한 현실, 혹은 차원을 달리한 현실이라 할 만하다.[64] 이것은 물론 남명 삶의 전과정을 순차적 시간상에 놓고 제출한 것은 아니다.[65] 다만 전체의 작품을 하나의 공간상에 두고 그 의식구조를 따질 때 이 같은 입론이 가능하다는 것이다. 남명이 그의 시세계에 보이는 변증법적 요소 역시 사물을 통해 제시하고 있다는 데 주목할 만하다. 그가 선택한 사물은 안음의 옥산동이나 지리산의 청학동 등의 계곡이거나, 문견사 앞에 있는 송정, 혹은 합천의 황계폭포 등이었는데, 이들 사물을 통해 남명은 자신의 시정신이 마침내 현실세계로 귀결되고 있다는 것을 보여주고 있다.

---

64) 여기에 대한 구체적 설명은, 鄭羽洛, 「南冥文學의 敬義思想 表出方法과 作家意識」(慶北大 碩士學位論文, 1992. 96-104쪽)에서 이루어져 있다.

65) 남명 작품의 창작연대가 명확하지 않는 가운데 이를 추론하는 것은 논의 자체가 무의미하다.

제 3 장

남명학파의 규모와 남명학의 계승

1. 조식 문하에 출입한 문인들

남명학파의 영향권은 조식 在世時와 임란 및 광해조 후반 등 여러 차례의 정치적 변화에 따라 많은 신축성을 갖고 있다. 그 영향권 안에 포함되는 인사들의 수나 지역적 분포 또한 이와 마찬가지다. 진주권을 중심으로 조식에 대한 추숭작업이 지속적으로 이루어지면서도 鄭仁弘(來庵, 1536-1623)의 실각으로 커다란 타격을 입고 변화하였다. 이황 문하에로의 이탈을 대표적으로 들 수 있을 것이다.

한편 조선조가 성리학으로 정착되고 붕당정치가 안정되면서 지식인들은 조화로운 세계를 지향하게 되었고, 그것은 타협과 공존의 세계인식으로 나타나기도 했다. 이 같은 과정에서 조식문도 중 일부는 다소 보수적인 성향을 지닌 퇴계학 쪽에도 관심을 두게 되었다. 그러나 어떤 선비가 一門兩師로 일컬어지기도 했던 당대의 두 스승 조식과 이황 가운데, 어느 쪽 문인인가 하는 문제는 그리 간단하지가 않다. 어쩌면 이 같은 논의 자체가 무의미할 수도 있다. 여러 가지의 문제점이 발견되기는 하나 여기서는 『德川師友淵源錄』을 중심으로 조식의 직전 제자들을 간단히 열거해본다. 남명학파의 대체적인 규모를 알아보기 위함이다.

순번	姓名(生沒年代)-貫鄕-號-字	순번	姓名(生沒年代)-貫鄕-號-字
001	吳　建(1521-1574)-咸陽-德溪-子强	002	崔永慶(1529-1590)-和順-守愚堂-孝元
003	鄭　逑(1543-1620)-西原-寒岡-道可	004	金宇宏(1524-1590)-義城-開巖-敬夫
005	金宇顒(1540-1603)-義城-東岡-肅夫	006	李濟臣(1510-1582)-固城-陶丘-彦遇
007	林　芸(1517-1572)-恩津-瞻慕堂-彦成	008	裵　紳(1520-1573)-星州-洛川-景餘
009	宋師頤(1519-1592)-冶城-新淵-敬叔	010	崔　櫟(1522-　?　)-完山-　?　-大樹
011	姜　翼(1523-1567)-晉陽-介庵-仲輔	012	李俊民(1524-1591)-全義-新庵-子修
013	鄭　琢(1526-1605)-西原-藥圃-子精	014	李光友(1529-1619)-陜川-竹閣-和甫
015	河　沆(1538-1590)-晉陽-覺齋-浩源	016	文益成(1526-1584)-南平-玉洞-叔栽
017	朴齊仁(1536-1618)-慶州-篁嵒-仲思	018	李天慶(1538-1610)-陜川-日新堂-祥甫
019	鄭　構(1522-　?　)-慶州-永慕庵-肯甫	020	李　晁(1530-1580)-星州-桐谷-景升
021	具　忭(1529-　?　)-綾城-　?　-時仲	022	李光坤(1528-　?　)-陜川-松堂-厚仲
023	權文任(1528-1580)-安東-源塘-興叔	024	盧　欽(1527-1602)-光山-立齋-公愼
025	全致遠(1527-1596)-完山-濯溪-士毅	026	林希茂(1527-1577)-羅州-灆溪-彦實
027	郭　赳(1531-1593)-玄風-禮谷-泰靜	028	趙宗道(1537-1597)-咸安-大笑軒-伯由
029	李　琰(1537-1587)-固城-雲塘-玉吾	030	河應圖(1540-1610)-晉陽-寧無成-元龍
021	金孝元(1542-1590)-善山-省庵-仁伯	032	朴　瀲(1538-1581)-密陽-雪峰-景淸
033	權世倫(1542-1581)-安東-仙院-景彛	034	河晉寶(1530-1585)-晉陽-永慕亭-善哉
035	李　魯(1544-1598)-固城-松庵-汝唯	036	盧　錞(1551-　?　)-新昌-梅窩-子協
037	金弘微(1557-1605)-商山-省克堂-昌遠	038	趙　瑗(1544-1595)-林川-雲岡-伯玉

039	李　瀞(1541-1613)-載寧-茅村-汝涵	040	成汝信(1546-1632)-昌寧-浮査-公實
041	柳宗智(1546-1589)-文化-潮溪-明仲	042	李大期(1551-1628)-全義-雪壑-任重
043	郭再祐(1552-1617)-玄風-忘憂堂-季綏	044	孫天祐(1533-1594)-密陽-撫松軒-君弼
045	李濟臣(1536-1583)-全義-淸江-夢應	046	陳克敬(1546-1617)-驪陽-柏谷-景直
047	河天澍(1540- ？)-晉陽-新溪-解叔	048	愼公弼(？- ？)-居昌-靜齋-士勳
049	李　瑤(1537 - ？)-全州- ？ -守夫	050	李純仁(1533-1592)-全義-孤潭-伯生
051	李喜生(？-1584)-碧珍-碧珍-慶胤	052	吳　僩(1546-1589)-咸陽-守吾堂-毅叔
053	宋　寅(1517-1584)-礪山-頤庵-明仲	054	河　洛(1530-1592)-晉陽-喚醒齋-道源
055	金　沔(1541-1593)-高靈-松菴-志海	056	都希齡(1539-1566)-星州-養性軒-子壽
057	吳　澐(1540-1617)-高敞-竹牖-太源	058	崔　滉(1529-1603)-海州-月潭-彦明
059	兪大修(1546-1586)-杞溪- ？ -士永	060	鄭復顯(1521-1591)-瑞山-梅村-遂初
061	鄭之麟(1520-1600)-草溪-棲巖-獜瑞	062	朴齊賢(1521-1575)-慶州-松嵒-孟思
063	鄭惟明(1539-1596)-草溪-嶧陽-克允	064	梁弘澍(1550-1610)-南原-西溪-大霖
065	房應賢(1524-1589)-南陽-沙溪-俊夫	066	金信玉(1534-1598)-善山- ？ -公瑞
067	梁應龍(？- ？)- ？- ？ -士雲	068	金　勵(？- ？)- ？- ？ -勵之
069	李　郁(1556-1593)-驪興- ？ -文哉	070	朴　淳(1523-1589)-忠州-思菴-和叔
071	李陽元(1526-1592)-全州-鷺渚-伯春	072	李山海(1539-1609)-韓山-鵝溪-汝受
073	尹根壽(1537-1616)-海平-月汀-子固	074	鄭仁耆(1544-1617)-瑞山-文庵-德綏
075	朴　潤(1517-1572)-高靈-竹淵-德夫	076	李宗榮(1551-1606)-慶州-芝峯-希仁
077	崔　源(1510-1563)-陽川-鶴谷-道宗	078	朴　澤(1521-1566)-高靈-樂樂堂-恭夫
079	田有龍(1576- ？)-潭陽-蒿峯-見卿	080	李　昌(1519-1592)-星州-楸岡-昌之
081	愼文彬(1519- ？)-居昌-鋪淵- ？	082	姜　瑞(1510-1540)-晉陽-梅谷-叔圭
083	李　曇(1524-1600)-星州-寒泉-曇之	084	許彭齡(1528-1584)-金海-晩軒-天老
085	權文顯(1524-1575)-安東-竹亭-明叔	086	河魏寶(1527-1591)-晉陽- ？ -美哉
087	朴啓賢(1524-1580)-密陽-灌園-君玉	088	權文彦(1530-1592)-安東-參議-俊叔
089	裵祺樹(1532- ？)-盆城-大惶齋-晉益	090	鄭白渠(？- ？)-草溪- ？ -弘澤
091	金聃壽(1535-1603)-義城-西溪-台叟	092	崔餘慶(？- ？)-和順-天民堂-悌元

093	李長榮(1521-1589)-咸平-竹谷-壽卿	094	卞玉希(1539-1593)-草溪-坪川-得楚
095	金大鳴(1536-1603)-蔚山-白巖-聲遠	096	權 愉(? - ?)-安東- ? - ?
097	鄭師賢(1508-1555)-晉陽-月潭-希古	098	柳永詢(1552-1632)-全州-拙庵-詢之
099	權文著(1526- ?)-安東- ? -粲叔	100	姜 燉(1540-1589)-晉陽-觀齋-德輝
101	鄭大方(1565- ?)-慶州-東溪-景道	102	姜 熺(1542-1593)-晉陽-頤齋-德章
103	李 佶(1538- ?)-廣平-儉溪-汝間	104	裵明遠(1542-1593)-盆城-月汀-君晦
105	朴寅亮(1546-1638)-密陽-萬樹堂-汝乾	106	陳克元(1534-1595)-驪陽-月窩-敬汝
107	朴而絢(1544-1592)-順天-蒼涯-汝粹	108	姜 濂(1544-1606)-晉州-晩松-沿洛
109	鄭麟祥(1554- ?)-晉陽-龜溪-仁伯	110	崔 涎(? - ?)-全州- ? - ?
111	河宗岳(? - ?)-晉陽- ? -君礪	112	吳 俔(? - ?)-咸陽-義堂-馨叔
113	許 篋(1548-1612)-陽川-岳麓-功彦	114	許 篈(1551-1588)-陽川-荷谷-美叔
115	姜 琙(? - ?)-晉陽-守庵-仲圭	116	河 恒(1546- ?)-晉陽-松岡-子常
117	朴 悅(? - ?)-密陽-臨履齋-汝安	118	鄭仁涵(1546-1613)-瑞山-琴月軒-德渾
119	河 渾(1548-1620)-晉陽-暮軒-性源	120	權 濟(1548-1612)-安東-源堂-致遠
121	李 承(1552-1598)-全州-晴暉堂-善述	122	李賢佑(1548-1623)-仁川-兎川-盡忠
123	曺受天(1550- ?)-昌寧-靜窩-古初	124	盧 鈍(1551- ?)-新昌-梅窩-子協
125	崔汝契(1551- ?)-陽川-梅軒-舜輔	126	裵亨遠(1552- ?)-盆城-汀谷-君吉
127	姜 璹(? - ?)-晉陽- ? -季圭	128	柳德龍(1563-1644)-文化-鳩鷀堂-時見
129	曺以天(1560-1638)-昌寧-鳳谷-順初	130	鄭 深(1590- ?)-瑞山-月潭-淸淑
131	李宗郁(? - ?)-慶州-和軒-希文	132	曺 湜(1526-1572)-昌寧-梅庵-幼淸
133	曺義民(1545-1605)-昌寧-敬慕齋-子方	134	曺次石(1552-1616)-昌寧- ? -一會
135	曺次磨(1557-1639)-昌寧-慕亭-二會		

조식의 문인은 위와 같이 정리할 수 있으나 여기에는 다소의 문제가 있다. 鄭仁弘(來庵, 1536-1623)을 누락시킨 점, 124번 盧鈍(梅窩, 1551-?)은 036번 盧錞(梅窩, 1551-?)의 오기로 중복 등재한 점, 079번 田有龍(蒿峯, 1576-?)이나 130번 鄭深(月潭, 1590-?)과 같이 조식 사후의 인물이 수

록된 점 등이 그것이다. 따라서 정인홍을 추가하고 盧鈍, 田有龍, 鄭深을 삭제하면 그의 직전문인은 133명이 된다. 여기에는 물론 남명과 나이 차이가 너무 많이 나서 사숙인으로 분류해야 할 사람들도 여럿 포함되어 있다. 그리고 추가로 확인되는 문인인 權應仁(松溪, 1517-?), 盧祼(徙庵, 1522-1574), 文德粹(孤査, 1516-1595), 李麟(山澤堂, 1536-1595), 李偁(篁谷, 1535-1600), 成彭年(石谷, 1540-1594), 金太乙(矩翁, 1530-1571), 宋希昌(松軒, 1539-1620), 全八顧(原泉, 1540-1612), 全八及(原溪, 1542-1613) 등을 더하면 조식의 직전 문인집단의 대체적인 규모가 드러난다.[66]

조식의 문인은 '남명문하 48가'로 일컬어질 만큼 광범하다. 이들 문인은 다양하게 나눌 수 있지만 대체로 세 계열을 이룬다. 조식과 마찬가지로 출사하지 않고 처사로 일관했던 계열(최영경, 이제신, 하항, 김담수 등), 조식에게서 배운 학문을 정치활동으로 펴고자 했던 계열(오건, 정인홍, 김우옹, 정구 등), 임진왜란이 일어났을 때 조식에게서 배운 병법을 십분 활용하며 의병장이 되었던 계열(곽재우, 김면, 조종도 등) 등이 그것이다. 중첩되는 경우가 있기는 하나, 조식의 제자들에 대한 문학적 접근은 처사로 일관했던 문인과 정계에 나아가 활동한 문인이 중심으로 이루었다. 이 책 역시 여기에서 자유로울 수 없는 것이 사실이다.

2. 남명학의 후대적 계승

조식을 종장으로 한 남명학파는 독특한 성격을 지니면서 민족사적 순기능을 성실히 수행했다. 조식의 학문경향이 그의 문도들에게 파급된 결

---

66) 이에 대해서는 이상필의 『남명학파의 형성과 전개』(와우출판사, 2005), 87-99쪽을 참조할 수 있다.

과라 아니할 수 없다. 조식이 그러했던 것처럼 그의 문도는 시폐를 극론하면서 최고 지도자인 군왕에게 그 시정을 강력히 요구했고, 나라의 운명이 풍전등화와 같을 때는 구국의 선봉에 서기도 했다. 영남우도라는 지역적 특성과 함께 강한 실천적 학문성향이 그들의 저류에 흐르고 있었던 까닭이다. 남명학의 특징을 염두에 두면서 남명학이 후대에 어떻게 계승되고 있는지를 간단히 살펴보자.

조식은 유가서에 중심을 두면서도 소위 이단이라고 일컬어지는 도가서적류도 박람하는 개방적 학문태도를 보였다. 특히 그의 경의사상은 현실에 대한 비판적 인식을 예각화하는 데 기능했다. 조식은 당대를 도가 시행되지 않는 현실로 보았기 때문에 퇴처했다. 그러나 그의 의식은 언제나 현실을 떠나지 않았다. 즉 퇴처하면 할수록 그의 현실인식은 더욱 투철해졌다는 것이다. 여기서 우리는 그의 역설적 현실 대응태도를 만나게 된다. 조식의 문하생은 처사로 지내기도 하고, 정계에 나가기도 하고, 의병장이 되기도 했다. 직전제자들을 중심에 두면 오건, 최영경, 임운, 정인홍, 정구, 김담수, 김우옹, 곽재우, 오운 등이 그 대표적 인물이다. 이들은 모두 조식정신을 여러 가지 각도에서 계승하였다. 초야에 물러나 있었으나 당대의 현실을 '急求'로 인식하며 壁立千仞의 기상으로 비판하는가 하면, 실천의지를 드러내며 민본주의를 역설하기도 했다. 특히 1592년 임진왜란이 일어나자 가장 먼저 창의기병한 것이 조식의 문도이다. 이 같은 조식 문도들의 의병활동은 조식의 경의사상이 내재적으로 발전해서 이루어진 것이라 하지 않을 수 없다.

인조반정으로 조식정신을 대변하던 정인홍이 실각하자 남명학파는 심각한 타격을 받게 된다. 그러나 남명정신은 후대에도 지속되어 불의의 세력에 끊임없이 항거하였고, 국가적 위기가 있을 때마다 그것은 유감없이 발휘되었다. '憂國'과 '爲民'을 바탕으로 한 경의사상이기 때문에 가능한 것이었다. 병자호란 때 鄭蘊(桐溪, 1569-1641)이 보여준 義氣나, 인조반정 이후 영남우도에 대한 지나친 차별대우로 일어난 1728년의 무신란, 진주의 백성 탐학에 반기를 든 1862년의 진주민란 등이 모두 강우지역에서 일어난 것은 우연이 아닐 것이다. 3·1운동이나 독립만세운동에 이 지역 백성들이 가장 많이 참여할 수 있었던 것 또한 같은 이유에서였다.

특히 일제강점하에서 남명학파 후예들이 벌인 巴里長書事件은 주목할 필요가 있다. 3·1운동이 전국적으로 전개되자 유림측에서도 파리에서 개최되는 강화회의에 한국의 독립을 호소하는 장문의 서한을 작성하였다. 영남지방에서는 郭鍾錫(俛宇, 1864-1919)과 張錫英(晦堂, 1851-1926), 그리고 金昌淑(心山, 1879-1962)이 중심이 되었다.[67] 당시 곽종석은 영남우도를 대표하던 유학자였다. 그는 1899년 중추원의관으로 부름을 받았으나 사양하고 나아가지 않았다. 그는 『남명집』을 교열하면서 남명학의 요체를 파악한다. 그리고 「南冥曺先生墓誌銘」이라는 글의 남기게 된다. 이 글에서 곽종석은 '아! 선생이 살아 계실 때에는 곧 당일의 형상 있는 경의였고, 선생이 돌아가신 후에도 그 마음은 오히려 없어지지 아니하여 만고에 불변하는 경의이니 선생이 곧 일월이다.'[68]라며 조식과 그 정신을 극력 찬양하였다. 1908년 간도로 망명한 李承熙 등이 망명을 제의해 왔으나 그는 그것을 거절하고 국내에서 고행의 길을 걸었다. 그러니까 그의 실천정신에 바탕한 구국의지는 파리장서로 구체화되어 나타났던 것이다.

장석영은 경북 칠곡 출신으로 鄭逑(寒岡, 1543-1620)의 문인 張顯光(旅軒,

---

67) 郭鍾錫의 「長書于巴里平和會」(『俛宇集』 4, 亞細亞文化社刊, 1983, 759-763쪽)과 張錫英의 「己未黑山日錄」(『先文別集』 智, 張1-35) 등의 자료를 참고할 수 있다.

68) 郭鍾錫, 「南冥曺先生墓誌銘」(『俛宇集』 4, 亞細亞文化社刊, 1983, 191-192쪽), "嗚呼! 先生之存, 卽當日有象之敬義也. 先生之沒, 其心猶不泯, 則萬古不可易之敬義也. 先生卽日月也."

1554-1633)의 후손이며, 張福樞(四未軒, 1815-1900)와 李震相(寒洲, 1818-1886)의 제자이다. 1905년(광무 9) 일제의 國權侵奪條約인 을사늑약이 체결되자 이승희·곽종석 등과 「請斬五賊疏」를 올렸고, 1907년(융희 1) 이래 전국적으로 국채보상운동이 일어나자 지방의 보상회장으로 추대되기도 했다. 특히 그는 파리장서를 가장 먼저 쓴 사람으로 유명하다. 이 장서가 곽종석에 의해 기각되기는 하였지만, 『黑山日錄』에는 그가 쓴 초고본 파리장서의 내용이 고스란히 남아 있다.69) 『흑산일록』은 1919년 10월에 작성한 것으로 파리장서의 서술과정과 이로 인한 141일간의 옥중생활이 상세하게 기록되어 있다. 이 일기는 1912년 만주로 가서 독립운동기지와 이주개척민의 실태를 살핀 『遼左紀行』과 함께 장석영의 독립정신을 잘 알 수 있는 중요한 자료이다.

김창숙은 곽종석의 제자이자 조식의 외손서인 김우옹의 13세 종손이다. 그는 1905년 을사조약이 체결되자 서울로 올라가 「請斬五賊疏」를 올리며 李完用 등 매국오적을 성토하였다. 3·1운동이 일어나자 전국의 유림을 규합하여 130여 명의 연명으로 한국독립을 호소하는 유림단의 진정서를 파리 만국평화회의에 제출하는 것에 적극적이었다. 또한 만주와 몽고의 접경지역에 군정학교를 세우기 위하여 모금운동을 벌이기도 했으며, 독립운동을 고양시키기 위하여 申采浩(丹齋, 1880-1936) 등과 함께 독립운동지인 『天鼓』를 발행하였고 西路軍政署를 조직하여 군사전선위원장으로 활약하기도 했다. 그러나 1927년 상해에서 일본 영사관원에게 붙잡혀 본국으로 압송되어 대전형무소에 복역하게 된다. 복역 중

69) 장석영의 『흑산일록』(『先文別集』 智)에는 慶尙道內 사람들의 민심을 불러일으키기 위한 「通告道內文」, 일본총독부에 보내 독립의 정당성을 주장한 「抵總督府書」, 그 자신이 지은 초고본 「巴里長書」, 郭鍾錫(俛宇, 1864-1919)이 새로 쓴 「파리장서」 등이 수록되어 있다. 이밖에도 파리장서사건으로 인한 투옥과정과 옥중생활, 출옥과정이 상세하게 기록되어 있다. 이로 보아 독립운동사 연구에 매우 중요한 가치가 있는 것으로 판단된다.

일본경찰의 고문에 의해 두 다리가 마비되고 그로 인해 형집행 정지를 받아 출옥한다. 출옥한 뒤에도 그는 창씨개명에 반대하는 등 항일투쟁을 지속적으로 전개해 나갔다.

우리는 조식 정신이 끊임없이 계승되고 있음을 본다. 국내에서는 불의를 일삼는 지배계층을 향하여 민중의 이름으로 항거하였으며, 나라가 위태로운 경지에 빠졌을 때는 힘을 결집하여 국외 세력에 대응해 나갔다. 이것은 시폐를 걱정하며 끊임없이 올렸던 어조 강한 상소문과 백성들의 항거, 임진왜란 때 조식의 제자들이 벌인 의병활동, 그리고 남명학파의 후예들이 주도한 일제강점기의 독립운동 등에서 뚜렷하다. 경의를 기반으로 한 행동철학은 반대 세력을 수용하는 포용력이 결여될 수 있다. 사정이 이러함에도 불구하고 조식의 정신은 살아있는 지성으로서 오늘날도 여전히 유효하다.

제2부 남명학파 문학의 연구사적 검토

제1장

曺植 및 그 학파 문학연구의 과제분석

1. 머리말

오늘날의 남명학을 있게 한 구심체는 1986년 설립된 사단법인 남명학연구원이며, 이 기관에서 발간된 『남명학연구논총』(이하 『논총』)은 남명학연구의 기초를 다지는 한편 연구의 깊이와 넓이를 위한 견인차 역할을 충실히 수행해왔다. 『논총』 발간의 기본적인 취지는 오해와 편견에서 벗어나 남명학을 바르게 이해하자는 것이었다. 이 같은 사실은 『논총』 제1집(1988)에 실린 김충렬의 글 「南冥學論叢 第一集 序」에 대한 부제, '남명학을 오해와 소외에서 바로잡자'가 분명히 증언하고 있다. 이 글은 조식의 사람됨에 대한 재인식, 조식이 貶抑된 몇 가지 원인, 조식정신이 지성에게 주는 교훈 등으로 구성되어 있다. 그리고 조식의 폄억 원인을 조정으로부터의 경원, 鄭仁弘의 실각과 학파간의 대립, 문집산정에 따른 진면목의 상실, 신도비 시비로 인한 유림과의 이반 등을 들었다. 이 같은 원인에 의하여 조식은 소외되어 왔지만 조식이 우리 지성사에 던진 메시지는 다대한 것이었다. 그 메시지란 다름 아닌 진리와 도의 편에 서는 지성, 자아세계가 확립된 지성, 역사문화의 주체적 지성, 萬品을 俯視하는 고고탁절한 기상 등이었다고 밝힌다.

남명학을 오해와 소외에서 바로잡자는 구호 아래 시작된 『논총』을 통한 남명학연구는 해를 거듭할수록 깊이와 넓이를 더해갔다. 제1집에서 이미 남명학의 핵심개념 '경의'를 중심으로 조식의 성리학, 조식의 사회철학·교육학·정치학·문학 등이 두루 논의되었으며, 조식을 제대로 연구하기 위하여 자료가 가장 먼저 체계적으로 정리되어야 함을 인식하기도 했다. 오이환에 의해 집필된 「남명학자료총간 해제 서론」이라는 글이 이것을 방증한다. 제2집 이후 조식에 대한 철학적 접근이 지속적으로 시도되는 가운데, 그 역량이 남명학파에 대한 관심으로 바로 드러나기 시작했다. 오규환과 한상규의 오건의 인간 및 선비정신에 대한 연구와 이이화의 정인홍의 정치사상에 대한 연구, 권인호의 김우옹의 학문과 사상에 대한 연구가 그것이다. 이처럼 조식 및 그 학파에 대한 연구는 2003년 6월에 발간된 『논총』 제12집에 이르기까지 심도를 더해갔다. 이 과정에서 밖으로는 1991년 경상대 남명학연구소에서 『남명학연구』가 발간되기 시작하였고, 2002년에는 서울대 남명학회에서 『남명학보』의 창간을 보게 되면서, 조식 및 그 학파에 대한 연구는 비약적으로 발전하기에 이르렀다.

비약적 발전에는 언제나 그늘이 있기 마련이다. 이것은 대체로 두 가지로 요약이 가능하다. 첫째, 연구의 중첩성을 들 수 있다. 남명학에 대한 다양한 관심에 따라 여러 분야에서 연구가 거듭되고, 중국을 중심으로 한 외국학자들도 남명학의 요체와 그 사상사적 의의에 대하여 주목하면서 연구의 심도를 더했다. 그러나 조식에 관한 많은 연구가 진행되면서 기존연구를 제대로 섭렵하지 않은 채 논의를 전개한 것이 더러 있기 때문에, '동어반복'과 '제자리 맴돌기'에 그친 감이 적지 않다.[1)] 둘째, 연구의 산발성을 들 수 있다. 물론 연구자들이 자신의 전공영역에 따라 가장 중요하다고 생각되는 부분을 중심으로 연구하면서 자연스런 흐름이 생긴 부분도 없지 않다. 그러나 남명학 연구에 대한 포괄적이면서도 성찰적인 조망이 이루어지지 않은 상태에서 연구자의 기호에 따라 연구하다 보니 남명학 연구의 체계성에 있어 여러 가지 문제점이 노정되고 있는 실정이다.

이 글은 사단법인 남명학연구원에서 1998년부터 2003년까지 12차례에 걸쳐 발간한 『논총』 가운데, 문학분야를 중심으로 그 동안의 연구업적을 정리하기 위해서 마련되었다. 여기에는 그럴만한 이유가 있다. 『논총』을 종간함에 따라 그동안의 연구분야별 정리가 필요했기 때문이다. 이것은 앞에서 지적한 연구의 중첩성과 산발성을 극복하고 새로운 기획력으로 조식 및 그 학파를 연구하기 위한 것이며, 동시에 관련 연구자들의 동인지적 성격에서 벗어나 참신한 연구자들을 새로 발굴하기 위함이며, 또한 학술지 평가로 야기되는 한국학술진흥재단의 학문권력에 맞서기 위함이다.[2)] 이 글에서는 먼저 기간 『논총』에서 문학연구가 어떻게 진행되어 왔

1) 조식과 그 학파에 대한 자료 및 연구성과는 오이환, 「南冥學關係旣刊文獻目錄」, 『南冥學硏究論叢』 10, 南冥學硏究院, 2002에서 정리되었다. 이 조사는 2002년 5월까지 간행된 연구 자료를 정리한 것이다. 이에 의하면, 원전 및 번역본으로 『남명집』이 13종, 종유인들의 문집이 27종, 문인들의 문집이 55종, 사숙인들의 문집이 32종, 기타가 156종이다. 그리고 연구논저로는 정기간행물이 4종, 단행본이 126종, 박사학위논문이 23종, 석사학위논문이 68종, 일반논문이 554종, 논설이 97종, 未刊論著가 33종이다. 이 조사에 누락된 것과, 이 조사 이후 다시 7년이 흘렀음을 감안할 때 연구논저는 이보다 훨씬 더 많을 것임에 틀림이 없다.

2) 한국학술진흥재단은 '국내 학술지의 질적 수준 향상을 유도'하고 '재단의 각 연구비지원

는가(2장)를 살피고, 이어서 『논총』 밖에서 조식 및 그 학파의 문학연구가 어떻게 진행되어 왔는가(3장)를 살핀다. 문학분야 연구에서 『논총』이 어떤 역할을 했으며 또한 그 한계는 무엇인가 하는 것이 이 과정에서 자연스럽게 드러나게 될 것이다. 우리의 논의는 여기서 한 걸음 더 나아가고자 한다. 즉 조식 및 그 학파의 문학연구에 나타난 쟁점(4장) 등을 두루 살펴 하나의 모색(5장)을 시도해보자는 것이다. 이를 통해 우리는 『논총』의 종간에 즈음한 문학분야 연구의 정리와 이에 따른 새로운 모색이라는 이중의 효과를 거둘 수 있을 것으로 본다.

2. 문학분야 연구의 개괄적 이해

『논총』은 1988년 제1집을 시작으로 2003년 제12집에 이르기까지 도합 12차례에 걸쳐 출간되었다. 다시 2004년에 제13집이 마지막으로 나오게 되었으니 16년 동안 이 작업이 지속되었던 것이다. 이 가운데 제1집(1988)과 제2집(1992) 사이는 4년, 제2집(1992)과 제3집(1995) 사이는 3년의 간극이 있기는 하나 1995년 이후 2004년까지는 매년 출간하였으며, 2002년에는 제10집과 제11집 등 두 차례의 출간을 보게 되었다.[3)]

에 따른 학술연구업적 평가의 객관적 자료로 활용'하기 위한 목적으로 학술지를 심사하여 등재(후보)지를 선정한다. 학진의 학술지 평가는 나름대로 의의가 없는바 아니나 학문적 권력으로 작용하는 심각한 문제를 야기하고 있다. 학진의 학술지 평가 사업은 학술지를 등급화하는 데 주목적이 있다고 하겠는데, 여기에 등재(후보)되어야 비로소 논문으로 인정받고 그렇지 않으면 잡문정도로 취급된다. 이에 따라 여러 학회는 학진의 등재(후보) 학술지가 되기 위하여 무리하게 회원 수를 늘이고, 연구결과물에 대한 형식적 심사를 하는 등 학술진흥재단이 요구하는 외형꾸미기에 급급하다. 이러한 사태가 지속되면 학진의 학문적 권력의 횡포에 순응하는 학회 및 학회지만 살아남게 될 것이다. 2004년 남명학연구원은 이것의 부당성에 맞서 『논총』을 등재지로 만들기 위하여 노력하는 것이 아니라 오히려 이것을 종간시키고, 남명학과 관련한 새로운 체계의 전문서적을 지속적으로 출간해 나가고자 했다.

이 과정에서 조식 및 그 학파의 문학에 대한 연구는 철학분야나 교육학 분야에 비해 활발하게 진행된 것은 아니었지만 제1집부터 지속적인 관심을 보인 분야였다. 문학에 대한 연구는 여러 분야로 나뉘어 진행되었다. 연구의 분량적 측면에서는 많은 차이를 보이지만 둘로 대별된다. 즉 조식의 창작 작품과 문학적 전승이 그것이다. 이것은 물론 조식 및 그 학파에 대한 문학적 접근의 본령이다. 전자는 조식이 직접 창작하였으니 '조식에 의한 문학'이라 할 것이고, 후자는 다양한 자료를 통해 조식이 전승되는 것이니 '조식에 관한 문학'이라 할 것이다. 이 가운데 전자가 중심이 될 수밖에 없다. 엄밀한 의미에서의 남명문학은 바로 이를 말하는 것이기 때문이다.[4] 『논총』에서의 남명학에 대한 연구 역시 마찬가지다. 우선 문학분야 연구를 중심으로 그 목록을 작성해보자.

01) 許捲洙, 「南冥詩에 나타난 救世精神」, 『南冥學硏究論叢』 1, 南冥學硏究院, 1988.
02) 李商元, 「南冥 曺植에 關한 野乘의 硏究」, 『南冥學硏究論叢』 1, 南冥學硏究院, 1988.
03) 金忠烈, 「詩文을 통해 본 南冥의 思想」, 『南冥學硏究論叢』 2, 南冥學硏究院, 1992.
04) 曺丘鎬, 「小說文學에 나타난 南冥의 人間像」, 『南冥學硏究論叢』 4, 南冥學硏究院, 1996.
05) 鄭羽洛, 「南冥의 事物接近에 관한 理論과 그 文學的 形象化의 一局面」, 『南冥學硏究論叢』 5, 南冥學硏究院, 1997.
06) Sonja Häußler, 「南冥 曺植의 墓誌」, 『南冥學硏究論叢』 5, 南冥學硏究

3) 『논총』의 출간연대는 다음과 같다. 1988년;제1집, 1992년;제2집, 1995년;제3집, 1996년;제4집, 1997년;제5집, 1998년;제6집, 1999년;제7집, 2000년;제8집, 2001년;제9집, 2002년;제10집, 2002년;제11집, 2003년;제12집, 2004년;제13집.
4) 鄭羽洛, 「南冥文學 硏究의 成果와 課題」, 『퇴계학과 남명학』, 지식산업사, 2001. 156쪽 참조.

院, 1997.

07) 朴英鎬, 「寒岡의 「遊伽倻山錄」 硏究」, 『南冥學硏究論叢』 5, 南冥學硏究院, 1997.

08) 劉廣和(金德煥 譯), 「南冥・松亭詩韻考」, 『南冥學硏究論叢』 5, 南冥學硏究院, 1997.

09) 權鎬鐘, 「南冥 曺植詩의 隱逸心理 管窺」, 『南冥學硏究論叢』 6, 南冥學硏究院, 1998.

10) 李商元, 「南冥 撰 銘文의 意味分析」, 『南冥學硏究論叢』 6, 南冥學硏究院, 1998.

11) 鄭羽洛, 「南冥文學의 意味表出樣相과 現實主義的 性格 硏究」, 『南冥學硏究論叢』 6, 南冥學硏究院, 1998.[5)]

12) 金一根, 「曺南冥의 國文詩歌에 대한 深層硏究-頭流山歌의 作者와 定本考」, 『南冥學硏究論叢』 7, 南冥學硏究院, 1999.

13) 王培源(金德煥 譯), 「南冥先生詩說略」, 『南冥學硏究論叢』 7, 南冥學硏究院, 1999.

14) 鄭羽洛, 「說話에 나타난 南冥形象의 樣相과 意味(1)」, 『南冥學硏究論叢』 7, 南冥學硏究院, 1999.

15) 熊禮匯, 「南冥散文藝術論」, 『南冥學硏究論叢』 9, 南冥學硏究院, 2001.

16) 李商元, 「南冥 漢詩의 美學」, 『南冥學硏究論叢』 9, 南冥學硏究院, 2001.

17) 鄭羽洛, 「남명 및 그 학파의 문학, 어떻게 연구할 것인가」, 『南冥學硏究論叢』 10, 南冥學硏究院, 2002.

18) 金忠烈, 「「神明舍圖・銘」의 새로운 考釋」, 『南冥學硏究論叢』 9, 南冥學硏究院, 2002.

19) 鄭羽洛, 「南冥의 事物認識方法과 詩精神의 行方」, 『南冥學硏究論叢』 11, 南冥學硏究院, 2002.

20) 조구호, 「「天君傳」과 「愁城誌」 比較硏究」, 『南冥學硏究論叢』 12, 南冥學硏究院, 2003.

---

5) 이 글은 鄭羽洛, 「南冥文學의 意味表出樣相과 現實主義的 性格 硏究」(慶北大 博士學位論文, 1997)를 요약하여 소개한 것이다.

위에서 보듯이 『논총』에서의 문학적 접근은 순차적 시간에 의해 볼 때 뚜렷한 특징이 발견되지 않는다. 다만 남명문학은 한시문학과 설화문학에서 연구의 단초를 열었다는 점이 주목된다. 앞의 것이 '조식에 의한 문학'이라면, 뒤의 것은 '조식에 관한 문학'이다. '조식에 의한 문학'은 한시문학이 연구의 중심축을 이루며 해를 거듭할수록 심도를 더했고, '조식에 관한 문학'인 설화문학에 대한 관심도 지속적으로 일어났다. 이에서 나아가 조식이 남긴 銘文과 조식의 것이라 알려져 있지만 그 작가가 여전히 의심되는 국문시가 등이 연구되기도 했다. 연구영역은 산문 영역으로 확대되어 묘지 등 구체적인 장르가 연구의 자료로 선택되기도 하고, 조식의 산문에 나타난 예술론이 포괄적으로 논의되기도 했다. 이처럼 남명문학 연구는 한시문학 연구를 중심으로 산문으로 확대되어 갔으며, 남명학파의 문학연구로 그 관심의 영역이 넓어지기도 했다. 이를 운문문학 연구, 산문문학 연구, 종합적 연구, 남명학파 문학연구로 나누어 살펴보기로 하자.

첫째, 운문문학에 대한 연구이다. 한시문학이 이 방면 연구의 중핵을 이룬다. 『논총』의 문학관련 논문 20편 가운데 6편이 이에 해당한다. 연구자로는 허권수(01), 김충렬(03), 권호종(09), 왕배원·김덕환(13), 이상원(16), 정우락(19) 등이다. 한시문학의 연구자들이 처음으로 주목한 것은 남명시의 초점이 사회현실에 있는가 아니면 강호자연에 있는가 하는 것이었다. 전자에는 허권수(01)와 김충렬(03)이, 후자에는 권호종(09)이 참여하여 논의를 펼쳤다. 허권수는 남명시의 주제를 救世精神이라 했다. 즉 조식의 시에 선비상 정립과 출처의 대절, 그리고 世道匡正이라는 구세의 논리가 뚜렷이 제기되어 있다는 것이다. 김충렬이 淑世精神을 남명시에서 찾아낸 것도 같은 맥락이라 하겠다. 특히 조식의 영사시에는 역사교훈에 입각한 현실직시와 미래에의 대비가 뚜렷이 나타난다고 했다.

이에 비해 권호종은 남명시에 나타나는 隱逸心理를 찾으려 했다. 조식의 작품에 등장하는 출사 혹은 은거와 관련된 중국인물을 중심으로 논의를 전개하였는데, 허유와 소보, 백이와 숙제, 阮籍과 謝安 등 다양한 중국인물의 등장은 각각 조식의 樂道守志, 非君不仕, 혹은 노장적 은일심리 등이 반영된 결과라 하였다.

조식의 한시문학이 사회현실과 강호자연에 대한 단일 주제로 형성되어 있다기 보다 다층적 측면에서 이해하려는 논의가 왕배원・김덕환(13)에 의해 시도되었다. 즉 남명시를 '題咏類', '贈答類', '紀遊類', '感賦類'로 분류하여 남명시 이해의 편폭을 넓힌 것이 그것이다. 이에 비해 이상원(16)은 조식이 유가적 전통 위에 서 있되 방외의 자유로운 시선을 통하여 독특한 문학적 상상력으로 풍취가 높은 시문학의 지평을 열었다고 보고, 조식의 시에는 禪味의 체현과 우의의 풍자미, 直截의 야성미, 충만의 여백미가 주된 정조로 드러난다고 했다. 이 같은 논의가 전개되는 가운데, 정우락(19)은 현실에 대한 참여와 초월은 여전히 조식 한시문학 이해에 있어 중요한 개념이라 보고, 남명시의 행방을 찾아 나섰다. 그는 조식의 한시문학에서 현실참여와 현실초월의 이중구조에 의해 발생하는 변증법을 발견할 수 있다고 했다. 즉 참여와 초월이 서로 지양되는 가운데 현실참여가 다시 긍정되는 것으로 조식의 시정신이 구조화되어 있다는 것이다. 이렇게 해서 마침내 긍정된 현실은 초월을 내포한 현실, 혹은 차원을 달리한 현실이라 했다.

운문문학 연구로 조식의 국문시가와 '銘'이 주목되기도 했다. 국문시가에 대한 본격적인 연구는 김일근(12)에 의해 이루어졌다. 그는 현전하는 조식의 국문시가는 없다고 단언한 이동영의 논의에 일정한 문제를 제기했다. 즉 「두류산가」의 경우 20종의 문헌에 모두 지은이가 '남명'으로 되어 있다면서 조식작임을 의심하지 않았을 뿐만 아니라 이 작품의 定本

역시 고증하였다. '명'에 대한 연구는 이상원(10)과 김충렬(18)에 의해 이루어졌는데, 이상원은 조식 銘文이 지닌 의미층위를 추출하여 대립항과 그 의미지향에 대한 검토를 시도하였고, 김충렬은 「신명사도·명」의 고증문제, 「신명사도·명」의 문자 정리, 「신명사도·명」에 대한 연구자의 해석, 「신명사도·명」과 조식 실상과의 대비 등을 두루 다루어 조식의 핵심사상을 「신명사도·명」을 통해 섬세하게 이해할 수 있게 하는 성과를 거두었다. 이같이 다양한 측면에서 조식의 문학이 논구되는 가운데, 조식과 송정의 시운을 비교한 유광화(08)는 이들의 시운이 공히 평수운을 따라 압운하지 않았고 중국의 宋元明 시기의 중국어 운부체계와도 커다란 차이가 나는데, 오히려 송대 이전의 중국어 어음과 비슷한 경향이 있다고 했다. 이것은 이들 시에 나타난 압운의 객관적 상황, 그리고 용운체계를 분석한 후 중국시의 용운과 비교한 결과였다.

둘째, 산문문학에 대한 연구이다. 조식의 산문문학은 Sonja Häußler(06)와 웅례회(15)에 의해 이루어졌다. 이 두 연구자가 모두 외국인이라는 특징이 있지만 그 방법적 측면에서도 주목할 만하다. Sonja Häußler가 집중적 방식을 택하여 墓誌를 통해 조식의 산문세계를 논의했다면, 웅례회는 포괄적 방식으로 조식의 산문세계를 접근하고 있기 때문이다. Sonja Häußler는 조식이 지은 묘지를 등장인물, 작성날짜, 주요내용, 묘명 등으로 나누어 살피고, 묘지작성의 기본원칙으로 진실성과 소박성을 지적하였다. 흔히 통용되는 고전의 인용이라든가 고대 현인과의 비교 없이 사실에 입각한 소박한 형태로 묘지가 기술되고 있는데 이것은 조식이 묘지를 작성하면서 지켜온 중요한 원칙이라는 것이다. 이에 비해 웅례회는 조식의 산문 예술론을 포괄적으로 다루었다. 즉 조식의 산문에는 예술정신을 心性에 두고 있고, 직설적이고 강건한 예술 풍격을 지녔으며, 분명·통쾌하며 雅潔한 예술 언어를 사용하고 있다는 것이다. 이것은 조식이 주로 韓愈·柳宗元·歐陽修·蘇軾의 산문풍격을 따랐으며 이 가운데서도 구양수와 소식의 영향을 많이 받은 결과라 했다. 이 같은 웅례회의 논의는 동아시아의 산문사상사 안에서 조식 산문의 지위를 가늠해 본 것이라는 점에서 일정한 의의가 있다.

산문문학 가운데 설화문학 연구 역시 주목할 필요가 있다. 『논총』에서 이것은 조식의 한시연구 다음으로 많이 연구된 분야이다. 이상원(2), 정우락(14)에 의해 이것은 주도적으로 연구되었고, 소설문학에 나타난 조식의 인간상을 살핀 조구호(04)의 논의도 근본적으로 여기에 기반한다. 이상원은 이른 시기에 이 방면의 연구를 개척하였는데, 조식 전승자료 27편을 수집하여 天·地·人因野乘, 그리고 복합야승으로 분류하고, 조식 전승은 지명 유래전설 등 지인야승이 가장 많으며 대체로 조식 연고지역인 산청지방에 전해진다고 했다. 여기서 나아가 정우락은 더욱 많은 구비설화와 문헌설화를 찾아내어 그 의미를 살폈다. 그리고 그 유형을 인품담, 제자 관련담, 이황 관련담, 이적·이인담, 갈등담, 지명유래담 등으로 분류하고, 문헌설화는 논쟁의 형식으로 구비설화는 변이의 형식으로 존재한다고 하면서 특정한 역사에 대한 민중의 생각까지 전승 자료는 담아내고 있다고 했다. 이 밖에 조구호는 홍명희의 『임꺽정』, 이재운의 『토정비결』, 정동주의 『백정』 속에 나오는 조식을 살펴, 강직한 은일지사, 도가적 방외인, 실천유학자의 표상으로 조식이 등장한다고 했다. 이 논의는 설화자료로 고정되어 있는 조식 전승을 소설문학에서까지 찾아내고 있다는 측면에서 주목할 만하다 하겠다.

셋째, 종합적 연구이다. 조식의 문학이 운문문학 가운데 시문학, 산문문학 가운데 설화문학이 중심이 되어 연구되고 있는 가운데, 이를 단일한 논리에 의거하여 총합적으로 다루어 작가정신의 귀결점을 찾을 필요가 있었다. 이 같은 문제의식을 지닌 연구자는 정우락(05, 11)이었다. 그는 장르 변별적 연구에서 얻은 연구성과를 폭넓게 수용하면서 남명문학에서 현실주의가 생성될 수 있었던 배경을 역사적 상황과 작가의 반응이라는 논리 하에 탐구하기도 하고, 남명문학 전체를 일정한 이론 하에 파악하기도 했다. 이들 논의에 기반하여 「誠爲太極圖(太極圖與通書表裏圖)」를 중심으로 합일론, 조화론, 대립론을 이끌어내고 이것의 형상화를 구체적 작품에서 점검하여 현실주의적 성격을 따지는 논의로 확대해 나갔다. 여기서 정우락은 남명문학이 합일과 조화적 세계인식에도 일정부분 연결되어 있지만 대립적 세계인식에 입각한 자아의 외적 확산으로 자신의 현실주의적 세계관을 가다듬어 갔다고 했다. 그리고 조식은 출처의식에 입각한 퇴처를 통해 이를 강조하였으므로 그의 현실주의는 역설적 성격을 지닌다고 하였다.

넷째, 남명학파의 문학에 대한 연구이다. 남명학파 문학에 대한 연구는 여타의 것에 비해 적지만 이 역시 『논총』을 통해서 보고되었다. 鄭逑의 「유가야산록」을 다룬 박영호(07)의 논의, 金宇顒의 「천군전」을 林悌(白湖, 1549-1587)의 「수성지」와 비교한 조구호(20)의 논의가 그것이다. 박영호는 정구의 「유가야산록」이 경험적 세계를 중시하는 현실주의적 학문태도에서 기인한다고 보고, 이것이 「유가야산록」에서는 현실문제의 비판적 이해에 바탕하여 사실의 객관적 서술과 경물의 사실적 묘사로 나타난다고 했다. 조구호는 심성을 소재로 한 소설을 비교문학적 측면에서 논구하였다. 즉 敬을 근간으로 한 존심양성을 강조한 김우옹의 「천군전」과 술에 의한 豪氣擴充을 강조한 임제의 「수성지」는 그 내용적 측면에서 판이하지만, 심성문제를 취급하고 있는 공통점이 있다고 했다. 이것은 이 시기의 심성에 대한 중시 경향을 반증하는 것이라 했다. 이 두 논의는 『논총』을 통해 남명학파의 문학연구가 거의 이루어지지 않았던 실정을 감안할 때 일정한 의의를 지니고 있는 것이라 하겠다.

이상에서 우리는 『논총』에서 조식 및 그 학파에 대한 문학분야 연구가 어떻게 이루어져 왔던가를 살펴보았다. 이를 운문문학 연구, 산문문학 연구, 종합적 연구, 남명학파 문학연구로 나눌 수 있었다. 조식의 운문문학에 대한 연구는 한시문학이 중심을 이루면서 국문시가나 銘에 대한 연구 등으로 범위가 확대되어 갔다. 산문문학 연구는 조식이 쓴 묘지가 구체적으로 논의되기도 하고, 산문의 전반적인 풍격이 거론되기도 했다. 그리고 설화문학이 이른 시기부터 연구되는가 하면, 소설 속에 삽입된 설화를 통해 조식상이 밝혀지기도 했다. 그리고 운문문학과 산문문학을 종합적으로 탐구하여 남명사상의 내적 질서와 문학이 어떻게 결합되어 있으며 그 의미는 무엇인가를 따지는 데까지 나아가는 종합적 연구가 시도되기도 했다. 남명학파의 문학연구에 대해서는 남명문학 연구에 비해 대단히 소략한 편이었다. 정구의 「유가야산록」을 탐구하거나 김우옹의 「천군전」을 임제의 「수성지」와 비교하여 그 의미를 찾는 것 정도에서 그쳤다. 남명학파의 문학연구가 지닌 이 같은 문제를 의식하면서, 조식과 그 학파의 문학이 어떻게 연구되어야 할 것인가 하는 문제가 『논총』을 통해 제기되기도 하였으나,[6] 『논총』에서는 더 이상의 진전된 논의가 이루어지지 않았다. 우리는 『논총』 밖의 연구상황을 관망하는 수밖에 없었다.

3. 문학분야 연구의 역할과 한계

남명문학에 대한 연구는 연구자들의 기호에 따라 일견 무질서하게 진행되어 온 것 같다. 그러나 연구사에서 제기된 고민들이 다양한 방식을

6) 鄭羽洛, 「남명 및 그 학파의 문학, 어떻게 연구할 것인가」, 『南冥學研究論叢』 10, 南冥學研究院, 2002.

통해 유출되면서 반성과 모색, 그리고 그 극복이라는 발전과정을 거쳐왔다. 『논총』 안팎을 포괄해서 볼 때, 시문학 중심의 창작작품에 대한 관심이 구심력을 잃지 않으면서도, 조식 전승과 비교문학적 혹은 문헌학적 측면에서의 연구는 그 원심력을 키워가고 있었다. 남명문학 연구사상 발생하는 이 같은 현상은 보다 큰 연구사 건설을 위한 내적 운동이라 할 수 있을 것이다.[7] 남명학파의 문학연구는 지금까지의 연구를 모두 합치더라도 이 학파의 종장인 조식의 문학에 대한 연구를 그 질량적인 측면에서 따르지 못한다. 대체로 특정 문인에 치우쳐 진행되어 왔는데, 鄭逑(寒岡, 1543-1620), 金宇顒(東岡, 1540-1603), 그리고 郭再祐(忘憂堂, 1552-1617)가 중심을 이루었고, 吳健(德溪, 1521-1574), 崔永慶(守愚堂, 1521-1574), 林芸(瞻慕堂, 1517-1572), 成汝信(浮查, 1546-1632)에 대한 문학적 접근 역시 간헐적으로 이루어지기도 했다.[8] 그렇다면 이 같은 조식 및 그 학파 문학에 대한 연구가 진행됨에 있어 『논총』을 통한 문학연구는 어떤 역할을 수행하였으며 또한 그 한계는 무엇일까? 이때 역할은 주로 『논총』 안에서 이루어졌던 연구물을 통해, 한계는 『논총』 밖에서 이루어졌던 일련의 연구와의 대비를 통해서 살펴볼 수 있을 것이다.

먼저 『논총』이 수행한 문학연구의 역할에 대해서다. 이것을 한시문학과 설화문학이 어떻게 연구되어 왔는지를 중심으로 살펴보기로 하자.

첫째, 조식 한시문학 연구의 중심 주제를 성실히 소화해냈다는 점이다. 남명문학에 대한 연구는 한시문학이 그 본령이다. 한시문학을 다루면서 연구자가 가장 먼저 시도하였던 것은 남명시의 형식과 내용의 개관이었다. 남명문학 연구에 있어서의 초기적 현상으로 지극히 당연한 것이라

7) 남명문학 연구사는 鄭羽洛, 「南冥文學 硏究의 成果와 課題」(『韓國의 哲學』 27, 慶北大 退溪硏究所, 1999)에 자세하다.

8) 남명학파에 대한 대체적인 연구경향과 전망은, 鄭羽洛의 「남명 및 그 학파의 문학, 어떻게 연구할 것인가」(『南冥學硏究論叢』 10, 南冥學硏究院, 2002)에서 이루어졌다.

하겠다. 김려석[9]과 서원섭·이홍진[10]이 대표적이다. 이는 남명시의 전체적 규모 및 내용을 포괄적으로 이해할 수 있게 하였다는 장점이 있으나 남명시의 주제를 선명하게 드러낼 수 없는 한계를 지닌다. 전병윤[11]과 이종찬[12]의 연구는 이를 극복하는 측면에서 사회현실과 강호자연이라는 두 주제 영역을 설정하였다. 이 같은 연구상황에서 『논총』은 남명시의 주제를 더욱 가다듬어 가면서(왕배원·김덕환의 경우), 사회현실에 보다 밀착시켜 논의를 전개(허권수와 김충렬의 경우)하기도 하고, 혹은 강호자연에 보다 밀착시켜 논의를 전개(권호종의 경우)하기도 했다. 이에서 나아가 사회현실과 강호자연 사이에서 조식 상상력의 행방을 찾는 논의(정우락의 경우)가 『논총』을 통해 이루어지는가 하면, 조식의 한시를 미학적 측면에서 새롭게 이해하려는 노력(이상원의 경우)이 일어나기도 했다.

『논총』 밖으로 나가보면 최근 조식 한시연구가 다양하게 진행되고 있다는 사실을 발견하게 된다. 특히 자연을 조식이 어떻게 이해하고 있으며 그것이 그의 문학에는 어떻게 형상화 되어 있는가 하는 것이 중요한 연구 과제였다. 조식 한시에 나타난 지리산의 의미를 밝힌 논의가 제출된 것이 대표적이라 하겠는데, 조동일의 「조식의 시문에 나타난 지리산의 의미」[13]와 강구율의 「남명 한시에 있어서 지리산의 의미」[14]가 그것이다. 앞의 논의가 지리산 유산기에서 출발하여 조식 한시에 나타난 지리산의 의미 및 이것이 지닌 한국의 정신사적 의미를 밝혔다면, 뒤의 논

9) 金麗石, 「南冥 漢詩文學 硏究」, 慶北大 敎育學碩士論文, 1983.
10) 徐元燮·李鴻鎭, 「南冥 曺植의 生涯와 文學」, 『韓國의 哲學』 11, 慶北大 退溪硏究所, 1983.
11) 全炳允, 「南冥의 思想과 文學硏究」, 啓明大 敎育學碩士論文, 1984.
12) 李鍾燦, 「正士的 氣質의 南冥詩文」, 『東方漢文學』 11, 東方漢文學會, 1995.
13) 조동일, 「조식의 시문에 나타난 지리산의 의미」, 『남명선생탄신 500주년 기념 국제학술회의 논문집』, 남명학연구원, 2001.
14) 강구율, 「남명 한시에 있어서 지리산의 의미」, 『한국사상과문화』 16, 한국사상문화학회, 2002.

의는 조식의 한시에 바로 뛰어들어 지조와 의지, 이상세계의 표상 등 이와 관련한 의미의 다층성을 탐구했다. 이 밖에도 조식이 남긴 삶의 궤적과 연결되는 조식의 문학활동을 한시를 중심으로 다룬 이종묵의 논의,[15] 현실에 대한 불만을 초극하고자 하는 이상이 조식 한시에 낭만주의적 작품으로 형상화되어 있다고 본 송재소의 논의,[16] 현실과의 갈등에서 오는 자연동경과 욕심 없는 순수에로의 귀의를 찾아낸 김종서의 논의,[17] 텍스트 언어학적 분석을 통해 남명시에서 자연과의 조화 내지 선비로서의 자부심을 찾아낸 조일규의 논의,[18] 조식 산림시의 사상내용과 예술풍모를 다룬 웅례회의 논의[19] 등을 주목할 만하다. 『논총』은 이 같은 연구사적 추이를 주시하면서 그 연구주제를 성실히 소화해 내고 있었던 것이다.

둘째, 조식의 설화문학 연구를 주도했다는 점이다. 『논총』 제1집부터 이 분야의 관심이 나타났다. 이상원의 논의가 그것이다. 이 방면 연구는 정우락으로 이어졌고, 다시 조식 설화를 수용한 현대소설을 다룬 조구호의 논의로 확대되기까지 했다. 조식 전승을 다룬 논문은 모두 4편인데 이 가운데 3편 이 『논총』을 통해 보고되었으니 이 방면 연구를 주도했다고 해도 과언이 아니다. 『논총』 밖에서는 윤주필의 논의[20]가 유일하다. 이 논의에서 윤주필은 조식 전승의 주제를 더욱 선명하게 부각시키는 역

15) 이종묵, 「남명 조식의 삶과 문학」, 『칼을 찬 유학자-남명 조식』, 청계, 2001.
16) 송재소, 「남명시의 낭만주의적 성격」, 『남명학연구』 11, 경상대학교 남명학연구소, 2001.
17) 김종서, 「남명시에 나타난 산과 물의 의미」, 『남명학연구』 12, 경상대학교 남명학연구소, 2002.
18) 曺逸圭, 「南冥 詩에서의 선비 상(1)-선비의 자부심과 출사의식」, 『南冥學報』 2, 南冥學會, 2003 ; 曺逸圭, 「南冥 詩에서의 선비 상(2)-자연과의 조화」, 『南冥學硏究』 14, 南冥學硏究所, 2002.
19) 熊禮匯, 「南冥散文藝術論」, 『南冥學硏究論叢』 9, 南冥學硏究院, 2001.
20) 윤주필, 「설화에 나타난 道學者像-남명 조식 전승을 중심으로-」, 『南冥學硏究』 7, 慶尙大 南冥學硏究所, 1997.

할을 했다. 즉 조식 전승을 탄생담, 여성관계담, 학자담, 이인담으로 분류하고, 야담 내지 문헌설화에서는 학자담의 비중이 절대적이고 구비설화에서는 여성관계담과 이인담의 비중이 높은 편이라고 했다. 그리고 이황, 이이, 서경덕 등의 전승에 비해 조식 전승은 탄생담과 이인담이 상대적으로 미약하게 나타난다고 하면서 여타의 도학자와 비교하기도 했다. 설화 속에서 조식이 어떻게 이야기되고 있는가 하는 것은 민중이 어떤 방식으로 조식을 이해하고 있는가를 알아보는 척도이다. 여기에는 당대인 뿐만 아니라 현대인들의 의식까지 포함되어 있기 때문에 더욱 섬세한 논의가 이루어져야 한다. 『논총』은 그 선단을 열었고, 또한 일정한 방향을 제시하고 있었던 것이다.

다음으로 『논총』 문학연구의 한계를 들어보자. 이는 조식의 산문문학과 남명학파의 문학에 관심을 충분히 기울이지 않았던 점을 중심으로 살펴보기로 한다.

첫째, 조식의 산문문학에 충분한 관심을 기울이지 못했다는 점이다. 『논총』에는 조식의 산문문학 연구로 조식이 창작한 묘지를 논의한 Sonja Häußler의 연구와 조식 산문의 풍격을 다룬 웅례회의 연구가 전부이다. 산문문학에 대해서는 『논총』 밖에서 더욱 심도있게 연구되었으며, 조식이 두류산을 유람하고 쓴 「유두류록」이 가장 많이 논의되었다. 이 작품을 가장 먼저 주목한 연구자는 이재익21)이었다. 그는 영남지방의 두류산 유산기를 분석하는 과정에서 조식의 「유두류록」도 함께 검토하였는데, 조식이 소극적으로 진리와 낙토를 찾기 위해 두류산을 유람한 것으로 보고 주제 역시 이와 관련시켜 논의하였다. 이 같은 시각에 일정한 이의가 제기된 것은 정우락22)에 의해서다. 조식의 두류산 여행은 현실과의 유

---

21) 李在翼, 「「遊頭流錄」에 나타난 曺植의 自然觀」, 『語文敎育論集』 10, 釜山大 國語敎育科, 1988. 이재익의 이 논의는 「頭流山 遊山記 硏究」(釜山大 敎育學碩士論文, 1988)에서 남명부분만을 적출한 것이다.

기성 속에서 마련된 것이니 현실주의적 세계관에 입각한 작품으로 보아야 한다는 것이었다. 그는 이 작품이 지닌 창작원리도 함께 제시하였는데 사실적 기록의 문학적 확장이라는 것이 그것이다. 이정희[23] 역시 조선전기 두류산 유산기를 두루 다루면서 영남우도 사림의 정신세계를 구명하였는데, 그 주제가 역사적 현실과 밀착되어 있다고 했다. 「유두류록」에 대한 논의가 이같이 전개되는 과정에서 조식의 산수유람에 대한 기본관점을 제시하며 그의 정신세계를 고찰한 최석기[24]의 논의는 일진전이었다. 그는 '看山看水 看人看世'라는 조식의 언표에 주목하며 산수를 통해 역사를 보고 역사를 통해 다시 현실을 보려 했던 것이 산수에 대한 조식의 기본관점이라 하였다. 이에 기반하여 자아에 대한 성찰과 심성수양, 역사에 대한 회고와 현실인식 등을 두루 살펴 「유두류록」에 대한 이해를 명확히 하였다. 그리고 김경수[25]는 조식이 지리산을 '可望', '可行', '可遊', '可居'로 인식했다면서 조식의 은거가 구세를 위한 원대한 이상에 의한 것이라며 이해의 범위를 확장시켰다.

또한 『논총』 밖에서는 조식의 산문작품에 대한 연구가 여타의 장르로 확대되기도 했다. 정우락의 「엄광론」에 대한 연구[26]와 장원철의 碑誌文字에 대한 고찰,[27] 그리고 웅례회의 조식 문론의 경향에 대한 논의[28]가 대표적이다. 정우락은 「엄광론」의 구조와 이것을 통한 비판정신을 출처의

---

22) 鄭羽洛, 「南冥의 「遊頭流錄」에 나타난 記錄性과 文學性」, 『南冥學硏究』 4, 慶尙大 南冥學硏究所, 1994.
23) 李政喜, 「頭流山 遊覽錄에 나타난 嶺南士林의 精神世界」, 慶尙大 敎育學碩士論文, 1995.
24) 崔錫起, 「南冥의 山水遊覽에 대하여」, 『南冥學硏究』 5, 慶尙大 南冥學硏究所, 1995.
25) 金慶洙, 「「遊頭流錄」에 나타난 南冥意識에 대하여」, 『南冥學報』 2, 南冥學會, 2003.
26) 鄭羽洛, 「「嚴光論」의 構造를 통해 본 南冥의 批判精神」, 『東方漢文學』 11, 東方漢文學會, 1995.
27) 장원철, 「남명의 碑誌文字에 대한 소고」, 『남명학연구』 12, 경상대학교 남명학연구소, 2002.
28) 熊禮匯, 「南冥文論傾向論」, 『南冥學硏究』 14, 南冥學硏究所, 2002.

식에 의거하여 살폈다. 즉 「엄광론」에서 객관적 현실과 주관적 의지가 상호 충돌하면서 일으키는 대립현상을 관찰하고 이 같은 대립현상 사이에서 발생하는 것이 바로 비판정신이라 하였다. 장원철은 Sonja Häußler와 마찬가지로 비지문자를 중심으로 논의하였다. 그는 특히 조식이 쓴 李湛의 신도비명 「贈嘉善大夫 戶曹參判 兼同知義禁府事 李公 神道碑銘 幷序」를 중심으로 조식과 이황 사이에 일어났던 논란의 양상을 살피고, 나아가 조식 문체의 개성이 가장 잘 드러나는 '尙奇'라는 미의식의 실체가 무엇인가를 밝혔다. 그리고 웅례회는 조식 문론의 전반을 포괄적으로 제시하여 장원철과 다른 면모를 보였다. 즉 조식의 산문론에는 敬義의 이론을 기초로 하는 예술정신, 쓰임을 숭상하고 질박하고 곧은 것을 귀하게 여기는 생각, 정을 펴서 뜻을 말하되 곧바로 표달해야 한다는 생각, 文格에 구애받지 않고 章法에서 스스로 벗어나야 한다는 생각, 기를 숭상하고 풍골을 중시하는 생각 등이 두루 적용되어 있다고 했다.

둘째, 남명학파 문학연구에 대한 관심 역시 저조했다는 점이다. 『논총』에서는 남명학파 문학연구로서는 정구의 「유가야산록」을 다룬 박영호의 논의와 김우옹의 「천군전」을 임제의 「수성지」와 비교한 조구호의 논의가 전부이다. 『논총』 밖에서는 남명문학에 대한 관심만큼 크지는 않았다 할지라도, 남명학파의 문학에 대한 연구도 지속적으로 이루어졌다. 정구와 김우옹, 그리고 곽재우의 문학에 대한 연구가 비교적 활발하였다. 김광순이 정구의 생애와 문학을 포괄적으로 다룬 이래,[29] 학문성향 및 문학관 탐구, 시세계 등이 두루 연구되었다.[30] 김우옹의 문학 역시 김광순에 의

29) 金光淳, 「寒岡의 生涯와 文學」, 『韓國의 哲學』 13, 慶北大學校 退溪硏究所, 1985.
30) 李相弼, 「寒岡의 學問性向과 文學」, 『南冥學硏究』 1, 慶尙大學校 南冥學硏究所, 1991 ; 李源杰, 「寒岡 鄭逑의 漢詩硏究」, 安東大學校 碩士學位論文, 1991 ; 李源杰, 「寒岡 鄭逑의 詩世界」, 『漢文學論文集』 3, 安東漢文學會, 1993 ; 宋雋鎬, 「寒岡 鄭逑의 詩文學에 對하여」, 『東方漢文學』 10, 東方漢文學會, 1994 ; 朴英鎬, 「寒岡 鄭逑의 學問精神과 文學觀」, 『東方漢文學』 10, 東方漢文學會, 1994 ; 姜求

해 처음으로 개괄되었는데,31) 수양론이 어떻게 문학적으로 형상화되었는가 하는 문제와 김우옹 문학의 배경으로서의 학문경향이 주로 논의되었다.32) 그리고 곽재우 문학에 대한 연구는 주로 전승이 중심을 이루었다. 이에 대한 논의는 신태수에 의해 처음 시도되었는데, 김광순, 소재영, 임재해 등으로 이어졌으며,33) 한시와 산문으로 확대되기도 했다.34) 이 밖에 조식의 문인인 오건,35) 최영경,36) 성여신,37) 임운,38) 이산해,39)

律, 「寒岡 漢詩에 있어서 觀物態度와 安分의 問題」, 『東洋禮學』 6, 東洋禮學會, 2001 ; 具本燮, 「寒岡 鄭逑의 道學的 詩世界」, 慶北大學校 碩士學位論文, 2004.

31) 金光淳, 「東岡의 生涯와 文學」, 『韓國의 哲學』 11, 慶北大學校 退溪硏究院, 1983.

32) 金洪永, 「東岡 金宇顒의 讀書論과 學問的 傾向」, 『南冥學硏究』 6, 慶尙大學校 南冥學硏究所, 1996 ; 張榮圭, 「東岡 金宇顒의 生涯와 詩世界」, 『漢文學硏究』 12, 啓明漢文學會, 1997 ; 鄭羽洛, 「金宇顒의 事物認識方法과 그 精神構圖의 特性」, 『東方漢文學』 15, 東方漢文學會, 1998 ; 鄭羽洛, 「金宇顒의 經典理解方法과 「聖學六箴」의 意味構造」, 『東方漢文學』 16, 東方漢文學會, 1999 ; 趙昌圭, 「東岡 金宇顒 修養論의 文學的 形象」, 慶星大學校, 1999 ; 趙昌圭, 「東岡 金宇顒 文學에 나타난 修養論의 對立的 構造에 관하여」, 『韓國古典의 文化解釋』, 慶星漢文學硏究會, 1999.

33) 辛泰洙, 「郭再祐傳承의 樣相과 意味」, 韓國精神文化硏究院 韓國學大學院., 1985 ; 김광순, 「郭忘憂堂說話硏究—實錄의 說話化樣相과 그 意味를 中心으로—」, 『忘憂堂郭再祐硏究(3)』, 郭忘憂堂紀念事業會, 1992 ; 蘇在英, 「郭再祐傳承의 한 硏究—說話・小說을 中心으로—」, 『忘憂堂郭再祐硏究(3)』, 郭忘憂堂紀念事業會, 1992 ; 林在海, 「傳說에 나타난 郭忘憂堂의 英雄다움과 異人다움」, 『忘憂堂郭再祐硏究(3)』, 郭忘憂堂紀念事業會, 1992.

34) 金周漢, 「郭忘憂堂의 文學世界」, 『忘憂堂郭再祐硏究(1)』, 郭忘憂堂紀念事業會, 1988 ; 黃渭周, 「忘憂堂 漢詩 譯註」, 『伏賢漢文學』 7, 伏賢漢文學會, 1991 ; 趙鍾業, 「忘憂堂의 詩硏究」, 『伏賢漢文學』 9, 伏賢漢文學會, 1993 ; 李東歡, 「郭忘憂堂의 道學的 精神世界와 그 現實主義的 性向」, 『伏賢漢文學』 9, 伏賢漢文學會, 1993 ; 金周漢, 「忘憂堂 文學의 自由追求 試論」, 『南冥學硏究』 5, 慶尙大學校 南冥學硏究所, 1995 ; 洪瑀欽, 「論忘憂堂郭再祐文學中所現之義氣精神」, 『大東漢文學』 6, 大東漢文學會, 1994 ; 洪瑀欽, 「論忘憂堂의 文學에 具現된 義氣精神과 藝術性」, 『韓國漢文學硏究』, 學會創立 21周年 紀念 特輯號, 韓國漢文學會, 1996 ; 金南圭, 「忘憂堂 文學 硏究」, 嶺南大學校 教育大學院 碩士學位論文, 2004.

35) 梁基錫, 「德溪 吳健 漢詩硏究」, 慶尙大 教育大學院 碩士學位論文, 1991.

36) 鄭羽洛, 「崔永慶 삶의 特徵과 그 文學의 美的 體系」, 『南冥學硏究』 9, 慶尙大 南冥學硏究所, 1999.

37) 高順貞, 「浮査 成汝信 硏究」, 慶尙大學校 教育大學院 碩士學位論文, 1995 ; 崔錫起, 「浮査 成汝信의 智異山遊覽과 仙趣傾向」, 『韓國漢詩硏究』 7, 韓國漢詩學會,

허봉,[40] 권응인[41]의 문학에 대한 논의도 단편적으로 다루어졌다.

남명학파의 문학에 대한 연구가 크게 진전을 보지 못하고 있는 가운데, 남명학파의 문학을 단일한 체계로 탐구한 것은 하나의 진전이었다. 장원철,[42] 최석기,[43] 정우락[44]에 의해 이 작업은 이루어졌다. 장원철은 「남명학파의 문학관과 문학세계」에서 道學 또는 朱子學과 관련된 문학의 문제, 그리고 그와 관련한 남명학파의 문학관 문제 등을 중심으로 논의를 전개하였는데, 이 논의는 남명학파의 문학을 단일체계에 의거하여 본격적으로 거론한 의의가 있다. 최석기는 「남명학파의 지리산유람과 조식정신 계승양상」에서 남명학파 인물들이 지리산을 유람하고 남긴 시문을 통해 남명정신을 계승하려는 의식과 그 양상을 몇 가지로 나누어 살펴보았다. 그리고 정우락은 「남명학파 문학에 나타난 작가의식의 이중구조와 의미지향」에서 현실에 대한 초월과 참여라는 조식의 작가 의식이

1999.

38) 鄭羽洛, 「瞻慕堂 林芸의 文藝意識과 淸眞의 詩世界」, 『東方漢文學』 22, 東方漢文學會, 2002.

39) 金雄, 「鵝溪 李山海의 詩文學攷」, 東國大 敎育大學院 碩士學位論文, 1990 ; 金種碩, 「鵝溪 李山海의 流配詩 小考」, 『安東漢文學論叢』 6, 安東漢文學會, 1997 ; 김지현, 「아계 이산해의 한시 연구」, 『인문사회과학논문집』 31, 광운대 인문사회과학연구소, 2003.

40) 呂運弼, 「荷谷詩 考察」, 『睡蓮語文論叢』 14, 釜山女大 國語敎育科, 1987 ; 孫會文, 「荷谷 許篈의 漢詩硏究」, 成均館大 碩士學位論文, 1992 ; 宋垠姃, 「荷谷 許篈의 詩世界」, 『東方漢文學』 12, 東方漢文學會, 1996.

41) 孫在壽, 「松溪 權應仁의 生涯와 批評意識」, 安東大學校 碩士學位論文, 1995 ; 文艶針, 「松溪 權應仁의 漢詩 硏究」, 慶尙大 敎育大學院 碩士學位論文, 1997 ; 姜求律, 「松溪 權應仁의 삶과 詩世界의 한 局面」, 『東方漢文學』 17, 東方漢文學會, 1999 ; 李明淑, 「權應仁의 詩論과 批評意識-『松溪漫錄』을 중심으로-」, 慶北大 碩士學位論文, 2007.

42) 張源哲, 「南冥學派의 문학관과 문학세계」, 『南冥學硏究』 9, 南冥學硏究所, 1999.

43) 崔錫起, 「南冥學派의 智異山遊覽과 南冥精神 繼承樣相」, 『장서각』 6, 한국정신문화연구원, 2001.

44) 정우락, 「남명학파 문학에 나타난 작가의식의 이중구조와 의미지향」, 『한국사상과문화』 19, 한국사상문화학회, 2003.

그 학파의 문학에는 어떻게 작용하고 있는가를 살핀 다음, 남명학파는 이 이중구조의 역동성을 지니면서도 통일적 원리에 입각하여 초월의식을 내포한 현실지향의식을 보여준다고 했다. 이 몇 편의 논의는 '조식의 정신과 그 문인들의 정신이 어떤 형태로 결합되어 있는가?' 라는 문제의식에서 출발하고 있다는 점에서 주목된다.

이상에서 『논총』이 조식 및 그 학파의 문학연구에서 수행한 역할과 한계에 대해서 논의해 보았다. 역할은 크게 둘로 요약될 수 있다. 남명문학 가운데 가장 활발한 연구가 진행되었던 한시문학의 연구주제를 충분히 소화하였으며, 조식 관련 설화문학 연구를 주도하였다는 것이 그것이다. 『논총』의 이 같은 역할은 남명문학 연구가 성실히 진행될 수 있게 하는 촉매작용을 하기에 충분했다. 그러나 이에 못지않게 『논총』은 한계 역시 뚜렷이 지니고 있었다. 이것 역시 둘로 요약된다. 즉 조식의 산문문학과 남명학파의 문학에 대한 관심을 충분히 보이지 않았다는 점이다. 남명문학 가운데 산문문학 역시 조식정신의 핵심을 두루 갖추고 있는 바, 이에 대한 연구가 정치하게 이루어져야 한다. 다행히 「유두류록」을 중심으로 『논총』 밖에서 일정한 보완이 이루어지기는 했지만, 이 분야에 대해서는 여타의 장르로 확대되면서 지속적인 관심이 있어야 할 것이다. 남명학파의 문학연구도 이제 본격적으로 시도되어야 한다. 조식의 문학적 상상력이 그들의 작품 속에서 어떻게 적용되고 있는가 하는 조식 상상력의 계승문제와 조식 문인들에 대한 개별 작가론 역시 다양하게 다루어져야 할 것이다.

4. 남명문학 연구사에 나타난 쟁점

남명문학에 대한 언급은 신문학이 시작되면서 문학사에 등장하기 시작하였다. 金台俊은 『朝鮮漢文學史』에서 사화기 이후 명종조의 유일로 조식을 떠올렸고, 李家源은 『韓國漢文學史』에서 朴趾源(燕巖, 1737-1805)의 지적을 제시하며 조식은 현실도피 사상을 갖고 있었던 것이 아니라고 적기하고 있다. 이 같은 평가는 당대인의 조식 시문평과 함께 이 분야 연구의 방향을 설정할 수 있게 했다. 남명문학은 1980년대에 들어 비로소 집중적으로 논의되어 오늘에 이르고 있다. 연구가 지속되고 연구의 양이 늘어날수록 연구자들 사이에는 시각의 차이에 따른 쟁점이 발생하기 마련이다. 그러나 연구자들 가운데는 쟁점을 충분히 인식하지 못한 채 자신의 논의를 전개하고 있는 부분도 있고, 따라서 이것이 충분히 검토되지 않은 채 반복적으로 논의되어 온 부분도 없지 않다. 이것을 해결하기 위해서 연구사에서 노출되는 쟁점을 사안별로 정리해보는 것은 대단히 중요한 일이다. 남명학파의 문학에 대한 연구는 아직 초보적이기 때문에 쟁점이 있을 수 없다. 여기서는 남명문학 연구사에 나타난 쟁점을 사안별로 따져보고자 한다.

첫째, 남명문학의 성격에 관한 문제이다. 이것은 남명문학의 경향이 현실주의적인가 아니면 낭만주의적인가 하는 것을 둘러싸고 쟁점화되었다. 조식의 정신구도를 현실주의적 입장에서 처음으로 제시한 것은 이동환의 「조남명의 정신구도」45)에서였다. 이동환은 이 논문에서 민중세계에 대한 강렬한 관심과 애정을 통한 조식의 현실세계로의 지향성 등을 두루 검토하고 있다. 정우락은 여기서 나아가 그의 문학전반을 현실주의적 성격으로 규정하였다. 「남명문학의 의미표출양상과 현실주의적 성격 연구」에서 이 작업은 이루어졌다. 이 논의에서 그는 현실주의에 대한 개념을 광의로 파악하여 민생을 중심으로 한 현실을 사회적 시각에서 그려내는 측면을 남명문학에서 찾아내었다. 이 같은 일경향에 대한 반론은

45) 李東歡, 「曺南冥의 精神構圖」, 『南冥學硏究』 1, 慶尙大 南冥學硏究所, 1991.

송재소의 「남명시의 낭만주의적 성격」을 통해 제출되었다. 송재소는 조식의 정신구도는 이상주의 쪽에 가깝다고 보고 조식의 한시로 연구범위를 제한하여 이 논의를 전개하였다. 즉 조식의 한시는 현실도피나 신비주의와 같은 소극적 낭만주의가 아니라 불만의 현실을 초극하고자 하는 이상이 적극적으로 개진되어 있는 적극적 낭만주의가 다량 포함되어 있다는 것이다.

송재소의 주장에 대한 재반론적 성격을 지닌 논의는 정우락의 「남명의 사물인식방법과 시정신의 행방」을 통해 이루어졌다. 정우락은 이 논의에서 조식의 시문학에는 적극적 낭만주의가 나타나고 있는 것이 사실이지만, 남명문학의 전체적인 구도 속에서 조식의 시문학을 이해해야 한다고 보았다. 이 과정에서 '세상을 살아가자면 세상에 얽매이지 않을 수 없으니 물과 구름은 다시 물과 구름으로 돌려보낸다(「讀書神凝寺」)'는 조식의 시어를 특히 중시하였다. 그 결과 조식 시정신의 행방은 결국 역사현실을 중시하는 현실주의적 경향을 지닌다는 것이다. 여기서 쟁점과 함께 시각이 분명해졌다. 즉 조식의 사상적 기반이나, 남명문학 전체를 염두에 두면서 조식의 한시를 살필 경우 그것은 현실주의와 밀착되어 있고, 조식의 한시문학만을 독립적으로 다룰 때는 적극적 낭만주의가 주된 정조로 나타난다는 것이다. 물론 이 쟁점이 상대의 논의를 인식하면서 구체적으로 이루어진 것은 아니지만, 남명문학의 전체적인 성격을 규정하는 것이기 때문에 중요한 것이라 하지 않을 수 없다.

둘째, 조식 국문시가의 存疑에 관한 문제이다. 이것은 조식의 국문시가가 존재하는가 그렇지 않는가 하는 것을 둘러싸고 쟁점화되었다. 조식의 국문시가에 대한 최초의 견해는 이동영의 「江右詩歌研究序說」[46]을 통해 이루어졌다. 그는 영남우도의 국문시가를 언급하면서 조식작으로

46) 李東英, 「江右詩歌研究序說」, 『陶南學報』 4, 陶南學會, 1981.

알려진 8수의 시조 중 「西山落日歌」와 「頭流山歌」만 조식작이라 하였다. 그러나 이동영은 이후의 논고 「조남명 시조의 작자존의」[47]에서는 종전의 견해를 수정하여 현전하는 조식의 국문시가는 없다고 단언했다. 「서산락일가」는 진동혁의 견해를 받아들여 金應鼎(懈巖, 1527-1620)의 작으로, 「두류산가」는 조식의 正體와 맞지 않는다면서 金馹孫(濯纓, 1464-1498)의 작품일 가능성을 시사하였다. 이동영의 견해를 정면에서 반박한 논의는 김일근의 「조남명의 국문시가에 대한 심층연구-두류산가의 작자와 정본고」[48]에 의해 이루어졌다. 그는 「두류산가」의 경우 20종의 문헌에 모두 지은이가 '남명'으로 되어 있다면서 남명작임을 의심하지 않았을 뿐만 아니라 이 작품의 定本 역시 고증하였다. 또한 '남명'으로 記名된 작품 중 「서산락일가」(김응정), 「金烏玉兎歌」(조종도)를 제외한 나머지 시조 역시 조식작일 가능성이 상존하고 있다고 했다.

조식 국문시가의 존의문제에 대한 논쟁은 아직 끝나지 않았다. 琴蘭秀(惺齋, 1530-1599)의 『성재일록』에는 조식이 뇌룡사에서 '唱歌'를 했고, 이것은 '古歌'가 아니라 自作한 것이라 했다.[49] 이로 보면 조식은 분명히 '唱歌'를 했고 '自作'을 했다는 것을 알 수 있다. 여기서 말한 '歌'는 바로 時調일 것이다. 정조 때 사람 李學逵(洛下, 1770-1835)는 '시조란 또한 時節歌라고도 하는데, 대개 항간의 속된 말로 긴 소리로 이를 노래한다'고 하였다. 시조는 당시에 유행하던 노래라는 뜻이니 조식이 부르고 금란수가 들은 노래는 '고가'일 수 없고, 읊은 것이 아니라 '唱'을 하였으니 시조임이 더욱 분명하다. 이황이 「도산십이곡」을 시조로 지으면서 '지금의 시

47) 李東英, 「曺南冥時調의 作者存疑」, 『崔東元教授華甲紀念論叢』, 同刊行委員會, 1983.
48) 金一根, 「曺南冥의 國文詩歌에 대한 深層研究-頭流山歌의 作者와 定本考」, 『南冥學研究論叢』 7, 南冥學研究院, 1999.
49) 琴蘭秀, 『惺齋日錄』 明宗 16年 4月 18日條, "與李訓導金生員用貞, 及權明叔鄭肯甫, 歸謁南冥, 坐于雷龍堂舍, 各指酒, 酒酣, 南冥先唱歌, 勸坐中皆歌, 不用古歌, 而使皆自作, 言語峻絶, 傍若無人, 果如前所聞也."

는 옛날의 시와는 달라서 읊을 수는 있지만 노래할 수는 없다. 노래하려면 반드시 우리말로써 엮어야 하는데 대개 우리말의 음절이 그렇지 않을 수 없기 때문이다'고 한 언표 역시 좋은 증거가 된다. 그러나 조식이 과연 「두류산가」를 지었는가에 대해서는 여전히 의문이 남아있다. 조식의 제자 成汝信(浮査, 1546-1632)의 전언에 의하면, '頭流山兩堂水一歌'와 '秋月曲一章'을 세상 사람들이 조식의 것이라고 하지만 실은 李濟臣(陶丘, 1510-1582)의 것이라 하고 있기 때문이다.[50] 아직 이 자료를 부정할만한 논리는 마련되지 않았다. 따라서 조식의 국문시가에 대해서는 보다 심도있는 논의가 다시 필요하다고 하겠다.

셋째, 「유두류록」의 자연이해에 대한 문제이다. 최강현은 한국의 기행문학을 다루며 조식의 이 작품을 언급하는 과정에서 "인간계에서의 현실적 불만에 도전하여 용감히 개혁하거나 성취해야 할 이상을 명산 대천 등 강호에 숨어서 소극적으로 진리와 낙토를 찾아 유람한 경우"[51]라 하였고, 이재익 역시 「두류산 유산기 연구」[52]에서 같은 견해를 피력하였다. 이 같은 시각에 일정한 이의가 제기된 것은 정우락의 「남명의 「유두류록」에 나타난 기록성과 문학성」[53]에 의해서다. 즉 조식의 두류산 여

---

50) 成汝信, 「答曹漆原次磨書」(『浮査集』 卷2 張15), "頭流山兩堂水一歌, 秋月曲一章, 世人皆謂先生小作, 而不知其出於陶丘, 故癸亥秋, 有榮川友人朴漉投書於我曰, 南冥秋月歌, 少時好誦而今失其傳, 索余書送, 余書其歌, 跋其尾曰, 是歌也本李陶丘所作, 傳之者誤稱南冥歌云云, 而於是記, 亦以謂先生平日, 以詩荒爲戒, 不肯作詩, 其肯作歌乎云耳." 이 자료를 신뢰한다면, 조식은 「두류산가」를 짓지 않았고, 지은이는 이제신이라는 사실을 알 수 있게 된다. 그리고 다양한 시조집에서 「두류산가」제1장이 '兩端水', '兩湍水'로 전해지는 것도 당시에는 '兩堂水'로 노래되었다는 것을 알게 된다. 그러나 조식이 평소 詩荒戒를 지니고 있었으므로 시도 즐겨짓지 않았는데, 어떻게 歌를 지었겠는가 하는 성여신의 말은 납득이 가지 않는다. 금란수가 분명 그의 일기에서 조식은 歌를 自作했다고 전하고 있기 때문이다.

51) 崔康賢, 『韓國紀行文學研究』, 一志社, 1982. 41쪽.

52) 李在翼, 「頭流山 遊山記 研究」, 碩士學位 論文, 釜山大 教育大學院, 1988. 56쪽.

53) 鄭羽洛, 「南冥의 「遊頭流錄」에 나타난 記錄性과 文學性」, 『南冥學研究』 4, 慶尙大 南冥學研究所, 1994.

행은 현실과의 유기성 속에서 마련된 것이니 현실주의적 세계관에 입각한 작품으로 보아야 한다는 것이었다. 이 작품이 지닌 창작원리도 함께 제시하였는데 사실적 기록의 문학적 확장이라는 것이 그것이다. 이 같은 논의는 이정희의 「두류산 유람록에 나타난 영남사림의 정신세계」[54]나 최석기의 「남명의 산수유람에 대하여」[55] 등의 논문에서 지속되었다. 즉 산수를 통해 역사를 보고 역사를 통해 다시 현실을 보려 했던 것이 산수에 대한 조식의 기본관점이라는 것이 그것이다. 조식의 「유두류록」을 둘러싼 자연관 이해가 더 이상 진전을 보이지는 않았지만 이들 논의는 조식의 처사적 삶의 방향과 관련하여 중요한 문제로 부각되는 점이 있다고 하겠다.

넷째, 「원천부」의 주제에 관한 문제이다. 이 작품에 대한 관심은 권정호의 「조남명의 생애와 문학사상」[56] 및 김지엽의 「남명 조식의 부에 관한 연구」[57]에서 주로 보였다. 권정호는 조식의 문학사상을 부를 중심으로 탐구하였는데, 「원천부」에는 畏天思想이, 「민암부」에는 畏民思想이 주로 나타난다고 했다. 특히 「원천부」의 경우, 이 작품에서 제기되는 개념을 직관적 감각적인 표상이나 상상이 아니라 형이상학적인 인식논리학적 개념으로 이해하고 「원천부」는 성리학적 천명사상에 바탕한 畏天思想이 주조를 이룬다고 하였다. 이에 비해 김지엽은 근원있는 샘물의 지속적인 흐름은 학자로서의 자세나 학문방법론을 의미하는 것이라 하면서 작품 해석상의 쟁점을 유발시켰다. 즉 감성에 의해 흔들리기 쉬운 심성을 학문적인 축적으로 극복해 나가야 하며 그 방법론이 '경'을 궁구하는 것이

54) 李政喜, 「頭流山 遊覽錄에 나타난 嶺南士林의 精神世界」, 慶尙大 敎育學碩士論文, 1995.
55) 崔錫起, 「南冥의 山水遊覽에 대하여」, 『南冥學硏究』 5, 慶尙大 南冥學硏究所, 1995.
56) 權正浩, 「曺南冥의 生涯와 文學思想」, 『晉州文化』 5, 晉州敎大 晉州文化圈硏究所, 1984.
57) 金知燁, 「南冥 曺植의 賦에 關한 硏究」, 嶺南大 敎育大學院 碩士學位論文, 1991.

라 했다. 권정호가 「원천부」 말미의 '敬으로써 그 근원을 함양하고 하늘의 법칙에 근본해야 한다'는 구절을 주목한데 비해, 김지엽은 이 작품의 표면에 흐르는 문맥을 중시하였기 때문이다. 작품 해석은 연구자의 시각에 따라 다를 수 있지만, 무엇이 조식의 문학사상에 더욱 부합되는가 하는 문제는 여전히 중요한 문제라 하지 않을 수 없다.

다섯째, 「제덕산계정주」의 해석에 관한 문제이다. 이 문제는 전구와 결구의 번역과 이와 관련한 해석을 둘러싸고 쟁점화되었다. 이 작품은 조식의 대표작인만큼 역대로 많은 사람들이 관심을 가져왔고, 번역도 다양한 측면에서 이루어졌다. 특히 전구의 '爭似頭流山'을 申欽(象村, 1566-1628)은 『晴窓軟談』에서 '萬古千王峯'으로 바꾸어 읽기도 했다. 이 시의 해석문제에 대해서 최초로 문제가 제기된 것은 오이환의 「지리산과 남명학관」[58]에서였다. 그는 허권수의 번역을 문제 삼으면서 쟁점화시켰다. 이 시의 기구와 승구는 해석상 다소의 차이가 있기는 하지만, 작품 전체의 의미의 변화를 초래하지는 않는다. 즉 기구의 '請看千石鍾'에 대해서 '천 섬의 물건이 들어가는 종'(허권수)[59] 혹은 '천 석이나 되는 쇠를 부어 만든 종'(오이환)[60]으로 번역되기도 하고, 승구 '非大扣無聲'은 '크게 치지 않으면 소리 나지 않는다(일반적인 경우)'[61] 혹은 '큰 것으로 때리지 않으면 소리가 나지 않는다'(김충렬)[62]로 번역되기도 하기 때문이다. 천석들이의 거대한 종은 큰 북채를 갖고 강한 힘으로 쳐야 비로소 소리가 난다

58) 오이환, 「지리산과 남명학관」, 『南冥院報』 25, 南冥學硏究院, 2002.
59) 남명학연구소 편역, 『남명집』, 한길사, 2001. 61쪽. 한시는 허권수가 번역했으며, "천 섬을 담을 수 있는 큰 종을 보소서!"라고 하였다.
60) 오이환, 「지리산과 남명학관」, 『南冥院報』 25, 南冥學硏究院, 2002. 15쪽.
61) 이것은 '非大扣면 無聲이라'고 읽었기 때문이다. 즉 거대한 힘으로 치지 않으면 소리가 나지 않는다는 것이다.
62) 金忠烈, 「詩文을 통해 본 南冥의 思想」, 『南冥學硏究論叢』 2, 南冥學硏究院, 1992. 287쪽. 이것은 '非大면 扣라도 無聲이라'고 읽었기 때문이다. 즉 큰 북채가 아니면 치더라도 소리가 나지 않는다는 것이다.

는 정도로 이해가 된다.

문제는 승・결구의 '爭似頭流山, 天鳴猶不鳴'의 번역에 대해서다. 이것은 그 유형에 따라 크게 넷으로 나누어진다. 첫째, '그 凝重함을 頭流山과 다투는 듯, 천둥이 요란하게 울려도 끄뜩도 않소(김충렬)',63) 둘째, '어찌 두류산을 닮아, 하늘이 울어도 오히려 울지 않는가(오이환)',64) 셋째, '어떻게 하면 두류산처럼, 하늘이 울어도 울지 않을 수 있을까?'(허권수),65) 넷째, '어찌 두류산과 같으리? 하늘이 울어도 오히려 울리지 않는'(정우락)66)으로 번역하는 경우가 그것이다.67) 여기에는 의미상 다소의 차이가 있다. 첫째와 둘째가 '천 석종=두류산=시적 자아'의 관계를 성립시킨다면, 셋째는 '천 석종=시적 자아'의 관계를, 넷째는 '두류산=시적 자아'

---

63) 金忠烈, 같은 글(1992), 같은 쪽. '다툼이 두류산과 같아서, 하늘은 울어도 오히려 울지 않으리라'(강구율, 「남명 한시에 있어서 지리산의 의미」, 『한국사상과문화』 16, 한국사상문화학회, 2002. 95쪽) 혹은 '흡사 두류산 같아, 하늘이 울어도 오히려 울지 않으리"(『陜川의儒脈』Ⅱ, 陜川文化院, 1998. 246쪽)라고 번역하는 경우도 있으나 결국은 같은 의미로 이해된다. 즉 천 석들이 종이 두류산과 같아서 하늘이 울어도 오히려 울지 않는다는 것이다. 이때 시적 자아는 천 석종 및 두류산과 대등한 위치에 놓이게 된다.

64) 오이환, 같은 글(2002), 같은 쪽. 즉 천 석들이 종이 두류산을 닮아 하늘이 울어도 오히려 울지 않는다는 것이다. 이때 시적 자아는 천 석들이 종에 밀착되어 있으며, 두류산과 동질의 자부심으로 표현된다.

65) 남명학연구소 편역, 『남명집』, 한길사, 2001. 61쪽. 즉 크게 치지 않으면 소리가 나지 않는 천 석들이 종이 하늘이 울어도 오히려 울지 않는 두류산과 같이 되기를 희망한다는 것이다. 이때 시적 자아는 천 석들이 종에 밀착되어 있으며 자부심은 두류산을 지향하는 것으로 나타난다.

66) 鄭羽洛, 「南冥의 事物認識方法과 詩精神의 行方-사물인식의 삼각구도와 그 시적 적용을 중심으로」, 『南冥學硏究論叢』 11, 南冥學硏究院, 2002. 218쪽. 이것은 '어찌 두류산이, 하늘이 울려도 울리지 않는 것과 같겠는가?'(정우락, 『남명문학의 철학적 접근』, 박이정, 1998. 338쪽)를 다소 변형한 것이나, 의미는 같다. 즉 천 석들이 종이 대단하기는 하나, 하늘이 울어도 울지 않는 두류산만큼은 못하는 뜻이 된다. 이때 시적 자아는 두류산에 밀착되어 있으며 이와 동질의 자부심을 갖고 있는 것으로 표현된다.

67) '爭'에 대해서는 『註解語錄總攬』 「一字類」에는 '엇지'라 하고 있고, 『助字辨略』에는 '爭 俗云怎 方言如何也'라 하고 있다. 대부분의 연구자들은 여기에 의거하여 번역하고 있다.

의 관계를 성립시킨다. 결국 이 문제는 조식의 자부심을 천 석종에 비유할 것인가 두류산에 비유할 것인가에 따라 생긴 일련의 논란이라 할 것이다. 일찍이 신흠은 이 시를 두고, '壁立千仞之氣가 호장한 시운과 강한 자부심으로 드러났다'고 평했거니와 조식의 자부심을 하늘이 울어도 울리지 않는 '두류산'에 견줄 것인가, 아니면 때에 따라 울 수도 있는 '천 석종'에 견줄 것인가는 연구자들이 더욱 깊이 탐구해 볼 문제이다.

이상에서 우리는 『논총』 안팎에서 발생했던 남명문학의 연구사적 쟁점을 몇 가지 사안으로 나누어 고찰해 보았다. 크게는 남명문학의 전체적인 성격문제에서 작게는 대표 작품의 해석문제에 이르기까지 다양했다. 이것은 대체로 다섯 가지 정도로 요약될 수 있었다. 남명문학의 성격문제는 현실주의와 낭만주의 사이에서 일어났고, 국문시가에 대해서는 「두류산가」의 존의문제를 두고 일어났다. 산문작품 「유두류록」에 대해서는 조식의 은거가 현실과 유리되어 있는가 아닌가를 중심으로 일어났으며, 「원천부」는 그 주제가 외천사상인가 아니면 학문방법론을 제시한 것인가 하는 것을 두고 일어났다. 또한 한시문학 가운데 조식의 대표작이라 할 수 있는 「제덕산계정주」는 이 작품의 해석문제와 이에 따른 조식 자부심의 강도 등이 논쟁거리였다. 이들 쟁점이 대체로 뚜렷한 초점을 갖고 이루어진 것은 아니라 하더라도, 남명문학 연구의 범위가 넓어지고 또한 깊어지는 과정에서 자연스럽게 나타나는 하나의 바람직한 현상이라 하지 않을 수 없다. 이를 통해 우리는 남명학이 어떤 방법에 의거하여 해석되는지를 정밀하게 이해하게 된다.

5. 맺음말

본고는 남명학연구원에서 12집에 걸쳐 나왔던 『남명학연구논총』을 13집으로 종간함에 따라, 여기에 실린 문학분야 논문에 대한 과제를 정리·분석하기 위해 마련된 것이다. 그러나 단순한 과제분석이 아니라, 『논총』이 조식과 남명학파 문학분야 연구에 수행했던 역할과 한계를 고찰하고, 나아가 남명문학 연구사에서 발생한 쟁점들을 사안별로 나누어서 관찰하고자 하였다. 그동안 『논총』에서는 조식의 한시를 중심으로 국문시가나 명문, 그리고 묘지나 산문의 풍격을 따지는 연구 등으로 범위를 넓혀갔다. 이 과정에서 『논총』은 한시문학 연구의 주제를 충분히 소화하면서 국문시가에 대한 연구가 본격적으로 이루어질 수 있게 하는 중요한 역할을 했다. 그러나 조식의 산문문학과 남명학파의 문학에 대한 관심은 『논총』 밖의 연구 상황과 견주어 볼 때 대단히 저조한 것이어서 한계로 지적되지 않을 수 없다. 근 25년 정도 남명문학이 연구되어 오면서 다양한 쟁점이 나타나기도 했다. 이것은 대체로 남명문학의 성격문제, 국문시가의 존의문제, 산문문학 「유두류록」과 부문학 「원천부」의 주제문제, 조식의 대표작 「제덕산계정주」의 해석문제를 둘러싸고 쟁점화되었으며, 이것은 남명문학에 대한 올바른 이해 혹은 새로운 이해를 위한 연구사적 진통이었다. 이 같은 진통은 여전히 유효하며 진지하게 갈무리되어 마땅하다. 그렇다면 조식 및 그 학파 문학 연구는 어떤 방향으로 나아가야 할까? 여기서 우리는 남명학파 문학연구와 관련하여 하나의 또 다른 모색을 시도하지 않을 수 없다.

첫째, 남명학파 문학의 지형도를 찾기 위해서 우선 조식 문인의 유형을 검토해 보는 일이다. 고려전기와 후기의 분기점이 되는 무신난, 그 이후 새롭게 전개되는 사대부문학은 조선문학의 중심 축을 이룬다. 이성계를 중심으로 조선이 건국되면서 문인유형은 두 갈래로 나뉜다. 관료형과 처사형이 그것이다. 조선조에 들어 처사형은 다시 사림형과 방외형으로 구분된다. 이때의 사림은 단순한 처사적 개념과 달리 집단적인 개념으로 사용된다. 이렇게 보면 조선초의 문인유형은 관료형, 사림형, 방외형이 된다. 사림세력은 중종조를 거치면서 정치일선에 나아가게 되고 처사적 자질은 많은 변화를 겪게 된다. 따라서 다시 셋으로 나누어지게 된다. 관료형 사림, 은구형 사림, 방외형 사림이 그것이다. 金宗直(佔畢齋, 1431-1492)이나 李珥(栗谷, 1536-1584) 등은 관료형 사림에, 남명학파의 李光友(竹閣, 1529-1619), 金聃壽(西溪, 1535-1603) 등은 은구형 사림에, 徐起(孤靑, 1523-1591)나 李之菡(土亭, 1517-1578) 등은 방외형 사림에 속한다. 이 유형이 지닌 특징들 또한 비교적 뚜렷하다. 이들은 정서적 기반이 강호에 있었으므로 자연과 밀착되어 있는 공통점을 지니면서도, 그 출처 및 사상적 성향에서 분기된다. 남명학파의 문인은 주로 어느 유형에 속하는가를 주목하면서 이 방면의 논의를 전개해 나갈 수 있을 것이다.

둘째, 남명학파 은구형 문인의 전쟁체험과 문학적 대응에 대하여 탐구하는 일이다. 우선 이들은 杜甫(少陵, 712-770)에 관한 관심이 지대했다는 것을 들지 않을 수 없다. 현실에 대한 작가의 책무를 뚜렷이 인식한 이들은 두보문학을 떠올리고, 그의 정신세계를 닮고자 했다. 예컨대 김담수의 작품 가운데 「四月念四日諱日曉起因念鄕井丘壟感而述懷」에서 '무덤에 이슬 내리고 달빛마저 괴로운데, 전쟁의 고충으로 바람소리조차 쓸쓸하구나. 공연히 두보처럼 눈물 흘리나니, 오늘 새벽엔 배나 흐르네.'[68]라고 하거나 「又次二首」에서 '시국을 아파하며 걱정을 함께 하나니, 어찌 우연히 의기가 같다고 말할 수 있을까? 한창려처럼 불우한 것 한스럽고, 두

68) 金聃壽, 「四月念四日諱日曉起因念鄕井丘壟感而述懷」(『西溪先生逸稿』 卷1), "月苦松楸露, 風凄戰伐塵, 空將杜子淚, 揮灑倍今晨."

보의 曲江春처럼 근심이 많다네.'[69]라고 하면서 두보가 그러했던 것처럼, 나라에 대한 걱정과 전쟁으로 인한 괴로움을 진솔하게 토로하고 있다. 사정이 이러하므로 남명학파 은구형 사림은 그들의 문학에서 '우국정신과 국난극복 의지'를 드러내기도 하고, '전쟁에 대한 반응과 평화지향 의식'을 보이기도 했다. 또한 '고향과 가족에 대한 그리움'을 안타까운 마음으로 시와 문장을 통해 표출시키기도 했다.

셋째, 은구형 사림이 지닌 남명학파에서의 역할 내지 위상을 점검하는 일이다. 이는 두 가지 관계 속에서 정리할 수 있다. 하나는 국난 극복의 선두에 서서 의병으로 일어났던 문인들과의 관계를 통한 것이고, 다른 하나는 성리학을 천착해 가던 문인들과의 관계를 통한 것이다. 두루 알다시피 남명학파는 의병을 일으켜 많은 국가적 공적을 쌓았다. 의병이란 이민족의 침입을 격퇴하기 위하여 사적으로 조직된 민병을 말한다. 일찍이 조식은 敬義思想에 입각한 실천정신을 표방하면서, 「책문제」라는 글을 통해 여러 가지로 분란을 일으키고 있는 왜적에 대한 경계를 환기시킨 일이 있다. 그의 제자들 역시 조식의 이 뜻을 받들어 현실에 대한 감각을 예각화했는데, 그것은 의병의 형태로 나타났던 것이다. 의령의 郭再祐(忘憂堂, 1552-1617), 합천의 鄭仁弘(來庵, 1535-1623), 거창의 金沔(松庵, 1541-1593), 초계의 全致遠(濯溪, 1527-1596)과 李大期(雪壑, 1551-1628) 등이 모두 조식 문하의 의병장들이었다. 은구형 사림의 경우 이들과는 별도로 우국에 대한 심정과 함께 독특한 문학세계를 이룩하고 있으니, 이들 문학과의 대비적 고찰이 필요하다는 것이다.

넷째, 전쟁체험과 관련한 문학이 사림파 문학사 안에서 어떤 역할을 하는가를 고찰하는 일이다. 조선전기의 사림파 문학은 대체로 宋風에 입

69) 金聃壽, 「又次二首」(『西溪先生逸稿』 卷1), "…… 傷時已識艱虞共, 傾盖何論意氣均? 恨極黎侯尾瑣日, 憂深杜老曲江春 ……"

각한 성리학적 자연인식이 주축을 이룬다. 주자의 武夷九曲을 적극적으로 수용하고 이에 대하여 次韻 또는 和韻의 기법을 동원하며 그들의 성리학적 세계관을 적극적으로 표출하였다. 이른바 구곡가계 시가가 그것이다. 구곡가계 시가는 15세기 중엽이후 사림파 문학에 있어 하나의 중요한 흐름이었다. 이황을 중심으로 한 영남학파와 이이를 중심으로 한 기호학파라는 두 계보가 형성되어 이를 계승 발전시킨다. 이와는 별도로 16세기에 들면서 唐詩風이 확산되고 아울러 江西詩風이 극성을 이루기도 한다. 金淨(沖庵, 1486-1520)을 비롯한 초기 學唐者들이 당시풍적 분위기를 선도하였으며, 朴誾(挹翠軒, 1479-1504)과 李荇(容齋, 1478-1534) 등의 해동강서시파나 鄭士龍(湖陰, 1491-1570)·盧守愼(穌齋, 1515-1590)·黃廷彧(芝川, 1532-1607) 등 湖穌芝 三家 등도 독자적인 개성을 발휘하였다. 이 같은 일련의 문단분위기 속에서 처사형 사림의 전쟁체험과 당시의 수용은 독특한 의미를 지닌다. 여기서 우리는 남명학파 은구형 사림의 두보문학 수용을 주시할 필요가 있다. 임란을 거치면서 형성된 이들의 전쟁체험은 그들의 문학을 '理'를 통한 자연과 인간의 합일적 意象을 추구한 것이 아니라, 현실의 모순에 대한 인식과 그 극복의지 혹은 국가가 봉착한 위기에 대한 문학적 대응의지를 천명하고 나섰기 때문이다.

이상은 하나의 시도에 불과하다. 남명학파에는 위에서 언급한 은구형 사림도 있지만, 관료형과 방외형 사림 역시 존재한다. 이것은 남명학파의 문인집단이 순일하지 않다는 것을 의미한다. 사정의 이러함을 충분히 인식하면서 남명학파의 문학연구는 심도있게 진행되어야 한다. 그러니까 남명학파 가운데 관료형에 속했던 작가와 방외형에 속했던 작가들 역시 세밀하게 파악하여 그 지형도를 만들고, 이에 의거하여 이들이 지닌 상상력의 행방을 찾아나서야 한다는 것이다. 이것은 조식과 그 학파에 대한 문학적 측면에서의 연구가 여전히 지속되어야 한다는 것을 의미한다. 이 의미에 어떤 효과를 부여하는 한편, 안으로 남명학 연구의 내실을 기하고, 밖으로 학문권력에 따른 횡포를 견제해야 한다. 남명학연구원의 『논총』 종간선언은 이 같은 측면에서 많은 의의를 지닌다. 이것은 또한 본격적으로 남명학과 그 학파에 대한 연구를 시도하기 위한 하나의 선언이기도 하다. 물론 여기에는 그동안 우리 학계가 보여주었던 실적을 겨냥한 분량위주의 연구나 이로 인한 '동어 반복적 제자리 맴돌기'를 걷어치우자는 진지한 성찰적 메시지가 함의되어 있다.

제 2 장

남명학파의 문학, 어떻게 연구할 것인가

1. 국내 · 외 연구동향

남명문학에 대한 단편적 언급은 당대부터 진행되어 왔으며, 신문학이 시작되면서 문학사에 등장하기 시작하였다.[70] 金台俊은 『朝鮮漢文學史』에서 사화기 이후 명종조의 유일로 조식을 떠올렸고, 李家源은 『韓國漢文學史』에서 朴趾源(燕巖, 1737-1805)의 지적을 제시하며 조식은 현실도피 사상을 갖고 있었던 것이 아니라고 적기하고 있다. 이 같은 평가는 당대인의 조식 시문평과 함께 이 분야 연구의 방향을 설정할 수 있게 했다. 남명문학은 1980년대에 들어 비로소 집중적으로 논의되어 오늘에 이르

70) 남명문학에 대한 연구사는 鄭羽洛, 「南冥文學 硏究의 成果와 課題」(『퇴계학과 남명학』, 지식산업사, 2001)에 자세하게 분석되어 있다. 이 글에서 남명문학의 연구 성과와 앞으로의 과제는 여기에 의거한 것이다.

고 있는데, 대체로 네 시기로 나누어서 관찰할 수 있다.

남명문학에 대한 연구는 연구자들의 기호에 따라 일견 무질서하게 진행되어 온 것 같다. 그러나 연구사에서 제기된 고민들이 다양한 방식을 통해 유출되면서 반성과 모색, 그리고 그 극복이라는 발전과정을 거쳐왔다. 먼저 작가론적 측면에서 조식과 그의 작품을 학계에 개괄적으로 소개(제1기: 1981-1985)하고, 다음으로 본격적인 문학연구를 위한 연구방법론이 모색(제2기: 1986-1990)되는가 하면, 여기에 의거하여 보다 철저하게 개별 작품에 대한 심층적 탐구(제3기: 1991-1995)가 진행되기도 했다. 이는 남명문학을 보다 체계적으로 이해하기 위한 연구자들의 고심과 그 결과라 할 것이다. 그리하여 앞 시기 작품론적 탐구에서 거둔 성과를 기반으로 하여 작가론이 보강(제4기: 1996-2000)될 수 있었다.[71] 그러나 남명문학 연구가 이처럼 단선적으로 진행되지는 않았다. 시문학 중심의 창작 작품에 대한 관심이 구심력을 잃지 않으면서도, 조식 전승과 비교문학적 혹은 문헌학적 시각에서의 연구는 그 원심력을 키워가고 있었다. 남명문학 연구사상 발생하는 이 같은 현상은 보다 큰 연구사 건설을 위한 내적 운동이라 할 수 있을 것이다. 각 시기를 대표할 만한 논문을 들면 다음과 같다.[72]

---

71) 시기구분을 5년 단위로 한 것은 자의성과 모호성을 최소화하기 위한 것이었다. 이 기간 내에 나타나는 연구자들의 연구 방법론적 변이 과정을 추적하면 대체로 이 같은 흐름으로 나타난다.

72) 2001년 이후의 연구업적 역시 조식의 시연구가 중심이 되었고, 碑誌文字가 1편 다루어지기도 했다. 그 경향의 구체상은 유보하기로 하고, 업적은 다음과 같이 예거할 수 있다. 조동일, 「조식의 시문에 나타난 지리산의 의미」, 『남명학과 21세기 유교부흥운동 전개』(남명선생탄신 500주년 기념 국제학술회의 논문집), 남명학연구원, 2001 ; 이종찬, 「남명의 기상과 남명의 시」, 『남명학과 21세기 유교부흥운동 전개』(남명선생탄신 500주년 기념 국제학술회의 논문집), 남명학연구원, 2001 ; 이종묵, 「남명 조식의 삶과 문학」, 『칼을 찬 유학자-남명 조식』, 청계, 2001 ; 송재소, 「남명시의 낭만주의적 성격」, 『남명학 연구』 11, 경상대학교 남명학연구소, 2001 ; 김종서, 「남명시에 나타난 산과 물의 의미」, 『남명학 연구』 12, 경상대학교 남명학연구소, 2002

金麗石, 「南冥 漢詩文學 硏究」, 慶北大 教育學碩士論文, 1983.
許捲洙, 「南冥詩에 나타난 救世精神」, 『南冥學硏究論叢』 1, 南冥學硏究院, 1988.
李相弼, 「南冥의 「民巖賦」에 대하여」, 『漢文學論集』 8, 檀國漢文學會, 1990.
鄭羽洛, 「南冥文學의 意味表出樣相과 現實主義的 性格 硏究」, 慶北大 博士學位論文, 1997.

국외에서도 남명문학에 관심을 보이기는 하였으나 대단히 영성한 편이다. 중국에서 세 편, 독일에서 한 편이 전부이다. 이는 다시 시문학에 대하여 논의한 것이 두 편, 산문문학에 대하여 논의한 것이 두 편이다. 치밀한 논의가 이루어졌다고는 할 수 없으나 조식의 시운을 고찰한 유광화의 논의는 노작이라 하지 않을 수 없다. 그는 조식의 詩韻을 중국의 용운체계와 비교한 독특한 연구를 하였다. 이 연구는 16세기 조선문학의 語音 연구의 일환으로 이루어졌는데 남명시를 중심에 두고 河受一(松亭, 1553-1612)의 시도 함께 논의되었다. 이들의 시에 나타난 압운의 객관적 상황, 그리고 용운체계를 분석한 후 중국시의 용운과 비교하였다. 그 결과 조식의 시운은 평수운을 따라 압운하지 않았고 중국 宋元明 시기의 중국어 운부체계와도 커다란 차이가 나는데, 오히려 송대 이전의 중국어 어음과 비슷한 경향이 나타난다고 하였다. 이로 보아 조식 및 하수일 시의 압운은 동일 시대 중국어 어음에 의한 것이 아니라 송대 이전의 중국어 어음에 의한 것이라는 견해를 피력하였다. 유광화의 논의를 비롯한 국외에서의 연구업적을 예거하면 다음과 같다.

; 장원철, 「남명의 碑誌文字에 대한 소고」, 『남명학연구』 12, 경상대학교 남명학연구소, 2002.

劉廣和, 「南冥·松亭詩韻考」, 『南冥學硏究論叢』 5, 南冥學硏究院, 1997.

Sonja Häußler, 「南冥 曺植의 墓誌」, 『南冥學硏究論叢』 5, 南冥學硏究院, 1997.

王培源, 「南冥先生詩說略」, 『南冥學硏究論叢』 5, 南冥學硏究院, 1999.

雄禮匯, 「南冥散文藝術論」, 『南冥學硏究論叢』 9, 南冥學硏究院, 2001.

남명학파 문학에 대한 논의는 지금까지의 연구를 모두 합치더라도 이 학파의 종장인 조식의 문학에 대한 연구를 그 질량적인 측면에서 따르지 못하는 것이 실정이다. 사정이 이러하므로 남명학파에 대한 종합적인 연구가 제대로 이루어 질 수 없었다. 남명학파의 문학에 대한 연구는 대체로 특정 문인에 치우쳐 진행되어 왔는데, 연구에 대한 양적인 측면에서 보면 2009년 현재의 연구 성과물은 대체로 郭再祐(20편), 鄭逑(13편), 金宇顒(8편), 李山海(8편), 許篈(7편), 權應仁(5편), 尹根壽(4편), 吳健(3편), 鄭仁弘(3편), 崔永慶(2편), 成汝信(2편)의 순이다.73) 그 외의 문인도 더러 연구된 것이 있기는 하나, 작가연구의 측면에서 생애와 사상의 일부가 다루어졌을 따름이다. 조식의 제자라는 것이 언급되고 있기는 하나 조식의 정신이 문학적 측면에서 어떻게 같고 다른가를 면밀히 검토하지 않았다. 이 때문에 대부분의 논문이 남명학파와는 별개의 개별논문이 되고 만 실정이다. 남명학파의 문학 연구가 국외에서는 이루어지지 않았으니 국내를 중심으로 소개할 수밖에 없다. 이에 대한 국내 연구진의 대표적 연구실적은 다음과 같다.

李東歡, 「郭忘憂堂의 道學的 精神世界와 그 現實主義的 性向」, 『伏賢漢文學』 9, 伏賢漢文學, 1993.

73) 이밖에 한 편의 연구논문이 제출되어 있는 작가로는 林芸, 姜翼, 鄭琢, 文益成, 李大期, 李濟臣, 金沔, 吳澐, 金聃壽, 李偁 등을 들 수 있다. 남명학파 문학연구에 대한 구체적인 연구물은 이 책의 부록에 제시한 '남명학파 연구논저 목록'을 참고하기 바란다.

李相弼, 「寒岡 鄭逑의 學問性向과 文學」, 『南冥學硏究』 1, 南冥學硏究所, 1991.

金光淳, 「東岡의 生涯와 文學」, 『韓國의 哲學』 11, 慶北大 退溪硏究所, 1983.

장미경, 「아계 이산해의 한시 연구」, 『민족문화』 22, 민족문화추진회, 1999.

박수천, 「하곡 허봉의 시문학」, 『한국한시작가연구』 7, 한국한시학회, 2002.

이명숙, 「권응인의 시론과 비평의식」, 경북대 석사학위논문, 2007.

윤채근, 「조선전기 누정기의 사적 개관과 16세기의 변모 양상-윤근수의 古文辭唱導 문제와 연관하여-」, 『어문논집』 35, 민족어문학회, 1996.

정우락, 「덕계 오건의 문학사상과 그 형상원리」, 『동방한문학』 27, 동방한문학회, 2004.

정우락, 「정인홍의 비평정신과 창작의 실제」, 『퇴계학과 한국문화』 39, 경북대 퇴계연구소, 2006.

전재강, 「조식과의 대비적 관점에서의 최영경 문학 연구」, 『어문학』 85, 한국어문학회, 2004.

崔錫起, 「浮査 成汝信의 智異山 遊覽과 遊山詩」, 『제9회 硏究大會發表資料集』, 韓國漢詩學會, 1999.

이와 같이 남명학파의 주요인물이 논의되는 가운데, 종합적인 연구를 시도한 연구가 있어 주목할 만하다. 장원철의 「남명학파의 문학관과 문학세계」[74]가 그것이다.[75] 장원철은 이 논의에서 道學 또는 朱子學과 관

74) 張源哲, 「南冥學派의 문학관과 문학세계」, 『南冥學硏究』 9, 南冥學硏究所, 1999.

75) 이 밖에 최석기에 의해 지리산을 중심으로 남명사상이 문학적으로 어떻게 계승되고 있는가 하는 문제가 논의되었다. 최석기, 「南冥學派의 智異山遊覽과 南冥精神 繼承樣相」, 『退溪·南冥 誕辰 500周年 紀念學術會議』자료집, 한국정신문화연구원, 2001 참조.

련된 문학의 문제, 그리고 그와 관련한 남명학파의 문학관 문제 등을 중심으로 논의를 전개한 다음, 이러한 가설적 논의를 바탕으로 남명학파의 문학세계를 연구사 검토 작업과 병행하였다. 이 작업이 남명학파의 문학을 본격적으로 거론한 의의는 있으나 연구사 검토와 함께 진행되었기 때문에 연구물이 있는 작가가 중심이 될 수밖에 없었다는 단점을 지니고 있다. 한 번이라도 연구된 작가들이 남명학파의 핵심적 인물이기는 하나, 남명학파 내의 문학적 흐름을 파악한 데는 이르지 못했다. 따라서 적어도 남명학파의 문학적 탐구라고 한다면 남명의 직전제자들은 어떤 형식으로든 그 유형적 분류와 함께 특색을 탐구하지 않을 수 없다. 이를 기반으로 하여 남명학파 문학의 전체적 흐름을 파악하는 데로 나아갈 수 있기 때문이다.

2. 연구의 과제들

2.1. 남명문학 연구

남명이라는 한 작가를 향한 그간의 연구는 그 질량적 수준에서 볼 때 과소평가 될 수 없다. 남명이 민본사상에 바탕한 유가적 실천을 앞세우며 스스로 작가이길 거부하였지만 그의 뜻과는 별도로 그의 문학은 후세 사람들에게 다양한 관심을 불러일으켰다. 당대인들에 의한 남명문학의 단편적 관심이 80년대에 들어 논리를 갖춘 논문으로 발표되었고, 소개와 모색 그리고 구체적 작품론과 의식의 해명을 기반으로 한 작가론에 이르기까지 다양한 방법론적 고민에 의거하여 그 결과물들이 학계에 보고 되어왔다. 그러나 연구의 성과 못지않게 이 방면의 연구자들 앞에 놓인 과제 역시 중요한 것이라 아니 할 수 없다. 이를 몇 가지로 나누어 살펴보기로 하자.

첫째, 장르 변별적 연구의 영역확대 및 작품의 형식미학에 대한 검토이다. 장르 변별적 연구는 연구사 초기부터 주목받으며 남명문학 연구 중 가장 많은 성과를 거두고 있는 부분이다. 운문작품은 조식의 시문학을 중심으로 부와 명, 그리고 국문시가 등으로 이어졌으며, 산문작품은 「유두류록」을 중심으로 「엄광론」과 「묘지」 등으로 이어졌다. 이들 작품 역시 지속적인 관심을 두면서 정치하게 논의되어야겠지만 여타의 장르, 즉 56편의 서간문, 5편의 記文, 7편의 발문, 5편의 상소문 등에 대한 독자적인 문학적 접근 또한 시도되어야 할 것으로 본다. 이 작품들은 전통적으로 한문학 분야에서 중요하게 취급되어 왔을 뿐만 아니라 그 기술방법이나 작가적 태도 역시 뚜렷이 제기되어 있으나 여기에 대한 개별 연구가 현재 전무한 실정이다. 또한 각 작품이 지닌 주제나 내질적인 의미 역시 중요한 것이긴 하지만 작품이 지닌 형식미학적 측면에 대한 관심이 필요하다. '무엇을'에 대한 문제라기보다 '어떻게'에 대한 문제라 하겠는데, 작품의 주요 내용은 거기에 알맞은 일정한 형식미와 함께 전달될 수 있기 때문이다.

둘째, 장르 통합적 연구의 장르 간 관계에 대한 검토이다. 장르 통합적 연구는 남명문학의 다양한 장르를 포괄적으로 다루되 각 장르에서 공통인자를 추출하여 그것으로 조식의 작가정신을 탐색하는 것이 주된 임무였다. 이 같은 연구방법이 남명문학 전체에서 단일한 작가정신을 찾아내는 데는 매우 효과적으로 활용될 수 있었으나 개별 장르가 가지는 특수성을 고려하지 않았다는 비판은 모면하기 어렵다. 즉 한 작가가 시문학 등 운문으로 자신의 뜻을 형상화하는 것과 기행문 등 산문으로 자신의 뜻을 기술하는 것은 다를 수밖에 없다는 것을 충분히 고려해야 한다는 것이다. 사정의 이러함을 인식하면서 한편으로 각 장르의 이질성을 분석하되 다른 한편으로 각 장르의 동질성에 주목하여 그 유기적 관계를 밀도 있게 따져야 할 것이다.

셋째, 조식 전승 연구의 역사성과 문학성에 대한 검토이다. 문헌설화와 구비설화에 대한 탐구는 이 분야 연구의 핵심이다. 그러나 이들 자료는 그 성격이 그리 단순한 것이 아니다. 역사적 전승인 실록 및 실기와 일정한 관련을 맺으면서 문학적 전승이 이루어지고 있기 때문이다. 따라서 문헌설화의 영역을 어디까지로 할 것인가 하는 것은 여전히 커다란 문제로 남아있다. 즉 야담계 일화까지 포함할 것인가 아니면 민중적·허구적·산문적이라는 설화의 요건을 만족시키는 것만 그 대상으로 할 것인가 하는 것이 그것이다. 여기에 대한 심각한 고민을 전제로 하여 설화에 나타난 역사성과 문학성을 심도 있게 따질 때 조식 전승의 의미가 더욱 선명하게 드러날 것이다. 이것은 조식이 직접 창작한 작품이 그리 많지 않은 상황에서 조식 이해를 효과적으로 할 수 있는 하나의 중요한 방법이 아닐 수 없다.

넷째, 비교문학적 측면의 정치하고 본격적인 검토이다. 지금까지 이 분야에 대한 연구는 화담 및 퇴계문학과 남명문학을 비교하여 그 차이점을 찾아내거나, 조식의 시운을 중국의 시운과 비교하여 그 특성을 찾아내는 연구가 단편적으로 이루어져 왔을 뿐이다. 이는 다른 작가들과 변별되는 남명문학의 독자성을 찾기 위한 중요한 작업이라 하겠는데, 여기에 대한 연구가 본격화되었다고 하기는 어렵다. 이 점을 충분히 고려하면서 인접 학문분야에서의 연구성과를 원용하는 것도 하나의 방법일 수 있다. 예컨대 남명학파와 화담학파의 학풍을 史學的 측면에서 비교한 연구가 진행된 바 있는데[76] 이 같은 역사학계의 성과는 비교문학적 측면에서의 연구에 상당한 도움이 될 것으로 생각된다. 중국문학과의 비교

76) 신병주의 『남명학파와 화담학파 연구』(일지사, 2000)를 대표적인 업적으로 들 수 있다. 이에 대한 서평은 이 책의 부록을 참고하기 바란다.

역시 요청된다. 조식이 좌구명이나 유종원의 글을 좋아하였다고 거듭 논의되어 왔으나 구체적으로 어떻게 영향 받고 있으며 조식이 이를 어떻게 자기화하고 있는가에 대한 논의는 전무한 실정이다. 조식의 개성적 문체는 이로써 해명될 것으로 본다.

이밖에 남명문학의 특성이 남명학파의 문학에 어떻게 작용하는가 하는 문제이다. 이 작업은 남명학파에 대한 종합적인 연구라는 측면에서 중요하다. 역사적 시각에서 마련된 일련의 연구를 활용하면서,[77] 남명문인에 대한 개별연구, 이를 기반으로 한 남명학파에 대한 문학적 측면에서의 전개양상을 다시 따지는 것은 보다 큰 남명문학 이해를 위해 필수적이다. 이와 함께 이황 및 그 학파를 아우르는 영남문학에 대한 연구, 이이 및 기호학파를 아우르는 한국문학에 대한 연구로 나아가야 할 것이다. 이 같은 체계적이면서도 종합적인 연구가 선행될 때 한국 사림파 문학사 안에서의 조식 혹은 남명학파가 지닌 상상력의 구도는 그 위상과 특성이 일정한 영역확보와 함께 보다 진전된 의미로 우리 앞에 제시될 것이다.

2.2. 남명학파의 문학연구

학파의 성립은 그 학파의 宗匠이 지닌 사상 내용이 직전 제자나 재전제자에게 계승될 때 이루어진다. 그 사상 내용은 지속과 변화라는 관점에서 계승되기도 하고 변형되기도 한다. 이 같은 일반 법칙에 입각하여 남명학파의 문학을 연구할 필요가 있다. 인조반정 이후 남명학파가 거의 몰락하였다고 하지만, 敬義思想을 핵심으로 하는 남명정신은 영남우도를 중심으로 학맥을 유지하였다. 남인화 되거나 노론화 되기도 하지만 조식에 대한 숭모의식은 사라지지 않았기 때문이다. 이를 의식하면서 남명학

77) 이상필의 『南冥學派의 形成과 展開』(와우출판사, 2005)를 대표적인 업적으로 들 수 있다. 이에 대한 서평은 이 책의 부록을 참고하기 바란다.

파 문학연구의 과제를 몇 가지로 나누어 생각해 보기로 한다.

첫째, 조식 문학 연구에서 남명학파에 대한 문학연구로 연구방향을 선회하여 이 학파의 문학적 특징을 검토하는 것이다. 조식이라는 한 작가를 향한 약 20년간의 연구는 그 질량적 수준에서 볼 때 과소평가 될 수 없다. 조식이 사회적 실천을 앞세우며 스스로 작가이길 거부하였지만 작가적 역량은 그의 뜻과는 별도로 후세 사람들에게 다양한 관심을 불러일으켰다. 이에 비해 조식의 정신을 계승한 남명학파에 대한 연구는 대단히 영성한 편이다. 따라서 남명학파 문학연구를 위한 1차 작업으로는 조식 문인들의 개별 작가론 연구가 이루어져야 한다. 물론 대표 문인이라 할 수 있는 鄭逑(寒岡, 1543-1620), 金宇顒(東岡, 1540-1603), 郭再祐(忘憂堂, 1552-1617) 등의 문학이 논의되지 않은 바 아니나 충분하지 않으며, 조식정신의 대변자 노릇을 하였던 鄭仁弘(來庵, 1535-1623) 역시 문학적 측면에서의 연구는 소략하다. 이 밖에 일정한 작품을 남기고 있는 金宇宏(開巖, 1540-1603), 裵紳(洛川, 1520-1573), 姜翼(介菴, 1523-1567), 鄭琢(藥圃, 1526-1605) 등 다양한 작가들에 대한 개별 작가론이 충분히 마련되어야 할 것이다.

둘째, 남명학파에 공통적으로 흐르는 문학인식에 대해서 이해하는 것이다. 조식이 그러했던 것처럼 그의 제자들은 대체로 문학에 관심을 기울이는 것에 대하여 경계하였다. 吳健(德溪, 1521-1574)이 정구에게 문학에 지나친 관심을 기울이지 말라고 충고했던 일화나, 문장은 표현이 간단하면서 뜻이 잘 전달되어야 한다는 것으로 문학적 표현에 관심을 가질 필요가 없다는 崔永慶(守愚堂, 1529-1590)의 주장, 그리고 스스로 조식의 적전임을 자부했던 정인홍이 스승의 문학관을 요약한 발언 등을 살펴보면 이들의 문학에 대한 기본 태도를 이해할 수 있다. 오건의 경우 다른 문인들에 비해 상대적으로 많다고 할 수 있는 140여 수의 시문을 남기고 있기는 하나 그는 문학이 어디까지나 사상에 봉사해야 한다는 굳건한 입장을 지니고 있었다. 이 같은 기본적인 생각 하에 이들은 자연에 대한 생각 혹은 현실에 대한 생각을 간략하면서도 의미 있게 작품을 통해 제출하고 있었던 것으로 보인다.

셋째, 남명학파의 여러 작가들이 갖고 있는 작가의식의 특징을 검토하는 것이다. 우선 조식의 의식구조가 그의 문하에 어떻게 반영되고 있는가를 염두에 두면서 이 논의는 진행되어야 한다. 조식의 작가의식은 현실초월과 현실참여라는 이중구조 속에서 역동관계를 이루면서 체계화되어 있다고 본다. 즉 현실에서 출발하여 현실을 극복하는 방향으로 전개되다가 다시 현실로 되돌아오는 과정을 밟는 나선적 구조를 지닌다는 것이다. 되돌아온 현실은 다소 내면적 초월의 경향을 내포한 현실이다. 처음의 현실과는 사뭇 다른 성격의 현실이라 하겠다. 따라서 조식 의식은 참여와 초월의 서로 다른 세계지향을 통하여 변증법적 과정을 거치면서 보다 차원 높은 현실의식으로 통일된다 할 것이다. 이 같은 작가의식을 가질 수 있었던 사상적 근거는 조식이 유가적 세계를 중심에 두면서도 도가적 세계를 적극적으로 받아들인 데 있다고 본다.

조식 작가의식의 주요경향이 그의 문인들에게는 다기한 양태로 나타나는 것으로 보인다. 우선 도가적 세계를 부정하면서 유가적 현실만을 강조하는 경우, 유가와 도가 사이에서 도가적 세계에 더욱 경도된 경우, 두 세계의 충돌을 경험하면서 조식과 같이 유가적 세계로 되돌아오는 경우가 그것이다. 정구, 곽재우, 김우옹이 각각 여기에 해당하는 인물들이다. 이 밖에 조식의 다양한 문인들도 어떤 한 부류에 귀속되어 나름의 문학세계를 구축하고 있다 하겠는데, 기본적으로 공통된 그들의 문학인식을 견지하고 있으면서도 다기한 방향으로 작품 활동을 하고 있어 흥미롭다.

3. 하나의 모색

남명문학에 대한 연구가 활황을 보이고 있으니 여기서는 남명학파 문학에 대한 연구의 일단을 모색의 차원에서 드러내고자 한다.[78] 남명학파의 문학적 특성을 제대로 드러내기 위해서는 기존 연구에 대한 반성을 전제로 하지 않으면 안 된다. 남명학파 문인들에 대한 작가별 연구가 중심을 이루며, 이러한 논의도 鄭逑(寒岡, 1543-1620)와 金宇顒(東岡, 1540-1603) 등 몇몇의 대표적 작가에 한정되어 있다. 개별 작가론에 머물러 있다 보니 이들 논의는 이 학파가 지닌 뚜렷한 문학적 현상 속에서의 작가론이라 하기 어렵다. 이 때문에 기존의 연구 대부분은 남명학파에 포함되어 있는 어떤 문인을 선정하여 그 작가의 작품을 내용과 형식으로 분류하여 나열하는 데 그치고 있는 것이 실정이다. 이 역시 남명학파의 문학적 성격을 이해하는 데 필요한 것이기는 하나, 구체적인 작품 속에서 저류하고 있는 이 학파의 몇몇 특성 가운데 어느 쪽이 상대적 우위를 점하며, 이것은 또한 어떤 의의를 지니는가를 논의하는 데까지는 이르지 못했다.

개별 작가론에 대한 연구가 충분히 축적되지 않은 가운데, 학파 전체에 대한 종합적인 연구를 시도하는 것은 시기상조인 듯한 느낌도 든다. 그러나 조식 문학에 대한 연구가 충분히 축적되어 있어, 조식의 문학적 특징이 뚜렷하다는 것을 인정할 때, 이 특징이 그의 제자에게 어떻게 작용하여 작품에서는 또한 어떤 형태로 구체적 형상화 과정을 밟는가를 관찰하는 것은 중요한 것이다. 따라서 차후의 논의에서는 조식 상상력의 구조가 그의 문인에게 어떻게 작용하는가를 살피는 것이 첫째 임무이다.

---

78) 이 '하나의 모색'에 입각한 구체적인 논의는 제4부 제2장 '남명학파 문학의 이중구조와 의미지향'에서 이루어진다.

이 임무는 다음과 같은 순서로 수행될 수 있다.

첫째, 남명학파의 문학인식에 대한 이해이다. 대부분의 유학자들이 으레 그러하듯이 조식과 그 학파도 문학에 대해서 호의적인 태도를 지니지 않았던 것 같다. 조식의 문학적 입장을 논의하는 자리에서 흔히 거론되듯이 조식은 시가 인간의 마음을 피폐하게 한다는 詩荒戒[79]를 지니고 있었다. 시인들은 의치가 텅텅 비어 있기 때문에 학자들에겐 크게 병통이 된다고 여겼기 때문이다. 실로 문학의 본령이라 할 수 있는 시를 냉혹히 비판한 것이 아닐 수 없다. 그러나 金宇顒(東岡, 1540-1603)은 조식의 「行錄」에서 시를 짓기 위하여 힘을 쏟았다[80]라고 하여, 조식이 시를 제대로 짓기 위하여 고심하고 있었음을 전한다. 제자들의 평이 이처럼 모순된 것은 바로 조식 자신의 문학에 대한 양면적 시각에 기인한 것으로 보인다. 문집 속에서 작품을 남기고 있다는 사실은 뒤의 경우에 해당하고, 그 작품이 얼마 되지 않는다는 사실은 앞의 경우에 해당한다. 이것은 기본적으로 문학이 도학에 철저하게 봉사해야 한다는 재도주의적 문학관에 근거하고 있기 때문일 터이다. 주자학적 문학관인 이 재도설은 조식에게 철저하게 적용이 되었고, 그의 직전제자를 중심으로 충실히 계승된 것으로 보인다.

둘째, 남명학파 작가들의 의식에 나타난 이중구조를 살핀다. 조선조 사대부들의 문학적 상상력은 대체로 정치현실과 강호자연 사이에서 숙성된 것이다. 이는 이들이 지닌 기본적인 출처의식과 유관하다. 출처의식이란 시대를 예리하게 관찰하여 그 마땅함과 마땅하지 못함을 자각한 후 세상에 나아가거나 물러나고자 하는 의식을 말한다. 여기서 시대의 마땅

---

79) 鄭仁弘, 「南冥先生集序」(『南冥集』, 『韓國文集叢刊』 31, 453쪽), "常持詩荒戒, 以爲詩人意致虛曠, 大爲學者之病."

80) 金宇顒, 「行錄」(『南冥集』 卷4, 『韓國文集叢刊』 31, 547쪽), "其爲詩, 亦刻意慕古."

함과 그렇지 못함을 '時宜', '時不宜'라고 한다. 특히 조식의 경우 부조리한 자신의 시대를 보면서 가장 심각하게 고민한 것은 바로 이 시대에 대한 인식이었다. 조식이 처사적 삶으로 일관했던 이유도 바로 여기에 있었다.

그러나 사화기가 끝나고 붕당정치로 정국을 운영해 가던 조식 제자들의 시대에 이르러서는 사정이 달라진다. 이들은 때로 출사하고 때로 퇴처하면서 조식의 처일관적 현실대응을 탄력적으로 받아들인다. 이 과정에서 처사적 삶을 살며 현실에 대한 초극의 의지를 강하게 보여주는 작가가 있는가 하면, 현실에 대한 참여의지를 강하게 보여주는 작가도 있었다. 그리고 초월과 참여에 대한 갈등과 고민을 변증법적 정신구도에 입각하여 해결하는 과정을 보여주는 작가도 있었었다.

셋째, 작가의식의 이중구조와 관련한 작품의 의미지향에 대하여 탐구한다. 남명학파에 소속되어 있는 사람들은 여타의 사림파 문인들과 마찬가지로 자연과 인간에 대하여 남다른 의식을 가지면서 작품활동을 하였다. 이는 앞서 언급한 바 있는 출처의식, 즉 用舍行藏之道 내지 그 실천에 의거한 당연한 귀결이다. 그러니까 퇴처하였을 때는 그들 본연의 심성을 자연탐구를 통해 성찰하려 하였고, 출사하였을 때는 인간이 구성하고 있는 사회적 현실을 생각하게 되었던 것이다.

남명학파의 문인들 역시 이 같은 일련의 사고와 실천 속에서 특히 下學을 통해 上達을 이룩하고자 하였다. 여기서 두 가지의 서로 다른 흐름이 생긴다. 그 한 흐름은 세속과 일상성을 극복하고 초월하고자 하는 적극적인 전망이 담겨있고, 다른 흐름에는 당대의 유학적 질서와 규범에 헌신하고자 하는 참여적 태도가 담겨있다. 전자는 자연탐구를 통해, 후자는 현실비판을 통해 구체화시킨 것으로 보인다. 자연탐구는 일상성을 극복하는 방향으로, 현실비판은 올바른 질서의 회복으로 나아갈 수 있다는 것을 우리는 여기서 짐작하게 된다.

곽재우, 정인홍, 정구, 최영경, 조종도, 성여신 등 이른바 조식의 직전 제자들의 작품에는 이 같은 양상이 대단히 긴장된 상태를 유지하면서 나타나고 있다. 이것이 보편적 현상이라 할지라도 한결같다고는 할 수 없을 터이다. 즉 상대적으로 자연탐구와 일상성의 극복에 치중하는 문인들도 있을 것이고, 또한 현실비판과 질서의 회복에 치중하는 문인들도 있을 것이다. 이는 조식 문인의 층위가 단일하지 않다는 것을 의미한다.

최영경, 이제신, 하항 등이 조식과 마찬가지로 출사하지 않고 처사로 일관했다면, 오건, 김우옹, 정구 등은 조식에게서 배운 학문을 정치를 통해 펴고자 했으며, 정인홍, 곽재우, 김면, 조종도 등은 임진왜란이 일어났을 때 조식에게서 배운 병법을 십분 활용하고자 하면서 의병장이 되었던 인물이다. 여기에 근거하여 남명학파의 강호자연과 정치현실에 대한 상이한 반응이 그들의 작품에는 어떻게 구체화되고 있으며, 그 양상에 대한 관계는 어떻게 설명될 수 있는가를 우리는 고찰하지 않으면 안 된다. 이것은 남명학파의 문학적 특성이 자연과 현실 가운데 결국 어느 쪽으로 귀결되는가 하는 점이다.

넷째, 남명학파 문학의 특징이 지닌 문학사적 의의 역시 고찰한다. 조식이 그러하였듯이 조식의 문인들은 도가적 세계를 일정부분 수용하여 그들의 작품에 형상화시켰다. 그리고 현실을 강하게 비판하면서 적극적 대안을 문학 활동을 통해 제시한다. 이 같은 일경향은 퇴계학파나 율곡학파 등에서 흔히 나타나는 자연과 인간의 매개방식이 理 중심에 의거한 것과는 또 다른 사유, 즉 敬 중심의 실천성을 확보하였기 때문으로 보인다. 사정이 이러하므로 실학파 문인들에게서 많이 나타나는 다양한 현실주의적 성향이 남명학파에서 이른 시기에 조성된 것으로 볼 수 있다.

사실, 이 학파의 종장 조식의 학문적 성향은 항상 일상생활에 있어서의 인륜적 규범 및 민생의 현실로부터 동떨어진 空疎한 이론에로의 傾斜에 대한 강한 비판 정신을 내포하고 있다. 이것은 조선조 18세기에 전성기를 맞았던 이른바 경세제민의 학으로서의 실학과 그 근본이념에 있어서 일치하는 부분이라 할 수 있다. 이 같은 학문 성향이 정구를 통해 허목, 그리고 이익으로 이어지는 일련의 학통을 이룬다. 이 같은 사정을 고려할 때, 남명학파의 문학에 나타난 애민정신에 기반하여 농민들의 고달픈 생활을 그려 놓은 일련의 작품군은 시사하는 바가 크다. 즉 조선전기 비판적 지식인에게서 나타났던 현실주의적 경향의 작품들과 후기 실학파의 애민정신에 기반한 강한 현실 비판적 작품을 연결하는 문학사적 고리 역할을 담당했던 것이 확인될 수 있다. 이 확인은 우리 문학에 나타나는 현실주의의 대한 흐름을 이해하는데 있어 중요하다 하지 않을 수 없다.

제3부 남명학파 문학의 상상력과 그 행방

제 1 장

吳健의 문학사상과 그 형상원리

1. 머리말

吳健(德溪, 1521-1574)은 누구인가? 그는 1521년(중종 16) 4월 2일 山陰縣 德川里에서 獨子로 태어났다. 아버지는 참봉벼슬을 한 吳世紀이며 어머니는 甑山訓導를 지낸 永康의 딸로 八莒 都氏였다. 그는 어려서부터 학문에 독실한 뜻을 두었으나 잇달아 가족이 죽는 등 많은 불행을 겪었다. 그러나 불행을 이겨내고 학문적으로 일가를 이루어 李滉(退溪, 1501-1570)과 曺植(南冥, 1501-1572) 이후 학행의 최고[1])로 평가받는 중요한 인물이 되었다. 28세에 星州 李氏와 혼인하고, 31세(1551년) 되던 해에

1) 李植, 「示兒代筆」(『澤堂集』 別集 卷15, 『韓國文集叢刊』 88, 523쪽), "嶺南則退溪南冥門脉頗異 …… 吳德溪健, 學行最高, 遊於兩先生門, 早卒無傳."

삼가로 조식을 찾아 처음으로 배움을 청하게 된다. 38세(1558년)에 대과에 급제하면서 여러 관직을 거치게 되고, 43세에는 도산으로 이황을 찾아가 성리학에 대해 질의한다. 그러나 52세(1572년) 때 권간에 의한 부조리가 조정에서 날로 심해져가는 것을 보고 향리로 돌아오고 만다. 향리로 돌아와 있었으나 조정에서는 여러 번 관직을 제수하며 불렀다. 낙향한 이듬해(1573년) 명을 받들어 弘文館 典翰에 잠시 나아가게 되는데, 이마저 병으로 사양하게 된다. 오건의 병은 더욱 심각해져서 1574년 7월 24일 타계하고 만다. 향년 54세였다. 오건이 조정에서 향리로 돌아갈 때, 이를 두고 李珥(栗谷, 1536-1584)는 『석담일기』에서 이렇게 기록해두었다.

> 이조 정랑 오건이 벼슬을 그만두고 고향으로 돌아갔다. 오건은 어릴 적부터 학문을 좋아하여 남명을 따라 배워 늦게 과거로 발신하였으며 문벌이 낮아 높은 벼슬에 오르지는 못했다. 많은 명사들이 그가 어질다는 것을 알고 史官으로 추천했다. 사관의 등용에는 으레 재능의 시험을 보였으나 오건이 응시하지 않으므로 어떤 사람이 그 까닭을 묻자 오건은 이렇게 말했다. "내가 괴롭게도 스스로 천고의 시비 속에 들어갈 것인가?" 6품으로 오른 뒤에 淸要職을 지냈고, 이조 낭관이 되어서 公道를 넓히기 위하여 노력하였다. 사람됨이 순실하고 과감하여, 어떤 일을 당하면 곧바로 나아가서 굽히거나 흔들리는 일이 없었기 때문에 원망하는 사람들이 많았다. 盧禛은 오건과 친분이 있었는데 그에 대하여 이렇게 충고했다. "자네가 초야에서 출세하여 청요직에 오른 것은 자네 분수에 과한 것이니 마땅히 뒤로 물러나 조심해야 할 터인데, 무엇 때문에 선불리 자신의 소견을 고집하여 많은 사람의 노여움을 자초하는가?" 그러나 오건은 그 자세를 한결같이 하고 고치지 않았으며 사람들의 노여움은 더욱 더 심해갔다. 더욱이 임금의 뜻이 士類를 싫어하고 세속의 형세는 더욱 강성해지므로, 오건은 일을 행할 수 없음을 깨

닫고 마침내 벼슬을 버리고 돌아갔다.[2)]

당시 오건은 자신의 후임을 자신이 천거하는 銓郎薦代法에 의거하여 金孝元(省菴, 1542-1590)을 吏曹正郎에 천거하였다. 그러나 외척 沈義謙(巽菴, 1535-1587)이 반대하는 뜻밖의 사태가 벌어졌다. 이 사건은 훈구파의 사림파 견제책의 일환이었지만, 심의겸이 당대의 제도를 어지럽혔다는 측면에서 오건은 문제적 상황으로 인식하지 않을 수 없었다.[3)] 이에 따라 오건은 벼슬을 그만두고 고향으로 내려갔던 것이다. 위의 자료에서 이이는 오건이 조식을 스승으로 삼았다는 점, 청요직을 두루 지내면서 公道를 넓히기 위하여 노력했다는 점, 그의 성품이 淳實果敢하다는 점, 엄정한 출처의식에 따라 퇴처의 길을 선택한 점 등을 두루 전하고 있다. 이를 통해 우리는 오건의 사람됨과 함께 그와 관련된 일련의 행동을 이이가 지지하고 있음을 확인하게 된다.

이이의 발언에서도 나타나는 바지만 오건은 과단성 있게 일을 처리했다. 『선조수정실록』에서 전하는 '오건은 吏曹郎官이 되자 벼슬길을 깨끗이 하고 쌓인 폐단을 바로 잡기 위하여 흑백을 철저히 가려 원망과 비방을 피하지 않았기 때문에, 군소배들은 더욱 꺼리고 미워하였다'[4)]라는 기

---

2) 李珥, 『石潭日記』 上, 隆慶 6年 壬申. "吏曹正郎吳健, 棄官歸鄕. 健少好學, 從曺植遊, 晩以科第發身, 非門閥故, 仕不顯. 名士多知其賢, 薦以史官, 史官例試才, 健不就試, 人問其故, 健曰, 我何故自入千古是非叢中乎? 旣陞六品, 乃踐淸要, 作銓郎, 務恢公道. 爲人淳實果敢, 遇事直前無所回撓, 人多怨者. 盧禛與健有舊, 責之曰, 汝從草芽發迹, 致身淸要, 於汝過分, 當韜晦小心, 以副人望, 何故妄執所見, 自取怨怒乎? 健有不改, 衆怨益甚, 且上意厭士類, 而流俗之歲日盛, 健度不能有爲, 乃棄官而歸."

3) 오건과 이이는 외척의 환난을 특히 경계하였다. 『선조수정실록』 권3(선조 2년 9월 1일조)의 "왕비를 간택함에 있어 우선 가법을 보아야 하고 또한 외척의 환난도 미리 방비하지 않으면 안됩니다(오건)", "왕비 간택에 있어서 가법이 어떠한가를 꼭 보아야 하는데, 그렇지 않으면 聖女를 얻지 못할 뿐만 아니라 뒷날 외척이 자행을 부리는 환난이 어찌 없겠습니까?(이이)" 등의 발언을 통해 충분히 알 수 있다. 우리는 여기서 이이가 오건의 棄官歸鄕을 특기하고 있는 이유를 짐작하게 된다.

4) 『宣祖修正實錄』 宣祖 4年 7月 1日 辛酉, "吳健, 爲吏曹郎官, 欲淸仕路, 以矯積弊,

록도 같은 입장에서 이해된다. 소인들이 오건을 꺼리고 미워한 것은 그가 '의'를 앞세워 공무를 실천했기 때문일 터이다. 6회의 疏箚와 51회의 狀啓를 통해서 이는 잘 알 수 있다. 특히 「請罪申士楨不孝啓」의 경우, 申檥와 그의 아들 申士楨이 불화로 서로 싸우는데 비록 아버지가 아들에게 자애롭지 못한 것이 있다고 할지라도 아들로서의 죄가 더욱 큰 것이니 신사정을 禁府에 附處할 것을 강하게 청하고 있다. 오건은 같은 내용을 7번이나 집요하게 올린다.5) 강상의 질서가 국가의 질서와 긴밀한 함수 관계에 있다는 것을 '의' 정신에 입각하여 사유하고 실천한 결과라 하겠다. 오건의 이 같은 과감한 실천은 그의 이력 도처에서 적극적으로 나타난다.

그동안 오건 연구는 오건의 생애와 학문에 대한 포괄적 이해,6) 교육·정치·선비사상 등에 대한 구체적 이해7)를 비롯해서 남명학파에서의 위상 및 그 문인에 대한 이해,8) 그리고 오건의 작품집인 『덕계집』이

甄別黑白, 不避怨謗, 故群小尤忌嫉之."

5) 吳健, 「請罪申士楨不孝啓」 啓1-啓7(『德溪集』 卷4, 『韓國文集叢刊』 38, 110-113쪽) 참조. 이와 관련하여 「請黜石尙宮啓」(『德溪集』 卷4, 『韓國文集叢刊』 38, 113-115쪽)를 세 번이나 올려 石尙宮이 궁중의 一細人으로 申士楨과 내통할 뿐만 아니라 궁궐에서 聖心을 미혹하게 하기 때문에 출척하는 것이 마땅하다고 했다.

6) 崔喆鉉, 「吳德溪의 生涯와 思想」, 慶尙大學校 敎育大學院 碩士學位論文, 1985 ; 吳珪煥, 「德溪 吳健先生의 人間像」, 『南冥學硏究論叢』 2, 南冥學硏究院, 1992 ; 吳主煥, 『山淸鄕土史』, 泰一出版社, 1995 ; 金康植, 「德溪 吳健의 학문 경향과 현실 개혁 방안」, 『朝鮮時代史學報』 20, 朝鮮時代史學會, 2002 ; 유미림, 「德溪 吳健의 학문과 경세론」, 『2004 남명학 학술대회 자료집』, 남명학연구원, 2004 ; 李範稷, 「德溪 吳健과 道學의 이해」, 『2004 남명학 학술대회 자료집』, 남명학연구원, 2004.

7) 李貞淑, 「德溪 吳健의 敎育思想 硏究」, 韓國敎員大學校 碩士學位論文, 1993 ; 崔海甲, 「吳德溪의 政治思想」, 『晉州文化』 8, 晉州敎大 晉州文化圈究所, 1988 ; 韓相奎, 「德溪 吳健의 선비精神」, 『南冥學硏究論叢』 2, 南冥學硏究院, 1992 ; 이명곤, 「德溪 吳健의 선비사상에 나타나는 '義로움'의 개념과 의의 형이상학적 특성」, 『2004 남명학 학술대회 자료집』, 남명학연구원, 2004.

8) 李商元, 「南冥學派에 있어 吳德溪의 位相」, 『南冥學硏究論叢』 7, 南冥學硏究院, 1999 ; 史載明, 「조선중기 德溪門人의 形成과 講學」, 『南冥學硏究』 17, 慶尙大 南冥學硏究所, 2004.

나 『역년일기』에 대한 이해[9] 등 다양한 각도에서 진행되었다. 이들 논의를 통해 오건의 인물됨이나 남명학파 내에서 오건이 지닌 학문적 위치가 두루 밝혀졌다. 그러나 오건에 대한 다양한 논의에도 불구하고 문학에 대한 연구는 양기석의 석사논문인 「덕계 오건 한시연구」[10]가 전부이다. 이 연구는 오건에 대한 문학적 측면에서의 유일한 접근이라는 의의가 없는 바 아니나, 오건 문학의 문제를 너무 단순화시켰다. 즉 '安分觀照詩', '自我省察詩', '憂患意識詩'라는 대주제로 분류한 것이 그것이다. 여기서 우리는 역사학계나 철학계에서 이룩한 성과를 염두에 두면서 문학적 입장에서 문제를 더욱 예각화하지 않을 수 없다. 이 같은 측면에서 우리는 오건의 문학사상과 이것을 바탕으로 한 작품의 형상원리를 따지기로 한다. 오건 문학의 내적 원리를 해명할 수 있을 뿐만 아니라, 그의 문학적 상상력이 지닌 궁극적 행방을 찾을 수 있기 때문이다.

2. 오건의 학문연원과 독서경향

오건이 그의 학문으로 일가를 이룬 데는 자득적 요소가 강하다. 문집에 의하면, 그는 어려서부터 성품이 端誠堅確하면서도 溫遜聰明하였다고 한다. 이 때문에 6・7세 때에 아버지가 그에게 문자를 가르치고 독려하지 않아도, 마음으로 기뻐하며 종일토록 공부를 게을리하지 않을 수 있었던 것이다.[11] 그의 자득은 학문에 대한 이 같은 성실성에서 말미암은

9) 鄭羽洛, 「『德溪集』 解題」, 『南冥學硏究』 10, 慶尙大 南冥學硏究所, 2000 ; 李相弼, 「德溪 吳健의 『歷年日記』 小考」, 『南冥學釜山硏究院報』 5, 南冥學釜山硏究院, 1997.

10) 梁基錫, 「德溪 吳健 漢詩硏究」, 慶尙大學校 敎育大學院 碩士學位論文, 1991.

11) 「行錄」(『德溪集』 卷7, 『韓國文集叢刊』 38, 157쪽), "先生幼, 性端誠堅確, 溫遜聰明. 六七歲時, 先府君敎以文字, 不加勸督, 心自欣悅, 終日不懈."

것으로 보인다. 제자인 吳倜(守吾堂, 1546-1589)의 증언에 의하면, 오건이 그의 제자들에게 독서법을 전했다고 한다. 즉 책 읽기를 천 번하면 그 뜻은 스스로 알게 된다는 옛 사람들의 말을 인용하며, 경학을 하는데 있어서 가장 중요한 것은 스승이 아니라 공부하는 사람 스스로가 얼마나 정밀하게 생각(精思)하면서 익숙히 읽는가(熟讀) 하는 것에 달려 있다고 말했다[12]는 것이다. 그는 이같이 '정사'와 '숙독'에 기반한 자득을 강조하였다. 본 장에서 오건의 학문연원을 살피는 것은 그의 사상적 뿌리가 어디에 있는가를 관찰하기 위해서며, 독서경향을 살피는 것은 그의 사상이 주로 어떤 서적을 통해 형성되었는가를 따지기 위해서다. 물론 이 둘은 서로 유기적인 관계를 가지며 오건의 문학에 어떤 작용을 했을 것이다.

먼저 오건의 학문연원에 대해서 살펴보자. 이는 크게 셋으로 나뉜다. 첫째는 가학을 기반으로 한 독학인데 이때는 경전이 그의 사상적 연원이 되고, 둘째는 조식을 학문적 연원으로 삼았다는 것이며, 셋째는 조식과 이황을 함께 학문적 연원으로 삼았다는 것이다. 가학을 기반으로 한 독학은 우선 그의 발언을 통해서 살펴볼 수 있다. 그가 처음 문자를 배우기 시작한 것은 6세에 아버지로부터였고, 『주역』은 외삼촌 都良弼에게서 받아 읽었다. 그 스스로가 밝히고 있듯이 經史子集은 스승 없이 스스로 읽으면서 이해한 것으로 보인다.[13] 그는 이 과정에서 깊은 사색을 특히 강조했다. 이 때문에 제자들에게, '너희들은 오직 스승의 입만 우러러보며, 사색은 하지 않고 겨우 10여 번을 읽고는 스스로 이미 의심할 곳이 없다고 한다. 특히 읽기를 오래하면 오래할수록 의심나는 곳이 더욱 많아진다는 것을 알지 못한다. 많이 읽고 깊이 생각한 연후에야 거의 의심이 없

12) 「行錄」(『德溪集』 卷7, 『韓國文集叢刊』 38, 157쪽), "先生嘗謂門弟子曰, 古人云讀書千遍, 其義自見, 經學不貴承師, 要在自已精思熟讀, 兩盡其功而已."

13) 「行錄」(『德溪集』 卷7, 『韓國文集叢刊』 38, 157쪽), "先生謂門弟子曰, 吾於大學論語, 則受之先親, 周易則受之舅氏, 此外經史子集, 皆不師承, 只自看解."

는 경지에 이르게 될 것이다. 이것은 내가 평생 동안 이미 경험한 것이니 너희들은 소홀히 하지 말라.'[14]라고 하면서 스승이 전해주는 것보다 더욱 중요한 것은 바로 사색이라 했던 것이다. 그리고 의문이 학문을 위한 바탕이 됨을 강조하였다.

조식을 학문적 연원으로 삼았다는 자료도 여러 곳에 보인다. 조식이 세상을 떠났을 때 제문을 지어 '진실로 우리 선생님은 先覺을 펼쳤으며, 마음으로 체용을 터득하고, 학문은 입이나 귀로 한 것이 아니었다'[15]고 하면서 조식을 칭송하였다. 조식의 실천적 학풍과 그것의 전수를 암시한 것이라 할 수 있다. 여기서 나아가 오건은 같은 글에서 스승이 행한 은거의 의미를 드러내기도 했다. '은거가 세상을 잊은 것이 아니며 궁구한 것이 어찌 혼자의 몸만을 깨끗이 하기 위함이겠는가?'[16]라고 한 것이 그것이다. 오건은 이 밖에도 스승 조식을 모시고 斷俗寺나 智谷寺 등지에서 학술 강론회[17]를 개최하는 등 조식과의 학문적 소통을 이룩하기 위해 노력하였다. 오건은 이처럼 조식을 '吾師'라 하면서 극진히 했기 때문에, 그와 절친했던 이이 역시 『석담일기』에서 '오건은 어릴 적부터 학문을 좋아하여 조식을 따라 배웠다'고 할 수 있었을 것이다. 이 같은 사안을 고려하여 오희상은 「덕계집연보발」에서 오건이 조식에게는 사사를 했고, 이황에게는 종유를 했다[18]고 하였던 것이다.

---

14) 「行錄」(『德溪集』 卷7, 『韓國文集叢刊』 38, 157-158쪽), "爾等專仰師口, 略不思索, 纔閱十餘遍, 自以爲已無所疑, 殊不知讀之愈久愈有疑, 而愈讀愈思, 然後庶幾至於無所疑矣. 此吾平生所以險者, 爾等無忽焉."

15) 吳健, 「祭南冥先生文」(『德溪集』 卷2, 『韓國文集叢刊』 38, 96쪽), "允矣吾師, 展也先覺. 心得體用, 學非口耳."

16) 吳健, 「祭南冥先生文」(『德溪集』 卷2, 『韓國文集叢刊』 38, 96쪽), "隱非忘世, 窮豈獨潔"

17) 오건은 학술 강론회를 네 차례 개최한다. 1565년 10월 10일 지곡사 강론회, 동년 동월 13일-16일 단속사 강론회, 동년 11월 10일-25일 남계서원 강론회, 1566년 1월 10일-14일 지곡사 강론회가 그것이다. 이에 대한 기록은 오건의 『歷年日記』에 상세하다.

오건의 학문연원을 조식과 함께 이황에 두는 것은 가장 널리 알려져 있다. 그의 학문은 가학에 그 기반을 두고 독학에 의해 성립되었지만, 31세에 조식, 43세에 이황을 만나면서 더욱 심화된 것으로 보이기 때문이다. 즉 독학을 통해 이미 그의 학문은 대부분이 이루어졌으며, 조식과 이황을 만나면서 그 깊이를 더했다는 것이다. 사정이 이러하므로 우리는 흔히 조식으로부터 敬義를 중심으로 한 하학 위주의 실천성을 전수받고, 이황으로부터 정치한 이학 체계를 위주로 한 정주학설을 직접 접한 인물[19]로 오건을 평가한다. 사실 조식의 경우를 보면, 오건이 언관의 자격으로 「論逋租逋卒弊瘼啓」를 지어 백성들이 貢賦와 軍役의 피해가 커서 農牛나 전토를 팔고 떠돈다 하면서 이에 대한 시정이 시급함을 강조하자, 조식은 조보를 통해 이를 접하고 '배운 바를 저버리지 않았다'면서 격려하였다.[20] 이황의 경우, 오건이 39세에 성균관 學諭를 제수받고 성주에 부임하게 되었을 때, 이황의 제자인 성주목사 黃俊良(錦溪, 1517-1563)을 만나 朱子書에 심취하게 되고, 급기야 이것이 계기가 되어 43세의 나이로 이황에게 나아간다. 그리고 『심경』과 『근사록』을 질의하고, 45개 조목의 「延平答問」을 질의함으로써[21] 주자학적 세계에 깊이 잠입한다. 이를 통해 우리는 조식과 이황이 오건의 학문적 심화과정에 있었다는 것을 알게 된다.

---

18) 「年譜跋」(『德溪集』, 『韓國文集叢刊』 38, 200쪽), "師事南冥曺文貞公, 又嘗從遊於退陶之門."

19) 金康植, 「德溪 吳健의 학문 경향과 현실 개혁 방안」, 『朝鮮時代史學報』 20, 朝鮮時代史學會, 2002. 134쪽.

20) 曺植의 「與子强子精書」(『南冥集』 卷2, 亞細亞文化社刊, 1982. 34-35쪽)이 그것이다. 해당부분을 적출하면 다음과 같다. "曾見朝報, 認子强多所建明. 國之大事, 不過兵食, 逋租逋卒, 方通積百年咽塞, 如公可謂不負所學矣. 獨恨此事不出於廟算, 而出於六品言官, 宰相尸位, 更不足問也."

21) 吳健, 「延平答問質疑」(『德溪集』 卷6, 『韓國文集叢刊』 38, 137-142쪽) 참조. 이밖에 오건의 성리학에 대한 생각은 「宋理宗崇尙理學論」(『德溪集』 卷6, 148쪽)에 잘 나타난다.

다음은 오건의 독서경향에 대해서다. 오건은 6세에 비로소 아버지로부터 문자를 배우기 시작하여 9세에는 『대학』과 『논어』를 읽었다. 14세에는 특히 『중용』을 여러 번 읽어 처음부터 끝까지 그 의미를 명확히 하였고, 이후 『주역』도 탐독했다. 18세에는 인근의 尺旨山 淨水庵에 가서 전후 10여 년간 여러 經典과 子史를 정밀하게 공부하였다. 문인자제들의 전언에 의하면, 오건이 스스로 '15세 전에 『중용』 공부에 힘썼는데 해마다 1,000여 번을 읽어 득력한 것이 많았으므로 다른 경서를 볼 때는 자연스럽게 통달하게 되었다'22)고 하거나, '『중용』에 대해서는 읽기를 몇 번이나 했는지를 알 수 없으며, 『대학』은 대략 1,000여 번, 다른 경전과 역사서도 모두 4-500번보다 적지는 않을 것'23)이라고 하였다 한다. 우리는 여기서 읽기와 사색을 거듭하는 오건의 독실한 공부방법을 이해하게 된다. 이들 자료가 스승의 말을 제자들이 옮기는 방식으로 서술되었으나, 사실의 이러함은 이황에게서도 인정을 받던 바였다. 다음을 보자.

> 퇴계선생이 선생(오건: 필자주)과 더불어 『중용』과 『대학』을 강론하고 나서 극찬하면서 선생에게 말했다. "이것은 모두 내가 사색하지 못한 것이다. 그대가 논하는 것을 들으니 지극히 옳고 지극히 좋다. 다른 책은 내가 그대와 서로 자라나게 할 곳이 있을지 모르나 『중용』과 『대

---

22) 「行錄」(『德溪集』 卷7, 『韓國文集叢刊』 38, 157쪽), "先生謂門人弟子曰, 吾於大學論語, 則受之先親, 周易則受之舅氏, 此外經史子集皆不師承, 只自看解. 弟子問何以能然乎? 先生曰, 十五歲前, 用功於中庸, 歲誦千餘遍, 得力爲多, 故看諸經史, 自然通解. 又曰, 吾於中庸, 則讀不知遍數, 大學則約千餘遍, 諸經史俱不下四五百遍." 姜大遂가 지은 오건의 「行狀」(『德溪集』 卷6, 『韓國文集叢刊』 38, 151쪽)에도 다음과 같이 적기하고 있다. "一日搜家間冊子, 得破故中庸一帙, 兀然端坐, 竝其小註而讀之, 徹晝徹夜, 讀過數百遍, 口讀已熟, 始索文義, 一字一句, 輒加尋繹, 積以歲月, 且誦且思, 晦者開, 疑者祛, 卒至於呈露昭融, 豁然貫通, 移此法於論孟, 莫不迎刃而解."

23) 「行錄」(『德溪集』 卷7, 『韓國文集叢刊』 38, 157쪽), "又曰, 吾於中庸, 則讀不知遍數, 大學則約千餘遍, 諸經史俱不下四五百遍."

> 학』에 있어서는 내가 그대에게 미치지 못함을 알겠다." 다른 사람들과 함께 말할 때도 선생이 논한 것에 미치면 몹시 칭찬하면서 말했다. "오건의 『중용』과 『대학』에 대한 공력은 지극히 정밀하면서도 깊은 것이니 이것은 고요히 생각하여 깨닫게 되는 것만이 아니라 오랫동안 연구한 결과이니, 아마도 여기에 이르기가 쉽지 않을 것이다."[24]

여기서 보듯이 이황은 오건이 『중용』과 『대학』에 특별한 장기가 있음을 인정하고 있다. 다른 책은 서로 도움을 주면서 가르치고 배울 것이 있지만, 『중용』과 『대학』에 대해서는 오건이 자신보다 낫다는 것을 이황 스스로가 고백한 것이다. 이것은 당연히 그가 『중용』은 수천 번을 읽고, 『대학』은 천여 번을 읽은 결과였을 것이다. 오건은 또한 조식과 함께 『대학』, 『중용』, 『심경』, 『근사록』 등의 책을 講究하였고, 이황과 다시 『주자서절요』, 『심경』, 『근사록』 등을 탐구하였다.[25] 위의 글에서 보듯이 특히 『중용』과 『대학』에 대한 깊은 이해와 정치한 사색을 통해 독보를 이룩했다. 이를 종합에 볼 때, 오건이 주로 읽었던 책은 사서를 중심으로 한 『심경』과 『근사록』이었으며, 이들 가운데 『중용』과 『대학』을 열심히 읽었고, 이 둘 가운데도 특히 『중용』읽기에 힘써 여기에 정통해 있었다는 것을 알 수 있다.[26] 그렇다면 그의 학문태도는 어떠하였을까? 다음을 중심으로 생각해 보자.

---

24) 吳僩, 「伯從兄德溪先生遺事」(『守吾堂實紀』 張2-3), "退溪先生, 與先生講論庸學, 極加嗟嘆謂先生曰, 此皆吾未思索者, 聞公所論, 極是極好, 他書則吾於公容有相長處, 至於庸學, 吾所知其不及於公矣. 與他人言, 亦及先生所論, 嘖嘖嘗稱曰, 吳某庸學之功, 極爲精深, 此非所得於靜中體認, 研窮積久之功, 恐未易到此."

25) 李滉, 「答柳希范」(『退溪集』 卷37, 『韓國文集叢刊』 30, 330쪽), "亦緣半月內, 讀了朱書. 又以其餘日, 質心經近思錄, 匆匆趁果, 未暇研精究極體驗踐履之實, 正犯朱先生讀書法中大禁, 爲未善耳."

26) 오건은 淨水寺에서 문을 닫고 바르게 앉아 誦讀하기를 거치지 않았는데, 여기서도 그가 잠심한 것은 『중용』이었다. 「德溪年譜」 卷1(『韓國文集叢刊』 38, 175쪽) 18세조를 참조하기 바란다.

(가) 선생(오건 : 필자주)은 연소하였을 때 책을 읽으면서 종일토록 조용히 앉아 마음을 전일하게 하였다. 친구가 오기라도 하면 비록 응접을 할 뿐 마음과 눈은 온통 책자 위에 있었다. 손님이 와서 일이라도 묻는 일이 있으면 선생은 대략 대답을 할 뿐 책읽기를 그만두지 않았다.[27)]

(나) 자강은 품성이 박실하여 유학에 힘씀이 매우 정성스럽고 독실하니 진실로 유익한 벗이라 할 만하다. 그가 멀리서 온 뜻은 쉽지 않을 터인데, 내가 스스로 깨닫지 못했으니 그의 뜻에 알맞지 않음이 있을 것이다. …… 귀한 것은 옛날 錦溪와 토론할 때의 의문점을 일일이 기억해 냈고, 만약 새로운 뜻을 얻었으면 먼저 얻은 뜻에 구애되지 않고, 곧 지난번의 잘못을 깨달아 서로 믿음이 이에 이르렀으니, 또한 사람들에게 어려운 것이다. 그러나 나의 이야기에 잘못된 것이 있으면 구차히 동의하지 않았으니 이익됨이 적지 않았다.[28)]

(가)는 문인자제들이 오건의 독서태도를 기록한 것인데, 어떤 외물에도 흔들리지 않고 오로지 독서에만 열중한 것을 알 수 있다. 이 같은 독서태도는 10여 년간 정수사에 들어가 독서할 때도 그대로 나타났다. 문을 닫아걸고 바로 앉아서 정신을 집중하여 조금도 움직이지 않았으며,

---

27) 「行錄」(『德溪集』 卷7, 『韓國文集叢刊』 38, 157쪽), "先生年小讀書, 終日靜坐, 專一心慮, 親舊之來, 雖與應接, 而心眼都在冊子上. 有時客至問事, 先生略與酬答, 而讀書不輟."

28) 李滉, 「答柳希范」(『退溪集』 卷37, 『韓國文集叢刊』 30, 330쪽), "自强資性朴實, 用力於此學, 亦甚懇篤, 眞所謂益友也, 其遠來之意不易, 而滉自無得力, 未有以副其意者 …… 所貴, 曩與錦溪商論有疑處, 一一記得其語意, 如發得新意, 則不滯於先入之說, 便能悟前誤而相信得及此, 亦人所難也. 然滉說有誤處, 亦不苟同, 故爲益不少." 조식의 제자 오건과 이황의 제자 황준량은 성주에서 만나 주자서를 강론하고, 이것이 계기다 되어 오건은 이황을 찾게 된다. 이를 염두에 두면서 이황은 오건과 헤어지면서 「吳子强正字將行贈別」(『退溪集』 卷2, 『韓國文集叢刊』 29, 123쪽) 두 수를 주게 되는데, 그 한 수는 이러하다. "聞昔伽倻講此書, 兩心同切辨熊魚. 錦溪忽作修文去, 見君深悲不見渠."

낮에는 무릎을 변화시키지 않았고 밤에는 눈도 깜짝이지 않았는데, 낮은 소리로 讀誦하기도 하고 고요히 입을 다물고 책상을 마주할 뿐, 일찍이 절의 중과 더불어 한 마디도 나누지 않았다[29]는 증언이 그것이다. 그리고 (나)는 이황이 오건과의 학문적 담론에서 느낀 것을 적은 것이다. 독서를 함에 있어 문제의식을 분명히 가졌다는 점, 새로운 깨달음이 있으면 예전의 것에 집착하지 않았다는 점, 아무리 스승이라 할지라도 동의할 수 없는 부분이 있으면 구차히 따르지 않았다는 점 등이 그것이다. 이 같은 독서태도와 학문태도는 그가 용학을 기반으로 한 수양론적 의식세계를 구축하는데 있어 결정적인 작용을 했음에 틀림이 없다.

이상으로 오건의 학문연원과 독서경향을 살펴보았다. 오건의 1차적 학문연원은 경전이었다. 이것은 가학을 통해 철저하게 이루어졌다. 이에 기반 하여 31세에 조식, 43세에 이황을 만나면서 그의 학문은 심화되어 갔다. 조식에게 출처에 신중하라는 편지를 받고, '문득 못난 나를 잊지 않으시고 멀리서 약석을 보내주시니, 비록 천 리나 떨어져 있지만 秋霜烈日을 보는 듯 늠연히 머리카락이 쭈뼛해진다'[30]고 하면서 출처에 대한 의리를 다지거나, 이황에게 나아가 「延平答問」을 질의함으로써 주자학적 세계로 깊이 잠입해 들어갔던 것에서 이 같은 사정을 잘 알 수 있다. 이 밖에도 그가 교유하였던, 黃俊良(錦溪, 1517-1567), 盧禛(玉溪, 1518- 1578), 鄭琢(藥圃, 1526-1605), 奇大升(高峯, 1527-1472) 등이 그의 학문체계를 구축하는데 일정한 역할을 했을 것으로 보인다. 그리고 오건은 사서를 중심으로 한 『심경』과 『근사록』 등 성리서를 주로 읽었는데, 이들 가운데 『중용』과

29) 「行錄」(『德溪集』 卷7, 『韓國文集叢刊』 38, 157쪽), "先生入淨水寺讀書, 前後十餘年, 閉門危坐, 凝然不動, 晝不變膝, 夜不交睫, 或低聲讀誦, 或靜嘿對案, 未嘗與寺僧交一言."

30) 吳健, 『歷年日記』, 1564年 4月 16日條. "忽蒙不鄙, 遠示規砭, 雖在千里如對, 秋霜烈日, 凜然竪髮."

『대학』을 열심히 읽었고, 이 둘 가운데도 특히 『중용』 읽기에 힘썼다. 이들 책을 읽으면서 엄청난 집중력을 발휘하였고, 새로운 깨달음이 있으면 예전에 알았던 것을 고집하지 않는 유연한 태도를 보였다. 그의 문학사상과 문학적 형상은 이런 과정을 거치면서 튼실하게 구축된 것으로 보인다.

3. 오건 문학에 작용한 사상과 그 형상원리

문학사상은 대체로 셋으로 요약된다. 첫 번째는 문학에 관한 사상이며, 두 번째는 문학에 작용하는 사상이고, 세 번째는 문학에 나타난 사상이다. 문학에 관한 사상은 문학 담당층인 작가와 독자의 문학에 대한 인식을 말하고, 문학에 작용하는 사상은 문학작품 생성의 내재적 원리를 의미한다. 그리고 문학에 나타난 사상은 문학작품에 제시되는 유·불·도의 종교사상은 물론이고 정치사상이나 애민사상 등을 뜻하기도 한다.[31] 오건 문학의 경우 이 셋을 함께 고찰할 수 있으나 이 글에서는 두 번째의 경우를 논의의 중심축에 둔다. 오건 문학을 새로운 각도에서 용이하게 살피기 위해서이다. 문학에 작용하는 사상은 일정한 창작원리에 입각해서 작품으로 형상화된다. 이 글에서는 두 가지 방향에서 접근하기로 한다. 하나는 사물의 인식방식에 따른 것이며, 다른 하나는 사물의 존재방법에 따른 것이다. 이를 염두에 두면서 본 장에서는, 오건이 가장 공들여 읽었던 『중용』과 『대학』을 중심으로 문학에 작용한 사상과 그 바탕이 된 수양론을 주목한다. 이 사상에 기반하여 그의 문학이 어떤 원리에 의해 형상화되는지를 구체적으로 탐구한다. 이는 각각 庸學을 바탕으로 한

---

31) 鄭羽洛, 「一蠹 鄭汝昌 文學思想의 樣相과 意義」, 『一蠹 鄭汝昌의 學問과 思想』, 濫溪書院, 2004. 290쪽 참조.

수양론, 사물에 대한 이념적 인식 및 자연과 이룩한 합일적 세계라는 제명 하에 논의될 것이다. 오건의 문학에 작용한 사상과 주요 형상원리는 이를 통해 해명될 것이다.

3.1. 庸學을 바탕으로 한 수양론

오건이 가장 공들여 읽은 서적은 『중용』과 『대학』이었다는 것은 앞에서도 이미 말한 바다. 이황이 그렇게 인정하였듯이, 오건의 『중용』과 『대학』에 대한 공부는 정밀하면서도 깊은 것이었다. 그렇다면 이 책의 중심 개념이 무엇인가 하는 것을 생각할 필요가 있다. 이를 통해 庸學에 대한 오건의 학문을 관찰할 수 있기 때문이다. 역대로 『중용』이 '誠'으로 요약되어 왔다면, 『대학』은 '敬'으로 요약되어 왔다. 이들 '성'과 '경'은 '의'와 함께 유가 수양론의 핵심적 개념들이다. 『중용』에서는 '誠者'와 '誠之者'를 구분해 놓고 '성이라는 것은 하늘의 도이며 성하려는 것은 사람의 도'[32]라 하였다. 여기에 대하여 朱熹(晦庵, 1130-1200)는, '성자'라는 것은 眞實無妄을 말하는 것으로 천리의 본연이며,[33] '성지자'라는 것은 아직 진실무망하지 못하기 때문에 그렇게 하려는 인사의 당연함[34]이라 했다. 그리고 『대학』에서는 '몸이 닦여진 뒤에 집안이 가지런해지고, 집안이 가지런한 뒤에 나라가 다스려지고, 나라가 다스려진 뒤에 천하가 태평해진다'[35]고 했다. 이를 두고 주희는 『大學或問』에서 '이것은 모두 하루라도 경에서 떠날 수 없다는 것이다. 그러니 경 한 글자가 어찌 聖學終始의 요체가 아니겠는가?'[36]라고 하면서, 『대학』과 '경'의 상관성에 대하여 논했

---

32) 『中庸』 20章, "誠者 天之道, 誠之者, 人之道也."
33) 『中庸』 20章 '朱子註', "誠者, 眞實無妄之謂, 天理本然也."
34) 『中庸』 20章, '朱子註', "誠之者, 未能眞實無妄, 而欲其眞實無妄之謂, 人事之當然也."
35) 『大學』 經1章, "修身而后齊家, 齊家而后國治, 國治而后天下平."

다. 『朱子語類』에서 '경은 철두철미한 공부인데, 格物致知에서부터 治國平天下에 이르기까지, 모두 이것에서 벗어나지 않는다'[37]라고 한 것도 같은 입장에서 제출된 것이다. 다음 글을 통해 좀 더 나아가보자.

(가)-1. 周子가 말했다. 聖스러움은 誠일 따름이다. 성은 오상의 근본이고, 모든 행동의 근원이다. 성은 고요할 때는 없는 듯하고 움직일 때는 있는 듯하니, 고요할 때는 지극히 바르고 움직일 때는 밝게 통한다. 오상과 모든 행동은 성이 아니면 그릇되니, 사악하고 어둡고 막히게 된다. 그러므로 성하면 애써 할일이 없게 된다. 지극히 쉬우면서도 실행하기는 어려우니, 과감하면서도 확고한 마음을 가지면 실행하는 데 어려움이 없다. 그러므로 '하루라도 자신의 사욕을 이겨 예로 돌아가면, 천하 사람들이 인한 데로 돌아가게 될 것이다'라고 한 것이다.[38]

(가)-2. 程子가 말했다. …… 『중용』에서 '천지의 화육을 돕는다'고 한 것은, 『주역』「건괘」'문언전'에서 말한 '하늘보다 먼저 하여도 하늘이 그것을 어기지 않고, 하늘보다 뒤에 할 때는 천시를 받든다'는 뜻이다. 단지 하나의 誠이 있을 뿐이니, 무슨 도움이 있겠는가?[39]

(나) 朱子가 말했다. …… 경이란 일심을 주재하는 것이고 모든 일의 근본이다. 만약 힘써 노력할 방법을 알면 『소학』을 경에 근거하여 착수하지 않을 수 없다는 것을 알게 되며, 『소학』을 경에 근거하여 시작

---

36) 朱熹, 『大學或問』上, "由是齊家, 治國以及乎天下, 則所謂修己以安百姓, 篤恭而天下平. 是皆未始一日而離乎敬也. 然則敬之一字, 豈非聖學始終之要也哉?"

37) 朱熹, 「大學四」(『朱子語類』 卷17) "敬字是徹頭徹尾工夫, 自格物致知, 至治國平天下, 皆不外此."

38) 曺植, 「太極與通書表裏圖」(『學記遺編』上, 亞細亞文化社, 1982) "聖, 誠而已矣. 誠, 五常之本, 百行之源也. 靜無而動有, 至正而明達也. 五常百行, 非誠非也, 邪暗塞也, 故誠則無事矣. 至易而行難, 果而確, 無難焉, 故曰, 一日克己復禮, 天下歸仁焉."

39) 曺植, 「太極與通書表裏圖」(『學記遺編』上, 亞細亞文化社, 1982), "程子曰 …… 贊化育, 則先天而天不違, 後天而奉天時. 只有一箇誠, 何助之有?"

하지 않을 수 없는 것을 알게 되면 『대학』을 경에 근거하여 끝맺지 않을 수 없는 것을 알게 된다. 그것은 하나로 꿰여 있다는 것을 의심할 여지가 없다.[40)]

(가)는 '성'에 대한 周敦頤(濂溪, 1017-1073)와 程顥(明道, 1032-1085)의 언급이다. 이 글은 오건의 스승 조식이 그의 『學記類編』「太極與通書表裏圖」 아랫부분에 수록하여 '성'에 대한 의미를 명확히 한 예이기도 하다.[41)] 이에 의하면 聖과 誠을 하나로 보고, 성하게 되면 靜動에 따라서 至正과 明達할 수 있다고 했다. 특히 (가)-2는 『중용』에 이 '성'의 의미가 절실히 나타나고 있음을 『주역』「건괘」 '문언전'의 경우를 들어 설명하고 있어 주목할 만하다. (나)는 '경'에 대한 주희의 언급이다. 이 글은 오건의 또 다른 스승 이황이 그의 『성학십도』 중 「대학도」 아랫부분에 수록하여 '경'에 대한 의미를 설명한 것이기도 하다. 주희는 이 글에서 '경'의 시작을 『소학』에서 찾고 그 완성을 『대학』에서 찾았다. 이들 책의 주요 개념인 修齊治平의 논리를 주목하였기 때문이다. 특히 주희는 같은 글에서 정이의 主一無適과 整齊嚴肅, 사량좌의 常惺惺法, 윤돈의 其心收斂 不容一物을 '경'의 네 가지 조목으로 들면서 '경'의 방법적 측면을 구체적으로 제시하기도 했다.

오건은 庸學을 가장 정치하게 읽었다고 했다. 사정이 이러하므로 그의

---

40) 李滉, 「題四大學圖」(『退溪集』 卷7, 『韓國文集叢刊』 29, 205쪽), "朱子曰 …… 敬者, 一心之主宰, 而萬事之本根也. 知其所以用力之方, 則知小學之不能無賴於此以爲始. 知小學之賴此以始, 則夫大學之不能無賴於此以爲終者, 可以一以貫之而無疑矣."

41) 조식은 「誠」圖를 그려 '성'을 특별히 중시하기도 했다. 「성」도는 조식의 학기도 24도 중 18번째 도이다. 이 그림에서 조식 역시 주자와 마찬가지로 '성'을 하늘의 도와 사람의 도로 구분하고 있다. 또한 조식은 '閑邪存其誠'과 '修辭立其誠'을 좌우에 배치하여 '성'을 중시하였고, '格物知至意'와 '敬以直內'를 상하에 배치하여 '성'을 강조하였다. 따라서 이 그림은 『주역』과 『대학』, 그리고 『중용』에서의 수양론적 명제들을 도표화 한 것이라 하겠다.

문집에는 誠敬이 드러날 수밖에 없다. 특히 그는 제왕학의 근간이 성경이라고 생각했다. 이 때문에 「請進學納諫疏」에서 '임금의 進學 자세는 반드시 뜻을 겸손히 하는 것으로 기초를 삼고, 충간을 받아들이는 것은 마음을 비우는 것으로 근본을 삼아야 한다'42)고 전제하면서 성경을 제시하였던 것이다. 즉 '이것은 입과 귀로 말하고 듣는 것이 아니라 반드시 경으로 마음을 바르게 하고, 성으로 마음을 진실하게 하여 허위와 가식이 없고 간단이 없어야 한다'43)는 것이 그것이다. 임금은 이를 통해 마침내 뜻을 참되게 가지고 마음을 보존하여 천하의 일을 성취할 수 있기 때문이라는 것이다. 같은 글에서 오건은 일관되게 성경을 강조한다. 예컨대, '안으로는 몸과 마음을 반성하여 구하되 경으로 한결같이 하여 잠시라도 멈추어서는 안 되며, 밖으로는 사람의 藥石같은 말을 받아들이되 성으로 한결같이 하여 조금이라도 가식이 없어야 한다'44)고 하거나, '경 하나로 천 가지의 사악함도 대적할 수 있고, 성 하나로 백 가지의 거짓을 이길 수 있다'45)고 한 것 등이 그것이다. 오건은 이같이 용학에 바탕한 성경의 수양론을 제시하면서도 학문의 방법으로 궁리와 거경을 특별히 강조하였다. 다음을 보자.

> 학문의 도는 다름이 아니라 窮理와 居敬일 따름입니다. 옛 선비들이 '혹 책을 읽어 의리를 밝히고, 혹 고금의 인물을 논하여 그 시비를 분별하며, 혹 사물에 應接하여 마땅함과 그렇지 못함을 판단한다'고 하였

---

42) 吳健, 「請進學納諫疏」(『德溪集』 卷3, 『韓國文集叢刊』 38, 99쪽), "臣竊聞人主之進學也, 必以遜志爲之基址, 其納諫也, 必以虛心爲之根本."

43) 吳健, 「請進學納諫疏」(『德溪集』 卷3, 『韓國文集叢刊』 38, 99쪽), "雖然, 此非口耳之爲也, 必敬以直之, 誠以實之, 無虛假, 無間斷."

44) 吳健, 「請進學納諫疏」(『德溪集』 卷3, 『韓國文集叢刊』 38, 101쪽), "內以反求於身心者, 一於敬而無作輟, 外以受人之藥石者, 一於誠而無假飾."

45) 吳健, 「請進學納諫疏」(『德溪集』 卷3, 『韓國文集叢刊』 38, 101쪽), "先儒氏有言曰, 一敬足以敵千邪, 一誠足以勝百僞."

> 는데, 이것이 窮理의 일입니다. 또한 옛 선비들 중에 '마음을 하나로 주장하여 다른 데로 가지 않게 한다(主一無適)'고 말하는 사람도 있었고, '몸가짐을 가지런하고 엄숙하게 지녀야 한다(整齊嚴肅)'고 말하는 사람도 있었으며, '항상 마음이 깨어 있어야 한다(常惺惺法)'고 한 사람도 있었고, '그 마음을 거두어들여 하나의 사물도 용납하지 않는다(其心收斂 不容一物)'고 한 사람도 있었는데, 이것은 居敬의 공입니다. 이 두 가지는 수레의 두 바퀴와 새의 양 날개와 같아서 하나라도 빠뜨릴 수가 없는 것입니다. 이것은 곧 본원을 함양하고 공부를 하는 들머리로서 천하의 모든 일이 이를 좇아 나오는 바며, 치란과 흥망이 이로 말미암아 나누어지는 바입니다.46)

오건은 이 글에서 爲學의 요체로 窮理와 居敬을 들고 있다. 『근사록』에 의하면 '함양은 모름지기 敬으로 해야 하고 進學은 致知에 달려 있다'47)고 했다. 전자는 거경을 의미하고 후자는 궁리를 말한다. 이렇게 볼 때 마음을 기르는 데는 거경이 필요하고, 학문에 나아가는 데는 궁리가 필요하다는 것이다. 오건은 이를 인식하면서 군주는 마땅히 사물의 이치를 철저하게 밝혀 주체적 앎을 성취하여야 하고, 이를 위하여 거경이 중요하다면서 주희의 소위 敬의 4개 조목을 예거하였다. 오건이 궁리와 거경을 특별히 강조한 것은 한 나라의 治亂과 興亡은 군주가 이것을 제대로 하느냐 그렇지 않느냐에 달려 있다고 보았기 때문이다. 나아가 궁리와 거경을 다시 '精一執中'으로 요약하기도 했다. '精'은 궁리를 말하고 '一'은 거경을 의미한다. 여기서 그는 道心과 人心을 내세우면서 자연

---

46) 吳健, 「請窮理居敬箚」(『德溪集』 卷3, 『韓國文集叢刊』 38, 104쪽), "學問之道無他, 窮理居敬而已. 先儒曰, 或讀書而講明義理, 或論古今人物而別其是非, 或應接事物而裁其當否, 此則窮理之事也. 先儒有以主一無適言之者, 有以整齊嚴肅言之者, 有曰常惺惺法者言, 有曰其心收斂, 不容一物者言, 此則居敬之功也. 二者如車兩輪, 如鳥兩翼, 不可闕其一也. 此乃涵養本源地, 爲學入頭處, 天下萬事之所從出, 治亂興亡之所由分也."

47) 朱熹·呂祖謙, 『近思錄』 卷2, "涵養須用敬, 進學則在致知."

스럽게 그것의 특장이라 할 수 있는 『中庸』에서의 '中'의 의미와 결합시켰다. 즉 정일하게 되면 위태로운 인심이 편안해지고, 隱微한 도심이 나타나 움직임과 고요함, 말과 행동에 있어 지나치거나 미치지 못함이 없을 것이라는 논리이다. 오건이 이 같은 논리를 세운 것은 군왕의 수양과 학문이 백성들의 안위와 바로 결합되어 있다고 보았기 때문이다.

오건은 『중용』과 『대학』에 정통해 있었고, 그 가운데도 특히 『중용』을 많이 읽었다고 했다. 너무 많이 읽어 그 읽은 숫자도 모를 지경이었다고 했다. 이 같은 사정을 고려할 때 오건이 『중용』에 바탕한 「不誠無物」이라는 賦를 남기게 된 것은 지극히 당연한 일이다. 「불성무물」부는 물론 『중용』 25장의 '성은 사물의 처음과 끝이니, 성실하지 못하면 사물이 없게 된다'[48]는 구절에서 제명을 취한 것이다. 이 작품에서 오건은 천과 인의 관계를 구체적으로 제시하고 있다. 우리 인간의 성정을 탐구해보면, 천지에 참여하여 그 가운데 서 있으면서 한 몸에 모든 사물의 이치를 구비하여 하늘과 같은 덕을 지니고 있지만, 인간의 사욕 때문에 간극이 생긴다고 했다. 즉 '아! 천인의 지극한 이치는 한 마디로 다 할 수 있다네. 하늘은 無心한 듯 하지만 심원하여 생물을 가만히 운행하고, 사람은 有心한 듯 하지만 쉽게 방심하여 그 본성을 사욕으로 잃게 된다'[49]고 한 것이 그것이다. 오건은 천과 인이 서로 분리되어 간극이 생기는 것은 인욕 때문이라는 것을 이 글에서 말하면서 誠과 天과 聖을 회복하고자 했다. 우리는 여기서 오건이 『중용』을 통해 인욕을 버리고 인간의 본성에 깃든 천리를 찾아가고자 하는 수양론적 노력을 감지하게 된다. 다음 작품 역시 의도를 같이한다.

---

48) 『中庸』 25章, "誠者物之終始, 不誠無物. 是故君子誠之爲貴."

49) 吳健, 「不誠無物」(『德溪集』 卷1, 『韓國文集叢刊』 38, 87쪽), "噫天人之至理, 可一言而能盡. 天無心而沕穆, 寓生物於默運. 人有心而易放, 喪厥初於私欲."

人有衣冠鳥有巢　사람에겐 의관, 새에겐 둥지,
環中萬象自乾爻　우주의 만상은 근원에서 시작하네.
經綸大業吾家事　대업을 경륜하는 것은 유학의 일이니,
莫許神明外物交　정신이 외물과 사귀지 말게 하세나.[50]

이 시는 「次尹光前韻」의 전문이다. 오건은 이 작품의 1구에서 사람과 사물을 제시하여 각기 합당한 도가 있다고 했다. 사람에게 있어서 의관이 있듯이 새에게는 둥지가 있다는 것이 그것이다. 2구에서 『주역』의 건괘 효를 말한 것은 만물생성의 始原을 표현하기 위해서다. 이 시원에는 결함이 있을 수 없다. 결함이 없기 때문에 이곳으로 돌아가고 싶은 것이다. 천리의 회복을 이렇게 말했다 하겠는데, 오건은 그 소망을 다양한 작품을 통해 표출시켰다. 즉 「仙遊洞瀑布」에서 '맑고 찬 은하수를 멀리서 접하고 신령스런 뗏목을 띄워 상두로 오르고 싶다'[51]고 하거나, 「送人歸安宅」에서 '마음을 잡으면 마음이 존재하는 것은 성실한가 그렇지 않은가에 달려 있고, 나가고 들어오는 것을 모름지기 마음 위에서 보라'[52]라고 한 것이 그것이다. 마음을 보존하는 길이 천리를 회복하는 길이라는 것을 알고 있었으므로, 4구에서 정신과 외물이 서로 사귀지 못하게 하고자 했다. 마음이 방탕한 데로 흐르기 쉽기 때문에 이를 경계하고자 함이었다.

정리해보자. 『중용』과 『대학』은 오건 수양론의 기저가 되었다. 『중용』의 핵심인 '성'과 『대학』의 핵심인 '경'이 오건의 학문형성에 중요한 요소로 작용하였다는 것이다. 이 성경사상은 오건이 스승으로 모셨던 조식과 이황에게서도 강조되던 바였다. 조식의 『학기유편』이나 이황의 『성학십

50) 吳健, 「次尹光前韻」(『德溪集』 卷1, 『韓國文集叢刊』 38, 81쪽)
51) 吳健, 「仙遊洞瀑布」(『德溪集』 卷1, 『韓國文集叢刊』 38, 79쪽), "淸冷遠接銀河水, 欲泛靈槎上上頭."
52) 吳健, 「送人歸安宅」(『德溪集』 卷1, 『韓國文集叢刊』 38, 85쪽), "操存只在誠不誠, 出入要須心上觀."

도』는 이를 말하기에 충분한 자료가 된다. 오건은 특히 성경이 제왕학의 근간을 이룬다고 했다. 이것은 천하의 일을 도모하는데 제왕의 수양이 필수불가결하기 때문이다. 「請窮理居敬箚」를 써서 궁리와 거경을 강조하고, 「不誠無物」부를 지어 인욕을 막고 천리를 보존하자고 주장한 것도 이 같은 맥락에서 제출된 것이다. 우리의 마음이 외물과 사귀지 않을 때, 타고난 본성이 회복되고, 마침내 성인의 정신경계를 획득하여 성인이 될 수 있다는 생각을 가졌기 때문이다. 이처럼 오건의 수양론은 용학이 바탕을 이루었고, 이에 입각하여 문학창작을 시도하였다. 이 때문에 그는 이른 시기부터 문예를 일삼아 세상에 이름이 드러났지만, 성학의 나머지 일로 여겼다는 평가[53]를 받을 수 있었을 것이다.

3.2. 사물에 대한 이념적 인식

사물에 대한 이념적 인식은 인식방법에 따른 작품 형상원리 가운데 하나이다. 사물인식방법은 여럿으로 설명될 수 있으나, 크게 셋으로 나누어진다. 즉물적 인식, 이념적 인식, 역사적 인식이 그것이다. 이념적 인식은 사물을 '이치'가 드러나서 유행하는 것으로 보고 대상 사물을 주체화하여 인식하는 것이다. 이념은 모든 경험에 통제를 부여하는, 즉 순수 이성에서 얻어진 최고의 개념이기 때문에 사물과 자아가 '理'로 통합될 수 있고 수양에 의해 그렇게 되어야 한다고 본다. 즉물적 인식은 시적 대상인 사물을 객관적 존재물로 보고, 있는 그대로 포착하는 방식이다. 여기에는 인식의 주체인 자아가 그리 중요하게 작용하지 않는다. 따라서 사물을 있는 그대로 묘사함으로써 사실적 재현에 중점을 둔다. 이에 비해

53) 鄭逑가 「祭文」(『德溪集』 卷8, 『韓國文集叢刊』 38, 160쪽)에서 "早事文藝之學, 著名當世, 而旣又發跡場屋, 以爲門戶之榮, 此固世俗之所慕, 而在先生則爲餘事也."라 한 것이 그 대표적 예이다.

역사적 인식은 인식객체인 사물과 인식주체인 자아 사이에 탄력이 부여됨으로써 객관 사물이 갖고 있는 역사적 의미를 주체적으로 재해석해 내는 것을 말한다. 이것은 대상을 현실에 포함시켜 이해하기 때문에 사물에 대한 해석이 주체의 시각에 따라 달라질 수도 있다.54)

우리는 사물에 대한 세 가지의 인식방법 가운데 이념적 인식에 주목하려 한다. 오건의 문학에 작용한 중심사상이 용학에 기반한 성경의 수양론이며, 이를 바탕으로 이념적 사물인식이 뚜렷하기 때문이다. 즉 '觀物察理'의 인식방법을 지녔다는 것이다. 그렇다면 오건이 '관물찰리'의 방법론으로 그의 작품을 어떻게 형상하고 있을까? 오건이 주자학자였기 때문에 우선 주희의 창작방법론을 주목할 필요가 있다. 일찍이 주희는 「관서유감」을 지어, 사물에 대한 이념적 인식을 철저히 시도한 적이 있다. '반이랑 되는 모난 연못이 하나의 거울처럼 열리니, 하늘빛 구름 그림자가 함께 배회를 하네. 묻나니, 어떻게 하여 이같이 맑을 수 있는고? 원두에서 살아 있는 맑은 물이 샘솟고 있기 때문이지.'55)라고 한 것이 그것이다. 주희는 여기서 方唐이라는 연못, 즉 사물을 보면서 인간의 심성 속에 깃든 虛靈性을 살폈다. 그리고 원두의 활수를 통해 심성회복이라는 이념적 인식을 명확히 제시하였다. 사물에 대한 주희의 이 같은 인식방법은 오건에게 그대로 적용된다. 「활수」부를 통해 구체화되는데, 그 일부를 들어보자.

> 環胸海之灑落　쇄락한 가슴 바다는 둘러 있고,
> 一方塘之開鏡　거울처럼 열린 모난 연못은 한결같구나.

---

54) 鄭羽洛, 「16세기 士林派 作家들의 事物觀과 文學精神 硏究」, 『退溪學과 韓國文化』 34, 慶北大 退溪硏究所, 2004. 144쪽.

55) 朱熹, 『朱子大全』 卷2 張13, "半畝方塘一鑑開, 天光雲影共徘徊. 問渠那得淸如許, 爲有源頭活水來."

潛本體之虛靈　본체의 허령함에 잠겨들어,
渾溥博於丹田　광대함을 마음에 온전하게 하네.
絶渣滓之點汚　마음의 찌꺼기, 그 더러움을 끊어버리고,
涵太虛之浩然　太虛의 넓고 큼을 함양한다네.
澹光風於波面　비 갠 뒤의 시원한 바람 수면에서 조용하고,
照秋月於淸漣　가을 달은 맑은 잔물결에 비친다네.
烱雲影之寒回　차게 배회하는 구름 그림자는 빛나고,
淡天光之軒豁　넓게 트인 하늘빛은 담담하구나.
妙徹上而徹下　미묘하게 위를 뚫고 아래로 이어져,
極淸瑩而光明　지극히 맑으면서 밝다네.
知靜深之有本　고요하고 깊은 곳에 본원이 있다는 것을 아노니,
豈厥流之自淸　어찌 그 흐름이 저절로 맑아지랴?
凝一脉於源頭　한 맥을 원두에 엉기게 하여,
釀純灝之潑潑　순수한 그 물의 활발함을 배양해야 하리.[56)]

이 작품은 제목부터 주희의 「관서유감」에서 인용하였다. '원두활수'의 '활수'가 그것이다. 내용도 마찬가지다. '活水', '方塘', '開鏡', '天光', '雲影', '源頭' 등의 용어에서 알 수 있듯이, 오건의 「활수」부는 주희의 작품을 확장해 놓은 것에 다름 아니다. 오건은 여기서 쇄락한 마음을 '방당'과 결합시켰다. 이는 사물에 대한 이념적 인식을 창작의 중요한 원리로 활용하고 있음을 의미하는 것이다. 그 이면에 작용한 사상은 물론 수양론이다. '마음의 찌꺼기'라고 표현된 인욕을 버리고, '태허의 넓고 큼을 함양한다'고 하면서 천리를 보존하고자 한데서 사정의 이러함은 충분히 간취된다. 수양에서의 '修'는 인욕을 닦는다는 것이며, '養'은 천리를 함양한다는 것인데, 오건은 수양의 공효도 제시하였다. 맑은 잔물결에 비치는 가을 달, 넓게 트인 하늘빛, 지극히 맑고도 밝은 것으로 그것은 표현되었

56) 吳健, 「活水」(『德溪集』 卷1, 『韓國文集叢刊』 38, 86쪽)

다. 성경사상의 작용으로 이루어진 정신경계가 아닐 수 없다. 사물의 근원이자 심성의 궁극처인 원두의 활발성을 제시하면서 그 경계는 극치를 이루었다. 우리는 여기서 오건의 문학적 감수성의 중심에 인간 심성의 본원을 함양하고자 하는 수양체계가 내적 운동을 벌이고 있었다는 것을 발견하게 된다. 다음 자료를 통해 논의를 더욱 진전시켜보자.

(가) 화담에 이르렀는데, 곧 서선생이 예전에 노닐던 곳이다. …… 두어 간 되는 황폐한 집이 홀로 산기슭을 의지해 있는데, 아마도 이곳이 선생께서 사시던 옛날 집인 듯하다. 그러나 마을에 거주하는 사람이 없어서 물어볼 수가 없었다. 다만 산머리에 흰 돌이 높이 서 있는 것이 보이는데, 바로 선생의 옛 비석이다. 연못은 겹겹이 둘러싸인 바위를 마주하고 있었고, 산꽃은 아직도 반면에 피어 있었다. 평평한 모랫벌 한 편에 반석이 있는데, 바로 선생께서 제자들과 앉거나 서서 강론하던 곳이다. 이곳에 이르러 그 사람을 생각해 봄에 스스로 회포가 어떠한지를 알 수가 없다. 이군과 각각 하나의 바위를 차지하고 서로 마주 앉아 경치를 감상하면서 술도 마시고 정담을 나누었다. 이렇게 한 나절을 한가롭게 보냈으나 회포는 다함이 없어서, 몇 구절의 시를 읊조리게 되었다. 그 내용은 이러하다.[57]

(나) 花潭曾是會鳶魚　화담이 일찍이 여기서 연비어약을 깨달았으니,
恨不當時近卜居　한스런 것은 당시 가까이서 살지 못한 것이라네.
空想斷碑懷不盡　공연히 짧은 비를 생각함에 회포가 다하지 않아,
夕陽歸路獨躊躇　석양 돌아오는 길에 홀로 머뭇거리네.[58]

---

57) 『歷年日記』 1565年 4月 初 3日條, “至花潭, 乃徐先生舊遊之地 …… 數間荒屋, 獨依山根, 蓋是先生舊栖, 而巷無居人, 不能憑問, 只見山頭白石高立, 乃先生墓碑也. 潭則對巖回疊, 山花尙在半面, 平沙一邊盤石, 此乃先生與學子坐立講論之地, 到此地思其人, 不自知其何如懷也. 與李君各占一巖, 相對坐賞, 酌酒敍情, 仍偸半日之閑, 有懷不盡, 吟成數句, 其詩曰.”

58) 『歷年日記』 1565年 4月 初 3日條 및 吳健, 「過徐花潭舊居」(『德溪集』 卷1, 『韓國文集叢刊』 38, 82쪽)

(다) 山空花在水更淸	빈산에 꽃은 피고 물은 더욱 맑은데,
人去長留活畫屛	사람은 갔지만 길이 남아 있는 것은 살아 있는 畵屛이라.
想像岩頭吟賞日	생각해 보노라, 바위 머리에서 읊조리고 완상하던 그 날,
此中光霽十分明	이 가운데 제월광풍은 아주 밝았을 것을.[59]

1565년 4월 3일 오건은 豊德郡守 李民覺(1535-?)을 만나 화담 서경덕의 옛 집을 둘러보았다. 五冠山 典祀官으로 갔을 때의 일이다. 당시 이민각이 세 수의 시를 짓고 오건은 네 수를 짓는데,[60] (가)는 창작동기이고, (나)와 (다)는 오건이 그 때 지은 네 수 중 두 수이다. 여기서 오건은 서경덕의 옛집을 보면서 '연비어약'과 '제월광풍'을 생각해낸다. 앞의 작품 첫째 구에서 '연어'라 했고, 뒤의 작품 넷째 구에서 '광제'라 한 데서 이 같은 사실을 알 수 있다. 이것은 각각 '연비어약'과 '제월광풍'을 줄인 것이기 때문이다. 이 두 용어는 수많은 개별적 사물에 流行不息하는 천리의 묘용과 비가 갠 뒤의 바람과 달 같은 시원하고 깨끗한 마음을 의미한다. 즉 인간의 심성 속에 인욕이 사라지고 천리가 깃든 상태를 비유적으로 표현한 것이다. 우리는 여기서 서경덕이라는 사물을 통해 수양론이 가져다주는 최고의 정신적 경계를 만나게 된다. 오건의 사물에 대한 이념적 인식을 명확히 감지하게 된다는 것이다.

'천광운영'과 '연비어약', 그리고 '제월광풍'은 사림파 작가들의 이념적 사물인식의 극치에서 즐겨 제시하는 것이지만, 오건은 이 용어를 특별히 좋아했고, 이 가운데서도 '제월광풍'을 가장 많이 사용하였다. '비 갠 뒤

59) 『歷年日記』 1565年 4月 初 3日條 및 吳健, 「過徐花潭舊居」(『德溪集』 卷1, 『韓國文集叢刊』 38, 82쪽)

60) 『歷年日記』에는 이 7수가 모두 기록되어 있으나, 『덕계집』에는 본문의 (가)와 (나), 두 수만 소개되어 있다.

의 경치는 가이 없고 뜻은 더욱 깊어지네(霽景無邊意轉深)',[61] '누가 방촌 제월광풍의 하늘을 알겠는가?(誰知方寸霽光天)',[62] '옥같은 세계는 응당 비갠 달의 흔적 머물러 있겠지(玉界應留霽月痕)'[63] 등의 허다한 작품이 그것이다. 오건이 이것을 가장 적극적으로 제시한 것은 5언 고시의 형식을 지닌 「送人歸安宅」이라는 작품에서다. 여기서의 '안택'은 仁을 의미한다.[64] 이 仁을 확보하기 위하여 가장 절실하게 요청되는 것이 수양이다. 이 때문에 오건은 '사사로운 곳을 극기하면 천리가 온전해지고, 안택의 기반은 방촌 사이에 있네. 천군을 높이 받들어 주인이 되게 하지, 어찌 객기가 와서 서로 간여하게 하리'라고 하면서, '천광운영은 넓어 끝이 없고, 제월광풍은 스스로 한가롭다'[65]고 하였다. 인욕을 막고 천리를 보존하는 길, 인이 기거하고 있는 마음, 천군을 뫼시고 객기를 쫓는 일 등을 두루 말하면서, 그것의 최종적 공효로 '천광운영'과 '제월광풍'을 제시하였던 것이다.

오건은 천리의 유행과 쇄락한 마음을 매화를 통해 나타내기도 했다. 여기서도 사물에 대한 이념적 인식은 주요 형상원리로 작용했다. 즉 매화라는 사물을 바라보면서, 그가 용학에 바탕한 수양론적 이념을 제시하였던 것이다. 그는 일찍이 사물은 사람에게 無心하지만, 사람은 有情하여 사물에서 의미를 취한다[66]고 보았다. 인식객체인 사물과 인식주체인 사

---

61) 吳健, 「咏月」(『德溪集』 卷1, 『韓國文集叢刊』 38, 82쪽)

62) 吳健, 「次金慶老韻」(『德溪集』 卷1, 『韓國文集叢刊』 38, 84쪽)

63) 吳健, 「和梁士元西溪韻」(『德溪集』 卷1, 『韓國文集叢刊』 38, 81쪽)

64) 『孟子』 「公孫丑」上, "孔子曰, 里仁爲美, 擇不處仁, 焉得智? 夫仁, 天之尊爵也, 人之安宅也." ; 『孟子』 「離婁章」上, "仁, 人之安宅也, 義, 人之安路也."

65) 吳健, 「送人歸安宅」(『德溪集』 卷1, 『韓國文集叢刊』 38, 85쪽), "克己私處天理全, 有宅基盤方寸間. 天君高拱作主人, 客氣安得來相干? …… 天光雲影浩無窮, 霽月光風自閑閑."

66) 吳健, 「收野梅」(『德溪集』 卷1, 『韓國文集叢刊』 38, 88쪽), "物無心而德我, 人有情而取物."

람 사이에서, 어떤 인식작용이 일어나 객관 사물에 어떤 의미가 부여된다는 것이다. 관물찰리를 설명한 것에 다름 아니다. 이 같은 생각으로 인해 그는 그의 스승 이황과 마찬가지로 매화를 梅兄이라 부르며 그의 수양론적 이념을 드러내고자 했다. 길 곁에 방치하여 거두지 않아도, 매형에게 있어서는 무슨 손해가 되겠는가만, 덕의 향기를 멀고 황량한 들판에서 실어오니 내가 돌아보고 많은 느낌을 갖는다[67]고 하면서 매화에게 특별한 의미를 부여한 것이 그것이다. 오건의 매화 노래를 계속해서 들어보자.

玩歲寒之高節　세한의 고상한 절개를 완상하고,
思不屈於威武　威武에도 굴하지 않을 것을 생각하네.
超衆芳而獨立　여러 꽃들을 초월하여 홀로 서 있으니,
亦可戒夫從俗　또한 저 세속을 따르는 것을 경계할 수 있다네.
洗氷雪而愈潔　빙설에 씻어 더욱 깨끗한데,
又何用夫混濁　또 어찌 저 혼탁함으로 쓰리오?[68]

「收野梅」의 일부이다. 국화는 도연명에 의해 채집되고, 연꽃은 주돈이에 의해 사랑을 받았지만, 들판의 매화는 버려져서 거두는 사람이 없다[69]고 하면서 매화를 거두고 아울러 이 작품도 지었다. 오건은 매화를 雪月精神의 표상[70]이라 생각했다. 설월정신은 인욕의 때를 벗고 천리를 보존하는 데서 마련된다. 매화가 다른 꽃들과 섞이지 않고 독립해 있으

67) 吳健, 「收野梅」(『德溪集』 卷1, 『韓國文集叢刊』 38, 88쪽), "置道傍而不收, 在梅兄兮何損? 委馨德於遐荒, 顧吾人而多憾."
68) 吳健, 「收野梅」(『德溪集』 卷1, 『韓國文集叢刊』 38, 88쪽)
69) 吳健, 「收野梅」(『德溪集』 卷1, 『韓國文集叢刊』 38, 88쪽), "余竊悲衆芳之虛擲, 必見知而有會. 菊於陶兮見採, 蓮遇周而獲愛, 嗟哉梅兄之在野, 賴何人而見收."
70) 吳健, 「收野梅」(『德溪集』 卷1, 『韓國文集叢刊』 38, 88쪽), "隣首陽之孤竹, 保雪月之精神."

며, 얼음과 눈에 씻은 듯 조금도 혼탁함이 없기 때문이다. 오건의 이 같은 생각은 여러 작품에 보인다. 예컨대 「詠梅」에서 '돌아오니 봄은 또 늦었고, 옛 뜰엔 매화가 모두 졌구나. 복사꽃 살구꽃이 봄빛을 다투는데, 홀로 울타리 저쪽에 피어있네'71)라고 한 것은 그 대표적이다. 「수야매」에서 여러 꽃들을 초월하여 저쪽에서 혼자 서 있는 매화를 여기서도 다시 만나게 된다. 초연히 홀로 서 있는 매화를 통해서 오건이 보여주고자 한 것은 결국 쇄락하여 속진이 없는 군자의 성정이었다. 우리는 여기서 이념적 사물인식이 그의 창작원리로 작동하고 있음을 재확인하게 된다.

이상에서 우리는 사물에 대한 오건의 이념적 인식을 고찰하였다. 이것은 오건의 문학에 작용하는 수양론이 어떤 원리에 의해 형상화되는지를 살피기 위함이었다. 오건은 '觀物察理'의 사물인식방법을 창작의 주된 형상원리로 활용하고 있었다. 그는 이 방법론에 입각해서 사물을 보고, 그것에서 흥기하여 작품을 창작하였는데, 특히 주희의 「관서유감」에 주목하고 동질의 주제를 표현하기 위하여 「활수」부를 지었다. 이 작품에서 오건은 '開鏡', '天光', '雲影', '源頭' 등의 용어를 제시하면서, 성경사상의 내적 작용으로 이루어진, 최고의 정신경계를 비유적으로 나타냈다. 맑은 잔물결에 비치는 가을 달, 넓게 트인 하늘빛 등이 그것이다. 특히 '연비어약'와 '제월광풍' 등의 용어에서 성리학자들의 작품에 보편적으로 나타나는 인간과 사물에 내재한 천리의 묘용을 구하였다. 이 같은 경향은 매화라는 사물을 통해서 더욱 구체화되기도 했다. 그는 매화를 매형이라 부르며 그것의 청정성과 개결성을 극찬했다. 인간이 수양으로 도달할 수

---

71) 吳健, 「詠梅」(『德溪集』 補遺, 196쪽), "歸來春又晚, 落盡故園梅. 桃杏爭春色, 獨自隔籬開." 오건은 매화시 여럿을 남기는데, 본문에서 제시한 「수야매」나 「영매」 외에도 「咏梅」(『德溪集』 卷1, 『韓國文集叢刊』 38, 78쪽), 吳健, 「二月梅」(『德溪集』 卷1, 『韓國文集叢刊』 38, 80쪽), 「雪中梅」(『德溪集』 卷1, 『韓國文集叢刊』 38, 82쪽) 등이 대표적이다. 이들 시에서도 그의 사물에 대한 이념적 인식은 뚜렷이 제시되어 있다.

있는 어떤 상태를 제시하기 위해서였다. 이처럼 오건은 '방당'이나 '매화' 등 다양한 사물을 통해 그의 정신경계, 혹은 도달해야 할 궁극의 세계를 적극적으로 구현했고, 그것은 사물에 대한 이념적 인식의 결과에 다름이 아니었다.

3.3. 자연과 이룩한 합일적 세계

자연과 이룩한 합일적 세계는 사물의 존재방법에 따른 작품의 형상원리와 결부되어 있다. 개별자인 자아와 사물의 관계는 보편자인 태극(理·誠)에 대한 힘의 우열에 따라 세 가지로 존재하게 된다. 합일적 존재, 대립적 존재, 조화적 존재가 그것이다. 합일적 존재는 보편자가 개별자의 우위에 있는 경우로, 이 때 개별자인 자아와 사물은 이들에 내재해 있는 보편자의 引力에 의해 합일하게 된다. 대립적 존재는 개별자가 보편자의 우위에 있는 경우로, 이 때 개별자인 자아와 사물은 상호간의 기질적 요소로 인해 斥力이 발생하고 이에 따라 대립한다. 그리고 조화적 존재는 개별자와 보편자가 힘의 균형을 유지하는 경우로, 이 때 개별자인 자아와 사물 사이에는 인력과 척력이 동시에 작용하고 이에 따라 조화를 이룬다.[72] 이론을 가다듬고 논의를 정밀하게 진행시켜야 나름의 성과를 이룩할 수 있지만, 사림파 문학의 경우 이 이론은 광범하게 적용될 수 있다. 개별적 사물 속에 내재한 보편자에 대한 관심은 이들의 중요한 학문적 방법론을 형성하기 때문이다.

우리는 여기서 합일적 존재와 그 방법에 주목한다. 오건 문학의 경우 성경의 수양론은 그의 문학적 기저를 이루는 사상이라 했다. 오건은 이

---

72) 보편자(태극)와 개별자(자아와 사물) 사이에 발생하는 역학구도에 따른 존재방법은 정우락, 『남명문학의 철학적 접근』(박이정, 1998)에서 상세하게 논의되었다.

수양론에 입각하여 작품창작을 시도했다고 하겠는데, 이 과정에서 작품 형상의 내적 원리로 작동한 것이 바로 앞서 다룬 사물에 대한 이념적 접근과 본 장에서 다루고자 하는 자아와 사물의 합일적 존재방법이다. 이는 자아와 사물 사이에서 이루어지고, 성리학자들이 내적 정신적 최고경지를 설명하기 위하여 사용하는 천인합일로 나아가기 위한 일련의 정신활동이다. 작품 속에서는 자연과의 합일로 나타나기 때문에 合自然으로 일컫기도 한다. 성리학자들이 지닌 자연관의 일반적 특징은 자연을 생산의 현장으로 보기보다는 일정한 미학적 거리에 두고 심미적 관조의 대상으로 생각한다는 것이다. 미학적 거리를 두지만 보다 적극적으로 인간의 심성 속에 내재해 있는 '性'이 수양을 통해 사물 속에 내재해 있는 '理'와 일체가 됨으로써 성인과 같은 정신경계를 획득할 수 있다고 생각했다.[73] 이 때 자아의 '성'과 사물의 '리'는 모두 보편자 태극의 다른 이름이며, 이 보편자로 인해 결국 합일적 세계를 이룩하게 된다. 오건의 다음 작품을 통해 논의의 실마리를 찾아보자.

信有物必有是理　　진실로 사물이 있으면 반드시 이 이치가 있으니,
夫孰不本於實德　　대저 어느 것이 實德에 근본하지 않겠는가?
……
念於穆之明命　　심원한 밝은 명을 생각하고,
探性情於吾人　　나의 성정을 탐구하네.
叅天地而中立　　천지에 참여해서 그 가운데 서서,
備萬物於一身　　만물이 한 몸에 갖추어졌네.
……
竟盡己而成物　　마침내 자기를 다하여 사물을 이루면,
諒與天而同德　　진실로 하늘과 더불어 덕을 같이 하리라.[74]

73) 鄭羽洛, 「金宇顒의 事物認識方法과 그 精神構圖의 特性」, 『東方漢文學』 15, 東方漢文學會, 1998. 134쪽 참조.

위의 글은 「不誠無物」賦의 일부로 합일적 존재방법을 노래한 것이다. 오건은 여기서 자아의 '성'과 사물의 '리'가 수양론에 입각해 합일한다는 것을 보였다. 즉 사람에게는 '성정'이 있고 사물에게는 '리'가 있으며, 자기를 다함으로써 사물을 이루어 마침내 하늘과 더불어 덕을 같이 한다는 것이다. 이 같은 자아와 사물의 합일, 내지 천인의 수양론적 일치를 오건은 기회 있을 때마다 강조하였다. 예컨대, 「請改正林晉賞加啓」에서 '하늘과 사람이 하나의 이치이므로 이치가 있는 곳에 명이 존재하는 것입니다'[75]라 한 것은 그 대표적인 예이다. 그렇다면 자아와 사물이 어떻게 합일되며, 그것은 그의 작품에 구체적으로 어떻게 형상화되는가 하는 것이 문제이다. 여기서 오건은 사물로 자연을 선택했고, 그 자연 속에 내재한 천리를 발견하고 그것이 수양된 자아의 성정과 일치될 수 있다고 보았다. 청정한 자연과 허령한 자아가 인력에 의해 형이상학적으로 합일될 수 있다고 보았기 때문이다. 다음 작품을 보자.

擁雪空山謾對書	눈 덮인 빈 산에서 책을 마주하고 있노라니,
夜深淸月入窓虛	밤 깊자 맑은 달빛 창틈으로 새어드네.
一般意思今宵好	이 같은 생각은 오늘 밤이 참으로 좋으니,
欲向天翁問太初	조물주를 향해 太初에 대하여 물으려 하네.[76]

이 작품은 칠언절구 「偶吟」의 전문이다. 오건은 앞의 두 구절에서 눈 덮인 산의 맑고 고요함, 書冊, 그리고 창틈으로 새어드는 달빛을 제시하였다. 이는 물론 뒤의 두 구절에서 하늘과 맞닿아 있는 서정적 자아의 고양된 감흥을 노래하기 위해서였다. 오건은 눈 덮인 빈 산, 그 달밤의 정

74) 吳健, 「不誠無物」(『德溪集』 卷1, 『韓國文集叢刊』 38, 86-87쪽)
75) 吳健, 「請改正林晉賞加啓五」(『德溪集』 卷4, 『韓國文集叢刊』 38, 120쪽), "天人一理也, 理之所存, 卽命之所存也."
76) 吳健, 「偶吟」(『德溪集』 卷1, 『韓國文集叢刊』 38, 79쪽)

경이 인간과 완전한 화해를 이루어낸다는 것을 깨달았다. 여기서 4구에서 보듯이 우주에 내함되어 있는 첫 비밀을 조물주를 향해 묻고 싶다고 한 것은 당연한 것이었다. 우주의 첫 비밀을 알고자 하는 것은 바로 다양한 사물로 분화되기 이전의 상태를 말하는 것이니 합일을 전제한 것이기 때문이다. 이것은 우주 생명과 인간 심성이 본체론적 측면에서 일치한다고 보고, 居敬을 통해 성인의 경계에 도달하고자 했기 때문에 가능한 것이다. 물론 '천옹'과 '태초'가 말해주듯 현상을 초월하여 제 현상들의 원인 혹은 근거를 의미하는 형이상학적 논리[77]에 의해 이것은 제시되었다. 특히 3구를 주목할 필요가 있다. 邵雍(安樂, 1011-1077)의 「淸夜吟」을 연상시키기 때문이다. 소옹은 이 작품에서 '이 같은 맑은 의미'라고 하면서 합일의 경계를 드러냈다. 소옹의 이 시는 오건을 비롯한 조선조 성리학자들에게 형이상학적 합일의 정신적 경계를 도인하는 중요한 매개 역할을 했는데, 오건 역시 마찬가지였다. 다음 작품을 보자.

堯夫非是愛吟詩	요부는 시 읊조리길 사랑한 것이 아니라,
只愛虛明洒落時	다만 허명하고 쇄락한 것을 사랑했다네.
莫把遺詩空玩月	남긴 시를 갖고 부질없이 달을 희롱하지 말게나,
好將淸意靜中思	맑은 의사로 고요한 가운데 생각하는 것이라네.[78]

1구의 '요부'는 소옹의 자이다. 일찍이 소옹은 '달은 하늘 한가운데 떠 있고 바람은 수면으로 불어올 때'라고 하면서, 자연이 제시하는 정경과

77) 아리스토텔레스가 처음 형이상학이라는 용어를 사용한 이후 몇 가지의 다른 의미로 형이상학이란 용어가 사용되었는데, 이에 대해서는 이명곤은 「德溪 吳健의 생애와 사상에 나타난 '義로움'의 개념과 義의 形而上學的 특성」(『2004년 남명학 학술대회 자료집』, 남명학연구원, 2004. 각주33)에서 '형이상학적 지평이란 실존적인 변모를 가진 인간이 직관적인 통찰을 통해 과학적인 앎으로서 접근할 수 없는 세계 또는 인간의 진리에 도달하는 지평'이라 정리했다.

78) 吳健, 「星學贈學子」(『德溪集』 卷1, 82쪽)

인간의 심성론적 이치가 묘하게 결합됨을 깨닫고 '이 같은 맑은 의미를, 체득한 사람은 아마도 적을 것이라'[79]고 노래했다. 어느 날 문인 鄭逑(寒岡, 1543-1620)가 소옹의 이 노래를 읊조리자 오건이 시를 지어 그에게 주면서[80] 단순한 달 노래가 아님을 주지시켰다. 1구와 2구에서 보듯이 소옹이 사랑한 것은 시가 아니라 달을 통해 형상되는 '虛明'과 '洒落'이었다. 이것은 인간의 마음 속에서 인욕이 사라지고 천리가 깃든 상태이며, 자연을 통한 형이상학적 합일의 경계 바로 그것이다. 오건은 이를 인식하고 있었으므로, 소옹이 남긴 시로 달을 희롱할 것이 아니라, 소옹의 진의를 찾아 마음을 고요하고 맑게 하여, '허명'하고 '쇄락'한 상태로 만들라는 것이다. 이처럼 오건은 자아와 사물의 합일경을 자연을 통해 제시했을 뿐만 아니라, 보다 직접적으로 조물주를 향해서 태초에 대하여 묻고자 하였는데, '仙源'이라는 용어를 제시하며 그 궁극을 보다 적극적으로 찾고자 했다.

(가) 仙源今作一場歡	선원은 지금 한 마당 즐거움을 만드나니,
此境何須俗士看	이 경치를 어찌 속인들이 볼 것이랴!
只恨落花隨水去	다만 한스런 것은 떨어진 꽃잎 물결 따라 떠내려가서,
謾教漁父泝淸灣	부질없이 어부로 하여금 맑은 시내 거슬러 오르게 하는 것이라네.[81]

(나) 漁舟何用遡仙源	고깃배를 어찌 선원을 거슬러 오르는데 사용하겠는가?

79) 『性理大全』 卷70, 「詩・絶句」, "月到天心處, 風來水面時. 一般淸意味, 料得少人知."

80) 吳健, 「星學贈學子」(『德溪集』 卷1, 『韓國文集叢刊』 38, 82쪽)의 주석에 이렇게 되어 있다. "學子, 則寒岡也. 寒岡夜誦淸夜吟, 先生以詩贈之."

81) 吳健, 「遊西溪」 5首 중 第1首(『德溪集』 卷1, 『韓國文集叢刊』 38, 80쪽)

玉界應留霽月痕	옥 같은 세계는 응당 비갠 달의 흔적 머물러 있겠지.
更看前山雲自出	다시 앞산의 구름이 스스로 나오는 것을 보니,
一番時雨萬家村	한 번 때맞추어 내리는 비 수많은 집에 뿌리겠네.[82]

위의 두 수는 모두 '仙源'이라는 이상공간을 통해 자신의 정신경계를 나타낸 것이다. 선원은 도잠이 「桃花源記」에서 제시한 이상공간을 염두에 둔 표현이다. (가)에서 복사꽃을 떠올린 데서 알 수 있지만, 위의 작품은 「도화원기」와 많은 유사성이 있다. 도잠이 한 어부를 제시하였듯이 오건도 (나)에서 고깃배를 제시했고, 도잠이 어부가 본 이상세계에서 즐겁게 사는 사람들을 말했듯이 오건도 (가)에서 선원이 한 마당의 즐거움이라 했다. 그리고 도잠이 이상공간의 평화경을 속인들은 함부로 구할 수 없다고 했듯이 오건도 (가)에서 속인들이 볼 수 없는 곳이며 그들이 함부로 와서는 안 되는 곳이라 했다. 그러나 도잠의 「도화원기」가 小國寡民 사상에 기반하여 노장적 유토피아를 제시한 것이라면, 오건이 위의 작품에서 언급한 선원은 인간이 심성수양으로 도달할 수 있는 형이상학적 정신경계이다. 그것을 오건은 (나)에서 보듯이 '옥계'와 '제월'이라 했다. 이 옥같은 세계의 청신한 기상은 자아와 사물이 지닌 개별적 특성이 소멸된 공간이며, 역사적 질곡이 사라진 공간이며, 또한 천리의 공간이자 합일의 공간이다. 이 공간은 오직 '허명'과 '쇄락'으로 가득하다. 사정이 이같기 때문에 인욕으로 가득한 어부나 속인이 근접하지 못하게 할 필요가 있었던 것이다. 결국 오건은 인욕을 벗어던지고 마음속에 천리를 보존하자는 것을 이들 시를 통해 말하고 싶었던 것이다.

이상의 논의를 정리하자. 자연과 이룩한 합일적 세계는 개별자 속에

---

82) 吳健, 「和梁士元西溪韻」(『德溪集』 卷1, 『韓國文集叢刊』 38, 81쪽)

존재하는 보편자의 인력에 의해 발생한다. 이 존재방식은 오건 문학에 작용한 중요한 형상원리였다. 오건은 이것을 烟水興[83] 등으로 불리는 자연과의 흥취를 매개로 하여 문학적 실천을 이룩하려 했다. 인간의 심성 속에 내재해 있는 '性'이 수양을 통해 사물 속에 내재해 있는 '理'와 일체가 됨으로써 성인과 같은 정신경계를 획득할 수 있다고 생각했기 때문이다. 이 과정에서 그는 「불성무물」부를 통해 합일의 방법론을 마련하였다. 자기를 다함으로써 사물을 이루어 마침내 하늘과 더불어 덕을 같이 한다는 것이다. 이 같은 방법론에 입각하여 '선원'이라는 용어를 통해 합일의 구체적 공간을 제시하기도 했다. 이 공간은 옥같은 세계로 청신한 기상이 살아 있는 공간이라 했다. 자아와 사물이 지닌 개별적 특성이 소멸된 천리의 공간이며 합일의 공간이었다. 우리는 여기서 보편자에 입각한 자아와 사물의 합일경은 결국 인욕이 사라진 곳에 형성된다는 것을 오건의 작품을 통해 감지하게 된다.

4. 조식 및 이황 문학과의 관계

오건의 학문은 가학에 바탕한 것이지만, 그것의 심화과정에는 스승 조식과 이황이 있었다. 이것은 이미 말한 바다. 조식과 이황이 세상을 떠나자 오건은 이들의 만사를 지어 슬픈 마음을 토로한 적이 있다. 이때 스승의 특장을 요약하였는데, 조식의 준절한 기상과 이황의 쇄락한 정신이

---

83) 오건은 자연에 대한 흥취를 烟水興, 昆山興, 風烟興 등으로 나타냈다. "此間烟水興, 還怕世人知(「楸江亭次盧玉溪子膺韻」, 『德溪集』 卷1, 『韓國文集叢刊』 38, 77쪽)", "爲問昆山興, 何如此水頭.(「楸江亭次盧玉溪子膺韻」, 『德溪集』 卷1, 『韓國文集叢刊』 38, 77쪽)", "對床薰切琢, 耽興共風烟(「贈金上舍慶老」, 『德溪集』 卷1, 78쪽) 등에서 용례를 확인할 수 있다.

그것이다. 「輓南冥先生」에서 '준절한 기상은 사람들이 다투어 우러르고, 기이한 공은 보통사람이 엿볼 수 없다'[84]고 하거나, 「輓退溪先生」에서 '明誠의 땅에 서서, 정신은 쇄락한 하늘을 통하였다'[85]고 한 것이 그것이다. 때로 誠敬이 강조되기도 하지만 敬義는 조식 수양론의 핵심이다. 이를 염두에 두었기 때문에 오건은 「祭南冥先生文」에서도 '용이 깊은 못에 잠겨있는 듯, 봉이 천 길을 나는 듯'[86]하다거나, '함양하고 성찰하는 것은 경을 주로 하고, 끊고 제어하는 것은 의로써 한다'[87]고 하면서 조식의 기상과 그 사상적 근거를 높혔다. 그리고 敬義가 강조되기도 하지만 誠敬은 이황 수양론의 핵심이다. 오건이 이것을 생각하였으므로, 이황의 만사에서 그가 명성을 통해 쇄락한 성정을 지닐 수 있었다고 했다. 明誠은 '경'을 통해 도달하는 것으로 『중용』의 핵심개념이다. 『중용』에서 '誠으로 말미암아 밝아지는 것을 性이라 하고, 밝음으로 말미암아 성실해지는 것을 敎라 하니, 성실하면 밝아지고 밝아지면 성실해진다'[88]고 하였는데, 오건은 『중용』의 이 같은 논리를 이황에게 적용시켰던 것이다.

오건이 그렇게 평가하였듯이, 조식은 경의사상에 입각해서 사물을 보았기 때문에 그의 의식은 경험적 세계 혹은 지상으로 열려 있었다. 이 때문에 애민의식에 입각하여 백성의 곤궁을 자신의 곤공으로 여겨 눈물을 흘리기도 하고, 벼슬하는 사람을 만나면 조금이라도 구제될 수 없을까 하여 백성들의 고초를 이들에게 호소하기도 했다. 특히 민의 경제적 곤

84) 吳健, 「輓南冥先生」(『德溪集』 卷1, 『韓國文集叢刊』 38, 78쪽), "峻節人爭仰, 奇功衆莫窺."

85) 吳健, 「輓退溪先生」(『德溪集』 卷1, 『韓國文集叢刊』 38, 77쪽), "脚踏明誠地, 神通洒落天."

86) 吳健, 「祭南冥先生文」(『德溪集』 卷2, 『韓國文集叢刊』 38, 95쪽), "龍潛九淵, 鳳翔千仞."

87) 吳健, 「祭南冥先生文」(『德溪集』 卷2, 『韓國文集叢刊』 38, 95쪽), "涵省主敬, 斷制以義."

88) 『中庸』 21章, "自誠明, 謂之性, 自明誠, 謂之敎, 誠則明矣, 明則誠矣."

궁을 문제삼아 풍년에 더욱 굶주린다고 한탄하면서 울분을 토로했다.[89] 이에 비해 이황은 성경사상에 입각하여 사물을 보았기 때문에 그의 의식은 초경험적 세계 혹은 하늘로 통하고 있었다. 이 때문에 이황은 인간에게 잠재되어 있는 내발적 자연친화력에 의한 자연귀의를 끝없이 추구하면서, 사물을 통해 진리를 발견하고, 이것을 흥감처로 여겨 자연과 인간의 형이상학적 합일의 논리를 그의 작품에 적극적으로 적용시켰다.[90] 같은 수양론이되 방향을 달리했으므로, 이들의 작품은 그 출발점을 같이 하되 지향점이 다르게 표출될 수밖에 없었다. 다음 작품을 보자.

(가) 臥疾高齋晝夢煩　높다란 다락에 병들어 누워 낮꿈이 번거로운데,
幾重雲樹隔桃源　몇 겹의 구름과 나무가 도화원을 격리시켰나?
新水淨於靑玉面　새로운 물은 푸른 구슬보다 맑아,
爲憎飛燕蹴生痕　나는 제비가 물결 차 생긴 흔적 밉기만 하네.[91]

(나) 露草夭夭繞水涯　이슬 머금은 풀이 곱게 물가를 둘렀는데,
小塘淸活淨無沙　작은 연못이 맑고 깨끗해 모래도 없네.
雲飛鳥過元相管　구름 날고 새 지나감은 원래 상관되는 것,
只怕時時燕蹴波　다만 두려운 것은 때때로 제비가 물결을 차는 것이라네.[92]

앞의 작품은 조식의 「江亭偶吟」이고, 뒤의 작품은 이황의 「野池」이다. 모두 제비로 표상된 인욕을 막고 물결로 표상된 천리를 보존하려는 주제를 담으려 하였다. 인욕은 막아야 하고 천리는 보존해야 하는 것이라고

89) 정우락, 『남명문학의 철학적 접근』, 박이정, 1998. 203쪽.
90) 여기에 대해서는, 鄭羽洛, 「退溪 李滉의 事物認識方法과 그 詩的 形象」(『東方漢文學』 24, 東方漢文學會, 2003)을 통해 상세히 논의되었다.
91) 曺植, 「江亭偶吟」(『南冥集』 卷1, 『韓國文集叢刊』 31, 468쪽)
92) 李滉, 「野池」(『退溪先生年譜』 卷1, 『韓國文集叢刊』 31, 56쪽)

유가들은 공통적으로 생각했다. 本然之性은 그렇게 하여 회복된다고 믿었기 때문이다. 이것을 인정하였으므로 조식과 이황은 위와 같은 작품을 남기게 되었던 것이다. 뒷날 河謙鎭(晦峰, 1870-1946)은 이를 두고, 조식과 이황은 그 心地가 같기 때문에 그럴 수 있었다고 했다.93) 사실 조식은 앞의 작품에서 정자의 맑은 분위기를 설정해 놓고 본연지성을 해치는 제비를 물리치고 靑玉보다 맑은 물을 지켜야 한다고 했고, 이황 역시 작은 연못의 맑고 깨끗함을 들어 본연지성의 맑고 깨끗함을 말하려 했다. '雲飛'와 '鳥過'를 들어 천리가 유행하는 것도 보였다. 그러나 조식의 경우 1구에서 보듯이 번거로운 낮꿈을 제시하면서 자연과의 합일에 균열이 발생하고 있음을 고백하고 있다. 이것은 이황이 제비가 물결을 찰까 두려워하며 안으로 침잠해 들어가는 모습과는 상당한 간극이 발생한다고 하지 않을 수 없다.94)

남명문학 가운데 내적·정신적 합일을 표상한 작품이 없지 않고, 여기에 대한 균열이 이황 문학에 드러나지 않는 바 아니나 이것은 이들의 주된 정조가 아니다. 조식은 현실주의적 세계관 아래 부조리한 현실에 대하여 새로운 질서를 부여하려 노력하였고, 이황은 성리학에 침잠하면서 순수한 인간의 이성을 확보하려고 애썼다. 이 때문에 사물에 대한 인식방법과 존재방법이 상이하게 드러날 수밖에 없었다. 인식방법의 경우, 조

93) 河謙鎭은 이를 이황과 조식의 心地가 같기 때문에 그럴 수 있었다고 했다. 河謙鎭, 『東詩話』(趙鍾業 편, 『韓國詩話叢編』 14, 太學社, 1996, 656쪽), "退溪先生詩, 露草夭夭繞水涯, 小塘淸活淨無沙. 雲飛鳥過元相管, 只怕時時燕蹴波. 南冥先生詩, 新水淨於淸玉面, 爲憎飛燕蹴生痕, 二先生心地, 淸明靜貼, 大略相似, 故其詩亦不約而同如此."

94) 河謙鎭도 이를 인식하였으므로 조식의 「江亭偶吟」 중 기승구는 제외시키고 전결구만을 제시하면서, 이황의 「野池」와 세계지향이 같다고 했다. 이를 통해 우리는 조식과 이황을 동일선상에서 보려는 하겸진의 의도를 읽을 수 있다. 그의 이 같은 시도는 그의 『東詩話』에서 다양하게 보인다. 「敬義堂重建上樑文」에서 '學記著四七理氣之發, 旨意同符退陶, 神舍揭太一存省之要, 圖象可配太極'(『晦峯集』下, 德谷書堂, 亞細亞文化社刊, 209쪽.)라 한 것도 같은 맥락에서 이해할 수 있을 것이다.

식과 이황 문학은 모두 사물에 대한 사실적 묘사가 지속되는 가운데, 조식은 사물을 통해 역사적 현실을 살피는 觀物察世의 인식방법론에 밀착되어 있었다면, 이황은 사물 속에 내재한 성리학적 이념을 찾아 나서는 觀物察理의 인식방법론에 보다 밀착되어 있었다. 자아와 사물의 존재방법도 상이하게 나타났다.[95] 조식과 이황 모두 개별자와 보편자가 힘의 균형을 유지하는 조화적 존재에 바탕을 두면서도, 조식의 경우 개별자의 기질적 특성에 따른 대립적 존재와 그 극복에 초점이 맞추어져 있다면 이황의 경우 개별자 사이에 존재하는 보편자를 더욱 중시하면서 합일적 존재의 세계로 침잠해 들어갔다.[96]

오건의 경우는 어떠한가? 오건은 성·경·의를 핵심개념으로 하는 수양론에서 조식의 敬義보다 이황의 誠敬에 더욱 밀착되어 있었다. 이것은 그가 '성'이 그 사상적 요체라고 알려진 『중용』과 '경'이 요체라 알려진 『대학』을 가장 정밀하게 읽은 당연한 결과가 아닐 수 없다. 이 때문에 그의 문학은, 청요직을 두루 거치는 과정에서 보여주었던 비판적 기상의 표출이라기보다, 사물과의 관계가 단아하고 맑은 정서로 형상화된 것이다. 주희의 「관서유감」을 좋아하여 이 시에서 직접 용어를 선택하여 「활수」라는 부를 짓는가 하면, 성리학자들이 이념적 사물인식의 극치를 나타내기 위하여 즐겨 사용했던 '천광운영'·'어약연비'·'제월광풍' 등의 용어를 특별히 주목하기도 했다. 그리고 사물 각개에 존재하는 보편자에 인식의 초점을 두고, 조물주에게 우주생성의 근원을 생각하며 태초를 묻기도 했다. 이것은 우주생성 이전의 단계, 즉 자아와 사물의 미분화 단계로의 회복을

95) 이에 대해서는 鄭羽洛, 「16세기 士林派 作家들의 事物觀과 文學精神 硏究」(『退溪學과 韓國文化』 34, 慶北大 退溪硏究所, 2004)에서 상세하게 논의하였다.

96) 이에 대한 논의는, 鄭羽洛, 「南冥의 事物認識方法과 詩精神의 行方」(『南冥學硏究論叢』 11, 南冥學硏究院, 2002)과 「退溪 李滉의 事物認識方法과 그 詩的 形象」(『東方漢文學』 24, 東方漢文學會, 2003)을 통해 상세하게 이루어졌다.

희망하는 것이기도 하면서, 동시에 각개의 사물에 존재하는 보편자에 대한 강한 흥취의 결과라 하지 않을 수 없다. 따라서 문학사상적 입장에서 볼 때 오건은 이황의 생각에 공감했다 하겠다. 사정의 이러함은 다음의 작품에서도 구체적으로 확인된다.

(가) 人世何須慕利名　인간 세상에서 어찌 모름지기 명리를 사모할까?
海山佳處有高亭　바닷가 산 좋은 곳에 높은 정자가 있구나.
怡然自得閑中趣　기쁘게도 한가한 가운데 정취를 얻었으니,
不羨勞勞使節行　수고로운 어사의 길 부럽지 않네.[97]

(나) 六花千點數枝梅　눈 천 점이 매화 몇 가지에 내려,
難弟難兄一樣開　형인 듯 아우인 듯한 모습으로 피었네.
兩箇淸眞宜野老　두 개의 청진에는 들 늙은이가 마땅하니,
成三何必謫仙杯　셋을 이루는 것이 어찌 반드시 적선의 술뿐이리?[98]

(가)는 「湖南路中作」으로 오건이 50세 되던 해 8월에 御使 겸 敬差官으로 호남지방에 민생을 살피러 가던 도중에 지은 것이다. 여기서 보듯이 명리가 있는 세상의 어사보다 자연 속으로 들어가 한가한 정취를 즐기고자 했다. 이것은 이황이 벼슬살이를 하면서 끊임없이 산림 속으로 물러나 심성을 도야하고자 했던 마음에 다름 아니다. (나)는 「雪中梅」로 눈 속의 매화를 노래한 것이다. 오건은 매화를 梅兄이라 부르며 이와 관련된 작품 여럿을 남기는데 이 또한 그 가운데 하나이다. 맑고 정결한 이념을 매화가 지녔다고 보고, 거기서 淸眞의 세계를 찾고자 했다. 특히 3구에서 보듯이 이 청진으로 눈과 매화, 그리고 야로가 합일을 이루게 하고 있음을 본다.[99] 이황 역시 매화를 매형이라 부르며 이를 통해 천리의

97) 吳健, 「湖南路中作」(『德溪集』 卷1, 82쪽)
98) 吳健, 「雪中梅」(『德溪集』 卷1, 『韓國文集叢刊』 38, 82쪽)

세계를 찾고자 했고,[100] 자신이 지은 매화시 91수를 모아 『梅花詩帖』이라는 시집으로 묶기도 했다. 이처럼 오건은 자연을 지극히 사랑하면서 그 속에서 성리학적 이념을 찾고자 했고, 그 이념으로 합일적 세계를 이룩하고자 했다. 여기서 우리는 조식과 이황을 함께 스승으로 모신 오건이 문학적 측면에서는 이황과 보다 친연성을 가진다는 것을 알게 된다. 17세기 이후 남명학파의 몰락과 퇴계학파의 성장을 고려할 때, 이후 영남학파 작가들의 작품형상이 어떻게 정립될지 이로써 충분히 이해하게 된다.

조식과 이황의 문학 사이에 오건 문학을 둘 때, 그 결과가 어떠할까? 이것이 이상에서 논의한 것이다. 오건은 조식과 이황을 통해 그의 학문을 심화시켰다 하겠는데, 관리생활 과정에서의 현실에 대한 비판적 자세가 조식의 그것과 비슷하다는 점이 드러나지 않는 바 아니나, 문학적 측면에서는 이황의 경우와 더욱 밀착되어 있었다. 이황이 그렇듯이 그의 수양론은 경의라기보다 성경에 기반하고 있었다. 이 사상이 그의 문학에 내적 질서를 유지하며 작용했으므로, 자아와 사물의 상호관계 속에서 마련된 형상원리 역시 인식방법의 측면에서는 이념적 인식이, 존재방법의 측면에서는 합일적 존재가 보다 적극적으로 적용될 수 있었다. 일찍이 이황은 「陶山十二曲」을 지어, '春風에 花滿山ᄒᆞ고 秋夜애 月滿臺라 / 四時佳興ㅣ 사롬과 ᄒᆞᆫ가지라 / ᄒᆞ몰며 魚躍鳶飛 雲影天光이ᄯᆞ 어늬 그지

99) 이것은 李白이 「月下獨酌」에서 獨酌하는 시적 자아와 달, 그리고 그림자가 3인을 이룬다고 했던 문학적 상상력에 의거했다. 이백은 이 작품에서 '花間一壺酒, 獨酌無相親. 擧杯邀明月, 對影成三人.'이라고 하였는데, 오건의 「설중매」 제 4구는 바로 이것을 염두에 둔 표현이다.

100) 李東歡은 「퇴계의 시작 개황과 그의 작품세계」(李佑成 편, 『陶山書院』, 한길사, 2001)에서 이황 도학시의 의상을 '선계·달빛·매화'로 나누어 살피고, '매화의 빛 그것은 이의 빛에 다름 아니다. 매화에 관한 갖가지 묘사나 서술의 디테일에 어떤 문법을 따르건 그것에 관계없이 매화 자체는 퇴계에게 있어 이의 상징이다.'라고 기술하고 있다.

이슬고.'[101]라고 했다. '어약연비 운영천광'을 통해 천리의 묘용을 드러냈다. 이것은 성리학자들의 문학에 자주 언급되는 것이기는 하지만, 오건이 그의 작품을 통해 가장 즐겨 드러냈던, 수양론적 정신경계와 그 노력이 아닐 수 없다. 경향의 이러함은 오건 이후 영남학파의 문학적 행방을 말해주는 것이어서 중요한 의미를 갖는다고 하겠다.

5. 맺음말

이 글은 오건의 문학에 작용한 사상과 문학적 형상원리를 탐구하기 위해서 기획된 것이다. 논의를 명확히 하기 위해서 우선 학문연원과 독서경향을 살펴볼 필요가 있었다. 오건의 초기 학문은 가학이 바탕을 이루고 있었다. 그러나 11세에 아버지가 세상을 떠나 그의 학문은 독학으로 이루어졌고 경전이 유일한 스승이었다. 독학으로 학문이 거의 숙성되었는데, 조식과 이황을 만나 학문적 토론을 벌이면서 그의 학문은 더욱 심화되었다. 출처의식에 입각한 처세방법에는 주로 조식의 흔적이, 성리학적 학문경향에는 이황의 흔적이 다소 보이는 것도 확인된다. 독서는 사서삼경을 비롯해서 성리서를 두루 읽었는데, 『중용』과 『대학』을 특별히 탐독하였다. 이 때문에 그의 수양론도 『중용』의 핵심개념인 '성'과 『대학』의 핵심개념인 '경'을 기반으로 형성되었다. 성·경·의를 기본개념으로 하는 수양론은 그의 문학창작에 언제나 중요한 요소로 작용하였으며, '경의'보다 '성경'에 밀착시켜 사유하였고 사유한 바를 일정한 형상원리에 입각하여 작품화하였다.

---

101) 李滉, 「陶山六曲之二」 其六(『退溪學文獻全集』 卷4, 啓明漢文學硏究會, 1991. 1902쪽)

그의 문학에 대한 형상원리로는, 인식 방법적 측면에서는 觀物察理의 이념적 인식이, 존재 방법적 측면에서는 자아와 사물에 내재해 있는 보편자에 집요한 관심을 보이는 합일적 세계가 적극적으로 추구되었다. 이것은 그의 문학에 대한 중요한 형상원리로 작용하였으며, 동시에 이를 통해 수양론으로 도달할 수 있는 최고의 정신경계를 만날 수 있었다. 그 경계에서 우리는 오건이 제시하는 청신하고 쇄락한 합일경, 혹은 각개의 사물에 유행하는 천리의 묘용 등을 발견할 수 있었다. 이것은 遏人欲·存天理의 논리가 작품 전반에 적용되면서 나타난 결과였다. 오건 문학에 작용한 이 같은 사상체계와 그 형상원리는 조식의 문학보다 이황의 문학에 밀착되어 있는 것이었다. 17세기 이후 남명학파의 몰락을 염두에 둘 때 영남학파의 문학이 어떻게 정립될 것인가에 대하여 오건 문학은 잘 보여주고 있어 주목할 만하다. 이상과 같은 논의의 이면에는 해결되지 않은 문제가 여전히 존재한다. 새로운 모색을 시도하지 않으면 안 된다는 것이다. 이것을 간단히 정리해서 후일을 기약하자.

첫째, 오건의 산문에 대한 연구를 본격화하는 일이다. 이것은 이 글의 주된 연구대상이 오건의 시문학이라는 자료적 한계를 자각한 데서 기인한다. 오건은 시문학 외에도, 3편의 表, 2편의 教書, 28제 35편의 祝·祭文, 6편의 疏箚, 29편의 啓, 7편의 辭狀, 1편의 質疑, 11편의 書, 3편의 論, 1편의 策題 등이 문집에 실려 있을 뿐 아니라, 1565년 정월 18일부터 1566년 11월 1일까지 약 22개월에 걸쳐 날마다 기록해 둔 『역년일기』가 있다. 오건의 문집인 『덕계집』과 『역년일기』는 오건의 학문정신과 문학세계를 이해하는데 상호보완적 역할을 담당하고 있다. 문집에 실려 있는 산문문학이 조정에 있을 때 공무의 과정에서 쓰여진 글들이 많아 오건 자신의 산문정신을 살피는 데는 일정한 한계가 있을 수 있다. 그러나 『역년일기』는 사정이 다르다. 여기에는 『덕계집』에 실려 있지 않은 시편들과 당대의 교유실태를 파악할 수 있는 내용들이 다수 있어 중요하다. 뿐만 아니라, 오건이 스승으로 모셨던 분들과의 행복한 만남이 섬세하게 기록되어 있어 정밀한 분석이 요구된다.

둘째, 오건 문학사상의 형상원리를 종합적으로 검토하는 일이다. 이 글에서는 형상원리를 인식방법과 존재방법으로 나누고, 전자는 이념적 인식을 중심으로, 후자는 합일적 존재를 중심으로 고찰하였다. 이 같은 방법론은 오건 문학, 그 가운데서도 한시문학의 핵심을 밝히는데 있어 중요하다. 그러나 오건 문학의 연구를 통해 재구성되는 그의 의식구조에 대한 전모를 드러내는 데는 일정한 한계가 있다. 따라서 인식방법은 즉물적 인식과 역사적 인식으로, 존재방법은 조화적 존재와 대립적 존재로 그 범위를 확장시킬 필요가 있다. 이 같은 방법론적 확장은 오건의 문학을 종합적이고도 체계적으로 연구하기 위해서 요청된다. 분석 자료 역시 어느 하나의 장르로 제한할 것이 아니라, 운문과 산문을 두루 살펴 그것에 대한 관계도 아울러 검토하여야 한다. 이 같은 종합적 분석이 이루어질 때 우리는 오건 문학의 본질에 보다 밀도 있게 접근하게 될 것이다.

셋째, 오건의 문학사상을 문학 사상사적 입장에서 검토하는 일이다. 조식과 이황의 문학사상에서 오건의 문학사상은 어떠한 위치를 점하고 있는가 하는 문제는 이미 살폈다. 우리는 여기서 조식과 이황을 함께 스승으로 모신 문인들을 주목할 필요가 있다. 이 글에서 집중적으로 다룬 오건을 비롯해서 李楨(龜巖, 1512-1571), 林芸(瞻慕堂, 1517-1572), 金宇顒(東岡, 1540-1603), 鄭逑(寒岡, 1543-1620) 등이 그들이다. 수양론적 측면에서 볼 때, 이정의 경우 성경의 수양론에 바탕 하여 『중용』을 문학적으로 형상화시키기 위하여 노력했고,102) 임운 역시 같은 수양론으로 淸眞

102) 이에 대해서는, 鄭羽洛, 「『中庸』이 龜巖 李楨의 文學에 미친 影響」(『東方漢文學』 25, 東方漢文學會, 2003)에서 논의되었다.

의 문학세계를 구축하기 위하여 혼신의 힘을 다했다.103) 이에 비해 김우옹은 경의의 수양론에 입각하여 「천군전」을 짓고 그 실천방법을 모색하였으며,104) 정구 역시 같은 수양론으로 『심경발휘』를 통해 심학에 대한 일정한 견해를 제시하면서 지방의 현실에 민감하게 반응했다.105) 여기서 우리는 같은 수양론의 다른 형상원리를 찾아낼 수 있게 되는데, 사림파의 문학 사상사적 입장에서 이것을 체계화시켜 나갈 필요가 있다.

이 밖에도 본 연구의 방법론을 사림파 문학 전체로 확장해 보는 일이 남아있다. 이것은 지금까지의 사림파 문학연구가 지닌 방법론적 한계를 극복하기 위한 것이다. 사림파 문학에 대한 연구는 사림파 작가들이 지닌 載道論的 文學觀을 너무 의식한 나머지 그 작가정신이 거의 고정된 상태로 제시되었다. 예컨대, 사물에 대한 관심을 드러낸 관물시의 경우, '관물'에만 관심을 집중시킨다. 그러나 이들의 문학적 주제가 천편일률적일 수는 없다. 즉 사물을 바라보면서 성리학적 이치만 살필 것이 아니라, 사물을 통해 그 사물이 지닌 모습을 정밀하게 살피는 觀物察形의 사실적 세계인식, 사물을 통해 그 사물이 거느리고 있는 역사적 시공을 살피는 觀物察世의 역사적 세계인식을 충분히 살펴야 한다는 것이다. 이것은 사림들의 세계관이 단순하지 않기 때문이며, 이 같은 상황에서 제출된 그들의 문학세계 역시 어느 하나의 고정된 시각으로 볼 수 없기 때문이다. 사정의 이러함이 충분히 고려될 때, 사림파 문학세계의 특성을 제대로 이해할 수 있는 새로운 길이 열린다.

---

103) 이에 대해서는, 鄭羽洛, 「瞻慕堂 林芸의 文藝意識과 淸眞의 詩世界」(『東方漢文學』 21, 東方漢文學會, 2002)에서 논의되었다.

104) 이에 대해서는, 鄭羽洛, 「金宇顒의 事物認識方法과 그 精神構圖의 特性」(『東方漢文學』 15, 東方漢文學會, 1998)에서 논의되었다.

105) 이에 대해서는, 全在康, 「『心經發揮』에 나타난 寒岡 心學의 特性 硏究」(『南冥學硏究論叢』 7, 南冥學硏究院, 1999)에서 논의되었다.

제 2 장

崔永慶의 삶과 그 문학의 미적 체계

1. 머리말

南州兩徵士　남쪽 고을의 두 징사,
山海與愚堂　산해선생과 수우선생이라네.
遯世雖無悶　세상을 피하여 비록 번민은 없지만,
憂時亦不忘　세상을 근심하여 또한 잊지 못하네.
廉頑風緬邈　완악한 사람 청렴케 하여 덕의 풍모는 아득하고,
激濁道深長　탁한 것을 쳐서 도는 깊고 길다네.
高尙扶名敎　고상하게 명교를 부지하였으니,
何須事帝王　어찌 꼭 제왕을 섬겨야 하나?[106]

106) 趙任道, 「尋德川書院」(『澗松集』 卷1, 『韓國文集叢刊』 89, 31쪽)

위의 작품은 趙任道(澗松, 1585-1664)가 덕천서원을 심방하고 지은 「尋德川書院」의 전문이다. 여기서 우리는 중요한 정보 여럿을 제공받는다. 수련에서 덕천서원에 배향되어 있는 曺植(南冥, 1501-1572)과 崔永慶(守愚堂, 1529-1590)이 남쪽 고을의 대표적 徵士라고 하면서, 그 이하에서 이들의 현실 대응방법 및 세상에 끼친 풍모와 도리, 그리고 학문의 최종 지향점 등의 유사성을 적시하고 있기 때문이다. 현실 대응방법은 역설성으로 보았는데 함련에 잘 나타나는 바다. '無悶'과 '不忘'의 대응이 그것이다. 이들의 삶은 현실세계와 일정한 거리를 두고 있으므로 현실과 관련된 여러 가지 번민은 없으나, 그 의식이 현실세계를 향하여 있으므로 時世를 잊지 못하였다는 것이다. 이들의 風道는 경련에 나타나 있다. 완악한 사람을 청렴하게 하거나 악함을 제거하고 선함을 떨쳐 그 풍모는 아득하고 도리는 깊고 길다는 것이다. 그리고 학문의 최종 지향점은 미련에 있다. 名敎가 시행되는 바람직한 세계건설이 그것이다. 조식과 최영경이 이를 위해 매진하였고 또 이를 부지하였으므로 벼슬을 하거나 그렇지 않거나는 중요하지 않다는 논리이다.

조식과 최영경이 다양한 측면에서 친밀관계에 있다고 본 조임도의 판단은 지극히 온당하다. 이는 남명학파 내에서 守愚堂의 위치를 알 수 있게 한다는 측면에서 주목할 사항이다. 최영경은 『山海師友淵源錄』이나 『德川師友淵源錄』 등 조식의 다양한 문인록에서 어김없이 앞자리를 차지할 뿐만 아니라 스승 조식을 위한 일을 할 때도 항상 吳健(德溪, 1521-1574)의 다음 자리에서 그 일을 수행하였다. 조식이 타계하여 장사지낼 때의 한 장면은 이를 잘 대변한다. 조식의 장사에 모인 선비는 수백 명이었는데, 오건이 吏部郞으로 東序의 가장 윗자리에 섰으며, 최영경은 바로 그 다음의 자리에 섰던 것이 그것이다.107) 이 장면에서도 잘 알 수 있거

107) 崔永慶, 「遺事實錄」(『守愚堂實記』 卷2, 『南冥門徒 德川及門諸賢集』, 亞細亞文化

니와 스승 조식에 대한 일련의 사업은 그 이후에도 지속되었다. 대표적인 것이 조식의 사우를 앞장서서 창건한 일이었다. 이는 스승 조식을 특히 존모해서 그러할 수도 있겠지만 수문으로서의 책임감 역시 작용하였을 것이다. 다음을 보자.

> 丙子에 선생(최영경 : 필자주)은 河覺齋·河寧無成 등 여러 사람들과 남명선생 사우를 진주 덕천동에 창건하였는데, 덕천은 대개 조선생이 예전에 살던 곳이다. 선생이 몸소 뒷일을 감당하여 비록 돌 하나, 기와 한 장까지도 점검하지 않음이 없었으며 가지런히 함에 온 힘을 기울였다. 또한 시냇가에 푸른 소나무 백여 그루를 심었는데 시내 가까이에 있는 한 그루는 선생이 손수 심었기 때문에 지금도 守愚松이라고 일컫는다.[108)]

병자는 조식이 타계한지 4년 뒤인 1576년을 말한다. 이보다 앞서 1575년 겨울에 최영경은 河沆(覺齋, 1538-1590), 河應圖(寧無成, 1540-1610), 柳宗智(潮溪, 1546-1589), 牧使 具忭(1529-?), 尹根壽(月汀, 1537-1616) 등과 함께 산천재에서 서쪽으로 3리 쯤 떨어진 곳에 서원을 건립하기로 결의하였다. 원래 이곳은 영무성이 모옥을 지어 놓고 항상 조식을 모시고 노닐던 곳인데 이 때 집을 철거하고 그 터를 헌납한 것이다.[109)] 이렇게 하여 서원건립을 위한 추진위원회는 조직되고 이듬해 봄

社刊, 1982) "南冥之葬也, 士子之會者, 殆數百餘人, 吾德溪以吏部郎, 在門人之首, 立乎東序, 先生居其二." 남명의 葬事 당시 문인들 사이에서 服制問題가 논란거리로 대두되었다. 즉 鄭逑(1543-1620)와 金宇顒(1540-1603)이 題主者가 되어 마땅히 素服을 입어야 한다고 주장했다. 특히 寒岡이 이 문제를 강하게 제기하였다. 그러나 대부분의 다른 문인들은 國制를 좇아 吉服을 입어야 한다고 하면서 오랫동안 결론을 내리지 못했다.

108) 梁天翼, 「行錄」(『守愚堂實記』 卷4 張4), "丙子, 先生, 與河覺齋·河無成諸賢, 刱建南冥先生祠于晋之德川洞, 德川, 蓋曺先生舊棲也. 先生, 躬親董役, 雖片石一甎, 莫不點檢, 務就齊整. 又使列植蒼松百餘本於溪外, 而臨溪一本, 乃先生手種故, 至今稱爲守愚松."

에 공사를 시작하여 그 해(1576년) 가을, 조식의 위판을 봉안하고 덕산서원이라 편액하였다. 최영경은 바로 이 사업의 중심에 서서 役事의 시종을 관장하였던 것이다. 조식 사후에도 산천재에서 조식이 강학했던 것과 마찬가지로 문인들끼리 講會를 열어 남명정신의 계승을 도모하며 이 지역 문화의 구심체 역할을 했다는 측면에서 이 일련의 사업은 중요한 의의를 지닌다. 최영경은 바로 그 수장 노릇을 하였던 것이다.

남명학파에서 최영경의 역할이 이처럼 중요하니 주목할 필요가 있다. 그동안 최영경에 대한 연구는 생애와 사상을 중심으로 이루어졌다. 崔海甲[110]과 權仁浩[111]의 연구는 그 대표적이다. 이들은 모두 남명학파에서의 최영경의 역할 내지 위치를 인식하면서 최영경의 생애 및 사상을 스승 조식과 연계시켜 논의하였다. 즉 조식문도로서의 최영경과 그 사상적 특징으로 실천윤리와 출처의리 사상, 民本과 실학적 학문사상 등을 내세운 것이다. 이 두 논문이 최영경에 대한 단독 논의라면, 남명학파 전체를 포괄적으로 다루면서 최영경에 주목한 논의도 있다. 申炳周,[112] 李相弼,[113] 鄭羽洛[114]의 연구가 그것이다. 이들 논의에서는 기축옥사와 최영경의 죽음에 대하여 논의하는가 하면, 조식의 핵심사상인 경의사상의 수용에 대한 한 국면으로써 최영경을 떠올렸다. 이 밖에 崔寅讚[115]

---

109) 『德川書院誌』 張1, (『古文書集成』 25, 韓國精神文化研究院, 1995 所收), "乙亥冬, 崔守愚・河覺齋・河寧無成・孫茂松・柳潮溪・州牧具忭・監司尹根壽, 與嶺中士林, 就山天齋西三里許德川上, 營建書院決議焉. 先是, 寧無成, 結數間茅屋於德川上, 每陪先生杖屨徜徉, 至是, 撤其屋而獻其址于院中焉."

110) 崔海甲, 「崔永慶의 生涯와 思想」, 『晉州文化』 11, 晉州教育大學 晉州文化圈研究所, 1922.

111) 權仁浩, 「守愚堂 崔永慶의 生涯와 學問思想 研究」, 『南冥學研究論叢』 3, 南冥學研究院, 1992.

112) 申炳周, 「南冥 曺植의 學風과 南冥門人의 活動」, 『南冥學研究論叢』 3, 南冥學研究院, 1992.

113) 李相弼, 「南冥學派의 形成과 展開」, 高麗大學校 博士學位論文, 1998.

114) 鄭羽洛, 「南冥 曺植과 南冥學派」, 『東方漢文學』 17, 東方漢文學會, 1999.

에 의한 해제 및 소개의 글이 있어 최영경 이해에 도움을 준다.

최영경 연구는 이처럼 단독 논문이나 학파내적 역할 및 소개 등 다양한 입장에서 논의되었다. 그러나 이 대부분의 글들이 최영경의 죽음과 관련한 역사적 시각 혹은 그의 핵심 사상의 이해라는 철학적 시각에서 이루어졌을 뿐, 그가 창작한 작품을 중심으로 한 문학적 측면에서의 접근은 전무한 실정이다. 최영경이 남긴 문학작품이 지극히 소략한 것이 그 첫째 원인일 것이다. 사정이 이러하다고 하여 최영경 의식에 자리하고 있는 서정구조를 따져보지 않는 것은 최영경 이해의 중요한 부분을 놓치고 마는 것이다. 이 같은 시각에서 본 논의는 마련되었다. 이 글에서는 최영경 문학의 미학적 체계가 '지혜로움(智)'과 '어리석음(愚)' 사이에서 형성된 것으로 본다. 이를 밝히기 위하여 우선 그 예비적 고찰로 최영경의 현실인식과 삶의 특징(2장)을 살피고, 여기서 나아가 이 글의 핵심이라 할 수 있는 문학관과 작품에 나타난 智·愚의 미적 체계를 검토(3장)한다. 이 과정에서 자연스럽게 최영경 의식에 내재되어 있는 미학적 서정구조가 밝혀질 것이다. 이는 기존의 연구와는 대별되는 최영경 이해를 위한 또 다른 측면에서의 고민과 그 결과물이라 하겠다.

2. 현실인식과 삶의 특징

2.1. 批判的 現實認識

명종 때부터 사림파는 다기한 분열양상을 보였고, 선조대에 이르러서

115) 崔寅巑, 「解題」, 『守愚堂實記』 1987 ; 崔寅巑, 「守愚堂 先生의 淸風高節」, 『嶺右精氣』, 同硯書塾, 1996.

는 드디어 붕당을 형성하여 붕당정치가 개막된다. 붕당정치가 시작되면서 1589(선조 22)년에는 鄭汝立(?-1589)의 모반사건으로 소위 己丑獄事가 일어난다. 정여립은 원래 李珥(栗谷, 1536-1584)를 추종하던 서인이었다. 그러나 동인이 세력을 얻어가자 당색을 바꾸어 동인측 사람들과 교유하였다. 이 때문에 정여립은 서인의 미움을 사서 일시 전주에 낙향하게 된다. 1589년 10월 황해도 관찰사 韓準과 재령군수 朴忠侃, 안악군수 李軸, 신천군수 韓應寅 등이 전 홍문관 수찬이었던 전주사람 정여립이 모반을 꾀하고 있다고 고변함으로써 옥사는 시작되었다. 이 사건은 동인 중 일부 급진세력이 관여된 것이지만, 서인인 鄭澈(松江, 1536-1593)은 그들의 정치적 우위를 확보하기 위하여 강경한 처벌로써 동인에게 심각한 타격을 가하였다. 이 옥사로 李潑 등 서경덕 문인들도 희생되었으나, 특히 조식 문인들이 많이 연루되어 희생되거나 삭탈관직 당하였다. 최영경 역시 여기에 연루되어 옥사당하였으니 그는 암담한 시대의 희생자인 셈이다. 최영경의 현실인식을 구체적으로 따지기에 앞서 최영경 삶의 추이를 고찰해 보기로 한다. 여기에 현실에 대한 최영경의 행동양식이 드러나기 때문이다. 최영경 생애에 대한 순차적 정리는 『守愚堂實記』 부록에 실려 있는 「遺事實錄」의 검토를 통해 가능하다.

(1) 1세(1529년): 7월 16일 兵曹佐郎이었던 아버지 世俊과 현감 濬의 딸 海平 孫氏를 부모로 하여 한양 院洞里에서 장남으로 태어나다.

(2) 39세(1567년): 덕산의 뇌룡사로 조식을 찾아뵙고 竹筍으로 폐백을 대신하여 제자의 예를 올리다.

(3) 44세(1572년): 조식의 逝去 소식을 서울에서 듣고 달려와 곡하고 心喪 3년을 입다.
慶州參奉을 제수 받았으나 不就하다.

(4) 45세(1573년): 主簿를 제수 받았으나 不就하다.
守令·都事·掌苑 등을 제수 받았으나 역시 불취하다.

(5) 47세(1575년): 司畜을 제수 받아 나아가 명을 받들었으나 곧 사양하고, 先人의 田宅이 있는 晋陽 道洞으로 가 은거하다.

(6) 48세(1576년): 河沆, 河應圖, 具忭 등과 덕산동에 조식의 사우를 창건하다.

(7) 49세(1577년): 獨子인 弘濂이 夭死하여 선친의 묘 아래에 빈소를 차리다.[116]

(8) 53세(1581년): 司憲府 持平을 제수 받았으나 疏를 올려 사직하다.

(9) 57세(1585년): 『小學』, 四書 諺解校正廳의 郎廳을 제수 받았으나 불취하다.

(10) 59세(1587년): 寒岡 鄭逑가 찾아와 『周禮』 등을 講討하다.

(11) 61세(1589년): 성주의 百梅園으로 한강 정구를 答訪하다.
鄭汝立의 역옥사건이 일어나 誣告를 당하여 晉州獄에 갇히다.

(12) 62세(1590년): 9월 28일 '正'자를 쓰면서 감옥에서 서거하다.

위에서 간략하게 제시한 최영경 삶의 추이는 (5)를 중심으로 하여 크게 전후로 나누어진다. 이는 거주지와 관련된 것으로 그 이전이 서울생활이 중심을 이룬다면 그 이후는 진주생활이 중심을 이룬다. 이 結節點에서 우리는 현실인식에 근거한 처사로서의 길을 걷기 위한 최영경의 결단을 읽을 수 있다. 盧守愼(穌齋, 1515-1590)이 '자신의 뜻을 고집하면 해가 클 것'이라며 여러 번 편지를 띄워 만류하였으나 최영경은 '환로에 나아가는 해 역시 적지 않다'면서 자신의 뜻을 관철시켰다.[117] 그리고 진

116) 최영경은 花巖副守 億歲의 딸에게 장가들어 弘濂을 낳았으나 요절하고, 側室에게서 1남 2녀를 두었다.

117) 崔永慶, 「遺事實錄」(『守愚堂實記』 卷2 張4), "盧蘇齋守愼, 累致書止之曰, 恐執之

주 도동의 한적하고 탁 트인 경치를 좋아하여 대나무 숲 가운데 하나의 집을 지어 '守愚堂'이라 하였다. 그는 수우당 주위에 국화 몇 떨기와 매화 몇 그루, 연꽃 몇 줄기를 심어 놓고 한 마리의 학을 길렀다. 이 같은 정경 속을 노닐면서 그는 세상사를 완전히 잊고 교유를 사절하면서 좌우에 갖추어 놓은 도서로 심성을 기르며 남은 해를 보내고자 하였던 것이다.

그렇다면 무엇 때문에 최영경이 세상을 잊고자 하였을까? 이는 소재 노수신에게 환로에 나아가는 해도 적지 않다고 말했다는 데서 그 원인을 찾을 수 있다. 즉 時論이 엇갈리는 것을 보고 현실에 대한 커다란 위기의식을 느꼈던 것이다. 그의 「再鞠供辭」에서 '時世는 어렵고 위태하며 士論이 두셋으로 갈라져 서로 名利를 다투는 것이 날로 심하여 신은 화가 미칠까 두려워 을해년 4월 진주로 내려가 있었습니다'[118]고 진언한 데서 사정의 이러함은 잘 간취된다. 최영경의 위기의식에 대한 발언은 1581년 사헌부 지평을 제수 받았을 때 이것을 사양하면서 올린 「辭持平疏」에도 약여하게 나타난다. 이 자료가 최영경이 진주 도동으로 내려온 지 6년 뒤에 작성된 것이기는 하지만 위기의식은 여전히 지속되고 있었던 것이다. 그는 헛된 이름을 도둑질하여 분수에 맞지 않게 여러 번 발탁된 것을 부끄럽게 여긴다고 하면서 당시의 시대를 예리하게 주시하고 그것을 상소문의 형식을 통해 제출하였던 것이다. 그 일부를 보자.

> 지금 國是는 정해지지 않고 公論은 행해지지 않으며 붕당의 악풍이 일어나 기강이 날로 떨어져 갑니다. 이는 실로 消長安危의 시기입니다. 이에 촛불을 밝히고 위엄으로 鎭撫하여 편당의 무리로 하여금 그 가슴 속의 흉계를 펴지 못하게 하고 사류가 趨向하는 것을 바르게 하며 기

害大矣. 先生復曰, 通之害, 亦恐不小矣."

118) 崔永慶, 「再鞫供辭」(『守愚堂實記』 卷1 張5), "見時世艱危, 士論二三, 爭名爭利, 日以益甚, 臣恐禍及, 乙亥四月, 往依于晉州弟家."

> 강을 떨쳐야 할 것인데, 그 책임은 臺臣에 있는 것입니다. 이때를 당하여 비록 고인으로 하여금 다스리게 할지라도 어려울 것이거늘 하물며 신같이 우둔하고 무식한 사람이 어찌 감당할 수 있겠습니까?[119]

최영경은 당대의 현실을 위의 글처럼 읽고 있었다. '國是靡定', '公論不行', '朋比成風', '紀綱日墜'가 그것인데, 이를 종합하여 '消長安危之幾'라 하였다. 나라의 존망과 안위가 매달린 시기라는 것이다. 이는 일찍이 그의 스승 조식이 「丁卯辭職呈承政院狀」에서 보여 주었던 시대읽기 바로 그것이었다. 조식은 이 글에서 '온갖 병통이 급하게 되어 天意와 人事도 또한 예측할 길이 없게 되었다'면서 '救急'을 청하였다.[120] 조식이 제시한 온갖 병통이란 다름 아닌 '기강이 탕진되었으며, 원기가 이미 다하고, 예의를 모두 쓸어버린 듯하고, 刑政이 모두 어지러워졌으며, 선비의 습속이 모두 허물어졌고, 공도가 모두 없어졌으며, 사람을 쓰고 버리는 것이 극히 혼란하고, 기근이 모두 갈 데까지 갔고, 창고는 모두 고갈되었으며, 제사가 모두 더럽혀졌고, 세금이 온통 멋대로이고, 변경의 방어가 모두 텅 비게 되었으며, 뇌물을 주고받음이 극도에 달했고, 남을 헐뜯고 이기려는 풍조가 극도에 달했고, 원통함이 극도에 달했으며, 사치도 극도에 달했고, 음식도 마구 허비'[121]한다는 것이었다. 최영경 역시 그의 스승과 같은 시각에서 현실을 읽고 있었으므로 당대와 같은 때를 당하여 古

119) 崔永慶, 「辭持平疏」(『守愚堂實記』 卷1 張2), "當今, 國是靡定, 公論不行, 朋比成風, 紀綱日墜, 此實消長安危之幾, 明以燭之, 威以鎭之, 使偏黨之徒, 不得肆其胸臆, 而士趨以正, 紀綱以振, 責在臺臣. 當此之時, 雖使古人處之, 尙或其難, 況如臣鈍愚無識, 其可以當之乎?"

120) 曺植, 「辛未辭職承政院狀」(『南冥集』 卷2, 『韓國文集叢刊』 31, 254쪽), "請以救急二字, 獻爲興邦一言, 以代微臣之獻身. …… 百疾所急, 天意人事, 亦不可測也."

121) 曺植, 「辛未辭職承政院狀」(『南冥集』 卷2, 『韓國文集叢刊』 31, 254쪽), "紀綱蕩盡, 元氣薾盡, 禮義掃盡, 刑政亂盡, 士習毁盡, 公道喪盡, 用捨混盡, 飢饉荐盡, 府庫竭盡, 饗祀瀆盡, 徵貢橫盡, 邊圉虛盡, 賄賂極盡, 掊克極盡, 寃痛極盡, 奢侈極盡, 飮食極盡."

人과 같은 재주를 지니고 벼슬에 나아간다고 하더라도 구제할 방법이 없다고 했다. 여기서 최영경은 그의 출처의식에 입각하여 퇴처를 단행하지 않을 수 없었던 것이다.

'출처의식'이란 시대를 예리하게 관찰하여 그 마땅함과 그렇지 못함을 자각한 후 세상에 나아가서 자신이 蘊蓄한 바로 경륜을 펴거나 혹은 물러나서 그 본성을 닦는 것을 말한다. 흔히 '用舍行藏'의 도122)로 이는 설명된다. 최영경이 여기에 철저하였으므로 1572년 경주 참봉, 1573년 주부·수령·도사·장원, 1575년 사축, 1581년 지평 등을 제수 받았으나 한 번도 나아가지 않고 진주 도동으로 퇴처할 수 있었다. 당시의 士論이 몹시 엇갈렸기 때문에 세상의 일에 뜻을 둘 수가 없었던 것이다. 최영경의 퇴처가 이처럼 철저한 출처의식에 기반 해 있었으므로 成運(大谷, 1497-1579)은 다음과 같은 시를 지어 최영경을 이별하였던 것으로 보인다.

心如秋月照潭明　마음은 가을 달이 못을 비춘 듯 밝은데,
人境紛華肯著情　세상의 어지러움에 즐겨 정을 붙일건가?
借問南歸何所樂　묻나니 남쪽으로 돌아가서 즐길 바 무엇인고?
頭流山入眼中青　두류산 들어 갈 때 눈빛이 푸르리라.123)

대곡은 조식의 오랜 종유자로서 누구보다 조식을 잘 이해하고 있었다. 이 때문에 대곡은 조식이 있었던 지리산으로 최영경이 떠나간다 하니 남

---

122) 『論語』「述而」, "用之則行, 舍之則藏, 惟我與爾, 有是夫." 출처에 대한 이 밖의 언급은 경전에 다양하게 나타난다. 『論語』와 『孟子』의 경우 몇을 찾아보면 다음과 같다. 『論語』「衛靈公」, "邦有道則仕, 邦無道則可卷而懷之." 『論語』, 「季氏」, "隱居以求其志, 行義以達其道, 吾聞其語矣, 未見其人也." 『孟子』「滕文公」下, "居天下之廣居, 立天下之正位, 行天下之大道, 得之, 與民由之, 不得之, 獨行其道, 富貴不能淫, 貧賤不能移, 威武不能屈, 此之謂大丈夫." 『孟子』「盡心章」上, "古之人, 得志, 澤加於民, 不得志, 修身見於世. 窮則獨善其身, 達則兼善天下."

123) 成運, 「次韻酬答崔孝元, 楗仲亦次其韻, 思其人不可見, 又作一絶, 寄懷於泉壤之下」(『大谷集』 卷上, 『韓國文集叢刊』 28, 13쪽)

다른 마음을 가지지 않을 수 없었다. 기구에서 먼저 최영경의 심성을 언급했다. 가을 달이 못에 비추어 밝은 듯한 마음이 그것이다. 일찍이 최영경은 「淸夜吟」에서 '달 밝고 바람 서늘하게 부는 밤, 빈 집에서 홀로 깨어나 있을 때.'[124]라고 하면서 자신의 심적 상태를 맑은 밤을 통해 표출한 바 있다. 최영경의 심적 상태가 이러했으므로 승구에서 노래한 것처럼 어지러운 정치적 현실에 정을 붙일 수가 없었던 것은 당연한 이치라 하겠다. 이는 대곡이 출처의식에 입각한 최영경의 퇴처를 간파하고 있었다는 것의 다른 표현이다. 그렇다면 자연으로 물러나서 무엇을 할 것인가? 대곡은 전구와 결구에서 '소락'과 '안중청'을 언급함으로써 은거를 통한 수신이라는 새로운 삶의 비전을 제시하고 있다. 그러나 澗松 趙任道가 말한 것처럼 최영경의 이 같은 삶의 태도가 현실세계와의 절연, 그리고 자신의 내적 세계로의 회귀를 의미하는 것은 물론 아니다. 자연에 깊은 병이 들어 비록 한가한 생활을 했다 하겠으나 나라를 근심하는 긴 마음으로 밤마다 마음을 썩였다[125]는 「題崔徵士碑陰」에서의 언급은 최영경의 퇴처 및 현실을 향한 그의 세계인식을 정확하게 표현한 것이라 하겠다.

2.2. 삶의 세 가지 특징

최영경은 나라를 근심하며 학문을 위한 자질 갖추기에 노력하면서 유년을 보냈다. 『史記』를 읽다가 「麥秀歌」에 이르면 흐느껴 울었다는 언급[126]이나 '속된 말을 입에 담지 않았으며 걸음걸이가 의젓하여 엄연히

---

124) 崔永慶, 「淸夜吟」(『守愚堂實記』 卷1 張1), "月白風淸夜, 虛堂獨寤時. 悠悠天地闊, 何處是皇畿."

125) 未詳, 「題崔徵士碑陰」(『守愚堂實記』 卷3 張35), "膏肓泉石縱云閑, 憂國長心腐夜夜."

126) 崔永慶, 「遺事實錄」(『守愚堂實記』 卷2 張1), "及讀史, 知麥秀歌, 嗚咽不成說, 人知其非常兒." 「麥秀歌」는 箕子가 폐허가 된 殷나라의 도읍터를 지나다가 그 폐허에

학자의 기상이 있었다'[127] 혹은 '스스로 삼가고 근면하여 독서하기를 매우 좋아 하였으나 주위의 사람들이 모르게 하였다'[128]는 발언에서 이 같은 사실을 넉넉히 짐작할 수 있다. 그러나 중장년이 되면서 李珥(栗谷, 1536-1584)와 鄭澈(松江, 1536-1593) 등을 공박하면서 미움을 받기도 한다. 1566-67년 사이에 율곡이 나타나자 사람들은 '고인이 다시 태어났다'고 하였으나 최영경은 그렇지 않다며 반대의견을 제출하여 당시의 연소배들로부터 비난[129]을 받았고, 정철을 평가하여 '관을 좋아한다는 소리는 들었으나 정사를 밝히는 사람이라는 소리는 듣지 못하였다'[130]고 하여 미움을 샀다. 급기야 만년에는 정여립의 역옥사건에 연루되고 마는데 최영경은 특히 20년 전쯤 있었던 율곡에 대한 자신의 부정적 발언 때문에 자신이 모함을 받은 것으로 생각했다.[131] 모함은 결국 그를 감옥에서 죽게 하고 만다.

47세를 전후로 하여 최영경의 삶은 서울생활과 진주생활로 크게 양분되고 그의 삶은 새로운 국면을 맞이한다. 진주생활을 감행했던 결정적인 이유는 당대의 현실을 부조리한 것으로 파악했기 때문이다. 敍上하였듯이 이 같은 현실인식에 따라 그는 진주로의 퇴처를 단행했던 것이다. 출

보리가 팬 것을 보고 한탄하여 지은 노래라 한다. 여기서 故國의 멸망을 한탄한다는 뜻으로 '麥秀之嘆'이라는 용어가 생겨났다. 최영경이 유년시절 이를 읽다 눈물을 흘렸다 하니 현실에 대한 관심과 애착이 어릴 때부터 싹텄던 것으로 보인다.

127) 崔永慶, 「遺事實錄」(『守愚堂實記』 卷2 張1), "稍長, 口無俚近語, 步趨有法度, 儼然, 有學者氣像."

128) 崔永慶, 「遺事實錄」(『守愚堂實記』 卷2 張1), "先生, 早自飭勵讀書, 劇嗜炙, 比舍人未之知."

129) 崔永慶, 「再鞫供辭」(『守愚堂實記』 卷1 張4-5), "丙寅・丁卯年間, 李珥之出也, 擧世士類, 咸以爲古人復生, 而臣獨笑其甚不然, 一時年少輩, 或以爲無識, 或以爲狂且愚."

130) 崔永慶, 「遺事實錄」(『守愚堂實記』 卷2 張3), "久在城中, 聞渠做好官, 未聞有建明."

131) 崔永慶, 「再鞫供辭」(『守愚堂實記』 卷1 張4-張7) 참조.

처의식이 그 배면에서 작용하고 있었음은 물론이다. 이 과정에서 나타나는 최영경 삶의 뚜렷한 특징은 셋이다. 깊은 孝友가 있었다는 점, 조식을 스승으로 섬겼다는 점, 그리고 불우했다는 점 등이 그것이다. 처음의 것으로는 최영경의 기본적 자질을 알 수 있다면, 두 번째의 것으로는 학문적 연원, 그리고 마지막의 것으로는 전 생애를 걸쳐 나타나는 최영경의 비극적 개인사를 더듬어 볼 수 있다. 이를 차례대로 살펴보기로 하자.

최영경의 효우는 많이 알려진 것이다. 그가 어릴 때 남의 집에서 진귀한 과실이나 맛있는 음식을 받게 되면 부모와 조부모에게 드리기 위하여 손에 쥐고 먹지 않았다는 기록[132]이나 安敏學(楓厓, 1542-1601)이 형제간에 서로 용납하지 않아 거의 죄를 얻을 정도였을 때, 최영경이 그에게 형 섬기는 도리를 극진히 들려주어 결국 뉘우치게 했다는 기록[133] 등에서 최영경의 효우에 대한 관심과 실천을 어렵지 않게 알 수 있게 된다. 다음에 제시하는 글 역시 이와 밀접한 관련이 있다.

> (가) 장사를 지낸 후에 묘 아래에서 여막을 짓고 아침과 저녁으로 성묘와 上食을 드림에 반드시 魚肉을 갖추었다. 하루는 큰 비가 와서 저자길이 막힘에 묘 앞에 엎드려 부르짖어 울기를 그치지 않았더니 범이 산돼지를 물어다가 床石에 두고 떠났다. 사람들은 이를 지극한 효성에 감동된 것이라 하였다.[134]

> (나) 선생(최영경: 필자주)은 형제간의 우애가 돈독하였다. 先人의 재

132) 崔永慶, 「遺事實錄」(『守愚堂實記』 卷2 張1), "幼時, 在人家得珍果異味, 輒斂收不食, 問之, 則思以進父母大父母."

133) 崔永慶, 「遺事實錄」(『守愚堂實記』 卷2 張3), "有安敏學者, 兄弟不相容, 幾得罪. 先生, 極言事兄弟之道, 遂感悟得全."

134) 崔永慶, 「遺事實錄」(『守愚堂實記』 卷2 張2), "旣葬, 廬於墓下, 晨夕必省, 朝夕上食, 必有魚肉. 一日, 大雨, 市道不通, 伏於墓前, 號哭不已, 有虎將猪, 置床石而去, 人以爲誠孝所感."

> 물을 나누어 가질 때 자신의 전답은 척박한 것을, 노비는 빈약한 것을 가졌다. 다만 그 가진 것이 넉넉한가 궁핍한가를 살펴서 많이 줄 것과 적게 줄 것을 정하니 한 마디도 異議를 말하는 이가 없었다.[135]

(가)는 최영경의 효성을 말한 것이다. 비록 범이 제수를 물어다 주었다는 설화적 시각에서 기술하고 있으나 그의 효성을 극적으로 표현한 것으로 보아야 할 것이다. 그의 효성에 대한 설화는 여기서 그치지 않고 先考의 忌日에 가난으로 제수를 마련하지 못하여 슬프게 울고 있었더니, 갑자기 산노루가 정원으로 들어 왔으므로 다행히 희생을 마련할 수 있었다는 이야기,[136] 혹은 모부인이 낙상으로 위독해졌을 때 팔뚝을 찔러 피를 받아 약에 타서 올렸더니 소생하였다는 이야기[137]로 발전하기도 했다. (나)는 최영경의 우애를 말한 것이다. 즉 부모의 유산을 분배함에 있어 자신에게는 불리하게 하고 정확하게 재물의 많고 적음을 살펴 이의가 없게 하였는데 이것은 그 우애의 성의가 사람을 감동시켰기 때문이라는 것이다. 이 같은 최영경의 효우는 그의 천성과 관련된 기본적 자질을 말하는 것으로 최영경 이해에 있어 빼놓을 수 없는 부분이라 하겠다.

조식과의 만남 역시 최영경 생애에 있어 중요한 특징을 이룬다.『守愚堂實記』「遺事實錄」에 의하면 최영경이 조식을 처음 만난 것은 1567년 덕산의 뇌룡사에서였다고 한다. 이때 최영경은 39세였고 조식은 67세였다. 이 해에 마침 국상이 있었기 때문에 최영경은 죽순으로 束脩의 예를 차렸고 조식은 최영경을 한 번 보고 훌륭히 여겨 세상에서 뛰어난 인물

---

135) 崔永慶,「遺事實錄」(『守愚堂實記』 卷2 張2), "先生, 友愛兄弟, 最篤厚, 及共分先業, 自占田之磽瘠, 僕之貧弱, 而又不要均一, 只計饒乏, 科其多小, 無敢出一言, 爲異同者, 其誠意之感動於人, 如此".

136) 崔永慶,「遺事實錄」(『守愚堂實記』 卷2 張5), "先生嘗於先忌, 食無以備祭需, 悲泣終日, 忽有山獐入園, 幸以備牲, 人皆欽歎."

137) 崔永慶,「遺事實錄」(『守愚堂實記』 卷2 張1), "母夫人, 嘗墜傷病危, 先生, 刺臂血和藥以進, 因得甦."

로 여겼다.[138] 조식을 배알한 뒤 최영경은 경모함이 날로 깊어져서 스승이 계시는 가까운 곳에서 灑掃하는 일을 받들고자 하였으나 병이 많아 이루지 못하였다. 그러나 학문적으로 난해처가 있을 때에는 서울에서 조식이 있는 덕산으로 내려와서 종종 가르침을 받았다. 1567년에 金宇顒(東岡, 1540-1603), 李瀞(茅村, 1541-1613) 등과 조식을 찾아뵙고 『心經』을 강마했던 사실[139]은 이를 잘 말해주는 유력한 사례가 된다. 최영경의 조식을 향한 심정은 「祭南冥曺先生文」에 가장 잘 나타나 있다. 그 일부를 들어보자.

> 아! 통곡하노니 문하에 절을 올린 지 여러 해가 되었으나 천리 먼 길에 병이 많은 몸이라 얼굴을 뵙고 가르침을 받은 날이 그 얼마입니까? 게으르고 不敬하여 안부를 여쭙는 일도 빠뜨리기 일쑤였습니다. 지금에 이르러 미루어 생각해 보니 설령 죽음을 바쳐도 여한이 있겠습니다. 병상에 계실 때에는 부축하여 드리지 못했고, 운명하심에 飯含도 드리지 못하였으며 부음을 접하고 달려오는 것조차 다른 사람들에게 미치지 못했으니 다른 날 지하에서 장차 무슨 면목으로 다시 뵙겠습니까? 죽음을 바쳐도 여한이 됩니다.[140]

이 글에서 보듯이 최영경은 스승과의 지리적 거리가 멀고 거기다 몸에 병이 많아 가르침을 많이 받지 못했다고 했다. 병상에 있을 때나 타계 이후에도 아쉬움이 많이 남는다고 했다. 그러나 조식에 대한 그의 정성은

138) 崔永慶, 「遺事實錄」(『守愚堂實記』 卷2 張2), "先生, 納拜南冥曺先生于雷龍舍, 是年, 適國恤, 故以筍代束脩爲贄, 曺先生一見異之, 許爲高世人物."

139) 李瀞, 「年譜」(『茅村集』 卷3 張3), "崔守愚永慶·金東岡宇顒, 俱在門下, 講質心經, 日與切偲."

140) 崔永慶, 「祭南冥曺先生文」(『守愚堂實記』 卷1 張9) "嗚呼慟哉! 獲拜門下, 今雖累年, 千里多病, 承顔承誨, 其日幾何? 怠慢不敬, 修問起居, 亦多闕焉, 追惟至今, 死有餘憾, 病不得攀, 扶歿, 不得飯含, 奔赴, 亦未得及人, 他日地下, 將何面目, 更承前席, 死有餘憾."

다른 사람에 조금도 뒤지지 않았다. '雪月精華'같은 모습을 다시 뵐 수 없음을 안타까워하면서 마음을 글로 다 표현할 수 없음에 대하여 탄식하였던 것이다. 그 후 덕천서원 건립의 주역이 된 것 역시 이 같은 정성에서 비롯된 것이다. 최영경은 조식을 향한 간절한 마음을 지니고 있었으므로 다양한 측면에서 조식과 닮아 있었다. 口耳之學을 비판하면서 실천을 강조하는 학문태도,[141] 부조리한 현실을 예리하게 주시하고 엄정한 출처의식에 입각하여 단행한 처사적 삶,[142] 경의사상을 요체로 한 비판정신의 확립,[143] 천 길 나르는 봉황 혹은 九淵에 잠긴 용으로 표현되는 기상[144] 등이 대체로 그러한 것이다. 특히 '풍채와 정신은 엄연히 절벽을 마주한 것 같아 그 자태에는 범할 수 없는 기상이 있었다. 마주 앉아 담론을 펼침에 칼날같은 늠름함이 귀신의 간담을 서늘하게 하듯 한 점의 속된 흠이 없었다.'[145]는 표현에서 우리는 조식을 다시 보는 듯하다.

불우한 삶을 살다 갔다는 것 역시 최영경 삶의 한 특징을 이룬다. 최영경의 불우는 여럿을 들 수 있는데 우선 그의 가난한 살림을 들지 않을 수 없다. 최영경의 가난은 뼈에 사무치는 것이었다.[146] 부모의 제수도 제대로 마련하지 못했다는 표현에서도 알 수 있거니와, 최영경이 너무 가난하여 이를 보다 못한 어떤 사람이 힘을 합하여 갯벌에 제방을 쌓아 생활을 도모하자고 권한 일[147] 등에서 우리는 그의 가난을 여실히 짐작할 수 있

---

141) 崔永慶, 「摭錄」(『守愚堂實記』 卷2 張10), "先生之學, 以反求務實爲主. 有一士自托於義理之學, 紛紜說話, 多所附會, 先生曰, 吾於義理之學, 不能實踐, 只欲觀遺經識前言, 庶幾不苟於辭受取予而已."

142) 여기에 대해서는 '2.1. 批判的 現實認識'에서 이미 살핀 바다.

143) 李晩燾, 「行狀後識」(『守愚堂實記』 卷4 張24), "夫敬義之學, 發自程朱, 而惟我南冥先生, 奮起南, 服體認而服行之. 冥翁之門, 惟先生, 親承旨訣, 躬修力行."

144) 梁天翼, 「跋」(『守愚堂實記』 卷4 張32) "其高風貞操, 翔千仞鳳也, 潛九淵龍也."

145) 崔永慶, 「摭錄」(『守愚堂實記』 卷2 張12), "風神儼然壁立, 其容有不可犯者, 坐而語談, 鋒凜如鬼, 膽自破, 無一點塵態."

146) 崔永慶, 「摭錄」(『守愚堂實記』 卷2 張17), "崔守愚飢寒入骨."

147) 崔永慶, 「遺事實錄」(『守愚堂實記』 卷2 張3), "先生家甚貧, 朝夕或不給, 身上無完

다. 설상가상으로 아들이 죽어 그의 불우는 더욱 증폭되었다. 1577년 적실의 몸에서 난 독자 弘濂이 죽자 그는 세상의 뜻을 완전히 잃어 버리고 산림 속으로 숨어들었다.[148] 이는 그의 상심이 얼마나 컸는지를 짐작케 하는데, 「喪明後對酒有感二首」에는 당시의 심정이 잘 나타나 있다.

(가) 問天天不語　하늘에 물어봐도 하늘은 말이 없으니,
何處訴中情　어느 곳에 이 심중을 하소연 할까?
惟憑數盃酒　오직 몇 잔의 술에 의지하여,
忘死又忘生　죽은 이도 잊고 산 이도 잊으리라.

(나) 裛露黃花滿竹籬　이슬 젖은 황국화 대울타리에 가득하니,
無情植物亦知時　무정한 식물도 시절을 아는구나.
衰翁哀漏無時歇　늙은이 슬픈 눈물 마를 날이 없어,
强引淸醪竟何爲　억지로 술 당겨 마실 뿐 다시 무얼 하리오?[149]

위에서 예거한 두 작품에서는 헤아릴 수 없는 비통함과 그것을 잊기 위하여 술을 마시는 자식 잃은 아비의 심정이 잘 나타나 있다. 작품 (가)에서는 비통함을 하소연 할 곳이 없어 하늘을 찾지만 하늘은 어떤 대답도 없다. 그리하여 술과 함께 모든 것을 잊고자 한다고 했다. 작품 (나)에서도 최영경의 이 같은 심정은 계속된다. 국화를 보면서 불쑥 죽은 아들 생각이 났다. 즉 무정한 국화도 시절을 알아 다시 피지만 한 번 죽은 아들은 다시 오지 않으니 유정한 인간으로서의 '나'는 눈물을 흘리지 않을 수 없다는 것이다. 그리고 그 슬픈 마음을 삭이고자 술을 당겨 마실

衣, 風寒砭肌膚, 晏如也. 素履彌堅, 不願乎外者有年, 或勉以同力, 築浦堰, 以謨生, 先生笑曰, 貧富命也, 順受而已, 此非吾分內事."

148) 崔永慶, 「遺事實錄」(『守愚堂實記』 卷2 張5), "先生, 喪明之後, 益復無意於世, 專精求道, 賁趾永貞, 迹不出山林."

149) 崔永慶, 「喪明後對酒有感二首」(『守愚堂實記』 卷1 張1)

뿐이었다. 최영경의 불우한 삶은 여기서 그치지 않았다. 그의 몸에는 항상 질병이 따라 다녔던 것이다. '질병이 날마다 심해져서 오랫동안 병상에 누워서 신음하니 다른 일에 어찌 관심이 있겠습니까? 매양 빈집에 누워 있으면 옛날의 즐거움이 문득문득 떠오르지만 질병은 지리하고 길은 아득함에 어찌하겠습니까?'[150]라며 河渾에게 보낸 편지에서 이는 잘 나타나는 바다.

또한 정여립의 역옥사건에 연루되어 옥사한 것은 그의 개인사적 재난이 아닐 수 없다. 정여립은 안악에 사는 邊崇福으로부터 그의 제자였던 안악교생 趙球가 자복했다는 말을 듣고, 아들 玉男과 함께 도망하여 진안에 숨어 있다가 자결한다. 그의 아들 옥남은 잡혀와 문초를 받았는데 그 과정에서 吉三峰이 모주이고, 해서사람 金世謙, 朴延齡, 李箕, 변숭복 등이 공모하였다는 것을 자백하였다. 여기에서 정철 등은 길삼봉이 바로 진주의 최영경이라며 옥사시켰던 것이다.[151] 최영경은 두 차례의 국문을 통한 「供辭」에서 '간악한 무리들의 터무니없는 모함을 받음에 만 번 죽더라도 속죄하기 어렵게 되었다'[152]며 자신의 무죄를 호소하지만 사태는 더욱 악화되어 갔다. 정철이 '간악한 무리'가 누구인가를 묻자 최영경은 '바로 그대 같은 무리들을 말한다'고 하면서 조금도 굽히지 않았다.[153] 결국 그는 감옥에서 커다랗게 '正'자를 써서 곁에 있던 사람에게 '그대가

150) 崔永慶, 「答或人」(『守愚堂實記』 卷1 張8), "舊病日深, 長臥呻吟, 他何足說? 每臥空堂, 昔日開顔, 耿耿入懷而奈此疾支離, 道途不邇, 何?"

151) 후일 己丑獄死가 서인들이 鄭汝立의 난으로 자신의 세력을 만회하기 위하여 무고한 인사들을 죽인 사건으로 공식화되자 宣祖는 이들을 '凶渾毒澈'이라 평가한다. 최영경 등의 죽음이 寃死로 받아들여지면서 서인 세력은 명분론에서 수세에 몰린다. 당시 위관을 맡았던 鄭澈의 처벌문제를 둘러싸고 동인 내부에선 强穩의 갈등이 일어나 마침내 남북으로 분열되고 만다.

152) 崔永慶 「初鞫供辭」(『守愚堂實記』 卷1 張3), "今反爲奸凶所構捏, 萬死難贖."

153) 『宣祖實錄』 卷24, 23年 5月 壬寅, "永慶拿鞫供招時, 有曰奸惡輩如是構陷爲之. 鄭澈曰, 奸惡輩誰也? 永慶曰, 如公輩也. 澈卽避入房中曰, 受辱受辱云. 推官皆凜凜失色."

이 글자를 알아보겠는가?'[154]라고 하면서 세상을 떠났던 것이다.

3. 문학관과 작품의 미적 체계

3.1. 辭約理到의 文學觀

최영경은 문학에 대하여 어떻게 생각했을까?[155] 이것을 밝히는 것이 본 절의 과제이다. 「行錄」에 의하면 '『小學』을 篤信하였고 『近思錄』을 尊尙하였으며 四書·六經을 매우 긴요하게 여겨서 專心하였다. 꼼짝하지 않고 앉아 해를 넘기며 고요히 마음을 가라 앉혀 홀로 그 사람이 맛보지 못한 것을 맛보고, 깊이 그 사람이 窮究하기 어려워하던 것을 궁구하였다.'[156]고 하였다. 우리가 여기서 짐작해 볼 수 있는 것은 이 같은 서적을 통해서 그의 문학에 대한 인식이 성립되었다는 것이다. 서적을 통해 마련된 사상은 事象에 대한 접근방법과 그 시각을 좌우하기 때문이다. 이들 서적에서 제출되는 문에 대한 생각은 대체로 '載道之器' 혹은 '貫道之器'의 효용적 입장을 취한다. 그러니까 문학은 어디까지나 餘技일 수는 있어도 본격적인 창작을 일삼으며 전문작가로서 玩物할 수는 없다는 것이다. 최영경이 『근사록』을 즐겨 읽었다 하니 이 글에서 제시한 문학에 대한 입장을 보자.

---

154) 崔永慶 「行狀」(『守愚堂實記』 卷4 張19),(李玄逸), "一日, 神昏氣倦, 枕傍人脚膝而臥, 傍人欲試之精神, 請寫一字爲教, 先生徐起, 索筆大書一正字, 顧謂曰, 君識此字否? 俄復臥有頃, 恬然而逝."

155) 이때 문학의 개념은 근대 이후에 성립된 '문학'이라는 용어와는 일정한 거리를 갖는다. 유가에서 제시하는 '道'의 대극점에 자리하는 것으로 근대적 개념의 문학을 포함한 言語表現 전반을 지칭한다 하겠다.

156) 梁天翼, 「行錄」(『守愚堂實記』 卷4 張10), "篤信小學, 尊尙近思, 而尤喫緊致工, 於六經四子之書. 兀坐竟晷, 啥然潛心, 獨味其人所不味, 冥究其人所難究."

> 옛날의 학자는 한 가지 부류였는데 오늘날의 학자는 세 가지 부류이다. 이단은 여기에 참여하지 못한다. 첫째는 문장의 학문이고, 둘째는 훈고의 학문이며, 셋째는 儒者의 학문이다. 도를 따르고자 한다면 유자를 버리고는 할 수가 없는 것이다.[157]

여기서 알 수 있듯이 학자는 세 부류가 있다고 했다. '文章之學'을 하는 사람, '訓詁之學'을 하는 사람, '儒者之學'을 하는 사람이 그것이다. '도'를 따르기 위해서는 '유자지학'을 하지 않을 수 없다고 하면서 '문장지학'을 하는 사람과의 대극점에 '유자지학'을 하는 사람을 놓고 있다. 그렇다면 '문장지학'은 도를 닦는데 해가 된다는 것인가? 여기에 대한 程頤(伊川, 1033-1107)의 대답은 이러하다. '해가 된다. 대개 문장을 짓는 것은 전념하지 않으면 잘 되지 않고 만약 전념한다면 뜻이 여기에 제약되는 것이니, 또한 어찌 천지와 더불어 같이 크게 될 수 있겠는가? 『서경』에서 玩物喪志라 했는데 문장을 짓는 것 역시 玩物하는 것이다.'[158]라고 하면서 '요즈음의 학문하는 사람들은 오로지 章句에만 힘써서 사람들의 이목을 즐겁게 하고자 한다. 사람을 즐겁게 하고자 하는 데만 힘쓰면 광대가 아니고 무엇이겠는가?'[159]라며 문장지학, 즉 문학을 크게 공박하였다. 이 같은 시각에서 최영경의 스승 조식 역시 시를 '玩物喪志의 尤物로 보았을 뿐 아니라 교만한 죄를 더하는 것'[160]으로 보았던 것이다.

최영경이 『심경』이나 『근사록』 등 송대의 성리서를 비롯하여 사서・육

157) 朱熹・呂祖謙, 「論學」(『近思錄』 卷2 張22), "古之學者一, 今之學者三. 異端不與焉. 一曰文章之學, 二曰訓詁之學, 三曰儒者之學. 欲趣道, 舍儒者之學不可."

158) 朱熹・呂祖謙, 「爲學」(『近思錄』 卷2 張22), "害也. 凡爲文, 不專意則不工, 若專意則志局於此. 又安能與天地同其大也. 書曰玩物喪志. 爲文, 亦玩物也."

159) 朱熹・呂祖謙, 「論學」(『近思錄』 卷2 張22), "今爲文者, 專務章句, 悅人耳目. 旣務悅人, 非俳優而何?"

160) 曺植, 「答成聽松書」(『南冥集』 卷2, 『韓國文集叢刊』 31, 487쪽), "嘗以哦詩, 非但玩物喪志之尤物, 於植每增無限驕傲之罪."

경 등 유가서적을 중심으로 잠심하였고, 조식을 지극히 존모하여 그의 의식세계 구성에 지대한 영향력을 행사하게 하였으니 문학에 대한 생각 역시 이 같은 것이었다. '오로지 敬과 義의 실질에 힘을 기울였고 口耳의 欺瞞이 재앙의 매개가 됨을 깊이 경계하였으니 이것은 바로 曺先生의 정법이라 선생(최영경: 필자주)이 이에 감복하여 스승으로 모시기를 원했다'[161]는 郭鍾錫(俛宇, 1864-1917)의 언급은 바로 이를 배경으로 한 주장이다. 최영경은 근본적으로 道本文末的 태도를 취하였고, 또한 얼마 되지 않는 시문조차 禍亂 중에 소실되어 현재 남아 있는 그의 문학은 그야말로 片言에 지나지 않는다. 즉 詩 6題 7수,[162] 疏 1편, 供辭 2편, 書 7편, 文 2편이 전부이다. 이 가운데 최영경이 문 내지 문학과 관련하여 언급한 부분을 적출해보자.

(가) 그 뒤에 곁에서 들어보니 玥(李玥: 필자주)의 소행이 사람들의 뜻에 크게 불만스러운 것이 있어 한 때의 책을 끼고 담론을 좋아하는 年少輩들이 玥와 더불어 서로 어긋나 교우하기를 부끄럽게 여기고 혹 망녕스럽게도 신에게 先見之明이 있다고 한 것 같습니다.[163]

---

161) 郭鍾錫, 「守愚堂先生實記序」(『守愚堂實記』 卷1), "專用力于敬義之實, 而深戒夫口耳之欺盜以媒禍者, 曺先生之正藏也. 先生, 於此, 盖有感服而請事者矣."

162) 7言絶句 3首, 5言絶句 3首, 7言律詩 1首가 그것이다. 이 가운데 7언율시 「次文四美亭韻」이 과연 최영경의 작품일까 하는 것은 의문이다. 왜냐하면 1700년에 간행된 『수우당실기』(庚辰本)에는 이 작품이 없을 뿐 아니라, 1567년에 조식의 제자가 된 최영경이 1555년에 타계한 四美亭 文敬忠을 조식보다 적어도 12년 앞서 알고 있었다는 것을 증명할 수 없기 때문이다. 조식의 제자가 되기 전 최영경은 서울에 살고 있었고 사미정은 합천 병목으로 물러나 있었다. 그렇다면 1910년에 간행된 『수우당실기』(庚戌本)에 실려 있는 「차문사미정운」은 어떻게 이해해야 하는가? 이는 아마도 당시 『수우당실기』를 다시 간행하면서 여러 가지 문제를 내포하고 있는 『四美亭遺集』을 참고한 것으로 보인다. 『사미정유집』에 실려 있는 조식 및 최영경 관련 작품에 대한 문제는 李相弼, 「『四美亭遺集』 解題」(『南冥學硏究』 6, 남명학연구소, 1996) 에 제기되어 있으니 참고하기 바란다.

163) 崔永慶, 「再鞫供辭」(『守愚堂實記』 卷1 張5) "後仄聞, 玥之所爲, 大有不滿人意, 一時年少自挾冊好談論之輩, 與玥相背, 羞與爲友, 或妄以臣爲有先見."

(나) 신은 문자가 짧아 친구와 더불어 편지를 왕래하는 것도 기뻐하지 않았기에 京中에서 벼슬하는 벗 중에는 한 번도 편지를 하지 않은 이가 있습니다.164)

(다) 보잘 것 없는 제물을 갖추어 미미한 정성을 올림에 거칠고 쇠약하여 文飾이 부족하고 情意가 슬프면서 박절하여 말에 차례가 없습니다.165)

(가)는 「再鞫供辭」의 일부이다. 최영경은 율곡 이이에 대한 평가가 부정적이었다. 최영경은 이 때문에 결국 화가 그에게 미쳤다고 생각했다. 여기서 보듯이 '책을 끼고 담론을 좋아하는 연소배'는 다름 아닌 수양론에 기초한 실천보다는 口耳之學만 일삼는 무리로 보아 비판한다. (나) 역시 「再鞫供辭」의 일부이다. 여기서 문자가 짧다고 한 것은 단순한 겸사로 보기 어렵다. 즉 그는 도에 기반한 문학관을 지니고 있었고, 그리하여 문장수련을 하지 않았기 때문에 나타나는 당연한 귀결이라 하겠다. (다)는 「제남명조선생문」의 일부이다. 그가 스승께 올린 글이 거칠고 쇠약하여 전혀 다듬어지지 않았다고 하면서 문맥의 차례가 전혀 맞지 않다고 하였다. 이 역시 그의 문 내지 문학에 대한 부정적 시각에서 도출된 것이라 하겠다. 위의 자료에서 제출된 '문'에 대한 함의가 조금씩 다르기는 하지만, 이는 모두 최영경이 재도주의적 유가 문학관을 고수하면서 실천하였기 때문에 가능한 것이라 하겠다.

그렇다면 얼마 되지 않기는 하지만 최영경이 남긴 글은 어떻게 이해되어야 하는가? 그리고 그것을 작성할 때 작용했던 창작의 기본원리는 무

164) 崔永慶, 「再鞫公辭」(『守愚堂實記』 卷1 張6) "臣短於文字, 不喜與友通書, 故京中遊宦之友, 或有一不通書者."

165) 崔永慶, 「祭南冥先生文」(『守愚堂實記』 卷1 張9) "聊備薄奠, 用薦微誠, 荒衰不文, 情意悲迫, 言無次敍."

엇일까? 최영경이 그의 언어로 제시한 문학에 대한 견해는 위에서 간략히 살펴보았으니, 이제 그의 문학을 향하여 이야기된 것을 중심으로 관련 자료를 찾아보기로 한다. 1910년에 간행된 4권으로 된 『守愚堂實記』의 제1권은 최영경의 언어로 된 작품이 실려 있고, 제2권에서 제4권까지는 정여립 역옥사건과 관련된 다양한 문헌들이 부록으로 첨부되어 있다. 이들 자료는 최영경의 무죄를 주장하며 그를 무고한 사람들을 강력히 비판하고 있다. 그리고 「행록」, 「행장」, 「신도비명」 등을 함께 첨부하여 최영경을 존숭하는 입장에서 그 삶의 이력을 제시하기도 한다. 제1권에 실린 최영경의 글은 사대부들의 교양을 바탕으로 한 사림파 작가들의 문학에 대한 양면성[166]으로 이해하면 대과는 없을 터이고, 최영경 문학의 기본 창작원리는 조금 섬세하게 따져볼 필요가 있다.

> (가) 선생(최영경: 필자주)은 문장을 화려하게 꾸미는 것을 일삼지 않았다. 일찍이 말했다. "문장의 요점은 모름지기 말이 간략하면서도 이치가 갖추어지면 그만이지 어찌 반드시 문사를 잘 다듬기만 하고 의리에는 어두워 스스로 上蔡의 앵무새 기롱을 끼치게 할 것인가? 程伯淳은 일찍이 저서를 남기지 않았으나 주렴계의 도통을 전하였으니 어찌 위대하지 않은가?"[167]

> (나) 귀로 듣고 입으로 내뱉기만 하면서 실천에 힘쓰지 않는 자를 보면 반드시 말했다. "나는 그 겉으로만 따르고 스스로를 속이는 것을 싫어한다." 문장을 논함에 박식하게 하고자 하지 아니하였으며 이치를 논함에 통석하고자 하지 않았으니 항상 불학·무문이라 하면서 스스로 겸손하였다.[168]

---

166) 정우락, 『남명문학의 철학적 접근』, 박이정, 1998. 42-46쪽 참조.

167) 崔永慶, 「遺事實錄」(『守愚堂實記』 卷2 張6), "先生不事文藻, 嘗曰, 文章要須辭約而理到, 何必攻文尙辭, 專味義理, 自貽上蔡鸚鵡之譏也? 程伯淳未嘗著書, 而濂溪道統之緖有傳, 顧不偉哉?"

위의 글은 모두 다른 사람들이 최영경의 문학에 관한 언표를 전한 것이다. (가)에서 문학의 요점은 '말이 간략하면서도 이치가 갖추어져 있어야 한다'는 것으로 소위 '辭約理到'를 나타냈다. 이는 유가에서 오랫동안 전해져왔던 '達意爲主'의 문학정신에 기반한 것으로,169) 작품의 형식보다 의미 있는 내용의 함축적 전달을 우선시 하는데서 마련된 것이다. 바로 최영경 문학론의 핵심개념이라 하겠는데 '辭煩理去'나 '辭煩理到' 혹은 '辭約理去'의 창작적 태도 모두를 비판하면서 형성되었다. 최영경이 '사약이도'를 주장하면서 가장 힘주어 비판한 것은 '사번이거'이다. 말은 번거롭지만 이치는 갖추어져 있지 않는 문학이기 때문이다. (가)에서처럼 문장을 화려하게 꾸미는 것을 일삼지 않을 수 있었던 것도 이 같은 문학관을 지녔기에 가능한 것이다. 최영경은 이를 더욱 구체화시키기 위하여 謝良佐나 程顥의 경우를 들었다. 이로써 그의 입론은 더욱 강한 설득력을 확보하게 되었다.

(나)에서는 그의 문학이 실천과 연계되어 있음을 보여주고 있다. 즉 귀로 듣고 입으로 내뱉는 소위 '口耳之學'을 강하게 비판하면서 실천을 강조하였던 것이다. 일찍이 그의 스승 조식이 '通都大市의 비유'170)를 들어 당시 학자들이 성리를 말하면서 자신에게는 얻음이 없는 것에 대하여 통박한 것과 같은 논리이다. 위의 자료에서 보이듯이 문장을 논함에 있어 박식하게 하고자 하지 않았다거나 이치를 논함에 있어 통석을 하고자 하지 않았던 것도 모두 같은 이유에서였다. 鄭仁弘(來菴, 1535-1623)은 최

168) 梁天翼, 「行錄」(『守愚堂實記』 卷4 張10), "見人之耳入口出, 不務踐實者, 必曰, 吾惡其循外而自欺, 論文不欲苟爲博洽, 論理不欲自爲通曉, 常以不學無文, 自謙."

169) 『論語』 「衛靈公」, "子曰, 辭達而已矣." 여기에 대하여 朱子는 "辭, 取達意而止, 不以富麗爲工."이라 설명하고 있다.

170) 金宇顒, 「南冥先生行狀」(『東岡集』 卷17 張18-19), "遨遊於通都大市中, 金銀珍玩, 靡所不說. 終日上下街衢, 而談其價, 終非自家家裏物, 却不如用吾一匹布, 買取一尾魚來也. 今之學者, 高談性理, 而無得於己, 何以異此."

영경의 「묘갈명」에서 이 같은 점을 더욱 적극적으로 표현하였다. '독서를 함에 자기에게 절실한 것으로 하였고, 문장 꾸미기를 일삼지 않았으며, 언행은 암암리에 법도와 합치되었으니 古人에게 부끄러움이 없었다'[171]는 표현이 바로 그것이다. 우리는 여기서 최영경의 '사약이도'적 문학관이 문학에 대한 인식에만 그치는 것이 아니라 행동양식에도 두루 적용되고 있음을 본다. 문학은 도로 인해 비로소 존재할 수 있으며, 문학은 생활을 떠나서 성립되지 않는다는 최영경의 생각 역시 읽어낼 수 있다.

3.2. 智・愚의 미적 체계

사림파 작가들의 절대 정신은 道에 있다. 이 道를 감각적 지각형태인 서정시로 표현하고자 할 때 자연히 미학적인 문제가 개입된다. 최영경의 도는 철저히 현실과 관련을 맺으면서 의미가 형성되었다 하겠는데, 이것의 전달과정에서 마련된 수사적 방식이 바로 '辭約理到'였다. 최영경은 여기에 입각하여 작품 활동을 하였으므로 거의 작품을 남기지 않았고, 그의 문학에 나타난 미적 체계에 대한 탐구 역시 소략한 작품에 기대지 않을 수 없다. 최영경은 자연과 더불어 살면서 다양한 경물들을 접하게 되고 그것의 통일적 지각을 경험하게 된다. 이를 미적 체험이라 해도 좋을 것인데, 그 중심에 있는 것이 바로 '지혜로움(智)'과 '어리석음(愚)'이라는 의미체계이다. 智와 愚는 現과 隱, 明과 暗, 剛과 柔, 巧와 拙 등 다양한 의미망을 거느리면서 최영경 문학의 내적 운동을 담당하고 있었다. 여기에 대하여 구체적으로 살펴보도록 하자.

최영경의 '智'에 대한 인식부터 관찰해보도록 한다. 지혜로움은 나타남

171) 鄭仁弘, 「墓碣銘」(『守愚堂實記』 卷4 張27), "看書切己, 不事文藻, 言行暗與道合, 無媿古人."

(드러냄)·밝음·강함·교묘함 등과 관계되는 것인데, 최영경에게 이것은 매서운 절조와 강한 자의식으로 나타났다. 일찍이 그가 거처하는 곳에 큰 눈이 내려 竹林은 모두 누워 일어나지 못하나 蒼松이 유독 우뚝 서 있는 것을 보고 '참으로 歲寒然後에 소나무와 잣나무의 곧음을 알 수 있거니와 저 대나무는 위기에 이르러 모두 쓰러졌으니 볼 것이 못 된다'[172] 라고 하였다. 여기서 사물에 이입된 최영경의 智와 결합되어 있는 매서운 절조 혹은 강인한 자의식을 읽을 수 있게 된다. 1589년 한강 정구의 백매원을 答訪하였을 때도 최영경의 이 같은 점은 잘 드러난다. 즉 2월이어서 매화가 활짝 피어 있었는데 최영경은 동자를 불러 도끼를 가져오게 하여 매화나무를 베어버리게 하였던 것이다. 매화가 귀한 것은 눈 쌓인 골짜기의 혹독한 찬 기운에 대항하면서 百花에 앞서 피어나야 한다는 것이 그 이유였다.[173] 이를 염두에 두면서 다음 작품을 감상해 보자.

落落嚴陵表　우뚝한 자태는 엄릉의 표상이요,
巖巖岳王眞　깍아지른 모습은 악왕의 참 뜻이라네.
天涯瘴霧裏　아득한 하늘 끝 짙은 안개 속을,
經幾賞心人　거치며 마음으로 완상한 사람 몇이나 될꼬?[174]

위의 작품은 「題伽倻山」으로 가야산의 장대한 모습을 묘파한 것이다.

172) 梁天翼, 「行錄」(『守愚堂實記』 卷4 張4), "嘗於大雪後, 見竹林盡委地不振, 而蒼松獨特立不撓, 歎曰, 信是歲寒然後, 知松栢之爲貞, 彼竹者, 臨危靡然, 不足觀也."
173) 李玄逸, 「行狀」(『守愚堂實記』 卷4 張16), "嘗至寒岡百梅園, 時當二月, 梅花盛開, 先生呼僮取斧, 使之斫倒滿庭梅樹 …… 所貴乎梅者, 謂當雪壑窮寒, 先百花頭上開也. 今與桃李爭春, 曷足貴乎?" 이 때 座中의 여러 사람들이 만류하고 최영경 역시 이를 받아들여 '여러분들이 그만두기를 구하지 않았다면 매화는 거의 베임을 면치 못했을 것이다.'라고 한다.
174) 崔永慶, 「題伽倻山」(『守愚堂實記』 卷1 張1)

기구의 '낙락'과 승구의 '암암'으로 표현된 것에서 사실의 이러함을 알 수 있다. 그러나 이것을 자연의 모습 정도로 단순화시키지 않고 '엄릉'과 '악왕'이라는 역사적 인물 및 그 이미지인 '표'와 '진' 등을 결합시켜 의미화하고 있다. 엄릉은 後漢 때 光武帝 劉秀의 친구였던 嚴光을 말한다. 그는 광무제가 황제에 즉위하여 諫議大夫로 불렀으나 나오지 않고 富春山에 숨어 살다 죽은 사람이다. 그리고 악왕은 南宋 때의 무장 岳飛를 말한다. 그는 금나라 군사를 淮河 등지에서 저지하였으나 무고한 누명을 쓰고 투옥 살해 되었고, 그 후 혐의가 풀려 救國의 영웅으로 칭송되었던 사람이다. 최영경은 엄광과 악비의 장대한 절조 내지 기개를 가야산의 우뚝하게 깎아지른 모습에서 발견하고 그것을 서정적 울림에 담아냈다. 여기서 나아가 가야산의 유람을 통해 이 같은 절개를 본받아야 한다고 했다. 전구와 결구에서의 노래가 그것이다. 이는 모두 최영경의 '지'과 관련된 일련의 의미체계에 기반한 것이라 할 것이다. '정철의 간사함을 알아 논의하는 가운데 조금도 용서하지 않았다'175)고 하거나 鄭大成과 洪廷瑞의 불의를 보고 용납하지 않았을 뿐 아니라 비천하게 여겨 만나주지도 않는176) 등 허다한 엄정성 역시 이것의 한 행동양태라 하겠다.

다음은 최영경의 '愚'에 대한 인식을 살펴보자. 어리석음은 숨음(감춤)·어두움·부드러움·질박함 등과 관계되는 것인데, 최영경에게 이것은 원만한 성품과 퇴처의 처세관으로 나타났다. 일찍이 오건이 전랑으로 있으면서 陵祭의 執事를 分定할 때 당시 정승이었던 李浚慶(東皐, 1499-1572)이 거기에 참여한 사위를 바꾸어 줄 것을 요청하자 오건이 이를 거

175) 崔永慶, 「摭錄」(『守愚堂實記』 卷2 張17), "平日知澈姦邪, 論議之間, 不少假借, 以故澈極意謀陷, 敢以無根之說, 百般羅織, 必致其死而後已."

176) 文緯, 「嶺儒請伸理疏」(『守愚堂實記』 卷3 張5), "晉州人鄭大成, 以㤙殺其兄, 見黜於鄕校, 而不容於永慶, 怨永慶之斥已. 又有判官洪廷瑞, 以涖官不廉, 爲永慶鄙惡, 嘗造其廬, 拒而不納, 怨永慶之排已."

절했다. 이 소리를 듣고 최영경은 '들어 준다고 하여도 또한 의리에 크게 해가 될 것은 없다. 만약 장차 큰 인물이 되고자 한다면 細小한 일로 매양 윗사람을 거스르는 것은 마땅한 일이 아니다'[177]고 하였다. 여기서 우리는 그의 성품에 원만함이 내재하고 있음을 본다. 퇴처의 처세관은 부조리한 시대인식에서 출발하며, 이와 함께 아들 弘濂이 요사하여 세상에 더욱 뜻이 없어졌다. 그리하여 그는 빈번히 조정에 천거되기도 하였으나 헛되이 이름 얻는 것을 부끄럽게 여기고 林下에 머물며 병든 사람으로 자처하였던 것이다.[178] 여기서 우리는 최영경의 '우'에 대한 의식의 한 부면을 이해할 수 있다. 다음 작품 역시 같은 입장에서 이해된다.

愚堂堂裏一愚夫	수우당 속의 한 어리석은 사내가,
一隻鳴禽一卷書	한 마리의 명금과 한 권의 책과 함께 있다네.
日永空林何所玩	해는 길고 숲은 텅 비었는데 무엇을 하며 노닐꼬?
澄潭潭裏竹影疎	맑은 못 그 가운데 대 그림자만 성글구나.[179]

위 작품은 「絶句」의 전문이다. 기구의 '우당'은 최영경의 거처를 말하며 '우부'는 최영경 스스로를 말한다. '우'에 대한 인식을 더욱 확고히 하기 위하여 집 이름에 걸맞는 '우부'가 산다고 하였다. 그렇다면 최영경은 그의 호를 무엇 때문에 '수우'라고 하였을까? 다름 아닌 자기를 지키지 않아서 마침내 몸을 망치고 덕을 무너뜨리는 것을 경계[180]하고자 함이

---

177) 崔永慶, 「摭錄」(『守愚堂實記』 卷2 張11), "吳德溪爲銓郎, 陵祭執事分定時, 領相李浚慶之壻, 亦參其中, 李相折簡以丐改差, 德溪不從. 李相曰, 不圖今者得見直項如此. 先生聞之論此事曰, 領相之簡非也. 以佐郎而不從, 眞是希罕事, 然從之亦無大妨於義理, 若將來欲爲大手段者, 則不當細瑣事, 每見忤於在上之人也."

178) 文緯, 「嶺儒請伸理疏」(『守愚堂實記』 卷3 張5), "一二大臣, 知而薦之於朝, 則永慶自以無實得名爲恥, 歸來鄕邑, 養志邱園, 無意世味, 一以廢疾之人自處, 此則永慶之終始皎皎者."

179) 崔永慶, 「絶句」(『守愚堂實記』 卷1 張1)

180) 崔永慶, 「初鞫供辭」(『守愚堂實記』 卷1 張4), "臣嘗惡學者, 不能自謙自守, 以至失

었다. 그 스스로 '본성이 본래 우둔하여 다른 사람을 따라 俯仰하지 못했다'[181]고 하거나, 옥중에서는 '守愚堂主人之柩'라는 자신의 銘旌을 쓰면서 '나는 평생에 단지 이 호만이 있었음을 또한 밝힐 뿐이다'[182]고 한 것 역시 이와 관련된 발언이다. 최영경은 한 마리의 학을 기르며 독서하였다 하니 그의 생활을 승구에다 옮겨 놓았고, 전구와 결구에서는 林下에서의 심성수양과 고졸한 처사적 삶을 표현하였다. 여기서 주목하고자 하는 것은 전구의 '永(길다)'과 '空(비다)'이다. 전자는 시간을, 후자는 공간을 말하는 것으로 한가로움과 호젓한 이미지를 만들어 낸다. 이 같은 한가로움과 호젓한 이미지는 공명과 부귀의 반대편에 서 있는 것으로 '우'를 더욱 강조하는 역할을 한다. 나아가 결구에서와 같이 맑은 연못 속의 성근 竹影을 제시하여 독자의 심성까지 서늘하게 만들어 놓는다.

최영경은 한편으로 '지', 다른 한편으로 '우'에 대한 인식을 가졌다. 그렇다면 이 '지'와 '우'는 구체적으로 어떤 관계를 이루며 유기적으로 결합되어 있을까? 최영경의 미적 체계 역시 이 과정에서 드러날 것이기 때문에 보다 면밀히 따져볼 필요가 있다. 우리가 우선 주목하고자 하는 것은 최영경 문학에서는 이것, 즉 '지'지향과 저것, 즉 '우'지향이 서로 대립되고 모순되면서 역설적 균형을 이루고 있다는 점이다. 변증법과 같이 이것과 저것이 투쟁하거나 상호 통일되어서 제3의 합명제가 나타나는 것이

身敗德者多, 故, 嘗構別舍, 題號守愚, 何用更爲他號乎?"

181) 崔永慶, 「初鞫供辭」(『守愚堂實記』 卷1 張3), "臣性本愚頑, 不能隨人俯仰, 爲世所疾久矣."

182) 崔永慶, 「獄中記蹟」(『守愚堂實記』 卷2 張26), "一日索一紙, 使士人執之, 自寫銘旌於地面曰, 守愚堂主人之柩, 因自歎曰, 吾平生但有此號, 亦可以明也已." 최영경의 이 같은 행동은 그가 吉三峰으로 무고되어 옥에 갇혔기 때문이었다. 그는 「初鞫供辭」에서 三峰이라는 설은 터무니없는 말이라고 하면서 別號에 대한 자신의 견해를 피력한 바 있다. 즉 별호는 평생의 공부를 지향하며 짓거나, 거처하는 산천의 이름을 따서 짓는다고 하면서 三峰과 자신은 아무런 관련이 없다고 했다. 三峰은 奸臣 鄭道傳의 호이기 때문에 더욱 그러하다는 것이다.

아니라, 보이고 드러나 있는 事象 이면에 그것을 더욱 그것이게 하는 숨겨진 질서가 있어 상호 운동한다는 것이다. 즉 '지'지향과 '우'지향의 서로 다른 방향의 질서가 조화를 이루면서 이중적 결합을 이루어 놓고 있다. 아름다움은 여기서 발생하게 되는데 우리는 이를 '지・우의 미적 체계'라 부르고자 한다. 다음 작품을 중심으로 검토해 보자.

雖將神斧削貞珉	누가 신령스런 도끼를 갖고 곧은 옥돌을 깎아,
矗立巖巖入翠旻	곧추서서 우뚝하게 푸른 하늘을 찌르게 하였는가?
稜角却嫌何太露	모난 봉우리 너무 드러나는 것을 싫어하여,
故教烟雨半藏身	짐짓 안개비로 하여금 반쯤 몸을 숨기게 하네.183)

이 작품은 지리산을 두고 노래한 「題頭流山」이다. 기구는 神斧로 옥돌을 깎는 공정을, 승구는 우뚝하게 서서 푸른 하늘을 찌르는 지리산의 모습을, 전구는 봉우리가 너무 드러났다는 것을, 결구는 이 때문에 안개비로 가리게 했다는 것을 단순한 어법으로 노래하고 있다. 이 작품은 (1) 기구와 승구, 그리고 (2) 전구와 결구를 서로 한 묶음으로 하여 살펴보는 것이 이해에 도움이 된다. (1)이 '촉립'에서 볼 수 있듯이 나타남(드러냄)・밝음・강함・교묘함 등의 이미지를 지니고 있으므로 '지'와 관련되어 있다면, (2)는 '연우'에서 볼 수 있듯이 숨음(감춤)・어두움・부드러움・질박함 등의 이미지를 지니고 있으므로 '우'와 관련되어 있다. 여기서 주의해서 보아야 하는 것은 (1)과 (2)가 서로 투쟁을 통해 차원변화를 하는가, 아니면 조화를 통해 상호 교호결합을 하고 있는가 하는 점이다. 이 작품은 후자 편에 서 있다. 즉 (1)이 너무 강조되는 것은 혐의로운 일이기 때문에 (2)로 (1)을 반쯤 가린다고 하였다. 이는 '지'지향과 '우'

183) 崔永慶, 「題頭流山」(『守愚堂實記』 卷1 張1)

지향이라는 모순된 두 질서가 역설적 균형을 이루며 미학적으로 체계화 되어 있다는 것을 말한다. 최영경 문학의 핵심적인 미학원리는 이로써 설명될 수 있다. 최영경의 '수우' 역시 이 같은 미적 원리에 입각하여 이해하는 것이 마땅하겠는데, 다음에 제시하는 河受一(松亭, 1553-1612)의 「守愚堂銘」 한 대목은 주목할 필요가 있다.

> 생각건대 선생(최영경: 필자주)이 지키는 것은 거의 안씨의 어리석음에 가까운 것이다. 거친 음식을 먹고 물을 마시면서도 남의 맛있은 음식을 돌아보지 않았던 것은 안씨가 가난하면서도 樂道를 고치지 않은 것에 거의 가까운 것이요, 사람들의 선행을 들으면 좋아함을 난초 찬 사람같이 하였으니 그 선을 마음속에 늘 지니고 있었던 것이다.[184]

이 글에서 보듯이 송정은 그의 스승 최영경의 '우'가 顔淵의 '우'와 결합되어 있다고 생각했다. 일찍이 공자는 『논어』에서 안회가 종일토록 말을 함에 한 마디의 반대도 없어 흡사 어리석은 사람 같았으나 그의 사생활을 살펴보니 자신의 말을 충분히 실천으로 옮기고 있었다고 하면서, 안회는 절대로 어리석은 사람이 아니라[185]고 한 바 있다. 즉 바깥으로 어리석은듯하나 안으로는 지혜롭다는 것이었다.[186] 송정 역시 최영경의 '우'를 이처럼 인식하고 있었다. 같은 글에서 공자가 말한 안연의 어리석음에 대한 의미를 새기며, 안연이 말에는 어리석으나 도에는 어리석지 않았다고 한 송정의 발언[187] 역시 좋은 증좌가 된다. 안연의 '우'가 도와

---

184) 河受一, 「守愚堂銘」(『守愚堂實記』 卷3 張20), "意者, 先生之所守, 殆顔氏之愚乎! 飯疏食水飮, 而不願人之膏粱者, 庶幾一瓢之不改也. 聞人之善, 好之如佩蘭者, 庶幾一善之服膺也."

185) 『論語』 「爲政」, "子曰, 吾與回, 言終日, 不違如愚, 退而省其私, 亦足以發, 回也不愚!"

186) 孔子는 顔回의 지혜로움을 『論語』 여러 곳에서 지적한 바 있다. "回也, 聞一知十." (「公也長」)이나 "有顔回者, 好學, 不遷怒, 不貳過."(「雍也」) 등이 그것이다.

결합된 실천의 의미를 지니듯이 최영경의 '우' 역시 도와 결합된 실천의 의미를 지녔다. 그렇다면 실천이 학문의 전부일까? 이에 대해서 최영경은 부정적인 견해를 보였다. 일찍이 그의 제자들이 실천만을 앞세워 독서의 필요성에 대하여 의심을 품었을 때 최영경은 그렇지 않다며 실천 이면에 있는 지식 역시 중요한 것이라 했다. 즉 '어찌 책을 읽지 않아도 된다고 하겠는가? 다만 도의를 담론하기를 좋아하며 사람을 속여 名利를 취하면서 실제는 정확한 식견이 없는 것이 병통이다.'[188]고 한 것이 그것이다. 우리는 여기서 최영경의 표면적 '우'가 이면적 '지'를 함의하고 있으며, 실천 역시 지식을 내포하고 있음을 본다.

4. 맺음말

이 글은 수우당 최영경이 그의 삶을 어떻게 영위하였으며, 그가 남긴 문학의 미적 체계는 어떠한 방향으로 설정되어 있는가에 대하여 탐구한 것이다. 澗松 趙任道가 언급하고 있듯이 최영경은 조식의 高弟로서 여러 측면에서 스승의 정신사적 맥을 이어받고 있다. 퇴처로 일관한 현실 대응방법이 그러하고, 퇴처하였지만 현실을 향하여 열려 있었던 학문적 지향점이 그러하다. 이 같은 성향을 지니고 창작활동을 하였던 최영경은 문학에 있어서도 조식의 것과 밀접한 관련을 맺고 있어 그의 문학은 남명학파의 문학적 이해라는 전체적 구도를 설정하는데 있어서도 빠뜨릴 수 없는 중요한 위치를 차지하고 있다. 최영경 문학의 분량이 지극히 소

187) 河受一, 「守愚堂銘」(『守愚堂實記』 卷3 張19-20), "夫子稱顔氏, 爲如愚 …… 盖顔子之愚, 愚於言而不愚於道者也."

188) 崔永慶, 「遺事實錄」(『守愚堂實記』 卷2 張6), "先生曰, 豈以書爲不可讀也? 只病世之好談道義, 眩人取名, 而實未有的見."

략한 상황을 인식하면서도 그 문학적 접근을 시도하지 않을 수 없었던 이유가 바로 여기에 있다.

우선 최영경의 시대적 배경과 관련된 현실인식을 따져볼 필요가 있었다. 그의 역사적 삶의 특징은 이를 기반으로 하여 이루어지기 때문이다. 최영경은 47세 되던 해에 진주의 도동으로 은거하면서 본격적인 처사적 삶을 살아가게 된다. 그가 이 같은 삶을 선택한 것은 비판적 현실인식에 기반한다. 최영경은 자신의 시대를 '國是가 정해지지 않고 公論이 행해지지 않는 시대'로 보았다. 즉 나라의 존망과 안위가 매달린 지극히 위험한 시기라 판단했던 것이다. 이 때문에 그는 '用舍行藏'의 유가적 출처의식에 기반하여 퇴처하지 않을 수 없었다. 大谷 成運이 그와 이별하면서 지리산으로 들어가는 최영경을 칭송하였던 것도 같은 이유에서였다. 그러나 그의 은거를 통한 심성수양이 현실과의 절연 및 내적 심성세계로의 회귀를 의미하는 것은 물론 아니다. 여러 자료에서 보듯이 그의 세계관은 나라에 대한 근심을 기반으로 하여 형성되어 있기 때문이다.

최영경 삶의 특징은 셋 정도로 추출된다. 첫째, 깊은 효우가 있었다는 점이다. 이는 최영경의 기본적인 자질을 말하는 것이라 하겠는데, 최영경의 효우와 관련한 설화가 여럿 만들어지기도 했다. 범이 산돼지를 물어다 주거나 산노루가 정원으로 뛰어 들어와 제수가 마련될 수 있었다는 이야기가 그것이다. 우애 역시 출중한 것이어서 여러 사람들로부터 칭송되었다. 둘째, 조식을 스승으로 섬겼다는 점이다. 이는 최영경의 학문적 연원을 알게 한다는 측면에서 중요하다. 39세에 조식을 배알한 다음 틈틈이 조식을 찾아 의문처에 대하여 질문하고, 조식이 타계한 이후 조식을 추모하는 사업에 매진한다. 이 과정에서 경의사상을 바탕으로 한 실천위주의 학문경향, 천 길을 나는 봉황 같은 기상, 俗氣가 전혀 없는 풍모 등을 영향 받는다. 셋째, 불우하게 살았다는 점이다. 이는 최영경의 역사적 삶을 알 수 있게 하는 것으로 뼈에 사무치는 가난이나 적실의 몸에서 난 독자의 夭死, 그리고 평생을 따라 다니는 질병, 정여립의 역옥사건에 연루되어 당한 獄死 등이 그것이다. 이는 최영경의 개인사적 재난이 아닐 수 없었다.

최영경은 문학을 '玩物喪志의 尤物'로 보는 스승의 입장과 유사한 것이었다. 이 같은 시각에서 말이 간략하면서도 그 안에 이치가 갖추어져 있어야 한다는 '辭約理到'의 문학관을 제출하였다. 이것은 유가에서 오랫동안 전해져 왔던 '達意爲主'의 문학정신에 기반한 것으로, 작품의 형식보다 의미 있는 내용의 함축적 전달을 우선시 하는데서 마련된 것이다. 최영경은 항상 문자가 짧아 교우와 더불어 편지도 자주 하지 않는다고 하면서, 문장을 화려하게 꾸미지만 거기에 도가 내재해 있지 않은 '辭煩理去'의 문학관을 배격한다. 그의 이 같은 문학관은 '口耳之學'의 반대편에 서 있는 실천과 결합되어 있다는 측면에서 주목할 필요가 있다. 문학은 道로 인해 비로소 존재할 수 있으며, 문학은 생활을 떠나서 성립할 수 없다는 功用主義的 문학인식에 기반하고 있음은 물론이다.

최영경 문학은 '智'와 '愚'라는 두 가지 대립개념이 상호 작용하면서 일련의 미적 체계를 이루어낸다. 즉 나타남·밝음·강함 등의 의미망을 거느린 '지'와 숨음·어두움·부드러움 등의 의미망을 거느린 '우'가 역설적으로 균형을 이루고 있다. 변증법과 같이 이것과 저것이 투쟁하거나 하여 제3의 합명제가 나타나는 것이 아니라, 보이고 드러나 있는 事象 이면에 그것을 더욱 그것이게 하는 숨겨진 질서가 있어 상호 운동한다는 것이다. 최영경은 표면에 어리석음, 즉 '우'를 내세운다. 이는 그의 별호 '수우'에서도 잘 표현되어 있는 바, 松亭 河受一은 이것을 顔淵의 실천적 '우'와 결부시켜 최영경이 말에는 어리석으나 도에는 어리석지 않다고 했다. 이는 최영경이 '사약이도'의 문학관을 지녔으니 어리석게 보이지 않을 수 없었으나, 그의 도는 지극한 지혜로움을 내포하고 있다는 것의 다른 표현이다. 그러니까 최영경의 '우'는 실천의 문제와 결부되어 새로운 의미를 지닌다는 것이다.

그렇다면 최영경 삶의 특징과 그 문학의 미적 체계는 어떤 관련성이 있을까? 최영경이 진주생활을 단행한 것은 그의 비판적 현실인식과 결합되어 있다고 했다. 처사적 삶 속에서 최영경은 지극한 효우를 지녔고, 조식을 스승으로 모셨으며, 그 역사적 삶은 불우하였다. 퇴처와 그의 삶의 특징은 밀착되어 있다는 것이다. 이로 볼 때 '퇴처'는 최영경의 역사적 삶 속에서 가장 중요한 요소라 하겠는데 그의 문학관과 문학에 나타난 미적 체계 역시 이와 관련되어 있다. 즉 達意를 중시하는 '辭約理到'의 문학인식은 퇴처자의 정신과 그 삶을 나타내는데 가장 용이한 것이었으며, 지혜를 감춘 어리석음의 제시라는 역설적 미학체계 역시 이와 결합되어 있을 수밖에 없다. 여기서 우리는 최영경이 '우'를 강조하여 드러나지 않으려 하였지만, 절의에 따라 죽을 사람(김성일), 세상에서 드문 호걸(오건), 태산을 요동시키기는 쉬우나 우리 崔丈을 움직이기는 어렵다(김효원)는 등의 칭송을 확보할 수 있었던 저간의 사정을 이해하게 된다.

이상의 논의를 통해 최영경의 삶에서 가장 중요하게 작용한 것이 비판적 현실인식을 통한 퇴처이며, 그 문학의 미적 체계가 '지·우'의 관계 속에서 설정되어 있다는 것을 알았다. 그러나 문제는 여전히 남아 있다. 특히 남명학파 전체의 문학세계를 떠올릴 때 생기는 문제로 우선 남명문학과의 同異問題에 대한 검토가 필요하다. 즉 남명문학과의 동질성과 이질성을 검토하여 이것이 갖는 의의를 따져보아야 한다. 다음으로 남명학파 내에서의 문학적 위상문제를 검토하여야 할 것이다. 이것은 조식 문인들이 남긴 작품을 모두 탐구하여 그 양상이 밝혀진 후에 비로소 가능한 것이니 현재의 연구 성과로서는 불가능하다. 그러나 여기에 대해 인식하면서 '남명학파의 문학'이라는 새로우면서 보다 거시적인 연구시각을 확보해 나간다면 한국 문학사에서 기능한 최영경 및 남명학파의 역할 또한 밝힐 수 있을 것으로 본다.

제 3 장

林芸의 문예의식과 淸眞의 시세계

1. 머리말

이 글은 林芸(瞻慕堂, 1517-1572)의 시세계에 나타난 '淸眞'의 정신적 경계를 밝히고 그 사상적 기저를 탐구하는데 목적이 있다. 청진은 임운이 가장 집약적으로, 그리고 가장 본격적으로 추구한 세계라는 점에서 그의 심미사유의 요체는 바로 여기에 있다고 해도 과언이 아니다. 사실 여기에 대한 탐색은 임운의 독자적 영역이라 할 수 없다. 정도의 차이가 있기는 하지만 조선조 도학자의 시세계에 보편적으로 나타나는 현상이라는 것이다. 그러나 임운은 이 문제를 시 창작을 통해 본격적으로 제기했다는 측면에서, 그리고 그 형상적 성공을 이룩하고 있다는 측면에서 예사 도학자의 작품세계와는 일정한 거리가 있어 보인다. 여기서 우리는 임운 심미사유에 작용했던 도학의 농도를 충분히 간파하게 될 뿐만 아니라, 조선조 사림파 작가들이 일반적으로 보여 주었던 상상력의 행방과 그 궁극처 역시 임운의 작품을 통해 구체적으로 확인하게 된다.

임운의 학문과 인품에 대해서 許穆(眉叟, 1595-1682)은 '博而專' 혹은 '確而平'[189]으로 요약하고 있다. 그러니까 임운의 학문은 '宏博'하면서도 '專一'하고, 그 인품은 '確固'하면서도 '和平'하다는 것이다. 굉박하면 거칠기 쉬어서 전일하기 어렵고, 확고하면 편벽되기 쉬워서 화평하기 어렵다. 그러나 임운은 이 둘을 아우르고 있어 학문과 인품의 측면에서 전인적인 면모를 보여주고 있다. 미수는 여기서 '군자의 완성'을 보았다. 임운이 이처럼 굉박과 전일, 확고와 화평을 온전히 하여 완성된 군자상을 지니고 있었으나, 『첨모당집』에 흐르는 주된 정조는 전일과 화평에 있다. 誠敬의 개념을 명확히 하며 수양론을 통해 전일한 성인의 심적 상태를 유지하려고 애썼을 뿐만 아니라,[190] 曾點의 기상을 염두에 두면서 산수를 찾아 자연의 이면에 흐르는 화평한 세계를 탐구하고, 이를 닮아가려 했던 것에서 이 같은 사실은 어렵지 않게 간파할 수 있다.[191]

---

189) 許穆, 「墓碣銘」(『瞻慕堂集』 卷3, 『韓國文集叢刊』 36, 534쪽), "其曰, 博而專, 確而平, 嗚呼! 君子之成." 金榥 역시「蘆洞書院上樑文」(『瞻慕堂先生文集』, 回想社, 1985. 409쪽)에서 허목의 이 언급을 인용하면서, "有眉叟許文正公所撰墓表, 若曰, 博而專, 確而平, 嗚呼! 君子之成, 其言約而盡矣."라 하고 있다. 이 글의 텍스트는 『韓國文集叢刊』 36에 수록되어 있는 『瞻慕堂集』으로, 임운의 후손 등이 1669년(현종10)경 家藏草稿를 바탕으로 편집·간행한 초간본으로, 분량은 3권 1책 총 90판이다. 서울대학교 규장각장본을 영인한 것이다. 國譯本 『瞻慕堂先生文集』은 柳正基가 1985년 編譯한 것으로, 여기에는 「『花林誌』人物篇所載事蹟」, 「龍門書院致祭文」(李相殷), 「蘆洞書堂上樑文」(金榥), 「蘆洞書堂記」(李家源), 「瞻慕堂林先生儒契錄序」(李家源) 등의 글이 더 실려 있다.

190) 임운은 「敬德之聚」(『瞻慕堂集』 卷1, 『韓國文集叢刊』 36, 508쪽) 및 다양한 시편에서 여기에 대한 구체적이고도 직접적인 언급을 시도하고 있다. 여기에 대해서는 4장에서 자세히 논의하기로 한다.

191) 임운이 厚陵 參奉을 지내면서 천마산의 승경을 탐방하고 「遊天磨錄」(『瞻慕堂集』 卷1, 『韓國文集叢刊』 36, 510-515쪽)을 쓴 것에서 가장 본격적으로 이루어지고 있다. 여기서 임운은 天磨山 聖居山의 승경을 듣고 한 번 유람을 하고자 하였으나

여기서 우리는 임운의 수양론과 자연 친화적 태도를 자연스럽게 이해하게 된다. 임운의 자연에 대한 인식은 당시 사대부 일반의 자연에 대한 인식과 다르지 않다. 즉 자연을 삶의 현장으로 보는 것이 아니라 심미적 관조의 대상으로 본다는 것이다. 임운은 여기서 한 걸음 나아가 심성의 본체를 발견하고, 그가 감지한 도학적 세계를 다양한 意象을 들어 노래한다. 이 같은 사정을 염두에 두면서 이 글은 (1) 임운의 삶과 사유의 연원을 밝히고, (2) 그의 작가적 역량을 독서경향 혹은 문예에 대한 인식을 통해 살핀 다음, (3) 임운 심미사유의 구조, 그리고 시세계에서 특징적으로 나타나는 청진의 의미를 탐구한다. (1)이 임운 문학을 이해하기 위한 예비적 고찰이라면, (2)는 임운 문예의식의 포괄적 이해이며, (3)은 심미사유로 제출된 특징의 구체적 구명이다. 이로써 우리는 임운이 제시한 청진의 시세계, 즉 심미사유의 중요한 한 국면을 이해하게 될 것으로 본다.

2. 생애와 사유형성의 연원

한 작가의 시세계를 탐구하기에 앞서 필요한 작업은 그 작가의 전기적 고찰이다. 작품을 연구함에 있어 작가를 작품에서 떼어놓고, 작품의 내적 자율성에만 의지하는 방법이 있다. 그러나 작가의 역사적 삶과 작품은 밀접한 관계를 지닌다고 하지 않을 수 없다. 작가의 삶에 대한 행적을 작품보다 중시할 필요는 없지만, 우리는 작가의 역사적 삶과 그 작품이 벌이는 치열한 교섭양상을 응시하지 않으면 안된다. 임운의 작품을 다루기에 앞서 그의 역사적 삶을 우선 고찰하려는 이유도 바로 여기에 있다. 이것

거리상 그러할 수 없었는데, 마침 가까운 곳에서 벼슬살이를 하게 되어 틈을 내 오랫동안 지녀오던 마음속의 一念을 푼다고 하였다.

은 임운의 생애 및 사유형성의 연원으로 나누어 이해할 수 있다. 작가의 삶이 그의 작품과 벌이는 소통관계를 이로써 이해할 수 있기 때문이다.

우선 임운의 생애에 대하여 간략하게 살펴보기로 하자. 현전하는 『첨모당집』에는 임운의 연보가 마련되어 있지 않다. 따라서 그의 문인 李偁(皇谷, 1535-1600)이 1595년 6월에 쓴 「행장」을 중심으로 임운의 역사적 삶을 살필 수밖에 없다. 임운의 성은 林氏이고 이름은 芸, 자는 彦成, 관향은 恩津인데, 瞻慕堂은 蘆洞散人 혹은 葛川妄人과 함께 그의 호[192]이다. 임운의 시조 成槿은 고려 말 충청도의 恩津縣에서 朝請郎 太常博士를 지내면서 개성에 살게 되고, 고조 湜이 興威衛 保勝別將을 지내면서 함양으로 옮겨와 살게 된다. 이어 증조부 千年이 宣務郎 宜寧縣監을 지내면서 500년 세거지인 安陰 갈천동에 정착하게 된다. 임운은 이 갈천동에서 진사였던 아버지 得藩과 永崇殿 參奉을 지낸 晉州人 姜壽卿의 따님 사이에서 5남 3녀 가운데 5남으로 태어난다. 그리고 將仕郎 李義安의 따님을 아내로 맞아 承順 등 5남을 두게 된다. 임운의 父系와 母系 및 妻系는 다같이 여말선초의 한미한 재지사족의 일파로서 족세와 가세는 대체로 단약하였으나 성리학적 학통과 사림파의 기질을 강하게 지니고 있었다고 하겠다.[193] 임운의 가계는 대체로 다음과 같이 도시된다.[194]

---

192) 임운은 시냇가의 옛 집을 스스로 첨모당이라 했기 때문에 제자들이 그의 스승을 그렇게 불렀다. 이 첨모당에서 산 속으로 수 리 들어가면 蘆洞이 있어 스스로를 '蘆洞散人'이라 부르며 서당을 짓고 제자들을 길렀다. 여기에 대한 구체적인 언급이 眉叟 許穆이 쓴 「墓碣銘」(『瞻慕堂集』 卷3, 『韓國文集叢刊』 36, 534쪽)에 제시되어 있다. '瞻慕堂'은 선세의 무덤이 계신 곳을 바라보며 유업을 생각한 때문이라고 「次李成之韻」(『瞻慕堂集』 卷1, 『韓國文集叢刊』 36, 492쪽)에서 다음과 같이 밝히고 있다. "望裡連崗數世墳, 松楸朝暮想遺芬. 小堂自此名瞻慕, 要守懷中勸戒文." 그리고 '葛川妄人'은 1570년 中秋에 그가 천마산 기행을 마치고 「遊天磨錄」을 쓰게 되는데, 이 글의 말미에서 밝히고 있다.

193) 李樹健, 「葛川林薰과 嶺南學派」, 『갈천 탄신 500주년 기념 학술발표대회 자료집』, 2000. 18쪽 참조.

194) 『恩津林氏大同譜』 卷之上, 回想社, 1983. 16-23쪽.

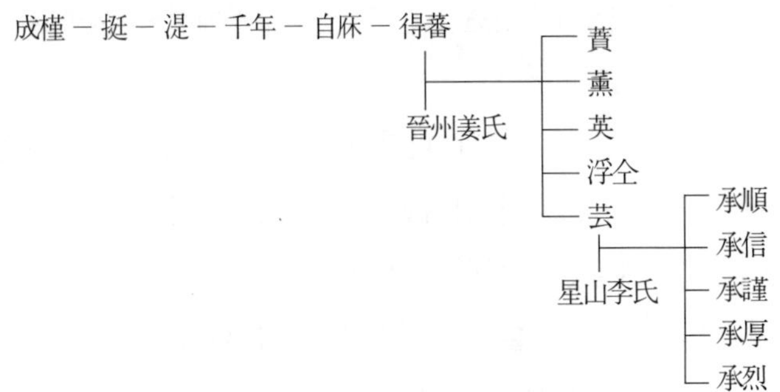

임운의 형제는 불우하여 대부분 일찍 세상을 떠나고 형 薰(葛川, 1500-1584)과 자신만이 살아 남았다.195) 이 때문인지 이들 형제는 특히 효우가 뛰어났다. 『명종실록』에는 '나이 60이 넘었으나 居喪에 있어 예를 준수하고 시묘살이 3년 동안에 한 번도 여막에서 나가는 일이 없었으며 궤격한 행동을 하지 않았으므로 온 고을이 그를 추앙하고 헐뜯는 사람이 없었다. 그 아우 임운도 효우와 조행이 그의 형과 다름이 없었다. 임훈은 치산하지 않고 처자를 항시 그 아우 임운에게 맡겼다. 임운은 극진히 보살펴서 굶주림을 면하게 하였다.'196)고 기술하고 있다. 이는 이들의 효우를 잘 설명한 좋은 예가 된다.197) 임운의 이 같은 효우가 크게 작용하여, 그가 50세 되는 1567년(명종 22) 여름에 비로소 吏曹의 특천으로 社稷署 參奉이 된 후, 1569년(선조 2) 봄에 集慶殿, 1570년(선조 3) 여름에 厚陵, 그 해 겨울에 다시 慶基殿, 1572년(선조 5) 봄에 延恩殿 등으로 옮

195) 임운의 형제는 모두 다섯인데, 첫째 蕢과 넷째 浮仝은 요절하고, 셋째 英도 아버지에 앞서 세상을 뜬다. 따라서 마지막까지 남은 사람은 薰과 芸 형제뿐이었다.

196) 『明宗實錄』 卷33, 明宗21年 丙寅 6月 21日 庚辰條.

197) 1594년(명종19) 지금의 거창군 북상면 갈계리에 이들 형제의 정려가 서게 된다. 이는 1563년(명종18)에 수령 朴應順이 갈천 형제의 예를 다한 居喪에 대하여 경상감사 李友閔에게 알렸고, 이우민이 이 사실을 조정에 보고하여 그 이듬해에 세워지게 된 것이다.

기며 근무하게 되지만, 1572년 8월 1일 근무지에서 병사하고 만다. 이때 그의 나이 55세였다.

임운은 항상 백성의 곤고함과 나라의 치란에 대하여 걱정하면서,[198] 세상을 향해서 자신의 포부가 펼쳐질 수 있기를 진실로 바랐다. '오랜 희망을 이룬다면 이 세상을 아무런 원망이 없게 할 수 있을 것'[199]이라 하거나, '만약 치국과 평천하를 이룩하려면 응당 나를 써야 한다'[200]면서 현실세계로의 강한 출사의지를 표명하기도 했다.[201] 그러나 임운의 이 같은 생각은 좌절되고 50세에 출사의 기회를 가지기는 했으나 미관말직이었기 때문에 자신의 포부를 전혀 펼칠 수 없었을 뿐만 아니라, 그 자신마저 병들어 이것조차 제대로 유지하지 못했다. 이 과정에서 임운은 스스로를 '병든 학'에 비유하면서 여기에 자아를 투영하기도 하고, '외로운 배'에 비유하면서 불우한 영웅을 안타깝게 그려보기도 했다. '세도가 손을 뒤집는 듯하여 말하기 어려우니 고금에 너를 알 사람 그 몇이런가?'[202]라고 하거나, '도리어 大用을 지니고도 無用에 놓였으니, 사물과 나의 이치가 같아 나의 근심만 늘어나는구나. 영웅이 불우하여 세상에선 탄식하노니, 고금에 너 같은 이 얼마나 될까?'[203]라고 한 것이 그것이다. 이러

198) 임운의 백성에 대한 애민의식과 나라에 대한 우환의식은 「睡餘書懷呈八玩堂求和14首」(『瞻慕堂集』, 492-493쪽) 등의 시나, 「治亂」(『瞻慕堂集』, 520-522쪽) 등의 책문을 통해 잘 표출되고 있다.

199) 林芸, 「睡餘書懷呈八玩堂求和14首」(『瞻慕堂集』 卷1, 『韓國文集叢刊』 36, 492쪽), "早晩倘能成宿願, 堪令四海歸無怨. 空將一劍十年磨, 遠向君門愁未獻."

200) 林芸, 「述懷」(『瞻慕堂集』 卷1, 『韓國文集叢刊』 36, 502쪽) "如欲治平應取我, 可憑經濟演情眞."

201) 임운은 자신이 벼슬을 원했던 솔직한 심정을 「書懷」(『瞻慕堂集』, 499쪽) 등을 통해 피력했다. '벼슬살이를 내가 비록 원했지만, 성글고 용렬한 사람을 누가 천거해 줄까?(祿仕吾雖願, 疎慵孰薦揚)'라고 한 것이 그것이다. 그는 이처럼 간절히 벼슬을 원했고, 여러 번 과거를 보기도 하였으나 거듭 실패한다.

202) 林芸, 「病鶴」(『瞻慕堂集』 卷1, 『韓國文集叢刊』 36, 506쪽), "世道飜覆固難評, 今古幾多如汝鶴."

203) 林芸, 「孤舟盡日橫」(『瞻慕堂集』 卷1, 『韓國文集叢刊』 36, 507쪽), "還將大用置

한 까닭에 그의 제자 李㑺은 스승의 행장을 쓰면서 '애석하게도 그 재능은 세상에 쓰이지 못하였고, 도는 당시에 드러나지 못하였다. 나이가 60도 되지 않아 포부만 지니고 돌아가셨으니, 어찌 선생의 불행뿐이겠는가?'[204]라면서 통탄하였던 것이다.

임운 삶의 흔적을 대체로 알았으니 이제 그의 사상적 연원을 살필 차례이다. 한 작가의 사상 형성은 선험적 생득에 의한 것일 수도 있고, 경험적 학습에 의한 것일 수도 있다. 생득에 의한 것임을 주장하기 위하여 사람들은 흔히 일정한 스승이 없었음을 강조하고, 학습에 의한 것임을 주장하기 위하여 이름난 선현을 내세운다. 임운 사상의 연원을 이해하는 것도 같은 방식이 적용되었다. 즉 임운은 일정한 사우가 없었다고 주장하기도 하고, 당대 사림의 종장 역할을 하였던 특정한 인물을 내세우기도 한다. 그러나 생득적이라고 주장하는 사람 역시 家學을 사상 형성의 중요한 인자로 생각하고 있으니, 이 또한 경험적 학습을 인정하는 것이 된다. 이렇게 보면 임운의 사상 연원은 가학에 의한 것인가, 아니면 외부의 특별한 스승에 의한 것인가로 나누어진다. 다음 글을 통해 검토해 보기로 하자.

> (가) 그 공부를 함에 있어 비록 사우연원의 유래는 없었으나 가정에서 얻은 바가 실로 많았다. 이 때문에 처음에는 학문의 순서를 정해서 독려하는 엄격함이 없는 듯하였으나, 스스로 다른 사람들의 공부와는 다른 점이 있었던 것이다.[205]

無用, 物我理同增余愁. 英雄不遇世有歎, 今古幾多如汝舟."

204) 李㑺, 「行狀」(『瞻慕堂集』 卷3, 『韓國文集叢刊』 36, 532쪽), "惜乎! 才不爲世用, 道不顯於時, 壽未及耳順, 齎志以沒, 豈特先生之不幸哉!"

205) 李㑺, 「行狀」(『瞻慕堂集』 卷3, 『韓國文集叢刊』 36, 531쪽), "其爲學也, 雖無師友淵源之所自, 而得於家庭者實多. 故初若不爲階梯程督之嚴, 而自有以異乎人之學之者矣."

(나) 그대의 총명은 남보다 뛰어나 통하지 않는 것이 없네. 그러나 무릇 요순과 같은 지혜를 지니고서도 먼저 힘써야 할 것이 있다네. 군자는 능력이 많은 것으로 다른 사람을 거느리지 않기 때문에 內外輕重의 구별이 없을 수 없다네. 주자께서도 만년에 義理가 무궁한데 세월은 너무 한정되어 있다는 것을 깊이 깨달아 글씨를 쓰거나 초사를 짓는 일 등을 버리시고 오로지 '尊德性 道問學'만을 힘쓰셨다네. 이 때문에 마침내 제현들의 이론을 모아 크게 집대성하셨던 것이라네. 어찌 후인들이 마땅히 본받아야 할 것이 아니겠는가?[206)]

(다) 아침저녁으로 한가한 틈을 타서 벼슬하지 않은 선비를 찾아가 친교를 맺었을 뿐 權貴들은 비록 친분이 있다고 하더라도 그의 문전에 발걸음을 하지 않았다. 오직 퇴계선생이 소명을 받고 상경하여 계실 때만 여러 번 그 문하에 나아가 종용히 어려운 부분을 질의하였다. 도산으로 물러나 계실 때도 역시 찾아가 뵙고 문답하니 퇴계선생이 더욱 소중히 생각하였다.[207)]

(가)에서는 임운의 일정한 사우연원이 없다고 했고, (나)에서는 조식이, (다)에서는 이황이 그의 스승이라고 했다. (가)와 (다)는 그의 제자 이칭이 그 스승의 「행장」에서 밝힌 것이고, (나)는 『남명집』에서 제시한 것이다. 이칭은 (가)와 (다)를 동시에 주장하면서도 굳이 이야기하자면 가학이 그 연원이며, 서울에서 벼슬을 하면서부터 이황의 문하에 들었다는 것이다. (나)는 조식이 66세 되던 해 봄에 趙宗道(大笑軒, 1537-1567),

---

206) 「編年」 66歲條(『南冥集』(曺永哲 所藏本)), "先生仍進瞻慕堂謂曰, 子聰明過人, 無所不通, 夫以堯之智, 猶急先務, 君子不以多能率人, 故不無內外輕重之辨. 朱夫子晩年悟義理無窮日月有限, 遂棄書藝離騷等事, 專業於尊德性道問學, 終至集諸儒大成, 豈非後人所當法也?"

207) 李偁, 「行狀」(『瞻慕堂集』 卷3, 『韓國文集叢刊』 36, 532쪽), "早晩乘閑往訪, 皆布衣之交, 而至於權貴, 雖有素分, 足跡不及其門. 獨退溪李先生, 被召留朝, 先生累造門下, 從容問難, 及退居陶山, 亦嘗歷謁, 信宿問答, 退溪先生深加推重云."

河應圖(寧無成, 1540-1610), 李瀞(茅村, 1541-1613), 河沆(覺齋, 1546-?), 柳宗智(潮溪, 1546-1589) 등과 화림동을 유람한 적이 있는데, 길을 가던 도중 마중 나온 임운을 보고 이야기 한 것의 일부이다.[208] 갈천이 그 아우 임운으로 하여금 조식 일행을 맞이하게 하였기 때문이었다. 이 때 조식은 문도들에게 心과 性情의 관계에 대하여 극진히 강론하였다고 한다.

임운의 제자 이칭은 (가)를 언급하면서 동시에 '효우가 천성에서 나왔다는 것만을 알지 학문상의 공부가 가정에서 형제간에 독실했음은 알지 못하였다'[209]고 하면서 임운 사유 형성의 이면에 그의 형 갈천이 커다란 역할을 한 것에 대하여 언명하고 있다.[210] 그리고 (나)를 통해 조식이 임운의 학문에 미친 영향이 제시되어 있다. 즉 임운에게 서예나 문학 등의 기예를 버리고 유가에서 내세우는 심성수양을 기반으로 한 도학을 철저히 공부할 것에 대하여 당부하고 있다. 총명이 과인한 임운이 혹 글씨나 詩作에만 너무 열중하면 의리의 학문은 투철하지 못할 수도 있다는 것을 경고한 것이다. (다)에서는 질의를 통한 이황과의 강한 교감을 보여주고 있다. 『도산급문제현록』의 '임운조'에 의하면, 임운이 서울에서 벼

208) 여기에 대한 구체적인 사실은 정우락, 「화림동 계곡(1), 하얀 돌의 이마에 흐르는 맑은 구름 한 자락」, 『남명원보』 8호, 남명학연구원, 1997 참조. 또한 이칭은 임운의 행장에 이렇게 기록해 두고 있다. 李偁, 「行狀」(『瞻慕堂集』 卷3, 『韓國文集叢刊』 36, 532쪽), "本縣之西, 有洞曰花林, 素以山水著稱, 先生嘗陪伯氏, 與南冥曹先生玉溪盧先生往遊焉, 吟詠性情, 談論古今, 從容信宿而罷, 是會也, 豈可以尋常遊賞比哉?"

209) 李偁, 「行狀」(『瞻慕堂集』 卷3, 『韓國文集叢刊』 36, 532쪽), "故鄕隣徒知先生之孝友出於天性, 而不知學問上工夫, 已篤於家庭塤篪之間."

210) 갈천 임훈의 학문 및 그 의식구조에 대해서는, 李樹健, 앞의 논문 ; 鄭一均, 『葛川 林薰의 생애와 사상』(예문서원, 2000) ; 鄭羽洛, 「葛川 林薰의 事物觀과 그 意識構造에 관한 硏究」(『東方漢文學』 18, 東方漢文學會, 2000)를 참고할 수 있다. 임운의 사유 형성에 갈천이 크게 작용한 것으로 보이는데, 이는 이들 형제의 우애가 남달랐다는 점, 갈천이 항상 주장하던 바 '誠敬'을 임운이 기회 있을 때만다 강조하고 있다는 점, 그 학문의 연원이 가학에 있다는 이칭의 증언 등에서 충분히 짐작할 수 있는 바다.

슬을 할 때 이황을 여러 번 찾았다는 것, 도산의 巖栖軒 앞에 매화 한 그루를 가리키면서 시 한 수를 지어준 것, 이황이 세상을 뜨자 임운이 이황을 그리워하여 여러 수의 시를 지었다는 것, 이황이 임운을 들어 '學識純茂'로 평가했다는 것 등이 두루 제시되어 있다.211) 이로써 우리는 임운 사유 형성에서의 갈천과 조식, 그리고 이황의 역할을 이해하게 된다.

이상에서 임운 생애와 사유 형성의 연원에 대하여 살펴보았다. 임운의 가계는 여말선초의 한미한 재지사족의 일파로서 성리학적 학통과 사림파의 기질을 강하게 지니고 있었다고 하겠다. 임운은 형제 여럿이 있었으나 대부분 빨리 세상을 떠났을 뿐만 아니라, 항상 지니고 있었던 신병 때문에 건강한 생활을 영위하지 못했다. 세상을 향한 포부를 지니고 있었으나 거듭되는 과거의 실패와 만년 출사 및 그로 인한 관사에서의 죽음은 그의 생애가 불우했다는 것을 말한다. 그러나 임운은 그의 생애가 불우했기 때문에 오히려 학문적 역량을 더욱 키워갈 수 있었을 것이다. 아버지 진사공이나 형 갈천을 통한 가학적 전통 위에 점필재 김종직에서 일두 정여창 등으로 이어지는 정통 성리학을 수용하였다. 특히 조식을 만나 학문과 관련한 일련의 경고를 들으면서 성리학적 학문태도를 더욱 착실히 하였으며, 서울에서 이황을 만나면서 여기에 대한 공부가 더욱 깊어졌다. 따라서 그의 사유 형성에는 가학적 전통 위에서 당대 유학의 종장인 조식과 이황이 커다란 작용을 했던 것으로 보인다.

---

211) 『陶山及門諸賢錄』, 『退溪學文獻全集』 20(啓明漢文學研究會 研究資料叢書 II, 383-384쪽)의 '林芸條' 참조.

3. 독서경향과 문예의식

허목은 임운의 묘갈명에서, '선생은 천품이 뛰어나고 돈독히 믿어 古道를 좋아하여 부지런하고 근면했다. 학문을 쌓고 행동에 힘써서, 행동은 갈수록 높아지고 덕은 갈수록 닦여져 평상시 다른 사람을 대할 때 충애하고 순수 돈후하셨다. 일을 처리하고 利害를 판가름할 때는 확연히 방향이 있어서 사람들로 하여금 두려워하며 감복하게 했는데, 갈천선생과 더불어 二先生으로 병칭되었다.'[212]고 기록하고 있다. 임운이 여러 측면에서 儒者의 전형임을 보인 것이다. 비록 묘갈명이라는 객관화되기 어려운 양식의 글이기는 하나, 임운은 적어도 미수가 제시하는 이 같은 사안을 지향하면서 독서했을 것이고, 또한 문학작품을 창작했을 것이다. '병든 학' 혹은 '외로운 배'로 자처하면서 초야에서 거의 전생애를 보냈던 그는, 독서인으로서 또는 작가로서 그의 생애를 바쳤다. 이 장에서는 임운이 독서인이었다면 어떤 책을 주로 읽었으며, 작가였다면 문예에 대한 기본적인 인식은 어떠했는지를 살피기로 한다.

임운은 독서의 즐거움과 그 목적을 대단히 구체적으로 제시했다. 「書懷」에서는 독서의 즐거움을 제시하고 있다. 즉 '궁벽한 시골에서 무엇으로 세월을 보낼 것인가, 책상에 가득한 책과 함께 지낸다네. 年來에는 吳宮의 제비 경계할 줄 알았으니, 莊子만이 물고기의 즐거움을 안 것은 아니라네.'[213]라고 하면서 독서를 통한 자신만의 은밀한 즐거움을 노래했

212) 許穆, 「墓碣銘」(『瞻慕堂集』 卷3, 『韓國文集叢刊』 36, 533-534쪽), "先生天資卓異, 篤信好古, 勉勉孜孜, 積學累行, 行益高, 德益修, 居常與人, 忠愛渾厚, 及至處事臨利害, 截然有方, 使人畏服, 與葛川先生, 竝稱二先生云."

213) 林芸, 「書懷」(『瞻慕堂集』 卷1, 『韓國文集叢刊』 36, 491쪽), "窮巷如何度日居, 伴閑書冊滿床儲. 年來解戒吳宮燕, 不獨莊生得計魚." 이 시의 제3구 '吳宮燕'은 진시황 때 한 관리가 궁전 처마 밑에 집을 지은 제비집을 횃불로 비춰보다가 궁전을 태웠다는 고사를 인용한 것이다. 제4구 '計語'는 『莊子』 「秋水」의 莊子와 惠子의 대화에서 용사한 것이다. 즉 장자가 물을 내려다보면서 '물고기가 유유하게 노니니 이것

다. 그리고 이 같은 독서로 임운은 '明誠'을 지니고자 하는 분명한 목적을 제시하였다. 「次李成之韻」에 이것은 잘 나타난다. 즉 평생동안의 학문이 마음에 가득 쌓였으니, 반드시 밝은 誠을 터득하여 지닐 것[214]이라고 하면서, 자연과 완전히 합일된 성인의 정신적 경계를 획득하고자 하였던 것이다. 그렇다면 임운의 무한한 讀書樂은 밝은 誠의 획득, 즉 수양을 통한 聖人경계의 도달에 있었다고 하겠는데 구체적으로 어떤 책을 읽으면서 이 聖人自期[215]의 꿈을 꾸었을까? 우리는 이것이 궁금하다.

(가) 서적에 대해서는 읽지 않은 것이 없었으나 특히 사서와 『근사록』, 『심경』, 주자서 등에 힘을 기울였다. 또한 『주역』에 더욱 정밀했을 뿐만 아니라, 기타의 천문・지리・의약・복서까지 섭렵하였으며, 그 중에서도 산수와 병서에 뜻을 두어 自許하고 自任하는 것이 무거웠다.[216]

(나) 일찍이 백씨와 함께 『주역』을 강론하였는데, 백씨는 '사색의 공부는 비록 고인이라도 혹 낫지 못할 것이다'라고 하였다. 어떤 사람이 朞三百・渾天儀를 난해하다고 하니, 선생은 웃으면서 '선현은 형체가

이 물고기의 즐거움이다'라고 하자, 혜자가 '그대는 물고기가 아닌데 어찌 물고기의 즐거움을 아는가?'라고 하였다. 이에 장자는 '그대는 내가 아닌데 어찌 내가 물고기의 즐거움을 모르는 것에 대하여 아는가?'라고 하였다는 것이다. 임운은 「書懷」라는 작품에서 독서를 통해 '오궁연'과 같은 어리석은 짓은 하지 않게 되었을 뿐만 아니라, 장자가 물고기의 즐거움을 가만히 알듯이 그 역시 이에 못지않게 독서를 통한 즐거움을 느낀다는 것을 노래한 것이다.

214) 林芸, 「次李成之韻」(『瞻慕堂集』 卷1, 『韓國文集叢刊』 36, 491쪽), "生平問學滿胸儲, 定得明誠業可居."

215) '성인자기론'은 인간이 지닌 모든 가능성을 철저한 수양을 통해 실현하고 완성해서 마침내 '성인'의 경계에 이른다는 논리이다. 여기에 대해서는 宋準湜, 「新儒學의 聖人自期에 關한 硏究」(韓國教員大學校 博士學位論文, 1998)에 체계적으로 연구되어 있다.

216) 李㑺, 「行狀」(『瞻慕堂集』 卷3, 『韓國文集叢刊』 36, 531쪽), "於書無所不讀, 而功力專在於四書・近思錄・心經・朱子等書, 而於易尤精. 其他天文・地理・醫藥・卜筮之法, 無不涉獵, 而尤留意於算數之學, 兵家之書, 多有自許自任之重."

있기 전에도 밝혀서 나타내었는데, 후학은 형체가 이미 나타나 있는데도 난해하다고 하는구나'라고 하였다. 서울에서 생활할 때 사람이 와서 역학과 산수를 물으니 선생은 정성스럽게 해석해서 막히지 않았다. 고봉 기대승이 그 말을 듣고 그의 자득한 묘에 대하여 탄복하였다.[217]

(가)는 임운의 전체적인 독서경향을, (나)는 그것의 실증을 제시한 부분이다. 위의 자료에서 보듯이 임운의 독서경향은 우선 博學에 있었다. 임운은 활쏘기와 말타기에 특별한 능력이 있어, 아버지가 『吳子』를 가르쳤고, 다시 『맹자』를 가르치니 반도 읽지 않아서 豁然貫通하게 되어 다양한 서적을 섭렵하게 된다.[218] 사서나 주자서 뿐만 아니라 천문·지리·의약·복서 등에 커다란 관심을 보였다는 점에서 그의 관심은 방대하다고 할 수 있다. 이 같은 全方位的 독서태도에 바탕을 두면서도 그가 특별히 공을 들여 읽은 것은 『심경』이나 『근사록』 등의 성리서와 『주역』 및 『역학계몽』 등의 역학 관련 서적이었다. 이 때문에 그는 '역학에 정밀하고 성리에 깊이 통달했다'[219]는 평가와 함께, 그 스스로가 「天下之理」 등의 '책문'을 통해 성리학과 주역에 밝았음을 증명해 보이고 있다. (나)는 임운이 특히 역학에 정밀했음을 그의 형 갈천과 奇大升(高峯, 1527-1572)의 입을 빌어 말한 것이다. 宋時烈(尤庵, 1607-1689)이 『첨모당집』

---

217) 李㑺, 「行狀」(『瞻慕堂集』 卷3, 『韓國文集叢刊』 36, 531쪽), "嘗與伯氏論易, 伯氏以爲思索工夫, 雖古人莫或過之. 或者以朞三百·渾天儀爲難解, 先生笑曰 先賢尙能發揮於未形之前, 後學因已形之具, 而謂之難解可乎? 居洛, 人有以易學·算數來叩者, 先生諄諄解示無礙, 奇高峯大升聞之, 嘆服, 其自得之妙云."

218) 李㑺, 「行狀」(『瞻慕堂集』 卷3, 『韓國文集叢刊』 36, 529쪽), "豪邁有勇力, 又能射御, 人皆以業武勸, 進士公乃授以吳子書, 讀訖, 始解文理, 又授以孟子大典, 獨未半, 便卽豁然, 於是, 出入諸書." 李能緖, 『韓國系行譜』人(寶庫社, 1959) '恩津林氏' 林芸條에도 여기에 대하여 이렇게 적기하고 있다. "自少豪邁, 有氣力善馳射, 讀兵法去之, 反讀孟子通大義. 至於星曆·地理·律呂·算數, 無不所究, 從兄講大易."

219) 『花林誌』, "林芸, 葛川公薰弟. 天質粹美, 精於易學, 邃於性理."

의 서문을 쓰면서 임운의 자득처가 『역학계몽』에 있었음을 밝힌 것[220] 도 같은 입장에서 이해할 수 있다. 과연 임운은 다음과 같이 노래한 적이 있었다.

不用牙籤萬軸儲　서적을 만권이나 쌓아둘 필요는 없다네,
周經一部足幽居　『주역』 한 권이면 그윽이 사는데 족하다네.
小堂自此名觀玩　작은 집에서 이것으로 관찰하노니,
要看乾元轉六虛　乾元에서 우주의 운행을 보려고 하네.[221]

이 작품은 李友仁의 시를 차운한 「次李成之韻」 아홉 수 가운데 일곱 번째 시이다. 제1구에서 여러 책이 필요없다는 것은 제2구에서 『주역』을 제시하기 위함이기도 하지만, 그의 다양한 독서편력에 대한 성찰적 메시지가 함의되어 있는 것으로 보인다. 『주역』에 앞서 읽은 다양한 책들도 중요한 것이긴 하나 『주역』 책 한 권이면 족하다고 했다. 이 책이 바로 우주를 관찰하는 창의 역할을 한다고 믿었기 때문이다. 이같이 임운은 박학에 기반한 다양한 독서편력을 거친 후, 성리서와 『주역』에 더욱 잠심하면서 독서하였다. 그의 독서태도는 대단히 진지하였다. 이 때문에 그의 제자가 스승의 행장에서 독서경향과 함께 '혹 한 밤에 서실로 물러나 앉아 정신을 모으고 고요히 생각하며, 용모를 거두어들이고 책을 잡아 潛心하여 정밀하게 경전의 뜻을 사색하였다.'[222]고 기록할 수 있었던 것이다.

임운의 독서경향은 그의 문예의식에 그대로 반영된다. 진지한 태도로

220) 송시열은 「瞻慕堂先生文集序」에서 '公嘗自言, 吾於啓蒙則自得處, 將欲纂其要而未果.'라고 하였다.
221) 林芸, 「次李成之韻」(『瞻慕堂集』 卷1, 『韓國文集叢刊』 36, 492쪽)
222) 李偁, 「行狀」(국역 『瞻慕堂集』, 374쪽), "或於中夜, 退坐書室, 凝神靜慮, 斂容執卷, 潛心對越, 思索經義."

독서하면서 그가 밝히고자 한 것은 '誠'에 대한 것이었다. 문예와 도덕의 관계에서 문예보다 도덕을 더욱 높이려는 생각으로 이것은 구체화되었다. 이 같은 생각은 오랜 연원을 가진 것이라 하겠는데, 『춘추좌전』에 세 가지 썩지 않는 것을 '三不朽'라고 하면서 '立德', '立功', '立言'을 제시한 것[223]에서 그것을 찾을 수 있다. 나라에 커다란 공을 세운 '입공'이나 후세에 길이 모범이 될만한 말인 '입언' 역시 중요한 것이긴 하나 그 서열로 보아 실천적 학문을 의미하는 '입덕'이야말로 가장 높은 경지의 불후적 가치를 지닌다는 것이다. 이 같은 생각은 도학자들에게 그대로 받아들여져 '道本文末論', 혹은 '詩者小技論'을 유발시켰다. 金宗直(佔畢齋, 1431-1492)이 '문장은 작은 솜씨요, 詩賦는 더욱 문장 중에서도 하찮은 것이다'[224]고 한 것에서 이들의 생각을 단적으로 감지할 수 있다. 그러나 이것이 문학을 부정하고 도학을 일방적으로 긍정하자는 것은 아니다. 문학에 대한 도학의 상대적 우위를 강조하자는 것이다. 임운 역시 그의 문예에 대한 의식은 이 같은 전통에 기반해 있다.

(가)	英雄終古等成墳	예로부터 영웅들도 모두가 무덤 속에 묻히니,
	只有流名異臭芬	다만 이름은 냄새와 향기처럼 서로 다를 뿐이라네.
	好把工夫輸德業	공부를 제대로 하여 덕업을 닦을지니,
	莫將黃卷學浮文	책으로 浮華한 글은 배우지 말 것이라네.[225]

(나)	擬叩岩扃孰與仍	바위 문을 두드려서 누구와 함께 할건가?
	蒼顏雲外聳崚嶒	푸른 얼굴은 구름 밖으로 우뚝 솟아있네.
	紫霞底處深栖跡	자줏빛 놀은 어느 곳이나 깊이 서려있는데,

223) 『春秋左傳』, '襄公' 24年條, "豹聞之, 大上有立德, 其次有立功, 其次有立言, 雖久不廢, 此之爲不朽."

224) 金宗直, 「永嘉連魁集序」(『佔畢齋集』 卷1, 『韓國文集叢刊』 12, 409쪽), "文章, 小技也. 而詩賦, 尤文章之靡者也."

225) 林芸, 「次李成之韻」(『瞻慕堂集』 卷1, 『韓國文集叢刊』 36, 491쪽)

黃卷寒窓定占燈　책을 차가운 창가에서 펼치고 등불을 밝혔도다.
莫喜文章工似杜　문장이 두목과 같이 교묘하다고 기뻐하지 말라,
須將誠敬學如曾　모름지기 誠敬을 지니고 증자같이 배워야 하네.
但知所樂爲何事　알겠노라! 즐거워할 것이 어떤 일인 줄을,
肯把虛名動萬乘　어찌 헛된 이름을 갖고 만승을 움직이겠나?[226)]

(가)는 「次李成之韻」 아홉 수 가운데 두 번째 작품이고, (나)는 「次寄山房」 세 수 가운데 첫 번째 작품이다. 작품 (가)에서 임운은 고금의 영웅들은 모두가 죽게 되는 것이라고 하면서 꽃다운 이름을 남겨야 한다고 했다. 그렇다면 꽃다운 이름이란 무엇인가? 임운은 제3구에서 '德業'을, 제4구에서 '浮文'을 내세우며 앞의 것은 닦아가야 할 것이고, 뒤의 것은 버려야 할 것이라고 강조했다. 이 같은 생각은 작품 (나)에 그대로 이어진다. 경련에서 '文章'과 '誠敬'을 대비시켜, 앞의 것은 잘 한다고 기뻐할 것이 아니며, 뒤의 것은 마땅히 배우기를 힘써야 한다는 것이다. 그러니까 이 두 작품을 통해 임운이 제시하고자 하는 것은 '浮文' 내지 '문장'이 아니라 '덕업' 내지 '성경'이다. 서적을 통해서 익혀가야 하는 것은 '덕업'이며, 그것은 구체적으로 끊임없는 수양을 통해서 비로소 획득할 수 있는 '성경' 바로 그것이었다. '고인이 성취한 업을 가만히 보니, 誠正에 있는 것이지 문장에 있는 것이 아니라'[227)]고 한 임운의 발언 역시 같은 입장에서 제출된 것이다.

그렇다면 문학은 부정되어 마땅한가? 임운은 이 같은 생각에는 동의하지 않았다. 오히려 시 창작을 통해 마음속의 '正'을 길러낼 수 있을 뿐만 아니라, 養正한 것을 시로 나타낼 수 있다면서 창작의 가치를 인정하였다. 「次李而敬山中述懷韻」에서 '養正을 하여 스스로 청아한 시를 이루었고, 풍

226) 林芸, 「次寄山房」(『瞻慕堂集』 卷1, 『韓國文集叢刊』 36, 504쪽)
227) 林芸, 「次李成之韻」(『瞻慕堂集』 卷1, 『韓國文集叢刊』 36, 492쪽)

취를 들으니 사람들은 나라에서 견줄 만한 이가 없다고 말한다.'[228]고 한 것은 그 좋은 사례가 된다. 이같이 임운은 문학에 대하여 보다 적극적인 자세를 지니고 있었기 때문에 사람들은 '시문을 짓는데 있어 老儒와 같아 아버지 進士公이 일찍이 그에게 인물되기를 기대하였다'[229]고 평가할 수 있었다. 임운은 이처럼 시적 능력이 있었다. 따라서 시상이 떠오르면 바로 시를 쓰기 위하여 항상 붓을 지니고 다니기도 했다.[230] 이같이 詩作에 대하여 적극적인 자세를 지니고 있었던 임운은 다른 사람으로부터 '妄時'한다고 비판을 받기도 하였다. 임운의 언어로 들어보자.

世人觀我好吟詩　세상 사람들은 내가 시 짓기 좋아함을 보고,
謂我吟詩是妄時　시 읊는 나를 일러 '망시'라고 하네.
一十二時都是妄　하루 열두 시가 모두 '망'인 것을,
不宜詩裡獨言之　유독 시로만 말함은 마땅치 않다네.[231]

위의 시 제1구에서 임운은 자신의 시 짓기 좋아함을 인정하였다. 여기에 대한 세상 사람들의 시각을 제2구에 제시하였다. '妄時'가 그것이다. 이는 시간을 허망하게 보낸다는 것이며, 동시에 자신의 시대를 허망하게 살아간다는 것이다. 그러나 임운은 이를 인정하지 않았다. 즉 제3구와 제4구에서 보듯이 시간으로 따지면 하루 12시간 모두가 허망하다고 하면서 유독 시를 짓는데 허망이 있는 것은 아니라 했다. 여기서 제3구를

---

228) 林芸, 「次李而敬山中述懷韻」(『瞻慕堂集』 卷1, 『韓國文集叢刊』 36, 504쪽), "養正自成詩有雅, 聞風人道國無雙."
229) 李偁, 「行狀」(『瞻慕堂集』 卷3, 『韓國文集叢刊』 36, 529쪽), "於是, 出入諸書, 不數年, 所製詩文, 與宿儒等, 進士公嘗疑其有物云."
230) 林芸, 「失筆戲題」(『瞻慕堂集』 卷1, 『韓國文集叢刊』 36, 489쪽)에 잘 나타난다. 붓을 잃어버리고 장난삼아 쓴다고 한 것인데, 산신령이 우리의 시 읊조림을 싫어하여 가져갔을 터이니 속히 돌려달라고 부탁한 것이다. 원문은 이러하다. "山靈眞惡客, 嗔我好吟詩. 喚起尖奴出, 應還付小兒."
231) 林芸, 「次李成之韻」(『瞻慕堂集』 卷1, 『韓國文集叢刊』 36, 492쪽)

주목할 필요가 있다. 우리가 지닌 시간 모두를 '망'으로 보고 있기 때문이다. 즉 작시가 '망'이라면 모든 것이 '망'이라는 것이다. 이는 임운이 시속에 오히려 '眞'이 있다는 것을 보이기 위한 반어적인 표현으로 보아 마땅하다. 결국 임운은 우리가 영위하고 있는 시간이 허망한 것이기는 하나, 세상 속에서 도학적 진실을 찾기 위한 하나의 몸부림으로 시를 지었고, 그것은 현재 111제 216수[232]의 규모로 그의 작품집 『첨모당집』에 남아 있다. 현재 우리가 볼 수 있는 모든 작품이 이 같은 문제의식에 의해 생산된 것은 아니라 하더라도 임운은 적어도 이 같은 의식 속에서 작품 활동을 했던 것으로 보인다.

이상에서 임운의 독서경향과 문예의식에 대하여 살펴보았다. 임운은 독서의 커다란 즐거움을 지니고 읽지 않은 책이 없을 정도로 많은 책을 탐독했다 하니, 그의 독서범위는 전방위적이었다고 할 수 있다. 이 가운데 『맹자』를 통해 활연히 문리를 터득하였으며, 『심경』 등의 성리서와 『주역』 등의 역학관련 서적은 특별히 공을 들여 읽었다. 이를 통해 그는 도학적 세계관을 확고히 하면서 時運의 기미를 제대로 살피기 위하여 노력하였다는 것을 알 수 있다. 임운의 문학에 대한 의식은 이들 책에서 제시하는 바대로, 도를 문에 대한 상대적 우위에 두는 載道主義的 文學觀 그것이었다. 그러나 문학의 창작을 통해서도 충분히 그의 도학적 사유를 드

---

232) 형식에 따라 이것은 ①五言絶句 : 6제 6수, ②七言絶句 : 44제 123수, ③五言律詩 : 19제 28수, ④七言律詩 : 37제 54수, ⑤五言排律 : 1제 1수, ⑥七言排律 : 4제 4수로 분류된다. 이 밖에 賦 5제 5수가 운문으로 더 있고, 산문으로는 記 1편, 策問 4편, 論 3편이 현재 전한다. 임운의 작품이 그의 적극적인 문예의식에도 불구하고 그 양적인 측면에서 소략함을 면치 못한다. 송시열은 이를 「첨모당집서문」을 통해 경전의 뜻을 천명하고 덕행을 닦는 것을 주장하였을 뿐, 저술은 하지 않으려 했던 것에 기인한다고 했다. 이 역시 한 요소는 될 수 있겠지만, (1) 그가 수명을 오래 누리지 못한 점, (2) 그가 작품의 수습에 크게 마음을 두지 않았다는 점, (3) 그가 타계한지 97년만인 1669년(현종10) 경에 초간본이 간행되었으니 전란을 거치는 과정에서 이미 많은 작품이 일실 되었을 것이라는 점 등이 중요하게 작용했다고 본다.

러낼 수 있다고 믿으며 작품 활동을 해 나갔다. 사정의 이러함은 임운이 예사 도학자들보다 문예에 대하여 보다 적극적인 의식을 보여주었다는 것을 설명하는 유력한 사례가 된다.

4. 심미구조와 청진의 시세계

임운이 남긴 작품은 크게 심미사유가 주도한 것과 논리사유가 주도한 것으로 나눌 수 있다. 심미사유는 대체로 운문으로 형상화되어 있고, 논리사유는 주로 산문으로 형상화되어 있다. 이 둘은 서로 涵攝關係를 지니면서 도학의 정신적 경계를 지향한다. 이것은 조선조 사림파 작가들이 보여주었던 일반적인 경향이었다. 임운 역시 예외일 수는 없었다. 「次舍兄鰲岩韻」을 비롯한 210여 수의 시작품에는 그의 미적 감각이 세련된 어조로 조직되어 있으며, 「遊天磨錄」 등의 다양한 산문작품에는 그의 사물에 대한 경험적 사실들이 객관적 시각에 의해 노출되어 있다. 우리는 이 가운데 임운의 심미사유와 그 구조 및 이 사유가 지향하는 최종 지향점을 시세계를 통해 살피려 한다. 이 과정에서 임운 시세계의 사상적 기저 역시 밝혀질 것이다.

임운 심미사유의 근저에 자연이 있었다. 임운은 여타의 사림파 작가들과 마찬가지로 자연을 그들의 삶을 영위하는 현장으로서 이해한다기 보다, 일정한 심미적 관계를 유지하면서 미적 관조의 대상으로 이해한다. 이 같은 관계설정 하에서 자연을 통해 그의 심성을 도야하거나 자연 속에서 천리를 발견하고 그 발견의 기쁨을 만끽하려고 하였다. 그는 기회 있을 때마다, 공자의 제자 曾點의 舞雩臺 소요와 清風高趣233)를 본받으려 하였던

233) 『論語』 「先進」, "點, 爾, 何如? 鼓瑟希, 鏗爾舍瑟而作, 對曰 異乎三子者之撰. 子

것도 같은 이유에서였다. 후릉 참봉으로 근무할 때 있었던 천마산 유람도 여기에 근거하였을 뿐만 아니라,234) '티끌을 다 씻고서 이끼낀 돌 위에 앉았으니, 그 가운데 나의 마음은 증점과 같다네(「三水庵八詠」)'235), '잠에서 깰 무렵 창의 햇살 또한 맑은데, 관동들을 이끌고 溪亭에 올랐네(「次郭君解印亭會友韻」)'236), '당년의 구름 빛깔 모두가 아름다워, 몇 번이나 바람을 쏘이고 몇 번이나 읊조리며 돌아올까?(「仰次朴近思齋紫溪十六絶韻」)237)라 한 것도 모두 같은 입장에서 제출된 것이다. 임운은 이같이 자연을 통해 그의 高趣를 증폭시킴으로써 세속적인 것에서 벗어나고 싶었다. 다음 작품을 보자.

非耽物外眞緣好	물외를 탐하는 것이 아니라 참 인연이 좋아서라네,
要謝人間世事紛	인간 세상사 그 어지러움을 사절하려네.
引得知音來勝境	내 마음 알아주는 사람과 좋은 경치 속으로 들어오는데,
却嫌山色已西曛	도리어 안타깝게도 산에는 땅거미지네.238)

임운은 매년 좋은 때와 아름다운 계절을 만나면 마음을 알아주는 사람

曰 何傷乎? 亦各言其志也. 曰 莫春者, 春服, 旣成, 冠者五六人, 童子六七人, 浴乎沂, 風乎舞雩, 詠而歸. 夫子喟然歎曰 吾與點也."

234) 林芸, 「遊天磨錄」(『瞻慕堂集』 卷2, 『韓國文集叢刊』 36, 512쪽)에는 구체적으로 이렇게 적고 있다. "승 自圓이 나와서 맞아 주었다. 서로 시냇가 돌 위에 마주앉아 안부를 물은 뒤, 아래위로 優遊하면서 혹 그늘에 앉아 시도 이야기하고, 혹 냇물에 발을 씻기도 하고, 혹 옷깃을 열고 서늘한 바람을 쐬기도 하고, 혹 높은 곳에서 멀리 바라보면서 심회를 풀기도 했다. 흥취가 소슬하고 맑아 아득하면서도 넓어 舞雩에서 바람을 쐬고 시를 읊조리며 돌아오는 느낌이 들었다."

235) 林芸, 「三水庵八詠」(『瞻慕堂集』 卷2, 『韓國文集叢刊』 36, 495쪽), "塵蹤濯罷苔磯坐, 箇裡襟懷點與齊."

236) 林芸, 「次郭君解印亭會友韻」(『瞻慕堂集』 卷2, 『韓國文集叢刊』 36, 502쪽), "睡罷黎窓日亦晴, 相携童冠上溪亭."

237) 林芸, 「仰次朴近思齋紫溪十六絶韻」(『瞻慕堂集』 卷1, 『韓國文集叢刊』 36, 497쪽), "當年雲物屬芳菲, 幾度風乎幾詠歸."

238) 林芸, 「次李成之韻」(『瞻慕堂集』, 492쪽)

들과 산수를 찾았다고 한다. 泉石 사이로 소요하면서 심성을 도야하기 위함이었다.239) 위의 작품 역시 임운의 이 같은 산수애가 잘 나타난다. 제1구에서는 자연을 사랑하는 것이 '物外'에 대한 관심에 있는 것이 아니라 '眞緣'에 있다고 했다. 이것은 자연을 초월적 가치에 대한 탐닉의 매개자로 보지 않는다는 임운의 단호한 언명이다. 제2구에서 보듯이 '인간세사'와 사절하고 인간의 심성을 진지하게 탐구하기 위한 것이라 하겠다. 여기서 나아가 '지음'을 제시하면서 동지들과 함께 하고자 하나, 날이 저물어 그것을 오래할 수 없는 것이 안타깝다는 것으로 시상을 전개시켰다. 임운이 세상의 잡사를 버리고 자연 속에서 심성을 도야하고자 한 것은 다양한 시편에서 보인다. 그는 이 과정에서 '흥'을 느끼지 않을 수 없었다. 임운은 이를 '烟霞興'이라 하였다.

(가) 要將遠駕烟霞興　장차 멀리 '연하흥'을 찾으려 하니,
分付幽人物外閑　幽人에게 세상 밖의 한가로움을 맡기소서.240)

(나) 暮猿聲裏千峯靜　해질녘 원숭이 울음 속에 수많은 봉우리 고요하고,
坐對烟霞興轉悠.　앉아서 '연하'를 보니 '흥' 점점 깊어가네.241)

(다) 白馬峯頭嫁遠眸　백마산 봉우리에서 먼 곳을 바라보니,
烟霞逸興浩難收　'연하'의 빼어난 '흥'이 넓디넓어 거두기 어렵구나.242)

위의 싯구는 임운이 제시한 '연하흥'을 적출한 것이다. 이 연하흥은 자

239) 李㑺, 「行狀」(『瞻慕堂集』 卷3, 『韓國文集叢刊』 36, 529쪽), "每値令節良辰, 邀族友, 命子姪, 日陪杖屨, 採山釣水, 徜徉於泉石之間, 以養其志." 같은 이의 같은 글 532쪽에도 이렇게 기술되어 있다. "先生雅有高趣, 尤愛佳山水, 在東都, 登內迎山, 在松都, 臨朴淵瀑, 俱有遊錄."

240) 林芸, 「仰次朴近思齋紫溪十六絶韻」(『瞻慕堂集』 卷1, 『韓國文集叢刊』 36, 497쪽)

241) 林芸, 「登三水寺南樓書卽事」(『瞻慕堂集』 卷1, 『韓國文集叢刊』 36, 502쪽)

242) 林芸, 「遊白馬山中得齋」(『瞻慕堂集』 卷1, 『韓國文集叢刊』 36, 503쪽)

연을 통해서 이루어진다. (가)에서는 자연을 통한 연하홍 찾기를 제시하였고, (나)에서는 저물녘 수많은 봉우리를 바라보면서 깊어 가는 연하홍을 노래하였으며, (다)에서는 백마산 봉우리에서 느끼는 말할 수 없는 넓이의 연하홍을 언급하였다. 임운의 연하홍은 자연스럽게 시흥으로 옮겨졌다. '초야에서 사는 정취 버릇이 되니, 세상의 부침을 알아서 무엇하리. 오직 바라는 것은 좋은 벗들과 함께, 가는 곳마다 문득 시를 짓는 것이라네'[243]라는 글을 통해 우리는 자연과 홍이 교섭하면서 시흥으로 발전해 작품이 생성된다는 것을 알 수 있게 된다. 그렇다면 임운은 이 연하홍을 통해 구체적으로 무엇을 노래하고 싶었을까? '홍'은 사물에 의탁하여 자신이 하고자 하는 말을 일으키는 것을 말한다. 주자는 「離騷經」의 집주에서 이를 '託物興詞'[244]라 하였다. 點化, 즉 어느 지점으로부터 뜻을 발전적으로 변화시키는 것을 먼저 들어 사물을 노래한 다음 자신이 하고자 하는 말을 제시한다는 것이다. 임운의 경우 '물'은 '연하', 즉 자연이었고, '사'는 '淸眞', 즉 심성본원의 意象이었다. 다음 작품을 중심으로 임운이 제시한 '청진'의 시세계, 그 일단을 보기로 하자.

午風吹霽綠陰新　한낮의 바람 불어 날 개고 녹음 새로운데,
步出林亭印屐痕　숲 속 정자에서 걸어 나오니 나막신 자국이 찍히네.
樹綠沙明波更淨　나무는 푸르고 모래는 밝아 물결 더욱 고요한데,
儘教幽興發淸眞　그윽한 홍취가 청진을 발하게 하네.[245]

이 작품은 비온 뒤의 청신함을 노래한 단순한 구조의 시이다. 제1구에

243) 林芸, 「次舍兄鰲岩韻」(『瞻慕堂集』 卷1, 『韓國文集叢刊』 36, 489쪽), "野趣方成癖, 升沉我豈知. 唯要携勝友, 隨處便題詩."

244) 朱熹, 「離騷經」 集註, "興則託物興詞, 初不取義, 如沅芷澧蘭, 以興思公子而未敢言之屬也." 주자가 『詩經』의 「關雎」를 해석하면 '홍'을 '先言他物, 以引起所詠之詞也.'로 풀이한 것도 같은 이치이다.

245) 林芸, 「雨後遊溪亭」(『瞻慕堂集』 卷1, 『韓國文集叢刊』 36, 494쪽)

서는 날이 갠 후 녹음이 새롭다는 것을, 제2구에서는 그 청신함에 이끌려 정자 밖으로 걸어 나오는 것을 말했다. 그리고 제3구에서는 푸른 나무와 밝은 모래, 조용한 물을 제시하였고, 제4구에서는 이들 물상에 의해 촉발된 '幽興'과 이 유흥으로 촉발되는 '청진'의 세계를 제시하였다. 임운은 이 작품을 통해 도학적 세계를 표현하고자 하였던 것이다. 제1구의 '오풍취제'는 '光風霽月'의 변용이다.246) 이는 비 갠 뒤의 청신한 바람과 달빛을 뜻하지만 실은 그 같은 쇄락한 심성을 의미한다. 결국 인욕이 완전히 소멸되고 천리가 유행되는 것을 나타내기 위한 표현장치로, 對自的 자아의 자유와 對他的 세계와의 화해를 함유하는 심미정조이다. 이 과정에서 임운은 인간심성의 본원을 의미하는 직관적 표현인 '청진'을 제4구에서 자연스럽게 제시할 수 있었다. 임운의 시에서 '청진'은 '眞源'247) 등의 용어로 변용되면서 다양하게 나타나고 있다. 특히 그는 안의 3동 중에 하나인 尋眞洞을 즐겨 찾았는데248) 골짜기의 이름이 자신이 추구하

---

246) 광풍제월의 도학적 세계는 임운이 이황으로부터 시사 받은바 컸다. 도산의 암서헌에서 매화를 보고 쓴 「岩棲軒前, 有一株, 枝葉蕭疎, 先生退溪指示曰, 此乃君同鄕物也, 而移來于此, 第視之, 余於是有所感焉, 聊占二絶, 以寓微意」(『瞻慕堂集』 卷1, 『韓國文集叢刊』 36, 496쪽)라는 작품에 잘 나타난다. "遠辭猿鶴入陶山, 只愛光風霽月閑. 若使歲寒心事了, 任他桃李一般"이 그것이다.

247) 용례를 보이면 다음과 같다. "奇岩斗短揷溪潭, 倚此眞源亦可探."(「仰次朴近思齋紫溪十六絶韻」, 『瞻慕堂集』 卷1, 『韓國文集叢刊』 36, 497쪽), "眞源堪自得, 眞念已全淸."(「到龍湫次愼景愚韻」, 『瞻慕堂集』 卷1, 『韓國文集叢刊』 36, 499쪽), "況復盤旋處, 眞源左右逢"(「到遮日岩」, 『瞻慕堂集』, 499쪽), "西湖奇勝浩難名, 誰解眞源左右生."(「次申駱峯集勝亭韻」, 『瞻慕堂集』 卷1, 『韓國文集叢刊』 36, 501쪽)

248) 용례를 보이면 다음과 같다. "秋風擬蠟尋眞屐, 莫閉松關許我從."(「次李而敬題僧軸韻」, 『瞻慕堂集』 卷1, 『韓國文集叢刊』 36, 495쪽), "勝日尋眞處, 臨流瀉幾篇."(「和寄姜文望兼示鄭擇中」, 『瞻慕堂集』 卷1, 『韓國文集叢刊』 36, 498쪽), "獨有探眞漢, 恒留石上篇."(「和寄姜文望兼示鄭擇中」 卷1, 『韓國文集叢刊』 36, 『瞻慕堂集』, 498쪽), "處世吾何事, 尋眞路自通."(「遊尋眞洞路上口號近體一首以市歸興」, 『瞻慕堂集』 卷1, 『韓國文集叢刊』 36, 499쪽), "尋眞休恨境多迷, 萬水千山各有蹊"(「次李而敬山中述懷韻」, 『瞻慕堂集』 卷1, 『韓國文集叢刊』 36, 504쪽) 안의면에서 산수가 가장 빼어난 세 곳을 예로부터 안의 3동이라 불렀다. 尋眞洞을 비롯해서 花林洞, 猿鶴洞이 그것이다. 심진동은 일명 長水洞으로 안의에서 동쪽으로 약 4km쯤에

는 도학적 세계와 밀착되어 있었기 때문이다. 이는 그가 자연을 통한 인간심성의 근원을 얼마나 진지하면서도 깊이 있게 모색해 들어가고 있었던가를 보여주는 중요한 사례가 된다.

우리는 여기서 임운의 심미구조를 비로소 이해하게 된다. 임운은 그의 미적 대상을 우선 자연에 두었다. 이 때문에 자연을 지극히 사랑하면서 청풍고취를 만끽하였던 것이다.[249] 자연과 이룬 임운의 교감결과에 다름 아니었다. 그는 여기에 촉발되어 '興'을 일으켰는데, 이를 '연하흥'이라 표현하면서 자연스럽게 시흥으로 이어지게 했다. 임운 시는 대체로 이 같은 과정을 거치면서 생산되었고, 심성의 본원을 의미하는 '청진'의 도학적 세계를 응시하는 것으로 고조되어 갔다. 인욕의 완전한 단절과 천리유행을 감지한 것이다. 우리는 여기서 임운의 시작 과정에는 '자연－흥－청진'으로 이어지는 일련의 구조체계가 설정되어 있다는 것을 발견하게 된다. 이 같은 임운의 심미구조와 그 체계는 자연과 인간이 天理의 측면에서 근본적으로 동일하다는 사유에 기인한다. 천리가 인간과 자연을 지배하는 최고의 원리라면, 임운은 '자연－흥－청진'의 심미구조에 의거해서 여기에 도달하고자 했던 것이다.

임운이 제시한 최고의 정신적 경계가 청진이라면 그 사상적 기저에 居

있는 꺼멍다리부터 尋源亭, 長水寺, 曹溪門, 龍湫瀑, 龍湫寺, 隱身瀑 등이 있는 지금의 용추계곡을 말한다. 화림동은 일명 玉山洞으로 함양군 안의면에서 26번 국도를 따라 그 구비가 예순 개나 된다는 육십령과 계곡이 길어서 그렇게 이름 지었을 법한 長溪로 향하는 길 약 4km쯤에서 시작된다. 그리고 원학동은 거창군 마리면 고학리 쌀다리부터 시작하여 위천의 搜勝臺, 북상갈계숲 등이 자리한 곳까지를 말한다.

249) 임운을 이를 '淸眞趣' 뿐만 아니라, '仙趣', '幽趣', '無邊趣' 등으로 표현하면서 자연을 통한 그의 정취를 고조시켰다. 용례를 간단히 들면 이러하다. '安將倚榻淸眞趣, 說與吾儕仔細傳(「宿香積次放翁韻」, 『瞻慕堂集』 卷1, 『韓國文集叢刊』 36, 501쪽)', '早知此地多仙趣, 虛做屠龍十載功(「登上峯」, 『瞻慕堂集』, 501쪽)', '祗被塵緣還世路, 愛閑幽趣未應闌(「三水寺次舍兄韻」, 『瞻慕堂集』 卷1, 『韓國文集叢刊』 36, 503쪽)', '渾將萬里無邊趣, 輸入三生不盡懷(「登金神西臺」, 『瞻慕堂集』 卷1, 『韓國文集叢刊』 36, 503쪽).'

敬과 明誠이 있었다. 즉 그의 '청진'은 수양론과 밀착되어 있는 것으로, 居敬을 통한 진실무망이라는 '誠'에의 경계를 획득하기 위한 부단한 노력의 결과였다는 것이다. 거경이란 존심양성하기 위한 내면적 수양공부로 마음의 자기 규제력을 의미한다. 임운은 거경으로 입덕할 수 있다[250]는 것을 굳게 믿으며, 天人이 서로 교감하는 유일한 길이 다름 아닌 거경에 있다고 하였다. 즉 '천과 인이 서로 교감하는 것을 즐겨하면, 천리는 분명히 드러나리라. 거경으로 마음을 바르게 하길 힘쓴다면, 능히 궁극을 알아 궁극으로 돌아갈 수 있을 것이다.'[251]라고 한 언명이 바로 그것이다. 극처에 明誠이 있으니 거경으로 이곳에 도달하게 된다.[252] 우리는 여기서 임운 시에 나타난 청진의 意象이 결국 誠敬의 수양론적 세계인식과 그 표상임을 알게 된다. 임운은 이를 그의 작품에 다음과 같이 직접 제시하기도 했다.

(가) 勸君須繼古人風	그대에게 권하노니 모름지기 고인풍을 계승하라,
千聖相傳只此中	모든 성인이 서로 전하는 것은 다만 이 가운데 있다네.
萬古分明精一學	만고토록 분명한 것이 精一의 학문이니,
肯教虛作白頭翁	어찌 헛되이 늙을 수 있으리.[253]

(나) 生平問學滿胸儲	평생의 학문 심중에 가득히 쌓여 있으니,

250) 林芸, 「敬德之聚」(『瞻慕堂集』 卷1, 『韓國文集叢刊』 36, 508쪽)라는 부 작품을 통해 여기에 대한 구체적인 사안을 제시하고 있다. 즉 '學固貴於知要, 要不外乎主敬, 確自守而勿失, 乃立德之大基'라 하여 主敬이 곧 立德의 기틀이 된다고 하였다.

251) 林芸, 「時雨」(『瞻慕堂集』 卷1, 『韓國文集叢刊』 36, 508쪽), "喜天人之相感, 理孔顯而昭晰. 懋居敬而直內, 克會極而歸極."

252) 『性理大典』 37, 「性理」 9에 '先敬後誠'의 입장을 분명히 밝혀두고 있다. 이와 관련한 수양론의 체계에 대해서는 정우락의 『남명문학의 철학적 접근』(박이정, 1998), 65쪽을 참조하기 바란다.

253) 林芸, 「答吳子强」(『瞻慕堂集』 卷1, 『韓國文集叢刊』 36, 489쪽)

定得明誠業可居　반드시 明誠을 얻어서 지닐 것이라네.
外物緣何爲我累　외물이 어찌 나에게 누가 될 수 있으리,
已應心與境俱虛　이미 마음과 경치가 모두 비어있는 것을.[254)]

(다) 學焉何所學　학문을 함에 배울 바 무엇인가?
夫子聖之時　공부자는 時中의 성인이셨네.
處己皆由正　수신은 모두 바름으로 하고,
臨民莫用奇　백성에게는 기이한 것을 쓰지 말 것이라네.
人從誠敬進　사람들은 誠敬을 따라 나아가고,
道可聖神期　도는 성스럽고 신령하길 기약해야 한다네.
敢不遵遺訓　감히 유훈을 따르지 않을 수 있으리,
尋常戒背馳　언제나 어긋날까 경계해야 한다네.[255)]

(가)는 精一이라는 聖人相傳의 심법을 통해 居敬을 말했고, (나)는 明誠으로 인식 주체인 心과 인식 객체인 境이 합일될 수 있는 성인의 경계를 제시한 것이다. 그리고 (다)는 본보기로 時中의 성인 공자를 내세우며 誠敬으로 聖神한 도에 이를 것을 강조하였다. (가)의 거경, (나)의 명성을 함께 이야기하자니 (다)의 성경이 필요했는데, 이 성경은 임운이 기회있을 때마다 그의 작품을 통해 주장한 주요 덕목이었다. '먼저 성경을 지니고 마음 보존하길 주장하라, 그런 후에야 바야흐로 학문이 그릇되지 않으리라',[256)] '모름지기 성경을 지니고 처음부터 일관해서, 외물의 누가 앞에 있어도 나와 다투지 않게 하리'[257)] 등의 용례가 이를 실증한다. 이것으로 자연과 인간이 합일되는 '청진'의 세계에 잠입할 수 있기 때

254) 林芸, 「次李成之韻」(『瞻慕堂集』 卷1, 『韓國文集叢刊』 36, 491쪽)
255) 林芸, 「次三五亭韻」(『瞻慕堂集』 卷1, 『韓國文集叢刊』 36, 499쪽)
256) 林芸, 「睡餘書懷呈八玩堂求和」(『瞻慕堂集』 卷1, 『韓國文集叢刊』 36, 493쪽), "先將誠敬存爲主, 然後方能學不訛."
257) 林芸, 「次李而敬山中述懷韻」(『瞻慕堂集』 卷1, 『韓國文集叢刊』 36, 495쪽), "須將誠敬從頭貫, 外累當前莫我爭."

문이었다.

임운이 성경의 수양론으로 도달한 청진의 경계, 거기서 감지한 것은 우주에 가득한 '生氣脈動'이었다. 임운은 때맞추어 내리는 비를 보면서 이를 잘 표현하고 있다. 즉 '하늘과 땅 사이에 가득찬 수많은 사물들, 무성한 생기를 움켜질 듯하구나. 때맞추어 내리는 비가 사물 속에 퍼지니, 음양 두 기운이 생육을 돕는다네.'[258]라 한 것이 그것이다. 「觀魚臺」에서 '活潑潑'의 妙契[259]를 제시한 것도 같은 이유에서였다. 이것은 임운이 『시경』의 '鳶飛戾天 魚躍于淵'과 『중용』에서 주자가 가한 성리학의 수양론적 해석을 주목한 것이다. 솔개와 물고기는 모든 자연의 대표적 상징물이라 하겠는데 이 각기의 자연에 流行不息의 천리의 묘용이 깃들어 있다는 것이다. 임운 스스로도 마음은 活物이라 어떤 자취를 두지 아니하니 경으로 주장하여 마음을 수렴해야 한다[260]고 하였듯이, 인간의 마음을 활물로 인식한 도학자의 일반적 견해를 받아들이면서 기회 있을 때마다 강조하였다. 이는 물론 자연의 원리와 동일한 이치를 인간이 그 내면에 순수하게 지니고 있어 인간은 누구나 천인합일의 최고선에 도달할 수 있다는 하나의 신념표출이라 할 것이다.

이상에서 우리는 임운의 심미구조와 이를 통해 제시된 청진의 정신적 경계를 살펴보았다. 사림파 작가들에게 두루 나타나는 바이지만 임운 역시 일정한 심미적 관계를 유지하면서 미적 관조의 대상으로 자연을 이해했다. 그는 이 과정에서 무한한 흥취를 일으켰다. '仙趣', '幽趣', '無邊趣' 등으로 표현하면서 '연하'의 흥취를 일으켰던 것이다. 임운의 연하흥은 자

---

258) 林芸, 「時雨」(『瞻慕堂集』 卷1, 『韓國文集叢刊』 36, 508쪽), "滿穹壤之林林, 鬱生意之可掬. 玆時雨之克叙, 佐二氣之生育."

259) 林芸, 「仰次朴近思齋紫溪十六絶韻」(『瞻慕堂集』 卷1, 『韓國文集叢刊』 36, 497쪽), "臨流何事喜觀語, 妙契天機活潑初."

260) 林芸, 「敬德之聚」(『瞻慕堂集』 卷1, 『韓國文集叢刊』 36, 508쪽), "心惟活物, 莫適出入, 敬以尸之, 斂之方寸."

연스럽게 시흥으로 이동하게 되고, 청진으로 표현된 심성의 근원에 도달할 수 있게 했다. 즉 임운의 심미사유에는 '자연－흥－청진'이라는 일정한 구조체계가 갖추어져 있다는 것이다. 임운이 제시한 이 청진은 감각기관에 근거하여 발생하는 인욕이 완전히 사라진 상태에서의 대자적 자유 및 대타적 화해를 의미한다. 임운의 시세계는 이것을 끊임없이 추구하는 과정에서 이루어진 것이다. 즉 안으로 성인의 심성을 지니며, 밖으로 자연과 완전한 화합을 이루어낸다는 것이었다. 그 바탕엔 성경의 수양론이 사상적 기저로 작용하고 있었음은 물론이다.

5. 맺음말

임운의 삶은 불우했다. 그러나 이 같은 표면적 불우는 오히려 그의 학문적 역량의 심화라는 긍정적 기능을 수행하게 했다. 가계 혹은 지역의 사대부문화로 전해졌던 성리학을 바탕으로 하여, 당대 사림의 종장이었던 조식과 이황의 학문까지 수용한다. 임운은 박학적 학문경향을 이루면서도 성리서를 탐독함으로써 도학적 세계에 침잠해 들어갔다. 이는 그가 가학적 전통 위에서 조식에게 일정한 영향을 받으면서도, 만년으로 갈수록 이황에게 더욱 학문적 밀착도가 높았다는 것을 의미한다. 현재 전하는 『첨모당집』이 그의 만년 작품을 중심으로 이루어져 있다는 한계를 지니고 있긴 하지만, 그의 문학에 대한 의식이나 시세계에 나타난 淸眞의 意象들은 이황의 그것을 많이 닮아 있기 때문이다. 임운은 '자연－홍－청진'이라는 일정한 심미구조 속에서 이 청진의 세계를 제시하였는데, 이는 '성경'의 수양론에 근거하여 안으로는 성인의 심성을, 밖으로 자연과의 완전한 화해를 성취하려는 집요한 노력의 결과였다.

이 글은 임운문학 연구의 선단을 열었다는 측면에서, 임운의 문학세계 가운데 가장 핵심적인 부분을 드러냈다는 측면에서 일정한 의의를 지닌다고 본다. 그러나 모색되고 풀어야 할 문제는 여전히 남아 있다. 우선 '청진'의 추구를 임운 시세계의 전모라 할 수 없다는 점을 인식하지 않으면 안된다. '청진'에의 지향, 이것이 임운이 집요하게 지니고 있었던 도학적 혹은 문학적 관심이었음에는 틀림이 없다. 그러나 분량면에서 한계가 있기는 하지만 그의 작품에는 이와 대극점에 있는 요소들, 예컨대 세상이 자신을 알아주지 못하는 것에 대한 안타까움이라든가, 여기서 나아가 자신의 처지를 '병든 학' 혹은 '외로운 배'에 비유한 체념의 표상과 같은 자신의 인간적인 면모를 솔직하게 고백하고 있는 부분을 예사로 보아 넘길 수 없다. 여기에 대한 구체적인 이해가 마련되고, 다시 이것이 '청진'의 시세계와 갖는 역동적 의미체계를 밝히는 것은 임운 시세계를 보다 포괄적으로 이해하는데 필수적이기 때문이다.

둘째, 임운 시의 형식적 특징에 대한 고찰이다. 본문에서 조사해 보았듯이 임운의 시는 도합 111제 216수이다. 임운은 이 가운데 5언보다 7언을 선호하였으며, 7언 가운데서는 절구의 형태를 더욱 선호하였다. 7언절구 44제 123수가 그것을 말해준다. 이것은 조선조 사대부 작품에서 일반적으로 나타나는 경향이지만, 그의 시에 聯詩의 형태가 특히 많은 것은 하나의 특징이라 하지 않을 수 없다. 「仰次朴近思齋紫溪十六絶韻」은 제목에서 볼 수 있듯이 차운 16수로 구성되어 있다. 이 밖에 「睡餘書懷呈八玩堂求和」는 14수, 「答吳子强」은 10수, 「次李成之韻」은 9수로 되어 있어 허다한 형태의 연시를 발견할 수 있다. 그리고 「次梅月堂四時回文體韻」, 「次舍兄五連詩韻」 등의 작품에서는 詩體에 대한 다양한 관심과 그 실천이 나타나고 있다. 이것은 임운이 한시의 형식적인 면 역시 관심의 대상에서 배제시키지 않았다는 것을 의미한다.

셋째, 임운의 산문에 대한 본격적인 탐구가 이루어져야 할 것으로 본다. 임운은 그가 후릉참봉으로 근무할 때 인근에 있는 천마산을 유람하고 「遊天磨綠」을 남긴다. 이 글은 기행문의 형태로 되어 있는데, 기록성이 강하게 노출되어 있기는 하나 틈틈이 자연을 통한 흥취의 세계를 드러냄으로써 그의 문학적 역량을 표출하고 있다. 이처럼 기록성과 문학성을 동시에 지니고 있는 「유천마록」을 주목하면서, 다른 작가들의 유산록과 어떤 점이 같고 어떤 점이 다른가를 살펴 임운 문학의 또 다른 특징을 따질 수 있어야 한다. 뿐만 아니라 논의를 더욱 확대하여 책문 4편이나 논 3편 등도 사대부 문인들이 중요하게 생각한 문체인 이상, 여기에 대한 구체적 검토 역시 임운 문학세계의 전모를 밝히는데 있어 중요한 과제의 하나이다.

이 밖에 임운이 영남학파의 일원으로 가지는 문학적 성취에 대한 이해 역시 요청된다. 임운은 조식과 이황을 동시에 스승으로 모셨다. 『남명집』 「편년」을 통해 제시되어 있듯이 조식은 임운에게 주자의 '日月有限說'을 언급하면서 성리학에 더욱 매진할 것을 독려한다. 이 같은 독려가 그의 학문편력 혹은 사유형성에 어떤 역할을 했는가에 대해서는 단언하기가 쉽지 않으나, 그는 분명 학문성향에 변화를 보이고 있다. 그리고 이황을 만나면서 상당한 정서적 밀착도를 지닌다. 이것은 이황 사후에도 스승에 대한 지속적인 존경심으로 나타난다. 『첨모당집』에 등재되어 있는 「次退溪先生集勝亭韻」이나 「巖栖軒云云」 등의 작품은 모두 이 같은 과정에서 창작된 것이다. 이처럼 그의 사유형성에는 조식과 이황이 중요한 역할을 했다. 사정의 이러함을 염두에 두면서 임운 문학이 지니는 영남학파에서의 문학적 위상이 점검되어야 할 것이다. 이 같은 다양한 측면에서의 탐구가 진행될 때 이 글에서 이룩한 성과와 함께 임운의 문학세계는 보다 온전하게 그 모습을 우리 앞에 드러내게 될 것이다.

제 4 장

鄭仁弘의 비평정신과 창작의 실제

1. 머리말

鄭仁弘(來庵, 1535-1623)은 누구인가? 이 물음에 대한 대답을 쉽게 할 수 있는 사람은 그리 많지 않다. 그에 대한 평가가 당대는 물론이고 오늘날까지 다양하다는 것은 이를 방증하기에 족하다. 정인홍은 임진왜란이 발발하자 영남 의병대장으로서 倡義討賊의 선봉에 서기도 했으며, 광해조에는 대북세력의 영수로서 산림정승의 위명을 높이 떨치기도 했다. 그러나 대북의 몰락을 의미하는 인조반정으로 말미암아 광해조 혼정의 모든 책임이 그에게로 돌아가 죽임을 당하고 말았다. 이에 따라 그에 대한 혹평은 극에 달했고, 남명학파도 결집력을 상실하고 말았다. 파란만장한 그의 생애는 찬사와 비난을 동시에 안고 전개되었다고 해도 과언이 아니다. 우선 다음을 보자.

> (가) 인홍은 효성이 출천하고 마음이 강건하며 행동이 방정하였다. 어려서부터 남명 선생을 좇아 배웠는데, 남명이 인정하여 '덕원이 있으면 나는 죽지 않을 것이다'라고 하였다. 인홍 또한 존경하고 믿기를 돈독히 하고 학문으로 나아가는 것을 오로지 하였다. 꿇어 앉아 독서하되 밤부터 낮까지 하였다. 성질이 지극히 청렴하고 날카로워 사람들과 화합하는 경우가 적었으나, 의로운 것을 숭상하고 사악한 것을 미워하는 마음은 시종 흔들리지 않았다.[261]

> (나) 대체로 인홍의 사람됨은 속이 좁고 사나우며 식견이 밝지 못하다. 생각을 마음대로 하고 행동을 망령되게 하여 돌아보거나 꺼리지 않았다. 세상의 현인 군자라는 사람치고 그의 비방을 입지 않은 이가 없었다. 일찍이 그의 무리를 부추겨서 상소로 成渾을 헐뜯었고 또 李珥를 몹시 비방하였다. 이에 이르러 또 두 유자를 이같이 힘껏 공격하니, 인홍 같은 자는 사문의 가라지요 사류의 좀도둑이 아니고 무엇이겠는가?[262]

위의 두 자료에서 우리는 정인홍에 대한 평가가 극명하게 대조된다는 것을 알 수 있다. (가)는 광해군대에 씌어진 『선조실록』의 기록으로 정인홍의 인물됨을 '操履剛方'으로 요약하였다. 마음이 강건하고 행동이 반듯하다는 것을 이렇게 표현하였다. 이에 비해 인조반정 후 서인에 의해

261) 『宣祖實錄』 宣祖 40年 丁未 5月 15日條, "仁弘, 孝性出天 操履剛方, 自少從師南溟先生, 南溟器之曰, 德遠在, 則吾爲不死矣. 仁弘, 亦尊信之篤, 向學之專, 危坐讀書, 夜以繼日, 廉劇棘棘, 與人寡合, 尙義嫉邪之心, 終始不撓."

262) 『光海君日記』 光海 3年 辛亥 3月 26日條, "蓋仁弘之爲人, 偏狹狼戾, 識見不明, 肆意妄作, 不復顧忌. 凡世之所謂賢人君子者, 無不被其詆疵, 嘗嗾其黨, 上疏毁成渾, 又極詆李珥, 至是又力攻二儒如此, 若仁弘者, 謂非斯文之稂莠, 士類之蟊賊, 何哉?"

씌어진 『광해군일기』의 기록인 (나)에서는 정인홍을 원색적으로 비난하고 있다. 속이 좁고 식견이 밝지 못하여, 成渾(大谷, 1535-1598)과 李珥(栗谷, 1536-1584)를 비방하기도 하고, 급기야 李彦迪(晦齋, 1491-1553)과 李滉(退溪, 1501-1570)을 의미하는 '두 유자'를 공격하기에 이르렀다면서 '사류의 좀도둑'이라며 매도하고 있다. 두 자료 모두 정인홍이 사람들과 잘 화합하지 못한다고 본 것은 같다. 그러나 그 이유는 사뭇 다르다. (가)는 그 사람됨이 '剛方'하기 때문이라 했고, (나)는 '偏狹'하기 때문이라고 했다. 정인홍에 대한 평가는 이처럼 대립되어 있었고, 이것은 그 경중은 다르더라도 오늘날까지 지속되고 있다. 그의 기질과도 일련의 관계가 있는 것으로 보이는데, 다음을 보자.

(가) 임금이 삼공을 인견하고 물었다. '정인홍은 무슨 까닭에 떠났소?' 영의정 이덕형이 대답했다. '신이 정모를 알지 못합니다만 지난번 남쪽으로 내려가서 처음으로 그 사람을 보았습니다. 사람됨이 어떤 일이 옳은 줄 알면 옳게 여겨 시종일관 고치지 않고, 어떤 일이 그르다고 들으면 시종일관 그르게 여겨 또한 고치지 않습니다.'[263)]

(나)-1. 정인홍이 어려서 안음 葛川 林薰에게서 수학할 때였다. 한 번은 섣달 그믐날 저녁에 갈천이 여러 제자들과 밤을 새는데 밤중이 되자 모두 잠이 들었으나 인홍만은 바르게 앉은 채 밤을 새웠다. 살갗에는 많은 손톱자국이 나 있고 핏자국이 얼룩덜룩하였다. 이는 몸을 괴롭히면서 잠을 참은 흔적이었다.

(나)-2. 갈천의 집에는 미모의 계집종이 많았다. 하루는 그 중 가장 예쁜 종을 뽑아서 그를 시켜 인홍이 글을 읽는 방으로 가서 가까이 하

263) 鄭仁弘, 『來庵集』 上(亞細亞文化社刊, 1983, 670쪽), 「大司憲時」, "自上引見三公問曰, 鄭仁弘, 緣何故而去耶? 領議政李德馨對曰, 臣不識鄭仁弘, 而往年南下, 初見其人, 爲人, 知某事之是也, 則終始不改, 聞某事之非也, 則終始爲非, 亦不改之." 본 연구는 이 책을 기본 텍스트로 하고, 문집명과 쪽 수만을 표기하기로 한다.

> 게 하였으나 인홍은 밤새워 태연히 글만 읽고 한눈 한 번 팔지 않았다.
> (나)-3. 갈천의 생각에 인홍의 이 두 가지 일은 비록 보통 사람보다 뛰어난 일이기는 하나 사람의 常情이 아니니 반드시 상서롭지 못하다 하여 마침내 그를 물리쳤다. 그 후에 과연 나이 80에 서울 거리에서 처형되었다.[264]

(가)는 李德馨(漢陰, 1561-1613)이 전한 것이다. 우리는 여기서 정인홍의 단선적 의지를 읽게 된다. 어떤 일에 대한 시비를 한 번 결정하면 고치지 않기 때문이다. 이는 不撓不屈의 기개로 볼 수도 있고, 유연성의 부족으로 볼 수도 있다. (나)는 李德懋(靑莊館, 1741-1793)의 『寒竹堂涉筆』에 전한다.[265] 물론 이것은 설화적 공간을 갖고 있는 것이지만, 살갗에 핏자국이 얼룩덜룩 하도록 손톱자국을 내 가며 잠을 이기려 했던 것과 여색에 조금도 흔들리지 않은 것 등에서 그의 정신적 강인함과 함께 집요성을 읽어낼 수 있다. 이 같은 강인함과 집요성이 결국 편협한 자아를 구축하는 하나의 동인으로 작용했을 것이다.

이 글은 정인홍을 문학적 측면에서 접근해보자는 데서 마련되었다. 문학에 대한 남명학파의 일반적 특징이기도 하지만 정인홍은 詩作을 탐탁하게 생각하지 않았고, 이에 따라 작품의 분량이 지극히 빈약하다. 더욱이 정인홍의 경우는 역적으로 몰려 죽으면서 그가 남긴 글 대부분이 훼

---

264) 李德懋, 「噓氣射犬」(『靑莊館全書』 69, 「寒竹堂涉筆」 下) "鄭仁弘, 兒時, 學于安陰林葛川, 當歲除日, 葛川與群弟子, 守歲, 至夜半, 皆就睡, 惟仁弘危坐達朝, 肌膚多爪掐痕, 血跡斑斑, 皆苦肉而警睡也. 葛川家, 多美婢, 一日選最艶者, 使之昵近于仁弘讀書之室, 竟夜讀書自如, 一不擡眼. 葛川以爲, 仁弘二事, 數過人, 殊非常情, 必不祥, 遂斥之, 後果八耋, 伏刑都市."

265) 이 이야기는 세간에 널리 알려진 '이황에게서 쫓겨난 정인홍'이야기로 굴절된다. 여기서 민중은 '常情'을 강조하면서 광해조 대북세력의 '폐모살제'가 인간의 '상정'을 잃은 처사로 비판, 이것을 정인홍과 결합시키고 있다. '이황에게서 쫓겨난 정인홍'설화에 대해서는 정우락, 『남명설화 뜻풀이』, 남명학연구원출판부, 2001. 165-173쪽 참조.

손되었다. 이러한 사정을 염두에 둔다면 우리가 현재 보고 있는 그의 문학은 극히 일부라 해도 과언이 아니다. 이 같은 한계 안에서 우리의 작업은 시도된다. 그는 어려서부터 「弔鵩文」과 「詠松」을 짓는 등 탁월한 문학적 능력을 보였고,[266] 문학이론이라 할 수 있는 중요한 글을 남기기도 한다. 이 같은 점을 감안할 때 그의 문학적 자질은 생각보다 깊었다 하겠다. 이 글은 이 같은 생각을 염두에 두면서 시작하기로 한다.

그 동안 정인홍에 대한 연구는 역사학적 혹은 정치학적 측면에서 주로 이루어졌다. 이는 물론 임란을 맞이한 의병장으로서의 역할과 정치적 부침이라는 그의 삶에 견주어 볼 때 당연한 귀결이라 하겠다. 광해조의 정국과 정인홍의 역할을 다룬 우현구의 논의,[267] 의병활동과 산림의 기반을 다룬 고석규의 논의,[268] 정치사상과 현실인식을 다룬 권인호의 논의,[269] 붕당정치기의 사회정치적 위상을 다룬 우인수의 논의,[270] 학문성향과 정치적 역할을 다룬 이상필의 논의[271]가 대체로 이 같은 방향에서 수행한 작업들이다.

지금까지의 연구결과, 역사와 정치 방면에서 정인홍이 다양하게 부각되었고 그의 역할 역시 긍정적 측면에서 새롭게 조명되었다. 그러나 문학방면의 연구는 정인홍 전승을 중심으로 남명학파의 몰락과정에 주목한 정우락의 논의[272]와 인물형상화 방식과 설화 담당층의 인식을 다룬 권도경의

---

266) 金忠烈, 「來庵先生文集解題」, 『來庵集』 上, 亞細亞文化社刊, 1983. 6쪽.
267) 禹賢玖, 「來庵 鄭仁弘과 光海朝 政局主導勢力」, 嶺南大 碩士學位論文, 1989.
268) 高錫珪, 「鄭仁弘의 義兵活動과 山林基盤」, 『韓國學報』 51, 서울대 국사학과, 1988 ; 高錫珪, 「來庵 鄭仁弘의 義兵活動」, 『南冥學研究』 2, 慶尙大 南冥學研究所, 1992.
269) 權仁浩, 「鄭仁弘의 政治思想과 現實認識」, 『南冥學研究論叢』 2, 南冥學研究院, 1992.
270) 禹仁秀, 「來庵 鄭仁弘의 社會政治的 位相과 役割」, 『朝鮮史研究』 5, 朝鮮史研究會, 1996.
271) 李相弼, 「來庵 鄭仁弘의 學問性向과 政治的 役割」, 『南冥學研究』 6, 慶尙大 南冥學研究所, 1996.

논의[273]가 전부이다. 이 두 논의가 문학적 접근이기는 하나, 민중들의 구전에 의지하고 있다는 측면에서 일정한 한계가 있다. 이 같은 사정을 감안할 때 많은 문제가 노정되기는 하지만, 정인홍의 작품집인 『내암집』을 중심으로 그의 문학에 대한 비평정신과 창작의 실제를 따져보는 것은 대단히 중요한 일이다. 이를 통해 우리는 정인홍의 정치사상 이면에 흐르는 그의 감성세계를 찾을 수 있기 때문이다.

2. 문학관과 비평정신

정인홍 문학 역시 당대 사림파 문인들이 지닌 문학인식의 자장 속에서 이해될 수밖에 없다. 정인홍이 살았던 16-7세기는 성리학을 생활 속에서 실천하는 가운데 자연스럽게 글쓰기가 이루어진다는 以道爲文의 문학관을 가졌던 문인들과 임란 후 야기되는 사회적 난맥상과 구조적 모순에 대한 체험을 작품화하고자 했던 문인들이 혼효하고 있었다. 이 가운데 일련의 문인은 문학을 쓰라린 고통의 산물로 보고 개성과 독창성이 문학의 중요한 정체를 이루는 것으로 파악하기도 했다. 이 시기 파격적인 장편시와 잡체시가 다양하게 제시될 수 있었던 것도 바로 그 이유에서였다. 이 같은 당대의 문단상황을 인식하면서 정인홍의 문학관과 비평정신을 따져보기로 하자.

먼저, 정인홍의 문학관에 대해서다. 정인홍은 '實'의 문학을 추구했다고 할 만하다. 이것이 그 문학관의 핵심이라 하겠는데, 전대 도학파 문학관을 철저히 계승한 결과다. 도학자들이 즐겨 읽었던 『근사록』에서는, '儒

272) 정우락, 『남명설화뜻풀이』, 南冥學硏究院出版部, 2001.
273) 권도경, 「설화에 나타난 내암 정인홍의 인물 형상화 방식과 설화 담당층의 인식」, 『발표자료집』, 남명학연구원, 2005.

者之學'을 내세우면서 作文害道論을 적극적으로 폈다. 즉 '문장을 짓는 것은 전념하지 않으면 잘 되지 않고, 만약 전념하게 된다면 뜻이 여기에 제약받게 되니 어찌 천지와 더불어 그 크기를 같이 할 수 있겠는가? 『서경』에 이르기를 '玩物喪志'한다고 했는데, 작문도 '완물'하는 것이다'[274]라고 한 것이 그것이다. 이 같은 논리는 정인홍의 스승인 조식 역시 마찬가지로 갖고 있었다. 作詩를 '玩物喪志하는 尤物'[275]로 보았기 때문이다. 정인홍은 이 같은 성리학적 문학관을 이어받으면서 「문답」에서 이에 대한 논의를 적극적으로 폈다.

정인홍은 「問答」에서 과거와 문학, 그리고 유학의 관계를 설정하고, 한문산문의 오랜 전통인 대화체 방식을 선택하여 자신의 문학 혹은 학문에 관한 생각을 요령 있게 펼쳤다. 이 글은 1610년, 그러니까 그의 나이 75세 되던 해 가을에 쓴 것이다. 이 시기 그는 향리에 살면서 때로 상경하여 시국에 대한 자신의 뜻을 강력히 개진하기도 하였다. 그의 포부를 가장 자신 있게 펴던 시기라 하겠다. 비교적 장문[276]으로 구성되어 있는 이 글은 客 가운데 能文에 뜻을 둔 자가 과거시험에 나아가지 않고 자신을 찾아오는 것으로부터 시작된다. 주요 부분의 의미단락을 제시하면 이렇다.

> ① 능문에 뜻을 둔 객이 아버지의 허락을 득한 후 과거를 포기하고 찾아왔다.

---

274) 朱熹·呂祖謙, 『近思錄』 卷2, "古之學者一, 今之學者三. 異端不與焉. 一曰文章之學, 二曰訓詁之學, 三曰儒者之學. 欲趨道, 舍儒者之學不可. 問, 作文害道否. 曰害也. 凡爲文, 不專意則不工, 若專意則志局於此. 又安能與天地同其大也. 書曰玩物喪志. 爲文亦玩物也."

275) 曺植, 『南冥集』(亞細亞文化社刊, 1982, 35쪽), 「答成聽松書」, "嘗以哦詩, 非但玩物喪志之尤物, 於植每增無限驕傲之罪."

276) 鄭仁弘, 「問答」(『來庵集』 上, 546-556쪽). 도합 1,889자로 구성되어 있다.

② 당대 부모들은 명리에 미혹되어 아들을 과장으로 몰아붙이니 迷惑이 심하다.
③ 名利의 길은 양주와 묵적, 그리고 불교 등 이단보다 더욱 해롭다.
④ 홍수를 억제하고 이단을 물리치듯 명리를 물리쳐야 한다.
⑤ 인품이 고상하거나 학식이 높다면 과거를 보아도 괜찮지만 쉬운 일이 아니다.
⑥ 주자도 과거가 사람의 마음을 훼손시킨다고 했다.

위의 요약을 통해 우리는 정인홍이 과거를 적극적으로 비판하고 있는 이유를 알 수 있다. 과거가 바로 名利와 밀착되어 있기 때문이다. 사람이 명리에 미혹되면, '지혜로운 사람 어리석은 사람 없이, 지위가 높거나 낮거나 간에 서로 달려들어 득실을 헤아림에 이르지 못할 바가 없으며, 심지어 파리나 개처럼 비루한 짓을 하면서도 부끄러움을 알지 못한다'[277]고 하면서, 급기야 '지조와 기개를 잃고 마음을 허물어지게 하여 피해가 극심하니 어찌 유독 이단일 따름이겠는가'[278]라며 통분했다. 能文을 기반으로 하여 과거를 보고, 이를 통해 명리의 길로 들어서게 되는 것이니, 자연히 명리의 길과 결합되어 있는 과거를 비판하지 않을 수 없었던 것이다. 능문은 문학적 능력을 의미하는 바, 우리는 여기서 정인홍이 이것을 경계하는 이유에 대하여 분명히 알 수 있게 된다. 다음의 자료 역시 같은 입장에서 제출된 것이다.

> 아! 명예를 다투고 이익을 좇는 습관은 말세에 더욱 심한 것인데, 인심에 함몰된 것이 이단보다 심하여 선비 집 자손들이 서로 망해 가고

277) 鄭仁弘, 「問答」(『來庵集』 上, 548쪽), "無智愚無高下, 相率而奔走焉, 計較得失, 無所不至. 甚至, 蠅營狗苟, 而不知恥."
278) 鄭仁弘, 「問答」(『來庵集』 上, 548쪽), "喪志槩壞心術, 爲害之劇, 豈特異端而已也."

> 있습니다. 다만 다투어서 앞으로 나아가 취하는 것만 알고, 다시 몸과 마음을 닦을 줄 모릅니다. 도덕을 보고도 무슨 일을 하겠으며, 문예로서 장단을 삼아 가정과 향리에서 다투고 나라와 조정에서 다툽니다. 다투는 데서 시작하여 다투는 데서 끝나니 이것을 마음 기르는 데 도가 있다고 할 수 있겠습니까?[279]

위의 글은 1602년 그가 67세 되던 해 5월 12일에 올린 「辭同知箚」의 일부이다. 정인홍은 이 글에서 영남의 폐습을 질타하고 있다. 즉 文章之士와 名宦之士는 끊이지 않지만 정작으로 필요한 道德之士는 거의 없다고 했다. 모두 명예를 다투고 이익을 좇는 습관 때문이라 보았다.[280] 정인홍은 爭名과 趨利를 말세적 현상으로 보고, 이것이 지속되면 결국 집안이 망한다고 했다. 가정과 향리, 나라와 조정에서 온통 문예로 장단을 다툰다면서, 이를 버리고 마음을 기르는 길, 즉 도덕적 자아를 확고히 하는 방향으로 나아가자고 했다. 그렇다면 문학이 과연 나쁜 것인가? 정인홍은 이에 대한 의문을 제기하며 다음과 같이 기술하고 있다.

> (가) 요즘 사람들의 이른바 과업이라는 것은 곧 소위 문학의 餘技이니, 혹 공자의 학술이 아니라 할 수는 없을 것이다. 그러나 도리어 인심에 해가 되는 것은 바로 잡초가 곡식 속에서 자라면서도 곡식을 해치고 도적이 백성 가운데서 일어나 양민을 해치는 것과 같으니, 이것은 문학 중 하나의 이단인 것이다.[281]

279) 鄭仁弘, 「辭同知箚」(『來庵集』 上, 144-145쪽), "噫! 爭名趨利之習, 世末尤甚, 陷溺人心, 慘於異端, 士家裔胄, 相率而淪沒, 徒知進取之可爭, 不復知有身心, 視道德爲何事, 而以文藝爲長短, 爭於家爭於鄕, 爭於國爭於朝, 始於爭而終於爭, 則此可謂養之有道乎?"

280) 鄭仁弘, 「辭同知箚」(『來庵集』 上, 145쪽), "嶺南, 固士子之冀北也. 文章之士, 名宦之人, 不絶於世, 而志於道德, 學務有用者, 絶無而僅有, 何哉? 蓋以爭名趨利之習, 害之也."

281) 鄭仁弘, 「問答」(『來庵集』 上, 549쪽), "今人之所謂科業者, 乃所謂文學之餘技, 或

(나) 예전의 이른바 문학이라는 것이 어찌 지금의 句讀에 신경을 쓰고 음률에 재주를 부려 세상에 편승하여 작록 취하기를 좋아하는 것을 말하겠는가? 공자와 맹자, 증자와 자사의 책을 외우면서도 그 말만 숭상하고 실천하기를 숭상하지 않으며, 華에만 힘쓰고 實에는 힘쓰지 않아서 몸과 책이 나뉘어 둘이 되고, 文과 行이 서로 관련이 없게 됨으로써 처음에는 자신을 그르치고 마침내는 나라를 그르치게 된다.[282)]

정인홍은 (가)에서 과거와 문학, 그리고 인심의 관계를 말하고 있다. 과거 공부가 문학의 여기이기는 하나, 인심을 해치는 데로 나아가게 되니, 문학 중의 이단이라고 잘라 말하고 있다. (나)에서는 이 같은 생각이 더욱 구체화되어 華와 文을 버리고 實과 行으로 나아가야 한다고 했다. 여기서 우리는 '실'의 문학을 강조하는 정인홍 문학관의 요체를 만나게 된다. 이 같은 '실'의 문학은 『논어』 등 성현의 글을 읽고 실천하는 것이라 생각했고, 이것이 문학을 통해 나라를 살리는 길이라는 믿음을 가졌다. 예전의 문학은 바로 이러한 것을 의미했다면서 구두에 신경을 쓰고 음률에 재주를 부리는 것을 강하게 비판했다. 과거 공부는 바로 이와 결부되어 있다고 본 것이다.

'실'의 문학을 강조한 정인홍은 문인이기보다 인재 되기를 당부했다. 즉 '지금 사람들은 어리석게도 제대로 살피지 못하여 거업을 유학으로 알고, 글재주가 있어 과거에 잘 합격하는 사람을 인재라고 생각하는데, 과거에 잘 합격하는 사람은 문인이 될 수 있을지라도 인재는 될 수 없다'[283)]고 한 것이 그것이다. 이 같은 생각은 鄭汝昌(一蠹, 1450-1504)이

不可謂非孔子之述, 而反爲人心之害, 正如莨莠生於穀, 而害嘉穀, 盜賊起於民, 而害良民, 此乃文學中一異端也."

282) 鄭仁弘, 「問答」(『來庵集』 上, 550쪽), "古所謂文學者, 其今之鹵莽於句讀, 雕篆於聲病, 趨時好取爵祿之謂也? 誦孔孟曾思之書, 尙言而不尙行, 務華而不務實, 身與書, 判而爲二, 文與行, 不相管涉, 始以誤其身, 終以誤人國."

283) 鄭仁弘, 「問答」(『來庵集』 上, 552쪽), "今人, 蒙不知察認, 擧業爲儒學, 仍以有詞

南孝溫(秋江, 1454-1492)과의 문학논쟁에서 '性情發現論'에 입각하여 자신의 문학론을 전개한 것과 그 맥을 같이 한다.284) 문학을 통해 도학을 하는 것이 아니라, 도학에 힘쓰면 자연히 문학은 이루어진다는 생각이 그것이다. 정인홍은 문학을 邪徑에 도학을 大路에 비유하여, 당대의 사람은 대로를 버리고 먼저 사경으로 간다고 하였다.285) 우리는 여기서 그의 實爲主 道本位의 문학관을 다시 확인하게 된다.

다음은 정인홍의 비평정신에 대해서다. 정인홍의 비평정신은 강한 도덕주의에 기반해 있다. 이것은 그의 스승 조식의 문학을 비평하는 자리에서 구체적으로 드러난다. 우리는 여기서 스승과 제자의 학문적 전승을 窺知할 수 있는데, 문학비평에 대한 구체적인 작업은 스승의 시집을 엮고 그 머리말을 쓰는 자리에서 시도되었다. 1604년에 쓴 「南冥先生詩集序」가 그것이다. 이 글이 스승의 글을 비평하는 자리에서 제출된 것이니 자료적 한계가 없을 수 없다. 즉 객관성을 신뢰하기가 어렵다는 것이다. 그럼에도 불구하고 이 자료는 그의 비평정신을 살펴보는 데 있어 긴요하게 활용될 수 있다. 그의 문학관에 입각하여 비평을 시도하고 있기 때문이다. 우선 다음 단락을 보자.

> 평일 글을 지을 때, 처음부터 뜻을 가다듬지 않고 몰아치는 바람과 빠른 우레처럼 하여 고치지 않으셨다. 기이한 말과 깊은 뜻은 노숙한 선비라도 혹 알아차리지 못했는데, 霜天新月 같은 氣味는 마음의 눈을 갖춘 자만이 알 수 있는 것이다. 이것은 진실로 아름다움이 그 마음속에 있어, 글에 드러나 스스로 일종의 특별한 趣味를 이룬 것이지, 처음

華, 善決科者, 爲人才. 夫善決科者, 只得爲文人, 不得爲人材."

284) 여기에 대해서는 정우락, 「일두 정여창 문학사상의 양상」(『동양철학연구』 38, 동양철학연구회, 2004. 58-62쪽)에서 상세하게 다루었다.

285) 鄭仁弘, 「問答」(『來庵集』 上, 553쪽), "今人, 讀書爲文, 而後令入道學, 是敎人, 姑舍大路, 先由邪徑而往也."

부터 문장을 다듬고 글을 숭상해서 그렇게 된 것은 아니다.286)

정인홍은 '실'의 문학을 강조했다고 하였다. 이것은 구두에 신경을 쓰거나 음률을 다듬는 것이 아니라, 도덕의 내적 축적에 따른 자연스런 외적 流露를 의미한다. 정인홍의 이 같은 문학관은 그 전범을 그의 스승 조식의 문학을 통해 확인하고자 했다. 위의 자료에서 보듯이 조식 문학은 처음부터 시를 제대로 짓겠다는 깊은 구상이나 용어를 특별히 고르고 다듬는 일 없이 '風驅雷迅'과 같이 창작되었다고 했다. '攻文'이나 '尙辭'로 이룰 수 있는 것이 아니었다. 이것이 어떻게 가능한가에 대하여, 아름다움이 마음속에 있기 때문이라 했다. 그 아름다움이란 다름 아닌 그가 '大路'에 비유한 바 있는 '道'이다.

도의 내적 축적과 문학으로의 외적 발현은 정인홍이 가졌던 기본적인 문학 창작방법론이었고 이것을 조식 문학을 통해 증명하였다. 그러나 이 같은 논리가 구체화되었다고 하기는 어렵다. 정인홍은 조식의 작품을 들어 이것을 논하지 않고 있기 때문이다. 그리고 그 작품에 함의되어 있는 미감을 '霜天新月'로 요약하고 있다. 차가우면서도 매서우며, 깨끗하면서도 새로운 느낌을 지닌 이 용어가 조식의 시에 어떤 미학적 원리로 작용한다고 보았던 것이다. 조식의 다음 시를 통해 이 같은 미감이 어떻게 구현되는지를 보기로 한다.

(가) 一生憂樂兩煩冤　한평생 근심과 즐거움 모두 번거로운데,
賴有前賢爲竪幡　선현에 힘입어 깃발을 세워 두었네.
慙却著書無學術　글을 짓고자 해도 학술 없는 게 부끄러워,

286) 鄭仁弘, 「南冥先生詩集序」(『來庵集』 上, 511쪽), "平日發之文辭也, 初不經意, 而風驅雷迅, 不可點改, 奇辭奧意, 雖宿儒, 或不能看透, 而霜天新月之氣, 有心目者, 皆可見也. 此誠美在其中, 發於遣辭, 自爲一種趣味, 初非攻文尙辭而然也."

强作襟抱寓長言　억지로 마음을 긴 말에 부친다네.[287]

(나) 离宮抽太白　화덕에서 태백을 뽑아내니,
霜拍廣寒流　서릿발 같은 칼빛 달을 치고 흐르네.
牛斗恢恢地　견우성, 북두성 넓고 넓은 곳,
神游刃不游　정신은 노닐어도 칼날은 노닐지 않는다네.[288]

(가)는 「在山海亭書大學八條歌後」이고 (나)는 「書劍柄贈趙壯元瑗」이다. 이 두 작품을 선택한 것은 나름의 의미가 있다. (가)는 1566년 가을에, 조식이 김해의 산해정에서 반 달 동안을 정인홍과 함께 있다가 떠나가는 제자에게 지어 준 것이고,[289] (나)는 『남명집』 첫머리에 나오기 때문이다. 조식이 손수 「格致誠正歌」를 짓고 그 말미에 다시 써 준 것이 작품 (가)이니 경전과의 자연스런 관계가 성립된다. 그리고 정인홍이 『남명집』을 편찬하면서 가장 먼저 작품 (나)를 실었으니, 스스로 스승의 대표작이라 생각했음을 알 수 있다. 이처럼 유가 경전과 문학작품의 유기성, 조식의 대표작이라는 측면에서 이 두 작품은 중요한 의미가 있다.

정인홍은 스승의 작품이 뜻을 가다듬지 않고 바로 써내려가 이루어진 것이라 했다. 사실 작품 (가)를 보면 시문학인데도 불구하고 거의 산문에 가깝다. 정인홍이 말하고 있듯이 문장을 다듬고 글을 수식하려고 했던 흔적이 거의 발견되지 않는다. 그리고 (나)는 '霜天新月'이라고 파악했던 남명문학의 미학정신이 가장 잘 드러난다. '霜'은 작품 속 '霜拍'에서의 '霜'

287) 曺植, 「在山海亭書大學八條歌後贈鄭君仁弘」(『南冥集』 卷1, 『韓國文集叢刊』 31, 473쪽).

288) 曺植, 「書劍柄趙壯元瑗」(『南冥集』 卷1, 『韓國文集叢刊』 31, 463쪽), 趙聖期는 「曾大父雲江公行實」(『拙修齋集』 11, 「雜著」)에서 이 작품을 특별히 거명하면서, 조식과 조원의 사제관계를 설명하고 있다.

289) 曺植, 「在山海亭書大學八條歌後贈鄭君仁弘」(『南冥集』 卷1, 『韓國文集叢刊』 31, 473쪽), "丙寅秋, 先生在山海亭, 仁弘往侍, 留半箇月, 仁弘北還, 先生手書格致誠正歌, 又書此一絶於其後以與之."

과 동일자로 결합되지만 '天'과 '月'은 각각 '恢恢地'와 '廣寒'으로 상정되게 했다. 나아가 이 작품이 갖고 있는 기본적인 미감도 차가우면서도 매섭고, 깨끗하면서도 새로운 것이다. 정인홍은 이를 민첩하게 포착하여 '상천신월'로 스승의 작품을 포괄적으로 비평한 것이다. 그리고 다음과 같이 진정한 작가적 태도를 스승의 경우를 통해 제시하였다.

(가) 늘 시는 마음을 거칠게 한다는 계율을 마음에 품고 계셨는데, 시인들은 의치가 텅텅 비어 있어 학자들에겐 크게 병통이 된다고 여기셨다. 이 때문에 시 짓기를 즐겨하지 않으셨다.[290)]

(나) 문장이 사람들에게서 중시되는 것은 도덕을 근본으로 삼기 때문이다. 처음부터 자신을 드러내 알리는 데 급급한 것을 하지 않았으며, 세상에 아부하는 데 힘쓰는 글은 선생이 능치 못한 바였다. 앞 사람의 말을 표절하고 문자를 꾸며서, 마침내 앞 사람의 未發處를 개척한 공이 없는 것을 선생은 달갑게 여기지 않았다.[291)]

(다) 세상에서 문장을 보는 자들은 시를 외우고 글을 읽으면서 반드시 그 세상을 논한다. 글의 화려한 아름다움에 미혹되지 않고 반드시 그 내면을 살찌게 하는 실질을 궁구하여, 언어로 인하여 도덕을 숭상하고(因言以尙德) 글을 완미하며 도를 추구한다(玩文以求道). 선생을 뵈면 마구 흘러가는 물길에서의 돌기둥 같은 표식이요, 용맹하게 나아가 쌓은 학문의 터전이며, 때로 숨고 때로 그치는 도리이다. 공경히 우러르고 상상하면 터득함이 있게 된다. 바탕이 있는 시문은 반드시 덕이 있는 사람이 아니고서는 같이 하지 못하는 것이다.[292)]

---

290) 鄭仁弘, 「南冥先生詩集序」(『來庵集』 上, 511쪽), "常持詩荒戒, 以爲詩人意致虛曠, 大爲學者之病, 故旣不喜述作"

291) 鄭仁弘, 「南冥先生詩集序」(『來庵集』 上, 512쪽), "文章之見重於人者, 以有道德爲之本也. 初不爲己急於見知, 務爲諧世之文, 先生之所不能也, 勦襲前言, 粉飾文字, 而了無擴未發之功者, 先生之所不屑也."

(가)는 문학에 대한 조식의 기본적인 관점을 드러냈다. 문학창작이 사람의 마음을 거칠게 한다는 것이 그것이다. 그러나 문장을 짓지 않을 수 없으므로 일정한 한계 안에서 그것은 창작되어 마땅하다고 생각했다. 도덕주의적 비평정신에 입각해 있음은 물론이다. 문장에는 도덕이 함의되어 있어야 하며, 자신을 드러내거나 세상에 아부하기 위한 문학은 하지 말아야 한다는 것을 스승의 경우를 예로 들어 구체화하였다. 여기서 더욱 나아가 자료 (나)에서는 전인의 미발처를 창의적으로 개척할 때 비로소 진정한 문학의 세계가 열린다고 했다. 이는 自得을 강조하는 조식과 그 학파의 일관된 학문정신이자 비평정신이라 하지 않을 수 없다.

(다)는 (나)에 근거하여 기술하고 있지만 문학을 더욱 적극적으로 이해하고 있어 흥미롭다. 문학과 도학을 함께 강조하고 있기 때문이다. 즉 '因言以尙德', '玩文以求道'라 한 것이 그것이다. 이것은 언어와 문학을 통하여 도덕을 숭상하고 추구한다는 것을 의미하니, 결국 도덕과 함께 문학을 강하게 인정한 것이 된다. 얼핏 보아 重道不輕文的 태도를 지닌 貫道主義的 비평정신과도 관련이 있어 보인다. 이 같은 因文入道的 태도는 앞서 살폈듯이 도덕의 내적 축적에 따른 문학의 외적 발현이라는 대전제를 바탕으로, 문학을 더욱 적극적으로 이해한 것이라 하겠다. 이것은 '詞華之美'의 경계를 구하는 자리에서 제출된 것인 바, 그의 강한 도덕주의적 비평정신이 반영된 결과이다.

이상에서 우리는 '명리'와 '화'를 부정하고 '실'과 '도덕'을 강조한 정인홍의 문학관과 비평정신을 알게 되었다. 이들 사이에는 '명리-문학-도덕'의 대척적 상호관계가 형성된다. '명리'는 부정되고 '도덕'은 긍정되며, '문학'

---

292) 鄭仁弘, 「南冥先生詩集序」(『來庵集』 上, 512쪽), "世之觀文章者, 誦詩讀書而必論其世, 不眩於詞華之美, 而必究其內腴之實, 因言以尙德, 玩文而求道, 見先生, 橫流砥柱之標, 勇往積學之地, 時晦時止之道, 景仰想像而有得焉, 則有本之詩文, 庶不與未必有德者, 同歸也."

은 부정되거나 긍정된다. 문학 가운데 부정되는 것은 아름다운 수식만 강조되는 '화'의 문학이고, 긍정되는 것은 건실한 내용을 담보한 '실'의 문학이다. '실'의 문학이야 말로 '因言以尙德', '玩文以求道'할 수 있다고 했다. 이 같은 '실'의 문학관과 도덕주의적 비평정신은 정인홍이 그의 창작 과정에서 시종일관 강조했던 바다. 이상적인 문학 활동은 이를 통해 구현된다고 생각했기 때문이다.

3. 문학 창작의 실제

정인홍의 문학관과 비평정신의 근저에는 '名利'와 '華'를 부정하고 '實'과 '道德'을 긍정하는 생각이 내장되어 있다. 여기에 의거하여 그는 문학 활동을 하였을 것이고, 그 결과물이 우리가 현재 볼 수 있는 『내암집』이다. 그러나 현전하는 『내암집』은 1911년에 간행된 것이다. 1908년(융희 2년), 당쟁으로 희생된 인물 77인이 대거 신원되면서 追復된 지 3년 뒤의 일이다. 후손들은 선조가 신원·추복된 후 집안에 전승되는 草本과 실록 등의 전적에서 기록을 모아서 문집을 간행했다. 두루 알다시피 정인홍이 인조반정으로 처형되면서 그의 문자가 흩어지게 되었고, 사후 300년에 가까운 세월이 흐르는 동안 제대로 수습되지도 않았다. 이 때문에 현재의 『내암집』은 그의 글 가운데 극히 일부분에 지나지 않고, 1911년에 간행될 때도 이른바 '晦退辨斥疏' 등 논란이 될 만한 글들은 상당수 빠진 채였다.

정인홍의 글 가운데 극히 일부분으로 구성된 『내암집』이지만 이를 통해 그의 문학세계를 추적하는 것이 불가능한 것은 아니다. 거의 모든 글이 앞서 말한 '실'과 '도덕'에 근간을 두고 창작되었기 때문이다. 정인홍은 이 같은 비평정신에 근거하여 작품세계를 형성해 나갔다. 즉 '실'과 '도덕'의 비평정신에 입각하여 작품 활동을 전개하였다는 것이다. 그의 문집을 보면 대부분의 글들이 상소문 등의 실용문이라는 것은 이를 방증한다. 자료의 일실을 염두에 두더라도 이것은 평소 그가 상상력에 입각한 문학 창작을 즐기지 않았던 것에 연유한 것이라 하겠다. 이미 여러 차례 밝혀진 것이지만 그의 문장은 현실주의적이고 민본주의적 성향이 뚜렷하다. 특히 「辭貳相箚」에서 『서경』의 '두려워할 만한 것은 백성이 아닌가?'라는 말을 인용하면서, 나라는 백성으로 인해 그 존재의 여부가 결정된다고 했다.[293] 이것은 그의 스승이 「民巖賦」에서 '백성이 물과 같다는 말은 예부터 있어 왔으니, 백성은 임금을 받들기도 하지만, 백성이 나라를 엎기도 한다.'[294]고 했던 정신과 근본적으로 일치한다.

정인홍의 상소문을 중심으로 과단성 있고 힘찬 문체를 탐구할 수도 있으나, 본 논의에서는 지금까지 다루지 않았던 정인홍의 시문학에 초점을 두고, 그 창작의 실제를 살펴보기로 한다. 사실 정인홍의 시는 21수에 지나지 않는다. 이것도 모두 온전한 것이 아니다. 「有感」 등 6수에는 缺字가 있어 완전한 시가 어떤 것인지도 모른다. 이 역시 인조반정과 그의 처형, 이로 말미암아 원고가 산일되거나 오랜 세월을 거치면서 훼손된 결과이다. 이 같은 한계를 인정하면서 정인홍의 시문학을 보면, 주제적 측면에서 크게 두 가지로 나누어진다. 하나는 孚飮亭을 중심으로 한 自適의 표출이며, 다른 하나는 소나무를 소재로 한 강고한 정신의 표출이다. 이를 차례대로 살펴보자.

---

293) 鄭仁弘, 「辭二相箚」(『來庵集』 上, 257쪽), "臣又聞書, 曰可畏非民, 曰用顧畏于民嵒, 臣嘗推明古人之意, 竊以爲, 國以民存以民亡, 自人君言則固是可顧畏之一嵒也."

294) 曺植, 「民巖賦」(『南冥集』 卷1, 『韓國文集叢刊』 31, 478쪽), "民猶水也, 古有說也. 民則戴君, 民則覆國."

먼저 孚飮亭을 중심으로 한 자적의 표출에 대해서다. 부음정은 정인홍이 45세 되던 해인 1580년에 건립한 그의 수도 강학처이다. 그의 「부음정기」에 의하면, '『주역』 가운데 한 효사를 취하여 한 몸이 스스로 거처할 곳을 삼고자한다'[295]고 하면서, '하늘에 바라는 것이 없고 사람에게 구하는 것이 없으며, 경영해서 이미 성찰하고 마음이 스스로 한가롭고 편안하니 마시는 터전이다. 한가롭고 고요하게 스스로 마음을 길러 알아주지 않아도 원망하지 않으며 푸성귀 먹고 물 마시면서도 좋은 음식을 원하지 않으니 마시는 맛이다.'[296]라고 하였다. 이 같은 생각으로 부음정에서 내면적 수양을 거듭하였다. 다음의 부음정 관련 시편들도 이 같은 측면에서 읽힌다.

(가) 春露秋霜淑氣升	봄 이슬 가을 서리 맑은 기운 더하는데,
數椽溪曲占岡陵	몇 개의 서까래 집이 굽은 시냇가의 언덕을 차지했네.
自知孚飮爲愚分	스스로 '부음'을 알아 어리석게 사는 분수로 삼으니,
天際高翔我未能	하늘가 높이 나는 것이 나는 능하지 않네.[297]

(나) 霖雨初晴旭日遲	장맛비 처음 개이고 아침 해 더딘데,
山窓客睡晩醒時	산창의 객은 잠에서 늦게 깨어난다네.
風添竹氣春無事	바람이 대나무 기운 속으로 들어가도 봄은 일이 없고,
雨浥花香蝶不知	비가 꽃향기를 적셔도 나비는 알지 못하네.
巢燕有情來古宅	제비는 다정하여 옛집으로 날아들고,

295) 鄭仁弘, 「孚飮亭記」(『來庵集』 上, 513쪽), "取羲經中一爻辭, 以爲一身自處之地."
296) 鄭仁弘, 「孚飮亭記」(『來庵集』 上, 513쪽), "無望於天, 無求於人, 營爲旣省, 心自閑安者, 飮之地也. 閑靜自牧, 不怨不知, 飯蔬飮水, 膏粱不願者, 飮之味也."
297) 鄭仁弘, 「登孚飮亭」(『來庵集』 上, 28쪽)

幽禽隨意擇深枝　산새는 마음대로 깊은 가지를 가려서 앉는구나.
傍人莫道生涯苦　곁의 사람은 생애가 고달프다고 말하지 마소.
蔬水由來樂此飢　나물 먹고 물 마시며 이 주림을 즐기리.[298]

(가)는 「登孚飮亭」이고 (나)는 「遊孚飮亭」이니 모두 부음정에서 지은 것이다. 부음정의 '부음'은 『주역』 「未濟(☲☵)」괘 上九爻의 효사에서 가져온 말이다. '믿음을 갖고 술을 마시니 허물이 없다'[299]고 한 것이 그것이다. 정인홍은 「부음정기」에서 '마신다고 한 것은 누룩으로 빚은 술을 마시는 것이 아니라'[300]는 것을 힘주어 강조하면서, 자연의 오묘한 변화를 감지하고, 그 속에서 아무런 허물이 없이 유유자적한 삶을 영위하고자 했다. 이 때문에 (가)에서 어리석게 사는 것으로 분수를 삼고자 하면서, 하늘 높이 날아오르고자 하지 않았다. 은거자적을 지향하는 삶을 이렇게 나타낸 것이라 하겠다.

(나)는 (가)에서 나아가 은거자적한 삶을 더욱 섬세하게 노래했다. 수련에서는 비가 처음 갠 맑은 날의 느긋한 아침을 제시했다. 함련과 경련에서는 정자 주변의 경물을 사실적으로 묘사했다. 푸른 대나무 기운 속으로 잠입하는 바람, 비에 젖은 꽃향기, 그러나 봄은 한가롭고 나비는 알지 못한다고 했다. 에너지로 충만한 정적을 이렇게 표현했다. 여기에서 제비와 산새를 등장시켜 그 풍경의 활발성을 보였고, 이를 통해 산속의 생기를 확인할 수 있게 했다. 고요 속에서 발생하는 활발성은 성리학자들의 수양논리와 결부되면서 세속적 '苦'가 도학적 '樂'으로 환치될 수 있게 했다. 미련의 '樂此飢'는 바로 이 같은 경계를 드러낸 것이다.

다음으로 소나무를 통한 강고한 정신의 표출에 대해서다. 정인홍의 문

298) 鄭仁弘, 「遊孚飮亭」(『來庵集』 上, 31쪽)
299) 『周易』 「未濟」 上九爻, "有孚于飮酒, 无咎."
300) 鄭仁弘, 「孚飮亭記」(『來庵集』 上, 433쪽), "其爲飮也, 初非托麯糵逃昏冥之比云云."

학에 부음정을 중심으로 한 자적의 삶이 노정되어 있다고 하더라도 이것이 그 문학세계의 전부가 아니다. 그의 강한 자아가 '소나무'를 중심으로 드러나기 때문이다. 정인홍은 소나무와 매화를 兩君子라 하면서 특별히 사랑하였다.301) 이 가운데 그의 강한 자아는 소나무를 통해 주로 나타났다. 이 나무가 눈과 서리를 이기면서 높이 자라나기 때문에 이것을 비유하기에 적절했기 때문일 것이다. 소나무의 물성을 전통적 방식에 의거하여 통찰하고 이것에 내함되어 있는 유가적 의미를 찾고자 한 결과라 하겠는데, 정인홍의 다음 시편을 보자.

(가) 一尺孤松在塔西　한 척의 외로운 소나무 탑 서쪽에 서 있으니,
塔高松短不相齊　탑은 높고 소나무는 짧아 서로 가지런하지 않네.
莫言此日松低塔　오늘 외로운 소나무가 탑보다 낮다고 말하지 마오,
松長他時塔反低　소나무가 자란 다른 날에 탑이 도리어 낮으리.302)

(나) 常願新松百尺長　항상 새로운 소나무 백 척으로 자라나길 바라노니,
歲寒霜雪保風光　찬 겨울에 서리와 눈이 내려도 풍광을 보전하네.
不栽花木粧春色　꽃나무 심어 봄빛으로 단장케 하지 말라,
百花終年更不香　모든 꽃은 해를 마칠 때면 다시 향기롭지 않으니.303)

앞의 작품 (가)는 정인홍이 11살 때 지었다고 하는데 가장 널리 알려져 있다. 李瀷(星湖, 1681-1763)은 『성호사설』「시문부」에서 이에 대한 창작배경을 소개하고 있다.304) 즉 정인홍이 어렸을 때 산사에서 글을 읽

301) 鄭仁弘, 「梅松」(『來庵集』 上, 29쪽)에서 "常愛庭前兩君子, 風霜一夕爲徘徊."라 한 것이 그것이다.
302) 鄭仁弘, 「詠松」(『來庵集』 上, 27쪽)
303) 鄭仁弘, 「孤松」(『來庵集』 上, 29쪽)
304) 이익의 『성호사설』에는 본문에서 제시한 시와 다소의 출입이 있다. 즉 "短短孤松在塔西, 塔高松下不相齊. 莫言今日孤松短, 松長他時塔反低."으로 되어 있다. 이것은

었는데, 그 때 마침 도의 감사가 당도하여 기특하게 여겨 탑 옆의 矮松으로 글제를 내고 시를 짓게 하였더니, 위와 같은 시를 그 자리에서 바로 지었다는 것이다. 이에 감사는 감탄하면서, '후일에 반드시 현달하리라. 그러나 뜻이 참람하니, 부디 경계하라.'고 하였다[305]는 것이다. 이 작품은 소나무와 탑의 관계를 대립적 경쟁구도로 설정해 두고, 마침내 소나무가 탑을 이길 것이라고 했다. 여기에 목표를 향한 그의 단선적 의지가 강하게 내포되어 있음은 물론이다. 물상 속에서 '實'을 찾으려는 정인홍의 시정신을 읽을 수 있다. 다음 시도 같은 측면에서 이해할 수 있다.

若知前進效　만약 앞으로 나아가는 효과를 알고자 하면,
階級若登樓　계단을 밟아 누각으로 오르는 듯 하라.
一層復一層　한 층 다시 한 층 오르면,
身登第一頭　몸이 제일 꼭대기에 오르게 된다네.[306]

정인홍은 이 작품의 기구에서 '전진'을 언급하였다. 여기서 우리는 다시 그의 전투적 자세를 감지해 낼 수 있다. 그는 시비를 한 번 결정하면 좀처럼 바꾸는 일이 없다고 했다. 이것은 '義'라고 생각하는 일에 대하여 조금도 굽히지 않는 자세를 의미한다. 그의 단선적 의지가 이 같은 직진의 자세로 나타난 것으로 보인다. 일찍이 이이가 정인홍을 평하여 '덕원은 강직하나 생각하는 계책이 두루 미치지 못하고 학식이 밝지 못하니,

---

정인홍이 어렸을 때 지었다고 하는 이 시가 사람들 사이에서 많이 회자되면서 구비적 성격을 지녔다는 것을 의미한다.

305) 李瀷, 「詩文部」(『星湖僿說』 卷28), '鄭仁弘詩', "鄭仁弘幼少時, 讀書於山寺, 有方伯適到, 夜聞誦聲, 訪之, 則是寡家稚兒. 異之, 邀至, 問汝能詩乎? 仁弘遜謝, 方伯以塔邊矮松, 命題呼韻, 使作仁弘, 應聲曰, 短短孤松在塔西, 塔高松下不相齊. 莫言今日孤松短, 松長他時塔反低. 方伯覺之, 嗟歎云, 他日必貴顯, 然志則濫矣, 戒之哉!"

306) 鄭仁弘, 「寄河君」(『來庵集』 上, 32쪽)

용병에 비유하자면 突擊將으로는 쓸 만하다'[307]고 한 것도 이 같은 단선적 의지를 비판적 측면에서 읽어낸 것이 아닌가 한다. 정인홍이 위의 작품에서 보여준 것도 결국은 '제일두'에 오르기 위한 간단없는 전진이라 하겠다.

작품 (나)는 강고한 자의식을 소나무를 통해 나타냈다. 소나무는 『논어』의 '세한송백' 고사 이래 강한 절개와 지조를 상징하는 대표적 사물로 작품에 자주 등장한다. 이 시도 마찬가지다. 승구의 '歲寒霜雪保風光'이 그것이다. 花木과 달리 한 해가 끝날 때까지 푸르름을 유지하여 아름다운 경치를 유지한다고 했다. 정인홍은 이 때문에 단선적 의지를 상징하는 '백척장'을 먼저 강조한 것으로 보인다. 우리는 여기서 '화목'을 부정하고 '신송'을 강조하는 데서 그의 비평정신의 일단을 본다. 즉 화목이 '華'에 견주어진다면, 신송은 '實'에 비견되기 때문이다. 전자는 화려한 수식을 의미하고 후자는 도덕적 실질을 의미한다. 이것은 바로 정인홍의 도덕주의적 비평정신이 그의 문학에 반영된 결과이며, 동시에 '의'에 기반한 단선적 의지가 추구하는 최종 목표라 하겠다.

그렇다면 부음정을 중심으로 한 자적과 소나무를 통한 강고한 자의식은 어떤 관계가 있을까? 첫째, 修己와 治人이라는 유가정신의 근본과 밀착되어 있다는 점을 들 수 있다. 부음정은 그가 退養을 위해 지은 것이니 수양처라고 할 수 있다. 이곳에서 자연을 완상하면서 愚分을 실천하고자 했던 것이다. 나물과 물로 목숨을 연명하더라도 거기서 오히려 즐거움을 찾아가려는 것이야말로 정인홍이 부음정에서 이룩하고자 했던 삶의 태도였다. 이에 비해 소나무는 그의 실천의지와 결합되어 있다. 멈추어 선 탑이나 번성한 花木을 비판하면서 新松에게 어떤 희망을 본 것이다. 단계

307) 李珥, 『石潭日記』 下, 萬曆九年 辛巳條, "李珥曰, 德遠剛直, 而計慮不周, 學識不明, 譬之用兵, 可用以謂突擊將矣."

에 따라 점차 올라가서 마침내 최상의 경계를 획득하려는 그의 단선적 의지, 혹은 올바름에 대한 강한 실천정신이 이 같은 모습으로 드러났다. 정인홍은 결국 이를 통해 士風과 사회를 바르게 하고자 했다. 그의 수많은 箚子와 上疏는 이를 웅변하기에 족하다.

둘째, 敬義精神의 문학적 형상인 점을 들 수 있다. '경의'는 남명사상의 핵심이라는 것을 염두에 둘 때, 스승 조식과의 상관관계 속에서 이를 이해할 수 있다. 정인홍 스스로도 「祭先師南冥曺先生文」에서 '오직 경과 의를 처음과 끝으로 하셨다'[308]고 하였듯이, 조식은 '경의'를 창벽간에 붙여 두고 제자들에게 실천정신의 원리로 전수하고자 했다.[309] 뿐만 아니라, 인조반정 후 조작된 혐의가 없지 않으나 '안으로 밝게 하는 것이 경이요(內明者敬), 밖으로 결단하는 것이 의(外斷者義)'라고 새겨진 소위 敬義劍을 정인홍에게 전수함으로써 그의 사상을 특별히 전하려 했다.[310] 이 때문에 정인홍은 부음정에서 자아를 안으로 거두어들이는 수렴의지와 함께 밖으로는 소나무라는 물상을 통해 서리와 눈에도 퇴상하지 않는 강한 절의를 문학작품으로 드러내고자 했던 것이다. 여기에 작동한 근본정신이 바로 '경의'였다.

---

308) 鄭仁弘, 「祭先師南明先生文」(『來庵集』 上, 516쪽), "維敬與義, 以之終始."

309) 鄭仁弘, 「南冥先生病時事蹟」(『來庵集』 上, 540쪽), "書壁敬義二字, 極切要云云."

310) 조식이 경의검을 정인홍에게 전하면서 '以此傳心'이라고 했다는 것은 『선조수정실록』 선조 6년 5월 경진조에 보인다. 그러나 『선조수정실록』은 인조반정 후 반정세력의 입장을 대변한 것인 바, 글자 그대로 믿기가 어렵다. 조식에게서 정인홍으로 이어지는 학맥이 유학의 정통에서 벗어난 것임을 강조하고 있기 때문이다. 우리는 여기서 정인홍이 『남명집』을 만들면서 조식의 대표작으로 가장 먼저 내세웠던 「書劍柄贈趙壯元瑗」을 주목할 필요가 있다. '남명의 경의검 및 그의 칼을 소재로 한 작품-정인홍의 『남명집』 발간과 대표작 제시-남명과 정인홍의 칼과 같은 날카로운 이미지'등이 어떤 함수관계를 지니고 있기 때문이다. 반정 세력들은 바로 이 점을 포착하여 칼의 전수를 통한 조식의 의발전수 라는 상상을 자연스럽게 하였을 것이다.

4. 맺음말

본 논의는 정인홍 연구가 역사학이나 정치학적 측면에서만 이루어져 왔던 것에 일정한 문제를 제기하면서 출발하였다. 정인홍은 인조반정 이후 역적으로 몰려 처형되었기 때문에, 사후 288년 뒤에 출간된 그의 작품집 『내암집』은 많은 한계를 지니지 않을 수 없었다. 그러나 정인홍의 문학비평과 창작의 실제를 따져보는 것은 그의 정치사상 이면에 흐르는 감성의 세계를 찾을 수 있다는 측면에서 중요하다. 이를 통해 우리는 역사 현장에서 드러나는 단선적 의지가 그의 작품에는 어떤 모습으로 나타나는가 하는 것을 구체적으로 알 수 있게 된다. 이제 이 책에서 논의한 정인홍의 문학관과 비평정신, 그리고 창작의 실제를 요약해 보자.

정인홍은 '실'의 문학관과 도덕주의적 비평정신을 지녔다. 이것은 '名利-文學-道德'이라는 논리체계 속에서 마련된 것이었고, 문학은 다시 '華'와 '實'로 나누어, 문식이 화려한 '화'를 비판하면서 건실한 내용을 갖춘 '실'을 강조하는 것으로 나타났다. 정인홍은 특히 科文을 강하게 비판하였다. 이것은 명리를 위한 '화'의 문학으로 보았기 때문이다. 이것의 대척점에 도덕을 위한 '실'의 문학이 있음을 주장하면서 因文入道的 자세를 견지하기도 했다. 우리는 여기서 '실'을 숭상하는 정인홍의 문학관이 도덕주의적 비평의식과 밀착되어 있음을 확인할 수 있다. 이 같은 측면에서 정인홍은 그의 스승 조식의 문학을 떠올리면서 그 전범이 된다고 생각했고, 문학비평적 입장에서 「南冥先生詩集序」를 쓰기도 했다.

정인홍의 작품 역시 '실'과 도덕의 입장에서 창작되었으며, 부음정을 중심으로 한 自適, 소나무를 중심으로 한 강고한 자의식으로 표출된다. 이것은 수기치인이라는 유가의 근본정신과 밀착되어 있다. 부음정은 수기의 자기수양 공간이라 하겠는데, 정인홍은 여기서 우주의 묘리에 부합되는 진리를 터득하며 마음을 닦고자 했다. 정인홍에게 소나무는 단선적 의지를 드러내는 사물로 인식되었고, 이를 통한 집요한 전진의 자세를 견지하기도 했다. 또한 정인홍의 문학에는 남명학파의 핵심사상인 경의 사상이 문학적 표상을 획득하기도 했다. 부음정에서의 居敬的 수렴의지와 소나무를 통한 강한 절의가 바로 그것이다.

이상의 논의는 정인홍의 문학사상에 있어 핵심적 부분을 적출한 것이다. 그러나 이것으로 정인홍의 문학세계를 모두 이해했다고 하기는 어렵다. 우선, 그의 작품 전체를 통해 작가의식을 검출해 보는 일이 남아 있다. 우리의 논의는 '실'과 '도덕'에 초점을 맞추어 제한적으로 논의를 진행시켰기 때문에, 정인홍의 작품세계가 가진 유기적 관계를 논하는 데까지는 나아가지 못했다. 질량적 측면에서 많은 한계가 있지만 정인홍의 시문학에는 茂溪를 지나며 옛 전장을 회고한 「過茂溪」 등 다양한 주제의 시편들이 존재한다. 이들 시편을 모두 분석하여 그의 의식세계와 어떻게 밀착되어 있으며, 그것은 또한 어떤 의미를 지니고 있는가 하는 것은 여전히 우리의 논의거리이다.

이 밖에도 그의 산문이 지닌 문체적 특징이나, 남명문학과의 관계, 남명학파 내에서의 정인홍 문학이 지닌 위상 등을 검토해 보는 일도 남아 있다. 현재 남아 있는 정인홍의 글이 거의 실용적 산문이라는 점을 고려하면서 이것은 다루어져 마땅하다. 특히 그의 명쾌한 문장에 대한 분석은 그의 정신을 다른 측면에서 이해할 수 있는 중요한 길을 모색하게 한다. 뿐만 아니라 詩荒戒를 지니고 있었던 스승 조식, '실'과 '도덕'을 강조했던 정인홍이 문학적 측면에서 어떤 수수관계가 있었던가 하는 점도 따질 필요가 있다. 그의 문집이 지닌 한계를 감안하더라도 이 같은 시각에서의 연구는 남명학파 문학의 계승적 측면과 함께 변화적 측면도 가늠하게 한다. 정인홍 문학에 대한 온전한 이해는 이 같은 다양한 노력의 결과물로서 우리 앞에 제시될 수 있는 어떤 것이다.

제 5 장

金聃壽의 전쟁체험과 그 문학적 대응

1. 머리말

본 논문은 金聃壽(西溪, 1535-1603)가 그의 전쟁체험을 문학적으로 어떻게 성취하고 있으며, 그 의의와 한계는 무엇인가 하는 점을 고찰하기 위한 것이다. 이 주제와 관련하여 우리가 먼저 알아두어야 할 사항이 있다. 바로 김담수가 金宗直(佔畢齋, 1431-1492) 등의 출사로 말미암아 분화된 사림파의 세 유형, 즉 官僚型, 隱求型, 方外型 士林 가운데 어디에 속하는가 하는 점이다.[311] 관료형 사림은 자연에 뜻을 두면서도 조정에 나아가 정치현실에 참여하여 왕도정치를 실현하고자 했던 사림이고, 은

311) 사림파의 유형에 대해서는, 鄭羽洛, 「士林派 文人의 類型과 隱求型 士林의 戰爭體驗」, 『韓國思想과 文化』 28, 韓國思想文化學會, 2005. 14-29쪽 참조.

구형 사림은 자연 속에서 은거를 통해 성리학을 탐구하면서 유가적 진리를 추구하고자 했던 사림이다. 그리고 방외형 사림은 성리학에 사상적 기반을 두면서도 老佛의 사상을 탄력적으로 받아들이면서 현실에 대한 비판적 자세를 견지하고 있었던 사림이다.

위에서 언급한 세 유형을 출처에 입각하여 다시 둘로 묶어 보면 관료형과 처사형이 된다. 관료형이 정치 일선에 나아간 사람들이라면, 처사형은 퇴처를 단행하며 초야에서 생활을 영위한 사람들이다. 처사형이 은구형과 방외형으로 구분되는 것은 성리학적 순수성에 입각한 것이다. 은구형은 성리학적인 순수성을 갖고 있는데 비해, 방외형은 노불의 세계관을 탄력적으로 받아들여 성리학적으로 순수하다고 할 수 없기 때문이다. 이처럼 사림파 문인의 세 유형은 삶의 거점을 林下에 마련해 두고 있다는 측면에서 서로 동질성이 있다고 하겠으나 출처나 사상적 측면에서 사뭇 다르다.

김담수는 퇴처의 길을 선택해서 걸었고 성리학적으로 순수하다고 하겠으니, 은구형 처사문인이라 할 수 있다. 은구형 처사문인은 16세기 이후, 정치에 참여하여 국정을 운영할 수 있는 능력을 지니고 있음에도 불구하고 당대를 난세로 인식하여 출사를 단념하고 초야에 은둔한다. 특히 15세기 말과 16세기에 들어서서 발생한 사화는 이들을 지방에 은둔하게 하는 중요한 기제로 작용하였다. 이들은 隱士, 遺逸, 隱逸, 逸民, 徵士, 高士, 處士 등으로 불렸으며, 이 가운데 '처사'라는 칭호는 당대인들에게 자부심의 표현이기도 했다. 김담수 역시 사정이 다르지 않다고 하겠는데, 다음 자료를 통해 논의의 실마리를 찾아보자.

(가) 嫉世離群湘水潭　세상을 미워하고 사람 무리를 떠나 상수 가에 숨어 살며,
形容憔悴怨讒憸　초췌한 형용으로 참소한 소인들을 원망하네.
行藏自有吾心定　출사하고 퇴처하는 것은 내 마음 속에 정해져 있거늘,
何必區區問鄭詹　어찌 반드시 구구하게 鄭詹尹에게 물으리.[312)]

(나) 高盖躬臨處士亭　높은 일산을 쓰고 처사의 정자에 와 주시니,
山間草木也光榮　산 속의 초목도 또한 영광스럽네.
何方更得淸輝近　어찌 다시 맑은 모습을 가까이 할 수 있어,
說盡如今未盡情　지금 같이 다하지 못한 정을 모두 말할 수 있을까?[313)]

작품 (가)는 「寓述」로 김담수의 출처의식이 분명히 제시되어 있다. 1-2구에서는 굴원의 「漁父辭」를, 3-4구에서는 역시 굴원의 「卜居」를 제시하면서 그를 떠올리고 있다. 즉 앞의 작품은 굴원이 초췌한 모습으로 상수 가에 숨어살면서 자신을 참소한 무리들을 원망한 「어부사」, 그리고 참소를 당해 마음을 잡을 길이 없어 정첨윤에게 찾아가 점을 쳤다는 「복거」[314)]가 창작의 바탕이 되고 있는 셈이다. 특히 3구에서 '행장'을 제시하고 있는데, 이는 출사와 퇴처를 의미한다. 김담수는 여기서 출처가 나의 마음에 정해져 있는 것이니 다른 사람에게 문의할 것이 전혀 없다는 뜻을 보였다. 작품의 제목이 「寓述」이기도 하니 자신의 退藏에 대한 마

312) 金聃壽, 「寓述」, 『西溪先生逸稿』 卷1 張17. 이 글의 텍스트는 서울대학교 奎章閣本으로 하며, 이하 『西溪先生逸稿』는 『西溪集』으로 약칭하고 작품명, 문집명, 권, 장만 명기한다. 『서계선생일고』를 대본으로 하여 국역하고 관련된 글을 수집·보충한 『西溪先生逸稿全』(1998)을 신흥인쇄소에서 발간한 적이 있다. 이는 국역 『西溪集』으로 약칭하여 표기한다.
313) 金聃壽, 「贈柳卜泉」, 『西溪集』 卷1 張17.
314) 屈原, 「卜居」(王逸, 『楚辭章句』 卷6), "屈原旣放, 三年不得復見, 竭志盡忠, 而蔽障於讒, 心煩慮亂, 不知所從, 乃往見太卜鄭詹尹."

음을 강하게 드러냈다고 하겠다.

작품 (나)는 「贈柳卜泉」으로, 1구에서 스스로를 '처사'라고 하고 있다. 유복천이라는 사람에게 준 것이기 때문에 그에 대한 찬양은 의례적이라 할 만하다. 그 스스로의 생활은 오히려 「謝叢巖來訪」에 잘 나타나 있는데, 이 작품에서 그는 스스로를 '野人'이라 하면서, 가난하지만 자신을 찾아준 사람과 날이 저물도록 함께 고금을 논하며 시대를 아파한다고 했다.[315] 처사적 삶을 이렇게 표현한 것이다. 퇴처에 대한 생각이 강고했으므로 그는 1591년 李廷龜(月沙, 1564-1635) 등의 천거에도 응하지 않았고, 이에 따라 黃溪處士라는 별호를 얻을 수 있었다.[316]

김담수는 작품 (가)에서처럼 분명한 출처의식을 갖고, 작품 (나)에서처럼 스스로 퇴처의 길을 선택해 걸었다. 이것은 물론 그 나름의 현실인식과 대응이라 하겠다. 김담수의 생애에서 가장 중요한 사건은 단연 임진왜란과 정유재란이다. 이 글에서는 바로 이에 대한 문학적 반응을 주목하고자 한다. 전쟁이 수많은 인명을 살상하고 그동안 쌓아 놓은 인류의 문명을 파괴하는 최악의 비극을 초래한다는 측면에서 더욱 그러하다. 김담수가 처사형 사림, 그 가운데서도 은구형 사림이었다는 점을 고려한다면 여타 유형의 사림과는 다른 현실대응을 했을 것으로 보인다. 본 논의는 바로 이 같은 점을 중시하면서 그의 전쟁체험과 그 문학적 대응을 고찰할 것이다.

이 글의 성공적 논의를 위하여 우선 그의 학문배경과 전쟁체험을 정리

---

315) 金聃壽, 「謝叢巖來訪」(『西溪集』 卷1 張9), "慇懃來訪野人家, 說古傷今到日斜. 卻恨囊空無一物, 爲憐虛返伴棲雅." 「次摠巖韻謝琴惺惺齋聞遠見訪」(『西溪集』 卷1 張5)에서도, '山翁來訪野人亭, 一揖登軒眼更青.'이라고 하여 스스로를 '야인'으로 일컫고 있다.

316) 김담수의 후손들은 그들의 선조가 은거한 곳인 陜川郡 龍洲面 黃溪里에 '黃溪處士西溪金先生遺蹟碑'를 세워 추모한 것도 같은 맥락에서 이해된다. 비문은 13대손 金炳準이 썼다.

해 둘 필요가 있다. 현재 우리 학계에서는 김담수가 누구인지 거의 알려져 있지 않았기 때문이며,[317] 그의 학문배경에 나타난 특징적 국면과 함께 전쟁발발과 관련한 행적을 추적할 필요가 있기 때문이다. 이 글에서는 이 같은 기초자료를 전제로 하여, 그의 문학적 대응을 여러 가지 측면에서 고찰하고자 한다. 이를 통해 우리는 전쟁이 문학창작에 미치는 영향과 함께, 전쟁으로 확인되는 인간정서의 본질을 이해하게 될 것이다. 또한 김담수 문학이 지닌 의의와 한계 역시 확인하게 될 것이다. 본 논의는 바로 이런 점에서, 김담수라는 한 작가에서 출발하지만 그것을 훨씬 뛰어넘고 있다고 할 것이다.

2. 김담수의 학문배경과 전쟁체험

김담수는 義城人으로 자가 台叟, 호는 西溪인데 1535년(중종 30) 지금의 경상북도 성주군 수륜면 수륜리에서 태어났다. 아버지는 關石, 어머니는 순천인 朴坦의 따님으로 이들의 셋째 아들이다. 부인은 창녕인 曺夢吉의 딸이며, 슬하에 아들 5명과 딸 2명을 두었다. 김담수의 성장무대는 江岸地域[318]이다. 이 지역은 강좌지역과 강우지역의 접점에 위치해 있어, 퇴계학과 남명학을 通涉하면서 발전적으로 계승한 곳이기도 하다. 이 지역에는 吉再(冶隱, 1353-1419) 이하 金宗直(佔畢齋, 1431-1492)의 도통을

317) 필자가 '앞의 논문(2005)'에서 김담수를 남명학파의 은구형 사림의 일원으로 간략히 다룬 것이 전부이다.

318) 강안지역은 낙동강 연안 지역을 의미하는 바, 영남을 강좌지역과 강우지역으로 나누어 이해하는 일반론을 반성하면서 그 중간지역을 새롭게 설정한 용어이다. 유학 사상사적 측면에서 볼 때 강안지역은 강우의 남명학과 강좌의 퇴계학을 通涉한 측면과 함께 현실대응에 민감하면서도 성리학적 사유를 동시에 추구하는 특징적 국면이 있다. 이에 대해서는 별도의 논의가 필요하다.

이어받은 영남사림파의 정신을 성실히 계승하면서도 강좌의 이황과 강우의 조식을 함께 스승으로 모신 사림들이 많았다. 또한 鄭逑(寒岡, 1543-1620)와 함께 조선 후기 근기실학의 연원을 성립시키는 등 조선의 사상사에서 독특한 역할을 담당했다. 이를 염두에 두면서 김담수의 삶과 학문적 배경, 그리고 전쟁체험을 두루 살펴보기로 한다.

김담수의 삶부터 잠시 더듬어 보자. 柳畯睦의 증언에 의하면 그는 품성이 순수하고 총명이 빼어났다[319]고 한다. 1564년(명종 19)에는 어머니의 명으로 한성에서 개최한 사마시에 참여하여 3등으로 입격을 했다.[320] 그러나 그는 벼슬을 단념하고 고향으로 돌아와 성리학에 열중하면서 처사의 길을 걷기로 다짐하였다. 합천의 陶村에 사는 曺夢吉의 따님에게 장가를 들었는데, 몽길이 喪祭와 治產과 함께 그에게 자제의 훈육을 부탁하므로 십수 년을 합천에서 살았다. 이 시기 그는 명승지 황계폭포 근처를 소요하면서 강학활동을 하게 되고, 李廷龜(月沙, 1564-1635) 등의 천거로 繕工監 參奉으로 제수받기도 하나 나아가지 않았으므로 선조로부터 黃溪處士라는 별호를 하사받기도 한다.[321]

1592년에 임진왜란이 일어나자 노모를 모시고 가야산으로 피란하였으며, 1597년 정유재란이 일어났을 때는 맏아들 廷龍이 벼슬살이하고 있는 안동의 宣城縣(禮安) 쪽으로 피란을 하여 거기서 조금 떨어진 臨河縣 鼎井里에 살게 된다. 이 무렵 趙穆(月川, 1524-1606) 등 李滉(退溪, 1501-1572)의 문인들과 교유하게 된다. 1598년 겨울에 어머니가 하세하자 상주 위수의 남쪽 기슭에 안장하고, 3년상을 마치고도 이곳에 남아 산수와

---

319) 柳畯睦, 「先生實記」(국역 『西溪集』 279쪽), "先生, 稟質粹雅, 聰慧出萃."

320) 『司馬榜目』에 의하면, 김담수는 明宗19년(1564)에 式年試를 보아 입격하였고, 합격 등위는 3등 제86이었다. 유성룡 등과 같이 이 시험에 참여했는데, 유성룡은 1등 제3이었다.

321) 『德川師友淵源錄』 卷4 張7, 「金聃壽」, "宣廟賜號黃溪處士, 付以黃梅一區."

더불어 살았다. 1602년 고향인 성주 수륜으로 돌아와 살다가 1603년에 세상을 떠났다. 향년이 69세였다. 이로 볼 때, 그의 삶은 조정과 일정한 거리를 두고 철저히 자연 속에서 영위되었으며, 성주와 합천, 안동과 상주 등이 주요 활동무대였다는 것을 알 수 있다.

김담수의 학문적 배경은 어떠한가? 그의 학문은 가학에서 시작한다. 일찍이 그의 아버지 四友堂 金關石이 향리의 제생을 교육하자 거기서 수업을 하였던 것으로 보인다. 이때 그는 문을 닫고 앉아서 독서할 뿐 명성이 알려지기를 구하지는 않았다[322]고 하며, 어릴 적에 『소학』을 읽은 것으로 인하여 느낀 점이 있으면 허리를 굽혀 자신을 낮추었다[323]고 한다. 가학으로 시작한 그의 학문은 李文楗(默齋, 1494-1567)이 성주로 유배를 오자 책을 지고 가서 수학하면서 본격화되었다.[324] 구체적인 성리서를 접한 것은 조식의 제자 吳健(德溪, 1521-1574)과 이황의 제자 黃俊良(錦溪, 1517-1563) 등을 스승으로 모시면서부터였다. 20세 무렵 오건이 성주향교의 교관으로 부임하자 그는 나아가 『심경』과 『근사록』을 배웠고,[325] 25세 무렵 황준량이 성주목사로 부임해 왔을 때는 『중용』과 『대학』 등을 나아가 읽었다.[326]

---

322) 柳畯睦, 「先生實記」(국역 『西溪集』 279쪽), "閉門讀書, 不亦聞達." 조식의 제자를 소개한 『德川師友淵源錄』에서도, '絶意榮途, 晦跡以自守'라고 하여 같은 입장을 취하고 있다.

323) 李象靖, 「行狀」(『西溪集』 卷3 張2), "幼時, 因讀小學, 有所感發, 折節爲謙, 謹思以下人."

324) 李象靖, 「行狀」(『西溪集』 卷3 張2), "默齋李公文楗, 嘗謫居州境, 公負笈往從, 李公深可愛敬."

325) 『德川師友淵源錄』 金聃壽條에는 "弱冠, 與河台溪溍, 韓鳳岳夢逸, 安時進時進諸公, 就成浮査之門, 篤志力學, 絶意榮途, 晦跡以自守."로 기록되어 김담수가 20세쯤에 조식의 제자 成汝信(浮査, 1546-1632)의 문하에도 나아간 것으로 되어 있다.

326) 김담수는 사서와 성리서 외에도 『주역』과 『시경』 등에 잠심한 것으로 보인다. 「東皐讀易吟」(『西溪集』 卷1 張3)에서 '三絶韋編仰聖傳, 窮尋奧妙質先賢'이라 하고, 「次隨遇子送蘭坡韻」(『西溪集』 卷1 張13)에서 「世事悠悠渾不省, 義經閑讀翫陰陽」이라 하여 『주역』에 많은 관심을 보인다. 그리고 「謝雪月堂寄音三首」(『西溪集』 卷1

이처럼 김담수의 학문은 가학에 기반하여 오건과 황준량 등을 통해 사서 및 성리서를 탐독하게 되었는데, 오건의 스승이었던 曺植(南冥, 1501-1572)을 만나면서 더욱 고명해진 것으로 보인다. 조식은 그를 襟宇灑落, 즉 마음이 속기가 없이 깨끗하다며 극찬하였다 한다. 그러나 문하에 든지 얼마 되지 않아 조식이 세상을 떠나자 그는 조식의 문하에 일찍 들어 학문을 제대로 전수받지 못했음을 언제나 한탄했다고 한다.[327] 이로 볼 때 김담수는 오건 등 조식의 제자와 황준량 등 이황의 제자들을 거쳐 결국은 조식의 문하로 나아가 학문적 성취를 하고, 이를 표준으로 하여 학문 활동을 전개했다는 것을 알 수 있다.

그의 학문적 성취에는 동료들의 도움이 컸음은 물론이다. 대표적인 인물이 동향인 金宇顒(東岡, 1540-1603)과 鄭逑(寒岡, 1543-1620)였다. 유준목이 「선생실기」에서 이 부분을 특기하고 가까운 친척이면서 같은 고을의 친구로 서로 도의를 강마하여 가장 많은 도움을 받았다[328]고 기술한 것은 바로 이 때문이었다. 사실 『서계집』에는 김우옹에게 시를 보내 묘한 계책을 내어 나라 구하기를 당부하거나 그의 시에 차운한 것이 실려 있으며,[329] 정구의 『한강집』에는 그와 함께 가야산에 오른 것이 특별히 기록되어 있을 뿐 아니라,[330] 김담수가 타계했을 때 그의 영전에 나아가 읊은 만사도 세 수나 실려 있다. 다음은 김담수가 김우옹에게 준 작품과 정구가 김담수의 죽음을 애도한 만사이다.

張7)에서는 '韻致淸奇老益成, 翫深三百理心情」이라고 하여 『詩經』을 읽으며 마음을 다스리고 있어 김담수 독서경향의 일단을 알 수 있게 한다.

327) 柳畯睦, 「先生實記」(국역 『西溪集』, 279쪽), "先生 …… 未幾而沒, 每恨摳衣之不早也."

328) 柳畯睦, 「先生實記」(국역 『西溪集』, 279쪽), "與金東岡宇顒, 爲袒免之親, 鄭寒岡逑, 爲同黨之交, 講磨道義, 資益最深."

329) 『西溪集』 卷1 張3-4에 실린 「寄金東岡」과 「次東岡寄巡相韻二首」가 그것이다.

330) 鄭逑, 「遊伽倻山錄」(『寒岡集』 卷9, 『韓國文集叢刊』 53, 276쪽) 참조.

(가) 東閣蒔梅問幾秋	동쪽 누각에 매화를 심은 것이 묻나니 몇 해던가?
元戎駐節思悠悠	사령관이 부절을 갖고 머무르니 생각이 아득하네.
旌旗曜日山河動	깃발이 해에 비쳐 산하도 요동하고,
劍戟横天豹虎愁	칼과 창이 하늘에 비껴 표범과 호랑이마저 근심하네.
秘計方謀帷幄裡	신기한 계책은 바야흐로 진영 속에서 도모하고,
奇功將勒渤溟陬	기이한 공은 장차 큰 바다의 모퉁이에 새겨지리라.
臨危愼戰吾儒事	위기에 임하여 싸움을 삼가는 것이 우리 유자들의 일이니,
須把精神裨壯猷	모름지기 정신을 가다듬어 장한 꾀로 보좌하세.331)

(나) 澁酸梨柿誰相好	떫고 신 모과와 감을 누가 서로 좋아했던고?
年少羣居幸見知	어릴 때부터 어울려 살면서 다행히 서로 알았었네.
白首分携仍永隔	백발이 되어 서로 나누어지고 다시 영원히 이별하자니,
晨星此日不勝悲	새벽 별 희미한 오늘 슬픔을 이기지 못하겠네.332)

작품 (가)는 김담수가 김우옹에게 주어 전쟁을 맞은 유자의 임무를 제시한 것이다. 이와 같은 맥락에서 「次東岡寄巡相韻二首」를 지어 '후일 전공을 거두어 승리를 보고할 때, 그대의 精忠이 기록된 것을 보고 축하하리라'333)고 하기도 했다. 김담수가 세상을 떠나자 정구는 만사 세 수를 짓는데, 작품 (나)는 그 가운데 하나이다. 당시 정구의 나이는 61세였다. 위의 만사에서 볼 수 있듯이 정구는 어릴 때 같이 지냈던 것을 회상하면서 영결의 슬픔을 감추지 못했다. 다른 작품에서는 마음을 나누며

---

331) 金聃壽, 「寄金東岡」(『西溪集』 卷1 張3-4)
332) 鄭逑, 「挽金台叟」(『寒岡集』 卷7, 『韓國文集叢刊』 53, 457쪽),
333) 金聃壽, 「次東岡寄巡相韻二首」(『西溪集』 卷1 張4), "他日收功獻捷處, 賀君看取記精忠."

학업을 같이 한 점, 높은 도의를 존경한 점 등을 두루 들면서 그의 죽음을 깊이 애도하였다.334)

김담수는 만년에 이황의 문인들과도 폭넓은 교유관계를 가진다. 정유재란을 맞아 안동 쪽으로 피신하면서 그 관계는 자연스럽게 이루어졌다. 趙穆(月川, 1524-1606), 琴蘭秀(惺齋, 1530-1604), 金富倫(雪月堂, 1531-1598), 琴應壎(勉進齋, 1540-1616) 등을 피란지에서 만나 시문을 주고받으며 학문을 토론하게 되는데, 모두 이황의 고제들이었다. 금란수의 정자인 孤山亭에 시를 쓰기도 하고,335) 금란수가 멀리서부터 찾아오자 '산옹이 야인의 정자에 찾아오니, 한 번 읍하고 집에 올라 기쁜 모습으로 맞이하네'336)라 하기도 했다. 이 밖에도 김부륜, 금응훈, 琴憬 등과도 시문을 주고받는데, 조목의 경우는 특별했다.

(가) 舊面重逢喜可知　옛 친구 다시 만나 기쁨 가히 알 수 있지만,
還嗟兩鬢白絲絲　도리어 귀밑머리가 하얗게 되었음을 탄식한다네.
傷心時事渾無賴　時事에 마음 상하여 전혀 의지할 곳이 없어,
擬向春江共一巵　봄 강으로 나아가 함께 술이나 마실거나?337)

(나) 千愁萬恨有誰知　수많은 근심과 한을 누가 알리오?
時事如今似亂絲　지금 같은 時事는 어지럽기가 실과 같다네.
無路請纓心萬里　종군으로 보국할 길 없고 마음만 만 리를 달리는데,
不如携酒屢傾巵　술병 잡고 자주 술잔 기울이는 것만 같지 못하네.338)

334) 鄭逑, 「挽金台叟聃壽」(『寒岡集』 卷7, 『韓國文集叢刊』 53, 457쪽), "幸同生此國, 同業許心知. 道義推先重, 艱危人事違."

335) 金聃壽, 「孤山亭」(『西溪集』 卷1 張2) 참조.

336) 金聃壽, 「次叢巖韻謝琴惺惺齋聞遠見訪」(『西溪集』 卷1 張5), "山翁來訪野人亭, 一揖登軒眼更靑. 共醉尊前秋日暮, 柴門相送步苔庭."

337) 趙穆, 「元韻」(『西溪集』 卷1 張3)

작품 (가)는 조목의 원운이다. 김담수는 이 시의 운을 빌려 세 수를 짓는데 작품 (나)는 그 마지막 수이다. 이 둘은 오랜만에 만나 시사를 걱정하면서 깊은 상심을 토로한다. 그리고 험난한 시국을 살아가는 유자로서의 한계를 절감하며 술로 스스로를 위로하고자 했다. 이 같은 우의에 입각하여 김담수는 「偶吟短律呈月川」,[339] 「東皐讀易吟」,[340] 「思東皐丈」[341] 등을 지어 조목을 그리워한다. 이들 작품에서는 산 속에서 조용히 살며 도맥을 탐구하는 조목을 칭송하기도 하고, 『주역』에 잠심하는 조목에게 묘리를 물어보기도 하고, 정은 깊으나 병들어 자주 찾아가지 못하는 것에 대한 안타까움 등을 두루 언급하기도 했다. 우리는 여기서 김담수가 조목 등 이황의 제자들과 교유하면서 그들 스승의 학문에 대한 토론도 함께 하였을 것이라는 사실을 어렵지 않게 짐작할 수가 있다.

이상의 여러 측면을 고려할 때, 김담수의 학문은 남명학과 퇴계학을 아우르는 강안학풍 속에서 숙성되었다고 할 수 있다. 李象靖(大山, 1710-1781)이 서문을 통해, '일찍이 吳德溪와 黃錦溪를 추종하여 孔孟과 程朱의 오묘한 뜻을 수업하였고, 이윽고 山海로 남명선생을 찾았으며, 그곳에서 물러나 東岡 및 寒岡과 더불어 도의를 강마하여 서로 학문을 도왔다. 만년에는 안동과 예안 사이에 가서 趙月川, 金雪月, 琴惺齋 제공과 더불어 놀며 시문을 창수하였으며, 거슬러 陶山의 遺訣을 구하여 그 덕성을 훈도하였다.'[342]고 평가한 것도 모두 강안학적 학문풍토를 염두에 둔 발

---

338) 金聃壽, 「次東皐韻三首」 其三(『西溪集』 卷1 張3)
339) 金聃壽, 「偶吟短律呈月川」(『西溪集』 卷1 張1)
340) 金聃壽, 「東皐讀易吟」(『西溪集』 卷1 張3) 여기의 '동고'는 월천 조목의 다른 호이다.
341) 金聃壽, 「思東皐丈」(『西溪集』 卷1 張3)
342) 李象靖, 「西溪金公逸稿序」(『大山集』 44, 『韓國文集叢刊』 227, 349쪽), "早從吳德溪·黃錦溪, 受洙泗洛建之旨, 旣而, 謁南冥于山海, 退而與東岡·寒岡, 講磨道義, 以相資益, 晩而游安禮之間, 與趙月川·金雪月·琴惺齋諸公, 優游唱和, 泝求陶山遺訣, 以薰陶其德性."

언이라 하겠다. 따라서 김담수의 학문은 강좌의 퇴계학과 강우의 남명학을 통섭하는 강안학풍을 그 배경으로 하고 있다는 것을 알게 된다.

다음으로 김담수의 전쟁체험을 살펴보도록 하자. 임진왜란과 정유재란이 김담수의 생애 가운데 가장 험난한 경험이었음은 두말할 나위가 없다. 일정한 관직생활을 하지 않고 재야에서 자연과 더불어 살아가던 김담수는 전쟁을 맞아 엄청난 혼란에 빠진다. 은거를 통해 유가적 진리를 구하는 은구적 삶이 통째로 흔들리고 말았던 것이다. 황계처사라는 호를 내려받았을 만큼 지조를 자부하며 살았지만 임진왜란 때에는 노모를 모시고 가야산으로 피신하였고, 정유년 재란이 발발하자 예안현감으로 있던 맏아들 廷龍에게 어머니를 모시게 하고, 그는 안동 근처 臨河에 우거하게 된다. 이 과정에서 그는 국토와 인민, 그리고 가족에 대한 애정을 각별하게 느끼게 된다. 다음을 보자.

> 흉적들이 방자하고 악독하게도 陜川과 靈山, 그리고 居昌 세 곳에 출몰하고 있어 사람들이 뜻을 굳게 가지지 못하고, 짐을 지고 서서 하루에 서너 번씩 놀라고 있다. 사람이 이 세상에 태어난 것이 참으로 슬프다. 江左로 피란하는 것이 상책이지만 친척과 분묘를 떠나는 것이 참으로 가슴 아픈 일이구나. 이 일은 결정하지 않고 있다가 지금은 적이 점차 가까워져서 그 형세가 장차 하나도 남김없이 죽일 것 같기 때문에 가기로 하였다. 사람이 죽지 않고 지금까지 살아 있는 것은 하늘의 은혜이다.343)

정유재란이 일어났을 때, 장자 정룡이 있는 예안지역으로 피신하기 직

---

343) 金聃壽, 「答子廷龍」(『西溪集』 卷2 張8-9), "但兇賊肆毒出沒, 陜靈居三之地, 人無固志, 荷擔而立以至一日三四驚, 人生斯世, 良可哀矣. 避亂江左, 曾是上計, 而離親戚棄墳墓, 實痛于懷, 玆未決焉. 今則賊路漸邇, 勢將靡遺, 用是決往矣. 人之不死到今, 莫非皇恩."

전 김담수가 정룡에게 보낸 답신의 일부이다. 이 글에는 당시의 급박한 정황이 적시되어 있다. '짐을 지고 서서 하루에 서너 번씩 놀라고 있다'고 하거나, '적이 점차 가까워져서 그 형세가 장차 하나도 남김없이 죽일 것 같다'고 한 것이 그것이다. 이 같은 형세로 말미암아 그는 부모의 산소가 있는 고향을 떠나지 않을 수 없었고, 그것은 그에게 있어 경제적 혹은 정서적 기반이 되었던 삶의 터전을 송두리째 잃는 것이나 다름이 없었다. 임진년에는 가야산 속에서 떠돌고, 정유년에는 다시 강좌지역으로 떠돌아야만 했던 김담수, 그의 유랑의식은 이 같은 과정에서 배태되었다.

萍蓬身世任西東　부평초 같은 신세 동서로 떠다니는데,
氛氣亘天遍域中　재앙의 기운이 하늘에 뻗쳐 온 나라에 가득하네.
中夜獨嘆王事急　한 밤에 홀로 나라 일의 위급함을 탄식하지만,
弊荷難障五更風　찢어진 연잎으로 오경의 바람을 막기가 어렵네.[344)]

전쟁에 대한 위급한 상황을 읊은 「亂離吟」이다. 김담수는 1구에서는 이리저리 떠도는 부평초 같은 신세를, 2구에서는 재앙의 징조가 가득한 하늘을, 3구에서는 나라의 운명에 대한 걱정을, 4구에서는 위태로움에 처한 당시의 상황 등을 두루 제시하였다. 특히 4구에서는 당시의 위기의식을 극적으로 제시하고 있다. 찢어진 연잎과 오경의 바람을 조선과 왜적에 비유한 것이 그것이다. 무방비한 상태로 거친 적을 맞이해야만 하는 조선의 비극적 현실을 이를 통해 나타내고자 했던 것으로 보인다.

위기적 국면을 돌파하는 데 명나라의 군사적 원조는 조선에 회생의 희망을 던져 주었다. 김담수 역시 몹시 반가워하였다. '중국의 군사들이 호랑이와 곰 같아서, 제독의 위엄과 명성이 해동에 진동한다'고 하면서, '왜

---

344) 金聃壽, 「亂離吟」(『西溪集』 卷1 張11)

적들이 소문을 듣고 마음이 찢어지고, 우리 백성들은 보고 기뻐하며 몹시 고무된다.'[345]고 한 것이 그것이다. 그러나 김담수에겐 이 같은 기쁨도 잠시뿐이었다. 명군의 횡포가 대단히 심하다는 것을 알았기 때문이다. 농사가 한창인 시절에 명군이 먹을 군량을 조달해야 했고,[346] 나아가 그들은 조선 백성의 재물을 약탈하기도 했기 때문이다.[347] 이에 대하여 김담수는 '의리상 그만둘 수 없는 일', 혹은 '만 리의 먼 길을 와서 구제한 덕'이라 하면서 명군의 횡포를 비교적 관대하게 보았다. 조선군의 횡포에 대한 입장 역시 같았는데, 다음 자료를 보자.

> 우리 동네의 兵使는 진만 치고 싸움은 하지 않으면서 모든 곡물과 家舍의 남은 것은 남김없이 탕진하고 있으니 한탄스럽다. 그러나 적이 만일 경내에 들어온다면 여기에 그치지 않을 것이므로, 모든 사람이 다 원망하지만 나는 원망하지 않는다.[348]

이 글은 정유재란을 당하여 예안으로 가기 직전 노모를 모시고 가야산에 숨어들어갔다가 다시 집으로 돌아온 후에 쓴 편지이다. 김담수는 여기서 자신이 체험한 것을 비교적 상세하게 기록하고 있다. 진만 치고 싸움을 하지 않는 兵使, 곡물과 가사를 탕진하는 조선군 등이 그것이다. 이에 대하여 많은 사람은 원망을 하지만 그는 적과 대치하고 있는 상황에서 어쩔 수 없는 일이라고 보았다. 이 편지에는 고령에서 패배한 적이 초

---

345) 金聃壽, 「次東岡寄巡相韻二首」(『西溪集』 卷1 張4), "天兵如虎復如熊, 提督威聲動海東. 兇賊驚聞心膽破, 邦人欣覩鼓吹雄."

346) 金聃壽, 「答子廷龍」(『西溪集』 卷2 張9), "天兵運糧, 義不可廢, 而縣民凋殘, 農事方殷, 何以善運?"

347) 金聃壽, 「答子廷龍」(『西溪集』 卷2 張9), "天兵侵掠已甚, 有識者, 以萬里來救爲德, 而無知之民則怨苦, 亦極耳."

348) 金聃壽, 「答子廷龍」(『西溪集』 卷2 張6-7), "吾洞內, 兵使, 作鎭不戰, 凡百穀物及家舍所餘, 盡湯無餘, 可歎. 然, 賊若入境, 則不止於此, 諸人皆怨, 而吾則不怨也."

계, 합천, 거창을 약탈하고 남원 쪽으로 갔다는 전세, 黃石山城 전투에서 가족과 함께 피살된 郭䞭, 명나라 摠兵 楊元의 자만과 그 패배 등 자신이 들은 이야기[349]가 소상하게 담겨 있다. 관리생활을 하고 있는 아들이 참고할 수 있도록 하기 위함이었다.

조식의 문인들 가운데 많은 사람이 의병으로 일어나 실전에 참여한 것으로 견주어 본다면, 김담수의 대응은 분명 소극적인 것임에 틀림이 없다. 가족들과 함께 가야산과 안동으로 피신하는 데 급급하였고, 이 과정에서 부평초처럼 이리저리 떠돌아 다녀야만 하는 유랑의식을 갖기도 했다. 그러나 그는 일개의 처사문인이지만 伽倻山城을 개축하도록 관리에게 건의하거나 倻溪 三坊, 冶爐 九坊을 사우들과 협의하여 보완토록 하는 등[350] 자신의 자리에서 역할을 다하고자 했다. 그리고 자신이 직접 본 것은 사실적으로, 들은 것에 대해서는 또한 그것대로 정리하거나 작품화했다. 이 밖에도 향토애와 가족애를 바탕으로 한 反戰意識을 가졌는데, 이는 인류가 보편적으로 지향하는 어떤 비전이기도 하다. 여기에는 그 스스로가 위난의 시대를 맞아 작가적 책무를 다하고자 하는 의도가 잠복해 있다.

3. 전쟁에 대한 문학적 대응

김담수의 학문은 강우의 남명학과 강좌의 퇴계학을 통섭하는 강안학이 그 배경이 되었다고 했다. 20세를 전후하여 오건과 황준량을 스승으로

---

349) 金聃壽, 「答子廷龍」(『西溪集』 卷2 張6) 참조.

350) 金聃壽, 「答子廷龍」(『西溪集』 卷2 張5), "倻城則白于相公繕築, 而得倻溪三坊, 冶爐九坊, 欲與寧海諸士友, 自初六, 爲始益加其未完處, 以爲避計, 但軍器軍糧未足可悶."

모셨고, 이후 조식을 직접 배알하면서 그의 학문은 고명해졌다. 그리고 전쟁을 피해 안동지방으로 삶의 현장을 옮기면서 조목과 금란수 등 이황의 제자들과 교유하면서 이황의 학문 역시 수용하게 된다. 이 같은 학문 성향에 입각하여 김담수는 임진왜란과 정유재란을 경험하게 되고, 다양한 작품을 통해 그의 작가적 역량을 발휘한다. 본장에서는 특히 그의 전쟁체험이 문학적으로 어떻게 형상화되는가 하는 점을 몇 가지로 나누어 관찰하기로 한다. 그리고 이에 앞서 김담수의 문학인식과 杜詩의 영향을 살펴, 전쟁체험과 문학적 형상화의 기반을 살핀다. 은구형 처사문인이 가졌던 전쟁에 대한 문학 형상의 연원과 대응은 이를 통해 자연스럽게 드러날 것이기 때문이다.

3.1. 문학인식과 杜詩의 영향

김담수는 저술을 즐기지 않았다. 이것은 은구형 처사문인에게 일반적으로 나타나던 현상이기도 했다. 이에 대하여 이상정은 '공은 저술을 좋아하지 않아 시와 간찰 약간편이 없어지지 않고 남아 겨우 존재할 뿐이다. 말의 기운은 溫雅하고 덕이 있는 말로 가득하다'[351]라고 하였다. 여기에 근거해서 보면 김담수의 문학은 不喜著述, 辭氣溫雅, 有德之言으로 요약된다. '불희저술'은 작가의 기본태도를, '사기온아'는 그의 문학이 지니는 미의식을, '유덕지언'은 그 문학의 내용을 두루 말한 것이다. 이를 염두에 두면서 그의 문학인식과 두시의 영향을 살펴 전쟁체험에 대한 문학적 대응의 기반을 고찰하기로 한다.

김담수의 문학인식부터 살펴보자. 김담수는 저술을 즐기지 않았으므로

351) 李象靖, 「西溪金公逸稿序」(『大山集』 卷44, 『韓國文集叢刊』 227, 349쪽), "公不喜著述, 只有詩札若干篇, 僅存於爛脫之餘, 而辭氣溫雅, 藹乎有德之言也."

그의 문집은 소략할 수밖에 없다. 이 글에서 고찰할 중심 대상인 시문학의 경우, 『宣城雜詠』에 실려 있던 작품이 대부분인데 도합 94제 121수이다. 이것은 그가 '불희저술'했다는 것을 단적으로 보여 주는 좋은 예이다.[352] 그의 문학인식은 이들 시작품을 통해서 유추해 볼 수도 있으나, 「宣城雜詠序」가 있어 이에 대한 구체적 사안을 알 수 있다. 이 글은 그가 1598년 되던 해 늦봄에 예안으로 피란을 와서, 그곳의 여러 사람들과 교유하며 지은 시편을 묶으며 쓴 머리말이다. 그 일부는 이렇다.

> 고향을 생각하는 마음과 나라를 걱정하는 마음은 날마다 더욱 깊어져서 안개 낀 아침과 달이 뜬 저녁, 그리고 구름 낀 날과 안개가 개일 때는 황량한 先山을 생각하고 회복이 되지 않는 국가를 통탄스럽게 생각하여 눈물을 흘리며 개탄하지 않는 때가 없었다. 이에 서로 알고 지낸 士君子들과 시를 지어 읊기도 하였다. 이것은 곧 시인이 시대를 걱정하며 사물을 느끼고, 난리가 끝나 나라가 잘 다스려지기를 바라는 뜻에서이다.[353]

「宣城雜詠序」는 자신이 宣城, 즉 예안에 온 이유, 작가로서의 책무, 국토의 회복에 대한 간절한 염원 등을 두루 언급하고 있다. 위에서 인용한 자료는 이 가운데 작가로서의 책무를 밝힌 부분이다. 이것은 그가 단순히 피란만 한 것이 아니라, 험난한 시대를 사는 작가로서의 역할을 고민하고 있었다는 증거이기도 하다. 위의 인용문에서 제시한 '憂時感物'과

---

352) 그러나 이것은 그의 문집을 기준으로 해서 볼 때만 그러하다는 것이다. 현재 『서계집』에는 상주와 성주에서 지은 작품 14제 16수가 실려 있다. 이것은 안동으로 피란 가기 전의 작품과 그 이후의 작품은 거의 소실되었다는 것을 의미한다.

353) 金聃壽, 「宣城雜詠序」(『西溪集』 卷2 張10), "然而, 思鄕之念, 憂國之心, 日以益深, 至於煙朝月夕, 雲暝霧晴之時, 則念松楸之榛荒, 痛國家之未復, 而未嘗不洒然慨歎也. 於是, 乃與相識士君子, 有唱酬之吟, 是乃詩人憂時感物, 亂極思治之意也."

'亂極思治'에 이 같은 생각이 구체적으로 드러나는 바, 김담수는 당대를 걱정하면서 어떤 비전을 제시할 수 있어야 한다고 했다. 그러니까 문학은 마땅히 당대의 아픔을 노래할 수 있어야 하며, 그것이 자신의 시대에 어떤 유의미한 요소로 작용할 수 있어야 한다는 것이다. 바로 이런 점에서 김담수의 문학은 현실주의를 지향하고 있다고 보아 마땅하다.

김담수 문학인식의 근저에 현실주의 시정신이 있었다. 이 때문에 그가 杜甫(少陵, 712-770)의 삶과 문학에 관심을 갖고 이를 전범으로 삼아 창작활동을 하는 것은 지극히 당연한 일이었다. 안록산의 난을 전후한 사회적인 대혼란은 두보를 자연스럽게 현실주의 시인으로 만들었다. 전란을 통해 경험한 잔혹상과 이로 인해 발현되는 휴머니즘은 두보 문학의 주요 주제였다. 김담수 역시 임진왜란과 정유재란이라는 미증유의 국가적 혼란을 목도하면서 작가로서의 책무를 인식하게 된다. 우리는 여기서 김담수 삶의 상황과 문학지향이 두보와 친연성을 가질 수밖에 없다는 사실을 알게 된다.

夢覺幽牕曉　꿈에서 깨어나니 그윽한 창가의 새벽,
悲懷底處陳　슬픈 마음을 누구에게 말할 수 있을까?
花山雖信美　안동이 비록 진실로 아름답지만,
南客自傷神　남쪽에서 온 객은 스스로 가슴만 아프다네.
月苦松楸露　달빛은 괴롭게 선산의 이슬에 내리고,
風凄戰伐塵　바람은 처량하게 전쟁터의 먼지를 날리네.
空將杜子淚　공연히 두자미처럼 눈물을 흘리나니,
揮灑倍今晨　오늘 새벽은 눈물을 배나 뿌린다네.[354)]

이 작품은 타향에서 忌日이 들어 새벽에 일어나 고향의 先山을 생각하

354) 金聃壽, 「四月念四諱日曉起因念鄕井丘壟感而述懷」(『西溪集』 卷1 張1)

면서 지은 것이다. 수련에서는 기일을 맞아 새벽에 일어났을 때의 쓸쓸한 심정을 노래했다. 함련에서 제시한 花山은 안동을 의미하고, 南客은 그 스스로가 성주에서 피란을 왔기 때문에 그렇게 칭한 것이다. 경련에서는 松楸로 선산을 표현하였는데, 여기에는 조상들의 묘소가 있으며 또한 그의 고향이기도 하다. 그러나 안동과 성주 사이에서 전쟁으로 일어난 먼지는 처량하다고 했다. 여기까지 시상을 전개시킨 김담수는 미련에서 '두보의 눈물'을 제시하고 있다. 이 눈물은 바로 김담수 자신의 눈물이며, 제삿날을 맞아 이것은 더욱 뜨거울 수밖에 없었다. 다음 작품 역시 같은 측면에서 읽힌다.

流落他鄉歎在陳　타향을 떠돌며 지극한 곤궁에 처하였는데,
何曾學箇子申申　어찌하면 공자의 느긋함을 배울 수 있을까?
傷時已識艱虞共　傷時를 이미 알고 근심을 함께 하니,
傾盖何論意氣均　일산을 기울여 어찌 말하리? 의기가 같은데.
恨極黎侯尾瑣日　한창려의 불우한 날처럼 지극히 한스럽고,
憂深杜老曲江春　두보의 곡강의 봄과 같이 근심이 많다네.
從今認得毛皮去　지금부터 겉치레의 예모 따윈 없애고,
杖策携琴笑語頻　산책하고 거문고 퉁기면서 담소나 자주 나누세.[355)]

김담수는 자신이 전쟁을 피해 곤궁하게 있는 것을 공자가 陳나라와 蔡나라 사이에서 곤액을 당하던 것에 비유하였다. 그리고 『논어』 「술이」편을 인용하여 공자의 느긋함[356)]을 배울 수 없음에 대하여 한탄하였다. 수련은 대체로 이렇게 시작하였다. 함련에서는 『가어』에 보이는 공자와 정자의 고사를 빌려, 孫叢巖과 의기가 투합됨을 말하였고,[357)] 경련에서

355) 金聃壽, 「次叢巖韻二首」(『西溪集』 卷1 張9)
356) 『論語』 「述而」, "子之燕居, 申申如也, 夭夭如也."
357) 『家語』에 '孔子遇程子於途, 傾蓋而語'라 하였는데, 서로 의기가 투합하여 일산을 기

는 한유와 두보를 떠올리며 불우와 곤궁에 한탄하고 근심하였다. 이같이 시대를 가슴 아파하며 근심과 걱정에 휩싸여 있지만, 미련에서처럼 '모피'로 상징되는 겉치레 예모를 버리고 담소를 나누자고 했다. 김담수 나름대로 비극적 현실을 살아가는 슬기로운 방법을 택했다고 하겠다. 우리는 여기서 두보의 근심을 자신의 근심으로 공감하지만 여기에 머물지 않겠다는 김담수의 의지 역시 읽어내게 된다.

김담수는 저술하는 것을 즐기지 않았지만 시대를 아파하는 마음으로 작시활동을 전개하였다. 고향을 그리워하고 나라를 걱정하는 것을 창작의 기본정신으로 삼았던 것이다. 이것은 김담수 문학이 성리학적 사변성 혹은 낭만적 격정에 뿌리를 내리고 있는 것이 아니라, 인간과 사회를 정직한 눈으로 관찰하고 그려내는 현실주의 시 정신에 밀착되어 있음을 의미한다. 사정이 이러하므로 그는 자연스럽게 두보의 문학에 공감하면서 눈물을 흘릴 수 있었다. 전쟁이라는 잔혹한 현실과 이로 인한 가족의 이산 및 자신의 유랑생활, 이것은 많은 번민을 만들어냈다. 그는 이것을 작품화하면서 16세기 강안시단의 한 특징적 국면을 드러내고 있었던 것이다.

3.2. 위기의식과 국난극복 의지

많은 인명을 살상하는 전쟁은 김담수에게 있어 나라와 인민을 다시 생각할 수 있는 중요한 계기가 되었다. 그는 아들 정룡에게 편지하여 '무릇 관리의 도리는 愛民을 위주로 하며, 공평·정직·청렴·평형을 그 다음으로 한다'[358]고 하면서, 아무리 작은 고을이라도 그 고장의 선비들에게 弊瘼을 물어 백성들에게 愛育의 교화가 펼쳐질 수 있도록 하라고 간곡히

울여 이야기한다는 의미이다.

358) 金聃壽, 「答子廷龍」(『西溪集』 卷2 張1), "凡爲吏之道, 以愛民爲主, 而公直廉平以副."

당부하였다. 이 같은 당부는 여러 글에서 보이는데, '무릇 관리의 도리는 애민을 위주로 해야 하며, 어진 師友가 아니면 애민의 정치를 시행할 수가 없다.'[359] '애민하는 뜻을 두면 하는 일이 비록 정도에 맞지는 않을지라도 거의 정도와 거리가 멀지 않을 것이다'[360] 라는 등의 허다한 구절이 그것이다. 이 같은 애민정신에 입각하여 전쟁을 체험했으므로 현실에 대한 위기의식과 그 극복의지는 강렬하지 않을 수 없었다. 이를 중심으로 살펴보자.

김담수의 위기의식은 직접적으로는 전쟁에 있었지만, 더 근원적으로는 우국과 애민정신에 정초하고 있었다. 사대부의 신분이 군과 민 사이에 있듯이 그는 군을 중심으로 한 나라와 그 나라를 지탱하고 있는 기본단위인 민을 특별히 중시하면서 당대의 현실에 대하여 고뇌하였다. '마음은 일찍이 상산노인과 같고, 초췌한 것은 澤畔을 거닐던 굴원과 같다'[361] 며, 秦末의 난을 피해 商山으로 숨어들었던 商山老人과 초나라의 우국시인 屈原에 스스로를 비긴 것도 모두 여기에 근거한 것이었다. 김담수는 우국과 애민정신을 다양한 빛깔로 노래했지만, 다음 작품은 이와 관련한 김담수 의식의 근저를 알 수 있게 한다.

(가) 羈懷寥落耿新秋　나그네 마음은 쓸쓸하고 새로운 가을은 잊을 수가 없는데,
何事蛩聲入耳愁　무슨 일로 벌레 소리는 귀에 들려와 수심을 자아내는고?
復我家邦眞不易　우리나라를 회복하기는 참으로 쉽지가 않을 듯하여,
倚欄怊悵屢搔頭　난간에 기대고 슬퍼하며 자주 머리를 긁는다네.[362]

---

359) 金聃壽, 「答子廷龍」(『西溪集』 卷2 張3), "凡爲吏之道, 以愛民爲主, 而非賢士友, 則無以施愛民之政."
360) 金聃壽, 「答子廷龍」(『西溪集』 卷2 張4), "存心愛民, 雖未克皆中, 庶幾不遠矣."
361) 金聃壽, 「次叢巖韻」(『西溪集』 卷1 張9), "情懷早擬商山老, 憔悴還如澤畔均."

(나) 公負奇才少世諧　공의 기이한 재주 세상과 맞지 않아,
試刀彭澤賦歸來　시험 삼아 도연명처럼 「귀거래사」를 지었네.
東山一臥雖堪樂　동산에 한 번 눕는 것이 비록 즐겁긴 하지만,
其奈蒼生望保孩　백성들이 아이처럼 보호해 주기 바라는 것은 어이 할꼬?[363)]

작품 (가)는 타향에서 나라를 걱정하는 마음을 곡진히 폈다. 김담수는 이 작품에서 새로 맞은 가을(1구), 귀에 들려오는 풀벌레 소리(2구), 회복될 기미가 없는 국운(3구), 깊이 잠기는 시름(4구) 등을 두루 제시했다. 그의 우국정신이 가을의 풀벌레 소리와 더불어 처연한 애조를 지니고 형상되어 있다. 작품 (나)에는 애민정신이 깃들어 있다. 金富倫(雪月堂, 1531-1598)과 琴應壎(勉進齋, 1540-1616) 등을 만나고 난 뒤, 금응훈이 세상을 위해 쓰이지 못함을 안타깝게 생각한 것이다. 즉 그는 奇才를 지녀 훌륭한 관리로서 백성들을 보살필 수 있는데도 불구하고, 사정이 그렇지 못하다며 한탄하고 있는 것이다. 전쟁이 일어나 시사가 급하기 때문에 이 같은 생각은 더욱 간절했을 것이다. 애민정신에 기반한 발상임은 말할 나위도 없다. 이 같은 우국의식과 애민정신을 가졌으므로, 김담수는 당대의 위기적 현실을 안타까운 어조로 담아낼 수 있었다.

(가) 兵火于今七載餘　전쟁이 지속된 지 벌써 7년여,
家邦零替失郊居　나라가 영락하여 교외의 거처마저 잃어버렸네.
艱危幾度思頗牧　어렵고 위태로울 때 몇 번이나 廉頗와 李牧을 생각하였던고?
愧我無傳圯上書　나는 黃石公같이 훌륭한 병서를 전하지 못함이 부끄럽네.[364)]

---

362) 金聃壽, 「偶吟」(『西溪集』 卷1 張12)
363) 金聃壽, 「官亭遇金惇叙琴壎之因述奉寄二首」(『西溪集』 卷1 張4)

(나) 時事蒼黃日　시사가 매우 급한 오늘날,
君臣協力秋　군신은 힘을 모을 때라네.
如何傾軋急　어찌하여 분당으로 알력을 일삼아,
獨使至尊憂　임금께서 근심하시게 할까?365)

작품 (가)에서는 전쟁으로 삶의 터전을 잃어버린 현실, 춘추전국시대 조나라의 명장 염파와 이목 같은 인물이 없는 현실 등을 제시하며 당대의 위기적 상황을 적극적으로 드러냈다. 여기에서 더욱 나아가 황석공이 장량에게 물려주었다는『太公兵法』같은 훌륭한 병서를 자신은 전할 수가 없으니, 선비로서 유일하게 할 수 있는 묘안도 제시할 수 없다며 한탄하고 있다. 사정이 이 같은데도 작품 (나)에서 언급하고 있듯이, 신하들은 붕당을 일삼아 서로를 공격하니 탄식하지 않을 수 없다고 했다. 김담수는 이 같은 위기적 현실을 가슴 아파하며 '상시'하였고,366)「聞鶯」이라는 작품에서는 시국을 통탄하는 한 줄기 마음이 강물 같다고 하면서 눈물이 동쪽을 향해 하염없이 흐른다367)고 했다. 꾀꼬리 소리에도 놀라 시국에 대한 눈물을 흘렸던 것이다. 김담수의 현실에 대한 위기의식은 그의 작품 전반에 걸쳐 중요한 흐름을 이루는데, 여기서 머무를 수 없기 때문에 극복의지 역시 강하게 표출하였다.

(가) 業武誰能雪國羞　어떤 무신이 능히 나라의 치욕을 씻어 줄까?
學書無望運良籌　글만 배운 서생에게서 좋은 책략 바랄 수 없네.
何人出作桓桓將　어떤 사람이 굳센 장수로 나와서,

---

364) 金聃壽,「感時」(『西溪集』卷1 張7-8)
365) 金聃壽,「近聞朝中分黨方事攻擊而無意恢復大事慨歎有述」(『西溪集』卷1 張1)
366) 김담수는「傷時」(『西溪集』卷1 張13)라는 시를 지었는데, 여기서도 세상을 구하지 못하는 한탄과 오랑캐 정벌의 어려움을 토로하고 있다. 원문은 이렇다. "跪履難逢圯上老, 濟屯無術只傷悲. 一年屈指無多月, 却恐征蠻未易期."
367) 金聃壽,「聞鶯」(『西溪集』卷1 張11), "傷時一念如江水, 一向東流不暫遲."

殺盡羣夷奏凱謳　모든 오랑캐를 섬멸하고 개선가를 부를까?[368)]

(나) 征東大將氣堂堂　정동대장의 기상은 당당하고,
武士如雲計亦良　무사는 구름 같아 계략 또한 훌륭하네.
快劒幾時撕殺盡　어느 때 날카로운 칼로 적들을 다 죽일까?
三杯相屬賀重光　삼배의 술을 서로 권하며 회복되길 바라네.[369)]

작품 (가)는 왜적을 방어할 사람이 없음을 탄식한 「歎禦賊無人」의 전문이다. 이 작품에서도 글만 배운 서생으로서의 자괴감이 녹아 있다. 이 같은 자괴는 위대한 영웅을 대망하는 것으로 나타나는데, 3구의 '桓桓將'이 바로 그것이다. 나라에 훌륭한 장수가 없음을 한탄하고 있던 차에, 明軍의 개입은 그에게 커다란 희망을 주었다. 그 희망을 노래한 것이 작품 (나)이다. 이에서 보면 김담수는 당당한 기상을 지닌 정동대장이 계략이 뛰어난 많은 군사들을 거느리고 우리나라에 다시 빛을 던져 주기를 기원하며 건배를 하고 있다. 전쟁을 지독히 경험하고 있는 김담수가 어떤 희망을 갖고 있는가를 잘 알 수 있는 대목이라 아니할 수 없다.

우국과 애민정신은 유가사상의 중요한 덕목 가운데 하나이다. 김담수는 이에 바탕하여 현실에 대한 강한 위기의식을 갖고 있었다. 수많은 인명을 살상하는 전장의 현실을 목도하면서 이 의식은 더욱 증폭되었다. 더욱이 조정의 신하들이 분당을 하여 서로 싸우는 것을 듣고 개탄해 마지않았다. 그러나 상황이 이 같음에도 그는 일개의 서생일 뿐이었다. 장량에게 『태공병법』을 전한 황석공의 역할도 할 수 없었고, 나라를 다스릴 묘책도 있지 않았다. 김담수는 여기에서 한계를 절감하지 않을 수 없

368) 金聃壽, 「歎禦賊無人」(『西溪集』 卷1 張3)
369) 金聃壽, 「聞天將東征喜而有詠」(『西溪集』 卷1 張3) 이 시는 「寄金東岡」 뒤에 「又」로 실려 있으나 내용상 그 앞에 있는 「聞天將東征喜而有詠」의 「又」로 보아야 한다. 문집의 작품 배열에 다소의 오류가 있는 듯하다.

었다. 그러나 한탄만 하고 있는 것이 능사가 아니기 때문에 그는 국난 극복의지를 갖고 위대한 영웅이 나와 나라를 구해 주길 간절히 희망하였다. 궁여지책이긴 하나 명군의 개입은 그에게 커다란 희망으로 작용했고, 술을 권하며 승리를 기원하기도 했다.

3.3. 자연을 통한 평화지향

성리학자들에게 있어 자연은 특별한 의미를 지닌다. 여기서 불변의 도체를 발견하고 마음속에 내재한 性과 일치시킴으로써 자연합일의 경계를 추구하기 때문이다. 김담수 역시 젊은 시절부터 오건과 황준량 등에게서 성리서를 배웠을 뿐만 아니라, 자라서는 『주역』에 잠심한 성리학자였다. 사실 그의 작품에도 이 같은 경향이 전혀 없는 것은 아니다. 예컨대 조목에게 주는 시 가운데, '맑은 강 위에 말을 매어 두고, 옛 것을 배우는 늙은이를 찾아왔다네. 조용히 살면서 도맥을 탐구하고, 단정히 앉아 가난도 즐기네.'[370]라고 하면서 자연 친화적 태도로 진리를 탐구하는 전형적인 성리학자적 모습을 보여주기도 한다.

그러나 그에겐 성리학에 침잠하면서 자연 속에 내재한 이치를 궁구할 여유가 있지 않았다. 오히려 자연은 피신의 장소를 제공하는 역할을 했다고 보아 마땅하다. 따라서 그에게 있어 자연은 독특한 의미를 지닐 수밖에 없었다. 자연을 여러 측면에서 관찰할 수도 있으나, 김담수가 전쟁 가운데서 바라본 아름다운 자연은 그에게 있어 평화를 희망하는 어떤 資具로 활용되었다. 이것은 전쟁을 극복하고자 하는 그의 간절한 소망과 맞물려 있기도 하다. 우선 다음의 작품을 중심으로 자연을 어떠한 방식

370) 金聃壽, 「偶吟短律呈月川」(『西溪集』 卷1 張1), "舍馬淸江上, 來尋學古翁. 燕居探道脉, 端坐樂瓢空."

으로 활용하여 그의 평화지향 의식을 드러내고 있는지를 확인해 보자.

(가) 理屬尋眞界　짚신을 고쳐 신고 眞界를 찾아들어,
登臨序屬秋　올라 다다르니 계절이 벌써 가을이구나.
山孤梅合植　외로운 산에는 매화를 심을 만하고,
境僻鶴堪遊　궁벽한 이곳에는 학이 놀 만하다네.
亂巘巉如戟　어지러운 산은 치솟은 창과 같고,
平波淡若油　평평한 물결은 맑은 기름 같네.
偶然成勝會　우연히 좋은 모임을 이루었으니,
淸興自悠悠　맑은 흥취 스스로 유유하네.[371]

(나) 岡斷川回處　산은 끊어지고 냇물이 휘도는 곳,
危樓勢翼然　높다란 누각이 나는 듯이 서 있구나.
樹陰搖翠盖　나무 그림자는 푸른 일산처럼 흔들리고,
山色近蒼天　산 빛은 푸른 하늘에 닿아 있네.
境僻堪招鶴　지경이 궁벽하여 학을 부를 만하고,
庭空可命篇　뜰이 비었으니 글을 읽을 만하다네.
却憐時事急　도리어 시사가 급한 것을 가련해 하나니,
登眺淚滔漣　누각에 올라 굽어보며 눈물을 짓는다네.[372]

여기서 보듯이, 김담수는 아름다운 자연 속에서 전쟁을 생각하며 슬퍼하고 있다. 작품 (가)는 금란수의 정자인 孤山亭이, 작품 (나)는 예안현의 누각이 시적 소재로 활용되었다. 앞의 작품 함련에서 '山孤'와 '境僻'을, 뒤의 작품 경련에서 '境僻'과 '庭空'을 제시하여 매화를 심을 만하고 학이 날아들 만하며, 또한 글을 읽을 만하다고 했다. 그러나 전쟁이라는 험난한 상황이 전개되는 현실 때문에, 앞의 작품 경련에서 보듯이 높이

371) 金聃壽, 「孤山亭」(『西溪集』 卷1 張1)
372) 金聃壽, 「登縣樓」(『西溪集』 卷1 張2)

치솟은 산이 살상의 무기로 보이고, 뒤의 작품 미련에서 보듯이 시사가 급하여 눈물을 흘린다고 했다. 우리는 여기서 자연 속에서 산수에 몰입하지 못하는 시적 자아를 만나게 되는데, 현실이 그에게 그러할 수 있는 여유를 주지 않았기 때문이다. 이들 작품이 안주할 수 없는 자연을 제시한 경우라면, 다음 작품은 보다 적극적으로 자연을 찾는 경우이다.

(가) 山亡雄虎澤龍亡	산에는 드센 호랑이가 없고 못에는 용이 없으니,
百怪憑凌狐狸行	온갖 괴물들이 마음대로 하며 이리떼가 판을 치네.
待得亂平投紱去	난리가 평정되길 기다렸다가 모든 일을 던져버리고서,
理釣前溪畢此生	앞 여울에서 낚시하면서 이 삶을 마치리.[373]

(나) 春晩流離子宰城	늦은 봄에 아들이 벼슬하는 곳을 떠돌다가,
一心長往故山程	한 마음으로 고향 길을 가고자 하네.
皇天假手殲夷盡	황천의 손을 빌려주어 오랑캐를 다 죽인다면,
平亂歸歟寄此生	난리를 평정하고 돌아가서 이 삶을 기탁하리.[374]

험난한 피란살이 속에서 자연을 그리워하며 지은 작품이니 앞서 살핀 「孤山亭」 및 「登縣樓」와 그 방향이 반대이다. 작품 (가)는 구체적으로 변방에서 어떤 일이 벌어졌는지는 알 수 없으나, 변방의 장수가 방자한 행동을 함부로 한다는 소식을 듣고 아들을 경계하면서 지은 것이고, 작품 (나)는 전쟁이 끝나기를 간절히 기원하는 마음으로 지은 두 수 가운데 뒤의 것이다. 이 두 작품이 지향하는 것은 모두 평화이다. 전쟁이 끝나고 고향과 자연, 그리고 조용한 은일적 삶을 누리고 싶다는 것이다. 김담수는 이것을 (가)와 (나)의 결구에 '畢此生' 혹은 '寄此生'이라는 용어로

373) 金聃壽, 「聞邊帥恣威吟一絶以示長兒」(『西溪集』 卷1 張15)
374) 金聃壽, 「祈平亂」(『西溪集』 卷1 張12)

명확히 제시하고 있다. 지리한 전쟁이 지속되면 될수록 이 같은 생각은 더욱 간절했을 것으로 보이는데, 여기에서 말하는 자연은 바로 전쟁이 끝난 이후의 평화를 상징한다.

(가) 投紱東華賦去歸　조정의 벼슬을 버리고 자연으로 돌아오니,
山亭詩興不相違　山亭의 시흥이 떠나지 않았네.
春回深峽巖花發　깊은 산골로 봄이 돌아와 바위 사이에 꽃이 피고,
夏入淸江翠浪飛　맑은 강으로 여름이 찾아와 푸른 물결을 날리네.
籬菊傲霜知晩景　울 밑의 국화는 서리를 이겨 늦은 경치임을 알리고,
軒梅香雪襲荷衣　뜰의 매화는 눈 속에 향기로워 연잎 옷으로 스며드네.
百年行樂傾千日　백 년의 행락 속에 기울이고 싶은 천일주,
乘月何時覽德輝　언제나 달빛 타고 덕의 빛을 볼거나?[375]

(나) 携笻浩嘯倚雲端　지팡이 짚고 구름 가에 의지하여 긴 휘파람을 부니,
景物悠悠兩峽間　경물이 두 산골짜기 사이에서 아득하구나.
認得謫仙千古意　이태백이 품었던 천고의 뜻을 알고 나니,
暫閑滋味勝長閑　잠깐의 한가로운 재미가 긴 한가로움보다 낫다네.[376]

김담수는 위의 작품에서 전쟁을 표면에 드러내지 않았다. 이를 통해 자연으로 평화를 지향하는 것을 극대화했다고 할 수 있다. 위 작품은 모두 피란처에서 만난 금란수 및 그의 정자 고산정과 결부되어 있고, 이와 함께 고산정 주위의 아름다운 경치가 두루 묘사되어 있다. 앞의 작품(가) 경련과 함련, 뒤의 작품(나) 1구와 2구가 모두 그러한 것이다. 피란 속

375) 金聃壽, 「昨覩孤山淸韻兼得退溪先生瓊律感歎之餘忘拙敬次呈惺惺齋」(『西溪集』 卷1 張5-6)
376) 金聃壽, 「到縣憶孤山佳致因吟二絶」(『西溪集』 卷1 張5)

에서 이루어진 자연에 대한 이 같은 섬세한 묘사는 결국 그가 아름다운 자연을 노래함으로써 평화를 지향하는 마음이 간절하다는 것을 나타내고자 함이었다. 앞의 작품 미련에서 보고자 하는 '덕의 빛'과 뒤의 작품 4구에서 '잠깐의 한가로운 재미'는 이를 방증하기에 족하다. 우리는 여기서 전쟁 속에서 읊은 그의 자연시가 결국은 반전의식과 평화주의를 함의하고 있다는 것을 비로소 알게 된다.

김담수의 작품에는 자연을 소재로 한 시가 다량 발견된다. 이 가운데 전쟁 중에 창작했던 자연시는 독특한 의미를 지닌다. 그는 아름다운 산수 속에서 전쟁을 연상하기도 하고, 험난한 피란 생활 가운데 돌아가고 싶은 고향의 산천을 제시하기도 했다. 그리고 더욱 적극적으로 자연 속에서 잠시나마 그 흥취를 누리기도 했다. 자연의 아름다운 정취는 은구형 처사문인인 김담수가 가장 절실하게 회복하고자 했던 것이라 볼 때, 이 자연은 일반 성리학자들의 자연인식과는 다르다. 전쟁이라는 특수한 환경 속에 조성된 그의 자연의식이라 할 터인데, 이것은 결국 전쟁 너머에 있는 그의 평화주의와 맞닿아 있다. 김담수가 누각에 올라가 아름다운 자연을 굽어보며 흘렸던 눈물의 의미는 바로 여기서 새로운 의미로 읽힌다.

3.4. 고향과 가족에 대한 그리움

유가 지식인이 으레 그렇듯이 김담수 역시 가족애가 남달랐다. 8세 때 아버지가 돌아가신 후 예를 다했고, 어머니에 대해서는 '어머니를 봉양하는 일은 아버지를 섬기는 것과 달라 내가 평생 동안 잘 섬기지 못하긴 했지만 어버이의 뜻을 조금도 거스르지 않았다'377)라고 자부하듯이 그는

377) 李象靖, 「行狀」(『西溪集』 卷3 張1), "幹母之蠱, 異於事父, 吾平生, 雖不能爲養,

부모에 대하여 효경을 다하였다. 그의 가족사랑은 아들인 廷龍, 廷契, 廷堅 등에게 보내는 14통의 편지에 잘 드러난다. 이 같은 김담수였기 때문에 전쟁으로 인한 그의 유랑은 그 스스로를 더욱 외롭게 했고, 그의 외로움은 고향과 가족에 대한 그리움으로 전이되기에 충분한 것이었다. 이제 김담수가 피란지에서 느꼈던 고향과 가족에 대한 그리움의 정서를 더듬어 보자.

전쟁은 수많은 유랑민을 만들어낸다. 김담수 역시 그 유랑민 가운데 하나였다. 유랑민으로서의 고통을 드러내거나 그래도 살아 있으니 언젠가 만날 날이 있지 않겠느냐며 스스로를 위로하기도 했다. 동쪽과 서쪽으로 떠도는 부평초 같은 신세로 자연에 스스로를 맡기다가, 천 리 밖에서 친구를 만나니 인간의 離合이 하늘에 있음을 알겠다[378]면서 한 탄식이나, 생사를 알지 못하는 옛 친구를 생각하면 참으로 서글퍼지기는 하지만, 살아 있기 때문에 남북으로 헤어졌으면서도 언젠가 다시 만날 때가 있을 것이라고 한 것 등이 모두 그것이다. 이같이 전쟁으로 인한 이별과 그것이 만들어 내는 애수어린 유랑의 정서는 김담수의 문학에 깊게 내장되어 있었다.

暑氣猶金鑠 더운 기운은 쇠를 녹일 듯하니,
瘦肌潘汗連 파리한 몸에서 땀이 잇달아 흐르네.
蟬鳴深樹裏 매미는 깊은 나무 속에서 울고,
雲度碧峰巓 구름은 푸른 산봉우리 위를 지나가네.
故國知何許 고국이 어떠한지를 아나니,
羈懷耿自悁 나그네 마음은 걱정스럽고 분하기만 하네.
悲吟多慷慨 슬픈 시를 읊조리며 강개스러워,

但未嘗拂親意也."

378) 金聃壽, 「次尹芝嶺韻四首」 其四(『西溪集』 卷1 張7), "萍蓬身世死生邊, 飄泊東西任自然. 千里故人千里遇, 始知離合儘由天."

望北訴蒼天　북쪽을 바라보며 하늘에 호소한다네.[379)]

위의 작품 수련에서는 더위의 고통을 담고 있다. 김담수는 특히 더위를 이기지 못한 듯한데, 다른 작품에서도 더위를 견디지 못해서, '비좁은 타향 집에 더위가 심하여, 절름발이 평상에 뒹굴면서 心肝을 다 태운다'[380)]고 했다. 이 같은 더위는 피란살이와 함께 그에게 커다란 고통으로 다가왔던 것이다. 경련에서는 '羈懷'라 했다. 이것은 나그네로서의 유랑정서를 의미한다. 그 구체적인 내용을 걱정스러움과 분함이라고 밝히고 있다. 김담수는 여기서 자신의 '고국'을 새롭게 떠올리면서 풍전등화의 위기를 안타까워하고 있다. 그리고 은구형 작가로서 할 수 있는 문학적 대응을 시도하며, 슬픈 시를 지어 북받치는 원통한 심정을 하늘에 호소했다. 타향살이가 괴로우면 괴로울수록 고향은 더욱 그리운 법이다. 다음의 시편에서 김담수가 그리워하던 고향을 만나보자.

(가) 離鄕千里夢依依　천리길 고향 떠나 꿈 속에 어렴풋하니,
欲向家山路不微　집으로 가려 하나 길은 짧지가 않네.
遙想某丘風日好　멀리 생각하노니 고향 언덕엔 날씨도 좋아,
渚禽應喚主人歸　물새도 응당 주인 돌아오기를 기다리겠지.[381)]

(나) 淪落從來節過梅　떠돌이 생활한 이래 하마 4월이 지나,
故園魂夢幾番回　꿈속에서 몇 번이나 고향을 찾았던고?
幅巾他日倻溪上　다른 날 야계 위에서 복건을 쓰고,
得得閑行任去來　한가하고 뿌듯하게 마음대로 왕래하리라.[382)]

379) 金聃壽, 「偶吟」(『西溪集』 卷1 張2)
380) 金聃壽, 「坐僑軒不堪盛暑詩以追懷」(『西溪集』 卷1 張11). "僑屋湫卑暑氣熾, 跛床輾轉爛心肝."
381) 金聃壽, 「思鄕」(『西溪集』 卷1 張10)
382) 金聃壽, 「偶吟」(『西溪集』 卷1 張11)

(다) 飄泊商山歲月悠　상주로 떠돈 지 세월이 아득하여,
白花黃葉使人愁　백화와 황엽이 사람으로 하여금 근심스럽게 하네.
何時國定還桑梓　어느 때나 나라가 평정되어 고향으로 돌아가서,
說盡心中不盡憂　마음 속에 수많은 근심 다 말할 수 있을까?[383]

위의 작품은 모두 김담수가 꿈속에서 고향을 그리워하면서 지은 것이다. 작품 (가)는 제목부터 「思鄕」이다.[384] 고향의 맑은 언덕과 나는 물새를 생각하면서 사향의 정서를 곡진히 폈다. 작품 (나) 역시 고향으로 가서 대가천 물가를 한가롭게 거닐고자 했고, 작품 (다)는 상주에서의 '飄泊'의 괴로움과 함께 전쟁이 끝나고 속히 고향으로 가고 싶어 하는 뜻을 밝혔다. 그에게 있어 고향은 타력에 의해 쫓겨난 자가 돌아가고자 하는 하나의 유토피아였던 것이다. 이 같은 생각은 그의 작품 「記夢」 등으로 이어져, '언제 천운이 돌아 우리나라를 편안하게 하여, 가야산에 가서 고사리를 캘 수 있을까?'[385]라고 하는 데까지 이르렀다. 김담수의 사향의식은 현재 남아 있는 그의 작품에 다채롭게 배어 있다. 새벽에 일어나 빗소리를 듣고 고향을 그리워한 「曉起聞雨聲述懷」,[386] 둘째 아들의 시에 차운을 해서 고향이 그리워 잠 못 이룬다고 했던 「次次兒韻」,[387] 꿈속에서나마 그리는 고향을 노래한 「夢作」[388] 등 허다한 시편이 모두 그러한 것이다.

김담수의 사향의식 안에는 짙은 가족애가 잠복해 있다. 예컨대, '집안

---

383) 金聃壽, 「客懷」(『西溪集』 卷1 張19)
384) 이 밖에도 「사향」이라는 제목의 시가 『西溪集』 卷1 張13에 두 수 더 있다.
385) 金聃壽, 「記夢」(『西溪集』 卷1 張17), "漂泊商山已數載, 夢中魂魄故園歸. 何時天運寧東土, 採得伽倻一面薇."
386) 金聃壽, 「曉起聞雨聲述懷」(『西溪集』 卷1 張16)
387) 金聃壽, 「次次兒韻」(『西溪集』 卷1 張1)
388) 金聃壽, 「夢作」(『西溪集』 卷1 張19), 앞서 제시한 「記夢」(『西溪集』 卷1 張17)과 「夢述一絶但記首一句餘不記得回成下三句」(『西溪集』 卷1 張13) 등이 대표적이다.

의 가혹한 후환은 차마 말할 수가 없구나. 난리 속에서 賢婦를 잃었으니 이 아이의 불행은 무엇이 이보다 심하겠느냐?',[389] '둘째 아이 집의 학질이 전일보다 심하니 참으로 민망하다',[390] '부자 형제가 제각기 남북에서 피란을 하고 있으니 참으로 민망하다',[391] '같은 집과 같은 방에서 함께 사는 일을 아득히 기약하기 어려우니 한탄스럽다'[392]라고 한 발언이 모두 그러한 것이다. 이들은 대체로 전쟁 때문에 발생한 가족의 이산과 질병, 이로 인한 불행한 가족사에 대한 한탄이다. 우애에 기반한 작품도 여럿 있지만,[393] 어머니에 대한 효심은 그에게 있어 매우 특별한 것이었다.

(가) 世事悠悠百不能　세상 일 아득하고 하나도 되는 일 없는데,
故山歸夢入秋增　고향에 돌아가는 꿈은 가을 들며 더하네.
何時陪母還鄕土　언제쯤 어머님을 뫼시고 고향으로 돌아가,
四友堂前舞綵繒　사우당 앞에서 비단옷 입고 춤출 수 있으리?[394]

(나) 旅寄山中月正規　산 속에서 나그네로 머물며 둥근 달 보나니,
蜀禽何事喚催歸　자규는 무슨 일로 돌아갈 길을 재촉하는고?
流離故國音凄切　고국을 떠났으니 울음 정녕 처절하고,
飄泊他鄕恨益深　타향을 떠도니 한이 더욱 깊어지네.

---

389) 金聃壽, 「答子廷龍」(『西溪集』 卷2 張3), "家患之酷, 不忍言不忍言, 亂離之中, 失此賢婦, 此兒之不幸, 孰甚焉."
390) 金聃壽, 「答子廷龍」(『西溪集』 卷2 張2), "次兒家患痁, 比前爲甚, 深悶."
391) 金聃壽, 「答子廷龍」(『西溪集』 卷2 張6), "父子兄弟, 各在南北而避患, 尤可悶也."
392) 金聃壽, 「答子廷龍」(『西溪集』 卷2 張4), "但時節屢移, 而同堂合室, 杳然難期, 可歎."
393) 형제애를 다룬 것으로는, 옛날 임진왜란 때 4형제가 어머니를 모시고 가야산 북쪽으로 피란을 하여 근심과 기쁨을 함께 하였으나, 그 후 형제가 잇달아 세상을 떠나고 자신만 어머니 곁에 있으므로 그 슬픔을 이기지 못해서 시를 짓는다는 사연을 제목에 담은 다음 작품이 대표적이다. 원문을 이러하다. "昔年避亂倻山後, 兄弟四人共笑語. 今日追思惟我獨, 西風不耐悲無數.(『西溪集』 卷1 張15)"
394) 金聃壽, 「夢述一絶但記首一句餘不記得回成下三句」(『西溪集』 卷1 張13)

聲徹半夜羈夢斷	소리는 한밤에 계속되고 나그네 꿈은 끊어지는데,
悲深離膝眼波微	슬픔은 슬하를 떠나 더욱 깊어져 눈에는 잔물결이네.
啼時愼莫慈闈近	울 때는 조심하여 어머니께 가까이 가지 마라!
攪起親心怨返遲	어머니 마음이 산란하시면 늦게 돌아감을 원망하실라.[395]

작품 (가)에서는 어머니를 모시고 고향으로 돌아가 사우당, 즉 아버지와 함께 살던 곳에 모셔두고 마음껏 효도를 하고 싶다고 했다. 작품 (나) 역시 그 연장선상에서 이해되는데, 어머니에 대한 효심과 두견새의 처절한 울음소리가 서로 맞물리면서 문학적 완성도를 높이고 있다. 피란지인 산 속에서 望帝魂의 고사를 떠올리며 타향을 떠도는 자기와 동일시하고 있기 때문이다. 그 슬픔이 어머니께로 전이되지 않기를 바라는 마음에서 두견새에게 주의를 주고 있지만, 결국은 그 스스로가 조심하여 슬픔을 어머니 앞에서 보이지 않겠다는 것이다. 이 같은 시상은 「聞杜鵑」[396]에서도 그대로 이어지는데 김담수의 효심이 독자로 하여금 강한 감동을 일으키게 한다. 김담수의 시에 나타난 효심은 가을 벌레소리를 들으며 어머니의 사랑을 노래한 「八月念七夜懷親有吟」,[397] 구기자를 보면서 어머니의 장수를 기원한 「詠朱明洞枸杞」[398] 등이 명편으로 이어져 그의 시세계에 또 하나의 축을 형성하고 있다.

전쟁은 김담수로 하여금 이별과 유랑생활을 강요했다. 그의 작품에 나타난 고향과 가족에 대한 그리움의 정서는 이 과정에서 더욱 증폭된 것

395) 金聃壽, 「次孫叢巖韻」(『西溪集』 卷1 張8)
396) 「聞杜鵑」(『西溪集』 卷1 張11)의 전문은 이러하다. “蜀魄分明枝上啼, 鄕思忽起意悽悽. 何方掃却兇鋒盡, 陪母生還倻水西.”
397) 金聃壽, 「八月念七夜懷親有吟」(『西溪集』 卷1 張14)
398) 金聃壽, 「詠朱明洞枸杞」(『西溪集』 卷1 張9)

으로 보인다. 안동으로 피란가기 전에는 여러 번 아들에게 편지를 보내 전쟁으로 인한 괴로움과 아들의 안부를 물었고, 피란지 안동에서는 고향을 그리워하면서 꿈에서마저 고향의 산천을 떠돌았다. 가족에 대한 염려와 사랑, 그리고 어머니에 대한 효심은 깊고 강한 것이어서 독자를 깊은 감동에 젖어들게 한다. 김담수의 이 같은 사향의식과 가족사랑은 전쟁으로 발생한 인간의 본연적 사랑과 결부되어 있어 사림파 문학의 새로운 측면을 관찰하기에 족하다. 우리는 여기서 김담수의 유랑과 사향 및 가족애가 김담수의 개인사에서 훨씬 벗어나고 있다는 것을 확인하게 된다.

4. 맺음말

이상에서 우리는 김담수가 그의 전쟁체험을 문학적으로 어떻게 성취하고 있는가 하는 문제를 검토하였다. 김담수의 학문은 지역적으로나 학문적으로 江右의 南冥學과 江左의 退溪學을 아우르는 江岸學風 속에서 숙성되었다고 할 수 있다. 일찍이 그는 曺植의 제자인 吳健, 李滉의 제자인 黃俊良을 스승으로 삼아 성리학을 배웠으며, 이후 조식과 이황의 학문적 特長도 은연중에 체득한다. 그는 임진왜란과 정유재란을 맞아 가야산과 안동으로 피신을 하기도 하지만, 때로는 관리에게 건의하여 가야산성을 개축하도록 하는 등 적극적인 현실대응을 보인다.

김담수 문학은 성리학적 사변성 혹은 낭만적 격정에 뿌리를 두고 있는 것이 아니라, 인간과 사회를 정직한 눈으로 관찰하는 현실주의에 기반해 있다. 이 때문에 詩의 성인이라 칭송받는 杜甫의 문학에 많은 관심을 가질 수 있었고, 전쟁과 그로 인한 체험을 성공적으로 작품에 담아낼 수 있었다. 즉 김담수의 문학은 전쟁이라는 잔혹한 현실과 가족의 離散으로 말미암은 인간적 고뇌가 휴머니즘적 사고 아래 형상화되었다고 하겠다.

憂國과 愛民은 김담수 문학의 주요 주제다. 수많은 인명을 살상하는 전쟁의 현실을 목도하면서 위기의식은 팽배해 있었고, 이에 따라 위대한 영웅이 나와 나라를 구해 주길 간절히 기원하는 영웅대망론을 펼치기도 했다. 다른 사림파 문인들과 마찬가지로 그의 작품에도 자연이 많이 등장하지만, 대부분 휴식과 평화의 공간으로 설정되어 있어 특이하다. 이별과 유랑은 가족애를 동반하기에 족하다 하겠는데, 고향을 그리워하는 정서와 함께 인간 본연의 사랑으로 귀착된다. 바로 이 점에서 김담수의 思鄕意識과 가족애는 김담수의 개인사를 훨씬 뛰어넘는 것이라 할 수 있다. 그렇다면 이 같은 김담수 문학이 지닌 의의는 무엇인가? 이를 몇 가지로 나누어 간략하게 생각해 보며 본 논의를 마무리하자.

첫째, 가족애에 바탕한 인간의 본원적 평화주의를 제시하고 있다는 점이다. 김담수가 가야산과 안동, 그리고 상주 등지를 떠돌며 작품으로 드러내고자 했던 것은 고향과 가족에 대한 그리움의 정서다. 자연 역시 그에게 있어서는 주로 평화를 상징하는 도구로 활용되었다. 특히 고향의 자연은 그에게 있어 간절히 되찾고자 하는 하나의 유토피아였다. 전쟁체험과 이와 관련한 상상력이 대체로 전쟁의 파괴상을 묘사하거나 휴머니즘과 평화주의를 고양하는 방향으로 설정되어 있다고 볼 때, 김담수의 문학은 분명 후자에 밀착되어 있다. 명군과 조선군의 불합리한 행동을 일정 부분 인정하는 등 한계가 없지 않으나 그의 문학이 인간의 본원적 평화주의에 입각해 있다는 측면에서 당대의 은구형 처사문인과 일정한 거리를 유지한다. 이 거리는 결국 김담수 문학의 독창성과 맞물려 있다.

둘째, 서정 한시를 통해 전쟁문학의 한 전범을 제시하고 있다는 점이다. 고전문학에서 전쟁과 관련한 작품은 다양하다. 장편 서사시의 형태로 된 李奎報의 『東明王篇』을 비롯해서, 임진왜란을 소재로 한 『임진록』과

병자호란을 소재로 한 『임경업전』 등의 소설, 그리고 柳成龍의 『懲毖錄』과 鄭慶雲의 『孤臺日錄』 등의 실기문학, 곽재우 전승과 같은 수많은 전쟁설화, 崔晛의 「明月吟」과 「龍蛇吟」과 같은 전쟁가사 등이 그것이다. 김담수의 경우 이들 작품과는 달리 서정 한시를 통해 자신의 전쟁체험을 담담히 그려내고 있다. 鄭文孚와 權韠 등 서정 한시로 자신의 전쟁체험을 작품화한 경우가 없지 않으나 김담수는 은구형 처사문인의 입장에서 자신이 체험한 전쟁과 이에 따른 정한의 세계를 섬세하게 그리고 있다.

셋째, 영남시단의 새로운 문풍 형성에 일정 부분 기여하고 있다는 점이다. 임란이 일어나기 전부터 인생을 진솔하게 노래하면서 唐詩를 배우고자 한 문인들이 있었다. 李達, 崔慶昌, 白光勳 등 삼당시인이 대표적이다. 이 같은 문단의 일경향은 영남시단에서도 마찬가지였다. 이황과 조식의 제자였던 吳澐의 경우를 그 일례로 들 수 있다. 그의 시가 단순한 것은 아니지만, 주된 정조는 興에 기반한 낭만주의적 성격을 지니고 있다.399) 송시풍이 여전히 지속되는 가운데, 이 같은 당시풍은 임진왜란을 거치면서 두보시에서 특별한 영향을 받는다. 두보가 겪은 전쟁이라는 현실과 그것의 문학적 형상화가 당대 조선의 그것과 거의 일치하였기 때문이다. 김담수 문학의 사정 역시 마찬가지였다. 두시에 많은 영향을 받으면서 전쟁체험을 문학적으로 형상화하였고, 이러한 시풍은 이후 밀양의 孫起陽(聱漢, 1559-1617) 등에게서도 지속적으로 확인된다.

넷째, 江岸地域의 문학적 특성을 보여준다는 점이다. 강좌의 퇴계학과 강우의 남명학을 통섭하는 위치에 낙동강 연안지역, 즉 강안지역이 있다. 이 지역 문인들은 吉再와 金宗直의 처사 및 사림 전통을 성실히 계승하면서 16세기 이후에는 이황과 조식의 학문에 고루 관심을 가진다. 정도

399) 이에 대해서는 정우락의 「吳澐의 詩世界에 나타난 興과 浪漫主義的 性格」(『죽유 오운의 삶과 학문세계』, 경북대 퇴계연구소 발표논문집, 2006)을 참조할 수 있다.

의 차이가 있기는 하나 여기에는 吳健, 林芸, 鄭逑, 金宇顒, 吳澐 등 다양한 문인이 있다. 김담수는 성주지역, 즉 강안지역 출신으로 일찍이 오건과 황준량에게 수학을 하였고, 정구 및 김우옹과 더불어 도의를 강마하였으며, 조식과 이황의 학문에도 일정한 영향을 받는다. 이 같은 과정에서 강안지역 사림들이 그러하듯이, 남명학이나 퇴계학에 관심을 두면서도 이들과는 일정한 차별성을 지니는 경향으로 나타난다. 김담수는 바로 이러한 분위기 속에서 문학 활동을 전개하였던 것이다.

다섯째, 은구형 사림의 현실인식에 대한 한계를 명확하게 보여준다는 점이다. 은구형 사림은 성리학적 순수성을 가지면서 현실에 적극적으로 나아가지 않은 문인이다. 따라서 이들은 관료형과 방외형 사림에 비해 상대적으로 현실에 대한 관심이 약화된 측면이 있다. 김담수의 경우, 은구형 사림으로서 위난의 시대를 맞아 일정한 위기의식을 갖고 자신의 위치에서 국난을 극복하려고 노력하지만, 가족애를 바탕에 두고 피란으로 일관하거나 명군 내지 조선군의 횡포를 어쩔 수 없는 일이라며 수용하는 입장에 선다. 이것은 바로 은구형 사림이 집단과 전체를 위한 혁신적 의지를 갖지 못하고 성리학적 질서 내에 안주하려는 경향과 맞물려 있다. 우리는 여기서 김담수 문학에 나타나는 '애수'와 '눈물', 그리고 '한탄'이 현실에 대한 역동적 혁신 에너지로 전환되지 못하는 점을 분명히 확인하게 된다.

거의 알려지지 않은 김담수의 문학을 본격적으로 다루었고, 그의 문학적 성향 가운데 전쟁문학적 측면을 부각하여 그 의의를 고찰했다는 측면에서 본 논의는 일정한 의의가 있다. 그러나 그의 작품규모가 크지 않다는 근본적인 한계가 있다. 안동에서 지은 작품을 중심으로 현재의 문집이 형성되어 있으니 텍스트 자체에 일정한 한계가 있다는 것이다. 이 밖에도 현재 우리 학계에서 강안학의 특징이 제대로 밝혀지지 않은 상황에서 강안학풍 속에서 김담수 문학을 논의하려고 한 점도 하나의 한계이다. 이 같은 한계는 이 방면 연구가 지속되는 과정 속에서 보완되고 수정될 것으로 본다.

제 6 장

金宇顒의 사물인식방법과 그 정신구도의 특징

1. 머리말

본 연구의 목적은 金宇顒(東岡, 1540-1603)이 지닌 정신구도의 특성을 따지는 것이다. 예술 표현의 다양한 요소들을 조직적으로 배합하여 작품의 미적 효과를 얻기 위한 하나의 수단이 構圖라면, 작가의 정신구도는 바로 작가가 그의 의식에 설정해 놓은 다양한 미적 장치들 및 그것의 관계를 의미한다. 작품의 기본 특성이 작가의 사상과 감정을 나타내는 것이라면 작가의 정신구도 역시 이와 필연적으로 결합되어 있다. 우리는 흔히 작가의 사상과 감정은 외부의 객관 사물을 매개로 표현된다고 한다. '感物言志'로 이것은 요약되어 왔다. 본 논의에서 작가의 정신구도를 따지기에 앞서 작가가 외부의 객관 사물을 어떤 방법으로 인식하는가를 먼저 살핀다. 이것은 '감물언지론'에 충실하기 위한 것일 뿐만 아니라 작품을 분석하는 기본을 마련하기 위해서이다.

김우옹은 퇴계와 남명이 낙동강을 사이에 두고 학단을 이끌며 강학을 열고 있는 문화풍토 속에서 작품 활동을 하였다. 문학에 대한 입장은 일반적인 사림파 작가들과 다름이 없었다. 유가에서 제시하는 道가 문학에 일방적으로 침투함으로써 그 가치가 실현된다는 載道主義的 文學觀을 건실히 가졌던 것이다. 이 때문에 김우옹은 경연에 나아가서 한가로이 시일만 보내며 詩文 따위의 말학에 종사하지 말 것을 선조에게 進講하기도 하고,[400] 「講學箴」을 지어 세속의 학문은 비루하여 화려한 문장만을 자랑할 뿐만 아니라 잡되고 박식한 것만을 높게 보며, 기억하고 외우는 것만을 능사로 삼는다[401]며 당대의 문풍을 냉혹히 비판하기도 했다. 그리하여 김우옹은 조정으로부터 賜暇讀書가 내려졌을 때 '휴가를 내려서 湖堂에서 독서하게 하는 것은 문장을 배양하여 뒷날 文衡으로 쓰기 위한 것'[402]이라고 하면서 사양하였던 것이다. 사상과 내용의 건강성보다 문장의 형식미를 중시하는 것은 자신이 추구하는 문학관이 아니기 때문이었다. 蘇軾의 글을 들어 '문장이 宏偉 美麗하기는 하나 그 마음이 바르지 못했던 까닭에 호기를 부리고 남의 이목을 속이는 태도가 있다'[403]며 비

---

400) 金宇顒, 『東岡先生全書』 5(晴川書院, 1995), 51쪽. "此正殿下汲汲皇皇勉學圖治之時, 豈可悠悠度日, 從事於詩文末學之學?" 이하 『東岡先生全書』는 『東岡集』으로 표기하며 문집명과 쪽 수만을 표시한다. 이 문집은 모두 5책으로 엮은 것인데, 1-3책은 '龍江書堂 重刊本(1906)' 『東岡先生文集』을 대본으로 국역한 것이고, 4-6책은 그 원문이다. 국역자는 金南基・金洪永・李相夏이다.

401) 金宇顒, 『東岡集』 5, 218쪽. "俗學之陋, 華藻是矜, 雜博相高, 記誦爲能. 割裂爲巧, 新奇爲喜"

402) 金宇顒, 「講學箴」(『東岡集』 5, 218쪽), "俗學之陋, 華藻是矜. 雜博相高, 記誦爲能. 割裂爲巧, 新奇爲喜."

403) 金宇顒, 「經筵講義」1573年 12月 10日(『東岡集』 5, 44쪽), "宇顒啓曰, 蘇軾文章偉麗, 然其心術不正, 故其書有矜豪譎詭之態. 亦非知道君子所欲觀, 朱子詳論之矣."

판하거나 문장만 다듬는 선비를 '雕蟲小儒'로 매도[404]한 것도 모두 같은 이유에서였다.

김우옹은 이같이 사가독서까지 사양해 가며 미려한 형식위주의 문학관을 배격하였으나 그는 '東愚蒼木'[405]으로 불리며 中古의 영남 4대 문장으로 손꼽혔다. 이는 그가 문장에 뛰어난 점이 있었다는 것을 말한 것인데, 鄭逑(寒岡, 1543-1620)는 좀 더 구체적으로 동강문학이 가진 풍격을 언급하기도 하였다. '정채롭고 광활하다'고 한 것[406]이 그것이다. 이는 글을 아름답게 짓기 위하여 힘쓰거나 다른 사람의 글을 모방하는 데서 얻어지는 것이 아니다. 자득에 기반한 독창성이 김우옹의 문학에 내재해 있다는 것이다. 李玄逸(葛庵, 1627-1704)이 청순하고 정직한 기운이 문장에 우뚝이 빛난다고 한 것[407]은 바로 이것의 방증이다. 김우옹의 자득에 기반한 정채롭고 광활한 문장은 대체로 그가 숙독 반복해 읽었던 『近思錄』과 『朱書節要』에서 찾을 수 있을 것이다. 특히 『주서절요』에 대해서는 성현의 말씀이 광대하면서도 정미롭다고 하면서 모든 학자들은 자신에게서 절실히 구할 때 비로소 그것을 터득할 수 있을 것이라 했다. 김우옹의 문학에 대한 이 같은 입장을 염두에 두면서 『동강집』 목록에 의거하여 대체적인 작품의 규모를 제시하면 다음과 같다.

---

404) 金宇顒, 「經筵講義」(『東岡集』 5, 45쪽), "所看書, 尤須有益身心底事, 何可效此雕蟲小儒乎?"

405) 東岡 金宇顒을 비롯하여 鄭經世(愚伏, 1563-1633), 李埈(蒼石, 1560-1635), 洪汝河(木齋, 1621-1678) 등을 말한다.

406) 鄭逑, 「祭文」(『東岡集』 6, 159-160쪽), "其爲文章, 精切宏肆, 旣登科第, 退而自閟." 鄭逑의 이 같은 평가에 의거하여 『東岡集』 藏版閣의 명칭이 '宏精閣'이 되었다. 張錫英, 「宏精閣記」(『東岡集』 6. 319쪽.), "寒岡鄭先生, 賞贊先生之文曰, 其爲文章, 精切宏肆, 閣以名宏精, 以此也."

407) 李玄逸, 「東岡先生文集跋」(『東岡集』 5, 364-367쪽), "蓋其所稟於天者, 一出於淸純正直之氣, 故發於事業文章者, 如是其俊偉光明."

(1) 詩: 54題 63首 (2) 賦: 6首 (3) 疏: 46篇 (4) 箚: 39篇 (5) 啓: 25篇 (6) 獻(私)議: 2篇 (7) 敎書: 5篇 (8) 傳旨: 1篇 (9) 箋: 1篇 (10) 箴: 7首 (11) 書: 20篇 (12) 雜著: 2篇 (13) 祭文: 8篇 (14) 碑誌: 2篇 (15) 行狀: 1篇 (16) 敍: 1篇 (17) 錄: 3篇 (18) 日記: 1篇 (19) 筆話: 1篇

문체의 성격상 (1), (2), (10)은 운문에 속하고 나머지는 산문에 속한다. 여기서 알 수 있듯이 김우옹의 작품은 그 분량에 있어 산문이 압도적이며, 이 중에도 (3), (4), (5), (9) 등 군주에게 올리는 글이 대부분을 차지한다. 이는 그의 다양한 환력과 함께 그의 사고가 현실과의 일정한 긴장관계에 놓여있다는 것을 말해 주는 것이다. 그리고 (7)과 (8)에서 볼 수 있듯이 우의정 盧守愼의 사직을 윤허하지 않는다는 것과 영의정 鄭澈을 삭탈관직한다는 것 등 군왕을 대신해 지은 것도 있고, (9)와 같이 회령부사를 대신하여 군왕의 몽진을 위로하며 지은 것도 있다. 이는 그가 문장에 뛰어났을 뿐만 아니라 중앙과 지방에서 문장으로 중요한 역할을 담당하고 있었다는 것을 의미한다. (17)에는 讀書錄이 포함되어 있다. 그 내용이 온전히 남아 있지 않아 세부사항을 알기 어려우나 김우옹의 학문성향을 이해하는데 적잖은 도움을 준다. 그리고 (18)과 (19)에서 보듯이 임란을 거치면서 자신이 실제로 겪었던 일을 기록[408]하기도 하고 己丑獄事로 동인이 받은 심각한 타격과 임란을 거치면서 왜적을 맞아 싸운 용장들을 기록[409]해 두기도 했다.[410]

---

408) (18)의 日記는 1588년(선조 21)부터 1595년(선조 28)까지의 기록으로 7년 남짓한 기간의 기록이다.

409) 己丑獄事와 관련하여 화를 당한 인물로는 '崔永慶, 李潑, 白惟讓, 柳宗智, 鄭介淸, 柳夢井, 尹起莘, 金應南' 등을 들었고 壬辰倭亂을 맞아 戰功을 세운 용장으로는 '劉克良, 趙憲, 高敬命, 金千鎰, 崔慶會, 金沔, 鄭仁弘, 郭再祐, 金誠一, 李廷馣, 趙宗道, 郭䞭, 李舜臣, 元均' 등을 들었다.

410) 이 밖에 1573년 9월 21일부터 1595년 2월 6일까지 약 22년간 선조를 모시고 경

김우옹의 문학에 대한 연구는 대단히 영성하다. 김광순에 의해 (12)의 일부, 즉 「天君傳」이 처음으로 주목받았다. 그는 이 작품이 후대의 심성소설인 「愁城誌」, 「天君演義」, 「義勝記」, 「南靈傳」, 「天君本紀」, 「天君實錄」에 결정적인 영향을 미친 것으로 보고, 천군소설의 효시작품으로 이 「천군전」을 들었다.[411] 또한 그는 김우옹의 한시작품, 즉 (1)을 物外閑適, 歸田隱居 등 14항목으로 주제를 분류[412]하여 일정한 성과를 거두고 있다. 여기서 나아가 보다 포괄적인 김우옹의 학문성향을 탐구하려는 노력이 있었다. 권인호에 의해 경세사상과 관련한 학문성향이,[413] 김홍영에 의해 독서론과 관련한 학문성향[414]이 연구된 것이 그것이다. 권인호는 이 논의에서 김우옹이 理氣心性之學의 사변적인 儒家末流에서 벗어나 修己治人之學인 儒家本流의 정통을 이었다고 했고, 김홍영은 (17)의 일부인 「독서록」에 의거하여 김우옹이 조식연원의 窮經致用的 학문태도를 보인다고 했다.[415]

이처럼 김우옹은 인간 심성에 지극한 관심을 가지고 심성론을 소설로 그려내기도 하고 당면한 현실의 다양한 관심을 경세사상에 입각하여 窮

연에서 강의한 내용을 기록한 「經筵講義」와 朱子의 『資治通鑑綱目』의 뒤를 이어 편찬한 『續自治通鑑綱目』이 있다. 특히 「속자치통감강목」은 송 太祖부터 원 順帝까지의 중국역사를 기록한 것인데, 安鼎福에 의해 正祖가 동궁으로 있을 때 추천되고 정조는 이를 교정하여 활자로 인쇄하기에 이른다.

411) 金光淳, 『天君小說硏究』, 螢雪出版社, 1980.

412) 金光淳,「東岡의 生涯와 文學」, 『韓國의 哲學』 11, 慶北大 退溪硏究所, 1983.

413) 權仁浩,「東岡 金宇顒의 學問과 思想硏究」, 『南冥學硏究論叢』 2, 南冥學硏究, 1992.

414) 金洪永,「東岡 金宇顒의 讀書論과 學問的 性向」, 『南冥學硏究』 6, 慶尙大 南冥學硏究所, 1996.

415) 이 밖에 金宇顒에 대한 論議가 李相弼, 「壬亂時 在朝 南冥 門人의 活動」(『南冥學硏究』 2, 慶尙大 南冥學硏究所, 1992)과 韓相奎, 「東岡의 敎育思想」(『南冥學硏究論叢』 3, 南冥學硏究院, 1995)에 의해 이루어졌다. 李相弼은 임란 당시 金宇顒의 활약상을 鄭琢 및 鄭逑와 함께 비교하면서 논의하였고, 韓相奎는 金宇顒의 敎育思想을 「聖學六箴」, 「成均館學制」에 의거하여 검토하였다.

經致用으로 나타내기도 했다. 여기서 문제는 다시 새로워진다. 이 두 성향, 즉 내적 심성론과 외적 치용론이 한 작가의 정신 속에서 어떠한 유기적 구도를 이루며 운동하고 있는가 하는 문제가 그것이다. 심성론과 치용론에 특히 관심을 가졌다면 이것을 가능하게 하는 마땅한 이면원리가 또한 문제로 부각된다. 이 같은 문제인식에 입각하여 이 글은 먼저 그의 사물인식방법에 주목하여 그의 정신을 구성하는 기본인자를 찾아내고, 나아가 이 기본인자들이 작품에 어떠한 모습으로 작용하는가를 따진다. 그리고 김우옹 의식의 귀결점과 그 의미를 구조적 측면에서 다루기로 한다.

본 논의는 기존의 사림파 문학에 대한 연구방법을 반성하는 입장에 있다. 기존의 논의가 대체로 작가의 생애를 순차적 시간에 의해 정리하고 그것과 관련된 사상과 문학을 평면적으로 다루어 왔다는 사실을 부인하기 어렵다. 이 같은 연구방법론은 작가와 작품을 개괄적이면서 종합적으로 이해할 수 있게 하는 장점이 있으나 작가의식의 귀결점을 이해하기기 어려울 뿐 아니라 작품 역시 주제분류의 차원을 벗어나기 어렵다. 마땅히 작가의 이력 일반에서 제기되는 특징을 추출하여 사상과 결합시키고, 다시 그 사상과 문학의 유기성을 따져 문학에 작용하는 사상의 역할을 찾아야 할 것이다. 사상을 중시했던 사림파 작가들의 문학에 대한 기본입장을 염두에 두기 때문이다. 이 같은 논의가 일정한 성과를 거둔다면 작가 사상의 핵심이 문학에 기능하는 방법을 이해할 수 있을 뿐만 아니라 작품의 핵심 의미 역시 쉽게 드러날 것으로 본다.

2. 생애의 특징과 사물인식방법

2.1. 김우옹의 생애와 그 특징

김우옹의 생애에 대해서는 『동강집』 「年譜別本」에 자세하게 기록되어 있다. 이는 서문에 밝히고 있듯이 『朱子大全』 「연보별본」에서 이름을 취하여 정비한 것이다.416) 『동강집』 본집에 기재되어 있는 것을 중심으로 하여 기타 「일기」나 「필화」 등을 참고하였으며 왕조실록이나 당대의 다른 문인들의 문집 역시 참고하였다. 이 연보의 편찬은 金榥(重齋, 1896-1978)이 주도하였는데 이 작업에서 그는 너무 소략한 기존의 연보를 보충하고 연조가 어긋난 것을 바로 잡아 놓았다. 그리고 가능한 한 김우옹의 작품을 연도별로 정리하였기 때문에 김우옹의 의식 변이를 추적할 수 있을 뿐 아니라 작품의 연표를 작성하는데도 적지 않는 도움을 준다.

김우옹은 1540년(중종 35) 가을 7월 경상좌도 성주 沙月里(현 경상북도 성주군 대가면 칠봉동)에서 通政大夫, 三陟府使를 지낸 아버지 七峰 金希參과 어머니 청주 郭氏 사이에서 4남 1녀 중 막내로 태어났다. 8세 때부터 가정에서 비로소 공부하기 시작하였다. 아버지 김희삼은 그가 기운이 약하고 병이 많은 것을 염려하여 과도한 공부는 하지 말 것을 당부하였는데, 혹 가르쳐주지 않는 날이 있으면 울면서 가르쳐 줄 것을 청하였다 한다. 어려서부터 진리탐구에 대한 열정을 보인 것이라 하겠다. 이후 김우옹은 15세에 「沈碑賦」를 지으며 본격적으로 자신의 세계인식을 작품을 통해 보여주기 시작하였다. 세상을 떠나는 1603년(선조 31)까지 그는 내적 심성론과 외적 경세론에 대한 광범하면서도 정밀한 인식을 보여주었

---

416) 「東岡先生年譜別本」(『東岡集』 6, 349쪽), "謹倣朱子大全年譜別本之名, 草成一部, 用備來者之去就云."

다. 김우옹의 생애를 순차적 시간에 의해 따져보면417) 다음과 같은 세 측면의 특징이 드러난다.

첫째, 학문적 연원을 조식에게 두고 있다는 점이다. 김우옹은 8세 때부터 아버지에게 배우기 시작하는데 그의 아버지 김희삼은 바로 조식의 從遊者였다. 1551년 그가 敬差官으로 경상도를 살필 때 삼가현에 있는 조식의 鷄伏堂을 방문한 적 있었다.418) 이 때 김희삼은 조식에게 '옛사람은 정좌를 좋아했으니 오늘 그대에게서 보는구나' 하였고, 조식은 김희삼에게 벼슬을 버리고 전원으로 속히 돌아가기를 권하였다419) 한다. 또한 그가 20세 되던 해인 1559년에는 조식의 고제인 吳健(德溪, 1521-1574)이 성주에 교수로 부임해 오자 향교에 나아가 배우게 되면서 그의 학문은 본격화되었다. 이로 보아 조식과 도의를 강마한 아버지 혹은 그의 제자로부터 조식의 학문적 태도를 들었을 것이며 여기에 대하여 그는 남다른 관심을 가졌을 것이다.

김우옹이 조식의 학문을 직접 전수받게 되는 것은 그가 24세(1563년) 되던 해 부인 상주 김씨를 만나면서부터이다. 김씨는 바로 조식의 외손녀였기 때문이다. 이해 겨울에 김우옹은 지리산 덕산동의 山天齋로 나아가 조식의 문하에서 수학하게 된다.420) 이때 조식은 이후 김우옹의 의

---

417) 金宇顒에 관한 기존의 論議에서 그의 生涯 一般은 이미 다루어 놓았으니 本稿에서는 생략하기로 한다.

418) 曺植 역시 1559년 星州 七峰山 밑에 사는 金希參을 방문하였다. 이로보아 두 사람의 친분이 매우 두터웠던 것을 알 수 있다.

419) 「年譜別本」(『東岡集』 6, 354쪽), "七峰嘗奉使嶺表, 訪南冥鷄伏堂, 有詩曰, 古人好靜坐, 今日見夫君. 南冥見七峰有歸田之意, 因勸其早決而贈數章詩, 其題語有云, 求田問舍, 言無可采, 徒枉了貴人." 이 밖에 작품이 온전히 남아 있지는 않지만 曺植은 金希參에게 '駪駪之子路, 頭玉何亭亭(「曾金七峰」)', '人鬼面頭面, 非天只在斯(「失題」)'라는 시를 지어주기도 하고, 그가 세상을 떠났을 때 輓詩(「輓金七峰」)를 지어 애도하기도 했다. 『東岡集』 5의 「先君子七峰先生行錄」 및 교감국역 『南冥集』(이론과 실천, 1995. 299-301쪽) 참조.

420) 그 후 金宇顒은 德山洞에 曺植을 만나러 가며 시를 짓기도 한다. "山行五日傍晴川,

식을 형성하는데 중요한 역할을 한 두 가지 물건을 준다. 惺惺子라는 쇠방울과 '雷天'이라는 글자가 그것이다. '성성'은 宋代이래 중요한 심법으로 알려진 것으로 내적 각성을 말하며 '뇌천'은 『주역』 「대장괘」의 뜻을 취한 것으로 외적 단행을 의미한다. 이 같은 내외의 구도는 김우옹의 사물인식에 많은 영향을 미치며 급기야 26세에는 스승 조식의 명으로 이 구도에 의거하여 소위 심성소설의 효시로 알려진 「天君傳」을 짓게 된다. 이 밖에 조식은 여러 방면으로 김우옹에게 관심을 보이며 학문하는 방법과 세계를 보는 눈, 그리고 가치 있는 삶 등에 대하여 일러주기도 했다.[421]

조식의 김우옹에 대한 사랑이 이같이 각별하였으므로 김우옹 역시 그의 스승에 대한 예를 다하였다. 가난한 스승 조식을 위하여 평소 종이와 오미자 등을 보내드리기도 하는 등 섬기기를 극진히 하였으며,[422] 1572년 2월 조식이 병석에 들자 20여 일을 스승의 곁에서 뜨지 않았다. 이때 조식은 김우옹에게 '군자가 사람 사랑하길 예로 한다'는 마지막 말을 남긴다.[423] 이어 조식이 세상을 떠나자 그는 「挽南冥先生」 2수,[424] 「祭南冥先生文」 1편[425]을 지어 애도하는가 하면 「南冥先生行狀」,[426] 「南冥先生言行錄」[427] 등을 지어 스승의 일대기 혹은 언행의 핵심을 후

滿面東風三月天, 一幅綸巾人不識, 朗吟飛過月峯前."(「入德山洞」(『東岡集』 4, 9쪽))이 그것이다.

421) 이에 대해서는 曺植이 金宇顒에게 보낸 편지에 잘 드러난다. 『南冥集』에는 현재 曺植이 金宇顒에게 전한 10편의 편지가 전한다. 그리고 曺植은 李應命에게 시집가서 27세의 나이로 요절한 金宇顒의 누이 義城金氏의 墓誌를 쓰기도 한다. '義城金氏墓誌」(『南冥集』, 227-229쪽)가 그것이다.

422) 曺植, 「奉謝金進士肅夫」(『南冥集』 卷2, 『韓國文集叢刊』 31, 493쪽), "到底寒士, 兩手如磬, 君烏有所得及我耶? 惠來楮面五味, 亦可感也."

423) 「年譜別本」(『東岡集』 6, 361쪽), "君子之愛人也, 以禮."

424) 金宇顒, 「挽南冥先生」(『東岡集』 4, 7-38쪽)

425) 金宇顒, 「祭南冥先生文」(『東岡集』 5, 277-279쪽)

426) 金宇顒, 「南冥先生行狀」(『東岡集』 5, 314-333쪽)

세에 남기기 위하여 노력하였다. 스승을 존경하는 태도가 이같이 투철하였으므로 柳希春이 경연에서, 당시 조정에서 벼슬하는 사람 가운데 鄭惟一, 金誠一 등을 이황의 제자로 들면서 김우옹도 그러할 것이라 말하자 김우옹은 그렇지 않다고 잘라 말했다. 즉 거리가 멀어서 미처 배우지 못하였다고 하면서 조식이 실로 그가 師事했던 분이라 하였던 것이다.[428] 선조에게 궁행 실천에 장기가 있는 조식의 학문에 대하여 언급하면서 상종한 시일이 오래이지만 자신은 자질이 노둔하여 미치지 못한다[429]고 한 것도 모두 같은 이유에서였다.

둘째, 경연강의를 통해 심학의 원리를 밝히고 있다는 점이다. 김우옹은 그가 34세 되던 1573년 9월 21일에 경연에 처음으로 참석하여 1596년 2월 26일까지 23년에 걸쳐 약 46회를 進講하게 된다. 경연에서는 대체로 『서경』의 「湯誓」, 「太甲」, 「咸有一德」, 「說命」, 「洪範」, 「大誥」, 「康誥」, 「召誥」, 「君牙」, 『春秋』의 「閔公2년조」, 「僖公2・3・14・15년조」 「襄公18・20・23・26년조」, 『自治通鑑綱目』의 「哀帝記」, 『周易』의 「乾卦」 '初九爻', 「坤卦」 '初六爻'와 '六三爻', 「屯卦」, 『大學演義』의 「崇敬畏編」 등을 강의하였다. 김우옹은 이같이 다양한 서적을 진강하면서 자유롭게 당대의 정치적 득실을 논하기도 하였는데 특히 군왕이 마땅히 지녀야할 심성수양법을 진술하였다. 다음을 들어보자.

> 敬身만 말하게 되면 克己가 그 가운데 포괄될 수 있으나, 만약 아울

---

427) 金宇顒, 「南冥先生言行錄」(『東岡集』 5, 333-344쪽)

428) 金宇顒, 「經筵講義」 癸酉 11月 30日條(『東岡集』 5, 33쪽), "希春曰, 宇顒恐亦是滉門人也. 宇顒曰, 小臣以所居稍遠, 未及受業於其門. 故徵士贈大司諫曺植, 實臣之所事也."

429) 金宇顒, 「經筵講義」 癸酉 11月 30日條(『東岡集』 5, 34쪽). "其致知之工, 似不若滉之博大矣. 然其躬行踐履之工甚篤, 精神氣魄, 有動悟人處. 故遊其門者, 多有節行可任事之人, 若臣者, 相從日久, 而資才駑拙, 未有一得也."

러 말하게 되면 경신은 다만 조심하고 두려워하여 천리를 보존하는 의사이고 극기는 사욕이 싹터 움직이는 곳에 나아가 문득 용맹스러운 노력으로 인욕을 막는 의사라고 하겠습니다. 비유하자면 경신은 양생하는 것과 같고 극기는 약을 복용하여 병을 떨쳐내는 것과 같습니다.[430)]

위의 자료는 1574년 4월 13일 김우옹이 『서경』「열명」의 진강을 마치고 선조에게 답한 것 중 일부이다. 선조는 김우옹이 올린 「聖學六箴」 중 '경신'과 '극기'에 주목하여 '경신'이 '극기'를 포괄하는 것이 아닌가하고 물었다. 이에 김우옹은 '경신'을 천리의 보존에 '극기'를 인욕의 척결에 연결시켜 '경신'이 보다 적극적인 심성 수양방법이라 하였다. 이것을 양생과 치병에 비유하여 설명하였는데 양생을 지극히 하면 병은 저절로 없어지는데 이것이 '경신'과 같으며, 병이 일어나게 되면 약을 복용하지 않을 수 없는데 이것이 '극기'와 같다는 것이다. 이처럼 김우옹은 '지경'과 '극기'라는 심학의 원리를 최고통치자인 군왕에게 세밀하게 진강하였던 것이다. 이 때문에 許穆(眉叟, 1595-1682)은 '우리 昭敬王(선조)의 시대에 경술로써 귀하게 쓰여져 항상 경연에서 모셔 임금을 도와 이롭게 한 것이 크고 많았다. 그 가운데 경계의 말씀을 드리고 의논을 올리고 국사를 논한 것들이 모두 도술을 밝히고 몸 다스림을 바르게 하여 선을 드날리고 악을 규탄함이 있어서 군자를 힘쓰게 하고 소인을 두렵게 하였다.'[431)]고 했고, 張志淵(韋庵, 1864-1921)은 김우옹을 당대 제일의 시강관[432)]으로 높였던 것이다.

---

430) 金宇顒, 「經筵講義」 甲戌 4月 13日條(『東岡集』 5, 75-76쪽). "但言敬身, 則可以包克己在中, 若幷言之, 則敬身只是戒懼操持, 存天理底意思, 克己則就私欲萌動處, 便下勇猛工夫, 遏人欲底意思, 譬之, 敬身如將息, 克己如服藥去病."

431) 許穆, 「東岡先生文集序」(『東岡集』 4, 1-2쪽), "先生當我昭敬世, 以經術致貴用, 常侍帷幄, 裨益弘多, 其進規獻議論事, 皆有以明道術正治體, 揚善糾邪, 使君子勸小人懼."

432) 張志淵(柳正東역), 『朝鮮儒學淵源』上(三省美術文化財團, 1981), 204쪽.

셋째, 다양한 환력을 거치며 역사현실에 대해 민감한 반응을 보이고 있다는 점이다. 김우옹은 18세(1557)에 경상도 鄕試에 응시하여 합격하면서 進士가 되었는데, 10년 뒤인 28세(1567)에 文科에 나아가 합격하면서 그의 관직생활은 본격화된다. 그러나 첫 관직인 承文院 權知副正字는 병으로 사양하며 나아가지 않았다. 그 후 4년 뒤인 34세(1573)에 弘文館 正字에 임명되어 思政殿의 경연에 참여하게 되는데 이때부터 김우옹은 때로 사양하고 때로 나아가면서 실제적인 관직생활에 들어가게 된다. 즉 홍문관 수찬(36세), 의정부 사인(42세), 성균관 대사성(44세), 전라도 관찰사(45세), 이조참판(46세), 형조참판(47세), 안동대도호부사(48세), 한성부 좌윤 겸 세자좌부빈객(54세), 사헌부 대사헌(55세), 예조참판(58세), 한성부 좌윤(59세), 부제학 겸 동지경연교정청당상(63세), 부호군(64세) 등이 그것이다. 이 같은 관직생활을 하면서 그는 조정의 일을 맡기도 하고 외직을 맡기도 하였다. 그리고 정여립의 모반사건에 연루되어 회령으로 귀양을 가기도 했다. 다음을 보자.

> (가) 군민이 곤고하고 兵籍이 두서가 없어 유민이 줄을 잇고 도적이 들끓는 정상을 아뢰었고, 또 승려가 내사와 교통하여 몰래 중전의 뜻을 받드니 궁중이 엄숙하지 못함이 이보다 큰 것이 없습니다.[433]

> (나) 선생의 뜻이 조정의 의논에 참여하기를 원하지 않음을 알았기 때문에 특별히 외직에 제수하니 선생도 또한 본분에 합당하다고 여겨 사양하지 않았다. …… 선생은 관소에 있으면서 한결같이 자신에겐 검약하고 공사를 받들며 백성을 사랑하고 학교를 진흥하는 것으로 정사의 근본을 삼았다.[434]

---

433) 鄭逑, 「行狀」(『東岡集』 6, 42-43쪽), "啓君民困苦, 兵籍不成頭緒, 轉徙相望, 盜賊橫行之狀. 又啓僧人交通內司, 密奉慈旨, 宮闈不肅, 莫此爲大."

434) 「年譜別本」 48·49歲條(『東岡集』 6, 498-499쪽), "知其志不願與朝議, 故特授

(가)는 그가 조정에 있으면서 임금에게 올린 말이다. 그는 疏 46篇, 箚 39篇, 啓 25篇, 獻議 2篇에 이르는 많은 글을 임금에게 올리며 나라와 시대를 걱정하였는데 이 자료 역시 그 일부이다. 여기서 김우옹은 군민의 곤궁, 그로 말미암은 유민 혹은 도적의 발생, 그리고 내당을 중심으로 한 궁중에서의 불교 숭상 등 당대의 부조리한 현실을 두루 지적하고 있다. 김우옹의 현실인식이 이같았으므로 당대의 현실을 구제하기 위하여 (나)와 같이 일선에서 민생을 다스리는 외직 수행이 바람직하다고 생각했다. 1586년(47세) 그가 형조참판에 임명되자 상소를 올려 과중한 직급을 개정해 줄 것을 청하였으나 허락받지 못하자 잠시 관직에 나아갔다가 버리게 된다. 그러나 이듬해 안동대도호부사에 제수되자 이를 수락하면서 부임하게 되었던 것이다. 현실과 밀착시켜 곤궁에 허덕이는 백성에게 실제적 도움을 주기 위해서였다. 그러나 그의 이 같은 꿈은 정여립의 모반사건이 일어나면서 무산되고 그도 연루되어 1586년(50세)에 회령으로 귀양을 가게 된다. 임진왜란이 일어나서 적소에서 풀려나게 되지만 그는 거기에 '完齋'를 지어두고 『속자치통감강목』을 찬술하기 시작한다. 중국의 역사를 중심에 둔 것이지만 이를 통해 당대의 현실을 더욱 냉정히 살펴보기 위한 것이라 하겠다. 鄭琢(藥圃, 1526-1605)이 '뜻을 경국제민에 두어 계책이 성글지 않았다'435)고 한 것은 바로 이를 두고 이른 것이다.

이상에서 보았듯이 김우옹 생애의 특징은 셋으로 나눌 수 있다. 조식을 학문연원으로 두고 있다는 점과 경연강의를 통해 심학의 원리를 밝히고 있다는 점, 그리고 다양한 환력을 거치면서 역사현실에 민감한 반응

外, 先生亦以合於本分, 不辭也 …… 先生居官, 一以約己奉公, 愛民興學, 爲爲政之本."

435) 鄭琢, 「輓詞」(『東岡集』 6, 189쪽), "志存經濟計非疎, 一德從來不負初."

을 보이고 있다는 점 등이 그것이다. 김우옹이 조식에게서 성성자라는 쇠방울과 뇌천의 글자를 받으면서 내적 심학과 외적 현실에 대한 철저한 관심을 가지게 되었으며, 이는 이후 그의 심성론과 경세론 형성에 지대한 영향을 미치게 된다. 이것은 그가 조정에서의 경연을 통해 심학의 원리를 밝히는 것으로, 혹은 다양한 관직생활을 통해 역사현실에 밀착되는 것으로 구체화된다. 그러니까 조식을 학문연원에 두고 있다는 첫 번째 특징은 심성론과 관련한 두 번째와 경세론과 관련한 세 번째 특징의 뿌리 역할을 한다는 것이다.

2.2. 수양론에 입각한 사물인식

유가의 수양론은 誠, 敬, 義의 상호 관계를 통해 설명된다. 여기에 대해서는 원시 유가에서부터 끊임없이 논의되어 왔는데 송대에 이르러 철학적 개념, 특히 수양론의 핵심개념으로 대두되었다. '성경'의 관계는 '경'을 통해 마음을 굳건히 가지면 자연스럽게 '성'에 도달하는 것으로 설명되고, '경의'의 관계는 행동실천의 원리인 '의'는 안을 규정하는 '경'에 의해 이루어지는 것으로 설명된다.[436] 김우옹은 이 가운데 후자, 즉 '경→의'에 더욱 관심을 보였다. 이는 조식을 학문연원에 두었기 때문일 터이다. 조식은 일찍이 『주역』「坤」(☷☷)괘 '문언'의 '군자는 경으로 안을 곧게 하고, 의로 밖을 방정하게 한다.'[437]는 것을 자신의 인식체계 안에서 변형시켜 「패검명」을 지었다. '안으로 마음을 밝히는 것은 경이요, 밖으로 단행하는 것이 의이다.'[438]라고 한 것이 그것이다.

---

436) '誠·敬·義'의 相互關聯 하에서의 정립된 유가일반의 修養論에 대해서는 鄭羽洛의 「南冥文學의 意味表出樣相과 現實主義的 性格 硏究」(慶北大 博士學位論文, 1997. 52-61쪽)을 참조할 수 있다.

437) 『周易』「坤」, '文言', "君子 敬以直內 義以方外"

438) 曺植, 「佩劍銘」(『南冥集』, 28쪽), "內明者敬, 外斷者義."

김우옹 역시 이 같은 조식의 정신을 이어받는다. 특히 조식이 타계하던 1572년 조식은 곁에서 병간호를 하고 있는 외손서이자 제자인 김우옹에게 창문을 열게 하고 '날씨가 이렇게 청명하다. 벽에 쓴 '경의' 두 글자는 극히 절실하고 긴요한 것이다. 배우는 자가 중요하게 생각하여 오래도록 힘써서 익숙해지면 마음속에 한 가지의 사물도 없어지게 될 것이다. 나는 이런 경지에 이르지 못하고 죽게 되는구나!'[439]라고 하였다. 여기서 우리는 죽음을 앞둔 스승과 그것을 지켜보는 제자간의 학문전수가 얼마나 치열하게 이루어지고 있는가 하는 것을 본다.[440] 이 같은 생각을 염두에 두면서 다음을 주목하자.

(가) 太一眞君　태일진군이
明堂布政　명당에서 정치를 베푼다.
內冢宰主　안에서는 총재가 주장하게 하고
外百揆省　밖에서는 백규가 살피게 한다.[441]

(나) 원년에 천군이 神明殿에서 조회를 받고 重門을 활짝 열기를 명하여 '시원스럽게 열려 가림이 없는 것이 정히 나의 마음과 같다.'라고 하였다. 이어서 太宰 敬에게 명하기를 '그대는 가슴 속에 있으면서 나

439) 「年譜」(『南冥集』, 176쪽), "又令開窓曰 天日如許淸明也. 又曰 書壁敬義二字, 極切要, 學者要在用功熟熟, 則無一物在胸中, 吾未到這境界以死矣." 같은 內容이 『東岡集』 6, 361쪽. 「年譜別本」에 실려 있다.

440) 金宇顒이 曺植을 智異山下로 처음 찾아갔을 때 曺植이 金宇顒에게 주었다고 하는 '惺惺子'라는 방울과 '雷天'이라는 글자도 같은 의미로 보아야 할 것이다. 이들은 각각 '敬'과 '義'에 대응시킬 수 있기 때문이다.

441) 曺植, 「神明舍銘」(『南冥集』 卷1, 『韓國文集叢刊』 31, 480쪽). 南冥은 이와 함께 「神明舍圖」를 그리고 여기에 依據하여 金宇顒에게 「天君傳」을 짓게 한다. 金宇顒의 이 「天君傳」은 「愁城誌」, 「天君演義」, 「義勝記」, 「南靈傳」, 「天君本記」, 「天君實錄」 등 所謂 天君小說의 淵源이 된다. 이에 대해서는 金光淳, 『天君小說硏究』, 螢雪出版社,1980 ; 金光淳, 「東岡의 生涯와 文學」, 『韓國의 哲學』 11, 慶北大 退溪硏究所, 1983. 참조.

의 궁부를 엄숙하고 맑게 하라.'하고, 百揆 義에게 명하기를 '그대는 태재와 협력하여 순조로이 만 가지 일에 응하고 백 가지 뜻을 밝히도록 하라.'고 하였다. 이에 두 재상이 마음을 함께 하니 정치가 이루어지고 일에 합당하여 백관과 유사가 정연하고 엄숙하여 감히 그 관직을 황폐하게 함이 없었다.[442]

앞의 (가)는 조식의 「神明舍銘」의 일부이고, 뒤의 (나)는 김우옹의 「天君傳」의 일부이다. 김우옹이 27세(1566)되던 해 조식은, 일찍이 자신이 그리고 지어놓은 「신명사도」와 「신명사명」을 보이며 그에게 '전'을 짓게 하였다. 위의 자료가 각각 그 일부인 것이다. (가)에서 보듯이 조식은 태일진군, 즉 마음이 신명사에서 정치를 베푸는데 내정은 총재에게 맡기고, 외정은 백규에게 맡긴다고 하였다. 총재와 백규가 안과 밖을 잘 다스려야 결국 마음이 신명사에서 편안할 수 있는 것이다. 이 같은 조식의 작품의 도를 분명히 읽은 김우옹은 (나)와 같이 태재(총재)와 백규를 '경'과 '의'에 정확히 결합시키면서 역시 천군을 중심으로 한 내외의 관계를 설명하였다. 즉 마음 천군이 태재 경에게는 안으로 엄숙하며 밝게 하고, 백규 의에게는 밖으로 모든 일에 응하게 했던 것이다. 안으로 엄숙하며 밝게 하고 밖으로 만사를 제대로 응하라는 천군의 명령을 태재와 백규는 정확히 인식하고 있었기 때문에 그들은 자신의 임금인 천군에게 다음과 같이 진언할 수 있었다.

(가) 아! 생각하소서. 상제께서 명하시니 임금은 마음을 두 가지로 하여 의심을 두지 마소서. 임금이 집안 깊숙이 보이지 않는 곳에 계시

442) 金宇顒, 「天君傳」(『東岡集』 6, 268-269쪽), "元年, 天君受朝于神明殿, 命洞開重門曰, 軒豁無蔽, 正如我心. 爰命太宰敬曰, 汝宅腔子裏, 肅淸我宮府, 命百揆義曰, 汝協于太宰, 順應萬務, 以熙百志. 於是二相同心, 政成事合, 百官有司, 整整肅肅, 無敢荒厥官."

지만 신의 눈은 매우 밝아 출입과 기거에 임금과 함께 따라 다니니 하늘의 상제를 대하여 임금이 난 바의 근본을 더럽히지 않도록 하소서.[443]

(나) 아! 경계하소서. 오직 이 여러 가지 일들은 임금 한 사람에게 달려있으니 혹시라도 여러 관직을 태만히 하여 비지 않게 하소서! 임금은 하늘의 공을 대신 하시는 것입니다.[444]

(가)는 태재 경의 말이다. 즉 천군은 두 가지의 마음을 두지 말고 하늘로부터 타고난 밝은 본성을 안으로 제대로 지키라는 것이다. 여기서 朱熹(晦庵, 1130-1200)가 말한 '경'의 四個條目을 상기시킬 필요가 있다. 程頤(1033-1107)의 '主一無適', '整齊嚴肅', 尹焞(1061-1132)의 '其心收斂(不用一物)', 謝良佐(1050-1103)의 '常惺惺法'이 그것이다. 이는 마음을 집중하여 맑고 또렷이 하는 각성의 상태에 도달하는 것을 말한다. 스승 조식은 김우옹이 이를 제대로 터득하고 있다고 생각했기 때문에 '자네는 맑은 밤에 자규와 같아 한 마리의 새도 침범치 못할 것이다.' 혹은 '봄 이슬 내리는 꽃밭에서 대 빗자루를 들고 앞에 서 있는 것이 자네의 본직이다.'[445]고 하였던 것이다. '경'에 의해 수렴된 김우옹의 의식 상태를 비유를 통해 말한 것이라 하겠다.

(나)는 백규의 말이다. 즉 천군은 밖으로 외물과 접하는 모든 일을 바르게 결단하라는 것이다. 맹자는 '의'를 사람들이 마땅히 가야 하는 바른

---

443) 金宇顒, 「天君傳」(『東岡集』 6, 269쪽), "太宰敬曰, 吁! 念哉! 上帝寔命, 無貳爾心. 爾在屋漏, 神目孔昭, 出入起居, 及爾出王, 對月在天, 無忝爾所生"

444) 金宇顒, 「天君傳」(『東岡集』 6, 269쪽), "百揆曰, 吁! 戒哉! 惟玆庶續, 在汝一人, 無或曠于庶官, 君其代于天工"

445) 金宇顒, 「公私參考」(『東岡集』 6, 281쪽), "曹植每謂曰, 賢淸夜子規, 一鳥不搏. 又曰, 花田春露, 持竹箒立於前者, 是子素職." 이글은 李肯翊이 『掛一錄』에서 引用하여 『燃藜室記述』18, 「宣祖朝故事本末」에 실어 놓은 것을 『東岡集』을 編纂하면서 再引用한 것이다.

길[446]로 이해하였고, 주자는 이것을 다시 해석하여 인욕의 사특함이 조금도 개재되어 있지 않는 것[447]이라 하며 철학적 의미를 가하고 있다. '의'는 인간이 바른 정신으로 마땅히 실천해야 하는 것으로 이해된다. 이처럼 '의'에는 실천의 의미가 내포되어 있으므로 조식은 김우옹에게 '장부의 행동거지는 무겁기가 산악과 같아 만길 벼랑처럼 우뚝하여 때가 이르러 펼쳐야 비로소 허다한 사업을 할 수 있다. 비유컨대 千鈞의 쇠뇌가 한 번 발하면 능히 만 겹의 굳은 성벽도 부수는 것과 같으니 진실로 새앙쥐를 위해서 쏘아서는 안될 것이다.'[448]라며 경계하였던 것이다. '의'에 기반한 바른 실천과 현실에서의 과감한 행동을 말한 것이라 하겠다.

김우옹의 '경의'에 대한 철저한 이해는 여러 곳에 보인다. 그가 1573년 10월 옥당에서 차자를 올려 '경'이 怠를 이기는 이는 吉하고 '태'가 '경'을 이기는 이는 亡하며, '의'가 欲을 이기는 이는 順하고 '욕'이 '의'를 이기는 이는 凶한다고 하면서, '인군이 진실로 천도가 임금을 세운 뜻을 알아서 이 마음의 경과 의의 실상을 보존할 수 있다면, 성의정심과 극기복례로써 천리를 보존하고 인욕을 막는 것이 참으로 여기에 있을 것입니다.'[449]라고 한 것은 그 대표적이다. 김우옹은 이 언급에서 '경과 태', '의와 욕', '길과 흉', '순과 망'을 각각 대립항으로 놓고 '경'과 '의'가 '태'와 '욕'을 이겨야 길 혹은 순하게 되어 마음속에 있는 천리가 비로소 보존될 수 있다고 했다. 김우옹의 '경의'에 대한 인식이 이와 같았으므로 그의 사

---

446) 『孟子』, 「離婁章」上, "仁, 人之安宅也. 義, 人之正路也."

447) 『孟子』 「離婁章」上, 朱子註, "義者, 宜也. 乃天理之當行, 無人欲之邪曲, 故曰正路."

448) 金宇顒, 「南冥先生言行錄」(『東岡集』 5, 334쪽), "丈夫動止, 重如山岳, 壁立萬仞, 時至而伸, 方做出許多事業, 譬之, 千勻之弩一發, 能碎萬重堅壁, 固不爲鼷鼠發也."

449) 金宇顒, 「玉堂箚」(『東岡集』 4, 290쪽), "師尙父之告武王曰, 敬勝怠者吉, 怠勝敬者滅, 義勝欲者從, 欲勝義者凶. 嗚呼! 人君眞能知天道立君之意, 而存此心敬義之實, 則其所以誠正克復而存天理遏人欲者, 亶在於此."

물인식방법 역시 '경'이 주도하는 내적 수렴과 '의'가 주도하는 외적 확산으로 구조화되어 있었다. 여기에 유학의 대원칙인 修己治人의 논리가 함의되어 있는 것은 물론이다.

그렇다면 김우옹은 '경'과 '의' 가운데 어느 것을 더 근본적인 것으로 보았을까? 그것은 바로 '경'이었다. '경'이 내와 본에 해당한다고 보았기 때문이다. 일찍이 그는 경연에서 李珥(栗谷, 1536-1584)와 '경의'에 대하여 토론을 벌인 적이 있다. 이 과정에서 이이가 이 둘을 두 가지의 일이라 말하자, 그는 '진실로 능히 경으로써 안을 곧게 한 즉, 의로써 밖을 바르게 함은 그 가운데 있게 됩니다.'450)라며 '경'이 주가 됨을 강조하였다. 이는 그가 「천군전」 말미에서 史官의 입을 통해 評論하는 자리에서도 나타난다. 즉 '상제를 짝함도 경 때문이었고, 그 만방을 통솔했음도 경 때문이었으니 첫째도 태재요 둘째도 태재이다.'451)라 한 것이 그것이다. 이같이 '경의'를 철저히 인식하면서도 '경'을 더욱 강조했기 때문에 그의 사물에 대한 인식방법 역시 여기에 근거하고 있었다.

> (가) '경'의 한 글자가 한 마음의 주재이고 만사의 근본이니 '경'이란 다만 홀로 스스로 지킬 뿐 아니라 모름지기 體像을 세워 행동으로 옮겨 사물을 응접하는 곳에 '경'을 쓰지 않음이 없으니 무릇 학자들은 그렇지 않음이 없는데, 하물며 군주께서 쓰이는 곳이 더욱 중대하니 모름지기 일을 따라 공경하고 두려함이 옳을 것입니다. 성인이 만사의 적고 큰 데에 있어 모두 공경치 않음이 없는 것은 이와 같았습니다.452)

450) 金宇顒, 「經筵講義」 癸酉 9月 20日條(『東岡集』 5, 16쪽), "珥因極陳政事間得失之事而曰, 敬以直內, 又須義以方外. 宇顒曰, 眞能敬以直內, 則義以方外, 在其中矣."

451) 金宇顒, 「天君傳」(『東岡集』 5, 272-273쪽), "其配上帝也以敬, 其統萬邦也以敬, 日則太宰, 二則太宰."

452) 鄭逑, 「行狀」(『東岡集』 6, 83쪽), "敬之一字, 一心之主宰, 萬事之根柢也. 敬者, 不但塊然自守而已, 須是體立用行, 應事接物處, 無所不用其敬, 凡學者莫不然, 況人君用處尤重, 須是隨事敬畏可也. 聖人之於事, 小大皆無所不敬如此."

> (나) 학문은 사물에 나아가 지혜를 이루는 것보다 앞서는 것이 없으니 대개 사물의 이치가 지극히 많으나 모두 일심에 갖추어졌고 내 마음의 이치가 지극히 많으나 모두 일심에 갖추어졌으며 내 마음의 허령불매함이 지극히 은미하나 두루 만리를 포함하는 것입니다. 진실로 능히 사물에 나아가 이치를 궁구함으로써 사물의 변화를 다하여 내 마음의 지혜가 밝지 않음이 없게 하고 의리가 존재하는 곳에 心目의 사이에 뚜렷이 볼 수 있게 한다면 자연히 뜻이 정성스럽고 마음이 바로 잡힐 것입니다. 그 결과 천하의 일에 각기 그 마땅히 그쳐야 할 곳에 그치지 않음이 없을 것입니다.[453)]

(가)에서 김우옹은 '경'이 한 마음의 주재일 뿐만 아니라 만사의 근본이라고 하였다. 다시 강조하기 위하여 이것은 스스로 지키게 할 뿐만 아니라 모든 사물에 대응한다고 하였다. 그러니 '경'이 내외를 통괄하며 쓰이지 않는 곳이 없다는 것이 김우옹의 생각이다. '경의'에 의한 내외의 변별을 분명히 하면서도 그가 이같이 '경'을 중심으로 내외를 함께 생각할 수 있었던 것은 바로 '경'이 '의'를 포함하고 있다고 보았기 때문이다. 이 말에 이어서 김우옹은 '경'이 도가나 불가에 보이는 '清靜虛無'를 말하는 것은 아니라고 했다. 수양의 내적 원리인 '경'이 바른 실천을 위하여 열려 있다는 것이다. 내외상응의 수양론에 입각한 이 같은 그의 사물인식방법은 (나)에서 더욱 구체화되어 있다. '일심'에 '만사', '만물'의 이치가 갖추어져 있다고 한 것이 그것이다. 사정이 이러하므로 허령불매한 마음으로 외물에 나아가 그 외물이 가진 이치를 궁구하여 밝힌다면 '천하의 일'이라고 하는 만사가 모두 바르게 될 것이라는 주장이다. 인식 객체인 외물

---

453) 「年譜別本」(『東岡集』 6, 385쪽), "學莫先於格物致知, 盖事物之理至衆, 而皆具於心, 吾心之靈至微, 而該括乎萬理. 誠能卽物窮格, 以盡夫事物之變, 使吾心之知, 無所不明, 而義理所存, 瞭然於心目之間, 則自然意誠心正, 而於天下之事, 無不各止其所矣."

은 바로 인식 주체인 일심과의 교섭 하에 그 의미를 가진다는 것으로 이해된다.

이상에서 보았듯이 김우옹은 조식의 경의사상을 고스란히 이어받는다. 조식이 김우옹에게 가장 힘주어 강조한 것이 이것이었다. 이 때문에 정구는 程朱의 정맥은 경의를 벗어나지 않는다고 하면서 김우옹이 朱書를 숙독하여 잠시라도 멀리하지 않았다[454]고 하였으며, 李栽(密庵, 1657-1730)는 '경으로써 안을 곧게 하고 의로써 밖을 바르게 하여 도가 우뚝하고 덕이 높았다[455]'며 칭송하기도 했다. 이는 내외상응의 수양론이 김우옹에게 견고한 사상체계로 확립되어 있었다는 지적이라 하겠는데 그의 사물인식방법 역시 여기에 기반해 있었다. 즉 일심에 만사와 만물의 이치가 포함되어 있으니 먼저 일심을 허령불매하게 한 다음으로 객관 사물에 나아가 그 사물이 지닌 이치를 탐구한다는 것이다. 우리는 여기서 '경'에 '의'가 포함되어 있다는 생각을 분명히 하였기 때문에 일심의 보존을 근본으로 여긴 그의 의도를 읽을 수 있다.

3. 자아의 수렴과 확산 그 문학적 반응

3.1. 合自然을 통한 천리의 함양

김우옹은 집중과 각성의 기능을 가진 '경'을 수행함으로써 성인의 심적 상태를 유지할 수 있다고 생각했다. 자아를 내면 깊숙이 수렴함으로써 얻는 효과라 할 것이다. 이 때문에 심학에 근거한 소설을 짓기도 했고,

---

454) 鄭逑, 「祭文」(『東岡集』 6, 159쪽), "伊閩正脈, 不出敬義. 熟複朱書, 不離造次."
455) 李栽, 「常享祝文」(『東岡集』 6, 205쪽), "敬直義方, 道巍德尊, 猗歟正學, 永世不諼."

경연에서 심학에 근거한 강의를 하기도 했던 것이다. 심학을 대표하는 서적인 『심경』은 '경'으로 요약된다. 이 책에서 특히 강조하고 있는 주자의 「敬齋箴」을 김우옹 역시 주목하여 '경을 가지는 방법은 선유들이 논변을 자세히 해놓긴 하였으나 주자의 「경재잠」에 가장 명확히 구비되어 있다.'456)고 하였다. 자아의 내적 수렴을 통해서 성인의 심적 상태에 도달하려고 했던 김우옹의 이 같은 노력은 그의 문학에서는 보다 구체적으로 나타났는데 합자연과 천리의 함양이 그것이다. 이를 순서대로 살펴보자.

먼저 합자연에 대해서이다. 합자연은 성리학자들의 내적 정신적 최고 경지를 설명하는 용어인 천인합일의 다른 말이다. 작품에서는 자연과의 합일로 나타나기 때문에 이렇게 지칭한 것이다. 사림파 작가들이 지닌 자연관의 일반적 특징은 자연을 생산의 현장으로 보기 보다는 일정한 미학적 거리에 두고 심미적 관조의 대상으로 생각한다는 것이다. 미학적 거리를 두지만 보다 적극적으로 인간의 심성 속에 내재해 있는 '性'이 수양을 통해 사물 속에 내재해 있는 '理'와 일체가 됨으로써 성인과 같은 심적 상태를 유지할 수 있다고 생각했다. 이 같은 일체화, 즉 합일을 인간이 본연의 선을 실현하기 위하여 궁극적으로 지향해야 하는 이상적인 경계라고 보았던 것이다. 김우옹의 자연에 대한 견해 역시 이와 같은 것이었다. 자연과의 합일을 위해서 가장 기본적으로 마련되어야 하는 것은 자연 친화적 태도라 하겠다. 김우옹은 여기에 대하여 다음과 같이 자신의 견해를 밝히고 있다.

(가) 山妻筍蕨羹　　산촌의 아내는 죽순과 고사리국을 끓이고,
　　溪伴銀鱗膾　　냇가의 벗들은 은어 회를 장만했네.

---

456) 金宇顒, 「經筵講義」 乙酉 二月 20日條(『東岡集』 5, 181-182쪽), "持敬之方, 先儒論之詳矣, 而朱子敬齋箴, 最爲明備, 願殿下, 常置此箴於坐隅而留心焉, 乃存養之要法也."

飽後携靑藜　포식한 뒤에 청려장을 짚고서,
蒼松碧蘚外　창송의 푸른 이끼 밖을 소요한다네.[457)]

(나) 身世山靑水白　신세는 푸른 산 맑은 물이고,
生涯柳綠花紅　생애는 초록 버들 붉은 꽃이라네.
眠覺滿枝啼鳥　잠을 깨니 가지 가득 새는 울어 제치고,
酒醒吹面松風　술이 깨니 얼굴에 솔바람이 불어온다네.[458)]

위의 두 시는 「夢作二首」이라는 작품이다. 꿈속의 일을 읊은 것이라 했으니 그의 생각이 더욱 진솔하게 나타난 것이라 하겠다. 작품 (가)에서 보듯이 산촌에서 아내가 만들어주는 죽순과 고사리국, 벗들이 장만한 은어회, 이것을 먹으며 푸른 소나무와 이끼 밖을 소요한다고 했다. 그의 자연애호와 그 친화적 태도를 충분히 읽을 수 있는 대목이다. 김우옹의 자연에 대한 이 같은 태도를 인식했으므로 사람들은 '채마밭에 뜻을 부쳐 꽃과 약초를 골고루 심었으니 어찌 여름의 소일거리로 희롱삼아 한 일이었겠는가'[459)] 라고 하기도 했다. 즉 그가 벼슬에서 물러나 전원으로 돌아 온 것은 바로 처음 먹은 뜻대로 자연 속에서 그 자연과 친화적 태도를 지니면서 살아가기 위함이란 것이다. 위의 작품 둘째 수(나)에는 김우옹의 자연지향이 더욱 적극적으로 묘파되어 있다. 1구에서는 '身世'가 '山淸'과 '水白'이라 하였고, 2구에서는 '생애'가 '柳綠'과 '花紅'이라 하였다. '신세'와 '생애'는 모두 인간인 작자 자신을 뜻한다면 '산청', '수백', '유록', '화홍'은 모두 자연이다. 이같이 자신과 자연 사이에 있는 간극을 없애고 있는데 우리는 여기서 김우옹이 자연 속에 자신의 신세와 생애를 해방시키고자 하는 강한 의도를 읽을 수 있다. 김우옹의 이 같은 태도는

457) 金宇顒, 「夢作二首」 其一(『東岡集』 4, 10쪽)
458) 金宇顒, 「夢作二首」 其二(『東岡集』 4, 10쪽)
459) 鄭逑, 「祭文」(『東岡集』 6, 161쪽), "寓懷園圃, 花藥雜蒔. 豈爲消夏, 爲此局戱."

자연의 근원이자 심성의 근원인 '窮源處'를 지적하며 보다 적극성을 띠게 된다.

(가) 道腸無妄想　도심엔 망령된 생각이 없고,
塵外得淸眞　속진의 밖에 맑고 참됨을 얻었네.
石潔行行勝　돌은 깨끗하여 갈수록 아름답고,
泉淸曲曲新　샘은 맑아서 굽이마다 새롭다네.
詩歌千古意　시로 노래함은 천고의 뜻이고,
杯酒一場春　술잔의 술은 한바탕 춘흥일세.
此日窮源處　이날 근원을 다한 곳에,
相携不俗人　서로 어울린 사람 속인이 아니로다.460)

(나) 白石淸泉境　흰 돌 맑은 샘이 있는 곳에,
君詩不可無　그대의 시가 없을 수 없네.
天機呈露處　천기가 드러나는 곳에,
忘爾更忘吾　너도 잊고 또 나도 잊었네.461)

위의 작품은 「西溪唱酬三首」 중 첫째 수와 셋째 수이다. 이 시의 서문에 의하면 1566년 여름 함양군에서 서쪽으로 10리쯤 되는 곳에 있는 서계를 盧祼, 姜翼, 曺湜 등과 유람하고 거기에서의 느낌을 읊은 것이라 한다. 이끼 낀 바위 위를 밟고 가면서 다섯 걸음에 한 번 돌아보고 열 걸음에 한 번 앉아서 그 아름다운 경치를 읊조린다고 하면서 제시한 것이 바로 위의 작품이다. 작품 (가)에서 보듯이 김우옹은 현실 밖에서 참됨을 얻었다고 노래하고 있는데 이 참됨이 바로 道心이라는 것이다. 도심은 함련에서 보듯이 깨끗한 돌과 맑은 샘을 통해서 드러났다. 심성의 근원

460) 金宇顒, 「西溪唱酬三首」 其一(『東岡集』 4, 11-12쪽)
461) 金宇顒, 「西溪唱酬三首」 其三(『東岡集』 4, 13쪽)

이 자연에 기반하여 표출된 것이라 하겠는데, 미련에서 '궁원처'를 제시한 것은 지극히 자연스런 것이라 하겠다. '源'은 주자가 「관서유감」에서 제시한 바 '원두'를 의미한다. 이것은 물의 근원이면서 동시에 심성의 근원이기도 하다. 김우옹도 지적하고 있듯이 속진을 씻고 비로소 도달할 수 있는 곳이라 하겠다.462) 두 번째의 작품(나)에 사정의 이러함이 뚜렷이 제시되어 있다. 이 작품의 4구에서 제시한 '忘爾'와 '忘吾'가 바로 그것인데, 이 같은 피아의 망각은 합자연의 경계를 표현하기 위한 하나의 문학적 장치라 하겠다.

다음은 천리의 함양에 대해서이다. 천리가 인성에 내함되어 있다는 것은 유가의 오랜 지론이다. 마음을 청명하게 할 수 있는 유일한 길도 천리의 보존이라고 생각했다. 이 때문에 김우옹은 마음의 맑음은 본원이기는 하나 이것이 저절로 되는 것은 아니라 했다. 즉 일상생활에서 매양 성찰하고 사심을 극복하여 천리를 보존하고서야 비로소 가능하다는 것이다.463) 만일 내외가 합일되지 못하여 인사를 접하는 순간 문득 집중되어 있는 마음이 흩어져버리면 온갖 인욕들이 다시 일어나게 된다. 이 때문에 김우옹은 경연에서 일체의 사물을 물리쳐 단절함으로써 마음이 청정하게 되기를 바란다면 이단의 학문으로 흐른다고 하면서 일을 만날 때마다 마음을 잡아 오로지 내면으로 수렴하여야 천리가 온전해 질 것이라 했다.464)

김우옹은 생각이 이러했으므로 「聖學六箴」을 지었다. 이 글은 1574년 정월 그가 부수찬으로 있을 때 선조에게 올린 글이다. 창작의 직접적인

---

462) 金宇顒의 이 같은 경향 때문에 鄭逑의 아들인 鄭樟은 輓詞에서 "學問功程長進進, 源頭心地每惺惺."라고 하였다.

463) 金宇顒, 「經筵講義」 甲戌 10月 15日條(『東岡集』 5. 81-82쪽), "澄心固是本源, 然心不能自澄, 必日用之間, 念念省察, 克己存理, 久之澄然清明矣."

464) 金宇顒, 「經筵講義」 甲戌 11月 5日條(『東岡集』 5, 83-86쪽) 참조.

동기는 선조가 학문의 요점을 개진하여 자신에게 절실할 수 있는 잠을 지으라는 요구가 있었기 때문이지만, 제왕이 한 순간이라도 마음을 지키지 못하여 태만하고 소홀함이 있을까 두려워했기 때문이다. 이에 그는 고식적이고 천속한 말에 좌우되지 말라는 「定志箴」, 강학으로 넓혀서 한 가지 일이나 한 가지 물건의 이치에도 밝지 못한 점이 없도록 해야 한다는 「講學箴」, 천리를 보존하는 본령의 공부를 해야 한다는 「敬身箴」, 인욕을 막는 것이 힘써 행동하는 요체가 된다는 「克己箴」, 군자를 친근히 해야 덕성을 보양할 수 있다는 「親君子箴」, 소인을 멀리 배척해야 본심을 보존할 수 있다는 「遠小人箴」을 지어 올렸다. 이 중 「강학잠」과 「극기잠」의 일부를 들어보기로 한다.

(가) 王懋于學　왕이 학문을 힘쓰려면
於此心契　여기에 마음이 합하게 하여
沉潛硏究　마음을 가다듬어 연구하시면
妙思獨詣　오묘한 생각 홀로 나아가
千載聖心　천 년 전 성인의 마음이
秋月寒水　가을 달에 찬물과 같으며
姚姒之傳　요순이 전한 심법에
獨得其旨　홀로 그 뜻을 얻을 것이라네.[465]

(나) 王懋乃德　왕께서 자신의 덕을 힘쓰시려면
孔顔心傳　공자와 안연의 심법이 전하니
己必克盡　私己를 반드시 다 극복하시면
理乃純全　천리가 곧 순수하고 온전할 것이라네.
有一分己　한 푼의 사기가 있으면
亡一分理　한 푼의 천리가 없어지나니
幽暗之中　깊숙하고 어두운 가운데서나

465) 金宇顒, 「講學箴」(『東岡集』 5, 217쪽)

細微之事　세미한 일들에서도
一有不愼　하나라도 신중하지 않으면
欲乃橫肆　사욕이 곧 날뛰게 된다네.466)

(가)는 「講學箴」의 일부이다. 여기서 김우옹은 마음을 가다듬어 탐구하게 되면 오묘한 생각에 나아갈 수 있다고 했다. 오묘한 마음이란 바로 본원을 제대로 회복한 성인의 마음을 두고 이른 것이라 하겠는데, '가을 달' 혹은 '찬물'로 표현되었다. 가을 달 혹은 찬물과 같은 성인의 마음에 나아가기 위해서 학문이 필요하다고 하면서 요순의 심법을 제시하였다. 사람의 마음은 욕심으로 인해 흔들리기 쉬우니 오직 마음을 하나로 모아 성실한 마음으로 中正의 도리를 지켜야 한다는 것이 그것이다. 이 때문에 김우옹은 같은 글에서 외면만 화려하게 꾸미는 세속의 학풍을 지적하면서 이것은 자신의 마음을 지키는데 조금의 도움도 되지 않는다고 비판하였던 것이다.

(나)는 「克己箴」의 일부이다. 김우옹은 천리를 확보하기 위하여 사기를 먼저 없애야 한다는 것을 천리와 사기의 반비례 관계로 설명하였다. '사기'란 인욕을 의미한다. 일찍이 주자도 천리와 인욕을 반비례 관계로 보았다. '천리와 인욕은 항상 상대적이다.'467)고 한 것이나, '천리가 있으면 인욕이 없어지고 인욕이 승하면 천리는 멸하여 천리와 인욕이 병립할 수 없다.'468)라 한 것이 그 대표적 발언이다. 김우옹 역시 같은 입장이었으므로 어두운 곳이나 미세한 일일지라도 신중하지 않을 수 없다고 했다. 인욕이 날뛸 수 있기 때문이다. 그렇다면 인욕이 없어지고 천리가 보

---

466) 金宇顒, 「克己箴」(『東岡集』 5, 222-223쪽)
467) 朱熹, 『朱子語類』 13, "天理人欲, 常相對."
468) 朱熹, 『朱子語類』 13, "人之一心, 天理存, 則人欲亡, 人欲勝, 則天理滅, 未有天理人欲夾雜者."

존되어 있는 것을 김우옹은 어떻게 표현하였을까? 「進御書存心養性箴」을 중심으로 살펴보기로 하자.

(가) 虛靈神妙　허령하고 신묘하며
廣大無垠　넓고 큼이 한량없어
體用混圓　체와 용이 모두 원만하고
萬善俱足　만선을 모두 갖추었도다.
惟此活物　오직 活物이라
出入不測　출입을 헤아릴 수 없으니
天飛淵淪　하늘로 나르고 못에 잠기며
千里晷刻　천 리도 잠깐 사이로다.[469]

(나) 提省照管　제기하고 반성하길
如日斯升　해가 떠오르듯 하면
天然本體　천연의 본체가
粹乎淵澄　순수하여 깊고 맑으리라.
是心之存　이 마음을 보존하면
性斯養焉　성이 이에 길러지지만
一有不存　일시라도 보존치 못하면
乃喪其天　그 성을 상실하리로다.
存此主宰　이 주재를 보존하면
天理孔昭　천리가 매우 밝으리니
事我天君　나의 천군을 섬기거니
天豈在遙　하늘이 어찌 멀리 있으리?[470]

위의 두 시는 모두 「進御書存心養性箴」의 일부이다. (가)는 마음의 본체를 말한 것인데 '허령'하다고 했다. 마음이란 실체를 감각기관으로 인식

469) 金宇顒, 「進御書存心養性箴」(『東岡集』 5, 233쪽)
470) 金宇顒, 「進御書存心養性箴」(『東岡集』 5, 234쪽)

할 수 없지만 모든 일의 변화에 능동적으로 대응할 수 있다는 것을 이렇게 말했다. 이것은 살아있는 사물이기 때문에 '활물'이라 표현하였고 '魚躍鳶飛'라는 비유로 구체화하였다. '어약연비'란 도가 사물에 있으면서 유행발현하는 실상을 보인 것[471]이다. 여기서 도란 천리를 말하는 것이니 천리가 인간의 심성과 외부 사물에 유행될 때의 활발성을 의미한다. 이 같은 활발성은 함양으로써 확보된다. 이 때문에 (나)에서처럼 순수한 천연의 본체가 마음을 보존함으로써 길러진다고 하였다. 이렇게 하여 천군을 제대로 섬겨 하늘을 가까이 하게 된다는 것이다. 김우옹은 '경'이 모든 곳에서 항상 한 마음의 주재가 된다고 하였으니 '존심양성'하는 방법도 역시 '경' 이외에 다른 것이 없는 것으로 보았다. 이 때문에 그는 경연에서 '존심과 양성은 본디 두 가지 일이 아니니 양성의 도리는 존심에 있고 존심의 요체는 경에 지나지 않는다'[472]고 하였던 것이다.

자아의 내적 수렴은 김우옹의 작품에 어떠한 반응을 일으키는가? 이것은 합자연을 통한 천리의 함양을 그 문학적 주제로 표출하게 하였다. 자아가 내적 심성 속으로 수렴됨으로써 성인의 심적 경계를 이룩하고 이것은 자연과의 합일로 나타났다. 자연과 일정한 미학적 거리를 유지한 채 주관 심성과 객관 자연이 수양의 원리에 의해 합일된 것이다. 자연 친화적 태도에 기반한 것임은 물론이다. 더욱이 합자연은 인간 심성의 근원이자 자연의 근원이기도 한 '원두처'를 제시함으로써 보다 적극성을 띠게 되었다. 천리의 함양이 바로 여기에서 가능한 것으로 보았기 때문인데, 세속의 진애로 상징되는 인욕이 말끔히 씻긴 상태에서 천리가 깃들 수 있다고 했다. 김우옹은 이를 '존심양성'으로 요약하였다. 심성을 기르는

---

471) 李滉, 「答鄭子中別紙」(『退溪集』 卷25, 『韓國文集叢刊』 30, 100쪽), "鳶飛魚躍, 則道之在物而自然發現流行之實, 可見."

472) 金宇顒, 「經筵講義」 乙酉 2月 20日條(『東岡集』 5, 181쪽), "但此本非二事, 養性之道, 在尊其心, 存心之要, 不過曰敬而已."

것 그것은 천리를 함양하는 것인 바 그 방법은 존심에 있고 존심의 요체는 '경'에 있다고 하면서 '경'사상의 중요성을 역설하였다.

3.2. 비판적 현실인식을 통한 구세의 논리

김우옹은 부정한 것을 척결하고 정의로운 것을 실천한다는 '의'사상을 가짐으로써 현실세계에의 관심을 강하게 보이기도 했다. 이것은 학문의 진정한 목적은 致用에 있다는 그의 언표에서 분명히 드러난다. '경서를 궁구함은 장차 현실에 적용하기 위한 것',[473] '학문을 함에 있어 모름지기 몸에 체득하여 실용에 베풀어야 하고 문구만을 이해해서는 곤란'[474]하다고 한 언급이 그것이다. 이는 당대의 많은 지식인들이 理氣心性論에 매몰되어 있었던 것과 달리 이를 반성하면서 그의 학문방향을 현실로 돌려놓은 것을 의미한다. 나라에 보답하기 위하여 단심으로 늙었고 시국을 걱정하느라 흰 머리가 새롭다[475]고 한 것이나, 前漢의 文帝 때의 문신으로 태중대부로 있다가 장사왕의 태부로 좌천된 일이 있던 賈誼에 자신을 비겨 시국을 상심한 것[476]도 모두 같은 이유에서였다.

김우옹의 현실에 대한 반응이 이 같을 수 있었던 것은 그의 의식에 애민정신이 내함되어 있었기 때문이다. 그는 하늘이 백성을 위하여 임금을 세웠던 것은 천하로써 한 사람을 받들게 함이 아니고 오직 한 사람으로 천하를 다스리게 한 것일 따름[477]이라고 하면서 '천-군-민'의 역동관계

473) 金宇顒, 「經筵講義」 己卯 5月 16日條(『東岡集』 5, 114쪽), "臣等方以春秋進講. 窮經, 將以致用也."
474) 金宇顒, 「經筵講義」 丁丑 5月 11日條(『東岡集』 5. 118쪽), "大抵帝王爲學, 須是體之身而施之用, 不可只理會文句也."
475) 金宇顒, 「和權叔正」(『東岡集』 4, 27쪽), "報國丹心老, 憂時素髮新."
476) 金宇顒, 「述懷贈西原徐令公仁遠」(『東岡集』 4, 30쪽), "去國哀王粲, 傷時悲賈傅."
477) 金宇顒, 「經筵講義」(『東岡集』 5, 74쪽), "皇天爲民立君, 非以天下奉一人, 惟以一人治天下耳."

를 제시하였다. 즉 임금이 백성을 사랑하라는 천명을 제대로 인식하지 못하고 백성들에게 가혹한 정치를 행사한다면 위망과 화란이 올 것이라 한 것이 그것이다. 김우옹은 폭정 때문에 나라를 패망하게 하였던 하나라의 마지막 임금인 桀, 은나라의 마지막 임금 紂, 그리고 주나라의 폭군인 幽王과 厲王 등을 그 예로 들었다. 백성들의 힘을 과시하며 군왕을 경각시키고자 한 것일 터이다. 이 같은 경고가 공소할 수 있다는 생각 하에 그는 당대의 현실을 강하게 비판하고 나섰다. 그리고 그 대응방안 또한 나름대로 모색하였다. 이를 비판적 현실인식과 구세의 논리로 나누어 각각 살펴보기로 한다.

먼저 비판적 현실인식에 대해서이다. 김우옹이 살았던 시대는 성리학이 고도로 발전하여 사대부문화의 정점을 이룬 시기이긴 하였으나 한편으로 중쇠의 기운이 감돌고 있었다. 사화가 거의 끝나가면서 새로이 붕당이 발생하여 서로 쟁투하게 된다. 이 같은 와중에 왜인들이 전라도의 여자를 납치(1555년)해 가기도 하고, 배를 띄워 근해에 자주 나타나(1559년)기도 하는가 싶더니 급기야 1592년에는 15만 대군을 이끌고 조선의 국토을 유린하기에 이른다. 이로 말미암아 조선의 경제는 극도로 불안하게 되었고 민중은 더욱 피폐하게 되었다. 여기에 민중들은 중간 서리층의 농간, 각종 군역과 공물, 진상 등의 부담을 지면서 천재지변까지 감내해야만 했다. 견디지 못한 이들은 소극적으로 고향을 떠나 유망하기도 하고, 적극적으로 도적이 되어 저항하기도 했다. 1559년부터 1562년까지 황해도 구월산을 중심으로 활동했던 임꺽정의 저항은 그 대표적이다. 이 같은 당대의 심각한 현실을 직시하고 있었던 김우옹은 『속자치통감강목』을 저술하며 고금의 치란을 두루 서술[478]하는 한편, 보다 적극적으

---

478) 許穆, 「東岡先生文集序」(『東岡集』 4, 5-6쪽), "所著有續綱目二十券, 尤捲捲於斯道斯民者, 能紹述前古, 歷叙治亂, 擗邪設正人心, 開視勸戒, 勤亦至矣."

로 상소문을 올려 당대의 부조리한 현실을 비판하였다.

> 전하께서 온갖 폐해의 뒤를 이어 액운의 즈음을 만나니 나라의 일은 바야흐로 많은데 조정의 정사에 기강이 없습니다. 나라의 안팎이 마침 어지러운데 오랑캐가 침노함에 지킬 만한 곡식도 없고 싸울 만한 군사도 없어 민심이 소동하여 내외가 위급하니 금일의 형세는 참으로 존망의 위기에 봉착한 시점이라 하겠습니다. 이는 마치 병들어 극도로 쇠약한 사람이 百脈이 모두 허약하여 응어리가 가슴에 맺히고 종기가 사지에 나며 호흡이 불리하고 굴신이 불편하여 약도 능히 쓸 수 없고 침도 능히 통하지 않아 진실로 특별한 의원을 기다리지 않고는 고치기 어려운 병이 든 것과 같은 상태라 하겠습니다.[479]

위의 글은 1583년에 올린 「進言乞退疏」의 일부이다. 여기에는 김우옹의 현실에 대한 위기의식이 잘 드러나 있다. 그는 당대의 현실을 지킬 만한 곡식도 없고, 싸울 만한 군사도 없는 현실이라고 못박고 자신이 살고 있는 현실을 존망의 위기에 봉착한 시점이라 하였다. 이를 몸의 모든 맥이 허약하여 약도 제대로 쓸 수 없어 회생이 거의 불가능한 사람에게 비유하며 위기의식을 더욱 증폭시켰다. 김우옹의 이 같은 인식은 그의 문집 도처에 보인다. 안으로 조정의 기강이 서지 않고 밖으로 수령이 탐욕스럽고 잔학하다,[480] 위로는 하늘의 변고가 생기고 아래에선 땅의 변고가 일어나 백성이 역질로 죽어가는 재앙이 칠 년 동안이나 그치지 않는

479) 金宇顒, 「進言乞退疏」(『東岡集』 4, 153쪽), "殿下承百敝之後, 値厄運之會, 國事方殷, 朝政不綱. 居圉卒荒, 夷狄侵陵, 無粟可守, 無兵可戰, 民情騷動, 內外俱急, 今日之勢, 可謂危急存亡之秋矣. 如人衰病之極, 百脈俱虛, 而瘕結心腹, 疽生四肢, 呼吸不利, 屈伸難便, 藥之不能下, 鍼之不能達, 固不待深於醫者而知其爲難療之疾矣."

480) 金宇顒, 「玉堂請勿許左議政朴淳辭職箚」(『東岡集』 4, 333쪽), "方今內則朝綱不立, 百務隳弛, 外則守令貪殘, 元元愁苦."

다,[481] 국세가 날로 무너져 쇠하고 폐정이 날로 심하다,[482] 아득히 나루가 보이지 않는 큰물을 건너는 것과 같다[483]고 한 것이 대체로 그러한 것이다. 내외 상하가 모두 피폐해 있음을 나타낸 것이라 하겠는데 여기서 나아가 그는 천지의 재변과 요괴가 첩첩이 드러나고,[484] 무지개가 하늘의 해를 꿰뚫는 상서롭지 못한 조짐이 이미 나타났다[485]고 하면서 패망의 조짐을 들기도 했다. 임란이 일어나기 약 10년 전에 상소한 것이니 그의 현실에 대한 예리한 감각을 읽을 수 있다. 이 같은 공격이 추상으로 흐를 수 있다는 생각 하에 그는 부조리한 현실을 구체적으로 지적하기도 했다.

(가) 아! 전하께서는 묘연한 일신으로 숭고한 지위에 처하시어 시사가 어렵고 국세가 세미한 즈음에 백천 가지의 천재를 어떻게 감당하며 억만 갈래의 인심을 어떻게 수습하시렵니까? 조정의 의논이 많이 갈라져 사류들이 분열되니 안으로는 과감히 간쟁하는 선비가 없고 밖으로는 힘을 펼치는 신하가 부족한데 전하께서 혼자의 지혜로 천하의 일을 운영하려 하신다면 그 또한 어려우며 그 또한 위태로울 것입니다.[486]

---

481) 金宇顒, 「進言乞退疏」(『東岡集』 4, 167쪽), "嗚呼! 天變作於上, 地變作於下, 癘疾夭札, 七載未息."

482) 金宇顒, 「玉堂請勿許左議政朴淳辭職箚」(『東岡集』 4, 333쪽), "國勢陵夷, 弊政日滋."

483) 金宇顒, 「乞退疏」(『東岡集』 4, 262쪽), "今日國勢, 若涉大水, 茫無津涯, 而憂虞之象復著, 氷霜之漸日長."

484) 金宇顒, 「玉堂請勿許左議政朴淳辭職箚」(『東岡集』 4, 333쪽), "天災地變, 物怪人妖, 疊見層出, 上天仁愛, 必有告警之意."

485) 金宇顒, 「進言乞退疏」(『東岡集』 4, 167쪽), "白虹貫日, 無月不然, 其他咎徵之作, 無非危亂之狀."

486) 金宇顒, 「進言乞退疏」(『東岡集』 4, 166쪽), "嗚呼! 殿下以眇然之身, 處崇高之位, 而時事艱虞, 國勢渙散, 天災之百千, 何以當之, 人心之億萬, 何以收之? 廷論多岐, 士類分裂, 內無敢諫之士, 外乏宣力之臣, 而殿下欲以獨智運天下之事, 其亦艱矣. 其亦殆矣." 金宇顒의 이 進言은 그의 스승 曺植이 저 유명한 「乙卯辭職疏」(『南冥集』 卷2, 『韓國文集叢刊』 31, 519쪽)에서 "慈殿塞淵, 不過深宮之一寡婦, 殿下幼

(나) 오늘에 이르기까지 조정이 오히려 안정되지 못하여 동서의 설이 마치 물이 더욱 깊어짐과 같아 한 사람의 진퇴와 한 말의 시비가 비록 공의에서 나왔으나 오히려 붕당으로 지목됨을 면치 못합니다. 따라서 대소 신료들이나 백공이 즐겨 몸소 국사를 맡으려 하지 않고 조정의 기강이 산만하게 흩어져 모든 절목이 함께 폐해지니 나라의 형세가 불안하여 재앙이 백방으로 쏟아져 내우와 외환이 일시에 함께 일어나는 데도 능히 구원할 사람이 있지 않습니다.[487)]

위의 글은 인심이 흩어진 현실을 비판한 것이다. (가)에서 보듯이 억만 갈래로 흩어진 인심을 어떻게 수습할 것인가 라며 최고 집권자인 군왕에게 묻고 있다. (나)에서는 흩어진 인심을 더욱 분명히 제시하고 있는데 동서 붕당이 그것이다. 동서 붕당으로 갈라진 조정의 의논을 김우옹은 깊은 물에 빠져 진퇴를 할 수 없는 형국이라고 비판하였다. 그 폐해는 시비가 공의에 의해 나왔으나 붕당으로 지목받아 결국 무산되고 만다는 것이다. 이같이 문란해진 조정의 기강 때문에 위기가 닥쳐와도 구원할 사람이 없다면서 한탄하기도 하였다. 선조 즉위 초년 사림계열의 인물들이 중앙정계로 대폭 진출하게 되면서 이들은 척신의 세력을 일단 억제하고 조정을 장악해 나간다. 그러나 이들은 구체제적 잔재의 척결을 둘러싸고 전배와 후배 간 강온의 대립을 보였다. 전배로 지칭되던 노성한 세력이 다소 온건한 입장을 보였다면 후배사류들은 보다 강경한 입장에서 개혁을 주장한다. 후배 측, 즉 동인에 속하였던 김우옹은 강경한 입

沖, 只是先王之一孤嗣, 天災之百千, 人心之億萬, 何以當之, 何以收之耶?"라 갈파한 것과 기본적으로 동일한 發想이다. 여기에서 우리는 스승 曺植과 제자 金宇顒의 현실에 대한 일련의 認識承繼를 이해하게 된다.

487) 金宇顒, 「進言乞退疏」(『東岡集』 4, 158쪽), "然而至于今日, 朝著猶未寧帖, 東西之說, 如水益深, 一人進退, 一言是非, 雖出於公議, 猶未免指目. 大小臣工, 莫肯身任國事, 朝綱渙散, 萬目俱廢, 國勢抓揑, 禍敗百出, 內憂外患, 一時竝作, 而莫有能救之者矣."

장을 보이면서 조정의 '무마하고 안정시키려는 노력'[488]을 반대하고 시비는 하나뿐이라고 했다. 이 과정에서 실세한 서인들이 이이를 부추겨서 사류가 갈라지게 되었다[489]며 비판하기도 했다.

> 다만 가만히 도로에서 들리는 말에 '두 궁실을 경영함은 규모와 제도가 너무 지나치고 더욱이 내시가 감독하여 폐단을 끼침이 대단하며 秦隴으로 실어 나름에 원망하는 소리가 길에 가득하다.'고 하니, 고인이 이르기를 '토목공사에 따르는 재앙은 천재보다 심하다.'고 하였는데, 하물며 시절이 어려운 때를 당하여 곧 형편에 넘치는 역사를 일으킨다는 비방이 있어 거듭 민심을 잃는 것은 장구한 계책이 아니라고 생각합니다.[490]

위의 자료는 각종 공사로 피폐해진 현실을 비판한 것이다. 그 중에서도 토목공사를 들었다. 당대를 존망의 위기에 봉착하고 있는 시점으로 본 김우옹은 이것을 제쳐두고 궁실을 짓는다는 것은 있을 수 없는 일이라 보았다. 진시황이 제국을 건설한 후 화려한 궁실을 짓기 위하여 거대한 토목공사를 일으켜 백성들의 원망을 강하게 샀던 것에 비긴 것도 이 때문이었다. '진농으로 실어 나름에 원망하는 소리가 길에 가득하다'는 것이 그것이다. 여기서 나아가 토목공사에 따르는 재앙은 천재보다 심하다는 옛 말을 인용하며 민심의 이반을 우려하기도 했다. 김우옹은 결국 같은 글에서 백성의 험악함을 두렵게 생각하지 않는다[491]면서 군왕을 공

488) 金宇顒, 「進言乞退疏」(『東岡集』 4, 158-159쪽), "今之朝論所謂調劑安靖者, 行之十年, 卒無成效, 而反有以養成無窮之害, 其故何哉?"

489) 金宇顒, 「論時事箚」(『東岡集』 4, 416쪽), "方李珥在朝, 務爲洗滌調合之論, 而其云爲風旨, 常落在西邊之中, 西人之失志者, 以珥爲宗主, 日夜縱臾, 而珥性踈而白直, 不覺爲此輩所賣, 漸成註誤, 遂與士類角立."

490) 金宇顒, 「進言乞退疏」(『東岡集』 4, 170쪽), "但竊聞諸道路, 兩宮之營, 規制太濫, 可以內侍監董, 貽弊多端, 轉輸秦隴, 怨咨盈路. 古人云, 土木之妖, 甚於天災, 況當時詘之會, 乃有擧贏之刺, 重失民心, 懼非長計."

격하였다. 이는 여러 가지 재난으로 나라의 법도가 해이하고 권위가 떨어진 지 오래인데 느닷없이 궁궐을 건설하는 것은 백성들의 마음을 경동하여 험악하게 하는 것에 다름 아님을 보인 것이라 하겠다.

이 밖에도 김우옹은 악착같이 祿만 지키려는 자들이 대부분이고 직분을 지켜 공무를 제대로 수행하는 사람은 거의 없는 실정[492]이라며 당대의 관리들을 비판하기도 하고, 신하들의 간쟁이 위로 올라가는 길이 막혔다[493]면서 언로가 막힌 현실을 비판하기도 했다. 특히 사간원에 근무하면서 臺諫의 중요성을 언급한 「司諫院請從諫箚」에 사정의 이러함이 잘 나타난다. 이 글에서 김우옹은 '대간은 국가의 기강이고 공론의 중추이니 명철하고 온당한 임금이 의지하여 이목으로 삼고, 난폭하고 혼미한 군주가 두려워하여 감히 방자하게 굴지 못한다'[494]고 하면서, '강직한 선비가 혀를 움츠리고 물러나며 나약한 사람이 입을 다물고 구차히 용납되기를 바라면서 비록 위망의 화가 조석에 박두해도 전하께서는 들을 수 없게 되니 어찌 위태롭지 않겠습니까?'[495] 라며 극간하였다. 우리는 여기에서 김우옹이 위기에 봉착한 당대 현실을 향하여 얼마나 절박한 심정을 갖고 있는지를 충분히 짐작할 수 있다.

다음으로 구세의 논리에 대해서이다. 당대를 존망의 위기에 봉착해 있

---

491) 金宇顒, 「玉堂箚」(『東岡集』 4, 171쪽), "忘念民嵒之可畏, 臣竊寒心, 實未知所以爲國家計也." 金宇顒의 이 같은 생각은 그의 스승 曺植이 천명사상에 입각한 「民巖賦」를 지어 백성의 힘을 과시하면서 군왕을 공격했던 것과 그 맥락을 같이한다. 스승과 제자의 정신적 교감을 읽을 수 있는 대목이다. 曺植, 『南冥集』, 亞細亞文化社 刊, 1982. 27-28쪽 참조.

492) 金宇顒, 「進言乞退疏」(『東岡集』 4, 161쪽), "試言其人才之盛衰, 則齷齪持祿者滔滔皆是, 守職奉公者絶舞僅有."

493) 金宇顒, 「玉堂箚」(『東岡集』 4, 294쪽), "今日諫爭之路尙壅, 偏係之根未除."

494) 金宇顒, 「司諫院請從諫箚」(『東岡集』 4, 464쪽), "臺諫, 國家之紀綱, 公論之宗主, 明王誼辟之所倚以爲耳目, 暴君昏主之所畏而不敢肆也."

495) 金宇顒, 「司諫院請從諫箚」(『東岡集』 4, 465쪽), "直士卷舌而退, 懦夫含默苟容, 則雖有危亡之禍, 迫在朝夕, 而殿下無由得聞, 不亦危乎?"

는 현실로 인식한 김우옹은 세상을 구제하기 위해 노력한다. 그 스스로가 민간에 있어 백성의 일을 잘 안다[496]고 했듯이 그는 철저하게 민생을 염두에 두면서 자신의 구세논리를 제기하였다. 특히 조정이 우선적으로 해야 할 일을 상소하였는데 그가 가장 시급하다고 생각한 것은 조정의 기강 쇄신과 인재 등용의 문제였다. 조정은 사방의 근본이고 賢才는 치세를 이루는 도구[497]로 보았기 때문이다. 그러나 그가 앞에서 지적하고 있듯이 조정에서는 붕당을 지어 분열을 일삼고, 신하들은 자신의 봉록만을 지킨다고 하였다. 그렇다면 조정의 안정과 현재의 초빙이 이루어져야 할 터인데, 김우옹은 이를 위하여 군주는 마음을 밝게 하여 참소하는 말을 제대로 살필 것, 인재 구하는 길을 넓혀 科擧를 거친 사람이 아니라도 등용할 것을 주장하였다. 다음 자료 역시 같은 입장에서 제출된 것이다.

> 조정이 이미 바르게 되고 어진 인재가 또한 많이 이르면 뿌리가 견고하여 지엽이 무성하고 발원이 깊어져서 유파가 원대하여 천하의 일이 장차 전하께서 마음먹은 대로 되지 않음이 없을 것입니다. 만일 그렇지 않으면 조정은 날로 문란하고 현인은 날로 멀어져 기강이 해이하고 국세가 쇠약하게 될 것입니다.[498]

위의 글은 조정의 기강과 인재 등용이 제대로 될 때와 그렇지 못할 때를 대립시켜 설명한 것이다. 조정에 기강이 서고 인재가 잘 등용된다면

---

496) 金宇顒, 「年譜別本」(『東岡集』 6, 427쪽), "臣在民間, 豈不知民事乎?"
497) 金宇顒, 「進言乞退疏」(『東岡集』 4, 154쪽), "臣聞朝廷者, 四方之本也, 賢才者, 致治之具也."
498) 金宇顒, 「進言乞退疏」(『東岡集』 4, 169-167쪽), "朝廷旣正, 賢才旣衆, 則植根固而枝葉暢茂, 發源深而流波遠大, 天下之事, 將惟殿下所欲爲, 無不如之矣. 如其不然, 則朝著日紊, 賢人日遠, 綱維解紐, 國勢衰弱."

뿌리가 견고한 나무나 발원이 깊은 물과 같아 천하가 군주의 뜻대로 되지 않는 것이 없을 것이라 했다. 그러나 그렇지 못할 때는 결국 국세가 쇠미하는 데까지 이르게 된다면서 강한 어조로 진언하였다. 조정의 기강과 현재의 등용이라는 두 축이 나라에 마련되지 않았는데도 불구하고 부국강병을 희망한다면 그것은 나무에서 고기를 구하는 격에 지나지 않는다고 보았기 때문이다. 이 같은 그의 생각은 전쟁을 거치면서 더욱 구체화되었다. 김우옹은 전쟁 기간 동안 여러 차례의 상소문과 時務策 등을 올려 위급한 현실에 대한 자신의 구제 논리를 편다. 그가 이 기간에 올린 글들은 대체로 다음과 같다.

- 1592(임진): 「赦還待罪疏」(11월), 「備邊司獻議」(11월), 「辭兵曹參判疏」(12월)
- 1593(계사): 「請許袁主事黃求書籍啓」(1월), 「辭世子左部賓客疏」(11월)
- 1594(갑오): 「辭大司憲啓」(5월), 「請崔永慶伸寃啓」(5월), 「憲府7條箚」(6월), 「請勿遣陳奏使啓」(6월), 「請崔永慶伸寃再啓」(8월), 「請崔永慶伸寃三啓」(8월), 「請擧人才表忠烈啓」(9월) 「大司憲避嫌啓」(10월), 「大司憲避嫌再啓」(10월), 「中興時務箚」(10월), 「辭大司憲疏」(11월)
- 1595(을미): 「司諫院請從諫箚」(?), 「辭副提學疏」(4월), 「辭藝文提學啓」(4월), 「辭大司諫啓」(6월), 「乞退疏」(6월), 「辭副提學啓」(10월)
- 1596(병신): 「進時務16條箚」(2월), 「請堅守都城箚」(11월),
- 1597(정유): 「進言疏」(2월), 「乞補外啓」(7월), 「中興要務私議」(8월), 「乞補北路守宰疏」(11월)

임금에게 올린 이상의 글 가운데 밑줄 친 부분은 時務策으로 현실구제의 논리가 들어 있어 주목할 만하다. 비록 군주의 수양 등 전시와 관련이 없는 것도 있기는 하나 전란의 와중에 어수선해진 조정과 나라를 수습하기 위한 대책 등 당대의 구체적 현실 문제를 다룬 것이 대부분이다. 일개의 문관으로서 군사작전을 진언한 것도 있는데 이는 그가 평소 국가의 위기관리에 많은 관심을 보였다는 것을 반증한다. 그는 전쟁을 피하거나 화의를 하는 것만이 능사가 아니라고 생각하면서 쳐들어오는 적을 능동적이고 슬기롭게 막아내야 한다고 했다. 1597년 2월에 올린 「진언소」에서 왜적이 기세를 떨치며 온 나라가 유린되는데도 군신 상하가 하나같이 물러나 피하는 것으로써 장책을 삼고 一戰을 벌이지 못하여 나라가 이 지경에까지 이르렀다고 한 것이 그것이다. 왜적이 用兵을 잘 해서 그러한 것이 아니라 우리나라가 스스로 망해 버린 것[499]이라 보았기 때문이다. 사정이 이러하므로 김우옹은 임금이 일선에 나아가 사기를 진작 시킬 것(「비변사헌의」), 시기를 놓치지 말고 일전을 결할 것(「비변사헌의」), 장수를 잘 선발하여 군사를 훈련시킬 것(「헌부7조차」), 화의를 끊고 국가의 큰 방비를 보존할 것(「걸퇴소」), 상호 구원할 수 있는 연합작전을 사용 할 것(「진시무16조차」) 등 국난극복을 위한 구체적 시무책들을 제출하였다. 이 중 일부를 들어보기로 한다.

(가) 祖宗의 종묘사직의 원수는 하늘을 함께 일 수 없는 법이니 이는 고금의 통의입니다. 우리나라가 왜적에 있어선 원한이 극도에 이르렀으니 한 하늘을 함께 일 수 없음은 분명하다 하겠습니다. 가령 원수를 갚기에 힘이 부족하다고 한다면 묵묵히 참으며 한을 쌓고 와신상담하면서 때를 기다리는 것이 옳을 것이니, 만약 혹 뜻이 굳건하지 못해 화의를 하자는 말을 내게 된다면, 대의가 밝지 못하여 천하의 큰 방비를 보존할 수 없고 국세도 이로부터 더욱 떨쳐지지 않을 것입니다.[500]

499) 金宇顒, 「進言疏」(『東岡集』 4, 263쪽), "嗚呼! 壬辰以來, 狂賊長驅, 蹂躪一國, 而君臣上下, 一以退避爲長策, 無敢堂堂一戰, 而國勢至此, 此非海賊用兵之善, 乃我國之自亡耳."

500) 金宇顒, 「乞退疏」(『東岡集』 4, 255쪽), "祖宗廟社之讐, 不共戴天, 此天下古今之通誼. 我國之於海賊, 怨讐已極, 不可共戴一天, 明矣. 借曰力未足以保, 則隱忍蓄憾, 臥薪嘗膽, 以有待焉可也. 如或不競而出於和好之說, 則大義不明, 無以存天下

> (나) 여러 將官 및 직급이 높고 재략이 있는 수령을 나누어 여러 衛將을 삼아 각기 소속 군읍을 거느려 스스로 성채를 지키고 형세를 서로 연결하여 호응하게 하십시오. 만약 적이 某處로 향하면 某衛將이 병사를 거느려 그리로 나아가고 某寨를 포위하면 모위장들이 병력을 합하여 이를 구원하게 하되, 혹 깃발을 많이 세워서 성세를 돕도록 하고 혹 정예를 가려 뽑아서 호응하게 할 것이며, 감히 혼자서 가만히 병력을 끌어안고서 스스로만 지키고 생쥐처럼 머리를 내놓고 사태만 관망한 채 숨어 엎드리지 못하게 하소서. 약속을 분명히 세우고 군령을 엄하게 보여서 군령을 어기는 자가 있으면 즉시 머리를 베어 군중에 돌려 보이게 하소서.[501]

(가)는 1595년 6월에 올린 「乞退疏」의 일부이다. 김우옹은 부제학에서 물러나기를 바라면서 時務策 4조를 올리게 된다. 첫째, 대신에게 맡겨 조정의 기강을 바로 잡는 일, 둘째, 체찰사에게 위임하여 변방의 업무를 점검하는 일, 셋째, 화의를 끊어 국가의 큰 방비를 보존해야 하는 일, 넷째, 학문을 부지런히 하여 聖志를 돕는 일이 그것이다. 위의 글은 그 세 번째의 것이다. 여기에서 보듯이 김우옹은 원수 갚을 뜻을 분명히 해야 하며 만일 지금 힘이 부족하다고 생각되면 와신상담하여 때를 기다려야 한다고 했다. 화의를 맺는 것은 단지 병화만 벗어나려는 안일한 계책일 뿐이라고 보았기 때문이다. 이 같은 그의 생각은 문집 도처에 나타난다.[502] 이 밖에 왕실에서는 주상과 후비의 경비를 줄여 날랜 장사와 용

之大防, 而國勢自此益以不振矣."

501) 金宇顒, 「進時務十六條箚」(『東岡集』 4, 470쪽), "以諸將官及秩高有材略守令, 分爲諸衛將, 令各領所屬郡邑, 各自據守城寨, 而形勢聯絡, 自相應援. 如賊向某處, 則某衛將領兵赴之, 圍某寨則某某衛將, 合兵救之, 或多張旗幟, 助爲聲勢, 或抄發精銳, 互爲救援, 毋敢擁兵自衛, 首鼠竄伏. 明立約束, 嚴示軍令, 其有違令者, 卽斬以徇."

502) 金宇顒의 이 같은 생각은 그의 上疏文 도처에 나타난다. 「進時務十六條箚」(『東岡集』 4, 473쪽), "感動人心, 須先約已, 撫養戰士, 宜節經用. 臣願聖上毋忘龍灣之

감한 병사를 기르게 된다면 인정이 감동되어 군세가 저절로 강대해 질 것[503]이라고 하며, 왕실의 근검이 군세를 강하게 하는데 직접적인 영향을 미친다고 하기도 했다.

(나)는 1596년 2월에 올린 「進時務十六條箚」의 일부이다. 당시 김우옹은 이조참판직에 있으면서 당대의 현실을 직시하고 수습과 대안을 열여섯 가지로 제시하였다. 여기에는 감사와 수령들에게 교유하여 각기 가솔을 거느리고 산성에 들어가서 지키게 하는 일, 인재를 등용함에 있어 출신에 구애받지 말고 적재적소에 임용하도록 하는 일 등 대단히 다양한 방책들이 제시되어 있다. 위의 자료는 특히 연합전선을 구축하여 적병에 대응해야 한다는 주장이다. 1·2차에 걸친 진주성 전투 등 여러 차례의 실제적 경험에서 얻은 교훈을 바탕으로 하였을 것이다. 내부적으로 군령을 엄격하게 하여 기강을 세우는 것도 잊지 않고 지적하고 있다. 이같이 김우옹은 적과 대치되어 있는 위기의 현실을 구제하기 위하여 능동적이고 적극적인 자세를 보였다. 그가 올린 계책이 반드시 실현되는 것이 아니라 하더라도 우리는 여기에서 그가 당대의 현실 타개를 위해 얼마나 고민하고 있는가 하는 사실을 충분히 짐작하게 된다.

자아의 외적 확산은 김우옹의 작품에서 어떠한 반응을 일으키는가? 이것은 비판적 현실인식을 통한 구세의 논리로 나타났다. 이기심성론 등 형이상학에 관심을 보였던 당대의 많은 지식인들과 달리 그는 학문의 진정한 목적은 현실생활에 적용이 용이한 것이어야 한다고 보았다. 더욱이 천명문제가 내포된 '천-군-민'의 역동관계를 제시하면서 피폐한 민생현실로 그의 의식을 밀착시켜 나갔다. 중쇠의 기운이 감돌고 있던 조선의 현

曰, 群臣毋忘跋涉之時, 恒存薪膽之念, 毋或少懷于宴安."

503) 金宇顒, 「進時務十六條箚」(『東岡集』 4, 473쪽), "凡百自奉, 益務省約, 諸司內供, 一切蠲減, 撤燕私之奉, 以募驍壯, 省後庭之費, 以養爪牙, 則人情必感而軍勢自壯矣."

실을 면밀히 관찰하면서 그는 당대를 '존망의 위기'에 놓인 시대로 진단하였다. 특히 동서의 붕당이 일어나 조정의 의논은 분열되고, 토목공사 등으로 민심은 이반해 간다고 하면서 강하게 비판하고 나섰던 것이다. 그러나 피폐한 현실을 위한 구제의 논리 또한 나름대로 갖추고 있었다. 조정의 기강 쇄신과 賢才의 등용을 대표적인 것으로 꼽았는데, 여기에서 나아가 연합전술 등 군사작전과 같은 구체적 세무를 제시하기도 했다. 김우옹이 그의 의식을 이처럼 현실에 밀착시킬 수 있었던 것은 실천의 의미가 내포되어 있는 '의'사상이 그 이면에서 작용하였기 때문이다.

4. 정신구도의 특성과 의미

4.1. 자아와 세계의 갈등과 변증법적 정신구도

김우옹의 정신구도는 두 축으로 구성되어 있다. 내적 수양을 통한 자아로의 수렴과 외적 현실을 통한 세계로의 확산이 그것이다. 물론 사물인식방법의 근저를 이루고 있는 수양론, 즉 경의사상이 이면적 원리로 작용한 결과이다. 자아의 수렴과 확산은 그의 문학에서는 '합자연을 통한 천리의 함양'과 '비판적 현실인식을 통한 구세의 논리'로 구체화되어 나타났다. 전자가 수기와 관련되어 있다면 후자는 치인과 결합되어 있다. 이 모두를 중시한 것은 유학을 사상적 기반으로 한 대부분의 사림파 작가들에게서 보이는 일반적인 현상이다. 그러나 이 둘 중 어느 것을 더욱 중시하는가 하는 문제는 작가들마다 다르며, 이것을 제대로 살피는 것이야말로 그 작가의 정신적 귀결점을 제대로 이해하는 필수적 요소이다. 사실의 이러함을 염두에 두면서 김우옹이 겪고 있었던 자아와 세계의 갈등,

그리고 이 같은 갈등을 극복해 나가는 과정에 보이는 변증법적 정신구도를 살펴보기로 한다.

먼저 자아와 세계의 갈등에 대해서이다. 김우옹은 자신과 세계와의 관계를 '與世矛盾'[504] 혹은 '世我相違'[505] 등으로 표현하였다. 그가 처음으로 세계와의 충돌을 일으켰던 것은 32세 되던 해인 1571년 봄이었다. 이때 그는 승문원에 부임하였으나 곧 사직하고 돌아왔다. 선배들이 전례에 따라 처음 부임한 그에게 옳지 못한 장난을 행하려 했기 때문이었다.[506] 당시 그는 한강을 건너면서 「南風辭」를 지어 돌아가 逍遙할 뜻을 보이기도 했다. 이 같은 자아와 세계의 충돌은 그 이후에도 지속되었다. 관직생활을 하면서 끊임없이 상소를 올려 귀향하려 하기도 하고, 벼슬을 버리고 낙향하기도 하였으며, 다시 부름을 받아 나아가기도 하고, 나아가서 당파에 휘말려 귀양을 가기도 하는 등 다양하게 진행된다. 이는 그의 스승 조식이 그에게 누차 강조한 바 있는 士君子의 大節인 출처관[507]에 따른 것으로 보이지만 이 과정에서 자아와 세계의 갈등 또한 심각하게 드러났다. 김우옹의 자아와 세계와의 갈등은 그의 작품에서는 구체적으로 정치현실과 강호자연, 이 양자의 갈등으로 나타났다. 현실 속에는 자연으로 돌아갈 꿈을 버리지 못하고 자연 속에서는 피폐한 현실을 잊지 못했다는 것이다. 우선 다음 자료부터 보자.

---

504) 金宇顒, 「辭全羅監司疏」(『東岡集』 4, 209쪽), "至於孤危縱跡, 與世矛盾, 朝議不容, 口語橫加."

505) 金宇顒, 「子眞池賦」(『東岡集』 5, 367쪽), "世與我而相違, 不吾知其奚適. 神山入望, 俗緣已薄."

506) 「東岡先生年譜別本」, 32歲條(『東岡集』 6, 360쪽), "先進諸公, 欲隨例設不經之戲, 先生以爲非士子持身之道, 不屈而還."

507) 金宇顒, 「南冥先生言行錄」(『東岡集』 5, 334쪽), "又曰丈夫動止, 重如山岳, 壁立萬仞, 時至而伸, 方做出許多事業, 譬之, 千勻弩一發, 能碎萬重堅壁, 固不爲鼷鼠發也."

(가) 百計終歸沒尾顚　모든 계획은 마침내 덧없이 되어 버렸으니,
惟知第一是歸田　오직 제일은 전원으로 돌아감인 줄 알겠네.
舟中叩枻王乘興　배 가운데 노를 두드림은 王子猷가 흥취를 탐이고,
驢背吟詩孟聳肩　나귀 등에 시를 읊음은 孟郊가 어깨를 높이 듦일세.[508]

(나) 耦耕身世太狂顚　나란히 밭가는 신세 매우 초광과 닮았는데,
羈絆年來苦憶田　근래로 벼슬에 얽매여 몹시 전원을 생각하네.
指下空傳流水調　손가락을 퉁겨 부질없이 유수의 곡조를 전하나,
何人解聳子期肩　어느 누가 종자기의 어깨를 들먹이게 하리?[509]

(다) 故人知我戀邱園　그대가 나의 구원에 대한 그리움을 알고,
擬作東岡七點顔　동강의 칠봉산을 비겨 만들었네.
試取巫川一片玉　시험 삼아 무천의 한 조각 옥돌을 취하여,
宛成壺裏九華山　완연히 壺裏의 구화산을 이루었네.
朝霞暮靄精神在　아침 안개와 저녁놀에 정신이 존재하고,
白鶴蒼松意思閒　흰 학과 푸른 솔에 의사가 한적하네.
安得黃冠兼野服　언제 황관과 야복을 얻어서,
置身巖壑翠微間　암학 취미 사이에 몸을 둘는지?[510]

위의 시는 모두 정치현실에서 자연으로 회귀하려는 심정을 그린 작품이다. (가)의 1·2구에서 보듯이 김우옹은 자신이 현실을 향해 품은 포부가 무산되었다고 하면서 자연으로 돌아감이 제일이라고 했다. 나아가 자연 속에서 홍취를 즐기며 王徽之처럼 배 가운데서 노를 두드리고자 하기도 하고, 孟郊와 같이 나귀의 등에서 시를 읊조리고자 하기도 했다. 그러나 (나)에서 보듯이 벼슬에 얽매였다고 했으니 그의 자연지향은 상상

508) 金宇顒, 「次權叔正韻四首」 其一(『東岡集』 4, 26-27쪽)
509) 金宇顒, 「次權叔正韻四首」 其三(『東岡集』 4, 27쪽)
510) 金宇顒, 「謝鄭寒岡逑送玉假山」(『東岡集』 4, 15-16쪽)

속에서만 가능할 뿐이었다. 그리하여 거짓으로 미친 체 하면서 벼슬하지 않았던 楚狂 陸通을 닮기는 하였으나 그럴 수 없었고, 백아처럼 거문고로 유수곡을 연주해 보지만 그 소리를 듣고 자신의 뜻을 알아 줄만한 鍾子期 같은 친구도 없었다. 자연으로 돌아가고 싶은 마음은 작품 (다)에 더욱 증폭되어 있다. 이 작품은 그가 59세 때 당시 成川守令으로 있던 정구가 김우옹의 고향집 앞에 있는 칠봉산을, 옥을 쪼아 假山으로 만들어 보내오자 사례하면서 지은 것이다. 여기에서 김우옹은 평소 '구원'을 그리워하던 심정을 토로하며 '황관'과 '야복'을 얻어서 그 자연 속에서 살고 싶다고 했다. 김우옹은 이처럼 정치현실에 얽매이면 얽매일수록 자연으로 돌아가고 싶은 마음은 더욱 간절하였던 것이다. 그러나 다음 작품은 이 같은 그의 자연 지향의식과 대립되어 있다.

(가) 몸이 질통에 매여 곧 올라가지 못하는데도 이름이 侍從의 반열에 들어 있으니 위로는 위태롭고 아래로는 두렵습니다. 강호에 살면서 나라를 걱정하고 궁실이 탈까 염려하여 슬피 우나니 감히 신의 憂憤을 털어 위로 높으신 전하께 외칩니다.[511]

(나) 餐英飮露更衣荷　꽃을 먹고 이슬을 마시며 다시금 芰荷를 입고,
歲暮徘徊思偏多　세모에 배회함에 생각이 자못 많다네.
岳老願同宗社死　악비는 종사와 함께 죽기를 바랐고,
澹菴羞與犬羊和　담암은 견양과 화친함 부끄러워하였네.
揮戈魯將猶回日　노장이 창을 휘둘러 오히려 해를 돌이키는데,
挽土誰人可灌河　어느 사람이 흙을 쌓아 하수를 막아 터뜨리랴?
兵食如今憂半菽　병사의 식량이 반으로 준 것이 걱정인데,
擧杯那得酹蕭何　어찌하면 술잔을 들어 소하를 부를 수 있을까?[512]

---

511) 金宇顒, 「論疏敘姜克誠疏」(『東岡集』 4, 87쪽), "第以身纏疾痛, 不卽上道, 而名帶從班, 俯仰危慄. 處江湖而憂國, 慮燬室而悲鳴, 敢攄憂憤, 上籲穹蒼."

512) 金宇顒, 「贈權叔正」(『東岡集』 4, 29쪽).

위의 작품은 자연 속에서 정치현실을 염려한 것이다. (가)는 김우옹이 1574년에 올린 「論疏敍姜克成疏」의 일부이다. 여기서 그가 병이 있어 강호에 있지만 나라와 조정을 몹시 걱정하고 있다는 것을 읽을 수 있다. 김우옹은 이것을 '우분'이라 표현하면서 당시 죄로 인해 면직되었던 강극성을 다시 임용하려는 조정의 태도에 대하여 강하게 반대하였다. 자연 속에서의 현실에 대한 이 같은 생각은 (나)에서도 그대로 이어지고 있다. 이 작품의 수련에서 보듯이 서정적 자아는 꽃을 먹고 이슬을 마시며 기하로 옷을 해 입었다고 했으니 자연 속에 있음을 알 수 있다. 그러나 자연에 몰입하지 못하고 세모를 맞이하여 현실과 결부된 다양한 회포가 일어났다. 특히 전쟁이 일어나고 있는 현실에 대한 근심이 막중했다. 이 때문에 그는 역사상 이름난 용장들을 떠올리게 된다. 종사와 함께 죽기를 바란 송나라의 악비, 화친을 부끄러워 한 역시 송나라의 담암, 창을 휘둘러 해를 물려 위기를 모면하게 한 노나라의 陽公, 수공을 가하여 조조의 군사를 격파한 제갈량, 군량미를 제대로 보급하여 전쟁을 승리로 이끌었던 소하가 대체로 그들이다. 이같이 역사적으로 위기의 국면을 벗어나게 했던 중국의 여러 용장들을 내세운 것은 무슨 의도일까? 바로 이들과 같은 용장이 조선에도 나타나 위기를 극복해 줄 것을 바랐기 때문일 것이다.

다음으로 변증법적 정신구도에 대해서이다. 김우옹은 정치현실 속에서 강호자연을 지향하기도 하고 강호자연 속에서 정치현실을 위한 우분의 심정을 드러내기도 했다. 한 작가에게서 이같이 서로 다른 지향점이 있다는 것은 모순이 아닐 수 없다. 모순이 심화되면 어느 것 하나도 온전한 의식이라 할 수 없을 터인데, 김우옹은 이 사이에서 갈등을 하기는 하지만 자신의 정신 속에 있는 이 모순구조를 독특한 방법으로 해결하려 하였다. 변증법적 방법이 그것이다. 변증법이 사유의 일반적 운동법칙 및 발전법칙과 관련되어 있다고 볼 때, 김우옹은 분명 정치현실과 자연의 상호 관련성 속에서 이 둘의 운동관계를 통일적 전체로 발전시켜 인식하고 있다는 것이다. 그는 현실을 부정하면서 자연으로 나아가고자 하였고,513) 나아간 그 자연을 다시 부정하면서 보다 차원 높은 현실세계로의 지향을 보인다. 이를 「擁腫木賦」와 「子眞池賦」의 분석을 통해 좀 더 구체적으로 따져보기로 한다.

(가) 悲直木之先伐	곧은 나무가 먼저 베어짐을 슬퍼하고,
悼秀林之風催	빼어난 숲이 바람에 꺾임을 애도하네.
信好修之爲害	참으로 아름답게 닦음이 해가 되나니,
羌不如乎無材	아! 재주가 없기만 못하네.
有樹偃蹇兮山之中	굽어 누운 나무가 산중에 있음이여!
表獨立兮千春	천년토록 홀로 우뚝이 서 있네.
吾知擁腫之爲世棄	나는 옹종함이 세상에 버려짐이 되는 줄 아노니,
故保性而全眞	짐짓 본성을 보존하여 참다움을 온전히 하려네.514)

(나) 雖然天之生物	비록 그러하나 하늘이 만물을 나음은,
必有用也	반드시 쓸 곳이 있기 때문이니.
有材必收	재질이 있으면 반드시 거두어 짐은,
物所共也	모든 사물이 그러한 법이로다.515)

위의 작품은 「擁腫木賦」의 일부이다. (가)에서는 옹종한 못생긴 나무가 세상에 쓰이지 않고 버려졌기 때문에 오히려 자신의 본성을 온전히 할 수 있었다고 했다. 사람들은 못생긴 나무의 재주 없음을 조롱하지만

513) 金宇顒, 「種菊」(『東岡集』 4, 21쪽), "閒來與世總相忘, 微雨淸齋一炷香. 花塢移栽數叢菊, 歲寒要看傲風霜."
514) 金宇顒, 「擁腫木賦」(『東岡集』 4, 50쪽)
515) 金宇顒, 「擁腫木賦」(『東岡集』 4, 52쪽)

莊子가 「山木」에서 지적한 것처럼 재목이 되지 못하기 때문에 하늘이 내린 수명을 온전히 할 수 있었다[516]는 것이다. 즉 재능으로 재앙을 부르기 보다는 자신의 향기를 버려서 자신을 온전히 하는 것이 더욱 바람직하다는 것이다. 그러나 김우옹은 (나)에서 (가)와 같은 생각을 부정하고 있다. 하늘이 사물을 낼 때는 반드시 쓰일 곳이 있기 때문이라고 하면서 나무가 재목으로 쓰이지 않고 산골짜기에서 말라 죽는다면 이것은 비와 이슬의 은택을 저버리는 것이라고 비판하였다. 그러니까 나무는 생민을 위하여 어떤 식으로라도 소용되어야 한다는 주장이다. 여기서 김우옹의 정신구도는 분명히 드러난다. 즉 (가)에서는 현실에서의 소용을 부정하고 자연 생명력의 온전함을 지향한 것이라 하겠는데 (나)는 이 같은 논리를 다시 부정하며 현실에서의 소용을 강하게 긍정한 것이라 하겠다. 여기에서 우리는 현실과 자연이 상호관련을 가지면서 발전적 운동에 의해 현실 지향적 정신구도로 통일되고 있다는 것을 분명히 읽게 된다. 그렇다면 무엇 때문에 김우옹이 현실을 부정하였으며, 부정한 현실을 다시 강조하였을까? 다음 자료에 이 같은 사정이 비교적 잘 드러나 있다.

(가)	噫乎胡不歸	아! 어찌 돌아가지 않으리,
	難危此日	어렵고 위태한 이 날들은,
	非君子之道長之時	군자의 도를 펼칠 때가 아니고,
	天地旣否	천지가 이미 비색하니,
	乃哲人遯藏之秋	철인이 떠나 숨어지낼 때로세.[517]

(나)	神山入望	신선이 노니는 산이 바라 보이니,
	俗緣已薄	세속의 인연이 이미 엷어지도다.

---

516) 『莊子』, 「山木」, "莊子行於山中, 見大木枝葉盛茂. 伐木者, 止其旁而不取也. 問其故, 曰, 無所可用. 莊子曰, 此木以不材, 得終其天年."
517) 金宇顒, 「子眞池賦」(『東岡集』 5, 367쪽)

邈矣洪厓　아득히 먼 저 넓은 곳에,
爰得我直　나의 바름을 얻으리니,
柄羽人於丹丘　단구의 도사에게서,
學飛騰之有術　날아오르는 기술을 배우네.
謝煙火於人間　인간의 연화는 하직하고,
飆遠擧於山嶲　바람처럼 멀리 산꼭대기로 떠났도다.518)

(다) 名教中自有樂地　명교에 절로 좋은 곳이 있으니,
詎吾儒之若是　어찌 우리 선비들 이같이 할 것인가?
況君臣之義重　더구나 군신의 의가 중요한데,
忍遐往而不返　차마 멀리 떠나 돌아오지 않으리오?
事有感於百代　이 일이 백대에 느낌이 있으니,
爲若人兮三歎　이러한 사람을 위해 세 번 탄식하노라.519)

위의 작품은 「子眞池賦」의 일부이다. 이 작품은 한나라 梅福의 현실대응 방법과 그 평가를 노래한 것이다. 字가 자진인 매복은 南昌尉에 올랐으나 사직하고 집으로 물러나 자주 哀帝에게 글을 올려 치도를 말했다. 그러나 王莽이 정권을 잡자 그는 처자를 떠나 도술을 닦아 신선이 되었다고 한다. (가)에서 보듯이 김우옹은 매복이 도가 시행되지 않는 정치현실을 떠난 것은 옳바른 행동이라 생각했다. 이것이 유가에서 내세우는 출처의 기본원리520)였기 때문이다. 그러나 (나)처럼 매복은 세속과의 인연을 끊고 도술을 배워 신선이 되고자 하였다. 김우옹은 매복의 이 같

---

518) 金宇顒, 「子眞池賦」(『東岡集』 5, 367-368쪽)
519) 金宇顒, 「子眞池賦」(『東岡集』 5, 368쪽)
520) 『論語』, 「衛靈公」, "邦有道則仕, 邦無道則可卷而懷之." ; 『論語』, 「季氏」, "隱居以求其志, 行義以達其道, 吾聞其語矣, 未見其人也." ; 『論語』, 「述而」, "用之則行, 舍之則藏, 惟我與爾, 有是夫." ; 『孟子』, 「滕文公」下, "居天下之廣居, 立天下之正位, 行天下之大道, 得之, 與民由之, 不得之, 獨行其道, 富貴不能淫, 貧賤不能移, 威武不能屈, 此之謂大丈夫."

은 행위는 바람직하지 않다고 보았다. 그 이유는 (다)에 제시되어 있다. 名教에 어긋나기 때문이다. 명교란 사람이 반드시 지켜야 할 성인의 가르침이니, 매복은 바로 이 가르침을 저버렸던 것이다. 김우옹은 정치현실을 의미하는 군신관계를 대표적인 명교로 내세웠다. 이 과정에서 우리는 김우옹이 현실을 부정했던 이유와 부정된 현실을 유가적 논리로 다시 긍정하는 것을 알 수 있게 된다. (가)에서 보듯이 도가 실행되지 않는 현실은 부정한다. 이로써 그의 자연 지향의식은 그 명분을 얻게 된다. 그러나 (다)에서처럼 군신의 의에 기반한 명교의 논리를 획득하면서 다시 현실을 긍정하여 부조리한 현실의 개혁을 위하여 노력한다. 이 같은 변증법적 정신구도는 바로 그의 작가정신을 대표한다 할 것이다.

우리는 이상에서 김우옹이 자아와 세계의 갈등을 통해 변증법적 정신구도를 만들어가는 과정을 살펴보았다. 그는 '여세모순'의 심각한 세계와의 갈등을 경험하였는데 그것은 구체적으로 정치현실과 강호자연 사이에서 이루어졌다. 즉 현실에서 자연으로 회귀하려 하기도 하고, 반대로 자연에서 현실을 걱정하기도 했던 것이다. 서로 상반된 두 지향을 의식내부에 갖고 있었으나 그는 이 둘의 연관성을 인정하면서 통일적 전체로 발전시켜 나갔다. 이 같은 김우옹의 정신구도를 변증법적이라 할 만하다. 부조리한 현실을 부정하면서 자연을 지향하고 지향한 자연을 부정하면서 부정했던 현실을 다시 긍정한다. 이처럼 부정의 부정를 거치면서 만난 현실은 전쟁에 휘말린 당대의 조선현실이었으며 구제의 대상인 현실이었다. 여기서 김우옹은 다시 고민하지 않을 수 없었다.

4.2. 주체성 확립과 현실주의적 세계관

김우옹은 자아의 수렴을 통해 자연과의 친화력을 유지하며 천리를 함양하였고, 자아를 확산하면서 현실을 비판적으로 인식하고 타당한 구세의 논리를 폈다. 물론 그의 사물인식방법이 그 이면에서 작용한 결과라 할 것이다. 그러나 그가 대표적으로 내세운 수양개념인 '경의'가 모순관계에 있지 않듯이 자아의 수렴과 확산 역시 그의 의식 속에서는 모순관계에 놓이지 않았다. 양자는 서로 긴밀한 관계를 맺고 운동하였으며 발전적인 방향으로 나아갔다. 명교가 있는 대긍정의 유가적 세계건설이 바로 그것이었다. 그렇다면 이와 같은 김우옹의 변증법적 정신구도는 어떠한 의미를 지니고 있을까?

먼저 도가 시행되지 않는 현실에서의 주체성 확립을 들 수 있다. 대긍정의 유가적 현실을 건설하려 했던 김우옹은 가장 먼저 부조리한 현실을 개혁할 필요가 있었다. 부조리한 현실은 자신이 부정한 바 있는 현실이라 할 것인데, 그것과 완전히 단절하고 자연으로 돌아가 선도를 닦는 것은 그 스스로가 용납할 수 없었다. 「자진지부」에서 선도를 닦아 신선이 된 매복을 비판한 것도 모두 같은 이유에서였다. 그렇다면 명교가 있는 이상적인 세계의 건설을 위하여 어떻게 개혁할 것인가? 김우옹은 이것이 문제였다. 그는 여기에서 강한 주체성을 제기하였는데 다음 자료를 검토해 보기로 하자.

> (가) 오늘날 사대부의 의논이 대개 두 가지 있습니다. 구습 따르기를 즐거워하는 이는 '삼가 옛 規例만 지키면 아무 일이 없을 것이다. 법을 세우면 그에 따르는 폐단이 생겨나니 다시 고칠 것이 없다.'고 하고, 분발하여 떨치기를 생각하는 이는 '事功을 떨쳐 일으켜 폐단을 잘라내고 정사 세우기를 마땅히 불에서 구하고 물에서 건지듯 해야지 조금이라도 늦출 수 없다.'고 합니다. 무릇 이 두 가지 주장이 또한 각기 견해가 있으나 신 등의 뜻은 이와는 다릅니다.[521]

521) 金宇顒, 「玉堂箚」(『東岡集』 4, 286-287쪽), "今日士大夫之論, 大槩有二. 樂因循

(나) 사업은 요행으로 이룰 수 없고 정사는 반드시 자기를 닦는 것에서 먼저 해야만 할 것입니다. 세상에 보기 드문 대업을 세우기는 쉽지만 지극히 은미한 본심을 보존하긴 어려우며 백사가 폐하여 무너진 것을 떨쳐 일으키긴 쉽지만 일신의 사사로운 뜻을 제거하긴 어려운 법입니다. 그 어려운 것을 먼저 하면 그 쉬운 것은 자연히 차례대로 닦여서 거행될 수 있지만, 그 어려운 것을 먼저 하지 않고 그 쉬운 것을 먼저 하면 본말이 거꾸로 놓이고 경중이 차례를 잃게 되니 비록 사업에 힘쓰고자 하나 마침내 반드시 아무런 보탬이 없는 곳으로 돌아갈 뿐입니다.[522]

(가)는 당대 지식인의 경향을 지적한 것이다. '옛 습관 따르기를 즐거워하는 자(樂因循者)'와 '분발하여 떨치기를 생각하는 자(思奮勵者)'가 그것이다. 전자를 보수 우파라 한다면 후자는 진보 좌파라 할 만한데 김우옹은 이 둘을 모두 비판한다. 즉 '락인순자'는 의리의 합당함을 구하지 않고 위기의 현실을 앉아서 보기만 하고, '사분려자'는 너무 급진적으로 개혁을 시도하다 일을 그르치고 만다는 것이다. 이 누 경우들 비판하면서 김우옹은 보다 시급한 문제는 다른 데 있다고 했다. 마음을 바로 세우는 일, 즉 주체성 확립이 바로 그것이었다. (나)에서 보듯이 천하를 경영하는 대사는 요행으로 되는 것이 아니기 때문에 가장 먼저 자기를 닦아 사태의 추이를 제대로 이해하고 있어야 한다는 것이다. 김우옹은 여기서 '本末'과 '輕重'의 논리를 내세우며 百事가 '말'이며 '경'이라면 修己는 '본'이며

者, 則以爲謹守舊規, 可以無事, 法立弊生, 不可更張, 思奮勵者, 則以爲奮起事功, 剗弊立政, 宜如救焚拯溺, 不可少緩. 凡此二說, 亦各有見, 而臣等之意, 則有異於是也."

522) 金宇顒, 「玉堂箚」(『東岡集』 4, 287-289쪽), "事不可以幸成, 政必先於修已. 不世之大業易立, 而至微之本心難保, 百事之廢墮易振, 而一己之私意難除. 先其所難, 則其易者自能次第而修擧, 不先其難而先事其易, 則本末倒置, 輕重失倫, 雖欲勉勵事業, 而終亦必歸於無補而已矣.

'중'이라고 하였다. 그러나 '본말'이 거꾸로 놓이고 '경중'이 차례를 잃게 되면 나라와 백성에게 아무런 이익이 없다고 했다. 군주가 수기로 虛明한 마음을 세우는 일 이것이 바로 위기의 현실을 구제하기 위한 첫 단계라는 것이다.

다음으로 김우옹의 사유가 현실주의로 귀결되고 있다는 것을 들 수 있다. 김우옹은 학문의 연원을 조식에게 두었으니 그의 학문 역시 조식에게서 많은 영향을 받았다. 조식은 체제적 모순이 심각한 시대에 살면서 직·간접적으로 타격을 받으며 문학을 통해 이를 적극적으로 극복하려 하였다.[523] 그의 정신에는 경의사상에 기반한 현실에로의 강한 지향점이 보인다. 이 같은 경향은 김우옹에게서도 고스란히 나타난다. 김우옹의 사물인식방법은 수양론, 즉 경의사상에 기반을 두었다. '경'을 수행함으로써 주체의 내면을 향한 사유를 견고히 한 다음 다시 외부의 객관 사물로 나아가 그 외물이 가진 이치를 밝히려 하였다. 이때 '의'는 부조리한 현실을 비판하고 바람직한 것을 실천하는 기능을 담당했다. 이 같은 사물인식방법에 기반하여 김우옹은 현실주의적 세계관을 형성하게 되는데 앞의 논의에 의거하여 그 대체적 이유를 들어보기로 한다.

첫째, 군주의 수신이 특히 강조되고 있다는 점이다. 이는 '합자연을 통한 천리의 함양'에서 분명히 드러난 바다. 김우옹은 자연 친화적 태도를 지니고 자연의 근원을 탐구하였다. 이로써 인간 심성의 탐구가 가능하다고 생각했기 때문이다. 특히 군주의 수양을 강조하였다. 그가 「聖學六箴」이나 「存心養性箴」을 지어 임금에게 바친 것에서 이러한 사실이 잘 나타난다. 군주의 수양은 공동선을 이룩하는 기반이 된다고 보았기 때문인데, 그가 가장 염려한 조정의 기강을 쇄신하거나 賢才를 제대로 등용하는 것

523) 鄭羽洛, '앞의 논문(1997)' 및 鄭羽洛, 「天命問題와 관련한 南冥의 現實主義的 世界觀」, 『南冥學硏究』 3, 慶尙大 南冥學硏究所, 1993. 참조.

도 이것이 선결될 때 비로소 가능하다고 보았다. 다음 자료 역시 군주의 수양을 강조한 것이다.

> 대개 '경'이란 '이 마음이 숙연하여 두려워하는 바가 있다'는 말인데 정제엄숙이 바로 구체적으로 착수하여 공부하는 곳입니다. 敬字의 공부는 동정을 꿰뚫고 표리를 통하니 깊은 궁전에 있으면서 반드시 공경하고 여러 신하에게 임하여 반드시 공경하며 일이 없을 때는 공경이 이면에 있고 일이 있을 때는 공경이 응사에 있어서 참으로 능히 공경을 유지하여 감히 스스로 한가롭고 게으르지 않게 할 수 있다면, 만선이 다 서서 나를 닦아 남을 편하게 하는 도리가 여기에서 벗어나지 않을 것입니다.[524]

위의 글은 1574년 10월에 올린 「玉堂箚」의 일부이다. 김우옹은 이 글에서 군주의 수양 방법으로 '경'을 들었다. 김우옹이 언급하고 있듯이 '경'은 도가나 불가의 수양법에 보이는 '청정허무'의 세계에 도달하고자 하는 것이 아니다. 이는 외적 객관 사물을 온전히 인식하기 위해 선행되어야 하는 것으로 보았다. '경'은 동정을 꿰뚫고 표리를 통한다고 하면서 혼자 있을 때나 신하들과 같이 있을 때, 일이 없을 때나 일이 있을 때도 역시 이 '경'을 지키라고 하였다. 여기에서 우리는 '경'이 '의'를 포함한다는 그의 일관된 주장을 만날 수 있다. 이처럼 '경'이 修己安人의 근본이 된다고 보았으므로 김우옹은 수양이 제대로 되지 않았을 때의 위험성 또한 지적하였다. 천리가 순수하게 마음속에 깃들어 있지 못하고 인욕이 완전히 사라지지 않아서 결국 본심을 빼앗기게 되면 자신의 마음에서 나는 털끝

---

524) 金宇顒, 「玉堂箚」(『東岡集』 4, 291쪽), "蓋敬者, 此心肅然有所畏之名, 而整齊嚴肅, 其下手用工處也. 敬字之功, 貫動靜, 徹表裏, 在深宮而必敬, 臨群下而必敬, 無事時敬在裏面, 有事時敬在應事, 眞能持敬而不敢自暇自逸, 則萬善俱立, 而修己安人之道, 不外是矣."

만큼의 차이도 외부의 일로 드러나게 되면 천리보다 더 멀어진다고 한 것[525]이 그것이다. 군주의 '수기'에 문제가 있으면 백성을 제대로 다스리는 '안인'은 결국 요원해지고 만다는 것이다.

둘째, 현실을 비판적 시각에서 보고 그것을 적극적으로 극복하려 하고 있다는 점이다. 이는 '비판적 현실인식과 구세의 논리'에서 잘 드러나는 바다. 김우옹이 살았던 16세기 말과 17세기 초는 정치적으로 붕당이 발생하여 서로 쟁투하였으며, 사회적으로 유민 혹은 도적이 발생하여 조선의 역사적 현실은 극도의 혼란에 빠지게 된다. 임진왜란은 이 같은 위기를 더욱 증폭시켰다. 김우옹은 모순된 현실을 비판하면서 적극적으로 극복하려 하였다. 다양한 作詩를 통해 존망의 위기에 봉착한 시대에 대하여 가슴 아파하기도 하고 여러 편의 상소문을 올려 국난극복을 위한 구체적 사안들을 제출하기도 하였던 것이다. 이는 군주의 수기가 근본이긴 하나 현실적인 급무에 대한 인식을 명확히 하였기 때문에 가능했다. 다음 글을 보자.

> 힘껏 떨쳐 새로움을 만드는 길은 대본이 있고 급무가 있습니다. 대본은 하나이고 급무는 일곱인데 그 급무라는 것은 반드시 대본이 이미 세워진 뒤에 이행될 수 있을 것입니다. 무엇이 대본인가 하면 바로 전하의 심지입니다. 무엇이 급무인가 하면 바로 대신을 선임하는 것(選任大臣), 동궁을 보양하는 것(輔養東宮), 억울한 사람을 신원하는 것(伸寃枉), 왕법을 바로 잡는 것(正王法), 널리 인재를 모으는 것(廣收人才), 유민을 보합하는 것(保合遺民), 군정을 닦아 밝히는 것(修明軍政) 입니다.[526]

525) 金宇顒, 「玉堂箚」(『東岡集』 4, 288쪽), "是以, 方寸之內虛明, 應物之地, 理或有未純, 欲或有未盡, 回循漸染, 浸以移奪, 而好善之心有不深, 疾惡之意有不切, 此其隱微幽獨之中, 所差者僅如毫釐, 而形諸事爲之間, 所謬者, 已不啻千里之遠矣."

526) 金宇顒, 「中興時務箚」(『東岡集』 4, 440-441쪽), "其所以振勵作新之道, 則有大本

위의 글은 1594년 10월에 올린 「中興時務箚」의 일부이다. 임란 후 조선의 중흥을 꾀하기 위한 시무책인 셈이다. 전쟁을 치르고 2년이 지났으나 국세는 날로 약해져서 회복될 기미가 없어 보였다. 이 같은 현실을 직시하고 김우옹은 현재 군량은 모두 떨어지고 백성들은 실의에 빠져 사방에서 허덕이고 있다고 하면서 지금의 사태는 그야말로 매우 위급하여 존망을 알 수 없다[527]고 했다. 김우옹은 사정이 급하여 천천히 걸을 여가가 없다고 하면서 위의 자료와 같이 중흥을 위한 대본과 급무를 제시하였다. 대본은 군주의 수기이고 급무는 '선임대신' 등 일곱 가지라고 했다. 대본이 먼저이기는 하나 이 글은 전체적으로 급무에 대하여 상세하게 서술하고 있다. 이는 그가 당대의 현실을 민감하게 파악하고 있고 파악한 바에 근거하여 구세의 논리를 편 것이라 하겠다.

셋째, 그의 정신구도가 현실을 긍정하는 방향으로 귀결되고 있다는 점이다. 이는 '자아와 세계의 갈등과 변증법적 정신구도'에서 명확히 드러난다. 김우옹은 자아와 세계가 서로 어긋난다고 생각하며 정치현실을 부정하고 자연으로 회귀하려 하기도 하고, 자연 속에서 정치현실에 대한 근심과 우려를 나타내기도 했다. 이처럼 자아와 세계는 서로 갈등하였다. 그러나 「옹종목부」에서는 생민을 위하여 어떠한 형태로든 인간의 재능은 소용되어야 한다고 하였고, 「자진지부」에서는 출처관에 입각하여 부조리한 현실을 벗어나는 것은 바람직한 일이지만 세속과 완전히 절연하는 것은 잘못된 일이라며 비판하였다. 결국 명교가 있는 이상적인 유가적 현실은 건설되어야 한다고 본 것이다. 여기서 우리가 주목할 만한 것은 김

焉, 有急務焉. 大本者一, 急務者七, 而其急務者, 則必須大本旣立, 而後有所措矣. 何謂大本? 殿下之心志是也. 何謂急務? 選任大臣也, 輔養東宮也, 伸寃枉也, 正王法也, 廣收人才也, 保合遺民也, 修明軍政也."

527) 金宇顒, 「中興時務箚」(『東岡集』 4, 438쪽), "當今勅寇壓境, 兵糧殫竭, 畿輔空虛, 四境囂囂, 民生窮極, 盜賊公行, 國事至此, 可謂危迫之甚, 而存亡未可知也."

우옹이 부조리한 현실을 부정하여 자연을 지향하였으되 이로 인해 도가적 세계에 매몰되지 않았다는 것이다. 이는 김우옹이 그의 사유의 귀착점을 현실에 두었다는 것을 말하는 것이라 하겠다.

우리는 이상에서 김우옹의 변증법적 정신구도가 갖는 의미에 대하여 고찰하였는데, 주체성의 확립과 현실주의적 세계관을 대표적으로 들 수 있었다. 강호자연과 정치현실 사이에서의 갈등을 김우옹은 변증법적 방법을 동원하여 해결하였다. 즉 부정한 현실을 다시 부정하며 명교가 있는 유가적 현실을 건설하려 노력하였다는 것이다. 그러기 위하여 먼저 주체성의 확립이 필요했다. 김우옹은 당대의 지식인을 옛 습관만 따르기를 좋아하는 부류와 떨쳐 일어나기만을 좋아하는 부류로 구분하고 이 모두를 비판하고 있다. 이보다 먼저 선행되어야 하는 것은 주체성 확립이라 보았는데 이것은 수기로 가능하다고 하였다. 다음으로 작가의 사유가 현실주의로 귀결되고 있음을 보여준다. 이는 그의 사물인식방법에 근거한 것이라 하겠는데, 군주의 수신을 특히 강조했다는 점, 비판적 시각에서 현실을 보고 적극적으로 극복하려 하고 있다는 점, 그의 정신구도가 대긍정의 현실로 귀결되고 있는 점이 그 이유라 하겠다. 이로써 김우옹은 현실주의에 입각하여 당대의 현실을 바라보았으며 그가 중시한 경사상에 근거한 내적 수렴의 논리 역시 현실주의를 위하여 존재하는 것이었음을 이해하게 된다.

5. 맺음말

동강 김우옹에 대한 연구는 그가 남긴 작품 질량의 수준에 비해 대단히 영성한 편이다. 일반적으로 사림파 작가들은 그들이 확고하게 견지하고 있었던 유가적 사상체계로 당대의 현실을 대응해 나갔으며 작품 또한 이 대응과정에서 생산된 것이었다. 사정이 이러하므로 사림파 작가들의 사상체계 형성에 중대한 영향력을 행사했던 요소를 살펴 거기에서 작품 분석의 타당한 원리를 발견하고, 이 원리로 의식의 분비물이라 할 작품을 분석하여 작가의 정신구도를 역으로 추적해 들어가는 것은 지극히 온당한 방법이라 할 것이다. 이 같은 방법론에 입각하여 이 글은 작가의 이력 일반에서 제기되는 특징을 추출하여 사상과 결합시키고, 다시 그 사상과 문학의 유기성을 따져 문학에 작용하는 사상의 역할을 찾았다. 이를 통해 작가의 정신구도를 밝힐 수 있기 때문이다. 이 글은 이 같은 방법론에 입각한 것인 바, 이상의 논의를 요약하여 순서대로 제시하면 다음과 같다.

첫째, 김우옹의 생애를 순차적 시간에 의해 따져보면 세 측면의 두드러진 특징이 드러난다. 조식을 학문적 연원으로 삼고 있다는 점, 경연강의를 통해 심학의 원리를 밝히고 있다는 점, 다양한 환력을 거치면서 역사현실에 민감한 반응을 보이고 있다는 점 등이 그것이다. 김우옹은 24세부터 조식의 문하에 출입하게 되는데, 조식에게서 惺惺子라는 쇠방울과 雷天의 글자를 받으면서 내적 심성과 외적 현실에 대한 철저한 관심을 가지게 된다. 이후 그는 심성론과 경세론에 관련한 많은 작품을 남기게 되는데, 이는 그가 조정에서의 경연강의를 통해 심학의 원리를 밝히거나 관직생활을 통해 그의 의식을 역사현실에 밀착시켜 나갔던 바탕이 되었다.

둘째, 김우옹은 사물의 인식방법을 내외상응의 유가적 수양론에 바탕을 두고 있었다. 유가의 수양론은 '誠·敬·意'의 상호 관계를 통해 설명되는데, 그는 특히 그의 스승이었던 조식의 '경의사상'에 지대한 영향을 받는다. 이 사상은 행동실천의 원리인 '의'는 안을 규정하는 '경'에 의해 이루어진다는 것으로, 김우옹은 이 가운데 '경'을 더욱 근본적인 것으로 보았다. '경'이 한 마음의 주재이며 만사의 근본일 뿐 아니라 '의'를 포함하고 있다고 보았기 때문이다. 그의 사물인식방법 역시 여기에 기반해 있었다. 즉 일심에 만사와 만물의 이치가 포함되어 있으니 먼저 '경'으로 일심을 허령불매하게 한 다음 객관 사물에 나아가 그 사물이 지닌 이치를 탐구한다는 것이다. 우리는 여기서 '경'에 의한 일심의 보존을 강조하면 할수록 '의'에 의한 외적 실천 또한 강조되고 있다는 사실을 이해하게 된다.

셋째, 김우옹의 문학은 자연과의 합일을 통한 천리의 함양을 그 주제로 하는 한 축을 지니고 있었다. 경사상에 기반한 자아의 내적 수렴이 문학적 결과로 나타난 것이라 하겠다. 자아가 내적 심성 속으로 수렴됨으로써 성인의 심적 경계를 이룩하고 이것이 자연과의 합일로 나타났던 것이다. 자연과 일정한 미학적 거리를 유지한 채 주관 심성과 객관 자연이 수양의 원리에 의해 합일된 것이다. 더욱이 합자연은 인간 심성의 근원이자 자연의 근원이기도 한 '源頭處'를 제시함으로써 보다 적극성을 띠게 되었다. 천리의 함양이 바로 여기에서 가능한 것으로 보았기 때문인데, 세속의 진애로 상징되는 인욕이 말끔히 씻긴 상태에서 천리가 깃들 수 있다고 했다. 김우옹은 이를 '존심양성'으로 요약하였다.

넷째, 김우옹의 문학은 비판적 현실인식을 통한 구세의 논리를 그 주제로 하는 다른 한 축을 지니고 있었다. 의사상에 기반 한 자아의 외적 확산이 문학적 결과로 나타난 것이라 하겠다. 이기심성론 등 형이상학에 관심을 보였던 당대의 많은 지식인들과 달리 김우옹은 학문의 진정한 목적은 현실생활에 적용이 용이한 것이어야 한다고 보았다. 더욱이 천명문제가 내포된 '천-군-민'의 역동관계를 제시하면서 피폐한 민생현실로 그의 의식을 밀착시켜 나갔다. 중쇠의 기운이 감돌고 있던 조선의 현실을 면밀히 관찰하면서 그는 당대를 '존망의 위기'에 놓인 시대로 진단하였다. 그러나 피폐한 현실을 위한 구제의 논리 또한 나름대로 갖고 있었다. 조정의 기강 쇄신과 賢才의 등용을 대표적인 것으로 꼽았는데, 여기에서 나아가 연합전술 등 군사작전과 같은 구체적 세무를 제시하기도 했다.

다섯째, 김우옹은 자아와 세계의 갈등을 극복하는 과정에서 그의 변증법적 정신구도를 성취해나갔다. 김우옹은 '與世矛盾' 혹은 '世我相違' 등으로 표현되는 심각한 세계와의 갈등을 경험하게 되는데, 이것은 구체적으로 정치현실과 강호자연 사이에서 이루어졌다. 즉 현실에서 자연으로 회귀하여 자아를 보존하려 하기도 하고, 반대로 자연에서 현실을 비판하면서 세계의 횡포를 고발하기도 했던 것이다. 이처럼 김우옹은 강호자연과 정치현실이라는 서로 상반된 두 지향을 의식내부에 갖고 있었으나 그는 이 둘의 연관성을 인정하면서 통일된 전체의 정신구도로 발전시켜 나갔다. 이 같은 김우옹의 정신구도를 변증법적이라 할 만하다. 부조리한 현실을 부정하면서 자연을 지향하고 지향한 자연을 부정하면서 부정했던 현실을 다시 긍정한다. 이처럼 부정의 부정을 거치면서 만난 현실은 전쟁에 휘말린 당대의 조선현실이었으며 구제의 대상인 현실이었다.

여섯째, 김우옹의 변증법적 정신구도는 주체성 확립과 현실주의적 세계관 유지라는 의미를 갖는다. 강호자연과 정치현실을 상호 부정하면서 김우옹은 명교가 있는 유가적 현실을 건설하려 노력하였다. 그러기 위하여 먼저 주체성의 확립이 필요했다. 김우옹은 당대의 지식인을 '樂因循者', 즉 옛 습관만 따르기를 좋아하는 부류와 '思奮勵者', 즉 떨쳐 일어나기만을 좋아하는 부류로 구분하고 이 모두를 비판하고 있다. 이보다 먼저 선행되어야 하는 것은 주체성 확립이라 보았기 때문인데 이것은 修己로 가능하다고 하였다. 이와 관련하여 우리는 김우옹의 사유가 현실주의로 귀결되고 있음을 본다. 공동체의 선을 위하여 군주의 수신을 특히 강조했다는 점, 비판적 시각에서 현실을 보고 적극적으로 극복하려 하고 있다는 점, 그의 정신구도가 대긍정의 현실로 귀결되고 있는 점이 그 이유라 하겠다.

이로써 우리는 자아와 세계의 갈등을 통해 성취해 나갔던 김우옹의 변증법적 정신구도를 이해하게 되었다. 수양론에 입각한 사물인식방법이 그 이면에서 작용하고 있었음은 물론이다. 그러나 이상의 논의로 김우옹의 정신구도를 모두 이해했다고는 할 수 없다. 본 논의가 사상과 문학, 그리고 갈등과 극복이라는 일반논리에 입각해 있기 때문이다. 여기서 우리는 다시 시작하지 않을 수 없다. 우선 주목할 필요가 있는 것은 그의 구체적 개별 작품들이다. 이 구체적 작품들을 정치하게 분석하여 작가 정신구도 전체의 유기적 작용을 찾아내는 일이다. 일련의 시간을 갖고 이 작업은 진행되어야 터인데 이것으로 우리는 김우옹 정신세계를 보다 정확하면서도 종합적으로 이해하게 될 것으로 본다.

제7장

金宇顒의 경전이해방법과 「聖學六箴」의 의미구조

1. 머리말

이 글은 金宇顒(東岡, 1540-1603)이 경전을 어떤 방법으로 이해하고 있으며, 그의 작품인 「聖學六箴」은 어떠한 구조로 意味가 형성되어 있는가를 탐구하기 위한 것이다. 경전은 성인의 말과 행실을 적은 글이니 성인이 구체적으로 누구인가에 따라 여러 부류로 나눌 수 있다. 부처의 말씀을 기록한 것을 '佛經'이라 하고, 노자의 말씀은 『도덕경』, 장자의 말씀은 『南華眞經』, 그리고 열자의 말씀은 『沖虛至德眞經』이라 하는 것에서 이 같은 사실을 잘 알 수 있다. 그러나 김우옹이 살았던 조선조의 시대적 상황을 감안한다면 본 논의는 공자의 宗旨가 기록되어 있는 유가경전을 벗어날 수 없다. 유가의 서적을 '경'이라 한 것은 『장자』 「天運」편에서 공자가 노담에게 자신은 詩·書·禮·樂·易·春秋 등 六經을 익힌 지 오래되었다는 말에서 그 기원을 찾아 볼 수 있는데,[528] 이 유가경전에는 공자학파 지식인들의 정치와 문학, 그리고 교육 등에 대한 다양한 관심이 집중적으로 노출되어 있다. 우리 중세 지식인들은 바로 이를 표준으로 삼아 사유와 행동을 전개하였던 것이다.

유가경전은 특히 經筵을 통해 집중적으로 논의되었다. 經幄 혹은 經帷라고도 하는 이 경연은 중국 漢代의 宣帝에서부터 시작된 것으로 알려져 있다. 즉 한나라의 宣帝가 石渠閣에서 신하들에게 五經을 진강케 하고 그들과 더불어 강론한 것이 그 시발이라는 것이다. 이렇게 시작된 경연이 질적 차이는 있을지라도 唐·宋·元·明·淸을 거치면서 지속되었는데, 우리나라의 경우 고려 睿宗 11년(1116), 淸燕閣에서 學士와 直學士, 그리고 直閣 한 사람씩을 두어 경서를 강론케 한 것이 그 처음이었다고 한다.[529] 경연은 君主制와 유교적 文治主義가 결합되어 생긴 산물이라 할 것이니 고려는 이 같은 점에서 많은 취약점을 지니고 있었다. 예종대에는 경연에서 『노자』도 강의하였으며 왕이 불교에 몰두하는 것도 문제삼지 않았다.[530] 특히 무신집권 때에는 경연이 폐지되었으며 원 지배하에서는 '書筵'이라는 이름으로 그 명맥만 유지할 뿐이었다. 이같이 도입기에 고전을 면치 못했던 경연이 조선조에 들어 괄목할 만큼 발전하였다. 경연의 기본취지가 유교적 이념에 의한 덕치국가의 실현이었는데, 조선은 바로 이것을 표방하고 나섰기 때문이었다.

---

528) 楊伯峻, 「經典淺談」, 李鍾虎 編, 『儒教經典의 理解』, 中和堂, 1994. 참조.

529) 李元浩, 「朝鮮王朝 經筵의 教育史的 研究」, 『教育學研究』 12권 2호, 한국교육학회, 1974. 참조.

530) 權延雄, 「高麗時代의 經筵」, 『慶北史學』 6, 慶北大 史學科, 1983. 8쪽 〈表1〉 참조. 여기에는 睿宗代의 經筵이 날짜, 場所, 教材, 講官 순으로 도표화되어 있다. 『老子』를 강의한 것은 睿宗13年 閏9月 24日 淸燕閣에서 였는데 당시 講官은 韓安仁이었다.

태조가 경연청을 설치한 이래 정종과 태종은 경연을 실시하였고, 세종은 즉위한 뒤 약 20년 동안 매일 경연에 참석하였으며, 집현전을 정비하여 경연관을 강화하기도 했다. 그리고 성종은 재위 25년 동안 매일 세 차례씩 경연에 참석하여 여러 가지 정치 문제를 협의하였으니 경연이 당시 정치의 심장부였다 하겠다. 경연에서 끊임없이 군주의 자기수양에 따르는 동양적 고전정신을 강조하였기 때문에 세조와 연산군은 이를 폐지하기도 하였으나, 곧 부활되어 고종 때까지 존속되었다.[531] 사정이 이러하니 조선조의 제왕학과 유교주의 국가체제는 바로 경연에서 구상되고 또한 실행되었다 해도 과언이 아닐 것이다.

김우옹이 경연관으로 활동하였던 선조 년간에도 朝講과 晝講 뿐만 아니라 夕講이나 夜對도 이루어지는 등 경연이 대단히 활발하게 진행되었다. 김우옹은 그가 34세 되던 해인 1573년 9월 21일부터 1596년 2월 26일까지 약 46회에 걸쳐 경연에 참석하였다. 許穆(眉叟, 1595-1682)은 「동강선생문집서」에서 '우리 昭敬王(선조)의 시대에 경술로써 귀하게 쓰여져 항상 경연에서 임금을 도와 이롭게 한 것이 크고 많았다. 그 가운데 경계의 말씀을 드리고 의논을 올리며 국사를 논한 것들이 모두 도술을 밝히고 몸 다스림을 바르게 하여 선을 드날리고 악을 규탄함이 있어서 군자를 힘쓰게 하고 소인을 두렵게 하였다.'[532]고 했고, 張志淵(韋庵, 1864-1921) 역시 김우옹을 당대 제일의 시강관[533]으로 높였다. 김우옹 또한 時諱를 저촉하는 죄를 지었지만 경연의 자리에 있도록 해 준 선조를 부모와 같은 은혜가 있다며 칭송하기도 했으며,[534] 비록 허락을 얻

---

531) 經筵에 대한 일반적인 意味와 經筵官의 職制, 그리고 講義方式에 대해서는 「經筵」, 『民族文化大百科事典』 2, 韓國精神文化硏究院, 1991. 22-23쪽 참조.

532) 許穆, 「東岡先生文集序」(『東岡集』 4, 1-2쪽), "先生當我昭敬世, 以經術致貴用, 常侍帷幄, 神益弘多, 其進規獻議論事, 皆有以明道術正治體, 揚善糾邪, 使君子勸小人懼."

533) 張志淵(柳正東역), 『朝鮮儒學淵源』上(三省美術文化財團, 1981), 204쪽.

어내지는 못했지만 『주역』의 강관이 되었을 때는 역학에 밝지 못하다며 강관되기를 사양하기도 했다.[535] 여기에서 우리는 시강관으로서의 김우옹에 대한 평가와 그의 경연관으로서의 태도를 충분히 읽게 된다.

김우옹의 경전에 대한 이해방법을 탐구하기 위하여 우리는 그의 문집에 있는 「經筵講義」를 주목하지 않을 수 없다. 조선조 경연에서는 유가경전, 즉 사서 오경이 중심 강의교재였으니 이 교재에 대한 김우옹의 다양한 해석이 「경연강의」에 비교적 풍부하게 제시되어 있기 때문이다.[536] 김우옹은 경연에서 유가경전을 바탕으로 한 제왕학에 대하여 시종 강조하였는데 이는 제왕에 대한 교육결과가 국가 구성원 전체에 영향을 미칠 수 있다는 생각에서였다. 『詩經』 「周南」의 첫 편인 「關雎」와 마지막 편인 「麟趾」를 들어 여기에 제시되어 있는 뜻을 제대로 이해하고 난 뒤에 비로소 周나라 때의 정치제도를 행할 수 있을 것이라 하면서, 군주가 몸소 실천하지 않으면 비록 鄕約을 시행한다고 해도 백성을 교화시켜 풍속을 이루지 못할 것이라 한 그의 주장[537]은 그 대표적이다. 김우옹의 생각이 이 같았으므로 1574년 정월 副修撰으로 있으면서 선조에게 「聖學六箴」을 지어서 올리게 된다. 이 작품이 지닌 의미구조 역시 그가 경연강의를 통해 보여 주었던 경전이해방법과 밀접한 관계가 있음은 물론이다.

이 같은 사정을 고려하면서 이 글에서는 먼저 『동강집』 「경연강의」를

---

534) 金宇顒, 「經筵講義」 乙酉 2月 20日條(『東岡集』 5, 183쪽), "故前日狂妄之見, 上徹冕旒, 觸冒時諱, 當伏罪譴, 而不爲加罪, 反加收用, 至忝經幄, 聖主天地父母之恩, 隆極矣."

535) 金宇顒, 「經筵講義」 乙未 2月 6日條(『東岡集』 5, 208쪽), "臣衰病日甚, 易學亦難通曉, 難爲講官."

536) 經筵에서는 四書 五經이 중심으로 進講되었지만 歷史書로서 『自治通鑑』이나 『自治通鑑綱目』 등, 宋代 性理書인 『性理大全』, 『近思錄』, 『心經』, 『大學演義』 등이 進講되었으며 기타 『貞觀政要』와 『國朝寶鑑』 등 역대 정치적 득실을 기록한 책이 進講되기도 했다.

537) 李珥, 『石潭日記』 萬曆元年 癸酉 10月條, "弘文館正字金宇顒曰, 有關雎麟趾之意, 然後可以行周官制度, 今殿下躬行未至, 則雖行鄕約, 必不能化民成俗矣."

분석(2장)하기로 한다. 이 분석을 통해 우리는 김우옹이 경전을 어떤 방법으로 이해하고 있는가 하는 기초를 마련하기로 한다. 다음은 김우옹이 구체적으로 경전을 어떻게 이해하고 있는가(3장)에 대하여 살펴보고, 마지막으로 이상의 논의를 바탕으로 제왕학에 대한 김우옹 문학적 결정이라 할 수 있는 「성학육잠」의 의미구조를 따져 경전이해방법이 문학에 기능하는 점을 탐구(4장)하기로 한다. 이 같은 연구방법론은 철학과 문학의 접점에 대한 관찰을 보다 명확히 할 수 있는 동시에, 「金宇顒의 事物認識方法과 그 精神構圖의 特性」538)에서 얻은 성과를 확인하려는 이중의 의도가 내포된 것이라 하겠다.

2. 『東岡集』「經筵講義」의 분석

경연에 대한 기록은 여러 형태로 전해진다. 경연에서 강의하고 토론한 내용을 사관이 기록한 공식일지가 있는가 하면, 경연관이 개인적으로 기록한 것이 개인 문집 속에 수록된 것도 있으며, 경연관이 시강하던 강의록의 형태로 남아 있는 것도 있다. 첫 번째의 것은 왕이 죽은 뒤 실록을 편찬할 때 자료로 사용한 뒤 없앴으므로 현재 남아 있는 것이 거의 없는 실정이고, 두 번째의 것은 李珥(栗谷, 1536-1584)의 『율곡집』 소재 「경연일기」, 김우옹의 『동강집』 소재 「경연강의」, 宋浚吉(同春, 1606-1672)의 『同春堂集』 소재 「경연일기」 등이 대표적이다. 그리고 세 번째의 것은 조선후기 좌참찬을 지낸 金鍾秀(夢村, 1728-1799)가 1778년 4월 2일 정조에게 바쳤던 『經筵古事比例』가 대표적이다. 이 가운데 김우옹의 「경연

538) 鄭羽洛, 「金宇顒의 事物認識方法과 그 精神構圖의 特性」, 『東方漢文學』 15, 東方漢文學會, 1998. 金宇顒에 대한 旣存 硏究에 대한 분석은 이 논문 5쪽에 정리되어 있다.

강의」는 그가 홍문관 정자로서 경연관이 되어 대사헌에 이르기까지 경연에 참여하여 진강한 것을 기록한 것이다. 경전에 대한 내용이 풍부할 뿐 아니라 당대의 정치적 득실 등도 폭넓게 토론되어 있어 김우옹의 경전에 입각한 세계인식을 선명하게 살필 수 있다. 본 장에서는 김우옹의 「경연강의」를 분석함으로써 경전이해방법과 「성학육조」의 의미구조를 이해하기 위한 바탕을 마련하고자 한다.

김우옹의 「경연강의」는 대체로 네 시기로 구분하여 살필 수 있다. 제1기는 『서경』을 주로 강의한 '書經講義期'인데 1573년(34세) 9월 21일부터 1577년(38세) 5월 11일까지이고, 제2기는 『춘추』를 주로 강의한 '春秋講義期'로 1579년(40세) 3월 25일부터 1581년(42세) 6월 7일까지이며, 제3기는 『자치통감』을 주로 강의한 '通鑑講義期'인데 1585년(46세) 2월 20일부터 1585년(46세) 3월 27일까지이고, 제4기는 『주역』을 주로 강의한 '周易講義期'로 1594년(55세) 11월 12일부터 1596년(57세) 2월 6일까지이다. 이제 이 네 시기를 각각 도표화하여 그 특징을 관찰하도록 하자.

〈표1〉: 서경강의기

순번	강의일자	강의구분	강의교재	강의범위
01	1573. 9. 21.	朝講	『書經』	「湯誓」 經文: 今汝其曰 ～ 傳文: 觀世變矣
02	1573. 11. 21.	夜對	『書經』	「太甲上」 序文: 商史錄伊尹 ～ 傳文: 大承其基業也
03	1573. 11. 26.	朝講	『書經』	「太甲上」 經文: 惟尹躬先見 ～ 傳文: 史臣之言
04	1573. 11. 30.	晝講	『書經』	「太甲上」 經文: 伊尹乃言曰 ～ 傳文: 特言之
05	1573. 12. 1.	朝講	『書經』	「太甲上」 經文: 若虞機張 ～ 傳文: 史氏之言
06	1573. 12. 2.	晝講	『書經』	「太甲上」 經文: 伊尹曰 ～ 傳文: 以發大篇之義
07	1573. 12. 10.	晝講	『書經』	「太甲中」 經文: 王拜手稽首 ～ 傳文: 惟明后然也
08	1573. 12. 16.	晝講	『書經』	「太甲中」 經文:先王子惠困窮 ～ 傳文: 無所厭斁也
09	1773. 12. 22.	晝講	『書經』	「太甲下」 經文: 德惟治 ～ 傳文: 庶幾其監視此也
10	1573. 12. 24.	朝講	『書經』	「太甲下」 經文: 若升高 必自下～ 傳文: 矯乎情之偏也

11	1574. 1. 21.	朝講	『書經』	「太甲下」經文: 不慮胡獲 ~ 傳文: 必有爲而發也
12	1574. 1. 22.	晝講	『書經』	「咸有一德」經文: 처음 ~ 傳文: 爲建丑正也
13	1574. 1. 25.	晝講	『書經』	「咸有一德」經文: 非天私我有商 ~ 傳文: 所以日新也
14	1574. 1. 27.	晝講	『書經』	「咸有一德」經文: 任官惟賢材 ~ 傳文: 所以任君子也
15	1574. 1. 29.	晝講	『書經』	「咸有一德」經文: 德無常師 ~ 傳文: 惟此語爲精密
16	1574. 2. 1.	晝講	『書經』	「咸有一德」經文: 俾萬姓 ~ 傳文: 有不可掩者如此
17	1574. 4. 13.	朝講	『書經』	「說命中」經文: 처음 ~ 傳文: 政治無不休美矣
18	1574. 10. 13.	朝講	『書經』	「洪範」'二五事(貌言視聽思)' 中 視, 則 聰明
19	1574. 10. 14.	晝講	『書經』	「洪範」
20	1574. 10. 15.	朝講	———	———
21	1574. 11. 4.	晝講	『書經』	「洪範」
22	1574. 11. 5.	朝講	『書經』	「洪範」'八庶徵'에서의 休徵과 咎徵에 대하여 進講
23	1574. 12. 2.	晝講	『書經』	「大誥」'敷賁敷前人受命玆不忘大功'에 대하여 進講
24	1574. 12. 2.	夕講	『大學演義』	賈誼가 廉級을 말한 것
25	1574. 12. 2.	夜對	『大學演義』	精一執中에 대하여 강론
26	1575. 6. 8.	?	———	———
27	1575. 6. 24.	?	『書經』	「康誥」經文: 王若曰嗚呼封汝念哉 ~ 作新民
28	1576. 2. 15.	朝講	『書經』	「召誥」
29	1577. 5. 3.	朝講	『書經』	「君牙」經文: 처음 ~ 維爾之中
30	1577. 5. 11.	朝講	『書經』	「君牙」經文: 夏署雨 ~ 마지막

〈표 2〉 춘추강의기

순번	강의일자	강의구분	강의교재	강의범위
01	1579. 3. 25.	晝講	『春秋』	「閔公2年」經文: 辛丑公薨 ~ 慶父奔莒
02	1579. 3. 26.	朝講	『春秋』	「閔公2年」經文: 齊高子來盟 ~ 鄭棄其師
03	1579. 4. 13.	朝講	『春秋』	「僖公2·3年」經文: 齊宋江黃來盟于貫 ~ 會于陽穀
04	1579. 4. 17.	朝講	『春秋』	「僖公3·4年」經文: 冬公子友如齊莅盟 ~ 盟于昭陵
05	1579. 5. 26.	朝講	『春秋』	「僖公14·15年」經文: 沙鹿崩 ~ 震夷伯之廟
06	1579. 6. 2.	朝講	『春秋』	「僖公15年」經文: 僖公戰于韓 獲晉侯
07	1581. 1. 26.	夜對	『大學演義』	「崇敬畏」
08	1581. 2. 10.	朝講	『春秋』	「襄公18年」經文: 襄公同圍齊, 楚子庚伐鄭
09	1781. 2. 21.	朝講	『春秋』	「襄公20年」傳文: 蔡公子燮 不與民同欲
10	1581. 3. 28.	朝講	『春秋』	「襄公23年」經文: 陳殺大夫慶虎
11	1581. 6. 7.	朝講	『春秋』	「襄公26年」經文: 公會晉人 ~ 葬許靈公

〈표 3〉 통감강의기

순번	강의일자	강의구분	강의교재	강의범위
01	1585. 2. 20.	夕講	『自治通鑑』	「哀帝記」
02	1585. 3. 27.	夕講	『自治通鑑』	「哀帝記」

〈표 4〉 주역강의기

순번	강의일자	강의구분	강의교재	강의범위
01	1594. 11. 12.	朝講	『周易』	「乾卦」 '初九爻'
02	1596. 1. 25.	晝講	『周易』	「坤卦」 '初六爻', '六三爻'
03	1596. 2. 6.	朝講	『周易』	「屯卦」 經文: 象曰雲雷屯 ~ 傳文: 數之終也

위의 〈표〉에서 알 수 있듯이 제1기 서경강의기(〈표1〉)가 가장 길며 진강 횟수도 30회로 가장 많다. 그 다음은 제2기로 11회를 진강한 춘추강의기(〈표2〉)인데 이 시기에는 야대에 한 번 나아가 『내학언의』를 진강한 것이 있어 〈표1〉의 02·25번과 함께 특기할 만하다. 그리고 3회를 강의한 제4기 주역강의기(〈표4〉), 2회를 강의한 제3기 통감강의기(〈표3〉) 순이다. 각 강의기 사이의 공백이 생긴 것은 대체로 외직이나 고향에 내려가 있었기 때문인데, 제3기와 제4기의 사이, 즉 1개월 남짓한 통감강의기가 끝나고 제4기 주역강의기가 시작되기까지는 김우옹은 그의 생애를 통틀어 희비가 가장 심하게 엇갈리던 때였다. 吏曹參判(46세)으로 승진되기도 하고 安東大都護府使(48세)에 제수되기도 하였으나, 鄭汝立(?-1589)의 모반사건에 연루되어 회령으로 귀양을 가기도 하고 미증유의 국난인 임란을 거치면서 갖은 고초를 당하기도 했다.[539] 사정의 이같음을 인식하면

539) 이 시기의 事情은 1588년(戊子)에서 1595년(乙未)까지 쓴 「日記」에 잘 나타나 있어 참고할 만하다.

서 『동강집』 「경연강의」에 나타난 기술방법상의 특징을 살펴보기로 한다.

첫째, 강의일자는 명확하게 제시되어 있다. 대부분의 경연일기가 그러하듯 김우옹의 「경연강의」 역시 이를 명확하게 제시함으로써 그가 가장 활발하게 경연에 참여한 시기를 알게 해준다. 연도별 진강 횟수를 살펴보면 1573년 10회, 1574년 15회, 1575년 2회, 1576년 1회, 1577년 2회, 1579년 6회, 1581년 5회, 1585년 2회, 1594년 1회, 1596년 2회로 나타난다. 이를 통해 우리는 1574년 그가 그가 35세 되던 해에 가장 활발히 경연에 입시하면서 제왕학을 진강하였다는 것을 알 수 있다. 이와 아울러 1578년(39세), 1580년(41세), 1582년(43세)에서 1584년(45세), 1586년(47세)에서 1593년(54세), 1595년(56세) 등 약 13년 간은 여러 사정으로 인하여 경연에 참여하지 못한 것 또한 알 수 있다.

둘째, 강의구분이 대체로 명확하게 제시되어 있다. 서경강의기(〈표1〉)인 26번과 27번을 제외한 나머지 모든 부분에서 조강, 주강, 석강, 야대를 구체적으로 제시하고 있는데, 서경강의기인 23번에는 하루동안 3회를 진강하고 있어 특기할 만하다. 조강 23회, 주강 15회, 석강 3회, 야대 3회, 미상 2회로 김우옹이 조강에 가장 많이 참여한 것으로 나타나 있다. 위의 표에는 구체적으로 제시하지 않았지만 강의 장소는 思政殿에서 7회(〈표1〉 01, 12-17), 丕顯閣에서 3회(〈표1〉 02, 11, 〈표2〉 07) 등 10회만 기록하고 있을 뿐 대부분 명시되어 있지 않다. 명시된 것만으로 파악한다면 조강과 주강은 사정전에서 야대는 비현각에서 주로 이루어졌다는 것을 추론할 수 있다.

셋째, 강의교재는 『서경』과 『춘추』가 중심을 이루고 있다. 이는 물론 김우옹이 경연에 참여했을 당시 이 책이 진강되고 있어서 그러할 수밖에 없었을 터이다. 『서경』과 『춘추』를 강의할 때 특강 형식으로 『대학연의』가 〈표1〉의 24번과 25번, 〈표2〉의 07번에서처럼 이루어지기도 했다.

또한 서경강의기(〈표1〉)에서는 20번과 26번에서처럼 구체적인 경전을 제시하지 않은 것도 특징이다. 여기서는 김우옹과 盧守愼의 마음에 대한 문답과 洪迪의 그 평가(20번)를 제시하거나, 김우옹이 修撰을 사직하는 상소를 올리자 선조가 이를 받아들이면서 오랫동안 보지 못했기 때문에 불러서 학문과 당대의 정치에 대하여 문의한 것에 대한 기록(26)이 제시되어 있을 따름이다.

넷째, 강의범위에는 명확한 기준이 설정되어 있지 않다. 이는 대체로 넷으로 나누어 다양하게 기술되어 있다. 즉 강의의 범위를 처음부터 끝까지 구체적으로 제시한 경우(〈표1〉 01-17. 27. 29. 30, 〈표2〉 01-05. 11, 〈표4〉 44), 각 경전의 편명만 범박하게 제시한 경우(〈표1〉 19. 20. 28, 〈표2〉 07, 〈표3〉 01. 02), 경전의 특정 부분만 제시한 경우(〈표1〉 18. 22-25, 〈표2〉 06. 08-10. 〈표4〉 01-02), 제시하지 않은 경우(〈표1〉 20. 26)가 그것이다. 『동강집』「경연강의」에 나타난 서술태도에서 우리는 김우옹이 경연에 가장 활발히 참여했던 서경강의기와 춘추강의기에는 구체적 기술이 대체로 이루어져 있으나 통감강의기와 주역강의기에는 이 같은 기술이 거의 이루어지지 않는다는 사실을 알 수 있다. 이 같은 기술태도는 김우옹의 경연에 대한 관심도가 후기로 갈수록 약화되고 있다는 것을 보인 것이라 해도 좋을 것이다.

이 밖에 『동강집』「경연강의」에 보이는 기술방법상의 다른 특징으로 경연 참석자가 구체적으로 명기되어 있는 경우와 그렇지 않는 경우를 들 수 있을 것이다. 즉 〈표1〉의 01,[540] 02,[541] 03,[542] 04,[543] 05,[544]

---

540) 朴淳(領事), 朴永俊(知事), 元混 · 許世麟(特進官), 李海壽(承旨), 洪天民 · 郭越(兩司), 宋應漑(侍講官), 許銘 · 李養中 · 趙瑗(史官) 등.

541) 李增(承旨), 尹卓然(進講官), 沈喜壽 · 洪仁憲 · 趙瑗(史官) 등.

542) 盧守愼(領事), 鄭宗榮(知事), 成世章 · 許世麟(特進官), 盧禛 · 金誠一(兩司), 李珥(承旨), 趙廷機(進講官), 沈喜壽 · 洪仁憲 · 許篈(史官) 등.

543) 姜暹 · 尹鉉(特進觀), 柳琠(承旨), 柳希春(副提學), 韓伯厚 · 李養中 · 趙瑗(史官)

06,[545] 27[546]과 〈표4〉의 01,[547] 02,[548] 03[549]이 전자의 경우이고 그 외의 대부분의 경우에서는 기술과정에서 참석자를 제시하기도 하고 전혀 제시하지 않기도 한다. 『동강집』「경연강의」에는 이같이 강의일자나 강의구분, 강의경전, 강의범위, 그리고 강의에 참여한 사람에 대한 기록 등 기술상의 다양한 특징이 발견된다. 이와 아울러 「경연강의」는 경전과 직접 관련된 보충설명을 하고 있는 부분, 당대의 정치적 득실에 관하여 논의하고 있는 부분, 학문 및 기타 국내문제에 관하여 논의하고 있는 부분, 자신의 개인적 신변에 관하여 진언하고 있는 부분이 두루 제시되어 있다. 여기서 우리는 여타의 다른 경연일기에서도 나타나는 일반적인 기술방법이 김우옹의 「경연강의」에 적용되고 있음을 알게 된다.

3. 경전이해의 방법

앞 장에서 살핀 바와 같이 『동강집』「경연강의」를 분석해 보면, 『자치통감』이나 『주역』에 비해 『서경』과 『춘추』에 대한 김우옹의 시각이 집중적으로 노출되어 있다는 것을 쉽게 발견하게 된다. 이 때문에 그의 경전

등.

544) 李鐸(領事), 鄭宗榮(知事), 朴忠元・李純亨(特進官), 朴謹元(大司諫), 辛應時(執義), 具鳳齡(承旨), 趙廷機(進講官), 許銘・李養中・趙瑗(史官) 등.

545) 許世麟・李希儉(特進官), 李增(承旨), 趙廷機(進講官), 許銘・李養中・趙瑗(史官) 등.

546) 李珥(副提學), 鄭彦智(承旨) 등.

547) 金應南(領事), 鄭崑壽・鄭琢・金睟(知事), 李개(大司諫), 金宇顒(大司憲), 金玏・鄭經世(弘文館), 鄭光績(承旨), 李德溫・金藎忠・申渫(史官) 등.

548) 申渫・洪進(特進官), 吳億齡(承旨), 鄭經世(修撰), 李德溫・閔有慶・尹暉(史官), 金宇顒(大司憲) 등.

549) 金應南(領事), 李恒福(知事), 李齊閔・尹先覺(特進官), 洪進・李馨郁(兩司), 金宇顒・鄭經世(玉堂官), 鄭淑夏(承旨), 辛成己・閔有慶・尹義立(史官) 등.

이해방법 역시 이 두 책을 중심으로 따져 보는 것이 마땅하다 하겠다. 우선 우리가 주목할 사실은 김우옹이 『서경집전』이나 『춘추좌전』을 그대로 믿고 따르지는 않았다는 점이다. 『서경』의 경우 「태갑」상 제6절의 '愼乃儉德'을 해설하는 자리에서 이 같은 현상은 분명히 드러난다. 즉 '수렴정제하는 것이 모두 검소의 덕'550)이라고 하면서, 이같이 하면 財用을 절약하는 節儉은 그 가운데 있다고 했다. 설명을 이처럼 하고 한 걸음 더 나아가 그는 '「집전」 가운데 陳氏雅言의 설이 좋기는 하지만 '절검의 검이 아니다'라는 부분은 온당치 않은 설명이라고 잘라 말했다.551) '단지 절검에 그칠 뿐이 아니다'라고 고쳐 주석해야 한다552)는 것이다. 많은 부분에서 집전을 참고하지만 김우옹이 이처럼 당대에 전해지는 주석을 맹목적으로 따르지 않는 태도는 주목할 만한 것이라 아니 할 수 없다. 『춘추』를 해석하는 곳에서는 더욱 강하게 이 같은 사실이 드러난다.553)

(가) 『춘추』의 대의는 삼강을 일으키고 인두를 세우는 것이니 제왕이 천하를 다스리는 大經大法이 모두 여기에 있는 것입니다. 인주는 마땅히 聖經에 잠심하여 이른바 대경대법에 얻음이 있다면 나라를 다스리고 천하를 평정하는 방법이 모두 여기에 있을 것입니다. 그러나 만약 左氏의 浮艶한 문사에 마음을 두어 완미한다면 한갓 세월만 허비할 뿐 유익할 것이 없으니 여기에 마음을 둘 필요는 없을 것입니다.554)

---

550) 金宇顒, 「經筵講義」 癸酉 11月 30日條(『東岡集』 5, 33쪽), "凡收斂齊遬, 都是儉德."

551) 『書經』 「集傳」의 '陳氏雅言'은 다음과 같다. "陳氏雅言曰, 傳云此太甲受病之處, 故伊尹特言之, 夫儉者, 非節儉之儉, 乃儉約之儉."

552) 金宇顒, 「經筵講義」 癸酉 11月 30日條(『東岡集』 5, 33쪽), "集傳雅言之說自好, 但曰非節儉之儉, 語似未穩, 恐當云非止節儉也."

553) 이는 그의 스승 曺植과 대비되는 부분이어서 흥미롭다. 曺植이 『春秋左傳』을 즐겨 읽으며 이를 통해 古文을 추구하고자 했던 것은 여러 자료에서 나타나는 바이다. 成運이 「墓碣銘」, 『南冥集』(亞細亞文化社刊, 1982), 143쪽에서 전하는 "稍長, 於書無不博通, 又好左柳傳文."이라는 言表는 그 대표적이다.

(나) 아침에 『춘추』 양공 20년조의 『좌전』에 '채나라 공자 섭이 백성의 바라는 바에 함께 하지 않았다'라는 대목을 진강했는데, 우옹은 '섭이 국정을 꾀함이 의에 합당했으니 좌씨의 이 의논은 매우 옳지 않습니다'라고 하였다.[555]

(가)는 『춘추』 閔公 2년의 經文 가운데 '九月, 夫人姜氏孫于邾'라는 대목의 傳文을 읽으면서 좌구명의 역사적 기술을 浮艶하다며 비판한 것이다. 이 대목에 있어 좌구명은 哀姜이 共仲과 사통하면서 공중을 임금으로 세우려 하다가 閔公이 죽자 애강도 거기에 연루되어 邾나라로 도망을 갔으나 죽임을 당하였다[556]고 설명했다. 『동강집』의 원주에서도 밝히고 있듯이 당시 선조는 『춘추좌전』을 좋아하였기 때문에[557] 김우옹이 좌구명의 설명을 이렇게 비판했을 것이다. 그러나 더욱 중요한 것은 이 같은 번다한 해석보다 인간이 마땅히 지켜야 하는 '삼강'의 의리가 중심이 된다는 것을 밝혀야 한다는 생각이었다. 胡安國[558]이 '삼강으로 말미암아 인도가 서게 된다'는 말에 이르러 김우옹이 자신의 뜻을 개진한 이유도

---

554) 金宇顒, 「經筵講義」 己卯 3月 25日條(『東岡集』 5, 125쪽), "春秋大義, 扶三綱立人紀, 帝王治天下之大經大法, 皆在焉. 人主當沈潛聖經, 於所謂大經大法者, 有得焉, 則治平之術, 盡在於此矣. 若左氏浮艶之辭, 留心探玩, 則徒費歲月而無益, 不必留心也."

555) 金宇顒, 「經筵講義」 辛巳 2月 21日條(『東岡集』 5, 167쪽), "朝講春秋, 襄公二十年, 左傳, 蔡公子燮, 不與民同欲, 宇顒曰, 燮謀國合義, 左氏此論, 極不是也."

556) 『春秋』 卷4 張4, "閔公, 哀姜之娣, 叔姜之子也. 故齊人立之, 共仲, 通於哀姜, 哀姜欲立之, 閔公之死也, 哀姜, 與知之. 故孫于邾, 齊人, 取而殺之于夷, 以其尸, 歸, 僖公, 請而葬之."

557) 金宇顒, 「經筵講義」 己卯 3月 25日條(『東岡集』 5, 125쪽), "上頗好左氏, 故及之."

558) 송나라의 胡安國은 『春秋胡氏傳』을 지었다. 이 책은 春秋四傳, 즉 『春秋左氏傳』, 『春秋公羊傳』, 『春秋穀梁傳』, 『春秋胡氏傳』 가운데 하나이다. 이 밖에 董仲舒와 公孫弘이 『春秋公羊傳』을 쓰기도 했다. 『漢書』 「藝文志」에 의하면 『春秋鄒氏傳』과 『春秋夾氏傳』도 있었다 한다. 그러나 鄒氏傳과 夾氏傳에 대해서는 전수 해 주는 사람이 없거나 교본이 없었다.

바로 여기에 있다. (나) 역시 김우옹이 좌구명의 설명을 받아들이지 않는 것을 알 수 있다. 즉 채나라의 공자 섭이 초나라를 배반하고 진나라와 연합하려 하였는데, 이 때문에 채나라 사람들이 공자 섭을 죽인 사건이 襄公 20년(B.C. 552)에 일어났다. 이를 좌구명은 '백성들과 뜻을 같이 하고자 하지 않았기 때문'으로 보았는데, 김우옹은 선군의 뜻을 받들어 국정을 살핀 것은 오히려 사리에 합당한 것이라 하였던 것이다.

김우옹은 이같이 경전에 대해 해석한 傳文을 맹신하려 하지 않았다. 이것은 일부분이기는 하지만 적어도 그가 경전의 독자적 이해를 시도한 결과라 아니할 수 없다. 사실의 이러함을 염두에 두면서 「경연강의」에서의 『서경』과 『춘추』에 대한 이해방법을 따져보기로 한다. 우선 『서경』과 『춘추』의 구체적 구절을 거명하며 논의한 것을 〈표〉로 만들어 둘 필요가 있다. 경전 이해는 이로써 살필 수 있기 때문인데, 『서경』의 경우부터 보도록 하자.

〈표 4〉

순번	강의일자	『서경』 편명	절	강의내용
01	1573. 9. 21.	「湯誓」	4	「集傳」 "觀世變矣"
02	1573. 11. 21.	「太甲上」	2	"顧諟天之明命"
03	1573. 11. 26.	「太甲上」	3	「集傳」 "忠信有終"
04	1573. 11. 30.	「太甲上」	5, 6	① "昧爽丕顯" ② 「集傳」 "伻伻爲善 不遑寧處" ③ "愼乃儉德"
05	1573. 12. 1.	「太甲上」	8	"王未克變"
06	1573. 12. 2.	「太甲上」	9	"棟宮"
07	1573. 12. 10.	「太甲中」	3	「集傳」 "致敬於師保"
08	1573. 12. 24.	「太甲下」	6	「集傳」 "安於縱欲 以爲今日 姑若是 而他日 固改之也"
09	1574. 1. 22.	「咸有一德」	3	「集傳」 "一德 純一之德 不雜不息之義"
10	1574. 1. 25.	「咸有一德」	4	「集傳」 "天佑民歸 皆以一德之故"
11	1574. 2. 1.	「咸有一德」	9	"大哉王言 又曰 一哉王心"

12	1574. 4. 13.	「說命中」	1-4	全部
13	1574. 10. 13.	「洪範」	6	"聰明"
14	1574. 11. 5.	「洪範」	34	① "休徵" ② "咎徵"
15	1574. 12. 2.	「大誥」	2	"敷賁 敷前人受命 玆不忘大功"
16	1576. 2. 15.	「召誥」	10	① "徂厥亡出執" ② "疾敬德"
17	1577. 5. 3.	「君牙」	2, 3	① "若蹈虎尾 涉于春氷" ② "弘敷五典 式和民則"
18	1577. 5. 11.	「君牙」	6	"丕承哉 武王烈"

『서경』에는 역대 제왕들의 정치에 대한 생각이 가장 잘 드러나 있다. 蔡沈이 「書經集傳序」에서 갈파한 '二帝와 三王이 천하를 다스린 大經大法이 모두 이 책에 실려 있다'[559]는 것은 바로 이를 두고 이른 것이다. 이 때문에 『서경』은 경연에서 필수교재로 활용되지 않을 수 없었으며, 그 난해성에도 불구하고 학자들은 연구를 거듭하여 왔다. 김우옹이 살았던 시대를 전후하여 나온 李滉(退溪, 1501-1570)의 『三經釋義』, 金長生(沙溪, 1548-1631)의 『經書辨疑』, 趙翼(浦渚, 1579-1655)의 『書經淺說』, 李瀷(星湖, 1579-1624)의 『書經疾書』는 그 대표적이다. 김우옹에게는 서경강의기가 여타의 다른 경전강의기보다 길기 때문에 『서경』은 그가 가장 오랫동안 진강했던 경전이다. 앞서 제시한 〈표1〉에서 알 수 있듯이 서경강의기 동안 『대학연의』를 강의한 2회와 강의교재를 제시하지 않은 2회를 제외하면 도합 26회의 서경강의가 이루어졌다고 하겠다. 서경강의가 26회 이루어졌지만 『서경』의 구체적 구절을 들어 해석한 것은 위의 〈표4〉에서 보듯이 그리 많지 않다. 『춘추』 역시 『서경』과 같은 방법에 의거하여 강의내용이 구체적으로 제시되어 있는 부분을 조사해 보면 다음과 같다.

559) 蔡沈, 「書經集傳序」,『書傳』, "二帝三王治天下之大經大法, 皆載此書, 而淺見薄識, 豈足以盡發蘊奧?"

〈표 5〉

순번	강의일자	『춘추』 편명	강의내용
01	1579. 3. 25.	「閔公2年」	① "降文姜也" ② "三綱人道所由立也"
02	1579. 3. 26.	「閔公2年」	① "明人臣之義 得奉使之宜" ② "載衛爲狄所滅之因 ③ "內寵幷后 孽子配適" ④ "衛文公敬教謹學"
03	1579. 4. 13.	「僖公2・3年」	① "有志乎民" ② "懼天災恤民隱"
04	1579. 5. 26.	「僖公14・15年」	"至誠無息"
05	1579. 6. 2.	「僖公15年」	① "僖公戰于韓 獲晉侯" ② "晉大夫三拜稽首云云"
06	1581. 2. 10.	「襄公18年」	① "夙沙衛陷殖綽郭最" ② "楚子庚伐鄭"
07	1581. 3. 28.	「襄公23年」	① "端本" ② "棄疾"
08	1581. 6. 7.	「襄公26年」	① "宋公殺座" ② "賞不僭 刑不濫 與其不得已 寧僭無濫"

『춘추』는 각 나라 역사책의 통칭이면서,560) 노나라 역사책의 고유 명칭이기도 하다.561) 현전하는 『춘추』는 후자의 경우로 魯나라의 隱公에서 哀公에 이르는 12대 군주 242년 간의 역사를 기술한 책이다. 공자가 지은 것이 아니라는 설도 있긴 하지만 맹자는 공자가 『춘추』를 지은 까닭을 분명히 밝히고 있다. '세상이 쇠하고 도가 미약해져서 부정한 학설과 포학한 행동이 일어나 신하로서 군주를 시해하는 자가 있으며, 자식으로서 아버지를 시해하는 자가 있었다. 공자가 이를 두려워하여 『춘추』를 지으셨으니 『춘추』는 천자가 하는 일이다'562)라고 한 것이 그것이다. 김우옹이 살았던 당대의 선비들은 모두 맹자의 설을 바탕으로 공자가 엄정한 기준에 의거하여 賞善罰惡한 책563)이라 인식했다. 이 때문에 조선

560) 「晉語」七(『國語』 卷13 張8-9), "公曰 何謂德義? 對曰 諸侯之爲日在君側, 以其善行以其惡戒, 可謂德義. 公曰 孰能對? 曰 羊舌肹, 習於春秋."

561) 『春秋』 「昭公」2年, "二年春, 晉侯使韓宣子來聘, 且告爲政而來見, 禮也. 觀書於太史氏, 見易象與魯春秋曰, 周禮盡在魯矣! 吾乃今知周公之德, 與周之所以王也!"

562) 『孟子』 「滕文公章句」下, "世衰道微, 邪說暴行, 有作, 臣弑其君者有之, 子弑其父者有之. 孔子懼, 作春秋, 春秋, 天子之事也."

초부터 이 책은 많은 사람에 의해 연구되어 왔는데 후기에 이르러 연구는 더욱 왕성하였다. 權近(陽村, 1352-1409)의 『春秋淺見錄』, 朴世采(南溪, 1631-1695)의 『春秋補編』, 安鼎福(順菴, 1712-1791)의 『春秋列國圖說』, 洪仁謨(足睡, 1755-1812)의 『春秋公穀合選』, 丁若鏞(茶山, 1762-1836)의 『春秋考徵』 등은 그 대표적이다. 김우옹 역시 제왕이 천하를 다스리는 大經大法이 모두 이 『춘추』에 있다고 하면서, 채침이 『서경』의 서문에서 제시한 바와 같은 원리로 『춘추』를 이해하고 있었다. 앞서 제시한 〈표2〉를 통해 알 수 있듯이 김우옹이 『서경』 다음으로 많이 강의한 것은 『춘추』였다. 춘추강의기 동안 『대학연의』 1회를 제외하면 도합 10회에 걸쳐 『춘추』를 강의하였는데, 이 중 『춘추』의 구체적 구절을 들어 자신의 의견을 개진한 부분은 더욱 적게 나타날 수밖에 없다. 이는 위에서 보인 바 〈표5〉와 같다.

『서경』과 『춘추』에 대한 구체적 강의대목을 조사해 보았으니 이제 이를 바탕으로 김우옹이 무엇에 대하여 힘주어 말하고 있는지를 살펴보기로 한다. 김우옹의 경전이해방법을 이로써 명확히 이해할 수 있기 때문이다. 『서경』과 『춘추』에는 모두 제왕이 나라를 다스리던 근본원리가 제시되어 있다고 보았으니, 김우옹은 經文이나 傳文에 관계없이 보충설명이 필요하다고 생각되는 부분은 적극적으로 진강하였다. 일정한 형식을 갖추어야 하는 疏箚와 달리 비교적 자유롭게 제왕이 갖추어야 할 마땅한 도리를 당대의 현실과 결부시키면서 현장감 있게 제시하였던 것이다. 김우옹의 경전에 대한 이해방법은 대체로 셋으로 나눌 수 있다. 경전에 대한 유기성 자각, 경전에서의 심학적 원리 발견, 경전을 통한 현실대응의 논리 모색이 그것이다. 이를 순서대로 살펴보기로 한다.

---

563) 李珥, 「擊蒙要訣」(『栗谷全書』 卷27, 『韓國文集叢刊』 45, 85쪽) "次讀春秋, 於聖人賞善罰惡, 抑揚操縱之微辭奧義, 一一精硏而契悟焉."

먼저, 경전의 유기성 자각에 대해서이다. 김우옹은 『춘추좌전』 「양공」 26년조의 '班荊'[564]의 '형'이 나무 이름이지 가시가 아니라[565]고 하며 그 자체의 해석으로 경전의 본의를 이해하려는 태도를 보이기도 하지만, 다른 경전에서 유사한 의미가 있으면 그것을 인용하여 강의경전의 본의를 더욱 정확히 해명하려 하였다. 물론 경전을 해석함에 있어 경전 상호 간의 관련성을 지적하며 유기적으로 해석하는 것은 오랜 전통이라 하겠다. 朱熹가 『맹자』 「公孫丑章句」上의 '나는 40에 마음이 동요하지 않았다'[566]라는 대목을 『예기』 「곡례」의 '四十曰彊而仕'[567]를 인용하여 '40은 막 벼슬할 때이니, 군자의 도가 밝아지고 덕이 확립되는 때이다.'[568]라 해석한 것이나, 蔡沈이 『서경』 「周書」 '武成'의 '갑자일 昧爽에 受가 그 군대를 거느리되 숲처럼 많이 하여 목야에 모이니'[569]라는 대목을 『시경』 「大雅」 '文王'의 '其會如林'[570]을 인용하여 '숲과 같다는 것은 『시경』의 이른바 그 모임이 숲과 같다는 것'이라 해석한 것 등이 그것이다. 김우옹 역시 경전을 해석함에 있어 이 같은 태도를 기본적으로 계승하고 있었다.

(가) '昧爽丕顯'이라는 대목에 대하여 류희춘이 그 말을 부연하여 아뢰었는데, 주상께서 말씀하셨다. "이는 夜氣를 함양함으로 인하여 말한 것이다." 우옹이 아뢰었다. "성상의 말씀이 심히 지당합니다. 매상은

564) 『春秋左傳』 「襄公」26年, "遇之於鄭郊, 班荊相與食而言復."
565) 金宇顒, 「經筵講義」 辛巳 6月 7日條(『東岡集』 5, 178쪽), "左傳班荊, 荊木名, 非棘也."
566) 『孟子』 「公孫丑章句」上, "孟子曰 否. 我, 四十, 不動心."
567) 『禮記』 「曲禮上」, "人生十年曰幼學, 二十曰弱冠, 三十曰壯有室, 四十曰彊而仕."
568) 朱憙, 『孟子集註』, "四十, 彊仕, 君子道明德立之時."
569) 『書經』 「周書」 '武成', "甲子昧爽, 受率其旅, 若林, 會于牧野, 罔有敵于我師."
570) 『詩經』 「大雅」 '文王', "殷商之旅, 其會如林, 矢于牧野, 維予侯興, 上帝臨女, 無貳爾心."

동이 틀 무렵으로, 夜氣의 함양이 두터움으로 말미암아 크게 덕을 밝히는 공부에 착수할 수 있는 것이니, 이곳이 聖學에 극히 힘이 됩니다." 이어 『맹자』의 「牛山之木」 한 장 및 子産의 '밤에 몸을 편안히 한다'는 설과 眞西山의 「夜氣箴」 가운데 '감히 태만하게 스스로 침상 위에 몸을 눕히지 않는다.'는 등의 말을 하였다.[571]

(나) '宋公殺座'라는 대목에 이르러 우옹은 다음과 같이 진강했다. "참소하는 사람을 두려워할 만한 것이 이와 같으니 공교한 모의와 은밀한 계책, 점차적으로 스며드는 참소와 피부에 절실하게 말하는 하소연 등은 비록 英哲한 사람일지라도 또한 여기에 빠져들기 쉽습니다. …… 만약 마음을 바르게 하고 몸을 닦아서 항상 청명함이 자신에게 있도록 한다면, 사특한 사람이 어디로부터 들어올 수 있겠습니까? 『춘추』에 '그 근본을 바르게 한다'는 뜻에 있어서 '근본을 바르게 한다'는 것은 『대학』의 이른바 '마음을 바르게 하고 몸을 닦는다'는 것입니다. 인주가 능히 이와 같이 한다면 화란이 일어나지 않을 것입니다. 『춘추』의 뜻은 매양 여기에 삼가는 것입니다."[572]

(가)는 〈표4〉-04-①을 『孟子』에 의거하여 해석한 것이다. 『서경』 「태갑」상의 '동이 틀 무렵 크게 그 덕을 밝힌다'는 것에 주목하고, 이를 맹자가 「告子章句」上에서 언급한 바 '夜氣가 보존될 수 없으면 금수와의 거리가 멀지 않게 된다'[573]는 것에 의거하여 본연의 선(仁義之心), 즉 사물과

571) 金宇顒, 「經筵講義」 癸酉 11月 30日條(『東岡集』 5, 31-32쪽), "止特言之昧爽丕顯, 希春敷陳其說. 上曰, 此因夜氣所養而言也. 宇顒啓曰, 聖教甚當. 昧爽, 是平旦之時, 由其夜氣之養厚, 而丕顯之工可下手也. 此處於聖學極有力. 因擧孟子牛山之木一章, 以及子産夜氣以安身之說, 眞西山夜氣箴, 不敢弛然自放於牀笫之上云云."

572) 金宇顒, 「經筵講義」 辛巳 6月 7日條(『東岡集』 5, 177쪽), "至宋公殺座, 宇顒曰, 讒人之可懼如此, 巧謨秘計, 浸潤膚受, 雖英哲亦或溺焉. …… 苟能正心修身, 常使淸明在躬, 則邪人何自以入乎? 春秋正其本之意, 正本者, 正心修身之謂也. 人主能如是, 則禍亂不作矣. 春秋之意, 每勤於此."

573) 『孟子』 「告子章句」上, "夜氣不足以存, 則其違禽獸不遠矣."

접하지 않았을 때의 청명한 기운을 함양해야 한다고 했다. 子産이나 眞西山의 말을 인용한 것도 같은 이유에서였다. 김우옹이 『서경』을 『맹자』에 의거하여 해석한 것은 여러 곳에서 검출된다. 〈표4〉-01-①[574], 〈표4〉-06[575] 등은 그 대표적이다. 여기서 김우옹은 맹자가 '탕왕과 무왕은 본성을 회복하였다'고 한 언급을 인용하면서 본성회복을 강조하기도 하고, 이윤이 태갑을 桐宮에 유폐시켰던 것을 들며 舊習을 끊고 군주가 마땅히 지녀야 할 진실한 덕을 가질 것에 대하여 강조하기도 했다. 이 밖에 『서경』을 『대학』에 의거하여 해석하기도 하고(〈표4〉-01-①), 『중용』에 의거하여 해석하기도 하였으며(〈표4〉-02), 『시경』(〈표4〉-01-①, 〈표4〉-16-②)이나 『서경』의 다른 편(〈표4〉-01-①, 〈표4〉-02)에 의거하여 경전의 본뜻을 밝히려 하기도 했다.

(나)는 〈표5〉-08-①을 『大學』에 의거하여 해석한 것이다. 『춘추』「양공」 26년조를 해석하면서 김우옹은 태자의 사랑을 받지 못한 惠牆伊戾가 간계를 꾸며 宋公이 그의 세자 座를 죽게 한 대목을 들어, 공교하게 꾸미는 말과 남들에게 잘 보이려는 안색과 매우 간특한 소인을 두려워하지 않으면 안된다고 하였다. 그리고 혜장이려 같은 소인을 들어오지 못하게 하기 위하여 필요한 것이 『대학』의 이른바 '正心修己'라는 것이다. 이 밖에 『춘추』를 『맹자』에 의거하여 해석하기도 하고(〈표5〉-05-①), 『서경』에 의거하여 해석하기도(〈표5〉-07-①) 하면서 하늘이 司牧을 세운 것은 백성을 위한 것이라고 하였다. 백성의 군주가 되기를 강조한 것이다. 또한 呂祖謙의 『東萊左氏博義』(〈표5〉-07-②)나 陸九淵의 『象山集』(〈표5〉-08-②) 등

574) 金宇顒, 「經筵講義」 癸酉 9月 21日條(『東岡集』 5, 7쪽), "孟子曰, 湯武反之也, 湯武聰明之質, 亦有不及於堯舜之純全, 由其能學而知, 利而行, 克己復禮而反身實踐."

575) 金宇顒, 「經筵講義」 癸酉 12月 2日條(『東岡集』 5, 37쪽), "孟子已說盡, 有伊尹之志則可, 無伊尹之志則簒, 此事非伊尹做不得."

에서도 그 용례를 다양하게 적출하여 『춘추』를 해석하면서 이 책이 지닌 의미를 연역해 내기도 했다.

다음은 경전에서 심학적 원리를 찾으려 했다는 점에 대해서다. 김우옹은 특히 『서경』의 '精一執中'에 주목하였다. 虞, 夏, 商이라는 시대는 바뀌었으나 당시 군주의 心法은 바뀌지 않았다고 하고 '人心惟危, 道心惟微, 惟精惟一, 允執厥中'은 순임금이 우임금에게 전한 심법이며, '以禮制心, 以義制事, 建中于民'은 탕임금의 심법이라고 하였던 것이다. 김우옹은 여기에서 '以禮制心'은 '惟一'이 아니면 불가능하고, '以義制事'는 '惟精'이 아니면 불가능하며, '建中'이 바로 '執中'이라[576] 하면서 '虞→夏→商'의 시대적 변화에도 불구하고 서로 전하는 심법은 동일하다는 것을 보였다. 이 같은 심법의 전수가 자신이 살았던 시대에까지 전해져야 한다고 보았기 때문에 기회 있을 때마다 선조에게 심학의 원리에 대하여 진언하였던 것이다. 군주의 심법이해는 바로 공동체의 명운과 직결되기 때문이었다.

> (가) 우옹이 아뢰었다. …… "학문은 다만 의리를 밝혀서 몸소 실행하고자 하는 것이니 강론하여 궁구하고 깊이 연역하여 문의가 명백한 연후에 의리가 밝아 몸에 체득하여 실행할 수 있게 되는 것입니다. 그러한 즉 찾아서 궁구하고 강론하여 밝히는 것은 본디 행하고자 하는 것일 따름인데 만약 다만 문자만 깨우칠 뿐이라면 비록 經書를 모두 통하여 한 글자의 착오가 없다하더라도 무슨 이익이 있겠습니까? 인주는 모름지기 공부를 시작하는 곳을 알아야만 할 것이니 '급히 덕을 공경하는 것'이야말로 바로 그 요체입니다." 주상이 말했다. "'敬字'는 지금 老儒의 상담이다." 우옹이 아뢰었다. "상담밖에 다시금 다른 법이

---

576) 金宇顒, 「經筵講義」 癸酉 9月 21日條(『東岡集』 5, 2쪽), "人心惟危, 道心惟微, 惟精惟一, 允執厥中者, 虞舜夏禹之心法也. 以禮制心, 以義制事, 建中于民者, 商湯之心法也. 以禮制心, 則惟一也. 以義制事, 非惟精不能也. 建中, 卽執中也."

없고 다만 공부를 더하기에 달려 있을 따름입니다."[577)]

(나) 천하의 치란은 인주의 일신에 달려 있고 일신의 득실은 일심을 잡았느냐 놓았느냐에 달려 있으니 마음이 바르고 몸이 닦이면 근본이 바르게 되어 말단이 다스려지지 않음이 없을 것입니다. 그러므로 맹자가 "한 번 임금을 바르게 하면 나라가 안정될 것이다."라고 하였던 것이니, 『춘추』의 뜻은 매양 여기에 있는 것입니다.[578)]

(가)는 〈표4〉-16-②, 즉 '급히 덕을 공경하라'는 대목을 심학과 관련시켜 해석한 부분이다. 심학은 실천의 문제와 직결된다 하겠는데 김우옹은 이 같은 점을 여기에서 분명히 밝히고 있다. 학문을 하는 이유가 몸소 실행하기 위한 것이라는 주장이 그것이다. 즉 경전을 모두 통달하여 한 글자의 착오가 없더라도 문자만 깨우치고 마음으로 체득하여 생활에 적용할 수 없다면 그것은 아무런 이익이 없다는 것이다. 그리고 경전을 통한 학문과 이것의 생활에의 적용을 위한 방법론까지 제기하였다. 老儒의 상담이랄 수 있는 '경'수행이 그것이다. 김우옹은 선조에게 심학의 원리가 되는 '경'에 대한 언급을 수없이 개진하였다. 〈표4〉-02의 '顧諟天之明命'을 설명하면서 '顧諟工夫'는 모름지기 敬字 위에서 힘을 써야 한다[579)]고 한 것이라든가, 〈표4〉-17-①의 '若蹈虎尾 涉于春氷'을 설명하면서 이것은

577) 金宇顒, 「經筵講義」 丙子 2月 15日條(『東岡集』 5, 108-109쪽), "宇顒曰 …… 學問, 只欲明義理而躬行之也. 講究深繹, 文義明白, 然後義理明, 可以體之於身而行之也. 然則尋究講明, 本欲行之而已, 若只曉會文字, 雖盡通經書, 不錯一字, 何益之有? 人主須識箇下工處, 疾敬德, 乃其要也. 上曰, 敬字, 今爲老儒常談, 宇顒曰, 常談之外, 更無他法, 只在加工而已."

578) 金宇顒, 「經筵講義」 辛巳 3月 28日條(『東岡集』 5, 170쪽), "天下治亂, 係人主之一身, 一身得失, 係一心之操舍, 心正身修, 則本端而末無不治. 故曰, 一正君而國定矣. 春秋之意, 每在於此."

579) 金宇顒, 「經筵講義」 癸酉 11月 21日條(『東岡集』 5, 18쪽), "顧諟工夫, 須於敬字上着力."

모두 두려워하고 경외하는 뜻으로 삼대 이상의 인주가 서로 전하는 심법이 또한 敬 한 자에 있다[580]고 한 것은 그 대표적이다.

(나)는 〈표5〉-07-①, 즉 '근본을 바르게 한다'는 대목을 심학과 관련시켜 해석한 부분이다. 이것은 『춘추』「양공」 23년조의 기사, '진나라가 대부 경호를 죽였다'라는 대목을 진강하다가 언급한 것이니 우선 여기에 주목할 필요가 있다. 진나라 임금은 한 나라를 다스리면서도 그 대부 慶虎와 慶寅의 무도함을 다스리지 못하고 초나라의 힘을 빌려 이들을 죽였다. 『춘추』에서 이 사실을 기록하면서 '초나라가 대부 경호를 죽였다'고 하지 않고 '진나라가 대부 경호를 죽였다'고 하였다. 이것을 胡安國은 '근본을 바르게 한 것'이라 해석하였던 것이다. 김우옹은 여기에서 나아가 위의 자료에서 보는 바와 같이 천하의 치란은 바로 군주의 한 몸에 달려 있으며 한 몸의 득실은 한 마음을 잡았는가 그렇지 않은가에 달려 있다면서 군주의 수신을 강하게 제기하였던 것이다. 『맹자』「離婁」장 소재 군주의 일신과 일국의 安否는 밀접한 함수관계 있다[581]는 것을 인용한 것도 바로 이 때문이었다. 진나라의 대부 경호와 경인의 참람한 권력행사는 바로 군주가 수기를 근간으로 한 일신을 바로잡지 못했기 때문에 발생한 사태로 본 것이다.

마지막으로 경전을 통해 현실대응의 논리를 모색하고자 했던 점에 대하여 알아보자. 경연에서는 앞서 살핀 바와 같이 군주의 수신이 대단히 강조되기는 하지만 언제나 당대의 정치현실이 심도있게 논의되기 마련이다. 즉 양인과 천인의 혼인에서 그 자녀는 부계를 따라야 하는가 모계를 따라야 하는가[582]를 비롯하여 인재등용의 문제라든가 조정의 폐단에 대

580) 金宇顒, 「經筵講義」 丁丑 5月 3日條(『東岡集』 5, 113쪽) "此兢業敬畏之意, 三代以上, 人主相傳心法, 都是一敬字."

581) 『孟子』「離婁章句」上, "孟子曰 人不足與適也, 政不足間也. 惟大人, 爲能格君心之非, 君仁, 莫不仁, 君義, 莫不義, 君正, 莫不正, 一正君而國定矣."

해서도 광범위하게 논의되었다. 특히 당대의 時事에 대해서는 열띤 토론이 벌어지기도 한다. 「경연강의」 丁丑 5월 11일조 등에 보이는 바와 같이 김우옹 역시 여기에 참여하여 극론하였다. 그는 여기서 '지금 천변이 위에서 일어나고 지변이 아래서 일어나니 亂亡의 형상이 아님이 없습니다. 역질이 극성하여 생령이 여기에 죽은 것이 십만 명으로 추산되는데 狀啓가 사방에서 이르는 가운데 도성이 또한 심하니 지금이 어떠한 시국이겠습니까?'[583]라고 하면서 위기에 봉착해 있는 당대의 현실을 진단하였다. 이 같은 현실진단은 경전의 의미와 교섭하면서 현실대응의 논리를 만들어간다.

(가) 이루어진 왕업을 지키는 세상에서는 나태하게 아무 것도 하는 일이 없어서는 안되는 것이고, 반드시 '그 전장법도를 닦고 밝힌다'고 하거나 반드시 '전인의 기업을 더욱 더 열어 크게 한다'고 말한 것처럼 해야 할 것이니, 이것을 일컬어 이루어진 왕업을 능히 지킨다고 할 수 있습니다. 만약 구습에 젖어 그럭저럭 세월만 보내고 생각하는 일도 하는 일도 없이 '선왕의 법을 지킬 따름이다'라고 말하게 되면 해이하고 타락하여 떨치지 못하는 지경에 이르지 않음이 드물 것입니다.[584]

(나) 王者는 하늘을 부모로 보고 백성을 자식으로 보니 참으로 일체이고 假合이 아닙니다. 자식이 부모의 노여움에 대하여 감히 경계하고

---

582) 당시 良人과 賤人이 혼인 하였을 때 그 所生은 母系를 따랐다. 金宇顒은 이것의 부당성을 주장하며 父系를 따라야 한다고 進言했으나 여러 사람의 반대에 부딪혀 施行되지 못했다. 「經筵講義」, 癸酉(1573) 11月 30日條 참조.

583) 金宇顒, 「經筵講義」 丁丑 5月 11日條(『東岡集』 5, 121쪽), "今天變作於上, 地變作於下, 無非亂亡之象. 至於癘疫大熾, 生靈夭札, 計以十萬, 而狀啓四至, 都城亦甚, 此何等時也?"

584) 金宇顒, 「經筵講義」 甲戌 12月 2日條(『東岡集』 5, 86-87쪽), "守成之世, 非晏然無爲而已. 必曰修明其典章法度, 必曰增益開大前人之基業, 是以謂能守成. 若因循玩愒, 不思不爲, 而曰守先王之法而已, 則其不至於廢墮不振者鮮矣."

두려워하지 않을 것이며, 부모가 자식의 隱痛에 대하여 한 순간이라도 잊을 수 있겠습니까? 천지 만물이 모두 일체임을 인식하게 되면 하늘의 재앙을 절로 두려워하지 않을 수 없고 백성의 은통을 절로 불쌍히 여기지 않을 수 없을 것입니다. 이른바 가슴 가득 모두 측은한 마음으로서 침으로 찔러도 또한 아프고 칼로 베어도 또한 아픈 듯한 심정이 절로 그럴 수밖에 없는 것이니, 이것은 임금이 백성을 보살피는 도리입니다.[585]

(가)는 〈표4〉-15, 즉 '펴서 꾸미며 앞 사람이 받은 명을 폄은 큰 공을 잊지 않고자 해서'라는 대목을 통해 현실대응의 논리를 밝히고자 한 것이다. 여기서 김우옹은 '守成之世'에 군주가 해야할 일을 『書經集傳』을 이용하여 밝혔다. 즉 '펴서 꾸민다는 것은 전장과 법도를 닦고 밝히는 것이며, 앞 사람의 명을 편다는 것은 전왕의 기업을 증익하고 열어 크게 한다'[586]는 말을 인용하며 안일하게 구습에 빠져 있는 것을 경계하였던 것이다. 김우옹이 이같이 옛 습관에 젖은 채 안일하게 세월만 보내는 것을 비판하고 있지만 너무 지나치게 개혁해 나가는 것 또한 경계하기를 잊지 않았다. 일찍이 「玉堂箚」에서 당대의 지식인을 '옛 습관 따르기를 즐거워하는 자(樂因循者)'와 '분발하여 떨치기를 생각하는 자(思奮勵者)'로 나누어 이 모두를 비판한 것[587]이 그것이다. '락인순자'는 의리의 합당함을 구하지 않고 위기의 현실을 앉아서 보기만 하며, '사분려자'는 너무 급진적으로 개혁을 시도하다가 일을 그르치고 만다고 보기 때문이었다. 그러니

585) 金宇顒, 「經筵講義」 己卯 4月 13日條(『東岡集』 5, 138-139쪽), "王者, 父視天, 子視民, 眞箇一體, 非假合也. 人子於父母之怒, 敢不戒懼耶? 父母於子之隱痛, 其可一刻忘耶? 認得天地萬物皆是一體, 則天災自不得不懼, 民隱自不得不恤. 所謂滿腔子, 皆惻隱之心, 針箚亦痛, 刀割亦痛, 自不得不爾, 此君國子民之道也."

586) 蔡沈, 『書經集傳』, 「周書」 「大誥」, "敷賁者, 修明其典章法度, 敷前人受命者, 增益開大前王之基業."

587) 鄭羽洛, 앞의 논문(1998), 42-43쪽 참조.

'락인순자'와 '사분려자' 사이에서 부조리한 현실을 점진적으로 개혁해 나가야 한다는 것이다. 〈표4〉-6을 설명하는 가운데 의리에 합당한가를 따져 현실을 개혁해 나갈 것을 진언[588]하기도 하고, 〈표4〉-18을 해석하면서 이루어진 왕업을 이어서 지키면서 구습만 따라 태만히 하고 그 功烈을 더욱 크게 잇지 못하는 것은 군주의 마땅한 도리가 아니라고 주장한 것[589]도 모두 이 같은 체계 하에서 이해해야 할 것이다.

(나)는 〈표5〉-03-②, 즉 '하늘의 재앙을 두려워하고 백성들의 은통을 불쌍히 여긴다'는 대목을 통해 현실대응의 논리를 밝히고자 한 것이다. 이 자료는 『춘추호씨전』을 통해 춘추에서 제기하고 있는 백성 사랑의 마음을 읽고자 한 것이다. 군주는 하늘을 부모로 백성을 자식으로 보면서 그 매개 역할을 충실히 수행해야 한다는 것이다. 가장 먼저 군주가 알아야 할 것이 '하늘의 노여움'과 '자식은 은통'이라 하였다. 전자에 대해서는 두려워하고 후자에 대해서는 잊지 말아야 한다고 했다. 이같이 하기 위해서 무엇보다 시급한 것이 가슴 가득히 측은한 마음을 가지는 것인데, 군주의 마음이 '仁'으로 가득 차 있어야 한다는 말의 다른 표현이다. 김우옹은 당대를 존망의 위기에 봉착한 시점[590]로 보았기 때문에 이 같은 군주의 역할이 무엇보다 중요하다는 것을 강조한 것이라 하겠다. 이 밖에 〈표5〉-05-①을 해석하면서 『서경』의 「說命」이나 「泰西」 등을 인용하며 하늘이 본디 백성을 위하여 임금을 세운 것이며,[591] 명분이 밝지 않

588) 金宇顒, 「經筵講義」 癸酉 12月 2日條(『東岡集』 5, 39-40쪽), "固不可妄作, 凡事須看義理如何, 若合變更則更之, 乃爲合理, 不更乃爲妄矣."

589) 金宇顒, 「經筵講義」 丁丑 5月 11日條(『東岡集』 5, 118-119쪽), "若嗣守成業, 仍循怠惰, 不能增大其烈, 只以考循前例爲事, 則恐不可云丕承也."

590) 金宇顒, 「進言乞退疏」(『東岡集』 4, 153쪽), "今日之勢, 可謂危急存亡之秋矣."

591) 金宇顒, 「經筵講義」 己卯 6月 2日條(『東岡集』 5, 144-145쪽), "以理言之, 則天生民而樹之司牧, 所以爲民也. 故曰, 樹后王君公, 承以大夫師長, 不唯逸豫, 惟以亂民, 天本爲民而立君也."

으면 반역의 무리가 백성을 위한다는 구실로 가볍게 君親을 버리는 일이 일어난다고 경고[592] 하기도 했다.

김우옹은 이처럼 경전이 지닌 유기성에 입각하여 한편으로 심학적 원리를 발견하는가 하면 다른 한편으로 현실대응의 논리 또한 모색했다. 경연을 통해 이를 제출하고 있으니 기본적으로 제왕학과 밀접한 관계가 있다고 하겠다. 그렇다면 김우옹은 경전의 심학적 해석과 현실대응 논리의 모색 중 어느 것을 더 근본적이며 중요하다고 생각했을까? 이 같은 의문은 조선조 사림파 문인의 수양론적 기반이 되었던 '敬'과 '義'의 관계를 통해 고찰할 수 있다. 경과 의는 서로 밀접한 관계를 이루면서 경은 향내적 修己에, 의는 향외적 治人에 보다 직접적인 선이 닿아 있다 할 것인데, 김우옹은 이 가운데 '경'의 중요성을 역설한 바 있다. 일찍이 그는 경연에서 李珥(栗谷, 1536-1584)와 '경의'에 대하여 토론을 벌인 적이 있다. 이 과정에서 이이가 이 둘을 두 가지의 일이라 말하자, 그는 '진실로 능히 경으로써 안을 곧게 한 즉, 의로써 밖을 바르게 함은 그 가운데 있게 됩니다.'[593]라며 '경'이 주가 됨을 강조하였다. 이는 그가 「천군전」 말미에서 史官의 입을 통해 評論하는 자리에서도 나타난다. '상제를 짝함도 경 때문이었고, 그 만방을 통솔했음도 경 때문이었으니 첫째도 태재요 둘째도 태재이다.'[594]라 한 것이 그것이다. 우리는 여기서 김우옹이 '경의'를 철저히 인식하면서도 '경'을 더욱 강조한 것에 대하여 이해하게 된다. 이는 김우옹이 경전을 통해 심학의 원리를 더욱 철저하게 밝히고

592) 金宇顒, 「經筵講義」 己卯 6月 2日條(『東岡集』 5, 145쪽), "名分不明, 則叛逆之徒, 托以爲民, 輕棄君親之事, 作矣."

593) 金宇顒, 「經筵講義」 癸酉 9月 20日條(『東岡集』 5, 16쪽), "珥因極陳政事間得失之事而曰, 敬以直內, 又須義以方外. 宇顒曰, 眞能敬以直內, 則義以方外, 在其中矣."

594) 金宇顒, 「天君傳」(『東岡集』 5, 272-273쪽), "其配上帝也以敬, 其統萬邦也以敬, 一則太宰, 二則太宰."

자 했다는 말이 된다. 김우옹이 경연을 통해 이 같은 의견을 제출하고 있으니 그 자체로 현실주의적 의미가 내포되어 있음은 물론이다. 군주의 심성수양과 그로 인한 정신적 통철은 공동체의 선과 직접 관계되기 때문이라 하겠다.

4. 「聖學六箴」의 의미구조

김우옹은 다양한 각도에서 경전을 이해하고 있지만, 이 가운데 경전을 통해 심학의 원리를 밝히려 했던 점이 부각되었다. 이제 이것과 문학의 관련성에 대하여 따져볼 차례이다. 경전 이해와 문학적 형상에는 일정한 관계가 설정되기 마련인데 사정의 이러함은 가장 먼저 그의 문학에 대한 인식에서 뚜렷이 나타난다. 경연에서도 그가 여러 차례 언급하고 있거니와 학문하는 방도는 다른 데 있는 것이 아니라 놓아버린 마음을 거두어 들이는 것이며 그 방법은 다름 아닌 '경'에 있다고 했다. 맹자가 언급한 바 '求其放心'을 힘주어 강조하거나, 謝良佐가 帳簿를 두고 간단없이 자신의 일상에 대한 視聽言動이 예에 맞는가 그렇지 않는가에 대해 기록한 것을 그 예로 든 것도 모두 같은 이유에서였다.[595] 이 때문에 김우옹은 주자와 呂祖謙이 함께 편찬한 『近思錄』과 이황이 편찬한 『朱書節要』를 즐겨 읽으며 학자의 바른 길을 모색[596]하는 한편, 蘇軾의 글을 들어 '호기를 부리고 이목을 속이는 태도가 있다'[597]며 고려조에 수용되어 조선

595) 金宇顒, 「經筵講義」 癸酉 12月 2日條(『東岡集』 5, 40쪽), "然學問別無妙法, 孟子曰 學問之道, 無他, 求其放心而已, 先儒曰, 敬之一字, 是至約處."

596) 金宇顒, 「經筵講義」 乙亥 6月 8日條(『東岡集』 5, 94쪽), "偶或開卷, 只得溫習舊讀近思錄朱書節要而已."

597) 金宇顒, 「經筵講義」 癸酉 12月 10日(『東岡集』 5, 44쪽), "宇顒啓曰, 蘇軾文章偉麗, 然其心術不正, 故其書有矜豪譎詭之態. 亦非知道君子所欲觀, 朱子詳論之矣."

전기까지 문단에 많은 영향을 끼쳤던 동파풍을 배격하고 나섰던 것이다.[598] 黃山谷의 시와 唐詩에 대한 견해도 이와 같았는데 그 증거를 들면 다음과 같다.

> 宋高宗이 黃山谷의 시 보기를 좋아하였는데 강관이었던 尹焞이 "알지 못하겠습니다만, 이 사람의 시에 무슨 좋은 점이 있기에 폐하께서 좋아하십니까?"라고 간언하였습니다. 산곡과 동파는 같습니다. 그리고 철종이 唐詩 베끼기를 좋아했는데, 范祖禹가 임금께 이 대신 『書經』「無逸」과 성현들이 경계하신 가르침을 베끼도록 권하였으니, 이는 모두 신하된 이가 충애로 임금을 보필 인도하는 뜻인 것입니다.[599]

김우옹은 이 말을 마치고 '한 動靜, 한 語默, 한 翰墨의 사이에도 반드시 정도로써 하소서'[600]라고 간언하고 있다. 이는 황산곡이나 소식의 시, 그리고 唐詩는 모두 정도가 아니라는 것이다. 정도는 다름 아닌 경전이 중심이 된 성인의 학문이라 할 터인데, 윤돈이나 범조우 등을 내세우며 자신의 이야기가 정당하다는 것을 밝히는 적극성을 보이기도 했다. 김우옹은 생각이 이같았으므로 제왕의 학문에 대하여 압축된 형식의 잠을 여섯 편 지어 올렸다. 「聖學六箴」이 그것이다. 이는 그가 주장하는 성학이 '잠'의 형식에 가장 잘 담길 수 있다고 생각했기 때문이다. 箴은 '鍼'

598) 이는 그의 스승 曺植 및 친구 鄭逑과 대비되는 부분이어서 흥미롭다. 曺植과 鄭逑는 東坡風을 좋아했으며 특히 「赤壁賦」를 높이 평가하였다. 孫處訥이 전하는 다음의 이야기는 이를 증명하기에 족하다. "先生嘗愛東坡赤壁賦, 謂余等曰, 此詞品格, 實非世間人所做作, 因言昔侍南冥先生, 先生曰, 程夫子攻子瞻, 雖甚力, 若先生在, 則吾當精寫此賦, 跪讀一番, 程先生亦必頷可云."(鄭逑, 『寒岡全書』下(景仁文化社, 1979), 387쪽)

599) 金宇顒, 「經筵講義」 癸酉 12月 10日條(『東岡集』 5, 45쪽), "宋高宗好看山谷詩, 講官尹焞諫曰, 不知此人詩有何好, 殿下好之耶, 山谷東坡一也. 哲宗好寫唐人詩, 范祖禹勸上寫無逸篇, 及聖賢警戒之訓以代之, 此皆人臣輔導忠愛之意也."

600) 金宇顒, 「經筵講義」 癸酉 12月 10日條(『東岡集』 5, 45쪽), "殿下一動靜一語默一翰墨之間, 皆必以正."

에 비유되듯이 침으로 사람의 병을 치료하는 것처럼, 잘못되기 쉬운 것을 미리 경계하여 바로잡자는 것이 기본 의도라 하겠다. 이 잠을 짓게 된 직접적인 동기를 그는 이렇게 밝히고 있다.

> 임금께서 신 宇顒을 돌아보며 말씀하셨다. "학문하는 도에 대해서는 고인들이 말을 다하였다. 그러나 요는 자신의 절실한 데 나아가 생각하고 힘쓰는 것이 옳을 것이다. 그대가 나를 위해 잠을 지어 학문하는 요점을 개진하여 나 자신에게 절실하게 해 준다면 내가 장차 자리 모퉁이에 두고 반성하는 자료로 삼겠노라."601)

위의 글은 김우옹이 1574년(35세) 정월 그가 부수찬으로 있을 때 지어 올린 「진성학육잠」의 서문 중 일부다. 그가 경연에 나아간 것이 1573년 9월이니 처음부터 선조로부터 주목을 받고 있었다는 것을 알 수 있다. 선조는 김우옹의 자질과 학술을 높히 평가하였기 때문에 자신을 위하여 잠을 짓게 하였을 터이다. 李珥 역시 『石潭日記』에서 김우옹이 「성학육잠」을 짓게 된 동기에 대해 밝히고 있다. 즉 선조가 김우옹에게 '매번 경연에서 경의 말을 들으니 경의 자질이 아름답고 학술 또한 있는 것을 알겠다. 그대가 물러가서 평일에 스승이나 벗에게 들은 것과 스스로 터득한 것으로 잠을 지어 올려라'하였는데 김우옹이 물러나 여섯 가지의 잠을 지어 올렸다602)는 것이 그것이다.

「성학육잠」은 제목에서 바로 알 수 있듯이 모두 여섯 편으로 이루어져 있다. 김우옹 또한 밝히고 있는 것처럼 고식적이고 천속한 말에 좌우되

---

601) 金宇顒, 「進聖學六箴序」(『東岡集』 5, 211쪽), "上顧臣宇顒曰 學問之道, 古人言之盡矣. 然須就自身上切實思勉可也. 爾其爲我作箴, 開陳爲學之要, 俾切於予身, 予且置諸座隅, 以備觀省."

602) 李珥, 『石潭日記』, 1574年 1月條, "上謂宇顒曰, 每於經席聽爾說話, 知爾質美且有學術, 爾退而以平日所聞於師友, 及所自得者, 作箴以進. 宇顒退而作六箴以進, 一曰定志, 二曰講學, 三曰敬身, 四曰克己, 五曰親君子, 六曰遠小人."

지 말라는 「定志箴」, 강학으로 넓혀서 한 가지 일이나 한 가지 물건의 이치에도 밝지 못한 점이 없도록 해야 한다는 「講學箴」, 천리를 보존하는 본령의 공부를 해야 한다는 「敬身箴」, 인욕을 막는 것이 力行하는 요체가 된다는 「克己箴」, 군자를 친근히 해야 덕성을 보양할 수 있다는 「親君子箴」, 소인을 멀리 배척해야 본심을 보존할 수 있다는 「遠小人箴」 등이 그것이다.[603] 김우옹은 이 여섯 편의 자료에 구조적 체계를 부여하고 있다. 즉 '정지-강학', '경신-극기', '친군자-원소인'의 관련 체계가 그것이다. 처음의 것이 학문을 위한 기본적 조건을 제시한 부분이라면, 두 번째의 것은 학문의 요체를 제시한 부분이며, 마지막의 것은 학문을 위하여 마땅히 지켜야 할 인간적 관계를 제시한 부분이다. 「성학육잠」의 의미구조 역시 이 같은 체계 하에 파악하는 것이 마땅하다고 하겠다. 이를 순서대로 살펴 이 작품이 가진 의미구조를 검토해보기로 하자.

첫째, 학문의 기본적 조건을 제시한 「定志箴」과 「講學箴」에 대해서이다. 작가가 이 둘을 먼저 제시한 것은 이것이 심학을 위한 바탕이 되기 때문이었다. 「정지잠」에서는 조그마한 하나의 몸이 하늘과 땅에 참여하여 三才가 되었으니 무엇이 主宰이며 무엇이 綱維인가를 묻고, 마음이 바로 천군이 되며 뜻이 바로 장수가 된다[604]고 했다. 그러니까 장수인 뜻을 제대로 지녀야 천군인 마음이 주재를 제대로 할 수 있다는 것이다. 「강학잠」 역시 아득히 작은 하나의 마음이 만 가지 변화의 근본이 된다고 보고 모양이 단정하면 그림자가 곧고 원류가 흐리면 말류가 더럽다고 하면서 한 마음이 바르면 만방이 곧게 된다[605]고 했다. 제왕의 수양이

603) 金宇顒, 「進聖學六箴序」「經筵講義」, 癸酉(1573) 11月 30日條(『東岡集』 5, 215쪽), "夫定志以先之, 而不爲因循淺俗之說所前却. 講學以廣之, 而不使一事一物之理有未明. 敬身, 所以存天理, 而爲本領之工, 克己, 所以遏人欲, 而爲力行之要. 惟親君子, 可以保養德性. 惟斥遠小人, 可以保守本心."

604) 金宇顒, 「定志箴」(『東岡集』 5, 215쪽), "藐然一身, 參天與地. 孰主宰是? 孰綱維示? 心爲天君, 地爲之帥."

나라에 있어 얼마나 긴요한가를 밝힌 것이다. 定志한 다음 강학이 비로소 강학다울 수 있게 되니 '정지→강학'의 관계를 설정한 것이라 하겠는데 김우옹은 그 방법론을 다음과 같이 구체적으로 제시하고 있다.

(가) 誠心信道　성심으로 도를 믿어,
不滯不撓　막히지도 요동치지도 않으니,
舜何人哉　순임금은 어떤 사람인고?
文王我師　문왕이 나의 스승이로다.
聖謨洋洋　성인의 가르침 양양하니,
知不我欺　나를 속이지 않는 줄 알리라.
於焉深省　여기에 깊이 살펴,
奮勵警發　분발하고 깨달을 것이로다.
一脫流循　한 번 유속에서 벗어나,
千層壁立　천 길의 벼랑처럼 우뚝하게 서니,
堅强不回　굳고 강하여 흔들리지 않고,
純白不染　순수 결백하여 물들지 않으리라.
王道爲心　왕도로 마음먹고,
生靈爲念　만민을 염려할 것이며,
黜世俗論　세속의 의논을 물리치고,
期非常功　비상한 공력을 기약하도다.606)

(나) 講學之法　강학하는 법은,
卽物窮理　사물에 나아가 이치를 궁구하는 것이니,
有物有則　오직 물건마다 법이 있어,
於我皆備　나에게 모두 갖추어져 있네.
旣窮而至　이미 궁구함을 극진히 하면,
行無不利　행함에 이롭지 않음이 없다네.

605) 金宇顒, 「講學箴」(『東岡集』 5, 216쪽), "眇然一心, 爲萬化本. 表端影直, 源濁流溷. 一心之正, 萬方以貞."
606) 金宇顒, 「定志箴」(『東岡集』 5, 215쪽)

窮理伊何　이치 궁구를 어떻게 할 것인가?
玩經觀史　경전을 익히고 역사서를 볼 것이니,
居敬指志　경건히 지내고 心志를 잡음이,
實爲之基　실로 기반이 되도다.
循序致精　차례를 따라 정밀함을 이룸이,
是維要規　오직 요긴한 규칙이니,
味聖賢旨　성현의 뜻을 음미하고,
探義理歸　의리의 귀추를 탐구하며,
觀古今變　고금의 변화를 관찰하고,
察治亂機　치란의 기미를 살핀다네.
旣博而詳　이미 넓게 통하여 상세히 하고,
反身實踐　자신에 돌이켜 실제로 행한다네.[607)]

(가)는 「정지잠」의 일부이다. 김우옹은 마음이 가는 바가 바로 뜻이니 뜻이 향하는 곳에 반드시 정신이 있다고 했다. 심학이 뜻을 정하는 데서 출발한다고 본 것이다. 그렇다면 뜻을 어떻게 정하는가 하는 것이 문제이다. 김우옹은 이것을 고민하지 않을 수 없었고, 그것을 성인의 가르침 속에서 찾았다. 성인의 가르침은 내 앞에 대단히 많이 펼쳐져 있으니 그것을 모범삼아 유속에 물들지 않는 '千層壁立' 같은 강고한 뜻을 세워야 한다고 했다. 이 같은 定志의 다음 단계로 필요한 것이 널리 학문을 하는 것이었다. (나)의 「강학잠」이 「정지잠」 바로 뒤에 온 것은 바로 이 때문이었다. 김우옹은 이 글에서 강학의 방법은 '卽物窮理'라고 했다. 그렇다면 '궁리'를 어떻게 할 것인가 하는 것이 문제로 대두될 수 있을 터인데, 역시 經書와 史書에 두루 나타나 있다고 했다. 전자에는 성현의 뜻과 의리의 귀추가 제시되어 있으며, 후자에는 고금의 변화와 치란의 기미가 제시되어 있다고 했다. 경서에서 성현이 제시한 의리를 '探味'하고, 사서

607) 金宇顒, 「講學箴」(『東岡集』 5, 216-217쪽)

에서 고금의 치란을 '觀察'하여 실천의 원리로 삼아야 한다고 강조하였던 것이다.

둘째, 학문의 요체를 제시한 「敬身箴」과 「克己箴」에 대해서이다. 김우옹은 '정지'와 '강학'에서 심학의 기본을 다졌다면 이제 그 요체를 탐구해야 한다고 했다. 요체란 다름 아닌 '경신'과 '극기'였다. 「경신잠」에서는 하나의 마음으로 만 가지 변화의 표준을 세우며 하나의 몸으로 천지의 부탁에 응한다고 했다. 一心의 표준과 一身의 그 대응이라 할 만한데 군주의 일심과 일신이 어떠한가에 따라 천리의 거리로 어긋날 수도 있고 모든 백성들에게 경사가 있을 수도 있다[608]는 것이다. 「극기잠」에서는 본마음은 원래 그윽하여 착함만 있을 뿐 어떤 흠도 없었는데 육신이 있게 되면서 사심이 생겨나 사람의 마음이 급기야 지극히 위태로워졌다[609]고 하였다. 천리가 보존되면 인욕이 없어지기도 하고, 인욕이 없어지고 난 상태에서 천리가 보존되기도 하니, '경신'과 '극기'는 상호 작용하는 관계에 놓인다 하겠다. 이를 염두에 두면서 김우옹이 여기에 대해 제시한 구체상을 보도록 하자.

(가) 緝熙敬止　계속하여 빛나게 공경하면,
德性昭明　덕성이 밝고 밝아,
如天之運　하늘의 운행함과 같고,
如日之升　해가 떠오름과 같을 것이네.
罔雜纖毫　조금의 잡됨도 없고,
無間晷刻　잠시라도 그름이 없으면,
聲律身度　소리는 법이 되고 몸은 법도가 되어,

608) 金宇顒, 「敬身箴」(『東岡集』 5, 219쪽), "以一心, 而建萬化之極. 以一身, 而應天地之托. 一思慮之失, 而千里之繆. 由是一言動之善, 而萬民之慶在此."
609) 金宇顒, 「克己箴」(『東岡集』 5, 221쪽), "湛然本心, 有善無疵. 維其有身, 是有己私. 維欲害理. 人心至危."

準平繩直 평평하고 곧으며,
儼然至正 엄연하게 지극히 발라,
與天同德 하늘과 같은 덕이 되리로다.
垂衣高拱 의상을 드리우고 높이 팔짱을 낀 채,
貌恭言從 공손한 모습으로 진언을 따름이,
是爲君德 바로 이것이 임금의 덕인지라,
萬事之宗 만 가지 일에서 으뜸이로다.[610)]

(나) 雷在天上 우레가 하늘에 있는 대장괘의 형세를,
君子是則 군자가 곧 본받을 것이로다.
日用工程 일상의 공부에,
四非皆勿 네 가지 예 아닌 것을 모두 말 것이로다.
孤軍遇賊 외로운 군대가 적을 만나면,
舍死先登 죽음을 무릅쓰고 치닫듯이 할지어다.
志決焚舟 뜻은 배를 불사르는 결단이고,
勇邁破甑 용기는 시루를 깨뜨리고 달려감이니,
固我之萌 진실로 나의 마음에 싹틈인지라,
莫我敢承 내 감히 이기지 못할 것인가?
懲忿摧山 분 참기를 산 꺾듯이 하고,
窒欲塡壑 욕심 막기는 골짜기를 메우듯 하며,
遷善改過 허물을 고쳐 착함에 옮김을,
風迅雷烈 빠른 바람과 매서운 우레같이 할 것이로다.[611)]

(가)는 「경신잠」의 일부이다. 김우옹은 이 글에서 몸을 공경하는 것이 절실하다면서 신명이 굽어살피기 때문에 아무리 깊은 곳이라도 시청과 언동을 삼가야 한다고 했다. 그렇게 하면 덕성이 밝아져서 마침내 (가)와 같은 공효가 일어난다는 것이다. 하늘의 운행과 같아지고 소리와 몸

610) 金宇顒, 「敬身箴」(『東岡集』 5, 220쪽)
611) 金宇顒, 「克己箴」(『東岡集』 5, 222쪽)

은 법도가 되어 '與天同德'을 성취한다는 것이 그것이다. 이때 군주는 비로소 '의상을 드리우고 높이 팔장을 낀 채 공손한 모습으로 진언에 따르는' 최고의 덕으로 천하를 통솔하게 된다고 했다. 이 같은 공효는 자연스럽게 오는 것이 아니다. 인욕을 막아야 비로소 가능한 것이라 하겠는데 (나)의 「극기잠」은 이 때문에 필요하였다. 김우옹은 하나의 마음에 수많은 욕심이 번갈아가며 침노하게 되는데, 이것을 막지 않으면 치솟아 올라 결국 금수가 된다고 생각했다. 이 때문에 (나)와 같이 인욕에 대한 맹렬한 퇴치가 필요하다고 했던 것이다. 안으로는 우레가 하늘에 있는 『주역』의 「대장괘」를 본받고 밖으로는 項羽가 밥해 먹던 솥도 깨부수고 주둔하던 막사도 불사르며 타고 왔던 배도 불사른 뒤, 사흘 먹을 식량만 가지고 사졸들에게 죽지 않고는 결코 돌아오지 않으리라는 태도로 비장한 결행을 할 때 비로소 이 인욕을 막을 수 있다는 것이었다.612)

셋째, 학문을 위한 인간적 관계를 제시한 「親君子箴」과 「遠小人箴」에 대해서이다. 이는 모두 심학을 제대로 성취하기 위한 교제의 중요성을 언급한 것이다. 「친군자잠」에서는 어진 이와 친하게 지내는 것은 몸을 닦아 덕에 나아감에 있어 가장 시급한 것613)이라 하였다. 군자는 마음이 충직하여 자신의 허물을 규명하면서 잘못을 바로잡아 주기 때문이었다. 「원소인잠」에서는 아첨하는 말과 간사한 소인에 대해서는 옛날의 제왕들도 두려워하였다614)고 하면서 이들에 대한 철저한 경계를 촉구하였

---

612) 金宇顒의 「敬身箴」과 「克己箴」, 그리고 「天君傳」은 그의 스승 曺植의 작품인 「神明舍銘」과 일정한 영향관계 하에 있다. 「神明舍銘」에는 心學의 原理가 제시되어 있기 때문이다. 특히 金宇顒이 「克己箴」에서 제시하고 있는 '大壯卦'나 項羽의 '沈船破釜'의 고사는 曺植이 「神明舍銘」에서 그대로 제시하였던 부분이다.

613) 金宇顒, 「親君子箴」(『東岡集』 5, 224쪽), "是以君子, 必愼所與. 修身進德, 親賢時急."

614) 金宇顒, 「遠小人箴」(『東岡集』 5, 226쪽), "巧言孔壬, 維帝其畏. 利口覆邦, 大聖云殆."

다. 이 때문에 김우옹은 권세를 쥐고서 정사를 어지럽히며 현인을 방해하고 나라를 병들게 하여 士林에 해를 끼치는 무리[615]를 소인으로 정의하면서 이들의 척결을 기회 있을 때마다 강조하였던 것이다.[616] 군자를 가까이 하면 소인이 멀어지기도 하고 소인을 멀리 하면 군자가 가까워지기도 하니 '친군자'와 '원소인' 역시 '경신'과 '극기'의 관계와 마찬가지로 상호 작용하는 관계에 놓이게 된다. 이제 작품을 통해 그 구체상을 볼 차례이다.

(가) 多聞博通　견문이 많고 박통하면,
可以諮詢　즐겨 물을 만 하고,
深識遠猷　식견이 깊고 계책이 원대하면,
足以疵民　충분히 백성을 보살필 만 하도다.
習與之處　항상 함께 거처하시면,
君德日新　임금의 덕이 날로 새로워질 것이니,
是以明王　이런 까닭으로 밝은 임금은,
敷求哲人　널리 어진 사람을 구하도다.
有孝有德　효가 있고 덕이 있으며,
有才有學　재주가 있고 학식이 있는 이를,
以置左右　좌우에 가까이 두고서,
以親朝夕　아침저녁으로 친근히 할 것이로다.[617]

(나) 彼憸人者　저 간교한 사람은,
其心孔艱　그 마음이 매우 험악하니,

---

615) 金宇顒, 「經筵講義」己卯 6月 2日條(『東岡集』 5, 151쪽), "所謂小人者, 須是操弄濁亂, 妨賢病國, 貽害士林之事."

616) 金宇顒, 「經筵講義」 辛巳 2月 21日條(『東岡集』 5, 168쪽), "所謂小人, 非必大姦慝也. 只爲身謨, 而不爲國家計者, 皆是也." 같은 책, 180쪽. 乙酉 2月 20日條, "君子爲陽類, 小人爲陰類, 崇陽抑陰, 乃天道也." 이 밖에도 君子와 小人을 엄격히 변별하고자 한 金宇顒의 생각은 그의 文集에 다양하게 보인다.

617) 金宇顒, 「親君子箴」(『東岡集』 5, 224쪽)

才足動人　재주는 족히 사람을 움직이고,
辯能飾姦　변론은 능히 간교함을 꾸미네.
變亂黑白　흑백의 분별을 어지럽게 하고,
簧舌厚顔　뻔뻔스런 낯으로 혀를 놀려서,
謂正人邪　정인을 사특하다 하며,
謂義理僻　의리를 편벽되다 하네.
喩於爲利　이익을 차릴 것만 알아,
遺君後國　임금을 버리고 나라를 뒤로 하여,
肆於爲惡　마음대로 나쁜 짓을 저질러,
欺明白日　밝은 대낮에도 속이도다.618)

(가)는 「친군자잠」의 일부이다. 여기서 김우옹은 어떤 사람이 군자이며 이들을 왜 가까이 해야 하는가에 대하여 분명히 밝히고 있다. '견문이 많은 사람', '식견이 깊고 계책이 원대한 사람', '효와 덕이 있는 사람', '재주와 학식이 있는 사람'이 그들인데, 이 같은 인재를 가까이 하면 임금의 덕이 날로 새로워질 수 있다는 것이다. '君德日新'은 바로 이를 두고 이른 것이다. 『맹자』 「등문공」의 '薛居州'를 제시하면서 주위의 사람들이 이같이 선하다면 군주는 불선을 하려고 해도 할 수 없으며, 이같이 선하지 않다면 군주는 선을 하려고 해도 할 수 없다는 점을 지적하였다. 이와 아울러 (나)에서처럼 소인을 멀리해야 한다고 했다. 소인들은 才辯은 다른 사람보다 뛰어난 점이 있으나 덕이 없기 때문에 가장 위험한 인물이라 하였다. 이들은 교묘한 말로 바른 사람을 사특하다고 하고 의리를 편벽되다고 하여 결국 임금을 버리고 나라를 뒤로 한다고 했다. 政刑과 기강은 이로부터 전복되고 문란하게 된다고 보았기 때문이다. 소인을 국가의 도적이며 인주의 해독이라고 한 것619)도 같은 이유에서였다.

---

618) 金宇顒, 「遠小人箴」(『東岡集』 5, 226쪽)
619) 金宇顒, 「遠小人箴」(『東岡集』 5, 226쪽), "爲國家賊, 爲人主蠹."

김우옹은 이와 같이 「성학육잠」을 지어 제왕학의 요체를 조직적으로 설명하고 있다. 먼저 셋으로 나누어서 (1) 정지-강학, (2) 경신-극기, (3) 친군자-원소인에 대하여 말하였는데, 여기에는 그가 제시하고 있는 일정한 의미구조가 내재하고 있음은 물론이다. 즉 (1)은 정지를 통한 강학, (2)는 경신을 통한 극기, 혹은 극기를 통한 경신, (3)은 친군자를 통한 원소인, 혹은 원소인을 통한 친군자라는 관계가 그것이다. 서술체계로 볼 때 (1), (2), (3)이 병렬되어 있으면서도 (1)이 심학을 위한 기본이니 (2)의 바탕이 되며, (3) 역시 심학을 위한 인간적 관계에서 마련되는 것이니 (2)를 위하여 필요한 것이다. 그리고 (2)와 (3)의 관계에서 '경신-친군자', '극기-원소인'의 관계가 설정되어 전자가 보다 적극적인 개념으로, 후자는 보다 소극적인 개념으로 제시되어 있다. 이를 간단히 도식화하면 다음과 같다.

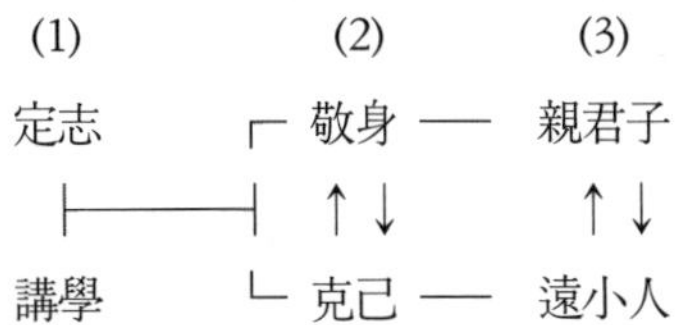

김우옹은 「성학육잠」에서 이들의 관계를 위의 그림과 같이 구조적으로 파악하고 있었다. (1)이 (2)의 바탕이 되고 (3) 역시 (2)를 위하여 필요한 것이라 하였으니 여기서 자연스럽게 (2)가 중심이 된다는 것을 알 수 있다. (2)가 중심이 되지만 그 스스로 이야기하고 있듯이 여섯 가지 중 하나라도 없으면 성학으로 나아갈 수 없다. 그러니까 (2)는 (1)과 (3)의 관계하에서 가능한 것이니 위의 각 개념들은 유기적인 작용 하에 자신의 역할을 다할 수 있는 것이라 하겠다. 김우옹이 「성학육잠」에서 제시한 (2)는 인간의 감각기관에서 발생하는 다양한 욕망인 인욕을 이기고 몸을 경건히 하여 하늘과 일체를 이룬다는 것으로 요약된다. 이로 보아 이 작품은 성리학에서 항상 제시되는 보편명제 '克己復禮' 혹은 '遏人欲存天理', 그것으로 귀납된다는 것을 알 수 있다. 「성학육잠」에서 (2)가 중심이 되니 이것을 눈여겨 볼 필요가 있다. 「경연강의」 갑술(1574년) 4월 13일조에 보면 선조는 수업을 마치고 김우옹이 쓴 '잠의 뜻이 매우 좋다'고 하면서 역시 (2)에 주목한 바 있다. 그리고 하나의 의문을 제기하였다. 즉 경신이 극기를 포괄하는 것이 아닌가 하는 것이 그것이다. 여기에 대한 김우옹의 답변을 들어보도록 하자.

> 진실로 그렇습니다만 신의 뜻은 다음과 같습니다. 경신만 말하게 되면 극기가 그 가운데 포괄될 수 있으나, 만약 아울러 말하게 되면 경신은 다만 조심하고 두려워하여 천리를 보존하는 의사이고 극기는 사욕이 싹터 움직이는 곳에 나아가 문득 용맹스러운 노력으로 인욕을 막는 의사라고 하겠습니다. 비유하자면 경신은 養生하는 것과 같고 극기는 약을 복용하여 병을 떨치는 것과 같습니다. 양생이 지극하게 되면 절로 병이 없게 되지만 의외로 병이 일어나게 되면 또한 모름지기 약을 복용해야만 하는 것이니, 요는 두 갈래의 공부가 있어야 하기 때문에 각기 언급하였습니다.[620]

여기서 김우옹은 우선 경신이 극기를 포괄하고 있다는 선조의 말에 동의 한다. 이것은 경신이 근본이며 보다 적극적인 개념이라는 것을 인정한 것이다. 그러나 경신을 제대로 하면 극기가 그 가운데 포괄될 수 있지

---

620) 金宇顒, 「經筵講義」 甲戌 4月 13日條(『東岡集』 5, 75-76쪽), "宇顒對曰 固然, 但臣意以爲但言敬身, 則可以包克己在中, 若幷言之, 則敬身只是戒懼操持, 存天理底意思, 克己則就私欲萌動處, 便下勇猛工夫, 遏人欲底意思, 譬之, 敬身如將息, 克己如服藥去病. 將息至到, 自可無病. 然意外病作, 又須服藥, 要有兩項工夫, 故各擧言之."

만, 인간의 심성 속에 인욕이 발생했을 때는 문제가 새로워진다. 이때는 극기를 통해서 경신으로 나아갈 수밖에 없을 터이므로 이 둘을 養生과 服藥의 관계로 보였다. 양생을 제대로 하면 복약을 할 필요가 없겠지만 의외로 병이 들었을 때 복약을 하지 않을 수 없다는 논리가 그것이다. 약을 복용하여 병이 없게 한 후에 양생이 비로소 가능하기 때문에 경신과 극기를 나누어서 이야기하지 않을 수 없었다는 답변이다. 김우옹의 해명을 듣고 선조는 '이와 같이 말한다면 의사가 또한 좋다'[621]고 하면서 김우옹의 말에 수긍하였던 것이다. 이로써 우리는 김우옹이 「성학육잠」을 통해 제시하고자 했던 제왕학이 결국 '경신'과 '극기'라는 심학적 의미체계 안에서 구사되고 있음을 발견하게 된다.

5. 맺음말

이 글은 당대 제일의 시강관으로 평가되었던 김우옹이 경전을 어떤 방법으로 이해하고 있으며, 이와 관련하여 그가 선조에게 올렸던 「성학육잠」은 어떠한 의미체계로 구조화되어 있는가를 따지기 위해 마련된 것이다. 본 논의를 위하여 필자는 우선 『동강집』 「경연강의」에 주목하였다. 여기에 그의 경전에 대한 생각이 집중적으로 노출되어 있기 때문이었다. 그리하여 「경연강의」를 분석하여 먼저 논의의 기반을 다지고, 여기서 얻은 성과를 바탕으로 김우옹의 경전이해방법을 고찰하였다. 이어 「성학육잠」의 의미구조를 밝혀 그의 경전에 대한 태도가 문학에 기능하는 점을 따졌다. 이 같은 방법론에 입각하여 얻은 성과를 요약하여 제시하면 다

---

621) 金宇顒, 「經筵講義」, 甲戌 4月 13日條(『東岡集』 5, 76쪽), "上曰 如是言之, 則意思亦好矣."

음과 같다.

첫째, 『동강집』「경연강의」의 분석을 통해 강의기가 넷으로 나누어짐을 알 수 있었다. 제1기 書經講義期(1573-1577), 제2기 春秋講義期(1579-1581), 제3기 通鑑講義期(1785-1785), 제4기 周易講義期(1594-1596)가 그것이다. 이 중 제1기가 가장 길며 진강 횟수도 30회로 가장 많다. 그 다음이 제2기, 제4기, 제3기 순이다. 이 같은 강의기 조사와 함께 「경연강의」에는 서술방법상의 특징도 나타났다. (1) 강의일자를 명확하게 제시하여 김우옹이 경연에 가장 활발하게 참여한 시기를 알게 했다는 점, (2) 강의구분은 대체로 명확하게 제시하여 김우옹이 朝講에 가장 많이 참여하여 진강했음을 알게 했다는 점, (3) 강의교재는 『서경』과 『춘추』가 중심을 이루고 있음을 보여 이 두 경전을 통해 김우옹의 세계에 대한 인식의 일단을 고찰할 수 있게 한 점, (4) 강의범위는 강의기가 진행될수록 명확하지 않아 김우옹이 후기로 가면서 점차 경연에 대한 관심이 약화되고 있다는 것을 보여 준 점이 대체로 그것이다.

둘째, 경전, 특히 『서경』과 『춘추』의 이해에 대해서는 세 가지의 방법적 특징이 나타났다. (1) 다양한 경전의 유기성을 자각하고 여기에 의거하여 해석하고 있다는 점이다. 『서경』의 구체적 대목을 『맹자』나 『시경』 등 다른 경전의 경문을 이용하여 진강경전의 본의를 명확히 하려 했다는 것이 그것이다. 이는 『춘추』의 경우도 마찬가지라 하겠는데 呂祖謙이나 陸九淵 등의 설 역시 폭넓게 취하고 있었다. (2) 경전에서 심학적 원리를 찾으려 했다는 점이다. 『서경』의 '精一執中'에 착목하여 이를 만고의 변하지 않는 심법이라 하면서 선조에게 이것에 대한 터득을 강조하였다. 그리고 그 방법론으로 '敬'공부를 제기하기도 했다. (3) 경전을 통해 현실대응의 논리를 모색하고자 했다는 점이다. 김우옹은 당대를 위기에 직면한 현실로 파악하였는데, 이 때문에 구제의 논리를 경전에서 시급히 찾고자 하였던 것이다. 부조리한 현실을 점진적으로 개혁해 나가려 하면서 민중에 대한 사랑이 실천되어야 한다고 했다. 이 같은 상황에서 군주가 가슴 가득히 '仁'을 지니는 것이 무엇보다 중요한 것이라고 했다. 경전의 유기성을 자각하면서 한편으로 심학적 원리를 발견하는가 하면, 다른 한편으로 현실대응의 논리 또한 모색하는 가운데 김우옹은 군주의 심성 수양을 가장 중요한 것으로 보았다. 이것이 공동체의 명운과 직결된다고 보았기 때문임은 물론이다.

셋째, 심학의 문학적 강조는 「성학육잠」에 집약적으로 나타났다. 이 작품은 1574년 선조의 명으로 올린 것인데 (1) 심학의 기본적인 조건을 제시한 「定志箴」과 「講學箴」, (2) 심학의 요체를 제시한 「敬身箴」과 「克己箴」, (3) 심학을 위하여 마땅히 따라야 하는 인간관계를 제시한 「親君子箴」과 「遠小人箴」 등 세 단계로 나누어져 있다. (1)이 (2)의 바탕이 되고 (3) 역시 (2)를 위하여 필요한 것이니 (2)가 중심이 된다고 하겠다. (2)가 중심이 되지만 (1)과 (3)의 관계하에서 가능한 것이니 위의 각 개념들은 유기적인 작용 하에서 비로소 (2)가 가능하다. 이로 보아 「성학육잠」은 성리학적 수양론의 보편명제 '克己復禮' 혹은 '遏人欲存天理', 그것으로 귀납된다는 것을 알 수 있다. 김우옹은 이 두 개념 중 '경신'이 '극기'보다 더욱 근본적이고 적극적인 개념임을 인정하였지만, 인욕이 발생했을 때는 용맹하게 나아가 이를 퇴치시켜야 한다고 했다. 이 둘의 관계를 養生과 服藥의 관계를 통해 보이기도 했다. 양생을 제대로 하면 복약을 할 필요가 없겠지만 의외로 병이 들었을 때 복약을 하지 않을 수 없다는 논리가 그것이다. 이로써 우리는 김우옹의 「성학육잠」은 그의 심학적 의미체계 안에서 통일되어 있다는 것을 알 수 있게 된다.

이상에서 볼 수 있듯이 김우옹의 경전 이해는 심학적 의미체계 안으로 귀납되고 있었다. 특히 그의 작품 「성학육잠」 중 「경신잠」과 「극기잠」에 대한 강조는 이것을 여실히 보여주는 대표적인 증거라 하겠다. 결론의 이같음에도 불구하고 작업은 여전히 남아있다. 우선 본 논의가 『동강집』 「경연강의」의 분석을 통해 제한적으로 김우옹의 경전이해방법을 검토한 것이기 때문에 생기는 일련의 한계가 그것이다. 김우옹이 직접 저술한 경전에 관한 전문서적이 없는 실정에서 여기에 주목하는 것은 비교적 바람직한 방법이기는 하나 경연이라는 특수한 상황에서 경전을 이해한 것이기 때문에 경직되지 않을 수 없다는 것이다. 이를 염두에 두면서 경전 강의기에 나타난 여타의 경전, 즉 『자치통감』이라든가 『주역』에 대한 이해도 폭넓게 따져 각 경전 사이에서 발생하는 力學的 構造 역시 문제 삼을 필요가 있다. 아울러 경전 이해에 보인 김우옹의 심학적 태도가 조선 경학사에서 어떤 의의를 지니고 있는가 하는 것도 따져 보아야 할 것이다. 이 같은 일련의 탐구가 일정한 성과를 획득한다면 김우옹의 경전이해방법은 본 논의에서 얻은 결과와 함께 제 모습을 드러낼 것이다.

제 8 장

吳澐의 시세계에 나타난 흥과 낭만주의적 성격

1. 머리말

본 연구는 吳澐(竹牖, 1540-1617)의 시세계에 나타나 있는 興과 낭만주의적 성격을 타진하기 위해서 마련되었다. 여기에는 나름의 이유가 있다. 오운은 '能文'으로 인정받고 있었음에도 불구하고,622) 임란을 맞아 倡義討賊한 의병장, 혹은 『東史纂要』의 저자라는 측면에서 주로 논의되어 왔다. 이 같은 연구 시각을 반성적 측면에서 접근해보자는 것이 그 한 가지 이유이다. 다른 한 가지는 그의 감성세계를 탐구하여 오운의 정신세계를 종합적으로 이해하는데 일조하자는 것이다. 시는 본질적으로 감성적이며 서정적이다. 이 때문에 본 논의에서 의도한 바를 효율적으로 성취하기

---

622) 『陶山及門諸賢錄』 卷3, 「吳澐」, "力學能文."

위하여 오운이 창작한 한시를 주요 대상으로 삼아 논의를 전개해 나갈 것이다. 이 과정에서 우리는 오운이 한시를 통해 추구하고자 했던 세계의 일단과 이것이 지닌 성격을 동시에 이해하게 될 것이다.

오운은 高敞人으로 아버지 守貞과 어머니 순흥 안씨 사이에서 태어났다. 자는 大源이며, 호는 栗溪, 竹牖, 竹溪, 白巖散老, 白巖老人, 飽德山人 등이다. 다양한 호 가운데 율계와 죽유가 널리 쓰였다. 율계는 62세 때부터, 죽유는 76세 때부터 사용했으니 모두 만년의 것이다. 이들 호에는 나름의 의미가 있었다. 율계는 周敦頤가 '고향의 산이 눈 속에 있네(鄕山在目中)'라고 한 데서 의미를 취했다. 율계는 바로 오운의 선대가 살던 곳이니 고향을 그리워하는 의미가 담겨있다.623) 그리고 죽유는 朱熹가 '대나무 창을 해를 향해서 여네(竹牖向陽開)'라고 한 데서 취한 것이니 어둠이 사라지고 밝음이 온다는 의미가 내포되어 있다.624)

오운의 학문은 6세 때 조부 吳彦毅에게 글을 배우면서 시작되었고, 19세에 曺植, 25세에 李滉을 스승으로 모시면서 본격화되었다. 이로써 양문을 오가며 현실에 대한 문제의식을 예각화하기도 하고, 성리학에 대한 탐구를 깊이 있게 하기도 했다. 이 때문에 郭再祐 등 조식의 제자들과 함께 자연스럽게 의병의 선봉에 설 수 있었으며, 『퇴계문집』을 간행하거나 『퇴계연보』를 교정하는데 적극적으로 참여할 수 있었다. 趙亨道가 「제문」에서 '산해당에 오르고 퇴도실에 들어갔다'고 평가625)하거나, 李級이 「죽

623) 「年譜」 62歲條(『竹牖全書』, 竹牖全書刊行會, 1983, 396쪽), "二月, 乞暇南還, 卜築龜川上, 爲終老計, 因號栗溪. 自寓居榮川, 松楸一念未嘗少弛, 取周濂溪, 鄕山在目中之義, 自號栗溪, 栗溪, 乃先生先世舊居也." 이 책은 1983년 죽유전서간행회에서 영인 간행한 『죽유전서』를 텍스트로 하고 쪽 수만 밝힌다.

624) 「年譜」 76歲條(『竹牖全書』, 398쪽), "燕居之室, 鑿作小牖, 命曰竹牖精舍, 因以自號. 先生, 喜其暗去而明來, 取朱子竹牖向陽開之語, 以名之." 주자의 원시명은 「次范碩夫題景福僧開窓韻」이며 전문은 이러하다. "昨日土牆當面立, 今朝竹牖向陽開. 此心若道無通塞, 明暗如何有去來."

625) 趙亨道, 「士林祭文」(『竹牖全書』, 399쪽), "升山海堂, 入退陶室."

유선생문집서」에서 '뇌룡당 앞에서 발인하여 암서문 뜰에서 졸업하였다'고 발언[626]한 것은 모두 이 때문이었다. 특히 이급은 남쪽에서 노닐고 북쪽에서 배웠으니 어찌 말미암은 바가 없겠는가[627] 라고 하면서 그 학문연원을 명확히 하기도 했다.

오운이 학문연원을 조식과 이황으로 하고 있으면서도 그의 혼맥을 살펴보면 이황 쪽에 더욱 밀착되어 있다. 그의 조부가 이황의 숙부인 李堣의 사위이며, 오운 자신은 이황의 첫째 처남인 許士廉의 사위이다. 그리고 그의 둘째 아들 吳汝櫟은 이황의 고제인 金誠一의 아들 金潗의 사위가 된다. 이 같은 혼맥으로 구성되어 있었기 때문에 오운은 자연스럽게 퇴계학파의 주요인물들과 교유하게 되었으며, 그 역시 문집간행 등 이황과 관련된 다양한 일을 적극적으로 담당하게 된다. 뿐만 아니라 이황의 『朱子書節要』를 보충하는 의미에서 주희의 다른 산문인 序記나 疏箚 등을 가려 뽑아 72세에 『朱子文錄』을 편집하기도 했다.[628] 다음 작품은 『퇴계집』 간행을 마친 1600년 5월 15일에 쓴 작품이다.

一步差來始覺今	한 걸음의 어긋남을 이제 비로소 깨달았으니,
路迷非遠況求深	길 잃은 것이 멀지 않는데 하물며 깊은 데서 구하겠는가?
遺編指掌千言語	남긴 책에서 가르쳐 주신 수많은 말들,
只在澄明一片心	단지 한 조각 마음을 맑고 밝게 하는데 있네.[629]

---

626) 李級, 「竹牖先生文集序」(『竹牖全書』, 317쪽), "發軔於雷龍堂前, 卒業於暗栖門庭." 이 밖에도 광해군의 「賜祭文」(『竹牖全書』, 399쪽)에서는 '도학은 퇴도를 사모하고, 학문은 산해를 종주로 삼았다(道慕退陶, 學宗山海)'라고 했으니, 같은 의미이다.

627) 李級, 「竹牖先生文集序」(『竹牖全書』, 317쪽), "南遊北學, 激勵景仰, 夫豈無所由哉?"

628) 「年譜」 72歲條(『竹牖全書』, 397쪽), "以爲知舊門人問答書札, 有退溪先生所選, 至若封事奏箚及雜著序記之類, 竝切於後學, 而疏箚尤見愛君憂國之意, 乃手抄成上中下三冊, 題曰朱子文錄, 常對案上, 有跋文."

629) 吳澐, 「退溪先生文集刊訖, 庚子五月之望, 祭告于陶山祠, 雨後携五六人, 登天淵

여기서 보듯이 오운은 이황이 남긴 『퇴계집』의 요체를 마음을 맑고 밝게 하는 것이라고 요약하고 있다. 선과 악의 갈림길에서 도를 깨달아 천근한 일상 속에서 선을 수행해 나가고자 했다. 앞의 두 구절은 바로 이것을 언급한 것이다. 오운이 이황을 직접 만나면서 전수받은 것도 있었겠지만, 문집을 간행하고 교정하면서 더욱 깊은 전수과정이 있었을 것이다. 이 때문에 그는 퇴계학의 요체를 명료하게 제시하면서 수양해 나가고자 다짐했다. 같은 제목의 다른 작품에서 '도통이 떨어져 아득하였으나 지금 완연히 있으니 도산은 높고 낙동강은 깊다'[630]라고 하였다. 이로 보아 오운은 도통의 맥락 속에서 스승을 이해하고자 했던 것으로 보인다.

오운이 퇴계학파와 혈맥으로 이어져 있고 학통으로 결합되어 있지만 조식 및 그 학파와의 관계 역시 무시할 수 없다. 19세에 문하에 들면서 삼가의 雷龍舍와 김해의 山海亭을 오가며 배운 것은 말할 것도 없고, 출생지인 함안과 처가인 의령을 거점으로 조식의 문도들과 교유하고 있기 때문이다. 대표적인 것이 곽재우와의 관계이다. 이는 임란을 맞아 역사현실에 민감한 반응을 보이면서 스스로 곽재우 휘하의 수병장이 되어 적을 무찌르는 것으로 구체화된다. 이 밖에도 1569년 조식이 그의 아내가 죽자 거친 삿갓과 흰색 감투, 포의와 마로 만든 띠를 메고 服을 중시하였다. 이 때 조식은 오운에게 이황의 경우에 대하여 물으며 예를 다했다. 이에 대한 기록을 남기며 두 선생이 행한 바와 말한 바대로 예를 중시하고자 했다.[631] 여기서 우리는 오운의 학문연원으로 이황 못지 않게 조식이 중요하다는 것을 알게 된다.

臺, 次金止叔三絶, 却寄兼呈月川丈求教.」(『竹牖全書』, 341쪽)

630) 吳澐, 「退溪先生文集刊訖, 庚子五月之望, 祭告于陶山祠, 雨後携五六人, 登天淵臺, 次金止叔三絶, 却寄兼呈月川丈求教.」(『竹牖全書』, 341쪽), "墜緖茫茫宛在今, 陶山嶷嶷洛江深."

631) 吳澐, 「與金栢巖玏書」(『竹牖全書』, 359-360쪽) 참조.

그의 학문경향이, 주자학에 대한 관심이나 관직에 연연하지 않고 초야에서 학문을 즐기는 태도는 이황에게, 역사현실에 대한 관심과 불의에 영합하지 않으면서 임란을 맞아 창의한 것은 조식에게서 영향을 받았다고 단순화시켜 말할 수는 없다. 오운은 그 나름대로 조식 내지 이황과는 다른 학문정신과 현실대응으로 그가 당면한 과제를 해결해나갔기 때문이다. 그는 성리학뿐만 아니라 역사학이나 문학에도 지대한 관심을 갖는 등 高文博識[632]의 박학풍을 지니고 있었다. 그러나 그의 저술은 병화로 산일되고[633] 현재 우리가 볼 수 있는 것은 얼마되지 않는다. 그나마 『동사찬요』가 남아 그의 역사의식을 추론해 볼 수 있는 것은 다행한 일이라 하지 않을 수 없다.

그동안 오운에 대한 연구는 그의 학문적 역량이나 중요도에 비해 지극히 소략했다. 鄭求福과 韓永愚 등이 오운의 『東史纂要』를 주목,[634] 특히 인물평을 위한 열전의 중요성을 들고 춘추필법에 입각한 도덕적 가치관의 확립을 궁극적인 편찬의 목적이라 평가하면서 연구의 선단을 열었다. 이어 許捲洙는 오운의 생애를 비롯하여 재지사족과의 관계, 사우관계, 학문과 시문, 임진왜란 때의 활약상을 두루 고찰하여[635] 오운에 대한 포괄적 이해가 가능케 했다. 그리고 金順姬는 서지학적 측면에서 오운이 저작한 일련의 저술들을 탐구하였는데 『동사찬요』,[636] 『咸州志』,[637] 『圃隱集』 교정[638] 등이 주요 연구대상이었다. 이들의 연구는 오운의 학

632) 李守定은 오운의 학문을 '高文博識'으로 요약했다. 「竹牖全書」 두 번째 서문 참조.
633) 李守定, 「竹牖先生文集序」(『竹牖全書』, 323쪽), "先生, 著述詞章甚多, 而散迭於兵燹禍變, 今其所存者, 不滿十之一."
634) 鄭求福, 「16~17세기의 私撰史書에 대하여」, 『全北史學』 1, 전북사학회, 1977 ; 韓永愚, 『朝鮮後期史學史硏究』, 서울대 출판부, 1982 ; 韓永愚, 「17世紀 初의 歷史敍述」, 『韓國史學』 6, 한국정신문화연구원, 1985.
635) 許捲洙, 「竹牖 吳澐에 대한 小考」, 『南冥學硏究』 2, 慶尙大 南冥學硏究所, 1992.
636) 金順姬, 「吳澐의 『東史纂要』의 書誌學的 硏究」, 『書誌學硏究』 24, 書誌學會, 2002.
637) 金順姬, 「吳澐과 『咸州志』」, 『書誌學硏究』 29, 書誌學會, 2004.

문을 이해함에 있어 중요한 지침을 주기는 하지만, 그의 학문세계를 체계적이면서 종합적으로 이해하는 데까지는 나아갔다고 하기 어렵다. 특히 그의 문학적 상상력을 검토한 논의는 전무한 실정이다.

이 글은 위에서 언급한 제반사항을 염두에 두면서 오운의 감성세계를 탐구하려고 한다. 이를 위하여 먼저 그의 독서경향과 문학정신을 살펴볼 필요가 있다. 이 둘은 서로 긴밀하게 작용하면서 한 작가의 작품세계를 형성해 간다는 측면에서 예비적 고찰의 성격을 지닌다. 이에 기반하여 구체적이면서도 본격적으로 오운의 시세계를 탐구해 나갈 것이다. 특히 그의 심미구조 속에서 용해되어 있는 興의 문제를 집중적으로 검토하여, 그것이 창작의 원동력임을 구조적 측면에서 밝힐 것이다. 마지막으로 그의 시세계가 갖는 최종 의미를 낭만주의에 맞추어 그 성격을 탐구할 것이다. 이로써 우리는 오운의 시세계와 함께 임진왜란을 경험하면서 영남시단에서 일어나고 있었던 시풍을 함께 이해하는 이중의 결과를 획득하게 될 것이다.

2. 독서경향과 문학정신

박지원이 '讀書曰士'라고 했듯이 선비에게 있어 독서는 필요불가결한 것이다. 선비는 그의 출처관에 의거하여 출사와 퇴처를 단행하게 되는데, 출사를 통해 경륜을 펴거나 퇴처를 통해 수양을 하거나 간에 독서는 선비를 선비답게 하는 가장 중요한 요소이다. 본 장에서 오운의 독서경향을 먼저 따지는 것은 결국 그의 문학정신을 제대로 살피기 위한 것이다. 한 작가가 어떤 책을 주로 읽었는가에 따라 그 작가의 문학정신이 결정

638) 金順姬, 「竹牖 吳澐의 『圃隱集』 校訂에 대하여」, 『書誌學硏究』 32, 書誌學會, 2005.

되기 때문이다. 이것은 독서경향과 문학정신이 상호 밀접한 관계를 맺으면서 한 작가의 의식을 구축해 간다는 것을 의미한다. 이를 염두에 두면서 차례대로 검토해 보도록 하자.

먼저 오운의 독서경향에 대해서다. 현재 전하는 문집에 오운이 직접 쓴 독서론이 없으니 조선조 선비들의 일반적인 독서경향에 의거하지 않을 수 없다. 다시 박지원의 말에 귀 기울여보자. 그는 「原士」라는 글에서, '한 선비가 책을 읽으면 그 은택이 온 천하에 두루 미치고, 영원토록 그 공이 드리워진다. 『주역』에 나타난 용이 밭에 있으니 온 천하가 밝게 빛난다고 하였는데, 이 말은 바로 讀書之士를 일컫는 것이다'639)라고 했다. 세상을 문명으로 이끄는 것이 선비의 중요한 임무이고, 그것의 요체는 바로 독서를 통해 이루어진다는 것을 박지원은 말하고 싶었던 것이다. 독서는 이처럼 선비에게 있어 대단히 중요한 것이기 때문에, 독서의 순서와 자세, 그리고 방법 등은 선비들 사이에서 끊임없이 논의되어왔다.

오운 역시 당대의 독서경향에 의거하여 유가 경전을 읽었을 것임에 틀림이 없다. 일찍이 주희는 '먼저 『대학』을 읽어 그 규모를 정하고, 다음으로 『논어』를 읽어 그 근본을 세우고, 다음으로 『맹자』를 읽어 그 發越을 살피고, 다음으로 『중용』을 읽어 옛 사람의 미묘한 점을 구한다'640)고 하면서 사서에 대한 독서순서를 밝혀 놓았듯이 오운 역시 이 같은 순서로 독서를 했을 것이다. 그리고 이에 앞서 『소학』을 읽어 학문과 실천의 바탕을 마련했을 것이며, 사서 이후에는 『시경』, 『예경』, 『서경』, 『역경』, 『춘추』 등의 책으로 독서의 규모를 넓혀 갔을 것이다. 그리고 『심경』, 『근사록』, 『이정전서』, 『주자대전』, 『주자어류』 등의 성리서와 다양한 역

639) 朴趾源, 「原士」(『燕巖集』 卷10), "一士讀書, 澤及四海, 垂功萬歲. 易曰, 見龍在田, 天下文明, 其謂讀書之士乎!"

640) 朱熹, 「大學」 1(『朱子語類』 卷14), "先讀大學, 以定其規模, 次讀論語, 以立其根本, 次讀孟子, 以觀其發越, 次讀中庸, 以求古人之微妙."

사서를 통해 하늘과 인간의 이치를 터득하는 한편, 당대의 역사현실을 지나간 역사를 통해 면밀히 파악하고자 했을 것이다.

오운의 경우 성리서에 대한 이해는 만년으로 갈수록 더욱 깊어갔던 것으로 보인다. 그가 주로 사용했던 '율계'와 '죽유'라는 호가 만년의 것이었고, 이 용어들이 주돈이와 주희의 글에서 마련되었다는 것은 이를 단적으로 보여준다. 여기에 자신이 지향하는 세계관이 심각하게 내포되어 있음은 물론이다. 「연보」에 의하면 그의 주자학 탐구는 늙어갈수록 더욱 깊어져 침식을 잊을 정도였고,[641] 朴檜茂는 「제문」에서 '세상이 바야흐로 공리에 빠져서 몸과 마음의 학문을 알지 못하는데, 공은 홀로 초연히 멀리 깨달아 朱子一書로써 만년 用工의 묘미를 삼았다'[642]고 하여 이를 더욱 분명하게 해준다. 주자학에 대한 관심은 다음과 같이 상소문에서도 나타난다.

> 신은 일찍이 『주자대전』을 읽었는데, 수많은 말들이 모두 치세의 모범이 아닌 것이 없고, 호한이 넓어 좁은 견해로 헤아릴 수는 없으나 그 封事와 奏箚는 강령과 조목이 정연하고 근본과 그릇된 것을 바로잡아서 애군과 우국의 뜻을 더욱 볼만하니 경륜의 대략이 여기에 갖추어져 있습니다. 임금이 보기에 더욱 절실한 것이니 경연에서 경전과 역사서 외에 『대학연의』나 『근사록』을 진강할 때 혹 진강토록 하시기 바랍니다. 朱子書에 대해서는 이미 그 예가 없었습니다. 신은 엎드려 원하옵건대, 上疏와 箚子의 류를 특별히 인출하도록 명해서, 한가할 때에 침잠하고 완미하여 풀어내서 바른 말과 곧은 의론을 친히 듣는 것같이 한다면 고금이 비록 다르지만 경계하고 두려워하며 살피고 깨닫는 것

641) 「年譜」 72歲條(『竹牖全書』, 397쪽), "先生於朱子書, 用工益篤, 老而不倦, 殆忘寢食."

642) 朴檜茂, 「祭文」(『竹牖全書』, 400쪽), "世方沒溺於功利, 不復知有心身之學, 而公獨超然遠覺, 以朱子一書, 爲晩來用工之妙."

은 그 법도가 한 가지일 것입니다.[643]

이 글은 오운이 세상을 떠나기 한 해 전인 1616년에 쓴 「辭工曹參議疏」의 일부이다. 그는 여기서 자신이 『주자대전』을 읽는 가운데, 주희의 封事와 奏箚 등의 글에 '애군'과 '우국'의 뜻이 절실하니 이를 인출하여 경연에서 진강하도록 건의하고 있다. 이것은 그가 밝히고 있듯이, 주자가 금나라에게 쫓겨 남쪽으로 내려온 지 60여 년이 되었는데도 그 복수를 꿈꾸던 상황과는 너무나 판이하게, 우리의 경우 전쟁을 겪고 난 후 10년밖에 되지 않았는데도 정신이 해이해져 복수를 한다는 말은 전혀 듣지 못하고 있다[644]는 투철한 현실인식에 근거한 것이었다. 오운의 이 건의는 그 스스로가 5년 전에 주희의 封事와 奏箚 및 雜著와 序記 등을 모아서 3책으로 된 『주자문록』을 편집한 경험에 근거한 것이었다.

오운이 스승 이황과는 달리 주자서 가운데서도 현실을 더욱 직시할 수 있는 봉사와 주차 등을 주목한 것은 특별한 의미가 있다. 여기에 주희의 '애군'과 '우국'의 마음이 절실하게 포함되어 있다고 생각했기 때문이다. 그의 생각이 이 같았으므로 자연히 역사서에 관심을 갖고, 다양한 역사서를 탐독하였으며, 결국 신라 시조로부터 고려 멸망까지 1449년 간의 사적을 다룬 『동사찬요』를 집필하게 되었던 것이다. 이 때 참고한 책을 『동사찬요』 「범례」 말미에 제시해 두고 있어 그의 이 방면에 대한 관심의 진폭을 알게 한다. 그가 주로 참고한 도서는 『東國通鑑』, 『東國史略』,

643) 吳澐, 「辭工曹參議疏」(『竹牖全書』, 355쪽), "臣, 嘗讀朱子大典書, 千言萬語, 無非治世之模範, 而浩瀚宏博, 未易蠡測, 至若封事奏箚, 提綱挈目, 端本格非, 尤可見愛君憂國之意, 經綸大略具焉. 最切於御覽, 而經筵進講, 經史外大學衍義·近思錄, 時或進講, 至於朱子書, 旣無其例. 臣, 伏願疏箚之類, 特命○印, 燕閒之暇, 沈潛玩繹, 使當日危言讜論, 如親聽聞, 古今雖殊, 警惕省悟, 其揆一也."

644) 吳澐, 「辭工曹參議疏」(『竹牖全書』, 355쪽), "朱子, 在南渡後, 六十年餘, 今見疏箚及知舊問答書辭中, 語及復讐, 其慷慨極論, 如昨日事, 我國經變, 纔過十年, 絶未聞談及復讐之義者."

『高麗史』, 『三國史節要』 등의 우리 역사서와 『天運紹統』 등의 역대 중국 제왕들에 관한 기록, 『輿地勝覽』과 『吳山志』 등의 지리지 및 지방지 등 도합 21책이다. 이 책들은 오운이 늘 가까이 두고 『동사찬요』 편집에 참고했던 것으로 보인다.

오운이 사서오경을 기반으로 하여 성리서와 역사서를 탐독하지만 문학서 역시 그의 독서범위에서 제외되지 않았다. 『동사찬요』 「범례」 말미에 제시한 「편집제서」 가운데 문학 관련서는 이를 방증하기에 족하다. 이에는 『東文選』과 『青丘風雅』 등의 시문선집, 『益齋亂稿(櫟翁稗說)』, 『慵齋叢話』, 『秋江冷話』, 『謏聞瑣錄』 등의 시화 내지 패설, 『御製詩』 등 제왕의 시문집, 『牧隱文集』, 『退溪文集』, 『南冥遺稿』 등 선현 및 스승들의 문집이 제시되어 있다. 이것은 문학에 대한 오운의 폭넓은 관심과 이해를 보여주는 것으로, 그가 단순한 성리학자나 역사가가 아니었다는 사실을 입증한다. 즉 위로는 임금의 시문학에서 아래로는 여항의 기이한 이야기에 이르기까지 폭넓은 관심을 두어 성리학이나 역사학으로만 그의 사유를 한정하지 않았다는 것을 보여준다.

오운은 『韓歐蘇詩』에 관해서 특별한 관심을 보이기도 했다. 이 책은 오운의 증조부 吳彦毅가 李瀣와 그의 아우 이황과 함께 편집한 것으로, 당나라의 韓愈와 송나라의 歐陽修 및 蘇軾 등의 시를 뽑아서 필사한 것이다. 이 책을 전수받은 오운은 세월이 오래되어 마멸되고 터진 것을 새 비단으로 改糚하였다.[645] 이 책의 발문에 자신의 세 형제가 어릴 때부터 받아서 외우고 익혔다고 기록한 것[646]으로 보아, 오운은 이 책을 수

645) 「年譜」 66歲條(『竹牖全書』, 396쪽), "八月, 改糚韓歐蘇詩卷, 卷卽祖考承旨公, 與溫溪・退溪兩先生, 所共寫者也. 歲久磨綻, 先生以新絹改糚." 『韓歐蘇詩』는 보물 제1203호로 지정된 '竹吳澐宗孫家所藏文籍' 속에 포함되어 있는데, 2책으로 된 필사본이다. 乾冊은 昌黎詩이고, 坤冊은 歐蘇詩인데, 冊題는 오운의 숙부 春塘 吳守盈이 쓴 것이다.

646) 吳澐, 「韓歐蘇詩卷跋」(『竹牖全書』, 367쪽), "澐三昆季, 憶曾受讀, 愚騃少時, 只

학기부터 꾸준히 정독한 것으로 보인다. 여기서 나아가 68세 되던 해에는 그 스스로가 주희의 感興詩를 뽑아서 한 질의 책으로 엮어 집에 보관하였다.[647] 이로 보아 오운은 문학에 대하여 어릴 때부터 꾸준히 관심을 가진 것으로 보이며, 만년에 주자학에 더욱 심취하면서 주자시를 탐닉한 것으로 보인다. 그렇다고 해서 그가 관심을 가진 영역이 한유, 구양수, 소식, 주희의 문학만은 아니다. 그의 시작품에 도잠, 두보, 이백 등이 자주 등장하는 것으로 보아 일찍부터 오운은 문학적 재능을 갖고 관련서적을 폭넓게 읽어 온 것을 알 수 있다.

다음은 오운의 문학정신에 대해서다. 이것은 개방성으로 요약된다. 물론 앞서 살핀 그의 독서경향에서 나타난 개방성과 밀접한 관련이 있어 보인다. 특히 문학서는 중국 역대 문인들의 문학을 두루 읽은 것은 말할 것도 없고, 우리나라에서 출판된 시문선집이나 패설 등도 폭넓게 읽으면서 그의 문학세계를 구축해 갔다. 당대 학문의 주류가 주자학이었으니, 이와 관련하여 주자시를 좋아하면서도 여기에 머물지 않고, 자연과 인간 사이에서 일상적으로 나타나는 흥취와 감상을 작품으로 다양하게 표출하였다. 그의 작품이 137제 229수로 그 규모면에서 대단한 것은 아니라 하더라도 주자학에 입각한 철학적이고 도학적인 시문학 세계를 보여주면서도 두보나 이백, 그리고 소식 등이 추구했던 역사와 인간 및 자유주의 시정신을 시문학을 통해 포괄적으로 드러내고 있어 의의가 있다. 우선 그의 작시에 대한 관심을 적시하여 그의 작가적 면모를 살펴보자.

① 여행 중에 詩魂을 억누르지 못하고, 구태여 벼루를 꺼내어 시를 쓰네.[648]

知誦習於過庭之際而已."

647) 吳澐, 『竹牖全書』, 397쪽. 「年譜」 68歲條, "三月, 手書朱子感興詩一帙, 藏于家."

648) 吳澐, 「自洛辭歸, 次扶桑館板上韻」(『竹牖全書』, 333쪽), "客裏吟魂禁不得, 强開

② 좋은 일이 오는 것을 어찌 점쳐서 기다리리오? 종이에 가득한 구슬 같은 시가 늙은 마음을 위로하네.[649)]

③ 늘어선 풀들과 먼 묏부리가 모두 시의 재료, 魚稻와 교외 연기가 스스로 하나의 마을을 이루네.[650)]

④ 살아가는 것은 涸轍같아 부끄럽지만, 맑은 시는 뛰어난 재주로 다듬는 것이 부러움인 것을 알겠네.[651)]

⑤ 이날 누각에 오르니 도리어 감개하고, 누가 좋은 시를 지어 옛 현인의 명예를 이을까?[652)]

위의 자료는 모두 오운의 작품에서 작시와 관련한 구절을 적출한 것이다. ①은 자신의 마음속에 본질적으로 내재해 있는 시혼을 나타냈다. 이 시혼은 나그네가 되어 여행을 할 때 자주 등장한다고 보았다. ②는 문학의 기능을 말한 것인데, 근심을 위로하기 위하여 시가 필요하다고 했다. 그리고 ③에서는 문학의 소재를 언급하였는데, 눈앞에 보이는 모든 자연이 시의 재료가 될 수 있다고 하여 시의 소재가 따로 마련되어 있는 것은 아니라 했다. 이같이 인간의 마음 속에 본질적으로 내재되어 있는 시혼과 인간에게 중요한 기능을 하는 문학은 어떤 소재로도 창작될 수 있다고 했다. 나아가 시를 제대로 짓기 위해서는 나름대로 아름다움의 효과를 주는 수사학이 필요하다(④)고 했으며, 또한 옛 사람들의 명예를 잇는다는 자부심을 갖고 창작할 필요가 있다(⑤)고 했다. 오운은 이처럼 문

行硯和瓊題."

649) 吳澐, 「次友人韻」(『竹牖全書』, 333쪽), "吉來何待卜龜釵, 滿紙瓊琚慰老懷."

650) 吳澐, 「西臺醉裏, 次呈龜鶴主人」(『竹牖全書』, 342쪽), "平蕪遠峀俱詩料, 魚稻郊煙自一村."

651) 吳澐, 「次友人韻」(『竹牖全書』, 333쪽), "生理慚同轍沾涸, 淸詩羨覺琢雲斤." 여기서의 '涸轍'은 '涸轍枯魚'의 준말로 수레바퀴가 지나간 곳에 고인 물에 사는 마른 물고기를 말하는 것으로 『莊子』 「外物」편에 보인다.

652) 吳澐, 「李庾林亭, 次朴嘯皐韻」(『竹牖全書』, 341쪽), "此日登臨還感慨, 孰能詩繼昔賢名."

학창작론에 대한 나름대로의 고민을 갖고 작품활동에 임했던 것으로 보인다.

오운의 문학정신은 사상적 측면에서 볼 때, 성리학 뿐만 아니라 불가나 도가적 경향도 다량 검출된다. 이 역시 문학작품을 통해 제시되는데, 그의 개방적 문학정신을 보여주는 중요한 사례라 하겠다. 사정의 이 같음은 오운이 성리학에 철저하지 못한 때문이기도 하지만, 다른 한편으로 그의 관심이 성리학적 문학정신에 국한되지 않고 이념적 경계를 허물고 있다는 것을 의미하기도 한다. 그는 금강산을 유람하면서 楡岾寺, 正陽寺, 表訓寺, 妙吉祥寺, 佛頂臺, 成佛庵 등 허다한 불교 유적을 소재로 하여 시를 창작하는가 하면, 중들의 시축에 여러 수의 시를 써주기도 한다. 표훈사에서 유숙하면서 주지 慧淸에게 시를 주어, '그대를 만나 수일 동안 맑은 감상을 했으니, 이는 부평초 같은 인생에서 정녕 오랜 인연이 아니겠나'[653]라고 하면서 불승과의 강한 친화력을 표출한 것 등이 그것이다. 다음 작품은 여기서 더욱 나아가 진리의 세계를 불교와 공유하는 데까지 밀착시키고 있다.

檜栢千章翠作陰　회나무와 잣나무가 천 길로 뻗어 푸르게 그늘을 만드는데,
亂峯遮斷洞門深　어지러운 봉우리가 차단하여 골짜기의 문이 깊다네.
方知眞境諸天近　바야흐로 알겠노라. 참 경계는 하늘에 가깝다는 것을,
十里穿雲送梵音　십리에 구름을 뚫고 불경소리 보내오네.[654]

1·2구에서 제시한 공간은 외부와 완전히 단절된 공간이다. 거대한 회

653) 吳澐, 「宿表訓寺, 贈主者慧淸」(『竹牖全書』, 335쪽), "逢渠數日攀淸賞, 莫是浮生了宿緣."
654) 吳澐, 「楡岾寺, 次同行張仲隣韻」(『竹牖全書』, 335쪽)

나무와 잣나무로 그늘이 지고, 어지러운 봉우리에 의해 차단된 깊은 골짜기라고 한 것이 그것이다. 여기서 설정되는 것이 하늘과 닿아있는 참 경계의 공간이라는 것을 보여주기 위하여 3구가 필요했다. 그리고 4구에서 불경소리가 구름을 뚫고 전해진다고 하면서, 眞境과 梵音이 서로 조우되게 했다. 요컨대, 수평적으로 세속과 차단되어 있으면서 수직적으로 하늘과 맞닿아 있는 곳에 참 경계의 공간이 열리고, 불경소리를 여기에 흐르게 함으로써 불가에서 추구하는 진리의 세계가 어떤 것인지를 보여주고 있다. 이 같은 불가적 세계에 대한 그의 경험은 다양한 작품에서 나타난다. 묘길상사에서 유숙하고 나서, '한 번 절에서 자고 나니 정신이 갑자기 맑아져, 산을 나서자니 공연히 옛 티끌을 밟을까 부끄러워진다'655)고 한 것이 그것이다.

오운의 문학정신에는 도가적 세계도 용해되어 있다. 그의 시에 '仙'의 문제가 다량 내포되어 있는 것은 이를 적극적으로 웅변해 준다. '선가의 해와 달이 길다(仙家日月長)',656) '형체 잊는 것에 상관하지 않고 술 마시는 신선이 된다(不管形忘作飮仙)',657) '귀학정 가운데 옥같은 신선을 방문한다(龜鶴亭中訪玉仙)'658) 등의 구절은 모두 그러한 것이다. 이 같은 도가 취향 때문에 그는 이백을 詩仙으로 소식을 蘇仙으로 부르며 이들의 문학세계를 적극적으로 배워가고자 했다. 丁好寬 등의 초대를 받아 밤늦도록 劇飮한 후 '동남쪽의 손님과 주인이 모두 시선(東南賓主摠詩仙)'659)이라고

---

655) 吳澐, 「妙吉祥寺, 雨後將向外山」(『竹牖全書』, 336쪽), "一宿仙龕神頓醒, 出山空媿舊塵蹤."

656) 吳澐, 「浮石寺, 次朴子澄漉韻」(『竹牖全書』, 343쪽)

657) 吳澐, 「秋盡日, 敬差官柳渎, 太守李舜民, 助防將權震慶, 暨朴子澄, 訪飮」(『竹牖全書』, 345쪽)

658) 吳澐, 「寄花伯金希玉令公」(『竹牖全書』, 346쪽)

659) 吳澐, 「夏日西臺宴集」(『竹牖全書』, 345쪽) 이 시의 小註에, '御使丁君好寬, 會渠司馬榜友, 金止善等九人, 吾與花伯希玉爲所邀, 劇飮夜分罷'라 하고 있다.

하거나, 새로 지은 朴子澄의 林皐亭을 소식의 「後赤壁賦」 소재의 雪堂에 비유하면서 '우연히 소선의 雪堂을 걷는 듯하다(偶似蘇仙步雪堂)'660)고 한 것 등이 그것이다. 다음 작품은 여기서 더욱 나아가 있다.

儘非魚也詎知魚	물고기가 아닌데 어찌 물고기에 대하여 알리오?
物我須看率性初	사물과 나는 모름지기 率性의 처음을 보아야 하네.
在古先生今相國	옛날의 선생이 지금의 상국이니,
難將至味筆於書	지극한 맛은 책에 쓰기 어렵네.661)

일찍이 오운은 朴啓賢이 지은 「紫溪十六詠」을 차운한 바 있다. 박계현이 李彦迪의 옥산서원 주변을 탐방하고 지은 열여섯 수의 시에 차운한 것이다. 이 작품은 대체로 유가적 수양론에 입각해 있다. 즉 옥산서원 주변의 산세가 武夷山에 견줄만 하다고 하면서, 산새 소리에서 萬古心을 찾아내거나 심성의 본원을 의미하는 '眞'을 찾아나서고 있기 때문이다. 그럼에도 불구하고, 위에서 제시한 작품 '觀魚臺'에서는 도가적 세계관이 적극적으로 수용되어 있다. 장주가 『莊子』 「秋水」에서 언급한 장자와 혜자의 '물고기의 즐거움에 관한 논쟁'을 시의 주제로 흡수하고 있는 것이 그것이다. 이는 '觀魚'를 통해 '魚躍鳶飛'로 천리유행의 모습을 즐겨 나타내던 성리학적 문학정신662)과는 사뭇 다른 것으로 판단된다.

이상에서 보듯이 오운은 선비로서의 책무를 자각하며, 당대 지식인이 보편적으로 읽었던 성리서와 역사서 뿐만 아니라 『동문선』과 같은 시문선집 등 폭넓은 문학 관련 서적을 읽었다. 이 같은 경향은 그의 문학정신

660) 吳澐, 「訪朴子澄林皐新刹」(『竹牖全書』, 349쪽)
661) 吳澐, 「觀魚臺」(『竹牖全書』, 332쪽)
662) 林芸(1517-1602)이 대표적이다. 이에 대해서는, 鄭羽洛, 「瞻慕堂 林芸의 文藝意識과 淸眞의 詩世界」(『葛川 林薰과 瞻慕堂 林芸 硏究』, 보고사, 2002)에서 자세하게 논했다.

을 개방적이게 했다. 그는 눈 앞에 있는 모든 사물이 문학의 소재가 될 수 있다고 생각하면서, 문학의 기능과 수사적 측면에서도 나름의 생각을 갖고 있었다. 사상적 측면에서 볼 때, 유가적 세계관을 중심에 두면서도 불가와 도가적 세계관을 일정 부분 수용한 것으로 보인다. 이 때문에 그의 문학정신은 더욱 역동적일 수 있었을 것이다. 그는 당대의 문단에서 상당한 주목을 받은 것으로 보이는데, 金榮祖가 「만사」를 통해 '시단에서는 맹주 잃었음을 함께 탄식한다'663)라고 한 것에서 사정의 이러함을 알 수 있다. 오운이 문단에서 상당한 주목을 받았다면 거기에는 나름대로 합당한 이유가 있을 것이다. 그 이유를 밝히는 작업이 다음 장부터 시도된다.

3. 사물인식방법과 興의 구조

문학, 특히 시문학은 사물과의 관계 속에서 形象化된다. 인식주체인 자아와 인식객체인 사물 사이에 유가나 불가 등 사상이 개입되기도 하고, 민족과 역사 등 현실이 개입되기도 한다. 자아와 사물 사이에 무엇이 개입되는가에 따라 사물은 작가의 경험에 의해 독특하게 읽히고, 그것을 형상사유로 제시하면 작품이 된다. 시문학의 경우, 그 사이에 '興'의 문제가 중대하게 개입된다고 보아왔다. '흥'은 공자가 『논어』에서 '興於詩',664) '詩可以興'665)이라고 한 것처럼 이른 시기부터 유가 시학사에서 중요한 문제로 간주되어왔다. 오운 역시 이를 철저하게 인식하였으므로 사물과의 교섭현상을 다양한 감흥의 세계로 노래했다. 이 장에서는 바로 이런 점에

663) 金榮祖, 「輓詞」(『竹牖全書』, 404쪽), "詩社共嗟盟失主, 鄕閭謾羡福膺全."
664) 『論語』 「泰伯」, "興於詩, 立於禮, 成於樂."
665) 『論語』 「陽貨」, "詩, 可以興, 可以觀, 可以羣, 可以怨."

주목하여, 오운의 사물인식방법과 흥의 구조에 대하여 논의해보도록 한다.

먼저 사물인식방법에 대해서다. 조선조 성리학자들은 사물에 대한 관심이 지대했다. 이것은 『대학』의 8조목 가운데 '格物致知'가 인식론의 중요한 방법론으로 대두되었기 때문에 발생한 당연한 귀결이라 하겠다. 그러나 같은 성리학자라 할지라도 사물을 인식하는 방법이 한결같을 수는 없다. 또한 한 작가라 할지라도 그가 처한 환경이나 정서적 상황에 따라 사물은 달리 인식될 수밖에 없다. 이는 대체로 셋으로 나누어 이해된다. 卽物的 認識, 理念的 認識, 歷史的 認識이 그것이다. 이는 각각 사물을 보면서 그 형체를 살피는 '觀物察形', 사물을 보면서 그 사물에 내재되어 있는 이념을 살피는 '觀物察理', 사물을 보면서 그 사물과 관련된 현실을 살피는 '觀物察世'로 구체화시켜 이해할 수 있다.666)

오운의 사물인식은 그 방법적 측면에서 관물찰형의 즉물적 인식, 관물찰리의 이념적 인식, 관물찰세의 역사적 인식이 모두 동원되었다. 그러나 그의 문집을 일별해 보면 '관물찰형 〉 관물찰리 〉 관물찰세' 순으로 차이가 난다는 것을 알 수 있다. 이것은 사물을 객관적이고 정밀하게 살피고 이를 작품화하려는 성향이 강한데 비해, 사물을 통해 역사와 현실을 인식하고 그것에 입각하여 비판적 세계관을 드러내고자 하는 것은 상대적으로 약하다는 것을 의미한다. 그 스스로 자아가 사물을 어떻게 인식해야 하는가 하는 문제를 고민하면서, 나름의 논리를 세워 글을 발표하기도 했다. 「悠然堂記」가 바로 그것이다. 이 글은 이렇게 시작하고 있다.

> 사물(物)로써 사물을 보는 자는 사물이 이르면 능히 그 알맞아야 할 곳에 알맞고, 사물로써 마음(心)을 보는 자는 마음이 싸워서 드디어 그

666) 이에 대해서는 정우락, 「16세기 士林派 作家들의 事物觀과 文學精神 研究」(『退溪學과 韓國文化』 34, 慶北大 退溪研究所, 2004)에서 포괄적으로 언급했다.

> 참됨(眞)을 잃게 된다. 알맞아야 할 곳에 알맞기 때문에 조금도 그 자취가 없어서 가슴 속에 천리가 노닐어 스스로 고치지 않게 된다. 그 참됨을 잃기 때문에 한 쪽으로 치우쳐 다른 외물을 좇아 나의 즐거움이 옮겨 가게 된다.667)

오운은 위의 글에서 '以物觀物'과 '以物觀心'을 대비적 관점에서 말하고 있다. 사물로써 사물을 보아야 마음속에 천리가 와서 노닐 것이며, 사물로써 마음을 보게 되면 사물에 마음을 빼앗겨 결국 자신의 참된 즐거움을 잃게 된다고 했다. 이것은 邵雍이 '이물관물'은 '性'이어서 보편적이며 밝고, '以我觀物'은 '情'이어서 치우치며 어둡다고 한 것668)과 그 맥을 같이 한다. 즉 '이물관물'은 이치로 사물의 본질을 꿰뚫어 보는 것이기 때문에 자아와 사물 사이에 간극이 생기지 않지만, '이물관심'은 사물에 나의 마음이 치우치기 때문에 자아와 사물 사이에 물욕이 개입해 결국 본성의 참됨(眞)을 잃게 된다는 것이다. 오운은 陶潛이 그의 시에서 제시한 '悠然見南山'의 자세에서 이 같은 '이물관물'의 자세를 발견하고,669) 1600년에 친구인 金大賢의 부탁으로 「유연당기」를 쓰게 되었던 것이다.

오운의 '이물관물'과 '이물관심'은 각각 소옹의 '이물관물'과 '이아관물'에 해당한다. '이물관물'이 자아를 배제시키고 사물을 관찰하는 것이라면, '이물관심'과 '이아관물'은 자아에 입각하여 사물을 보는 것이다. 이 때문에 소옹은 전자가 보편적이라면 후자는 편향적이라고 할 수 있었던 것이다. '이물관물'은 '관물찰형'의 즉물적 인식에 기반하고 있다. 이것은 자아에

---

667) 吳澐, 「悠然堂記」(『竹牖全書』, 363쪽), "以物觀物者, 物至而能適其適, 以物觀心者, 心鬪而遂喪其眞. 適其適也, 故無一其跡, 而胸裏天遊自不改, 喪其眞也, 故倚著一偏, 而從他外物, 移吾樂."

668) 邵雍, 『皇極經世書』 卷14(臺灣中華書局印行, 중화민국 71년), "以物觀物, 性也, 以我觀物, 情也, 性, 公而明, 情, 偏而暗, 誠者, 主性之具, 無端無方者也."

669) 송나라의 黃震이 『黃氏日抄』 卷62에서 '陶詩, 如採菊東籬下, 悠然見南山等句, 眞機自然, 直與天地上下同流.'라고 한 것도 같은 맥락에서 이해된다.

내재되어 있는 '정'을 철저히 배제시킴으로써, 사물이 사물로써 살아 있을 수 있게 하기 때문이다. 그러니까 자아의 욕망을 철저히 배제시키고 우주의 보편질서 속으로 자연스럽게 편입되게 하는 것이다. 오운이 「유연당기」에서 이야기한 바, '適其適'은 바로 이를 의미하는 것이라 하겠다. 다음을 보자.

> 예로부터 성현이 그 즐거운 곳을 깨달아 아는 것이 어찌 詠歸의 興을 기다릴 겨를이 있겠는가? 우연히 沂水 가에서 움직이면 요순의 기상이 비파를 놓을 즈음에 드러나고, 簞食瓢飮이 누항에서 벗어나지 않으며, 정밀한 힘으로 뚫고 우러러 보는 것을 그만두려고 하지만 고칠 수가 없게 되는 것이다. 저 봄 옷과 기수, 단표와 누항은 특별히 그 適然한 것을 만나면 편안할 따름이다. 이것이 어찌 여기에 기필하여 나의 즐거움을 돕는 것이겠는가? 그런 까닭으로 무릇 즐거움을 사물에서 빌려오게 되면 억지로 한 것이지 진실된 것이 아니다. 억지로 곡하는 것은 비록 비참하나 깊은 슬픔이 없으며, 억지로 노여워하는 것은 비록 엄격하나 위엄이 없다. 바깥으로 했기 때문이다.[670)]

오운은 위의 글을 통해 참된 즐거움은 안에 있는 것이지 외물에 의한 것이 아니라 했다. 즐거움을 외물에 두게 되면, 억지로 하게 되어 '본성(眞)'에 의한 내재적 즐거움이 없어진다는 것이다. 사정의 이러함을 『논어』에서 제시한 공자와 그 제자들의 언행 속에서 찾았다. 즉 曾點이 타던 비파를 내려두고 舞雩臺에서 바람 쐬고 읊으면서 돌아오겠다고 한 것,[671)]

---

670) 吳澐, 「悠然堂記」(『竹牖全書』, 363-364쪽), "從古, 聖賢會得樂地, 豈暇期待詠歸之興? 偶動於沂上, 而堯舜氣像, 呈露於舍瑟之際, 簞食瓢飮, 不出於陋巷, 而鑽仰精力, 欲罷而不能改. 彼春服也, 沂水也, 簞瓢也, 陋巷也, 特値其適然, 而能安之耳. 是豈必於是, 而助吾樂哉! 故, 凡樂之假乎物者, 强也, 非眞也. 强哭者, 雖悲不哀, 强怒者, 雖嚴不威, 外焉故也."

671) 『論語』「先進」, "莫春者, 春服旣成, 冠者五六人, 童子六七人, 浴乎沂, 風乎舞雩, 詠而歸. 夫子喟然歎曰, 吾與點也!"

공자가 안연을 들어 누항에 살면서도 그 즐거움을 고치지 않는다며 칭송한 것[672] 등이 그것이다. 이 때문에 안연이 공자에 대하여 그러하였듯이 그만두려고 해도 그럴 수 없는 상태[673]에 이를 수 있다고 했다. 이것이 자아의 욕망에 따라 사물을 보는 '이아관물'을 벗어나, 사물의 자율성에 나의 보편 심성을 편입시키는 '이물관물'의 '適其適'이라는 것이다.

다음은 흥의 구조에 대해서다. 우리는 흔히 '因物起興'으로 한시의 창작 원리를 설명한다. 여기서 因物이 시적 대상인 사물과의 관계를 의미한다면, 起興은 작가의 감정인 정서와의 관련를 의미한다. 따라서 '인물기흥'은 주체로서의 작가가 문학적 대상으로부터 어떤 감정을 느꼈으며, 또한 그러한 감정을 느끼게 하는 문학적 대상을 예술의 형식을 통해 어떻게 형상화하였는가 하는 것을 설명하는 이론이 된다.[674] 오운 역시 이에 입각하여 문학작품을 창작했다. 그 스스로는 「유연당기」에서 참 즐거움은 '詠歸之興'을 기다릴 필요가 없다고 했지만, 자연 속에서 즐거움을 찾는 것은 사대부들에게서 일반적으로 나타나던 바다. 오운의 이 발언도 즐거움이 내발적인 것이지 외부 사물에 기인하지 않는다는 것을 적극적으로 표현한 것으로 보아 마땅하다.

흥은 크게 두 가지의 의미망을 거느리고 있다. 『시경』의 시를 해석하면서 賦·比와 관련하여 수사기법으로 보기도 하고, 창작과 감상에 관련된 감동으로 보기도 하기 때문이다. 흔히 전자는 比興으로, 후자는 感興으로 설명한다. '비흥'은 본래 쓰려고 하는 의도와 같은 사물을 만나 두세

---

672) 『論語』「雍也」, "賢哉, 回也! 一簞食, 一瓢飮, 在陋巷, 人不堪其憂, 回也不改其樂. 賢哉, 回也!"

673) 『論語』「子罕」, "顔淵喟然歎曰, 仰之彌高, 鑽之彌堅. 瞻之在前, 忽焉在後. 夫子循循然善誘人, 博我以文, 約我以禮, 欲罷不能. 旣竭吾才, 如有所立卓爾. 雖欲從之, 末由也已."

674) 정우락, 「16세기 士林派 作家들의 事物觀과 文學精神 硏究」, 『退溪學과 韓國文化』 34, 慶北大 退溪硏究所, 2004. 138-146쪽 참조.

가지 사물을 먼저 제시하고 자신이 하고자 하는 것을 거기에 포함시켜 나중에 제시하는 것이며, '감흥'은 시인이 외부 사물에 감동하게 되면 거기에 촉발된 예술적 영감을 말하는 것으로 '興會', '興到', '興到神會' 등의 개념으로 확대되기도 한다. 우리는 후자의 것, 즉 감흥을 주목하기로 한다. 이것은 일상의 사물이 시인의 상상력과 영감을 통해 새롭게 창조되는 것이며, 그것이 감동으로 전달되기 때문이다.

오운은 그의 작품을 통해 흥의 문제를 수없이 제시하였다. 흥만을 제시한 것도 없지 않으나, 다양한 소재와 결합되면서 창작의 역동성을 보였다. 결합은 대체로 '흥+시', '흥+술', '흥+시+술'로 이루어졌으며, '시+술'을 제시하여 흥이 행간에서 읽히도록 하기도 했다. 이처럼 오운은 그의 문학작품에서 흥을 다양하게 운용함으로써, 일반 성리학자들의 시세계에 흔히 볼 수 있는 정적이며 철학적인 경계를 벗어날 수 있게 했다. 흥에 대한 문제를 이해하는 것은 오운의 시세계를 제대로 이해하는 중요한 요소인 바, 그의 작품 가운데 흥이 제시되어 있는 구절을 몇 가지 적출해서 의미를 따져보자.

> ① 흥은 긴 둑의 풀에 있고, 소리는 벼랑으로 부는 바람을 따르네.[675]
> ② 흥을 보내려고 바야흐로 시를 읊조리고, 근심을 삭이려 술잔을 더하네.[676]
> ③ 어떤 인연으로 술 친구를 찾아서, 흥을 다하며 맑은 놀이에 힘써볼까?[677]
> ④ 술 취한 가운데 시를 지어 애오라지 흥을 보내니, 어찌 모름지기 글을 파하고 조롱 속의 거위를 배우리?[678]

---

675) 吳澐, 「前郊牧笛」(『竹牖全書』, 339쪽), "興在長疇草, 聲從絶岸風."

676) 吳澐, 「明川歸路宿淮陽, 贈府伯尹敬修」(『竹牖全書』, 334쪽), "遣興詩方就, 銷愁酒更添."

677) 吳澐, 「答朴子澄請會」(『竹牖全書』, 343쪽), "何緣覓酒伴, 盡興辦淸遊."

⑤ 높은 곳에 올라 견디어 시를 짓고, 경치를 굽어보며 문득 술잔을 기울이네.679)

위의 자료에서 ①에서 ④까지는 모두 흥이 포함되어 있는 구절들이다. 그러나 ①이 흥만 제시되어 있다면, ②는 흥과 시가, ③은 흥과 술이, ④는 흥과 시와 술이 포함되어 있다. 이와 달리 ⑤는 흥이 제시되어 있지 않지만, 높은 대에 올라 시를 짓고 아름다운 경치를 굽어보면서 술잔을 기울이는 것을 통해 도도해진 흥을 행간에서 읽을 수 있게 한다. 이처럼 흥은 자연 속에 붙여지기도 하고(①), 시를 지어 자신의 흥을 타인에게 보내기도 하며(②), 술을 통해 벗들과 나누기도 하고(③), 술과 시와 흥을 통해 속박의 세계를 벗어나기도 한다(④). 그리고 흥을 행간 속에 숨겨 자연의 묘미를 관찰하기도 한다(⑤). 오운은 이처럼 흥을 다양하게 운용하면서 그의 시세계를 더욱 정서적이게 했다. 다음 작품에서 우리는 오운이 제시한 흥의 극단을 본다.

(가) 紫霞仙洞首頻回　신선이 사는 자하동으로 자주 머리를 돌려보니,
淸興前宵浩莫裁　어젯 밤 淸興이 넓어 지울 길 없네.
塵累百季終未了　티끌은 백년이 되어도 끝이 없으니,
夢魂長繞正陽臺　꿈의 혼이 길이 정양대를 감도네.680)

(나) 飮罰人爭取觶升　벌주를 마시러 사람들이 다투어 술잔을 들고 오르니,
罇前狂興老逾增　술 독 앞의 狂興이 늙을수록 더해가네.
不愁鶴峀煙光紫　학 봉우리에 노을이 붉게 물드는 것 근심되지 않고,

678) 吳澐, 「九秋念日, 會金善源家賞菊, 次敬差柳浩叔韻」(『竹牖全書』, 345쪽), "醉裏題詩聊遣興, 何須書罷學籠鵝."
679) 吳澐, 「浮石寺, 次朴子澄漉韻」(『竹牖全書』, 343쪽), "登高堪作賦, 攬景便傾觴."
680) 吳澐, 「百川洞溪上吟」(『竹牖全書』, 336쪽)

庭際松明替短燈　뜰 가의 관솔불 밝혀 짧은 등불을 바꾸네.[681]

작품 (가)에서는 맑은 흥을 의미하는 '청흥'을 제시했다. 오운이 42세 되던 해인 1581년에 정선군수를 제수 받게 되는데, 그 해 3월에 금강산을 기행한다. 당시 지은 작품이 문집에 여러 수 제시되어 있는데, 이 작품은 백천동 시냇가에서 지은 것이다. 이때 그는 지난 밤 자하동에서 일으켰던 '청흥'을 생각하면서 다시 백천동 시냇가에 섰다. 여기서 주의 깊게 보아야 하는 것은 3구의 '塵累'와 4구의 '정양대'이다. 전자는 세속적 티끌을 의미하며, 후자는 고유명사이지만 정양이 밝은 곳을 뜻하니 인욕이 씻겨진 맑은 곳의 은유이다. 그러니까 오운은 '진루'는 마침내 없애야 하는 것이라면서, 꿈의 혼이 길이 정양대를 감돈다고 했다. 성리학에서 제시하는 '遏人欲 存天理'를 의식한 것이다. '청흥'은 이처럼 자연 속에서 천리와 함께 제시되는 것인데, '山興' 등으로 확장되어 가기도 했다.[682]

작품 (나)에서는 미친 흥을 의미하는 '광흥'을 제시했다. 이 작품의 小注에 의하면, 여러 벗들이 돌아가면서 菊會를 베풀고 술을 마셨는데, 그 모임에 늦은 사람들은 모두 벌주를 마셨다고 했다. 오운은 벗들과 어울려 음주하면서 벗들이 벌주를 마시는 것을 보고 이 같은 작품을 지은 것으로 보인다. 여기서 보듯이 벌주를 마시기 위하여 술잔을 들고 오르는 재미있는 분위기 속에 그는 술 독 앞에서 '광흥'이 일어나 이것은 늙을수록 더해간다고 했다. 그 '광흥'은 깊은 밤까지 계속되어야겠기에, 4구에서처럼 짧은 등불을 관솔불로 교체하고자 했던 것이다. '광흥'은 이처럼 인간의 생활 속에서 이루어진다. 벗들과의 음주라는 지극히 일상적인 행위

681) 吳澐, 「鵝川全泰之家, 次琴皥如」(『竹牖全書』, 343쪽)
682) 吳澐, 「瀉珠臺, 次仲鄰韻」(『竹牖全書』, 336쪽)에서 '신선 산의 흥취가 다하지 않아, 물가에 다다라 푸른 물결 희롱하네(不盡仙山興, 臨流弄碧羅)'라 한 것이 그것이다.

를 통해 이것은 제시되는데, '佳興' 등으로 확대되어 가기도 했다.683)

우리는 여기서 오운의 시세계에 나타나는 흥의 구조를 비로소 이해하게 된다. 즉 '청흥'과 '광흥'이 서로 대척적인 거리에 놓이며, 그 사이에 다양한 모습의 흥이 포진하게 되는 것이다. '청흥' 쪽에는 자연이 있고, '광흥' 쪽에는 인간이 있다. 자연 쪽으로 밀착되면 '청흥'이 일어나 天理 지향이라는 지극히 성리학적이며 수양론적인 흥으로 나타나며, 인간 쪽으로 밀착되면 '광흥'과 결부되어 인간의 일상이 음주와 함께 자연스럽게 그려진다. 이로 보아 오운의 시세계에 나타나는 흥의 구조는 '청흥・자연－광흥・인간'으로 요약이 가능하다. 이는 물론 靜動의 논리에 입각하여 '정・청흥・자연'과 '동・광흥・인간'으로 확대 가능한 구조이다. 우리는 여기서 시와 술로 만들어내는 오운의 흥이 그가 자연과 인간을 이해하고 해석하는데 있어 중요한 요소로 작용하고 있다는 것을 비로소 알게 된다.

이상에서 우리는 오운의 사물인식방법과 시세계에 나타난 흥의 구조에 대해서 살펴보았다. 사물인식방법은 '이물관심'을 배격하고 '이물관물'을 지향하는 것으로 나타났다. 이는 자아와 사물 사이의 간극을 없앰으로 인욕이 개입될 틈을 주지 않는 것이니, 천리를 확보하기 위한 성리학적인 사물 인식이라 하겠다. 시세계에 보이는 흥은 맑은 흥을 의미하는 '청흥'과 미친 흥을 의미하는 '광흥'이 대척적 거리를 유지하면서, 그 사이에 다양한 흥감의 군상이 포진할 수 있도록 했다. 여기서의 '청흥'은 자연에, '광흥'은 인간에 더욱 밀착되어 나타나는 바, 사물인식방법으로서의 '이물관물'은 '청흥'과 친연성을 갖는다. 그러나 그의 시적 감수성은 '청흥'의

683) 吳澐, 「次黃承宣是及諸君詩, 追寄權士榮, 叙盡當日之會」(『竹牖全書』, 347쪽)에서 '황혼에 취하여 흩어지니 가흥이 풍요로운데, 시비로 하여금 후정곡을 부르게 하지 말라(黃昏醉散饒佳興, 莫遣Y鬟唱後庭)'고 한 것이 그것이다. 후정곡은 「玉樹後庭花」라는 가곡으로 진나라 後主가 빈객을 청하여 불렀던 음란한 노래로 망국의 음악을 대표하는 용어로 쓰인다.

세계에 고정되지 않았고, 술과 신선을 만나면서 흥은 낭만과 열정을 도인해내기도 했다. 다음 장에서 따져 볼 오운 시의 낭만주의적 성격은 바로 이와 결부되어 있다.

4. 시문학의 낭만주의적 성격

오운의 시세계는 복합적 경향으로 나타난다. 어느 하나로 고정시켜 말하기가 곤란하다는 것이다. 만년으로 갈수록 주자학에 심취했고, 스승 이황을 위한 여러 가지 사업에 참여한 데서 알 수 있듯이 그를 둘러싸고 있는 문화적 분위기는 성리학적이었다. 그러나 그는 여기에 매몰되지 않고 도가나 불가적 세계관을 탄력적으로 받아들였다. 이에 대해서는 이미 그의 독서경향과 문학정신을 살피는 과정에서 확인된 바다. 그리고 사물인식방법에서 강력한 '이물관물'의 태도를 갖고 있으면서도, 흥의 문제에 있어서는 청흥과 광흥 사이를 오르내리는 사고의 유연성을 보여준다. 이 같은 복합적 경향이 그의 문학정신과 시세계에 두루 나타난다고 하여 상대적으로 우위에 있는 시적 경향이 없는 것은 아니다. 이 글에서는 唐詩와 낭만주의적 성격이 오운의 시문학에서 강세를 띠고 있는 것으로 보고 이를 확인해 보기로 한다.

먼저 오운의 시세계가 唐詩的 性格을 지니고 있다는 점에 대해서다. 오운의 시세계는 성리학적 도학시라기 보다 당시적 성격이 짙다. 얼핏 보면, 주자학을 신봉하고 이황을 스승으로 모셨으니 그의 정신세계의 많은 부분이 성리학적일 터이고, 이에 입각한 시세계 역시 사변적인 송시풍의 철리시가 많을 것으로 생각된다. 사실 그는 「紫溪谷口」 등의 시편에서 사물 속에 내재되어 있는 '眞'을 찾아 나서는 도학자적 모습을 보이기도 한다. '골짜기는 깊고 숲도 깊어 세상 티끌 멀어졌으니, 이 사이에 高人이 살기가 합당하구나. 몇 해를 꿈 속에서 이 산 속을 찾아왔던고? 지금 와서 그 면목을 보니 모두가 眞이로다.'684)고 한 것이 그것이다. 俗塵이 다하는 곳에서 수많은 사물 속에 내재되어 있는 태극, 즉 '진'의 세계를 관찰하고 있는 작품이라 하겠다. 그러나 그의 시를 일별해 보면 일상생활의 경험을 소박하면서도 현장감 있게 그리고 있는 것이 많다. 다음의 시가 이 같은 측면에서 읽힌다.

(가)	楚天蒼茫楚江遠	남쪽 하늘 창망하고 초강은 먼데,
	暮雨閒雲渾欲疑	저물녘 내리는 비와 한가로운 구름 모두가 의아해지네.
	霜月鴈驚欹枕後	서릿발 달에 기러기 놀라 나는데 베개 베고 눕고,
	愁眉煙抹倚樓時	수심 가득한 눈으로 연기를 보며 누각에 기대고 있는 때라네.
	氷紈玉指擎杯重	얼음 비단같은 손 옥같은 손가락으로 술을 바치기를 많이 하고,
	白雪櫻脣按曲遲	백설같은 얼굴 앵두같은 입술로 부르는 노래 느릿하구나.
	自是分明還夢幻	지금부터 분명히 다시 환상을 꿈꿀 터이니,
	汀蘭采采贈相思	물가의 난초 캐어 그리운 마음 드리네.685)

(나)	曲曲闌干樓十二	구비 구비 난간에 누각은 열 둘,
	香羅玉佩覺來疑	향그런 비단 옷과 패옥이 깨어보니 의심스럽네.
	鏡奩孤影幾相弔	거울 속 외로운 그림자 몇 번이나 서로 위로 했던고?
	泉竇哀灘無歇時	샘물 솟아나 슬프게 여울지니 쉴 때가 없구나.

684) 吳澐, 「紫溪谷口」(『竹牖全書』, 332쪽), "谷邃林深絶世塵, 此間端合臥高人. 幾季魂夢山中到, 面目今看總是眞."
685) 吳澐, 「無題, 效李義山」(『竹牖全書』, 345쪽)

紅焰謝缸花落盡　홍염에 술을 사양하니 꽃은 모두 떨어지고,
碧天如海月生遲　푸른 하늘은 바다 같은데 달이 더디게 떠오르는구나.
蓬萊歲晏波淸淺　봉래산에 해는 저물고 물결은 맑으며 옅은데,
靑鳥慇懃慰所思　소식 전하는 사람이 은근히 마음을 위로해주네.[686]

위의 두 수는 李義山의 시를 본떠서 지은 「무제」이다. 이에서 보면 여류 감정과 이별의 정한이 잘 나타나고 있어 기본적으로 당시풍임을 알 수 있다. 첫 번째 작품 경련의 '氷紈玉指'와 '白雪櫻脣', 미련의 '汀蘭采采贈相思', 그리고 두 번째 작품 수련과 함련의 '香羅玉佩'와 '鏡奩孤影', 미련의 '靑鳥慇懃慰所思'가 모두 그러한 것이다. 뿐만 아니라 꽃과 술, 그리고 달을 소재적 측면에서 적극 수용한 점도 그의 시풍을 당시적이게 한다. 이것은 송시에서 두루 나타나는 사변적이고 철학적인 시풍과는 일정한 거리가 있는 것으로, 삶의 체험을 통해 겪는 보편정서를 참신한 언어를 활용하여 주정적으로 표현한 것이라 하겠다. 오운 시의 이 같은 경향은 그의 작품에 일반적으로 나타나는 바, '꽃이 바위 가에 떨어지니 산이 더욱 아름답고, 남은 봄 그윽한 개울에 버들개지 푸르게 간드러지네'[687]라고 한 구절 등도 역시 같은 입장에서 이해된다.

그렇다면 오운의 시세계에서 이 같은 당시풍이 다량 검출되고 있는 이유는 무엇일까? 여기에 대해서는 두 가지로 나누어서 생각할 수 있다. 그 하나는 詩史的 입장에서 관찰할 수 있다. 오운이 살던 당대의 시문학은 소위 삼당시인이 나타나 기존의 시문학을 혁신해가고 있던 시대다. 즉 白光勳(玉峰, 1537-1582)과 崔慶昌(孤竹, 1539-1583), 그리고 李達(蓀谷,

686) 吳澐, 「無題, 再疊」(『竹牖全書』, 346쪽)
687) 吳澐, 「次黃承宣是及諸君詩, 追寄權士榮, 敍盡當日之會」(『竹牖全書』, 347쪽), "花落斷巖山媚翠, 春殘幽澗柳搖靑."

1561-1618) 등이 관념적이던 시세계를 일상적이고 보편적인 정감의 차원으로 방향을 전환하고자 했다. 이 같은 사조는 자기 과시를 위한 관료형 문인들의 문학과 규범을 위한 사림형 문인들의 문학, 그리고 탈출을 위한 방외형 문인들의 문학과는 문학정신과 창작의 방향이 서로 다르게 설정되어 있어 한시사에서는 일찍부터 주목하고 있었던 터다. 오운이 이들과 교유하거나 영향을 받았다는 직접적인 흔적은 발견되지 않지만, 당대의 시문학 사조를 염두에 둘 때 그의 당시풍 선호는 지극히 자연스런 것이라 하겠다.

다른 하나는 전쟁을 경험하면서 사림파 문인 내부에서도 당시풍이 폭넓게 수용되고 있었던 점이다. 영남학파의 경우, 특히 조식과 이황의 문인들에게서 이 같은 경향은 뚜렷이 감지된다. 金聃壽(西溪, 1535-1603)의 경우, 전쟁에 대한 작가적 책무를 자각하면서 우국정신에 입각하여 가족과 고향에 대한 그리움을 문학적으로 적극 형상화하였다. 특히 그의 시에 등장하는 수많은 나그네 의식과 가족에 대한 그리움, 혹은 思鄉의 정서는 전쟁으로 인해 재확인되는 인간의 본원적 사랑을 알게 한다.[688] 이 같은 경향은 孫起陽(聱漢, 1559-1617)의 경우 보다 절실하게 나타난다. 손기양은 외직으로 출사했으나 광해 4년 이후 밀양으로 돌아와 隱求한 문인으로, 특히 전쟁체험과 杜詩 수용을 적극적으로 보여주는 대표적인 작가이다.[689] 오운 역시 같은 지방에서 이들과 일정하게 교유하면서 문풍을 공유했을 것으로 보이는데, 영남학파의 강력한 자장 속에서도 인간의 곡진한 정서적 측면을 놓치지 않고 있었다는 측면에서 특기할 만하다.

다음으로 오운의 시세계가 낭만주의적 성격을 지니고 있다는 점에 대

688) 鄭羽洛, 「士林派 文人의 類型과 隱求型 士林의 戰爭體驗」, 『韓國思想과 文化』 28, 韓國思想文化學會, 2005. 35-40쪽 참조.

689) 이에 대해서는, 孫八洲, 「孫起陽의 漢詩 硏究-杜詩 受容을 중심으로」(『國譯·原文 聱漢先生文集』, 빛남, 1986)에서 자세히 다루었다.

해서다. 오운의 시는 현실주의적이라기보다 낭만주의적이다. 물론 의병을 일으켜 전쟁에 참여하면서 민족과 현실에 대한 관심을 지극히 가지고, 이를 작품화한 것도 여럿이다. '세상은 어지러운데 나라를 구할 사람 있다는 소린 듣지 못했고, 근심스럽게도 공연히 술만 부른다'[690]고 하면서 나라의 명운을 건질 사람을 대망하거나, '龍蛇의 난리를 듣고 놀라 기개를 세웠으나, 다시 백성들의 이마를 손으로 어루만지지 못한다'[691]고 하면서 의병으로 일어났지만 백성의 고통을 구제할 수 없음에 대하여 안타까워하기도 했다. 그리고 '땅에 가득한 전란으로 옛 집이 없어져서, 부평초처럼 떠다니고 쑥처럼 구르며 바람 모래에 날린다'[692]고 하면서 비참한 전쟁의 경험을 형상화하기도 했다.

오운은 당시 가운데서도 두보와 이백의 시 모두를 주목하였다. '시는 杜陵이 劍閣을 슬퍼한 것에 견주었다[693]고 하거나, '이 놀이에서 시를 짓지 못하면, 술잔 수를 靑蓮에게 물으리'[694]라고 한 데서 저간의 사정을 알 수 있다. 그러나 그의 시세계 도처에 나타나는 신선과 술, 달과 꽃 등을 보면 두보보다 이백에 그의 시경향이 더욱 기울어져 있다는 것을 알게 된다. 특히 앞서 살핀 흥의 문제와 결부시켜보면 이 같은 경향이 더욱 확연해진다. 일찍이 『御選唐宋詩醇』에서도 '工部는 체제가 명확하고

690) 吳澐, 「次陽川許僉知澂韻」(『竹牖全書』, 344쪽), "世亂未聞醫國手, 愁來空喚釣詩鉤." '釣詩鉤'는 술의 별칭이다. 술이 시를 짓는 마음을 불러일으키므로 이렇게 칭하는데, 蘇軾의 시 「洞庭春色」에서, '응당 시를 낚는 낚시를 부르고, 또한 시름을 쓸어내는 비도 부르리라.(應呼釣詩鉤 亦號掃愁帚)'고 한 데서 그 용례를 찾을 수 있다.

691) 吳澐, 「輓鄭藥圃琢」(『竹牖全書』, 346쪽), "驚聞樹介在龍蛇, 無復都民手額加."

692) 吳澐, 「又次許陽川寄權景仰韻」(『竹牖全書』, 344쪽), "滿地兵塵沒舊家, 萍浮蓬轉逐風沙."

693) 吳澐, 「題餘糧驛」(『竹牖全書』, 337쪽)에서 '詩擬杜陵悲劍閣'이라고 한 데서 이를 알 수 있다. 「次陽川許僉知澂韻」(『竹牖全書』, 344쪽)에서도 '再荷杜陵詩和贈, 暗投明月豈會求'이라고 하였으니, 두보의 시를 자주 화운한 것을 알 수 있다.

694) 吳澐, 「金孝先善源家, 菊飮紀遊, 呈席上諸友」(『竹牖全書』, 343쪽), "玆遊詩不就, 酒數問靑蓮."

정밀하여 법도를 찾아 갈 수 있지만, 靑蓮은 興會가 뛰어나 배워서 도달할 수 없다'695)고 적기한 바 있다. 오운은 이백과 마찬가지로 흥을 중시하면서 작품에 적극적으로 활용하고 있으며, 그의 상상력을 술과 결합시키면서 비약적으로 발전시켰다. 이는 바로 오운의 시세계가 '현실주의적'이라기보다 '낭만주의적'이라는 것을 의미한다. 여기서 술은 오운의 낭만주의적 시세계를 견인하는 중요한 소재로 활용되는데, 다음 시편을 보자.

(가) 菊老秋殘鴈叫天　국화 시든 늦가을 기러기 하늘에서 울고,
分司皀蓋共開筵　경연에 참여한 이들이 함께 술자리를 열었네.
長生何用求方外　장생을 어찌 방외에서 구하리,
痛飮逢場則是仙　통음으로 만나면 바로 신선인 것을.696)

(나) 落霞孤鶩送遙天　노을 지자 외로운 따오기 먼 하늘로 날고,
白酒蒲茵當錦筵　막걸리에 부들방석은 훌륭한 자리라네.
驚座醉狂輸老醜　좌석을 놀라게 하는 취광은 노추를 부르는데,
滿溪風月屬詩仙　시내에 가득한 풍월을 시선에게 부치네.697)

위 작품은 柳湙, 李舜民, 權震慶, 朴子澄 등과 가을날 술을 마시면서 지은 것인데, 도합 세 수 가운데 두 수이다. (가)에서 오운은 '국화 시든 늦가을'이라고 하여 시간적 배경을 제시하였다. 그리고 술자리를 열면서 장생의 신선을 방외에서 구할 것이 아니라고 했다. 술이 그 세계로 이끌어 주기 때문이었다. 이 작품에서 볼 수 있듯이 '통음'을 통해 이것은 이루어지고, 그의 작품에서 간혹 만나는 '劇飮'과 '劇歡' 등의 용어에서 알

695) 『御選唐宋詩醇』 卷7, "工部, 體裁明密, 有法可尋, 靑蓮, 興會標擧, 非學可至."
696) 吳澐, 「秋盡日, 敬差官柳湙, 太守李舜民, 助防將權震慶, 暨朴子澄, 訪飮」 其一(『竹牖全書』, 345쪽)
697) 吳澐, 「秋盡日, 敬差官柳湙, 太守李舜民, 助防將權震慶, 暨朴子澄, 訪飮」 其二(『竹牖全書』, 345쪽)

수 있듯이, 술을 즐기면서 이 신선의 세계를 간절히 소망했던 것이다. 술로 신선을 꿈꾸었던 사람은 바로 시선 이백이었다는 생각이 미치자 작품 (나)가 필요했다. 여기서 보듯이 통음은 '취광'과 '노추'에까지 이르게 하지만, 시내에 가득한 바람과 달빛이 스스로를 詩仙, 즉 이백을 만날 수 있게 한다. 오운은 시와 신선과 술로 이백의 경계를 넘나들고자 했던 것이다.

술은 오운에게 낭만적 상상력을 강력하게 자극하는 역할을 한다. 그것은 이성에서 감성으로, 문명에서 자연으로, 질서에서 자유로 그 스스로를 이끌어가게 했다. 결국 술로 인한 충동은 낭만적 상상력을 자극하여 고통이 가득한 현실을 초극하여 영원한 자유를 구가하는 미지의 신선세계를 그에게 가져다주었다. 이것은 세속적 시공간에서 해방된 자유의 시공간이다. 그러나 오운에게서 이 같은 세계의 일방적 추구가 부담되지 않을 수 없었다. 그는 『주자대전』을 열심히 읽으면서, 현실주의적 사고로 가득한 주희의 상소문 등을 적출하여 『주자문록』이라는 책까지 편집한 자였기 때문이다. 이 때문에 그의 낭만주의는 주희를 신봉하고 이황을 스승으로 모신 사림파 문인답게 철학으로 통제되지 않을 수 없었다. 그러나 단순히 성리학적인 문학으로 돌아갈 수는 없었다. 이 같은 심각한 문제에 봉착했을 때 오운의 뇌리를 스친 문인이 바로 저 유명한 북송 최고의 문인 蘇軾이다. 그의 시세계가 비약과 과장에 입각한 낭만적 자유주의를 주축으로 하고 있으면서도 철학적 긴장력을 늦추지 않았던 이유가 바로 여기에 있었다. 우리는 다음 작품에서 그 결정을 본다.

(가) 天地一瞬耳　천지도 한 순간일 따름이요,
滄波逝不窮　큰 파도도 가서 끝이 없다.
飛仙挾不得　나는 신선을 낄 수 없으니,

詩酒托長終　시와 술에 의탁하여 길이 마치리.[698]

(나) 歌舞曾遊地　일찍이 노래하고 춤추며 놀던 곳,
空餘江自流　부질없이 강만 스스로 흐르네.
吾生葉上露　우리 인생은 잎사귀 위의 이슬이요,
人世壑藏舟　인간 세상은 골짜기에 감춘 배라네.[699]

(다) 坐上盈詩友　자리 위에는 시우들이 가득하고,
罇中酒不空　술독의 술은 비지를 않네.
一生長得此　일생에서 길이 이를 얻었지만,
何樂更無窮　어떤 즐거움인들 다시 끝이 없겠나?[700]

(라) 山水縱橫地　산과 물이 종횡으로 뻗어 있는 곳,
登臨興渺然　올라 다달으니 흥이 아득하구나.
千秋是風月　천추의 이 풍월을,
擧酒問蘇仙　술을 들어 소선에게 물어나 볼까?[701]

(마) 主人方獨酌　주인은 바야흐로 홀로 술을 마시는데,
有客來問余　객이 와서 나에게 그 이유를 묻네.
吾知樂吾樂　나는 내 즐거움을 즐길 줄을 알지만,
客亦焉知魚　객이 어찌 물고기의 즐거움을 알겠는가?[702]

당시적 풍격을 지녔다고 널리 알려진 權應仁(松溪, 1521-?)이 소식의 「적벽부」에서 운자를 취하여 절구 10수를 지었는데, 오운이 이것을 모방하여 위의 시를 지었다.[703] 이 작품에서 오운은 소식이 「적벽부」에서

698) 吳澐, 「效權應仁, 摘松雪赤壁賦字, 模得十絶」 其二(『竹牖全書』, 338쪽)
699) 吳澐, 「效權應仁, 摘松雪赤壁賦字, 模得十絶」 其五(『竹牖全書』, 338쪽)
700) 吳澐, 「效權應仁, 摘松雪赤壁賦字, 模得十絶」 其六(『竹牖全書』, 338쪽)
701) 吳澐, 「效權應仁, 摘松雪赤壁賦字, 模得十絶」 其九(『竹牖全書』, 338쪽)
702) 吳澐, 「效權應仁, 摘松雪赤壁賦字, 模得十絶」 其十(『竹牖全書』, 339쪽)
703) 이 밖에 「摘鮮于樞所寫, 前赤壁賦字, 模作夏寒亭十絶」(『竹牖全書』, 339쪽)에서

발휘한 시적 상상력을 대폭 수용하고 있다. 객과 나를 내세워 대화체로 시를 구성하고 있는 것은 물론이고, (가)에서 보듯이 '天地一瞬耳'와 '飛仙挾不得' 등은 「전적벽부」의 '天地曾不能以一瞬', '挾飛仙以遨遊'를 적극적으로 용사한 것이다. 이 용사는 위에서 제시된 시편에 제한되지 않고, '何用羨登仙', '有客橫長槊', '天地亦一物', '淸風明月也' 등 허다한 시구로 발전하고 있다. 뿐만 아니라 술과 신선과 시라는 소재적 측면에 있어서도 소식의 상상력을 바탕으로 하고 있다. 위 작품 (가)의 '飛仙'과 '詩酒', (다)의 '詩友'와 '罇中酒', (라)의 '擧酒'와 '蘇仙', (마)의 '獨酌'이 모두 그러한 것이다.

소식이 그러했던 것처럼, 오운의 위 작품은 시와 신선과 술이라는 낭만적 상상력이 철학적 논리와 적절한 조화를 이루고 있다. 오운이 주로 활용한 철학적 논리는 『장자』에서 빌어왔다. (바)와 (자)에서 구체적으로 확인할 수 있다. (바)의 경우, 『莊子』「大宗師」를 보면 '골짜기 속에 배를 숨겨두고는 안전하다고 여기지만 한밤중 힘센 자가 등에 지고 달아나도 어리석은 사람은 알아채지를 못한다'704)고 했다. 인간이 스스로 생명을 더욱 연장하기 위하여 노력하지만, 조물주의 섭리는 조금도 빗나가는 것이 없다는 것을 비유적으로 말한 것이다. 그리고 (자)는『莊子』「秋水」에서 물고기의 즐거움을 두고 장자와 혜자가 벌인 논쟁을 용사한 것이다. 오운은 이를 통해 사사로운 욕망을 벗어나 대자연의 섭리 속에서 인간을 이해하고자 하였으며, 내적인 즐거움은 절대적인 것으로 외부의 어떤 것으로도 제어될 수 없음을 보였다.

오운의 시세계에 끼친 소식의 역할은 대단히 중요하다. 소식은 기본적

역시 적벽부의 운을 취하여 하한정 10수를 짓기도 했다.

704) 『莊子』「大宗師」, "夫藏舟於壑, 謂之固矣. 然而夜半, 有力者, 負之而走, 昧者不知也."

으로 유학을 숭상하였지만, 도가사상도 적극 받아들여 그의 문학을 낭만적이고 열정적이게 하였으며, 시와 신선과 술을 소재로 한 작품을 남겨 거대한 자유세계를 지향하였다. 소식은 陶潛에 대해서 자기 동일시를 하기도 했으며,[705] 陳師道가 그렇게 말하고 있듯이 만년에는 이백에게서 강한 영향을 받기도 했다.[706] 이 같은 경향은 오운에게서도 그대로 나타나는 바다. 그가 기본적으로 유학적 분위기에서 성리학을 숭상하지만, 문학정신에서 살펴보았듯이 도가나 불가사상을 받아들였고, 그 소재적인 측면에서도 시・선・주를 적극 활용하면서 세속적 속박을 벗어나고자 했다. 그리고 무엇보다 사물인식방법에서 확인한 것처럼 도잠의 자연 친화적 태도에 공감하였고, 이백의 낭만적 취향을 적극 구가하였다. 이처럼 소식과 거의 문학적 구도를 같이하므로, 소식을 위의 작품 (아)에서처럼 '소선'이라며 칭송할 수 있었고, 문집 서문이나 「사제문」 등에서도 시는 소식과 황정견을 대적할 수 있다[707]고 평가할 수 있었다.

오운의 시세계에 성리학적 도학풍이 전혀 없는 것이 아니나 상대적으로 당시적 성격이 짙게 나타난다. 역사현실에 밀착되어 있으면서도 섬세한 감흥의 세계를 노래하고 있기 때문이다. 특히 감흥은 그의 시를 두보보다 이백에 가깝게 했다. 여기서 우리는 그의 시정신이 기본적으로 낭만주의를 향하고 있다는 것을 알 수 있게 된다. 그러나 주자학을 신봉하면서 일련의 서적을 편집하고, 성리학자 이황을 모신 제자로서 그는 주자학을 염두에 두지 않을 수 없었다. 이에 자연스럽게 소식을 떠올리면서, 주희나 이황보다는 덜 도학적이고 이백보다는 더 철학적인 방향으로 그 낭

---

705) 소식의 도잠에 대한 자기 동일시에 대해서는, 홍승희, 「소동파의 도연명에 대한 자기 동일성 연구」(전북대 교육대학원, 2005)에서 논의되었다.

706) 韓淲, 『澗泉日記』 下, "陳無己云, 子瞻, 始學劉禹錫, 故多怨刺, 晩學太白, 至其得意, 則似之."

707) 李級, 「竹牖先生文集序」(『竹牖全書』, 317쪽), "以文則標儒林, 以詩則敵蘇黃."; 「賜祭文」(『竹牖全書』, 399쪽), "筆追王趙, 詩摸蘇黃."

만주의의 향방을 설정하였다. 이것은 소식이 그러했던 것처럼, 유가정신에 기반을 두고 자연 친화적 태도를 가진 도잠과 낭만적 자유주의를 구가한 이백의 시정신을 종합적으로 성취한 결과라 하겠다. 우리는 여기서 성리학자의 낭만주의가 어떻게 발현되는가 하는 것을 비로소 이해하게 된다.

5. 맺음말

이 글은 대표적인 사찬 사서인 『東史纂要』의 편자로 널리 알려진 竹牖 吳澐의 시세계를 탐구한 것이다. 특히 그의 시문학에 광포되어 있는 '興'의 문제를 논의의 초점에 두고, 이것이 그의 문학지향을 규정하는 낭만주의적 성격과 어떻게 결합되고 있는지를 고찰하였다. 이를 위하여 우선 독서경향과 문학정신을 알아볼 필요가 있었다. 그의 독서경향은 유가경전을 중심으로 성리서와 역사서를 두루 탐독하고, 『동문선』 등의 시문선집이나 『謏聞瑣錄』 등의 패설도 폭넓게 읽었던 것으로 보인다. 이 같은 폭넓은 독서는 그의 문학정신을 개방적이게 할 수 있었다. 더욱이 그는 성리학적 세계관에 사유의 근간을 두면서도 도가나 불가적 경향도 적극적으로 받아들여 그의 문학정신을 더욱 다채롭게 하였다.

오운은 의식적으로 '사물을 통해 사물을 본다'는 '以物觀物'이라는 사물인식방법을 지니고 있었다. 자아와 사물 사이에 간극을 없앰으로써 天理를 확보하고자 하는 성리학적 사유가 작동한 것이다. 여기서 '興'의 문제가 자연스럽게 부각되었다. 시세계의 경우, '清興'과 '狂興'이 대극적인 자리에 놓이면서 그 사이에 다양한 흥감의 세계가 포진하고 있었다. '청흥'은 자연에, '광흥'은 인간에 더욱 밀착되어 있으며, 그의 낭만주의는 '청흥'

과 '광홍'을 오르내리면서 성취되었다. 이 같은 구조를 지닌 흥은 술을 통해 더욱 증폭되었으며 시와 신선의 세계를 넘나들며 낭만적 자유주의를 성취해나갔다. 오운의 이 같은 낭만주의는 도잠과 이백, 그리고 소식의 문학적 연원에 맞닿아 있으며, 특히 소식의 문학성취를 가장 강하게 받아들이면서, 낭만주의가 철학적 깊이를 획득할 수 있게 했다. 여기서 우리는 성리학자의 낭만주의가 어떻게 성취되는가 하는 것을 비로소 이해하게 된다.

이 글은 오운의 문학세계를 처음으로 밝혔다는 점, 시세계의 특징적 국면을 드러냈다는 점에서 일정한 의의가 있을 것으로 판단된다. 그러나 이것으로 그의 문학세계 모두를 말했다고 하기는 어렵다. 이는 본 논의가 여전히 시론적 성격을 지니고 있다는 것의 다른 말이다. 오운의 문학이 당시풍의 낭만주의적 성격을 갖고 있으면서도 성리학적 통제를 받고 있다고 볼 때, 여전히 성리학은 그의 문학에서 중요하다. 이 같은 측면에서 성리학이 그의 문학에 어떻게 작용하는가 하는 문제는 여전히 우리가 풀어야 할 중요한 과제가 아닐 수 없다. 그리고 그의 산문세계는 어떠하며, 현실주의와 낭만주의의 상관성은 어떠한가 하는 것도 이 방면 연구자들이 지속적으로 관심을 기울여야 할 부분이다.

본 논의를 마무리함에 있어 오운의 문학정신을 그들의 스승과 결부시켜 볼 때 어떻게 이어질 수 있는지를 간단히 언급해 두기로 한다. 이로써 오운의 문학세계에 대한 새로운 모색을 이끌어낼 수 있기 때문이다. 앞에서 언급했듯이 문학적 측면에서 볼 때, 오운에게 가장 많은 영향을 미친 중국 문인은 도잠과 이백, 그리고 소식이다. 이 가운데 이백의 낭만적 자유주의를 계승하면서 심도있는 철학적 깊이를 유지하기 위하여 소식의 문학적 취향을 본받고자 했다. 그렇다면 조식과 이황의 직접적인 제자인 그는 이 두 스승 가운데 문학적 측면에서 볼 때 누구와 친연성을 갖는가

하는 것이 궁금하다. 혼맥이나 인맥의 구조상 그는 이황과 더욱 밀착되어 있을 것으로 보인다. 그러나 이것은 그리 간단한 문제가 아니다. 그가 문학적 성취를 소식에게 두고 있었기 때문에, 조식과 이황이 소식을 어떻게 이해하고 있었던가 하는 것은 이 문제를 해결하는 중요한 실마리를 제공한다. 다음 자료를 보자.

> (가) 옛날 남명 선생을 모시고 있을 때 선생께서 '程夫子께서 子瞻을 공격하는 데 비록 힘을 쓰셨지만 만약 선생이 여기 계신다면 내 마땅히 이 賦를 정밀하게 잘 써서 무릎을 꿇고 한 번 읽어드리고 싶다. 그러면 程先生께서도 반드시 고개를 끄덕이실 것이다'라고 하였다.[708]

> (나) 반타석에 배를 대고 역탄에서 닻줄을 풀었다. 술이 서너 순배 돈 뒤에 선생은 옷깃을 여미고 바르게 앉아 「赤壁賦」를 읊조리다가 이렇게 말씀하셨다. "소공이 비록 병통이 없지 않으나, 그 마음의 욕심이 적었던 것을 '진실로 나의 가진 바가 아니면 비록 털끝만한 것도 취하지 않는다' 라는 구절 이하의 몇 구에서 볼 수 있다. 또 그는 일찍이 귀양 갈 때 관을 싣고 갔으니 그 구속받지 않는 것이 이와 같았다."[709]

앞의 글은 鄭逑의 제자 孫處訥이 그 스승의 언행을 이야기하는 과정에서 밝힌 것이고, 뒤의 글은 李德弘이 그 스승의 언행록에서 말한 것이다. 이로 보면 조식과 이황이 모두 소식의 「赤壁賦」에 대하여 호평을 하고 있다는 것을 알 수 있다. 그러나 여기서 중요한 사실을 발견할 수 있다. (가)에서는 程頤가 소식을 적극적으로 공격했다는 사실, (나)에서 이황

---

708) 『寒岡先生言行錄』 卷3, 「雜記」, "昔侍南冥先生, 先生曰, 程夫子攻子瞻雖甚力, 若先生在, 則吾當精寫此賦, 跪讀一番, 程先生, 亦必頷可云."

709) 『退陶言行錄』 卷3, 「類編」, "泊盤陀石, 至櫟灘, 解纜而下, 酒三行, 正襟端坐, 良久詠赤壁賦曰, 蘇公雖不無病痛, 其心之寡慾處, 於苟非吾之所有, 雖一毫而莫取, 以下數句見之矣. 又嘗謫去, 載棺而行, 其脫然不拘如此."

이 소식의 병통을 부분적으로 인정하고 있다는 사실이 그것이다. 사실 정이는 소식에 대하여 비판적 자세를 견지하고 있었으며, 그의 적전이라고 할 수 있는 주희 역시 마찬가지였다. 이황 또한 『朱子書節要』에서 주희가 소식을 비방한 말을 여과 없이 발췌해두고 있다. 이 과정에서 이황은 소식에 대하여 '不無病痛'라는 소극적이나마 비판을 가하기에 이르렀던 것이다. 이는 앞의 자료에서 보듯이 조식이 소식을 적극적으로 옹호한 것과는 사뭇 다른 점이라 하겠다.

주자학을 신봉하는 조선조 성리학자들은 소식에 대하여 주희와 같은 입장을 취하고 있었다.[710] 그러나 그 문학적 실상이 반드시 그러한 것은 아니다. 이황의 경우를 그 예로 들더라도, 그는 9제 11수라는 적지 않은 작품에서 소식의 시에 화답한다. 이것은 한 작가의 논리구조와 심미구조가 상호 충돌한 것을 의미하며, 동시에 인식과 정서가 종합적으로 성취된 것을 의미한다. 사정이 이 같음에도 불구하고 오운은 문학적 측면에서 조식의 정신에 많은 부분이 닿아 있다. 즉 인맥 등의 형식적인 측면이 아니라 문학의 내용적 측면에서 계승 형태를 띠고 있다는 것이다. 소식에 대한 생각은 말할 것도 없고, 문학정신의 개방성이나, 시세계에 다량 내포되어 있는 낭만주의적 성격[711] 등이 모두 그러하다. 이에 대한 문제는 단순하게 처리되고 말 것이 아니다. 퇴계학파와 남명학파를 아우르는 영남학파의 문학 탐구에 있어 이 문제는 중요한 것이기 때문에 우선 문제제기의 차원에서 지적해두기로 한다.

---

710) 黃渭周, 「朱子의 蘇東坡 排擊과 朝鮮初期 漢文學」, 『嶠南漢文學』 5, 嶠南漢文學會, 1993. 참조.

711) 宋載邵, 「南冥詩의 浪漫主義的 性格」, 『南冥學硏究』 11, 慶尙大 南冥學硏究所, 2001. 참조.

제9장

鄭慶雲의 『孤臺日錄』과 전쟁체험기 위기의 일상

1. 머리말

전쟁에 관한 기록은 다양한 장르를 통해 전해진다. 詩歌를 비롯하여 說話나 小說, 혹은 傳 등의 문학작품은 물론이고 우리가 살펴보고자 하는 『고대일록』과 같은 實記를 통해 전해지기도 한다. 특히 실기는 전쟁의 여러 국면을 가장 효과적으로 형상화한다. 여기에는 전쟁의 원인을 밝히는 것에서부터 전쟁으로 인한 참상과 그 극복의지 등이 두루 제시되어 있다. 실기는 설화나 소설과는 달리 한 개인의 전쟁체험을 역사적인 사실에 입각하여 비교적 객관적으로 기록하고 있다는 측면에서 중요하다. 그러나 의도된 공적인 기록물은 아니다. 풍문을 참고하기도 하지만 대부분 공문서 내지 사문서 등 고문서를 다양하게 활용하면서 서술하고 있기 때문에 독특한 자료적 가치가 있다.

『고대일록』은 경상우도인 함양 일대에서 초유사 김성일의 召募有司, 의병장 김면의 召募從事官 등으로 활약한 鄭慶雲(孤臺, 1556-?)이 쓴 전쟁 체험에 대한 기록이다. 그는 전쟁 발발 이후 의병활동을 하면서 자세하게 전쟁을 경험하였고, 그의 경험범위를 벗어난 전황은 전언이나 편지 혹은 朝報나 榜文 등의 각종 공사문서를 통해 알고 있었다. 그리고 정유재란 이후 전라도 지역에서 피란 생활을 하면서 갖은 고초를 당한다. 전쟁이 끝난 후 고향으로 돌아와 병화로 소실된 藍溪書院을 복원하게 되는데, 이 때 서원이건과 위차문제를 중심으로 발생한 함양 선비사회의 갈등, 그 중심에 서 있었다. 『고대일록』은 바로 이 같은 배경 하에서 기술된 것이다.

『고대일록』은 4권 4책으로 구성된 해서체 필사본으로 총 514쪽이다. 匡廓의 크기는 가로 19.6cm, 세로 25.7cm이며 한 면이 12줄로 되어 있고, 각 줄은 새로 시작하는 날짜는 28자 내외, 새로 시작하는 날의 기사가 한 줄이 넘어 이어서 쓰는 경우는 24자 내외로 되어 있다. 필사본인 관계로 판심과 어미가 없으며 계선도 표시되지 않았다. 주석이 필요한 경우는 그 아랫부분에 雙行 혹은 單行으로 처리하였고, 필사하다가 빠진 부분이 있으면 작은 글씨로 첨가하였으며, 글자가 뒤바뀐 부분은 알기 쉽게 글자 옆에 기호로 표시해 두었다. 글자를 알아볼 수 없는 경우는 작은 글씨로 '缺'이라 써놓았다.

이 글은 1592년(선조 25) 4월 23일부터 1609년(광해군 원년) 10월 7일까지 기록되어 있으니 약 18년간의 기록이다. 권1은 1592년(선조 25) 4월 23일부터 1593년(선조 26) 12월 30일까지 2년간, 권2는 1594년(선조 27년) 1월 1일부터 1597년(선조 30) 12월 30일까지 4년간, 권3은 1598년(선조 31) 1월 1일부터 1602년(선조 35) 12월 28일까지 5년간,

권4는 1603년(선조 36) 1월 1일부터 1609년(광해 1년) 11월 1일까지 7년간을 기록하였다. 그리고 이유가 분명치 않으나 1599년 6월 11일부터 1600년 5월 6일까지 약 11개월의 일기는 아무런 표시가 없이 결락되어 있다.712)

현재 전해지고 있는 『고대일록』은 정경운이 직접 쓴 것이 아니다. 金侖禹의 연구713)에 의하면 정경운이 쓴 원본 『고대일록』은 초서체로 쓴 것인데 이 책은 정경운의 제4자인 鄭周錫이 소장하고 있었다. 이 책은 여러 과정을 거치면서 8대손 鄭東圭(1869-1940)에 의해 해서로 다시 필사되었고, 9대손 鄭龍鎬 대에 와서는 함양군 휴천면 목현리에 큰 불이 나서 원본 『고대일록』은 소실되고 말았다. 그리고 10대손 鄭性河 대에 이르러 혼인관계를 맺고 있던 정인홍의 방손 정이상이 6부를 복사하였으며, 1986년에 경상대 오이환 교수가 이를 발굴하여 세상에 널리 알렸다.714)

현전하는 『고대일록』에는 서지 및 구성상 몇 가지 특징이 나타난다. 첫째, 원본에 대한 필사본임을 알 수 있다. 『고대일록』은 1529년 4월 20일부터 시작하는데 이에 의하면 '倭賊이 상륙했다. 일기 가운데 십여 장이 모두 떨어져나가 첫 부분은 살펴볼 수가 없다'715)라고 기록해 두고 있다. 이는 정동규가 해서로 필사할 때 원본이 이미 10여 장 없어졌다는 것을 의미한다. 이 밖에도 현전하는 필사본 『고대일록』에는 결락된 부분

712) 1599년 10월 10일의 일기 다음에 바로 庚子(1600년) '夏五月 七日'로 이어지고 있다.

713) 金侖禹, 「咸陽 義兵有司 鄭慶雲과 『孤臺日錄』」, 『南冥學研究』 2, 慶尙大 南冥學研究所, 1992.

714) 『孤臺日錄』의 의미에 대해서는 吳二煥, 『南冥學派研究』 上, 남명학연구원출판부, 2000. 121-137쪽을 참조할 수 있다.

715) 鄭慶雲, 『孤臺日錄』 1592年 4月 20日條, "萬曆壬辰 四月二十日, 倭賊下陸, 日記十餘丈盡落, 不可考初."

이 80여 곳이나 발견된다. 이것을 『고대일록』에는 '缺'로 표시해 두고 있는데, 정동규가 필사할 당시 원본이 이미 많이 훼손되어 있었다는 것을 방증한다. 이로 볼 때 『고대일록』은 정동규가 읽기 어려운 초서를 해서로 바꾸어 쉽게 읽을 수 있도록 하였고, 그 내용을 오래 전하기 위하여 새 종이에 필사하였던 것으로 보인다.

둘째, 앞부분은 자세하게 기록하고 뒷부분은 소략하게 기록했다는 것을 알 수 있다. 권1이 2년간, 권2가 4년간, 권3이 5년간, 권4가 7년간의 일기이다. 각 권의 분량은 대체로 비슷한데 이렇게 차이가 나는 것은 1592년 4월 23일부터 1593년 12월 30일까지의 2년간 기록은 가장 자세하고, 1603년 1월 1일부터 1609년 11월 1일까지 7년간의 기록은 가장 소략하기 때문이다. 『고대일록』의 기술방법은 먼저 날짜를 쓰고 사안에 따라 일을 서술하였으며, 다른 내용을 서술할 때는 '○'표를 하고 그 아래 기록을 하였다. 날짜가 바뀌면 행을 바꾸어 기술하였다. 이 방법을 앞쪽에서는 대체로 유지하지만, 뒤쪽으로 갈수록 '○'표 아래 다음 날의 일들을 기록하기도 하고, 특별한 일이 없을 때는 며칠씩 건너뛰기도 한다. 건너뛰기는 권4로 갈수록 더욱 빈번하게 나타난다.

셋째, 정경운이 시문집과 일기를 쓰면서 활용한 자료집이 따로 있었다는 것을 알 수 있다. 『고대일록』은 기본적으로 전쟁과 일상에 대한 기록을 산문으로 기술한 것이다. 그러나 자연에 대한 특별한 감흥을 시문의 형태로 남기기도 한다. 시문의 경우 龍岩에서 吳長(思湖, ?~1616)을 기다렸으나 만나지 못하고 지은 「長相思」와 목단과 측백으로 觀人法을 말한 「牧丹側栢說」은 작품을 일기 속에 수록해 두었다.716) 그러나 거의 '詠一絶', '成一絶', '吟一絶', '呈一絶'로 표기하거나 '見詩集'이라 하여 지은 시문집이 따로 있음을 알게 한다. 그리고 일기를 쓰는데 활용한 자료인 官

716) 정경운의 시는 정인홍의 『來庵集』에 「孚飲亭獻酬韻」 등 8제 12수가 전한다.

報, 檄文, 敎文, 通文, 私信 등은 모두 『별록』에 정리해 두었는데 『고대일록』에는 '詳見別錄' 등으로 표시해 두었다. 별록은 발견되지 않았지만 『고대일록』을 쓰면서 활용된 고문서들이 존재했다는 것을 알 수 있다.

현재 우리가 볼 수 있는 『고대일록』은 그의 8대손 정동규에 의해 다시 필사된 것이다. 필사과정에서 오류가 보이기도 하지만[717] 일부를 제외하면 원형 그대로 남아 있는 것으로 보인다. 결락된 부분은 '缺'로 처리하여 오히려 자료적 신빙성을 더욱 확보할 수 있게 했다. 위에서 언급한 서지 및 구성상의 특징을 고려할 때 『고대일록』은 그 짜임새 면에서 문제가 없지 않으나 바로 이 점이 오히려 전쟁체험을 사실적으로 전한다. 『고대일록』은 1992년과 1993년 2년에 걸쳐 경상대 남명학연구소에서 『남명학연구』 2집과 3집에 권1과 권2, 권3과 권4를 각각 영인하여 소개한 바 있으며, 2001년에는 국립진주박물관에서 『壬辰倭亂史料叢書』 10으로 영인해 낸 바 있다.

『고대일록』에 대한 그동안의 연구는 이 책에 대한 해제적 성격을 띤 연구,[718] 정경운의 전쟁체험을 다룬 연구,[719] 함양지역 재지사족의 동향을 살피기 위해 『고대일록』을 단편적으로 활용한 연구[720] 등으로 나누어진다. 본 연구는 이상의 연구성과를 활용하면서 정경운의 자술이력

717) 『고대일록』 권3의 무술년(1598) 4월 25일부터 5월 1일 일부의 기록이 『고대일록』 권2의 갑오년(1594)과 을미년(1595) 사이에 이중으로 필사되어 잘못 삽입된 것이 그 대표적이다.

718) 金侖禹, 「咸陽 義兵有司 鄭慶雲과 『孤臺日錄』」, 『南冥學研究』 2, 慶尙大 南冥學研究所, 1992 ; 金敬洙, 「壬辰倭亂 關聯 民間日記 鄭慶雲의 『孤臺日錄』 研究」, 『國史館論叢』 92, 國史編纂委員會, 2000.

719) 鄭羽洛, 「士林派 文人의 類型과 隱求型 士林의 戰爭體驗」, 『韓國思想과 文化』 28, 韓國思想文化學會, 2005 ; 정해은, 「임진왜란 시기 경상도 사족의 전쟁체험」, 『역사와 현실』 64, 한국역사연구회, 2007 ; 노영구, 「전쟁과 일상」, 『역사와 현실』 64, 한국역사연구회, 2007.

720) 이정희, 「16·7세기 함양지역 재지사족의 동향」, 『이화사학연구』 22, 이화여대 이화사학연구소 1995 ; 김성우, 『조선중기 국가와 사족』, 역사비평사, 2001.

을 중심으로 그의 생애를 재구하고, 『고대일록』에 나타나는 서술의식을 먼저 살펴본 다음, 정경운이 『고대일록』에서 전쟁을 어떻게 형상화하고 있으며, 이 과정에서 발생한 자신의 위기적 삶을 어떻게 기록하고 있는가 하는 것을 집중적으로 따진다. 이를 통해 우리는 향촌에 살았던 일개의 선비가 전쟁을 만나 어떤 역할을 하며, 또한 그의 삶은 전쟁으로 인해 어떤 위기에 봉착하는가 하는 부분을 미시사적 입장에서 자세하게 이해하게 될 것이다.

2. 정경운의 자술이력

정경운은 晉陽人으로 1556년(명종 11) 2월 29일 경상도 咸陽邑 栢淵里 돌뻑에서 태어나고 자랐다. 자를 德顒, 호를 孤臺라 하였는데 자호는 渭川의 濡溪 가에 小孤臺가 있었기 때문이다. 『고대일록』에도 수없이 나오듯이 정경운은 이 고대에서 자연을 감상하거나 여러 벗들과 술을 마시거나 하면서 자신의 정신적 안착지로 삼았다. 그는 姜繗(濫蔭, 1568~?)의 말을 빌어 '孤臺는 호랑이가 걸터앉은 듯하고, 긴 숲은 교룡이 춤추는 듯하며, 바람과 구름이 감싸고 있고, 빼어난 경관이 펼쳐져 있다'[721]면서 『고대일록』에 특기해 두고 있는데, 그의 고대 사랑을 충분히 알 수 있는 대목이다.

정경운의 시조는 僉正을 지낸 鄭仲恭이다. 그의 9세손은 節制使 薰, 10세손은 顯信校尉 確이다. 11세손 孝忠이 두 아들을 낳았는데 希哲과 希輔가 바로 그들이다. 이 가운데 희보는 정경운의 조부로 호가 唐谷이

721) 鄭慶雲, 『孤臺日錄』 1602年 11月 11日條, "孤臺虪踞, 長林虯舞, 風雲繚繞, 形勝森布."

다. 그는 남해군 二東面 草陽里에서 출생하여 17세 되던 해에 함양의 동면 毛看里로 이주하여 세거하면서 이후 그 후손들이 함양지방에 널리 분포하게 되는 계기를 마련하였다. 정희보는 삼남의 대학자로 불릴만큼 유명하였으며 성리학과 『주역』에 조예가 깊었다고 한다. 그의 제자로는 盧禛(玉溪, 1518-1578), 梁喜(九拙, 1515-1508), 都希齡(養性軒, 1539-1566) 등 유명한 선비들이 많았다.

정희보는 業·乘·栗·棄를 낳고, 栗은 慶孫과 慶雲을 낳았다. 정경운의 아버지 율은 承文院 副正字를 지냈으며 兪好仁(濡溪, 1445-1494)의 손서가 되면서 돌뺑으로 이주하게 되었다. 그 결과 정경운은 외가에서 나서 자라게 된다. 정경운의 생애에 대한 구체적인 기록이 남아 있지 않다. 그러나 『고대일록』 1605년 4월 7일조에 '포로가 되었던 사람들의 배 한척이 일본으로부터 도망하여 왔고, 惟政이 왜국의 大都에 들어갔다고 한다'[722]라고 기록한 후, 스스로 자신의 이력을 제시하고 있다. 여기에 그는 50세까지의 자기 생애를 간략히 회고한다. 이를 중심으로 그의 생애를 살펴보기로 하자.

> 나는 두 살에 일찍이 아버지를 여의고 外祖父께 의지하여 길러졌다. 아홉 살에 外王父께서 또 돌아가시고 열세 살에 慈母께서 돌아가셨다. 양부모가 모두 돌아가셔서 맏형에게 受學하였고 外王母께 길러졌다. 열다섯에 또 여의었으며, 이때부터 형 보기를 아버지와 같이 하였고 형수 보기를 어머니와 같이 하였다. 열아홉에 또 형님을 잃었는데, 학업은 魚字와 魯字를 구분하지 못할 정도였으며, 몸과 그림자가 서로를 위로할 지경이었다. 庚午年(1570, 15세)부터 己卯年(1579, 24세)까지 형수를 우러르며 생명을 이어나가기를 마치 韓愈가 鄭夫人에 대해서 하는

722) 鄭慶雲, 『孤臺日錄』 1605年 4月 7日條, "聞被擄人一船, 逃自日本, 惟正入于倭國大都云."

> 것과 같이 하였다.[723]

자술이력서의 들머리로 자신의 불우한 어린 시절을 회고한 부분이다. 그 스스로 말하고 있듯이 2세의 부친 사망, 9세의 외조부 사망, 13세의 모친 사망, 15세의 외조모 사망, 19세의 형 사망 등 그의 어린 시절은 가족의 사망으로 점철되어 있었다. 이 때문에 어린 시절에는 형에게 수학하고 외조모에게 길러졌는데 그는 자신의 고달픈 처지를 몸과 그림자가 서로 위로한다는 의미의 '形影相弔'로 표현하였다. 이 같은 불우를 겪었지만 그는 스스로 의리에 대한 자부심으로 가득했다. '외롭고 곤궁한 가운데에도 오히려 義와 利의 구분을 알아, 집이 城市에 가까웠으나 한 번도 市利를 도모하는 잘못이 없었다'[724]고 한 것이 그것이다. 여기서 나아가 다음과 같이 누구를 스승으로 모시고 따랐는가 하는 부분도 명확히 기록해 두고 있다.

> 辛巳년(1581, 26세)에 비로소 스승을 찾을 줄 알아 來庵先生께 청하였는데, 선생께서 못난이로 물리치지 않으니 그 후 잇따라 출입하였다. 매양 '가을 달이 차가운 강물에 비친다[秋月照寒水]'는 詩句를 생각하며 부모와 같이 우러르고 神明과 같이 믿었다.[725]

스승 정인홍과의 만남을 기록한 부분이다. 정경운이 당시 선생으로 부

723) 鄭慶雲, 『孤臺日錄』 1605年 4月 7日條, "余二歲, 早孤, 依外祖父鞠養, 九歲, 外王父又沒, 十三歲, 慈母見背. 孤哀中, 從伯氏受學, 衣食於外王母, 十五又失之. 自是, 視兄猶父, 視嫂猶母, 十九又失兄. 學未知魚魯, 形影相吊, 自庚午至己卯, 仰嫂爲命, 猶韓愈之於鄭夫人."

724) 鄭慶雲, 『孤臺日錄』 1605年 4月 7日條, "孤困之中, 猶知義利之辨, 家近城市, 亦未嘗有折擅之失."

725) 鄭慶雲, 『孤臺日錄』 1605年 4月 7日條, "辛巳, 始知尋師之道, 請見於來庵先生, 先生不斥之以無似, 厥後賡緣出入, 每思秋月照寒水之句, 仰之如父母, 信之如神明."

른 사람은 정인홍을 비롯하여 金沔, 鄭逑 등이었다. 이 가운데서 물론 정인홍은 '선생'으로만 표시하며 극진한 예우를 하였고, 많은 편지를 주고받으며 그의 정치적 浮沈이나 질병 등을 소상히 기록해 두었다. 위에서 제시한 바와 같이 부모같이 우러르고 신명같이 믿었기 때문에 가능한 것이었다. 같은 글에서 '노둔함을 채찍질하여 선생께 나아가 많은 가르침을 받았고, 때로 편지를 부쳐 안부를 묻고 연달아 이끌어주는 은덕을 받았다.'[726]고 한 것도 모두 이 때문이었다. 그렇다면 그의 벗은 어떤 사람이 있었는가?

(가) 마음으로 현인을 사모하면서 또한 그렇게 되기를 바라서 약간의 옛 책을 읽고 자득함이 있었고, 朴公幹, 朴景實, 盧志夫, 鄭玄卿, 姜克修 등과 벗하였다.[727]

(나) 姜渭瑞와 死生之交를 맺고 牛山의 언덕에 함께 집터를 정하였다. 情이 같고 志가 같고 師友가 같고 學業이 같고 几案이 같고 비방이 같았다. 峨洋의 사이에 비견하였고 肝膽을 서로 내비추었는데, 완전히 기러기가 무리지어 날아올라 멀리 가려는 것 같았다.[728]

정경운이 친밀하게 사귀었던 벗에 대하여 기록한 것이다. (가)에서는 다소의 책을 읽어 자득함이 있었다고 하며 그와 절친했던 벗을 소개하고 있다. 朴汝樑(感樹齋, 1554-1611), 朴邇(景實, ?-1597), 盧士尙(迂溪, 1559-

726) 鄭慶雲, 『孤臺日錄』 1605年 4月 7日條, "策勵駑鈍, 趨拜於先生, 多獲書紳之敎, 時或折簡以候起居, 而連承誘掖之賜."

727) 鄭慶雲, 『孤臺日錄』 1605年 4月 7日條, "心慕希賢, 少有自得於黃卷, 而與朴公幹·朴景實·盧志夫·鄭玄卿·姜克修等, 相友善."

728) 鄭慶雲, 『孤臺日錄』 1605年 4月 7日條, "與姜渭瑞, 定爲死生之交, 同卜牛山之坡, 情同志同, 師友同學業同, 几案同謗毁同, 托爲峨洋, 心肝相照, 絶如鴈之思羣奮飛志遠也."

1598), 鄭景龍(玄景, ?-1594), 姜繗(濫蔭, 1568-?)이 바로 그들이다. (나)에서는 지기들 가운데서도 死生之交를 맺고 肝膽相照의 관계라며 姜應璜(白川, 1559-1636)을 특별히 소개하고 있다. 이 밖에도『고대일록』에 자주 등장하는 정경운의 벗으로는 鄭淳(士古, 1556-1597), 文景虎(嶧陽, 1556-1619), 盧胄(風皐, 1557-1617), 朴而章(龍潭, 1540-1622), 河渾(夢軒, 1548-1620), 鄭弘緒(松灘, 1571-1648), 吳長(思湖, 1565-1616), 盧士豫(弘窩, 1538-1594) 등이 있어 그의 지기를 확인할 수 있게 한다.

> 乙巳년(1605, 50세)에 喪을 만난 후에는 人事에 뜻을 두지 않고 다만 三賢의 사당이 풀섶에 매몰될까 염려할 뿐이었는데, 姜克修가 泮宮에 유학하여 돌아오지 않아 신위를 봉안하는 것을 쉽게 기약할 수가 없었다. 쇠하고 슬픈 몸을 애써 일으켜 다반으로 조처하여서 날을 택하여 移安하려고 하였는데, 이때 고을 사람들은 혹 죄로 여기기도 하고 혹 소홀함을 지적하기도 하고 혹 盛禮에 참여하지 못한 것으로써, 분을 품고 이를 갈며 飛語를 날조하며 음험한 수단으로 다른 사람을 모함하여 반드시 죄인의 처지에 빠뜨리고자 하였다.[729]

전쟁이 끝난 후 남계서원을 중심으로 일어났던 향촌의 분열상을 기술하고 있다. 정경운은 39세(1594년)에 남계서원의 有司가 되어 여러가지 일을 보게 되는데, 50세 이후로는 인사에 마음을 두지 않고 서원의 일만 전심하게 된다. 그러나 당시 남계서원에서는 정여창-노진으로 이어지는 선진측과 정여창-강익으로 이어지는 후진측이 정여창을 주향으로 하면서도 노진과 강익의 위차문제를 두고 대립하게 된다. 위의 자료에서 정경

---

729) 鄭慶雲,『孤臺日錄』1605年 4月 7日條, "乙巳, 遭服之後, 無意人事, 只恐三賢之祠, 埋沒於草莽之間, 而姜克修, 遊泮不歸, 奉安未易期, 强起衰慷, 多般措畫, 擇日移安, 于時鄉人, 或有以愆, 或以遺漏, 或有不參於盛禮者, 懷憤磨牙, 捏造飛語, 吹沙伺影, 必欲陷之於有過之地."

운은 당시의 고달픈 심정을 기술하고 있다. 그리하여 마침내 다음과 같이 그는 두문을 선택하지 않을 수 없었다고 했다.

> 마치 외로운 학은 무리가 적고 솔개와 갈가마귀가 많은 것 같았다. 이로부터 뜻이 人事를 사절하고 杜門하여 허물을 살폈다. 허물이 있으면 고치고 없으면 비웃었는데, 마치 기러기가 마시지 않고 쪼지 않고 듣지 않고 보지 않으며 구름 속에서 날개를 접고서 기색을 살피며 드물게 나와 거의 그물에 걸리는 재앙을 면하는 것 같이 하였다.[730)]

남계서원 운영권을 두고 벌인 신구의 대립과정에서 정경운은 선진측으로부터 영구히 損徒당하고 姜應璜(白川, 1559-1636) 등은 4개월 동안 손도당하였다. 여기서 나아가 선진측은 후진측의 배후로 지목되었던 정인홍과 정구의 영향력을 배제시켰다. 이 분쟁은 결국 후진측의 승리로 끝나기는 하지만 정경운은 이 사건을 거치면서 재앙의 그물에 걸리지 않기 위하여 노력하였다. 위에서 보듯이 자신을 외로운 학으로 상대를 솔개·갈가마귀로 비유하면서 스스로의 심정을 드러냈으며, 인사를 사절하고 두문불출하기로 마음먹었다. 1617년 그가 62세 되던 해에 남계서원의 원장이 되어 실무를 담당하기도 하지만 정경운은 만년을 비교적 조용하게 보냈던 것으로 보인다.

정경운은 함양의 재지사족으로 비교적 여유 있는 가세를 자랑했던 것으로 보인다. 그러나 그의 초년은 부모를 여의고 형수에게 의탁하여 살았으니 매우 불우하였다고 하겠다. 26세에 정인홍을 스승으로 모시면서 많은 변화를 보이게 되며, 강응황과 사생지교를 맺으면서 우의를 돈독히

730) 鄭慶雲, 『孤臺日錄』 1605年 4月 7日條, "如孤鶴之寡侶, 而鴟鴉之衆多. 自是, 意欲謝絶人事, 杜門省愆, 若有則改之, 無則笑之, 如鴈之不飮不啄, 不聞不見, 斂翼雲霄, 色斯簡出, 則庶免罔羅之厄矣."

하였고, 전쟁기와 그 이후 남계서원의 일을 맡아 보면서 서원의 이건과 鄕賢祠의 위차문제[731]를 둘러싸고 일어났던 향촌내 갈등의 중심에서 괴로워한다. 그리고 자신의 뜻대로 실행되지는 않았지만 50세 이후로는 두문을 선언하며 세상일을 접고자 하였다. 그의 자술이력에서는 임진왜란에 대한 자신의 입장을 특별히 기록하지는 않았다. 『고대일록』 자체가 이에 대한 기록이기 때문에 따로 기록할 필요가 없었기 때문일 터이다.

3. 『고대일록』의 서술의식

『고대일록』의 서술의식은 단순하지가 않다. 이것은 교열과 교감과정을 거친 문집이 아니라 그날의 중요한 일이나 인상이 깊은 것을 글감으로 선택하여 쓴 체험적 기록이기 때문이다. 날씨를 대체로 생략하는 등 특이점이 발견되기는 하나 연월일을 적고 그날의 일기를 쓰는 일기쓰기의 일반적인 방식은 그대로 따르고 있다. 『고대일록』은 이 같은 일기의 일반적인 글쓰기 방식을 따르고 있음에도 불구하고 여기에는 정경운의 독특한 서술의식이 내포되어 있어 이를 정밀하게 따져볼 필요가 있다. 이것은 정경운의 세계관과 직결되는 것이어서 중요한 것이 아닐 수 없다고 하겠다. 몇 가지로 나누어 살펴보기로 한다.

첫째, 『고대일록』에 나타난 서술의식의 기반은 春秋大義 정신에 있다. 춘추대의는 사마천이 『사기』에서 밝혀놓고 있듯이 '위로는 삼왕의 도를

---

731) 정유재란으로 남계서원이 파괴되자 사족들은 서원이건을 모색했다. 1600년(선조 33)에 이 논의가 있어 羅村으로 이건하려고 하였으나 향중의 반대로 실행으로 옮기지는 못했다. 당시 서원의 원장은 盧士价였고 정경운은 서원유사였다. 이후 정경운과 강응황 등이 주도하여 서원을 이건하고 1605년 3월 12일에 위패를 봉안하는 고유제를 지내게 된다. 향현사의 위차문제는 1606년 7월 24일 향중대회를 열어 재론하였다.

밝히고 아래로는 인사의 기강을 분변해 혐의를 분별하며, 시비를 밝히고, 의심스러워 결정하지 못하는 것을 결정하며, 선을 선으로 여기고 악을 악하게 여기며, 어진 이를 어질게 여기고 불초한 이를 천하게 여기는 것'[732]이다. 그리고 이로 인해 '망한 나라를 보존하고 끊어진 세계를 이어주며, 잘못된 것은 보충해 주고 사라진 것은 복원시키는 것이 왕도의 중요한 부분'[733]이라는 효용성 역시 제기하고 있다. 특히 춘추는 治人에 매우 유용한 것으로 옳음(義)에 따라 이룩되는 公共의 이념이라 할 수 있을 것이다.

정경운은 춘추대의 정신에 입각하여 『고대일록』을 기술하고자 했다. 우선 형식적인 측면에서 『춘추』의 기술방법을 차용하고 있다. 매년 정월 초하루를 기술하면서 『춘추』의 방식을 따르고 있는데, '二十一年 癸巳 春 王正月 丙辰朔', '萬曆甲午 春 王正月 初一日 庚辰', '戊戌 春 王正月 初一日 丁亥' 등으로 표기한 것이 그것이다. 『춘추』 역시 '元年 春 王正月', '三年 春 王二月 己巳' 등으로 표기하고 있다. 내용적인 측면에서도 춘추대의 정신에 입각하여 집권자와 관리에 대한 신랄한 비판을 가하면서 당대의 부조리와 시비를 가리고자 했다. 이에 대해서는 장을 달리해서 살펴볼 것이다.

둘째, 『고대일록』은 개인과 국가라는 이원적 초점으로 기술되어 있다. 일기는 보통 개인에 초점을 두고 미시적으로 기술하고, 실록은 국가에 초점을 두고 거시적으로 기술한다. 『고대일록』이라는 명칭은 그 필사과정에서 붙인 듯하지만[734] 일기의 내용은 정경운이 겪은 체험적 기록이 대부

---

732) 司馬遷, 「太史公自序」(『史記』 卷130), "夫春秋, 上明三王之道, 下辨人事之紀, 別嫌疑, 明是非, 定猶豫, 善善惡惡, 賢賢賤不肖."

733) 司馬遷, 「太史公自序」(『史記』 卷130), "存亡國, 繼絶世, 補敝起廢, 王道之大者也".

734) 그 유력한 증거로 『孤臺日錄』의 2권 서두에 '孤臺公日記卷之二'라는 기록을 들 수 있다.

분이다. 즉 험난한 전쟁체험뿐만 아니라 집안에서 일어나는 다양한 일들, 남계서원을 중심으로 일어났던 당시 함양지역 사림들의 갈등상, 이곳저곳을 떠돌아다니면서 본 사물 등이 충실하게 기록되어 있다는 것이다.

그러나 『고대일록』은 개인의 신변잡기에만 그치지는 않았다. 선조의 몽진, 龍灣에서의 사냥, 도성으로의 환궁, 임금의 인후에 난 종기로 인한 괴로움 등 임금과 관련된 사실을 비교적 자세히 기록하였다. 나아가 인목대비의 가례나 嫡緖의 첩을 빼앗고자 한 임해군의 무도 등 왕가에 대한 이야기도 다양한 통로를 통해 자료를 수집하여 기록해 둔다. 일기를 적으면서 춘추의 기술방법을 채택하였듯이 그의 서술의식에는 국가라는 거대한 집단에도 초점이 맞추어져 있어, 개인의 신변잡기를 중심으로 기록한 부분과 함께 이원성을 이룬다. 이는 정경운이 일상을 거느린 개인이면서 동시에 공공의 정의를 생각하는 사대부임을 자각한 결과라 하겠다.

셋째, 『고대일록』은 일화나 신이담을 충실히 반영하고 있다. 정경운은 그가 듣고 본 것 가운데 신이한 것이 있으면 이것을 특기해 두고 있다. 1604년 12월 20일과 1605년 4월 4일에 기록해둔 香胎에 관한 이야기는 그 대표적이다. 향태라는 여자는 일곱달 만에 아들 셋을 나았는데 모두 긴 수염을 갖고 있었고, 천상에서 혼인을 하여 근친을 오는 날이면 여인들을 거느리고 땅으로 내려왔다가 다시 하늘로 돌아갔으며, 얼마 되지 않아 다시 한 아들을 낳았다는 이야기가 그것이다. 이에 대하여 정경운은 '神怪한 일이기 때문에 그것이 이치에 맞는지를 헤아릴 수 없다'[735]라는 유보적인 태도를 보이지만 이에 대한 이야기를 소상하게 적어두고 있는 것은 신괴에 대한 관심의 표명이라 할 수 있다.

칠석날 비가 오거나 그렇지 못할 때는 견우와 직녀 이야기를 항상 염

---

735) 鄭慶雲, 『孤臺日錄』 1604年 12月 20日條, "此, 理外神怪之事, 莫測其所以然之理矣."

두에 둔 것도 같은 입장에서 이해할 수 있다. 『고대일록』에는 보통의 일기처럼 매일 날씨를 적지는 않았는데, 7월 7일에는 견우직녀의 고사를 생각하며 비 소식을 전하였다. '비가 내렸다. 견우와 직녀의 만남이 이제 얕지 않아 그러한 것인가?',[736] '七夕인데도 비가 오지 않으니, 어쩌면 견우직녀의 정분이 쇠하여 점점 쇠퇴했기 때문이 아닐까?',[737] '비가 내렸다. 이른바 견우와 직녀의 눈물이 인간 세상에 변화되어 비가 주룩주룩 내린다는 것이다.'[738] 등의 허다한 기록이 바로 그것이다.[739]

넷째, 『고대일록』에는 미시사적 객관성을 유지하려는 의식이 있었다. 일기가 대체로 그러하듯이 자신의 주변에서 일어나는 일을 미시적으로 기술한다. 그러나 대부분 자신의 감정에 충실하여 객관성을 잃는 경우가 많다. 정경운의 『고대일록』 역시 여기서 자유로울 수는 없지만 주관적 정서를 주된 창작의 원리로 삼는 한시작품은 따로 시집을 마련하여 거기에 싣고 있다는 측면에서 나름대로 객관성을 유지하고자 했다. 이것은 『고대일록』이 정경운의 산문정신에 입각하여 현실을 사실적으로 관찰하고, 그것을 객관적 입장에서 서술하였다는 것을 의미한다.

여러가지 공문서를 선택하여 요약해서 싣고 『별록』을 따로 두고 정리했던 사실도 그의 객관정신에 의거한 것으로 보인다. 예컨대, 김성일이 함양군에 도착하여 士人들을 불러 모으기 위하여 쓴 격문(1592년 5월 9일조), 노사상이 鄕人들과 모여 의병을 일으키기 위하여 보낸 통문(1592년 5월 22일조), 명나라 군대를 지원하기 위하여 열읍에 보낸 통문(1593년 2월 15일조) 등 허다한 기록이 그것이다. 정경운이 이처럼 공문서를 적극적

736) 鄭慶雲, 『孤臺日錄』 1605年 7月 7日條, "雨. 牛女之會, 至今未淺而然耶?"
737) 鄭慶雲, 『孤臺日錄』 1607年 7月 7日條, "七夕不雨, 豈非牛女之情, 老而衰替耶?"
738) 鄭慶雲, 『孤臺日錄』 1609年 7月 7日條, "雨. 所謂牛女之淚, 化作人間, 雨滂沱者也
739) 『孤臺日錄』 1608年 7月 7日條에도, '오늘도 역시 비가 내리지 않았다. 견우와 직녀의 정분이 쇠하여 멍해졌기 때문이 아닐까?'라고 하였다.

으로 활용하고 있는 것은 그 스스로의 주관에 빠져 사태에 대한 정확한 기록이 이루어지지 않을까를 염려한 까닭이라 하겠다.

다섯째, 『고대일록』은 졸기를 남겨 후세 사람들에게 그 사람의 행적을 알리고 귀감이 되게 하였다. 정경운은 죽음에 대단히 민감하게 반응을 하면서 상세하게 기록했다. 위로는 임금으로부터 아래로는 노비에 이르기까지 죽었다는 소식을 들으면 가능한대로 여기에 대하여 기록하고 인물평을 하였다. 가까이로는 손자와 딸, 종매 등이 있었고 멀리로는 조정의 신하들이 있었다. 김성일이나 이순신 등 볼 만한 행실이 있으면 이를 기록으로 남겨 모범으로 삼고자 했고, 김명원이나 최상중 그리고 이귀와 같이 악행을 저지른 경우는 역시 기록을 남겨 경계하고자 했다.

정경운은 졸기를 적으면서도 객관성을 유지하고자 했다. 예컨대, 김시민의 경우 그의 죽음에 대하여 진주사람들이 부모 喪과 같이 하였다는 점을 들어 그가 민심을 얻은 것에 대하여 칭찬하면서도 大義에 힘쓰지 않고 작은 은혜를 베푸는데 한결같이 힘썼다고 비판한 것이 그것이다.[740] 정경운이 쓴 졸기에는 물론 그와 가깝게 지내던 동서 朴弘樑과 지기 鄭景龍 등에 대하여 특별한 마음으로 기록하고 있기도 하지만, 김면과 같이 위난의 시기에 분연히 일어나 자신의 몸을 돌보지 않고 적을 토멸하다가 그 뜻을 이루지 못하고 죽은 의병장에 대하여 그 안타까운 마음을 싣기도 했다. 소모유사나 종사관으로 활동했던 그의 이력이 작용한 결과라 하겠다.

이상에서 보듯이 『고대일록』의 서술의식은 대체로 다섯 가지로 정리할 수 있다. 춘추대의 정신에 서술의식의 기반을 두고 있는 점, 개인과 국가라는 이원적 초점을 유지하고 있는 점, 일화나 신이담을 충실히 반영하고 있는 점, 미시사적 객관성을 유지하고자 한 점, 졸기를 남겨 후세 사

740) 鄭慶雲, 『孤臺日錄』 1592年 12月 22日條 참조.

람들에게 귀감이 되게 하고자 한 점 등이 대체로 그것이다. 『고대일록』에 나타난 이 같은 서술의식은 이미 살펴본 바 있는 『고대일록』의 형태적인 측면과는 서로 다른, 즉 정경운의 역사의식이 그 이면에서 작용한 결과여서 특별히 주목할 필요가 있다. 이것은 『고대일록』이 일기의 형태를 띠고 있는 것이지만 단순히 여기에 그치지 않고, 국가나 집단에 관심을 두고 있으면서도 개인의 문제를 충실히 담고 있기 때문에 가능한 것이다.

4. 전쟁의 형상과 현실비판

정경운은 1592년 임진왜란이 발발하자 의병활동에 참여하게 되는데, 일본군이 철수하는 1598년 11월까지 계속된다. 그리고 1597년 정유재란이 일어나자 피란을 모색하고 그 해 9월에는 진안과 용담을 거쳐 1598년 4월에는 전라도 익산으로 피신을 했다가 1599년 3월에 다시 고향으로 돌아온다. 이 과정에서 그는 전쟁으로 인한 참혹상을 목도하게 되었고 이에 따른 원인과 대안을 모색하기도 했다. 사정의 이러함을 염두에 두면서 『고대일록』에 나타나고 있는 전쟁에 관한 기록을 그 참혹상과 함께 다양한 현실비판으로 나누어 살펴보기로 하자.[741]

4.1. 전쟁 참상의 사실적 형상

『고대일록』은 다른 실기자료와 마찬가지로 전쟁의 경과 및 자신의 전

741) 이 부분에 대해서는 정우락, 「사림파 문인의 유형과 은구형 사림의 전쟁체험」, 『한국사상과 문화』 28(한국사상문화학회, 2005), 40-48쪽을 적극적으로 수용한다.

쟁체험을 사실적으로 묘사하고 있어 독자로 하여금 깊은 감동을 준다. 정경운은 당대의 국맥이 실과 같다고 생각했다. '국맥이 실과 같아서 도적들이 바닷가에 진을 치고, 명나라 병사는 이제 막 도착했다. 그러나 나라의 비용은 텅비어 고갈되었다. 비유컨대 장차 죽어가는 사람의 목숨이 호흡하는 사이에 있는 것과 같아서, 그 흥망을 단언할 수 없다.'742)고 한 데서 이 같은 사정을 충분히 알 수 있다. 국맥을 실 같은 '呼吸之間'에 있는 것으로 파악한 정경운은 그 실상을 기아와 살육, 국토의 황폐 등을 통해 다양하게 제시하였다. 이에 대한 기록을 『고대일록』에서 찾아보기로 한다.

전쟁에 따른 기아의 심각성은 필연적이라 하지 않을 수 없다. 『고대일록』 1593년 5월 25일조에 의하면, '鄭士淵을 만나 開寧과 金山에서는 난리를 겪으면서 官人이 서로 먹는다는 소리를 듣고 경악을 금치 못하였다. 가만히 時世가 이러한 지경까지 이르렀음을 탄식하나니, 이것이 누구의 잘못인가?'743)라고 하였다. 여기서 정경운은 관인이 서로 먹는다고 하고 있으니, 그 이하 백성들의 곤핍은 말할 필요도 없다는 것을 행간에서 알 수 있게 했다. 뿐만 아니라 그 자신 가족을 기아로부터 구제하고자 농사에 특별한 관심을 갖고 구걸과 상행위를 하면서 이를 극복하고자 노력하기도 했다.

기아로 인한 곤핍도 커다란 문제이지만 전쟁으로 인한 살육의 참혹상은 이루 말할 수 없었다. 朴濟翁의 父子가 賊의 손에 죽었다는 말을 듣고 참담하고 쓰린 마음을 이길 수 없다(1594년 11월 1일조)고 하거나, 玉山倉에 들어가 유숙하면서, 僉知 金伯玉과 그의 3형제가 모두 적의 칼에 부

742) 鄭慶雲, 『孤臺日錄』 1595年 7月 8日條, "國脉如絲, 賊據海上, 天兵鼎來, 國用虛渴, 比如將死之人命, 在呼吸之間, 其興其亡, 未可必也."

743) 鄭慶雲, 『孤臺日錄』 1593年 4月 25日條, "見鄭士淵, 聞開寧金山經亂等, 官人相食云, 不勝驚愕. 竊歎時世之至於此極者, 伊誰之過歟?"

인을 잃었다는 말을 듣고 슬퍼한 일(1598년 4월 25일조) 등이 모두 그것이다. 특히 그의 가족과 직접적으로 관련된 참상은 다음과 같이 사실적으로 기술해 두기도 했다.

(가) 날이 저물 무렵 처형인 金得允과 金得智의 부음이 왔다. 김군 형제는 물건을 매매하는 일로써 左道에 갔는데 한 달이 지나서야 비로소 돌아오게 되었다. 茂溪津에 이르렀을 때, 적에게 해를 당하여 시신이 강물에 던져졌다. 그 종이 혼자 와서 부음을 전했다. 연약한 아내와 어린 아이가 집에 가득히 통곡하니 인간의 비참한 것이 이때보다 극심함이 없었다. 지난 해에 妻弟가 靑松에서 굶어 죽고, 형제가 또 도적의 손에 죽었다. 장인의 자식 중에 나의 아내만 남았으니 참혹하고 참혹하도다.[744)]

(나) 조카가 산에 이르러 貞兒의 시신을 찾았다. 머리가 반쯤 잘린 채 돌 사이에 엎어져 있었는데, 차고 있던 칼로 휘두르려고 하는 것이 마치 살아 있는 것과 같았다고 한다. 아아! 내 딸이 이 지경에 이르렀는가? 내가 처음 왜적이 쳐들어온다는 소식을 듣고 차고 있던 칼을 주면서 "만약 불행한 일을 만나더라도 너는 적의 뜻을 따르지 말라"라고 하였었다. 이후로는 한 번도 머리를 빗지도 않고 얼굴을 씻지도 않았으며, "큰 적이 이에 이른다니 내가 살 수 있을 지는 반드시 기약하기 어렵다"는 말을 그 어미에게 항상 했었다고 한다. 마침내 凶賊을 만나 당당하게 겁도 없이 왜적을 나무라면서 삶을 버리고 절개를 온전히 하였으니, 곧도다! 내 딸이여! 그 이름에 부끄럽지 않도다.[745)]

---

744) 鄭慶雲,『孤臺日錄』1594年 1月 16日條, "日暮, 妻兄金得允得智, 訃音來. 金君兄弟, 以興販事, 往左道, 經月始返, 到茂溪津, 爲賊所害, 投屍于江, 其奴獨來告訃, 弱妻稚子, 盈室慟哭慟哭, 人間悲慘, 莫此時爲極, 往年, 妻弟餓死於靑松, 兄弟又斃於賊手, 外舅之子, 只餘荊布, 慘矣慘矣."

745) 鄭慶雲,『孤臺日錄』1597年 8月 21日條, "猶子到山, 得貞兒屍身, 斬首過半, 覆於石間, 所佩刀子及投手, 皆宛若平生. 嗚呼! 我女, 至於此極耶! 我始聞賊, 奇(寄)解小佩刀子遣之曰, 若遇不幸, 汝不從賊云云. 自後, 一不梳頭洗面曰, 大賊今

(가)는 임진왜란이 일어난 2년 뒤인 1594년 1월 16일의 기록이다. 처의 형제가 굶어 죽거나 적에게 죽임을 당했다는 기록이다. 이로 인한 처가의 멸문을 비통한 심정으로 기술하고 있다. (나)는 정유재란이 일어났던 1597년 8월 21일의 기록이다. 이 때 함양이 왜군에 의해 무참히 유린되고 있었으며, 정경운은 가족을 거느리고 1개월 여를 산골짜기로 피신해 다녔었다. 이 와중에 정경운은 가족을 잃었다. 당시의 상황을 정경운은 1597년 8월 18일조에 기록해 두고 있다. 즉 해질 무렵 왜적이 고함을 지르고 칼을 휘두르며 사방으로 돌입하자 사람들이 모두 산골짜기에 엎어지고 넘어지면서 도망을 갔는데, (나)는 사흘 뒤 큰 딸의 시신을 찾고 난 다음 그의 비통한 심정을 토로한 것이다.

전쟁으로 인한 참혹상은 가족뿐이 아니었다. 정경운은 전쟁 후 도성에 들어갔다가 그곳이 폐허가 된 것을 발견하고 이에 대한 느낌을 기록으로 남기도 했다. 1594년 11월 19일 도성에 들어가게 되었는데, 궁궐은 탕진되고 사람이 살던 집은 폐허가 되어 백에 하나도 남아 있지 않다고 하면서, 온 세상이 쑥대밭이라 비통한 마음에 자신도 모르게 흘러내리는 눈물을 감출 수가 없었다[746]고 한다. 그리고 1595년 2월 8일조에는 고령에 가서 노비의 집에서 잠을 자면서, '고령 사람들은 옛날 집터에 천막을 치고 사는 자들이 3분의 1이었다'[747]라고 하면서 고령의 황폐함을 나타내 시골이나 도성 할 것 없이 국토 전체가 전쟁으로 인해 황폐하게 되었음을 나타냈다.

국토가 유린되고 있는 상황에서 정경운은, '아! 우리나라 2백년 문물제

至, 我生難必之言. 與厥母每每說道云云矣. 卒于凶賊, 屹然無惻, 罵詈賊奴, 捨生全節, 貞哉! 我女! 不愧其名矣!"

746) 鄭慶雲, 『孤臺日錄』 1594年 11月 19日條, "入城, 宮闕蕩然, 人家灰燼, 百不一存, 滿目蓬蒿, 令人悲感, 不覺隕涕."

747) 鄭慶雲, 『孤臺日錄』 1595年 2月 8日條, "宿于高靈縣內, 質夫之奴家, 靈人, 結幕于旧墟者, 三分之一矣."

도가 하루아침에 무너지고 깨어져 다시 더 남은 자취가 없게 되니, 白首의 서생도 지금 처음 보매 黍離의 탄식을 금할 수 없거늘, 나라의 녹을 먹는 公卿 宰相들이 감개하는 심회가 없을 수 있겠는가?'[748]라고 하면서 당시의 심정을 전했다. 그러나 비통함을 갖는 것만이 능사가 아니었으므로 '만약에 임금과 신하가 힘을 합쳐 한결같이 臥薪嘗膽하는 각오를 지니고 회복하겠다는 마음을 가지게 된다면, 하늘의 뜻을 되돌리고 민심을 수습하여 원수를 갚는 데에 거의 어려움이 없을 것이다'[749]라고 하면서 일말의 희망을 버리지는 않았다. 그러나 그가 나서서 어떻게 할 수 있는 처지가 아니었으므로 여기서 隱求型 지식인의 좌절을 심각하게 맛보지 않을 수 없었다.

이상과 같이 정경운의 『고대일록』은 전쟁의 참상을 사실적으로 형상화하고 있다. 국맥을 실 같은 '호흡지간'으로 인식한 그는 당시의 기아와 곤핍을 있는 그대로 기록한다. 특히 정유재란 당시 함양으로 쳐들어온 적에 의해 가족들이 살육당하는 것을 목도하고, 이로 인한 특별한 심회를 눈물로 기록해 두고 있다. 그러나 그는 시골에 숨어사는 일개의 유생에 지나지 않았기 때문에 심각한 좌절을 맛보지 않을 수 없었다. 다만 임금과 신하가 합심하여 와신상담의 각오로 이 난국을 타개해 줄 것을 바랄 뿐이었다. 우리는 여기서 정경운이 소모유사로 비교적 적극적인 역할을 하기도 하지만, 벼슬하지 못한 은구형 지식인이 지닌 전쟁대응의 한계를 절감하게 된다.

---

748) 鄭慶雲, 『孤臺日錄』 1594年 11月 19日條, "嗚呼! 我國家二百年衣冠文物, 一朝崩析, 無復有遺墟, 白首書生, 今始見之, 難禁黍離之歎, 食祿卿相, 其能無感慨之懷乎?"

749) 鄭慶雲, 『孤臺日錄』 1594年 11月 19日條, "若使, 君臣協力, 一以臥薪爲念, 恢復爲心, 則天意可回, 人心可收, 其於報仇, 庶乎不難."

4.2. 현실에 대한 다각적 비판

전쟁과 관련한 실기자료에는 공통적으로 나타나는 것이 몇 가지 있다. 현실비판, 현실에 대한 참상, 왜적에 대항하는 여러 국면들, 왜군과 명군의 동정, 작자 주변의 이야기 등이 대체로 그것이다. 『고대일록』 또한 예외가 아니다. 정경운은 당대를 '조석을 보존할 수 없는' 시기라고 보았다. 그것이 주로 전쟁에 기인한 것이기는 하지만, 혼란을 틈타 土賊이 안에서 일어나 사태를 더욱 악화시켰기 때문이기도 하다. 비판이 개선의지를 담보한다고 볼 때 정경운의 현실비판은 결국 어떤 방향으로 이루어져 있는지를 알 수 있다. 1594년 1월 17일조의 기록을 보자. 당시 국토 전체가 얼마나 혼란에 빠져 있었는지를 확인케 한다.

> 忠淸道 내에 도적이 크게 일어나 13곳에 진을 치고 3-4읍을 걸쳐 점령하였다. 도망자를 불러들이고 모반자를 받아들여 流民들을 위무하니, 민심이 그림자처럼 따라서 무리가 매우 많아졌다고 하니, 슬프도다. 바다의 도적이 아직도 경계 안에 있는데, 土賊이 또 나라 안에서 일어나니, 이때의 형세가 매우 위태로워 朝夕을 보존할 수 없게 되었다.[750]

위의 글은 당시의 혼란상을 적기한 것이다. 그렇다면 이 같은 내우외환에 대한 원인과 그 책임은 누구에게 있는가? 정경운은 위정자들에게 있다고 보았다. 분노의 화살이 일차적으로는 왜적을 향했지만,[751] 결국

750) 鄭慶雲, 『孤臺日錄』 1594年 1月 17日條, "忠淸道內, 賊大起, 結陣十三處, 連據三四邑, 招亡納叛, 慰撫流民, 人心影附, 徒衆甚多云云. 噫! 海寇猶據境上, 土賊又起國中, 時勢岌岌, 莫保朝夕."

751) 정경운의 왜적을 향한 적개심은 다양하게 드러난다. 『고대일록』 1597년 5월 23일조에 '思坪에 가서 목화를 살펴보았다. 집에 기르던 개가 노루새끼를 물어 죽였는데, 어떻게 하면 秀吉이 놈을 이같이 깨끗이 죽일 수 있을까?'라고 한 대목은 그 대표적이다.

당대의 위기 상황을 몰고 온 근본적인 원인은 위정자의 무능과 부패에 있다고 본 것이다. 관군은 약탈을 일삼고 관리들은 매관매직을 일삼는다고 했다. 상벌은 원칙이 없으며 조정에는 아무런 계책이 없다고 했다. 하늘은 일식으로 재앙을 경고하기도 하고(1596년 윤8월 1일조), 황해도에서는 큰 돌이 10여 리를 걷다가 멈추기도 하였으나(1595년 7월 8일조) 조정의 신하들은 일없이 녹만 먹을 뿐, 사적인 일에만 힘쓸 따름이라고 했다.[752] 정경운의 이 같은 생각은 다음 자료에서도 확인이 가능하다.

(가) 위로는 公卿으로부터 아래로는 처음 벼슬을 하는 사람에 이르기까지 모두 술에 빠져 있는 것으로 일을 삼고 經理에는 뜻이 없으니 中興을 어찌하며, 백성을 어찌 할까?[753]

(나) 내년에 흉년이 들 것을 헤아리지 않아도 알 수 있다. 백성들은 어찌 할 것이며, 국가는 어찌 할 것인가? 巡察使는 아득히 농사를 권할 뜻이 없고 守令은 흥청망청 오직 술과 고기로서 일을 삼으니, 결국 어떠하겠는가?[754]

(다) 임금이 義州에서 서쪽으로 龍灣에 가서 사냥을 하였다. 지금까지 2년 동안 온 나라의 신민들이 죽지 못하는 것을 한으로 여기고 있다. 그런데도 임금의 수레를 따르는 여러 신하들은 나라를 회복하는 것을 나머지 일로 여기고 私感을 펴내는 것으로 때를 얻고 있다. 아아! '썩은 나무가 정권을 잡고, 걸어 다니는 송장이 권력을 사용한다'라는

---

752) 鄭慶雲, 『孤臺日錄』 1595年 7月 8日條, "黃海道長延境, 有大石, 自步止于十餘里之外, 大如數間屋子也. 小石, 如籠如盆者, 二十餘介, 亦隨之云 …… 天災時變, 間見疊出, 廟堂公宰, 伴食而已, 營私而已, 慨可太息!"

753) 鄭慶雲, 『孤臺日錄』 1594年 1月 17日條, "上自公卿, 下至一命, 猶以沈湎爲事, 無意經理, 中興奈何? 生民奈何?"

754) 鄭慶雲, 『孤臺日錄』 1594年 4月 7日條, "明年之歉, 不占而知, 生民奈何? 國家奈何? 巡使邈然無勸農之意, 守令滔滔唯以酒肉爲事, 厥終如何?"

말이 불행히도 여기에 가깝다고 하겠다.[755]

정경운은 위의 글을 통해 위로는 임금에서 아래로는 하급관리에 이르기까지 당대의 위정자를 다양하게 비판하고 있다. 존망의 기로에서 있는 위기적 현실임에도 불구하고 관리들은 술과 고기만을 일삼는다면서 현실인식과 그 대응의 안일성에 대하여 맹렬히 비판하였다. '朽木秉政, 行尸用權'이라는 말 속에 그의 비판정신이 가장 절실하게 함축되어 있다. 이 같은 사태가 오게 된 최종적인 책임은 임금일 수밖에 없다. 이에 대한 인식은 1596년 11월 26일조에 자세하게 기록되어 있다. 사근찰방 金志和가 서울에서 와서 黃愼이 밀계를 올리자 임금은 적과 싸우다 죽을 뜻이 없고 다만 요동으로 피란을 가려하였다고 하면서 司諫 金弘微의 諫言을 특기하고 있는데서 사정의 이러함을 확인할 수 있다.

> 司諫 金弘微가 간하여 말하기를, '나라의 임금이 사직을 위하여 죽는 것이 義理의 바름인데, 전하께서는 이를 버리고 어디로 가려 하십니까?'라는 말을 하니, 傳敎하여 말씀하시기를, '마땅히 천천히 의논하도록 하라'고 하셨다고 한다. 사대부의 家屬은 임의로 도망가 숨어서 전날처럼 꺼꾸러지는 환란이 없도록 하라는 영을 내리시니, 이로 말미암아 인심이 흉흉하여 조석을 보존할 수 없게 되었다. 또한 팔도에 香을 내려 산천의 신령에 제사를 드려서 왜적으로 하여금 감히 서쪽으로 향하지 못하게 하라는 영을 내리시니, 이것이 과연 나라를 다스리는 계책인가?[756]

---

755) 鄭慶雲, 『孤臺日錄』 1593年 1月 1日條, "上在義州, 西狩龍灣, 于今二載, 擧國臣民, 恨不卽死, 而隨駕群臣, 以恢復爲餘事, 以抒憾爲得時. 嗚呼! 朽木秉政, 行尸用權, 不幸而近近矣."

756) 鄭慶雲, 『孤臺日錄』 1596年 11月 26日條, "沙斤察訪金丈志和, 自京到郡, 其言曰 黃愼密啓之後, 上意大驚, 遂決渡遼之策, 無控制效死之志. 司諫金弘微諫曰, 國君死社稷, 義之正也, 殿下, 捨此焉往云云. 傳曰, 徐當議之令, 士大夫家屬, 任

정경운의 『고대일록』은 이원적 초점을 유지하고 있으므로, 사적인 일기의 형태를 띠고 있지만 임금의 행적에 많은 관심을 갖고 기록하고 있다. 전쟁 초기에는 임금에 대한 신뢰가 적극적으로 나타나고 있으나 전쟁이 장기화 되어감에 따라 이 같은 신뢰는 무너지기 시작했다. 위의 자료에서 보듯이 임금 스스로는 나라를 위해 죽으려는 '國君死社稷'의 의리가 없이 도망가기에 급급하고, 기껏 영을 내린다고 하는 것이 사대부들은 알아서 피신하라는 것과 초월자의 힘을 빌기 위하여 산천에 제사를 드리게 하는 것이라 했다. 이에 정경운은 이것이 과연 '나라를 다스리는 계책인가?'를 따져 묻고 '한강 이남을 버리고 서로 잊혀진 땅으로 말씀하시니, 눈물이 흐르는 것을 깨닫지 못하겠다'[757]며 한탄하였던 것이다.

선조의 실정에 이어 관리들의 이름을 구체적으로 거명하면서 비판하기도 했다. 즉 군사들에게 포악한 朴天鳳,[758] 위급한 현실인데도 술을 마시면서 유흥을 즐기는 李廷馣,[759] 국가와 백성은 아랑곳하지 않고 먹고 마시는 것을 일삼는 尹斗壽,[760] 악행으로 백성을 떠나게 하는 거창 현감 權滉,[761] 깃발과 무기를 호화롭게 하여 백성들에게 폐를 끼치는 종사관 申欽과 金尚容[762] 등 일일이 예거할 수 없을 정도로 많은 관리들

意竄伏, 俾無前日顚倒之患, 由是, 人心洶洶, 莫保朝夕矣. 又令降香于八道, 陳祭于山川之靈, 使賊奴不敢西向, 此果經理之策乎?"

757) 鄭慶雲, 『孤臺日錄』 1596年 11月 26日條, "棄漢江以南, 於相忘之域, 言之, 不覺涕泗也."

758) 鄭慶雲, 『孤臺日錄』 1594年 1月 11日條, "兵使軍官朴天鳳, 到郡, 抄發軍士, 大加嚴刑, 承順成允文之令, 少無愛人之心, 視人命如草芥, 可痛可痛!" 박천봉의 횡포는 『고대일록』 1594년 1월 12일조, 1월 18일조, 6월 26일조 등에 두루 보인다.

759) 鄭慶雲, 『孤臺日錄』 1594年 6月 8日條, "全羅巡使, 李廷馣, 到處痛飮, 吹笛彈琴, 但不擊鼓起舞而已. 當此亂極如此, 而朝廷反加褒奬云, 果是恢復之道乎?"

760) 鄭慶雲, 『孤臺日錄』 1594年 10月 17日條, "體察使尹斗壽, 以城主不饋軍官之輩, 傳令郡守招致全州, 辭甚悖慢. 噫! 尹也, 爲國三公, 而不念國家之虛竭, 生民之澌盡, 唯其飮食之是務, 使其焰無異平日, 可歎可歎!"

761) 鄭慶雲, 『孤臺日錄』 1595年 11月 10日條, "聞居昌, 其縣居民, 盡散, 十室九空, 皆由於縣監崔滉之惡行, 可痛!"

을 비판하였다. 그는 이러한 사람들로 구성되어 있는 조정이 위난의 시기에 어떤 특별하면서도 획기적인 계책을 내놓을 리는 만무하다고 생각했다. 그리고 그 계책도 하나같이 실정에 맞지 않는 것이어서 그것으로 국운의 회복을 기약하기는 참으로 어렵다고 생각했다.[763)]

이상에서 보듯이 정경운은 전쟁의 참상과 이로 인한 혼란의 원인이 외부의 적에게도 있지만 내부적인 토적과 위정자에게도 막중한 문제가 있음을 지적하였다. 특히 위정자들의 안일한 대처와 부패가 결국 조선을 멸망의 길로 몰아넣었다는 것이다. 이 밖에도 명나라 군사 및 의병들의 횡포를 고발하고 있어 전쟁의 이면을 들여다보게 한다. 생각의 이러함은 여타의 전쟁일기에도 두루 나타나는 바이지만, 정경운은 관리의 부패상과 부조리에 대한 소문을 듣고 자료가 수집되는 대로 일기에 삽입하고 있다. 비판이 개선을 목적으로 한다고 볼 때 그가 평화를 지향하는 의지가 얼마나 강한가 하는 것을 역으로 이해할 수 있다.

5. 전쟁체험기의 일상과 위기적 삶

정경운은 전쟁이 일어나 의병을 모집하기도 하고, 정유재란 이후에는 피란을 가기도 했다. 그리고 전쟁으로 인한 여러 참상을 직접 목도하며 한탄을 거듭하면서도 사대부로서의 일상을 그만둘 수 없었다. 즉 상례와

762) 鄭慶雲, 『孤臺日錄』 1596年 4月 23日條, "從事官申欽金尙容等, 亦來. 旗旄劍戟如一華刷, 莫念貽弊之重, 可歎!"

763) 왜적은 간첩을 보내서 우리의 진영을 염탐하는 등 활발한 전략을 세우는데 비해, 우리는 게으르고 겁이 많아 이 같은 계책을 세우지 않는다면서 한탄하기도 하고, 조정에서 내놓는 계책이 고작 도망가서 숨는 것이라며 비판하기도 한다. 이 같은 비판은, 『고대일록』 1596년 11월 26일조, 1596년 11월 27일조, 1597년 4월 18일조 등에 두루 보인다.

제례를 비롯하여 출사를 위한 과거응시나 공부, 산수유람, 한시창작, 서원운영에 관한 일 등에 대하여 많은 관심을 갖고 있었다. 질병이나 노비에 관한 문제 등도 일상의 중요한 부면이기 때문에 비교적 자세하게 기록해 두고 있다. 그러나 그의 일상은 전쟁기의 특수한 일상이며 동시에 위기의 일상이라 하겠는데, 이를 전쟁체험기의 일상과 위기에 봉착한 삶으로 나누어 살펴보기로 한다.

5.1. 전쟁체험기의 일상

탄생과 죽음은 인간의 일상에서 누대로 변하지 않는 것이다. 이에 따른 여러가지 의식들이 있는데, 『고대일록』에는 간략하나마 이것에 대하여 기록해 두고 있다. 아들 주복의 생일과 돌잡이(1597년 4월 25일조), 자신의 생일과 가족의 생일, 그리고 마을사람들의 생일이 있으면 간단히 적어 기념하였던 것이다. 아들의 경우를 보면, '아들 周復의 생일이다. 마음은 집에 들어가서 돌상에 있는 물건을 집는 것을 보고 싶은데, 비가 내리는 것이 마치 물 붓듯 하여 주눅이 들어 감히 가지를 못했다. 고대에서 바라보기만 하니 내 심정은 오죽할까? 나중에 들으니 아들이 책을 골라잡고 붓을 집었다고 한다. 기쁜 일이다.'[764]라고 기록해두고 있다. 전쟁기이기는 하나 탄생과 함께 아들에 대한 장래의 희망을 가졌기 때문이다.

『고대일록』은 죽음에 관한 기록들로 가득하다고 해도 과언이 아니다. 전쟁터에서 죽은 수많은 군사들의 죽음에 대해서도 기록해 두고 있지만 가족과 친지의 죽음, 지인들의 죽음에 대해서는 자신의 비통한 심정과 함께 사실적으로 기록한다. 아들 주복은 정경운이 40세 되던 해인 1596

764) 鄭慶雲, 『孤臺日錄』, 1597年 4月 25日條, "乃子周復生辰也. 意欲入來, 以見晬盤所執之物, 而雨下如注, 縮不敢出頭, 瞻望孤臺, 我懷如何? 後來聞, 子取冊執筆, 可喜!"

년 4월 25일 태어났는데, 날 때부터 허약하였고 전염병마저 걸렸다. 정경운은 여러 사람에게 묻고 옛 처방을 참고하여 章門穴에 뜸을 뜨기도 하는 등 정성을 다하였으나, 1598년 6월 27일에 요절하고 만다. 이에 대하여 정경운은 '내가 사십을 넘겨 겨우 아들 하나를 두었으나 결국 그의 요절을 보고마니, 운명의 奇薄함이 어찌 이런 지경에까지 이르렀단 말인가'765)라며 비통한 마음을 토로한다.

다양한 죽음이 있었으므로 제사 역시 많을 수밖에 없다. 정경운은 부모의 제사를 비롯해서 일찍 죽은 형과 조고, 외조부모와 장인의 제사를 특별히 중시했는데 형편이 닿는 대로 제물을 준비하여 제사를 지냈다. 이 과정에서 빈곤 때문에 堂兄이 제사를 지내지 못하는 형편을 전하기도 하고(1593년 12월 10일조), 아버지의 제사 때 전염병 때문에 제사에 쓸 물품을 제대로 갖출 수 없었던 것에 대한 심정을 전하기도(1594년 5월 18일조) 한다. 그리고 전쟁 중에 어머니의 제삿날을 맞아 밥 한 그릇만 올리고 곡을 하자니 눈물만 흐를 뿐(1598년 1월 29일조)이라며 비통해 한다. 정경운은 이처럼 제사를 매우 중시하였다. 겨울에 시냇물을 건너며 뼈에 사무치는 차가움을 느꼈을 때 그는 '나는 과거를 보러가면서도 힘들여 애를 쓰고 심신이 피곤한 것을 꺼리지 않았는데, 조상에게 제사를 지내러 가면서 감히 힘들고 괴롭다는 말을 할 수 있겠는가 라고 혼자 생각했다.'766)라고 한 데서 이 같은 사실을 확인할 수 있다.

정경운은 전쟁기이지만 과거를 통해 입신하기 위하여 집요하게 노력하였다. 등과야 말로 불안한 시대에 자신의 가문을 살리는 유일한 길이라 생각했기 때문이다. 세월이 가면서 과거를 그만두고 싶은 생각이 들기도

765) 鄭慶雲, 『孤臺日錄』 1598年 6月 27日條, "嗚呼! 余年過四十, 始有一子, 而又見夭折, 命途奇薄, 一至此哉!"

766) 鄭慶雲, 『孤臺日錄』 1594年 12月 9日條, "薄暮, 到濫溪, 厲衣以渡, 寒冷徹骨, 其苦如何? 吾以爲求科第, 則不憚於勞力疲神, 其於祭先之禮, 敢辭以勞憊乎?"

하였으나 그는 이를 포기할 수 없었다. 이 때문에 그는 임금을 측근에서 모시는 꿈을 자주 꾸게 된다. '오늘밤 꿈에 甲科에 급제하여 임금의 용안을 우러러 뵈었다(1595년 10월 21일조)', '이날 밤 임금 앞에서 모시는 꿈을 꾸었는데, 近侍하는 신하 같아 보이는 사람이 임금의 손에서 御饌을 받아 내려 주었다(1596년 3월 16일조)', '오늘밤 꿈에 임금을 뵈었다. 나는 玉輦을 메고 뒤를 따랐는데, 위아래의 山麓과 앞뒤의 儀仗이 매우 성대하였다(1602년 9월 7일조)'고 하는 허다한 기록이 그것이다. 다음의 자료 역시 같은 입장에서 서술된 것이다.

> 오늘밤 꿈에 임금을 榻床에서 모셨고, 선생께서 임금과 함께 주무셨다. 임금께서 나를 부르시어 술을 내리셨다. 명령을 받들어 나아가 무릎을 꿇고 앉았다. 임금께서 조용히 말씀하기를, "이것은 선생께서 좋은 모임을 즐기는 것이니, 光武帝가 嚴子陵과 함께 잤던 일에 비견할 수 있소."라고 하셨다. 뜻밖의 꿈이 이처럼 분명한데, 이것은 무슨 조짐인가?767)

위의 자료에서 임금은 광해군이고, 선생은 정인홍이다. 정경운은 이들을 광무제와 엄자릉에 비유하면서 그는 임금으로부터 하사주를 받았다고 했다. 임금과 스승의 관계 사이에서 그 스스로를 자리매김하고 있으니, 정인홍을 매개로 하여 출사하고자 하는 그의 무의식이 이 같은 꿈의 형태로 표출된 것인지도 모른다. 이 밖에도 '과거에 급제한 사람이 紅榜을 가지고 오는 꿈을 꾸었는데 무슨 조짐인가(1602년 1월 20일조)', '꿈에 文子善이 나에게 먹 세 개를 주었는데, 무슨 조짐일까? 또한 과거에 급제

767) 鄭慶雲, 『孤臺日錄』 1602年 9月 18日條, "是夜夢, 侍御榻, 先生與上同寢. 而上召余斟酒, 余承命跪進, 上賜語從容, 此先生亨嘉之會, 得比於光武之共臥子陵耶? 意外之夢, 若是其分明, 是何兆耶?"

하는 꿈을 꾸었다(1601년 12월 16일)'라고 하면서 과거에 대한 꿈을 결코 포기하지 않았다. 이 같은 희망과 조짐으로 과거장에 나가면서도 '센 머리로 과거에 나아가려니 너무 한탄스럽다(1603년 2월 13일조)', '과거를 그만두려고 결심하였다가 남들의 권유를 받아 시험에서 문장도 이루지 못하였으니 너무 한탄스럽다.(1603년 2월 20일조)'라고 하면서 그의 진솔한 마음을 적어두고 있다. 우리는 여기서 정경운이 과거에 얼마나 집착하고 있는가 하는 점을 알게 된다.768)

이 밖에도 정경운은 講經 및 한시창작과 유람 등에 대한 사대부 일상을 『고대일록』을 통해 전하고 있다. 그 스스로 서원에 가서 朔講에 참여(1601년 8월 10일조)하는가 하면, 시험을 위한 考講과 강경 등에 대한 당시의 풍속을 전하기도 했다. 조카가 『소학』을 고강하기 위해서 山陽에 다녀온 것(1602년 3월 1일조)이나, 舟師科에 응시한 사람들은 講經이 많기 때문에 상경하지 않았다고 한 것(1602년 9월 10일조) 등이 모두 그것이다. 이 같은 일련의 과거공부와 함께 산수유람에 대한 인식, 문학 창작에 대한 상황 등을 전하기도 했다.

(가) 이른 아침에 龍遊潭에 갔다. 吳翼承·盧景紹·姜渭瑞·禹惠甫·孫寬夫 등의 여러 사람을 嚴川에서 만나, 서로 함께 고삐를 나란히 하고 계곡을 따라 단풍이 가득한 산에 올랐다. 影淸계곡에 도착하니, 참으로 경관이 빼어났다. 오후에 龍潭에 도착하였고 龍堂에 모여서 묵었다. 여러 사람이 모두 술을 가지고 와서 실컷 즐기고서 헤어졌다. 술이 반쯤 취하자 朴君秀가 翼承에게 거스르는 말을 많이 했는데, 편협되고 과오 꾸미는 것을 차마 볼 수가 없었다.769)

768) 정경운은 자신의 과거에 대한 끊임없는 도전은 어머니의 유언에 의한 것이라 했다. 1601년 1월 28일조에 '어머님께서 임종하시면서 하신 명령이 귀에 생생한 까닭에 재주가 열등함을 잊고 몇 번이나 시험을 쳐서 매번 떨어지니 너무 한탄스럽다'라고 하고 있기 때문이다.

(나) 鄭士古가 그 어버이를 위하여 생신 잔치를 벌이고 풍류를 베풀었다. 얼큰히 취하여 絶句 한 수를 읊었다. 아주 즐겁게 놀고 잔치를 마쳤다. 날이 저물어 士古의 초가집에서 유숙하였다.[770)]

(가)는 1604년 윤 9월 4일의 기록이다. 전쟁이 끝난 후 정경운은 오장 및 강응황 등과 함께 용유담으로 단풍구경을 가서, 특히 영청계곡의 빼어난 경관에 대하여 감탄하였다. 이처럼 정경운은 사대부 일상에 흔히 나타나고 있던 산수유람을 즐겼으며, '나는 西溪의 下流로 가서 유람했다'고 하거나(1593년 4월 16일조), 피란기에 백마강을 굽어보면서 사람이 떠나고 난 뒤의 감회를 쓸쓸하게 묘사(1598년 9월 30일조)하기도 했다. 특히 1596년 10월 2일의 기록에는 李埈(蒼石, 1560-1635)과 함께 엄천을 유람했는데, 이준이 훌륭한 경치를 감상하는 것은 그르다고 할 수 없지만 기생을 데리고 간 것은 '경치를 더럽힌 일'이라고 하여, 전쟁기의 유람태도를 비판하기도 했다.[771)]

(나)는 사대부의 일상 중 빼놓을 수 없는 한시창작에 대한 기록이다. 이에 의하면 정경운의 지기인 鄭淳(士古, 1556-1597)이 그 아버지 생신을 맞아 여러 사람들을 초대하여 풍류를 벌였고, 여기에 참석한 정경운은 한시를 창작하게 된다. 이 같은 작시행위가 『고대일록』에는 다양하게 보이는데 그 동인이 여러 형태로 나타난다. 李敬甫가 편지로 시를 보내와 화답시를 쓰기도 하고(1593년 8월 19일조), 반가운 비가 내려 士忞에게 「喜雨」를 제목으로 하여 絶句를 짓도록 하기도 한다(1604년 5월 17일조). 그

769) 鄭慶雲, 『孤臺日錄』 1604年 閏9月 4日條, "朝向龍遊潭, 遇吳翼承·盧景紹·姜渭瑞·禹惠甫·孫寬夫諸君, 于嚴川, 相與聯轡沿溪而上, 丹葉滿山, 倒影淸溪, 眞勝區也. 午後, 到龍潭, 會宿于龍堂. 諸君皆賚酒劇歡而罷, 酒半朴君秀, 多有忤語于翼承, 褊狹文過, 無足觀也."

770) 鄭慶雲, 『孤臺日錄』 1595年 1月 7日, "鄭士古, 爲親生辰, 設宴張樂. 酒酣, 詠一絶, 極歡而罷, 日暮, 宿于士古茅舍."

771) 鄭慶雲, 『孤臺日錄』 1596年 10月 2日條 참조.

리고 바람이 심하게 불어 나무가 뽑히거나(1601년 2월 12일조), 평평한 모랫벌에 눈이 쌓인 勝景을 보고(1595년 11월 28일조) 시를 짓기도 한다. 이를 통해 우리는 전쟁체험기 정경운이 사대부의 일상 가운데 하나인 작시활동에 상당히 적극적이었다는 사실을 확인하게 된다.

전쟁체험기 정경운의 일상은 탄생과 죽음 등 인간의 보편적 일상뿐만 아니라 사대부 계급의 일상이라 할 수 있는 독서와 산수유람, 과거와 창작활동 등으로 다양하다. 이 밖에도 농사에 대하여 강한 의지를 보인 대목도 여러 차례 발견된다. 思坪에 밭이 있어 이곳에서 올기장, 목화, 콩 등을 심고 가꾸었다. 전쟁이 진행되는 시기임에도 불구하고 틈이 나면 나가 살폈다. 즉 '思坪에 가서 목화밭을 살펴보았는데 들판에 왜놈들의 막사가 가득 들어차 있어서 간담이 서늘했다.'772)는 기록을 통해서 볼 수 있듯이 그의 농사에 대한 의지는 매우 강력한 것이었다. 이 같은 의지는 삶의 의지와 바로 환치가 가능하다는 점에서 주목할 필요가 있다.

5.2. 위기에 봉착한 삶

전쟁은 정경운의 삶을 온통 위기로 몰아넣었다. 임진왜란이 발발하자 의병을 모집하는 소모유사로 활약했고, 정유재란 때는 피란으로 온갖 고초를 당하였다. 그는 이 같은 비참한 생활 속에서도 사대부로서의 일상을 지속하지 않을 수 없었고, 전쟁의 소강기나 전쟁이 끝난 후에는 일상의 복원을 위하여 적극 노력하였다. 전쟁은 그로 하여금 사대부로서 가장 중요한 奉祭祀도 제대로 할 수 없게 만들었다. 아버지의 제사 때 제수을 갖출 수가 없었던 적이 있었고, 가난하여 제사를 지내지 못하는 종형

772) 鄭慶雲, 『孤臺日錄』 1597年 9月 1日條, "余往思坪, 遊覽木花田, 滿野倭幕, 令人駭膽也."

에 대하여 안타까운 마음을 금할 수 없기도 했다. 정경운은 이같이 무너져 가는 사대부의 삶에 민감하게 반응하며 『고대일록』을 써 내려갔다.

가난과 기아를 가져다주는 전쟁은 도둑이 들끓게 했다. 정경운은 이 부분에 대하여 체험한 바를 자세하게 서술해 두고 있다. 1592년 3월 27일에는 집안에 도둑이 들어 鍮器·鐵物·布帛·穀物 등을 모두 훔쳐갔고, 1594년 6월 24일에는 올벼를 대부분 도둑맞고 분통을 터뜨리기도 했다. 급기야 1595년 정월 14일에는 조카의 말을 도둑맞게 되는데, 이 때는 蘭伊라는 종을 데리고 직접 찾아나서기도 한다. 당시의 상황을 정경운은 다음과 같이 전한다.

> 닭이 두 번째 울 무렵에서야 비로소 도둑맞은 것을 알고 온 집안이 깜짝 놀랐다. 나는 蘭伊를 데리고 곧바로 八良院으로 갔는데 종적이 없었다. 집으로 돌아와 밥을 먹고 熊峴으로 종적을 찾으러 갔다. 말 도둑이 이 길을 따라서 넘어갔다는 말을 들었기 때문이다. 종으로 하여금 먼저 추격하게 하고 그 뒤를 밟아갔다. 雲峰 땅에 이르러 두 다리가 시큰거리고 아파서 걸음을 옮길 수 없어 李穧의 집을 찾아갔다.[773)]

이 자료를 통해 우리는 말도둑을 찾아 팔량원과 웅현 등을 헤매는 정경운을 만나게 된다. 그러나 정경운은 말도둑을 잡지 못했다. 도둑맞은지 나흘 뒤인 1595년 정월 18일에 '竹谷에 가서 말 도둑의 소식을 들었다'[774)]고 기록하고 있듯이 이 사건에 대하여 그가 얼마나 신경을 쓰고 있었던가 하는 점을 알 수 있다. 말은 중요한 교통수단이면서 막중한 재산이었기 때문이다. 도둑은 조선 사람만 있었던 것이 아니었다. 명군도

773) 鄭慶雲, 『孤臺日錄』 1595年 1月 15日條, "雞二鳴, 始知逢賊, 擧家驚駭. 余率蘭伊, 直向八良院, 未有踪跡. 余還家食後, 往熊峴尋迹, 聞馬賊由是路越去. 余令奴子先追, 而余尾之. 至雲峯地, 兩脚酸痛, 不能運步, 尋李穧之家."

774) 鄭慶雲, 『孤臺日錄』 1595年 1月 18日條, "往竹谷, 聞馬賊消息."

닥치는 대로 도둑질 해갔다. '총병군 가운데 한 놈이 우리 집에 와서 얼레 빗 봉지와 금은 옥을 도둑질해 가져갔다(1597년 6월 30일조)', '명나라 군사가 우리 行器와 덮개를 도둑질해 갔다(1598년 10월 24일조)'고 한 허다한 기록이 그것이다.

정경운의 생애 가운데 가장 험난한 시기는 아마도 정유재란의 체험과 그 이후 전라도 지역에서의 피란살이가 아닌가 한다. 그는 정유재란으로 맏딸 정아를 잃는 등 가족을 잃었고, 이후 전라도 지역으로 피란하여 생존을 위하여 錦山場, 益山場, 咸悅場, 高山場, 利城場, 長溪場, 臨陂場 등지를 떠돌며 상행위를 하기도 했다. 시장에서 포목(布木)으로 소금을 바꾸기도 하고, 싸게 산 소금을 되팔기도 하는 등 소금장수로서 목숨을 이어갔다. 특히 소금의 경우는 시장에서 제대로 팔리지 않아 마을을 떠돌며 팔았다. 다음은 정경운이 『고대일록』에서 기록한 소금과 관련한 내용을 정리한 것이다.

연월일	장시	동행자	비고
1598. 3. 29.	益山場		포목과 교환
1598. 5. 24.	龍安	全幼玉, 鄭周翰	매입 실패
1598. 6. 3.	咸悅場	鄭周翰	매입 실패
1598. 6. 8.	咸悅場	具天賚	약간 매입
1598. 7. 13.		李貞甫	소금을 싣고 錦山으로 감, 柳君見의 집에 투숙
1598. 7. 19.	龍潭縣		매입 실패
1598. 7. 21.			매도, 雁南村에 투숙
1598. 10. 12.			매입 실패, 洪壽之의 집에 투숙
1598. 10. 17.	龍安	全幼玉, 鄭周翰	載雲에서 매입 실패, 雲浦에서 매입
1599. 5. 29.			소금 없음에 대한 탄식
1599. 10. 30.			전라 수사로부터 소금을 부쳐옴
1601. 9. 16.			소금을 갖고 가는 노비와 말을 보냄

여기에서 보면 정경운은 1598년 3월 29일 익산장에서 포목과 소금을 교환한 이래, 용안이나 용담 지역을 돌아다니며 소금장사를 한다. 이 때 일정한 숙식처가 있을 수 없기 때문에 유군현이나 홍수지 등의 집에 투숙하기도 한다. 그는 대체로 소금을 팔아 이문을 남겼는데, 살 소금이 없어 많은 고생을 한 것으로 보인다. 1598년 7월 19일조에 '龍潭縣에 도착하였다. 사람이 거처하는 곳을 잇달아 방문하여 소금을 팔고자 했으니 그 힘듦이 어떠했겠는가?'[775]라고 했고, 1599년 10월 30일조에는 '兵相이 편지를 써서 소금 몇 말을 부쳐왔다. 마치 수많은 보물을 받은 것과 같다.'[776]고 했다. 이를 통해 우리는 그의 소금행상에 따른 고충을 충분히 알게 된다.

정경운은 피란처에서 양식을 구걸하기도 한다. 그의 삶이 얼마나 위기적 국면에 봉착했는가 하는 것을 여실히 보여주는 대목이다. 정경운이 자신과 가족이 먹을 양식 걱정을 하게 되는 것은 1597년 12월 21일조부터 자주 나타난다. 당시의 상황을 정경운은 '바람이 불고 눈이 많이 내려 지척을 분간키 어렵고 양식과 돈도 다 떨어져 어찌할 수가 없다. 동행한 동지들도 상황이 이렇게 되니 모두 흩어졌다.'[777]고 하였다. 이를 기점으로 하여 그는 茶洞과 永康 등 지역을 바꾸어 가며 구걸하였고, 때로는 군수를 비롯하여 다양한 사대부들을 찾아다니며 양식을 구하기도 하였다.

(가) 永康 마을에서 양식을 빌렸다. …… 피란에 분주하여 오늘에 이르러서는 계책이 급하게 되어 처음 양식을 빌리니 나의 마음이 어떠하

775) 鄭慶雲, 『孤臺日錄』 1598年 7月 19日條, "到龍潭縣內, 歷訪人居, 欲賣鹽斗, 其苦如何?"
776) 鄭慶雲, 『孤臺日錄』 1599年 10月 30日條, "兵相之簡來, 而寄鹽數斗, 如錫百朋矣."
777) 鄭慶雲, 『孤臺日錄』 1597年 12月 21日條, "風雪大作, 咫尺難分, 而囊橐皆竭, 勢無奈何? 同行同志之人, 至是皆散."

겠는가![778]

(나) 志夫를 만나 시장에서 양식을 구걸했다. 두꺼운 얼굴에 부끄러워 마치 시장판에서 매를 맞는 것 같으니, 곤궁함에 마음이 상하는구나![779]

(다) 川村 및 參禮역에서 양식을 구걸하다가 해가 저물어 거처하는 집으로 돌아왔다.[780]

(가)에서 처음으로 양식을 구걸하는 심정을, (나)에서는 盧士尙에게 양식을 빌리며 느낀 참담한 심정을, (다)는 마을과 역을 떠돌며 동냥하는 상황을 적은 것이다. 이 같은 구걸도 한계가 있어 1598년 6월 5일에는 익산군수 李尙吉을 만나 어려운 점을 이야기하여 양식과 필묵을 받아오기도 하고,[781] 6월 13일에는 主簿 蘇潤源과 進士 金廷諡을 찾아가 보리를 얻어 오기도 한다. 그리고 1599년 2월 10일에는 僉知 韓大胤의 집에서 양식을 구했다. 이처럼 전쟁은 사대부로서의 기본적인 품위를 지킬 수 없는 상황에까지 몰아넣었던 것이다.

이상과 같이 정경운의 삶은 전쟁으로 인해 심각한 위기에 봉착하였다. 전쟁은 변하지 않는 일상에도 심각한 타격을 주었지만, 목숨을 연명하기 위하여 그를 거리로 내몰았다. 도둑이 들끓어 집안에 있던 유기와 말 등을 도둑맞기도 했다. 전라도의 익산 등지에서 피란생활을 할 때는 구걸

778) 鄭慶雲, 『孤臺日錄』 1597年 12月 28日條, "乞粮于永康村 …… 避亂奔走, 于今五月計急始乞, 我懷如何?"

779) 鄭慶雲, 『孤臺日錄』 1598年 4月 10日條, "與志夫相見, 乞粮于市, 顔厚有忸怩, 若撻于市, 傷哉! 窮也."

780) 鄭慶雲, 『孤臺日錄』 1598年 4月 13日條, "乞粮于川村及參禮驛, 日暮歸寓舍."

781) 익산군수는 정경운 일행을 가장 적극적으로 도운 인물이다. 1598년 4월 14일, 동년 5월 8일, 동년 6월 5일, 동년 7월 11일, 동년 7월 29일, 동년 8월 9일, 동년 8월 11일 등의 허다한 기록이 그것이다. 이후 익산군수 이상길은 光州牧使에 제배된다.

을 일삼았으며, 떠돌이 소금장수가 되어 여러 촌락을 다니며 다른 사람의 집에 의탁하기도 했다. 이 과정에서 그는 시장판에서 매를 맞는 심정이 들었으니 사대부로서 최소한의 품위를 지킬 수가 없는 자괴감마저 들었다. 피란지에서 고향으로 돌아와서 전후 복구 작업에 충실하면서 많은 부분이 만회되기는 하지만, 전쟁으로 인한 삶의 훼손은 그에게 엄청난 충격을 주었던 것이다.

6. 맺음말

지금까지 우리는 정경운의 『고대일록』을 중심으로 이 책의 서지사항과 구성상의 특징, 작자의 생애와 서술의식, 전쟁의 형상과 현실비판, 전쟁체험기의 일상과 위기적 삶 등을 두루 검토하였다. 정경운의 문집이 따로 전하지 않는 상황에서 소략하지만 『고대일록』에 전하는 자술이력은 그를 이해하는데 많은 도움을 준다. 여기서 그는 50세까지의 외로운 생애를 회고하고 있는데, 정인홍을 부모와 같이 우러르고 神明과 같이 믿었던 스승이라 하였으며, 姜應璜을 死生의 사귐으로 肝膽을 서로 비춰보던 친구라며 특기하였다. 그리고 남계서원 운영과 관련한 고달픈 심정을 피력하고 杜門하지 않을 수 없었던 상황을 설명하고 있다. 전쟁에 대한 특별한 심회를 밝힌 것이 없는 것은 『고대일록』 자체가 바로 그것이기 때문이었을 것이다.

『고대일록』을 검토해 보면 서술의식이 분명히 드러난다. 즉 매년 정월 초하루를 王正月로 기록하면서 『춘추』의 기술방법을 따랐으며, 개인과 국가라는 이원적 초점을 유지하면서 미시와 거시적 기술을 동시에 성취하고자 했다. 그리고 『고대일록』은 민간에 떠도는 일화나 신이담을 충실히 반영하고 있으며, 신변을 다루면서도 최대한 집단의 문제를 객관적으로 기록하고자 했다. 이 밖에도 『고대일록』은 필요한 경우 졸기를 남겨 후세 사람들에게 그 사람의 행적을 알리고 귀감이 되게 하였다. 이러한 몇 가지 서술의식은 그의 일기가 단순한 신변잡기에 그치지 않았다는 것을 의미한다.

『고대일록』에는 전쟁의 참상들이 사실적으로 형상화되어 있으며, 이에 따른 현실비판 역시 다각적으로 이루어지고 있다. 정경운은 당대를 '죽어가는 사람의 목숨이 호흡하는 사이에 있는 것과 같다'고 표현하였다. 그의 위기의식이 얼마나 심각하였던가 하는 것을 알 수 있다. 그 구체상을 관인이 서로 잡아먹을 정도의 기아상태와 가족의 이산, 처참한 죽음 등으로 형상화하였다. 그리고 이같이 참혹한 상황이 될 수밖에 없었던 현실에 대하여 전방위적으로 비판하고 나서기도 했다. 위로는 임금으로부터 아래로는 하급관리에 이르기까지 당대의 위정자들을 비판하였다. 이들에 대하여 '朽木秉政, 行尸用權'이라 요약하고 있는데, 이 말 속에 그의 비판정신이 가장 절실하게 함축되어 있다.

정경운의 『고대일록』에는 전쟁이라는 특수한 상황임에도 불구하고 지속되는 사대부의 일상과 전쟁으로 인해 심각하게 훼손되는 이들의 삶이 다양하게 제시되어 있다. 탄생과 죽음에 대한 의식이 보편적인 인간의 일상이라면 과거와 독서, 그리고 산수에 대한 유람은 사대부로서의 일상이라고 하겠는데, 정경운은 이에 대하여 기회 닿는대로 기술해 두고 있다. 그러나 전쟁으로 인한 가난과 기아는 그로 하여금 삶의 터전을 송두리째 잃게 했고 사대부로서의 권위를 상실케 했다. 때로는 떠돌이 소금장수로, 때로는 동냥을 하는 乞人으로 전락시키고 말았던 것이다. 우리는 여기서 정경운의 삶이 어디까지 추락하고 있는가를 분명히 목격하게 된다.

그렇다면 우리가 지금까지 살핀 정경운의 『고대일록』은 어떤 가치가 있을까? 『고대일록』이 기본적으로 국가와 개인이라는 이원적 초점을 갖고 있으나 개인 쪽으로 초점이 기울어질 수밖에 없다. 정경운이 소모유사로서 다른 사람들에 비해 전쟁을 기록하는데 있어 유리한 위치에 있다고는 하나 자료수집에 한계가 있을 수밖에 없었다. 이 때문에 자신의 주변에서 일어나는 일들에 대한 경험적 서술이 중심을 이룬다. 이것은 『고대일록』이 전쟁체험기의 미시사나 생활사적 측면에서 특별한 의미가 있다는 것이다. 이를 염두에 두면서 『고대일록』이 지닌 가치를 몇 가지로 나누어 관찰해 보기로 하자.

첫째, 임진왜란 시기 의병활동을 자세하게 알 수 있다는 점이다. 이는 정경운이 임란이 일어나자 소모관 역할을 했기 때문이며, 또한 각종 자료를 활용하며 일기를 썼기 때문이다. 전체적인 전황도 기술하고 있지만, 전투 준비상황 등을 구체적으로 기술하고 있어 도움이 된다. 예컨대, '경내 백성들을 모두 헤아려 형편에 따라 부과할 軍資를 정했다. 士子들은 각기 鏃鐵 5동과 화살 깃 15개를 내어 길고 짧은 화살을 갖추고 민간에서 오래된 활을 수습하니, 모두 294장이 있었다.'782)는 등의 허다한 기록이 그것이다. 여기서 더욱 나아가 스스로 전투를 준비하다가 당한 고통을 체험적으로 기술하기도 했다. 집의 후원에서 활쏘기 연습을 하다가 화살이 왼쪽 손을 잘못 맞혀 合曲으로부터 장지를 깊숙이 관통하는 상처를 입은 것783)에 대한 기록 등이 그것이다.

둘째, 임진왜란 시기 남명학파의 동향에 대하여 자세하게 파악할 수 있다는 점이다. 정경운은 정인홍의 충실한 제자로서 조식의 재전제자가

782) 鄭慶雲, 『孤臺日錄』 1592年 6月 10日條, "都計境內人民等, 隨其饒富, 卜定軍資, 士子則各出鏃鐵五同, 羽十五介, 以備長片箭, 收合民間舊弓, 摠二百九十四丈也."

783) 鄭慶雲, 『孤臺日錄』 1592年 12月 25日條, "余在家, 欲射片箭, 習射于後園, 誤中左手, 箭自合曲穿于長指, 左手將枯憂悶如何? 甚矣, 倭賊之害也! 苟非此賊, 安有習射之理哉?"

된다. 덕산(덕천)서원을 드나들면서 남명을 숭모하였고, 정인홍을 중심으로 진행되던 전쟁기 남명학파의 활동에 매우 적극적이었다. 『남명집』 간행도 그 가운데 하나다. 『고대일록』은 정인홍을 중심으로 한 『남명집』의 해인사 看役에 대하여 전하고 있으며, 정인홍이 『남명집』 갑진본 말미에서 쓴 이황에 대한 辨斥으로 인한 西南人과의 대립과 갈등을 들은 바대로 자세하게 전한다. 이 과정에서 정경운은 江左의 유생과 성균관 유생에 대하여 '도깨비(怪鬼輩)', '살모사(虺)', '물여우(蜮)' 등의 격한 표현을 동원하며 강한 적개심을 드러냈다.

셋째, 서원경영권을 둘러싼 향촌사회의 분열상을 여과없이 보여주고 있다는 점이다. 이는 함양지역사회의 주도권 문제와 결부되어 있는 것으로 남계서원의 중건과 경영을 두고 대립한 것이다. 즉 정여창-노진으로 이어지는 계열과 정여창-강익으로 이어지는 계열의 신구대립과 갈등이 그것이다. 특히 후자에는 정인홍이 그 배후에 있었으므로 정경운은 이 계열에 소속되어 많은 활동을 하게 된다. 이들의 본격적 충돌은 남계서원의 위차문제를 둘러싸고 진행되었다. 정여창을 주향으로 하되 노진과 강익에 대하여 어떠한 위차를 설정할 것인가 하는 것이었다. 이와 관련한 갈등의 복잡한 전개과정이 『고대일록』에는 잘 나타나 있다. 우리는 향촌사회의 주도권 경쟁에 따른 대립과 갈등의 한 단면을 이를 통해 읽을 수 있다.

넷째, 사족의 위기관리 능력을 여실히 보여주고 있다는 점이다. 『고대일록』에는 사족적 지위의 불안과 전통사회의 동요가 잘 나타난다. 정경운은 전쟁으로 인해 사족으로서의 지위가 불안해지는 것을 몸으로 느끼지 않을 수 없었다. 이러한 위기는 농사를 통한 부의 획득과 노비경영을 통한 노동력의 확보를 통해 극복할 수 있다고 보았다. 이 때문에 그는 전쟁기임에도 불구하고 보리밭이나 목화밭 등을 철저히 관리하였고, 백운

산이나 다동, 그리고 전라도 지역으로 피란을 하는 와중에도 농사를 포기하지 않았다. 노비에 대한 문제도 이와 강하게 밀착되어 있다. 노비들의 노동력으로 농사가 유지될 수 있기 때문이다. 이 같은 사정으로 인하여 그는 도망하는 노비를 추포하는가 하면 노비의 상황을 알아보기 위하여 전라도 일대를 살피고 돌아오기도 한다.

이상에서 제시한 것 외에도 『고대일록』은 많은 가치를 지닌다. 노사상이 『고대일록』 1592년 5월 15일조에서 그렇게 말하고 있듯이 의기를 떨쳐 나라를 구하려고 했던 선비정신이나, 盧士豫나 盧士尙 등 역사상 알려지지 않았던 많은 의병들 역시 이를 통해 그 행적을 알 수 있다. 그리고 무엇보다 위난의 시기에 인간의 본질이 어떻게 드러나며, 사족들은 또 어떻게 그 위난을 극복해 나가는가 하는 문제도 심각하게 고민하게 한다. 정경운의 『고대일록』에 대한 본격적인 연구는 이제 시작이라 해도 과언이 아니다. 이를 통해 우리는 위난의 시기에 있어 사족의 응전력과 그 역할이 오늘날 우리의 문제에 어떻게 적용될 수 있는지를 따지는 방향으로 나아갈 수도 있을 것이다.

제 10 장

崔后大의 문학세계 그 일상의 형상

1. 머리말

崔后大(寒居, 1669-1745)는 누구인가? 李光靖(小山, 1714-1789)이 쓴 「행장」과 宋履錫이 쓴 「묘갈명」[784]을 참고해서 그의 가계를 간략하게 조사해 보기로 한다. 최후대는 자가 子應, 호는 寒居로 永川人이다. 崔漢을 그 시조로 하며 시조의 6세손 泉谷 崔元道는 고려말 司諫을 지내면서 李集(遁村, 1314-1387)과 막역한 교유를 맺었는데, 그는 辛旽(?-1371)의 난을 피해 자신의 집으로 도망 온 이집 부자를 구한 일화[785]로 유명하

784) 崔后大, 『寒居文集』卷3 張29-37 참조. 『寒居文集』은 이하 『寒居集』으로 약칭하고 권 수와 장 수만 밝힌다.

785) 成俔의 『慵齋叢話』 권9에 다음과 같은 글이 실려있다. "遁村先生은 문장으로 세상에 저명하여 사귀는 사람은 모두 당시에 영걸이었다. 세상일을 비웃어 말하다가 말

다. 최원도의 후손 崔恒慶(竹軒, 1560-1638)에 이르러 서울에서 성주로 옮겨와 살게 되었는데, 이 때 그는 鄭逑(寒岡, 1543-1620)의 문하에서 수업하게 된다. 그의 아들 鶴峰 轞은 生員으로 역시 정구의 문하에 출입하였다. 이들은 최후대의 고조와 증조가 되는데 모두 정구의 문인이었다. 할아버지는 震衡으로, 아들이 없어 동생인 月洲 崔震華의 아들 琦를 양자로 삼는다. 이가 바로 최후대의 아버지이다. 최기는 全義 李氏와 完山 李氏에게 장가들었으며 최후대는 완산 이씨의 소생이었다.

최후대는 1669년(현종 10) 己酉 6월 5일에 16개월만에 태어난다. 나면서부터 기국이 빼어나고 명철하였을 뿐만 아니라 지극한 효우를 지니고 있었기 때문에 할아버지 월주공이 특별히 사랑하였다. 9세에 아버지가 돌아가시고, 50세에 어머니가 돌아가셨다. 어머니가 살아 계실 때 최후대에게 과거 볼 것을 권하여 할 수 없이 과거에 나아갔으나 실패하였다. 이는 六藝之文을 배워 忠信의 실천을 중요하게 여기고, 과거를 보아 벼슬하는 것을 餘事로 보았기 때문이라 했다. 그러나 어머니가 돌아가신 9년 뒤인 59세에 進士로 천거되었는데, 어머니의 유지를 받들기 위함이었다. 최후대는 창녕 조씨를 부인으로 맞아 아들 여섯을 두었다. 崐, 崙, 嶫, 巘, 岌, 崳 등이 그들이다. 이 가운데 곤과 륜은 일찍 죽었다. 특히 맏아들 곤이 아들을 보지 못하고 죽어, 업의 아들 錫重으로 대를 잇게 했다. 1745년(영조 21) 1월 9일 타계하니 향년이 77세였다.

이 辛旽에게 미쳤다. 신돈이 가만히 해치려고 하니, 선생은 아버지를 모시고 도망갔다. 동년 崔元道가 영천에 산다는 말을 듣고 투신하니, 元道가 매우 두텁게 접대하여 3년을 밖에 나가지 못하게 하였다. 마침 선생의 아버지가 세상을 떠났는데, 최원도는 殯斂의 모든 일을 그 아버지와 꼭 같이 하여 그 어머니 무덤 옆에 장례를 지내게 하였다. 이에 시를 지어주면서 말하기를 云云." 한거 역시 이 일에 대하여 관심을 갖고 「考王考竹軒府君遺事」(『寒居集』 卷2 張14)에서 이 사실을 특기하고 있다. 원문은 이러하다. "與李遁村集, 爲金石交, 辛旽之亂, 遁村竊負其親, 潛抵于公, 公舍藏一年, 遁村遭其父喪, 公殮殯一如親喪, 因葬于羅峴親墓之下."

최후대의 부계나 모계, 그리고 처계는 다 같이 여말선초의 한미한 재지사족으로 성리학적 전통을 강하게 지니고 있었던 것으로 보인다. 특히 그의 고조인 죽헌과 그의 아들 崔轞은, 같은 향리의 정구가 이황과 조식의 학문을 고루 받아들이면서 독자적인 학단을 조성하자 그 문하에 들어 수학함으로써 영남학파의 일익을 담당하게 된다. 이 같은 문화적 풍토 속에서 최후대는 출생하였고 또한 성장하였다. 일생동안 고향을 중심으로 생활권을 형성하였는데, 틈틈이 산수유람을 통해 선현들의 학문을 통해 東國文化를 새롭게 인식하면서 자신의 학문세계를 구축해 나갔던 것이다. 진사에 나아간 것 외에는 특별한 벼슬을 하지 않았으니 그는 생애의 전부를 초야에서 보냈다고 하겠다. 그리고 초야에서의 삶은 대단히 조촐한 것이었다. 이는 그가 「偶吟」에서, '이 늙은이 살림살이 몹시 조촐하여, 하나의 화로와 한 권의 책'[786] 뿐이라 한 데서 충분히 짐작할 수 있다.

이처럼 최후대는 사림파의 문화적 전통 속에서 처사적 삶을 살았다. 우리는 흔히 조선조의 사대부층을 셋으로 구분한다. 즉 관료로의 현달을 지향하는 '관인형'과 강호의 은둔을 지향하는 '사림형', 그리고 관인으로 나아가는 것도 탐탁지 않지만 처사적인 권위와 규범을 지키는 생활도 바라지 않는 '방외형'이 그것이다.[787] 이 가운데 사림형 문인을 주목하기로 한다. 이들은 성종 및 중종대를 거치면서 중앙정계로 나아가게 되는데 여기에 따라 그 출처면에서 다기한 양상을 보인다. 즉 자연에 뜻을 두면서도 정치현실에 참여하여 왕도정치를 이루고자 한 유형, 자연에 은거하

786) 崔后大, 「偶吟」(『寒居集』 卷1 張6), "此翁生計太蕭疎, 一炷爐烟一卷書."
787) 林熒澤, 『韓國文學史의 視角』, 創作과批評社, 1984. 68쪽 참조. 임형택은 '사림형'이라는 용어보다 '처사형'이라는 용어를 사용했다. 본고에서는 이 분류를 따르되 '방외형' 역시 분명한 처사들의 다른 모습이기 때문에 '처사형'을 '사림형'으로 고쳐 부른다. 관인형과 처사형은 조선조 사대부들의 출처에 따른 것으로 중앙의 관료이면서 동시에 지방의 지주이기 때문에 이 같은 양면적 생활이 가능했다.

면서 내면적 심성을 닦아 천리를 보존하고자 한 유형, 자연 속에서 현실의 모순을 비판하며 유가 이외의 사상을 탄력적으로 받아들인 유형이 그것이다. 이를 우리는 각각 官人型 士林, 隱求型 士林, 方外型 士林이라 부르고자 한다.788)

우리가 탐구하고자 하는 최후대는 은구형 사림이다. 그는 주자학을 바탕으로 하여 한적한 인생을 즐기면서 학자적 양심에 따라 생활하려 했다. 이 때문에 그의 작품에는 세속을 사절하려는 의식이 강하게 나타날 수 있었다. 남방에 한 선비가 있어서 부귀를 뜬구름 같이 보며, 일월이 山館에서 열리고, 풍진은 洞門에서 멀다789)고 한 것이나, 스스로 세상 생각에 관계치 않고 차라리 楊朱처럼 갈림길에서 우는 슬픔이 있다고 하면서 분분히 말하지 말고 시비 역시 도무지 알지 못한다790)고 한 것 등에서 이 같은 사실을 분명하게 읽을 수 있다. 최후대는 세속을 사절하고 자연 속에 살면서 평상시 종일토록 정좌하여 經史를 거듭 읽으면서 손수 주자의 「敬齋箴」 첫 두 구절인 '正其衣冠 尊其瞻視', 이 여덟 자를 좌우명으로 삼아 날마다 반성하였다791)고 한다. 여기서 우리는 은구형 사림의 전형

788) 이들은 정서적 기반이 강호에 있었으므로 자연과 밀착되어 있는 공통점을 지니면서, 그 출처 및 사상적 성향에서 분기된다. 즉 성리학적 순수성의 측면에서 보면 관인형 사림과 은구형 사림이 밀착되어 있고, 현실에 대한 관심도의 측면에서 보면 관인형 사림과 방외형 사림이 밀착되어 있으며, 출사 여부의 측면에서 보면 은구형 사림과 방외형 사림이 밀착되어 있다. 이는 다시 관인형 사림과 처사형 사림으로 구분된다. 이때 처사형 사림은 은구형과 방외형을 포괄하는 개념이다. 이들 처사형 사림은 '16세기 사화기를 거치면서 재야에 은거하는 삶을 통해 자신의 학문을 심화시켜 나가는 한편 현실정치에 대해 비판활동을 전개한 학자들'이라 정의할 수 있다. 처사형 사림의 정의에 대해서는 신병주의 『남명학파와 화담학파 연구』(일지사, 2000. 12쪽)를 참조할 수 있다.

789) 崔后大, 「次郭萬能」(『寒居集』 卷1 張4), "南方有一士, 富貴視浮雲. 日月開山館, 風塵遠洞門."

790) 崔后大, 「次郭萬能」, 「題搏士上人詩軸韻」(『寒居集』 卷1 張5), "自無關世慮, 寧有泣岐悲. 莫道紛紜說, 是非摠不知."

791) 宋履錫, 「墓碣銘」(『寒居集』 卷3 張33), "平居, 終日靜坐, 繙閱經史, 手書正其衣冠尊其瞻視八字, 爲日省之標."

을 만날 수 있다.

본고의 목적은 최후대를 통해 은구형 사림의 문학세계, 그 일단을 밝히는 데 있다. 사실 은구형 사림도 그 역량 및 관심도에 따라 여러 갈래로 나뉠 수 있다. 세속적 삶의 초월과 성리학적 세계지향이라는 기본성향에 더욱 충실히 하면서 문학적 형상을 이루어가는 경우도 있을 것이고, 이 보다 자연 속에서 이루어지는 자신의 생활 현장을 더욱 가치 있는 것으로 보고 그 생활의 다면상을 문학으로 형상화하는 경우도 있을 것이다. 최후대의 경우 그의 문학적 상상력은 처사로서의 향촌생활 그 현장에 있었다고 보는 것이 본고의 기본입장이다. 이를 구체적으로 검토하기 위하여 우선 최후대의 학문연원과 문학인식을 살핀다. 이를 기반으로 하여 최후대 문학에 나타난 일상의 다면적 형상을 따져나갈 것이다. 이 과정에서 우리는 최후대 사유역량의 근원과 문학을 바라보는 시각도 아울러 이해하게 될 뿐만 아니라, 조선조의 수많은 은구형 사림들에 대한 의식세계의 단면을 명확하게 인식하게 될 것이다.

2. 학문연원과 문학인식

2.1. 학문연원으로서의 德川源

최후대의 학문연원은 셋으로 나누어 이해할 수 있다. 첫째는 李滉(退溪, 1501-1570)을 그 학문의 연원으로 보고, 정구와 최항경을 거쳐 그 맥이 흘러왔다는 것이고, 둘째는 曺植(南冥, 1501-1572)을 그 학문의 연원으로 보고 정구와 최항경을 거쳐 그 맥이 흘러왔다는 것이다. 그리고 셋째는 정구와 최항경을 거쳐 그의 학맥이 형성되어 있는 것은 사실이나 이황과 조식 가운데 어느 한 분을 선택하는 것에는 다소 유보적 태도를 취하는 경우이다. 첫 번째는 문중의 견해인데 이것은 그의 손자 崔益重의 발언을 통해서 제시되었고, 두 번째는 최후대 자신이 조식의 유적지를 직접 둘러보면서 그 숭모의 정을 토로하는 과정에서 제기한 것이다. 그리고 세 번째는 제3자라고 할 수 있는 일련의 인사들이 최후대의 「행장」이나 「묘갈명」 혹은 「묘지명」을 쓰면서 보인 태도이다. 우선 다음의 자료를 검토해 보면서 이 문제를 따져보도록 하자.

(가) 퇴계 이선생은 孔孟의 서적을 깊이 연구하고 程朱의 학문에 침잠하여 그 마음에서 발하고 그 언어에 나타내어, 高明正大之學이 비로소 전해지게 되었다. 그 문인 제자들이 그 학설을 듣고 그 도덕을 생각하지 않은 사람이 없었으나 한강 정선생이 유독 그 宗統을 얻었으니, '退陶正脈終天慕' 이 한 구절을 보면 알 수 있을 따름이다. 오직 우리 선조 죽헌공은 선생의 고제로 그 문하에서 친히 배우고 杖屨로 종유하여 드디어 正大의 학문을 연구하여 아들 관봉공에게 전하고 손자 월주공에게 전하였다. 월주공에게 過庭에서 가르침을 받을 즈음에 손으로 이태백과 두보의 시집 한 권을 손으로 써서 주었는데, 책을 말미에 한 편의 시를 지어 우리 할아버지 한거공에게 학문에 힘쓰게 하였다.[792]

(나) 小子生何晚　소자는 어찌하여 늦게 세상에 태어나,
當時未及門　당시에 급문하지 못했던고?
爲尋函丈地　선생이 계시던 곳을 찾아,
遠泝德川源　멀리 덕천의 연원으로 거슬러 올라왔네.

---

792) 崔益重, 「寒居先生文集序」(『寒居集』 張1), "退溪李先生, 耽賾孔孟之書, 沈潛程朱之學, 發於其心, 出於其言, 高明正大之學, 始得以傳焉. 其門人弟子, 莫不聞其說, 考其德, 而寒岡鄭先生, 獨得其宗, 觀乎退陶正脈終天慕, 一句可知已. 惟我先祖竹軒公, 則先生之高弟也. 親炙乎門庭, 從遊乎杖屨, 遂得究窮於正大之學, 子而傳之於鶴峰公, 孫而傳之於月洲公. 月洲公受敎於過庭之際, 而手寫李杜詩一卷, 卷末作詩一篇, 勉我王考寒居公."

玉色山容在 옥 같은 빛은 산의 용모에 남아 있고,
雾聲水響存 방울소리는 물소리 속에 있다네.
洗心亭上坐 세심정 위에 앉아 있노라니,
自覺滌襟煩 마음 속 번거로움이 씻겨짐을 스스로 깨닫겠네.[793]

(다)-1. 諱 恒慶은 사마시에 나아갔으며 서울로부터 성주로 내려와 살면서 한강 정선생에게 수업하였는데 호를 죽헌이라 했다. 죽헌의 아들은 관봉이며 휘가 은인데 사마시에 나아갔으며, 판결사로 증직되었고 역시 정선생의 문하에서 노닐었다. 공에게는 고조와 증조가 된다.[794]

(다)-2. 죽헌 이후로부터 대대로 문학에 독실하였으며 공(한거 최후대)에게 이르러 능히 선조의 업을 이었다.[795]

(가)는 최익중이 『한거집』 「서」에서 조부의 학문적 연원이 이황에게 있음을 밝힌 것이다. 그는 여기서 더욱 거슬러 올라가 堯·舜·禹 삼대의 도통을 잇는 '高明正大之學'으로 최후대의 학문을 말하기도 했다. 이 고명정대지학이 오랫동안 끊기었으나 周子와 程子, 그리고 朱子의 노력에 의해 다시 계승될 수 있었고, 이 학문은 다시 우리 동방의 이황에게 전해질 수 있었다면서 (가)와 같이 언급하였던 것이다. 즉 요·순·우의 정대한 학문이 동방의 이황에게 전해지면서 그 학통이 한강 정구 → 죽헌 최항경 → 관봉 최은 → 월주 최진화로 이어져 마침내 최후대에게 이어진다는 것이다.[796] 정구가 21세 되던 봄에 이황의 문하에 들고,[797]

---

793) 崔后大, 「次德川洗心亭韻」(『寒居集』 卷1 張3)
794) 李光靖, 「行狀」(『寒居集』 卷3 張29), "諱恒慶, 中司馬, 自漢城來居于星, 受業于寒岡鄭先生, 號竹軒. 竹軒之子, 曰鸛峰, 諱㶏, 中司馬, 贈判決事, 亦遊鄭先生門, 於公爲高祖曾祖."
795) 安鼎福, 「墓誌銘」(『寒居集』 卷3 張36), "自竹軒以後, 世篤文學, 至公克紹先業."
796) 張在泳이 쓴 『寒居先生文集』의 또 다른 서문에서도 같은 입장을 취했다. 즉 가까이로는 가정에서 멀리로는 伊泗에서 그 연원을 얻었다는 것이다.

최항경이 어려서부터 정구의 문하에 나아가 長者의 기상을 보이며 인정을 받았고,[798] 그의 아들 최은 역시 정구의 문하에 나아가 淸秀하다며 칭송받기도[799] 한다. 관봉의 아들 월주는 최후대의 조부이니 당연히 그 도통을 이어받았을 것이라는 논리이다.

(나)는 최후대 자신의 발언으로 (가)의 견해와 달리 그의 학문적 연원은 조식에게 있다는 것을 분명히 했다. 위의 작품은 덕천서원 앞에 있는 세심정에서 쓴 시이다. 이 시에서 그는 자신을 '小子'로 조식을 '函丈'으로 표현하면서 그 관계 설정을 명확히 했다. 그리고 자신이 늦게 태어나 제자가 될 수 없었음을 한탄하였다. 특히 함련의 '德川源'에 주목할 필요가 있다. 덕천은 조식을 모신 서원이고 그것을 연원으로 한다는 말이니 바로 조식을 그 학문의 연원으로 여겨서 거슬러 올라왔다는 것이다. 그리고 산의 모습에서 조식의 얼굴을 찾아내고, 물소리를 통해 조식이 자신의 정신을 깨우치기 위하여 항상 차고 다녔던 惺惺子의 소리를 찾아낸다. 또한 세심정 가에 우뚝 솟아 있는 노송을 보면서 「咏洗心亭老松」이라는 작품을 남기게 되는데, 여기서 그는 언제나 변함없는 노송을 통해 조식을 느끼고, 노송 역시 조식에게서 산수락을 배워 긴 가지를 푸른 물에 드리웠다[800]고 하였다. 이같이 최후대는 정신적 제자로서 조식의 덕을 극찬하였던 것이다. 이 밖에 郭萬能의 지리산유람록에 대한 독후감에서 조식이 남긴 향기를 아름답게 여긴 것[801]도 모두 같은 이유에서였다.

---

797) 鄭逑, 『寒岡集』, 「年譜」 권1, 21세조, "春拜退溪李先生."

798) 『檜淵及門錄』 卷1 張41 「崔恒慶」조, "公自少受業先生門, 最見獎許, 風儀凝重, 望之儼然, 有長者氣像."

799) 『檜淵及門錄』 卷2 張51, 「崔 輯隱」조, "公受業于先生門, 篤志力行, 先生稱其淸秀."

800) 崔后大, 「咏洗心亭老松」(『寒居集』 卷1 張7), "老松落落立溪頭, 無恙蒼髯問幾秋. 學得先生山水樂, 長枝如揖碧波流."

801) 崔后大, 「題郭萬能頭流錄後」(『寒居集』 卷2 張3), "近則曺先生遺馥於後, 猗歟休哉! 鴻儒碩德之士, 愛而居之者, 豈直爲景物役哉! 必也所樂存焉."

(다)는 제3자의 입장에서 정구까지만 그 연원으로 선택하고 이황이나 조식을 구체적을 언급하지 않는 유보적 태도를 취한 것이다. 즉 (다)-1은 李光靖이 최후대의 「행장」에서 밝힌 것으로 최항경과 관봉이 모두 정구의 문인이라는 것을 밝히면서 최후대 역시 그 도통을 이은 것으로 보았다. 이 같은 입장은 宋履錫이 지은 최후대의 「묘갈명」이나 朴士敦의 만장[802] 등에 두루 나타나는 바다. 安鼎福은 최후대의 「묘지명」에서(다-2) 이를 가학에 맞추어 더욱 구체화하고 있다. 즉 고조인 최항경 이후로 문학을 더욱 돈독히 하였고, 이를 최후대가 잘 계승하였다는 것이다. 여기서의 '문학'은 오늘날의 상상력에 입각한 문학개념이라기 보다 넓은 의미로서의 학문, 즉 시・서・예・악 등으로 보아 마땅하다. 그러니까 정구의 학문을 최항경이 잘 계승하여 이를 현손인 최후대가 제대로 이어받았다는 것이다.

이상에서 보듯이 최후대의 학문연원은 이황과 조식, 혹은 유보적 태도를 취하는 세 입장으로 나뉜다. 여기서 우리가 주목하고자 하는 것은 최후대 자신의 입장이다. 그는 스스로 '德川源'임을 분명히 하면서 조식의 학문세계를 닮아가기 위하여 노력하였다. 그리고 조식의 제자이며 선조 최항경의 스승인 정구 역시 그의 존모대상이었다.[803] 정구 사후 정구가 부모를 그리워하던 장소인 望雲庵이 복구되자 '생각하나니, 옛날 선사께

---

802) 崔后大, 「輓章」(『寒居集』 卷3 張4), "竹軒淸風吹颯爽, 芬芳近襲寒老墻. 腰間佩服蘭葳蕤, 膝下聯壁何輝煌."

803) 한거는 고조부 죽헌 최항경의 「유사」를 적으며 서울에서부터 최항경이 정구의 예학에 대하여 관심을 가지고 있었고, 상례일체를 한강에게 물어 시행했다는 것을 밝히면서 최항경이 예학에 전심하여 실학이 날마다 나아가는 바가 있어 한강이 특별히 중히 여겼다는 것을 특기하고 있다.(『寒居集』 卷2 張16, 「高王考竹軒府君遺事」, "爲禮專心, 實學日有所進, 先生甚器重之.") 한강은 1575년 최항경의 아버지가 돌아가시자 문상을 하면서 상례일체를 자문한다. 이때 최항경의 나이 16세였다. 삼년상을 치르고 한강에게 정식으로 執贄를 하게 되니 19세 때의 일이었다. 한강은 또한 西涯 柳成龍과 의논하여 최항경을 柳景濬의 딸에게 장가들게 한다. 유경준은 유성룡의 중숙부인 龜村 柳景深의 아우였다.

서 부모님을 그리워하는 뜻으로, 언덕 위 구름 흐르는 곳에 작은 집을 지었지. 백년의 남은 제도 지금 다시 회복하니, 물색은 의연히 옛날같이 돌아왔네.'[804]라면서 정구가 '昔先師'임을 밝혔다. 이로 보아 조식의 세심정에서 '덕천원'을 생각하고, 정구의 망운암에서 '선사'를 떠 올렸으니 그의 학문연원이 어디에 있었는가를 분명히 하는 대목이다. 그렇다면 그의 손자 최익중은 무엇 때문에 이황을 그 연원으로 생각했을까? 아마도 이는 인조반정(1623년) 후 성주지역이 퇴계학파로 흡수되어 가는 과정과 무관하지 않을 것이다. 이 같은 분위기 속에서 최후대의 '덕천원' 발언을 알고 있었던 안정복 등 제3자는 家學에 초점을 맞추어 유보적 입장을 보였던 것이다.

2.2. 情感表現으로서의 文學

최후대의 문학인식을 살펴보기 위하여 그의 독서경향을 살펴볼 필요가 있다. 張在泳은 『한거집』「서」[805]에서 최후대가 주자서와 퇴계서를 가까이 하여 일생동안 수용할 자료로 삼았다[806]고 했다. 그리고 옛 성현의 격언 및 중요한 말들을 써서 벽에 붙혀두고 늘 그것을 보면서 體認하고자 하면서 힘쓰는 한편,[807] 조부인 월주 최진화가 써 준 이태백과 두보의 시집을 통해 문학수업을 하였다. 특히 그는 주자의 「敬齋箴」을 좌

---

804) 崔后大, 「望雲庵復舊」(『寒居集』 卷1 張6), "憶昔先師永慕懷, 隴雲望處小庵開. 百年遺制今來復, 物色依然舊日回." 한강은 63세(1605년)에 檜淵草堂을 복설하고 동쪽에 따로 望雲庵이라는 모옥을 짓는다. 부모님의 산소와 조금이라도 가까운 곳이 지은 것인데, 여기서 조석으로 부모님에 대한 그리움의 정을 표했다. 鄭逑, 『寒岡集』 「年譜」 63세조 참조.

805) 『한거집』 「서」는 두 편으로 이루어져 있다. 崔益重이 쓴 것과 張在泳이 쓴 것이 그것이다.

806) 張在泳, 「序」 張3(『寒居集』), "近朱退書, 爲一生受用之資."

807) 張在泳, 「序」 張3(『寒居集』), "又取聖賢格言要語, 付諸壁上, 常目體認, 勉勉不已."

우명으로 삼아 반성하였을 뿐만 아니라, '다른 사람이 한 번해서 능하면 나는 열 번이라도 할 것이며, 다른 사람이 열 번해서 능하다면 나는 천 번이라도 할 것이다'라는 『중용』의 명언을 변용시켜 스스로를 경계하였다.[808] 최후대는 이처럼 주자서를 중심으로 하여 다양한 고전을 섭렵하였던 것이다. 이 때문에 그는 서당을 중수하고 주자의 「觀書有感」을 생각하면서 '바람은 새로 만든 난간에서 맑고, 달은 옛 方塘에서 밝다네'[809] 라며 노래할 수 있었으며, 『맹자』 등의 다양한 고전에서 행동과 處事의 기준을 찾을 수 있었다.

최후대가 주자서를 중심에 두고 다양한 고전을 습득하였으므로 그가 보인 문학인식 역시 이에서 자유로울 수 없었다. 일찍이 李珥(栗谷, 1536-1584)는 「文策」이라는 글에서 聖賢의 문과 俗儒의 문을 분명히 구분하면서 道本文末의 유가적 문학관[810]을 간명하게 제시한 바 있다. 즉 道가 드러난 것이 文이며, 도는 문의 근본이고 문은 도의 말단이라 전제하면서, 성현의 문은 그 근본을 얻으면 말단인 문은 그 가운데 있고, 속유의 문은 그 말단인 문만을 일삼고 그 근본인 도에는 힘쓰지 않는 것[811]이라고 하였다. 여기서 나아가 '선비 가운데 가장 높은 자는 도덕

---

808) 安鼎福, 「墓誌銘」(『寒居集』 卷3 張36), "人一己百人十己千之語, 作箴書籤以戒之." 『중용』 20장의 원문은 이러하다. "人一能之己百之, 人十能之己千之"

809) 崔后大, 「次鄭仁叔重修書堂韻」 頷聯(『寒居集』 卷1 張5), "風淸新設檻, 月白舊方塘." '방당'은 인간의 마음을 나타낸 것으로 주자의 「觀書有感」(朱熹, 『朱子大全』 上, 26쪽, 中和堂 影印) 원문은 이러하다. "半畝方塘一鑑開, 天光雲影共徘徊. 問渠那得淸如許, 爲有源頭活水來."

810) 유가적 문학관은 '道本文末'로 요약된다. 『近思錄』 卷2 張22, 「論學」에서는 '文章之學'을 하는 사람, '訓詁之學'을 하는 사람, '儒者之學'을 하는 사람으로 나누고 '文章之學'을 비판하면서 '儒者之學'을 강조하였다. 이 역시 같은 입장에서 제출된 것이다. 여기에 대해서는 鄭羽洛, 「崔永慶 삶의 特徵과 그 文學의 美的 體系」(『南冥學硏究』 9, 慶尙大 南冥學硏究所, 382-383쪽)에서 구체적으로 다루었으니 참고 바란다.

811) 李珥, 『栗谷全書』 「拾遺」 卷6(『文集叢刊』45, 577쪽), "道之顯者, 謂之文, 道者, 文之本也, 文者, 道之末也, 得其本而末在其中者, 聖賢之文也, 事其末而不業乎本者, 俗儒之文也."

에 뜻을 두고, 그 다음은 사업에 뜻을 두고, 그 다음은 문장에 뜻을 두며, 과거에 매달리는 무리는 부귀에 뜻을 두는 자'[812]라고 하면서 도덕에 뜻을 둔 사람을 선비 중에 최고로, 과거 급제에만 급급한 사람을 선비 가운데 최하로 생각했다. 최후대의 생각 역시 이 같은 보편적 사고에 접근해 있었던 것으로 보인다. 문장을 지을 때는 꾸미기를 힘쓰는 것이 아니라 性情의 바름이 제대로 표출되도록 했다[813]는 최익중의 발언이나, 六藝의 문과 忠信한 행동을 주장하면서 과거는 나머지 일로 보았다[814]는 이광정의 논평은 이를 방증하기에 족하다.

최후대가 유가적 문학관을 기본적으로 지녔다고는 하나 여기에 매몰되어 문학을 부정하는 데까지는 나아가지 않았다. 이것은 최후대가 문학에 대하여 탄력적인 입장을 취하였다는 말이 된다. 일찍이 그는 洪禹龜에게 편지하여 無住先生이 중국에 들어가 東魯를 지나가면서 공자의 주손인 孔胤植 및 그 숙부 孔聞標와 서로 나눈 왕복시문집이 있다는 말을 듣고 그것을 보기를 간절히 바란 적이 있었다. 그 문이 빛나고 아름다우며, 그 시가 고매하고 속되지 않아 중국과 우리나라 문인의 일대 盛事를 볼 수 있을 것이기 때문이었다. 최후대는 이 시문을 보려고 하였으나 볼 수가 없었는데, 마침 무주선생의 현손이 동로의 왕복시문을 갖고 남쪽으로 왔다는 소식을 듣고, 홍우귀에게 평생의 소원 풀어주기를 바랐던 것이다.[815]

---

812) 李珥, 『栗谷全書』「拾遺」卷6(『韓國文集叢刊』 45, 578쪽), "士之上者, 有志於道德, 其次, 志乎事業, 其次, 志乎文章, 最下者, 志乎富貴而已, 科擧之徒, 則志乎富貴者也."

813) 崔益重, 『寒居集』, 「寒居先生文集序」 張1, "其爲文章, 不務彫刻繪畫, 而出於性情之正."

814) 李光靖, 「行狀」(『寒居集』 卷3 張30), "教子弟, 必以六藝之文, 忠信之行, 而於擧業, 則爲餘事也."

815) 최후대가 無住先生과 孔胤植 및 그 숙부 孔聞標의 왕복시문집에 지극한 관심을 둔 것은 「答洪斯文禹龜」(『寒居集』 卷1 張24-25)에 보인다. 그러나 무주선생이 구체

무주선생의 왕복시문집에 특별한 관심을 가졌으니 문학에 대한 그의 관심 역시 남달랐다고 하겠다. 최후대의 문학에 대한 이 같은 관심은 일련의 평자들로 하여금 그의 작품을 새롭게 이해하게 하는 계기를 만들었다. 즉 시문은 여러 가지 체가 있었어 온전한 아름다움을 얻기가 어려우나 그가 수립한 문학은 '全美'했다(장재영),[816] 文詞가 浩瀚하여 명리에 구애되지 않았다(안정복),[817] 그 문장은 沖澹渾雅하였으며 억지로 깊은 곳에 있는 것을 찾아내려고 애쓰지 않았다(송이석)[818]는 등의 평가가 그것이다. 이를 통해 우리는 당대인들이 최후대의 문학이 어떻게 평가되고 있는가 하는 것을 알 수 있다. 최후대는 유학에서 제시하는 존재론이나 우주론에 관심 없었던 바 아니나 그는 이른바 道學詩만을 시의 이상으로 여기지 않았다. 이보다도 정서에 기반한 일상사의 시적 형상에 더 큰 비중을 두었다. 이것은 첫째, 이념보다 정서를 강조하는 것으로, 둘째, 일상성을 강조하는 것으로 나타났다. 다음 자료를 중심으로 이 사안을 검토해보자.

(가) 寤寐不忘是謂情　오매불망하는 것을 정이라 하는 것이니,
暫時言笑豈云情　잠시 말하고 웃고 하는 것을 어찌 정이라 하겠나?
今看贈我慇懃語　지금 나에게 주는 은근한 말씀을 보니,
認得新詩字字情　새로운 시의 글자 글자마다 정이라는 것을 알겠네.[819]

적으로 누구이며, 그 시문집에 어떠한 작품이 실려 있는 지에 대해서는 자세하지 않다.

816) 張在泳, 「寒居先生文集序」(『寒居集』), "詩文異體類多偏造詞賦駢儷, 鮮克全美求諸中古 …… 竊觀寒居崔先生之所樹立, 可謂古作者之徒, 而全其美矣."
817) 安鼎福, 「墓誌銘」(『寒居集』 卷3 張36), "公才藝夙成, 文詞浩瀚, 不屑屑於名利."
818) 宋履錫, 「行狀」(『寒居集』 卷3 張33), "其爲文章, 沖澹渾雅, 不曾刻意鉤深."
819) 崔后大, 「次呂上舍」(『寒居集』 卷1 張10-11)

(나) 자제를 가르치는데 있어 人倫과 日用의 떳떳함에서 벗어나지 않았다. 일찍이 회초리로 때리지 않았지만 성취하는 자가 많았으며 詩로써 그 뜻을 나타냈다. 경계하고 모범을 보인 것이 모두 세상의 법칙이 되었다.[820)]

(가)와 (나)는 최후대 상상력의 뿌리가 理에 있는 것이 아니라 情에 있으며, 高遠에 있는 것이 아니라 인륜과 일용에 있다는 것을 보여준다. 예거한 작품 (가)가 친구와 이별하면서 지은 차운시이기는 하나,[821)] 여기서 그는 못잊어 하고 그리워하는 것이 '情'이라고 하면서 자신에게 전해지는 친구의 은근한 詩句가 글자마다 '정'임을 강조하였다. 이것은 논리사유의 통제를 벗어날 수 없었던 일련의 주자학자들의 작품과는 사뭇 다른 것으로, 그의 작품에는 심미사유가 충분히 작용하고 있음을 보여준다. 일찍이 주자는 '意는 心이 발한 것이고, 情은 심이 움직인 것이며, 志는 심이 가는 것이니 情과 意보다 중요한 것'[822)]이라 한 바가 있다. 문학의 경우 이 '志'에 근거할 경우 道를 실은 문학이 된다는 것이다. 이 같은 생각은 조선조 주자학자들의 문학인식을 지배했던 보편원리로 받아들여졌다. 최후대 시에 보이는 정감에 대한 강조는 이 같은 생각에서의 조심스런 탈피를 의미하며, 唐詩의 관심에 대한 당연한 귀결이라 하겠다. 「次朴安甫」에서 애타는 그리움이 바로 '天眞'이라고 하면서 '귀를 기울여 새로운 시어를 들어보니, 李杜의 정신이 전해지는 것을 알겠네'[823)]라고 한

820) 宋履錫, 「行狀」(『寒居集』 卷3 張33), "教子弟, 不離乎人倫日用之常, 未嘗施箠楚, 而成就者多, 以詩見志, 垂戒貽謨者, 皆可以爲世法."

821) 崔后大, 『寒居集』 卷1 張11에 제시되어 있는 原韻은 이러하다. "幾年雲樹遠含情, 今日詩酒別有情. 一吸一吟肺渴減, 臨書多謝故人情."

822) 朱熹, 『朱子語類輯略』 卷1, "意者心之所發, 情者心之所動, 志者心之所之, 比於情意尤重."

823) 崔后大, 「次朴安甫」 頸聯과 尾聯(『寒居集』 卷1 張4), "欣欣非外貌, 眷眷是天眞. 傾聽新詩語, 知傳李杜神."

데서 우리는 이 같은 사실을 분명히 읽을 수 있다. 이 때문에 송이석이 (나)에서 제시한 것처럼 최후대는 주자학에 잠심하면서도 거기에서 제시하는 형이상학적 이념만을 문학의 소재로 삼지 않고 인간생활의 일상적 정감을 폭넓게 작품화할 수 있었을 것이다.

최후대의 문학인식을 관찰하기 위하여 먼저 그의 독서경향을 살펴보았다. 최후대는 당대에 널리 읽혔던 주자서 등을 중심으로 이태백과 두보의 시집 등 폭넓은 동양고전을 섭렵하였다. 도본문말이라는 전통적인 유가적 문학관에 입각해 있었으므로 그의 작품세계는 그 규모면에서 대단히 빈약하다. 賦 2제 2수와 詩 91제 100수, 그리고 銘 1제 1수[824]가 운문의 전체라는 것은 이를 방증하기에 족하다. 그러나 그는 정감을 중시하는 당시적 풍모를 보이면서 인간의 자연스런 감정을 '天眞'이라 했다. 이 같은 생각은 주자학자들이 일반적으로 理의 자연스런 실현태를 천진으로 본 것과는 전혀 다른 방식의 사유라고 하겠다. 이 때문에 '흥'의 문제에 있어서도 자연을 통해 天理流行을 감지하는 가운데 일으키는 것이 아니라, 「酒後偶吟」 등에서 보듯이 술로 수많은 근심을 깨고, 이를 통해 끝없는 흥을 일으킬 수 있었던 것이다.[825] 우리는 여기서 최후대가 性情之正으로서의 문학을 강조하지만 이것에 경화되지 않고, 일상생활 속에서 일어나는 다양한 정감표현으로서의 문학이야말로 진정한 문학이라고 여겼던 그 인식의 이면을 읽어낼 수 있게 된다.

---

824) 이 밖에 書 12편, 雜著 1편, 記文 2편, 跋 2편, 上樑文 1편, 祝文 1편, 祭文 5편, 碑銘 1편, 遺事 1편이 더 있다. 張在泳은 「寒居先生文集序」에서 『한거집』을 수습한 8대 사손 崔晶坤에 이르는 과정에서 산일되었기 때문이 아닌가 하고 추측했다. 이 또한 하나의 이유가 될 수 있겠지만 보다 근본적인 이유는 그가 문장을 즐겨짓지 않은 데 있다.

825) 崔后大, 「雨後偶吟」(『寒居集』 卷1 張8), "平生我愛麯生風, 掃破千愁興不窮. 老去愈知情契篤, 衰顔借得暫時紅."

3. 일상에 대한 다면적 형상

3.1. 생활소사에 대한 관심

최후대의 관심은 上達에 있었던 것이 아니라 下學에 있었다. 이것은 그로 하여금 인간을 사랑하고 사소한 일상사에 관심을 가질 수 있게 했다. 그는 하인과 같이 천한 사람일지라도 일찍이 소리내어 꾸짖거나 얼굴빛을 험악하게 하지 않았으며 매질하는 것은 더욱 즐기지 않았고, 자제들이 혹 힐책하면 반드시 경계하여 '귀천이 비록 다르지만 이 또한 사람의 자식이다'[826]라며 타일렀다고 한다. 이 같은 인간에 대한 사랑을 전제로 하여 그는 자신의 일상사를 지극히 사랑했다. 이것은 고답적이고 초월적 자아에 관심을 둔 것이 아니라 자신의 현재적 자아에 더욱 충실하기 위함이었다. 이는 진리가 높고 먼데 있는 것이 아니라 낮으면서 가까운 데 있다는 그의 신념에 의거한 것이라 하겠다. 이 때문에 그는 다양한 생활용구에 관심을 두면서 일상생활 가운데 일어나는 사소한 일을 시적으로 형상화할 수 있었다. 다음의 시편을 통해 그 일단을 보기로 하자.

(가) 兩木竪邊兩木橫　세로로 된 두 막대 가의 가로 막대 둘,
　　這間忽作出車聲　그 사이에서 갑자기 수레 소리 들리네.
　　須臾鐄盡無名氏　잠깐 시끄럽더니 무명의 씨는 없어지고,
　　旋吐白雲繞漢營　돌면서 흰 구름 토하며 은하수를 만드네.[827]

(나) 窓前賴有識時禽　창문 앞에 때를 알려주는 닭이 있어,
　　每趁淸晨報翰音　매양 새벽이 되면 소식 전해주었지.

---

826) 李光靖, 「行狀」(『寒居集』 卷3 張30), "雖輿臺之賤, 未嘗加以聲色, 尤不喜鞭朴, 子弟或加詰責, 則必戒之, 曰貴賤雖殊, 是亦人子也."
827) 崔后大, 「詠去核去」(『寒居集』 卷1 張9)

何狀物兒偸去了　어떤 놈이 훔쳐 가버렸는고?
欲分舜跖更難尋　순과 도척을 구별하려 해도 찾을 길 없네.[828]

(가)와 (나)는 모두 최후대가 그의 일상생활을 작품화 한 것이다. (가)는 목화씨를 제거하는 기계인 거핵거를 노래한 것이다. 무명을 짜는 일은 목화의 씨를 제거하는 일부터 시작된다. 이 때문에 먼저 거핵거를 시로 형상화하였던 것이다. 기계의 모양을 기구에서 언급하고, 수레가 돌아가고 씨가 제거되는 과정을 승구와 전구에서 말했다. 그리고 결구에서는 씨가 모두 제거된 상태의 흰 목화를 백운과 은하수에 비유하였다. 목화의 씨를 제거한 후에는, 목화로 솜을 타고, 이어서 물레로 실을 뽑아 베틀로 베를 짜는 과정을 거친다. 최후대는 이것 역시 「詠激綿車」[829]와 「詠織機」[830]를 통해 제시하고 있다.[831] (나) 역시 일상생활을 작품화 한 것이다. 여기서 그는 사소한 사건 하나에 주목하였다. 즉 새벽을 알려주는 鳴鷄를 도둑맞고 닭도 찾을 수 없고 도둑이 누구인지도 찾아내지 못했다는 것이다. 베를 짜는 기구나 새벽을 알려주는 닭은 모두 우리의 생활 속에서 친근히 만날 수 있는 사물이라 하겠는데, 여기에 대한 문학적 형상은 독자들에게 신선한 감동을 주기에 충분한 것이었다.

최후대의 문학은 이같이 생활소사를 성공적으로 형상화한다. 그의 작품 가운데는 인간관계를 소중히 여겨 차운시[832]나 만사[833]가 특히 많

---

828) 崔后大, 「失鳴鷄作」(『寒居集』 卷1 張10)
829) 崔后大, 「詠激綿車」(『寒居集』 卷1 張9)
830) 崔后大, 「詠織機」(『寒居集』 卷1 張9)
831) 이 밖에 버드나무로 만든 그릇을 작품화한 「柳器銘」(『寒居集』 卷2 張4)에서는 버드나무 그릇이 텅비어 있기 때문에 다른 물건을 받아들일 수 있다면서, 키와 함께 이웃이 되어 사람들에게 소용된다고 하였다. 柳器의 덕을 칭송한 이 작품 역시 최후대의 일상생활에 대한 관심을 직접적으로 드러낸 것이라 하겠다.
832) 91제 100수 가운데 27제 31수가 차운시이니 31%를 차지한다.
833) 91제 100수 가운데 18제 21수가 만사이니 21%를 차지한다.

은데, 이는 그의 상상력의 근저에 인간사랑과 생활현장이 있었다는 것을 의미한다. 생활현장에 대한 애착은 그로 하여금 일상을 다면적으로 그리게 했다. 사촌 형제 혹은 그의 아들이 과거에 급제하자 축하하는 시를 짓기도 하고,[834] 壽宴 등 잔치가 베풀어지거나[835] 무덤을 새로 단장하거나[836] 碑 혹은 旌閭[837]가 세워져도 거기에 따르는 일정한 감흥을 일으켜 시로 표현하였다. 이 밖에 병이 걸리거나 그 병이 나았을 때도 위로 혹은 축하의 작품을 남기는 등[838] 생활소사에 대한 다양한 정감을 작품화하였던 것이다. 여기서 우리는 최후대의 인간사랑과 일상에 대한 문학적 형상을 다시 감지하게 된다.

3.2. 자기수양과 집안 다스리기

최후대는 일상생활 속에서 자기 수양과 집안 다스리기를 무척 중요한 것으로 생각했다. 주자서를 중심으로 동양고전을 폭넓게 공부하였던 그로서는 당연한 귀결이라 하겠다. 이는 내면의 수양을 전제로 하여 다른 사람을 다스린다는, 공자이래 유학이 실천하고자 하는 진리의 구현방식인 이른바 修己治人에 다름 아니다. 군자는 마땅히 개인의 인격완성과 함께 사회적 문제에 대한 책임을 요청받고 있다는 것을 적시[839]한 용어

834) 『寒居集』 卷1 張6의 「聞從氏兄弟登蓮榜喜而題」나 「見第五兒武科有喜」 등이 그것이다.

835) 『寒居集』 卷1 張3의 「次金上舍聞喜宴席韻二絶」이나 『寒居集』 卷1 張16의 「次成五瞻慈堂壽席韻」 등이 그것이다.

836) 『寒居集』 卷1 張16의 「次晉陽河氏先塋亂後重尋改封韻」 등이 그것이다.

837) 비는 『寒居集』 卷1 張15의 「次忘憂堂郭先生立碑韻二首」 등이 그것이고, 정려는 『寒居集』 卷1 張16의 「題考烈松巖鄭進士恭人尹氏雙節旌閭後」 등이 그것이다.

838) 『寒居集』 卷1 張10의 「慰從姪病中」, 『寒居集』 卷1 張17의 「次呂進士痘後韻二首」와 『寒居集』 卷1 張18의 「賀喜姪經疫後宴席」 등이 그것이다.

839) 『논어』 「헌문편」에 보이듯이 자로가 공자에게 군자에 대하여 물었을 때 공자는 '몸을 닦아서 사람을 편안하게 하는 것이다', '몸을 닦아서 백성을 편안하게 하는 것이다'라

이다. 최후대 역시 이것을 깊이 인식하고 있었으나 그의 치인적 역량은 사회로 뻗어나갈 수 없었다. 벼슬하지 않은 처사로서 齊家에 더 많은 힘을 기울여야 하기 때문이었다. '敬謹' 두 자를 몸에 지니고 다니면서 일찍이 다른 사람의 과실과 장단에 대하여 말하지 않았다거나,840) 두 아우가 있었으나 불행히도 일찍 세상을 떠나자 그가 남은 조카들을 교육시킴에 자신의 아들과 다름이 없었고, 두 누이에게 재산을 나누어 줄 때도 孝友를 다했다841)는 데서 이 같은 사실을 충분히 짐작할 수 있다. 사정의 이러함을 인식하면서 다음 두 작품을 관찰해보자.

(가) 種學門前五柳林	공부하는 방 그 문 앞 五柳의 숲,
林間時聽好音禽	숲 사이에서 때때로 아름다운 새소리 들리네.
暫居東海魚鹽計	잠시 동해에 살면서 魚鹽을 꾀하다가,
歸臥北窓太古心	돌아와 北窓에 누우니 태고의 마음일세.
不麯甘泉爲美酒	술이 아니어도 甘泉은 맛있는 술이 되고,
無絃松韻作佳琴	현이 없어도 솔바람은 아름다운 거문고 소리를 내네.
請君莫詑生涯足	그대에게 청하나니, 생애의 만족함을 자랑하지 말게나,
須着工夫一字欽	모름지기 공부는 한 자의 欽으로 할 것이라네.842)

(나) 一體相分是弟兄	한 몸이 서로 나누어진 것이 형제요,

고 하면서 요순도 이것을 오히려 부족하게 여겼다고 발언 한 데서 이것을 분명히 읽어 낼 수 있다. 원문은 이러하다. "子路問君子. 子曰 脩己以敬. 曰 如斯而已乎? 曰 脩己以安人. 曰 如斯而已乎? 曰 脩己以安百姓. 脩己以安百姓, 堯舜其猶病諸!"

840) 宋履錫, 「墓碣銘」(『寒居集』 卷3 張33), "以敬謹二字, 爲佩符, 未嘗言人之過失長短."

841) 宋履錫, 「墓碣銘」(『寒居集』 卷3 張32), "有二弟, 皆不幸早世. 公敎育遺孤, 無間己子. 有二姊, 析其産, 以與之, 長姊之子, 尤貧, 遂以前妣別庄田民, 悉給之. 其孝友如此也."

842) 崔后大, 「次鄭仁叔幽居韻」(『寒居集』 卷1 張18)

不藏怒怨至親情 노여움과 원망을 간직하지 않는 것이 至親의 정이라네.
昔吾慈訓丁寧在 옛날 우리 어머니의 훈계가 정녕 남아 있으니,
爲子爲孫各奉行 아들과 손자 된 이들은 각각 봉행해야 하리라.843)

최후대는 (가)와 같이 자기 수양을, (나)와 같이 집안 다스리기를 제시하고 있다. 작품 (가)는 정인숙의 幽居와 관련하여 한적한 가운데서 '欽'자를 항상 받들어 자기 수양에 매진하라는 것을 당부한 것이다. 최후대는 수련에서 생활을 위하여 할 수 없이 建衛參軍 등의 관직을 역임하였으나 彭澤縣의 縣令을 사임한 후 다시 관계에 나가지 않고 한적한 전원생활을 하였던 陶潛(365-427)을 떠올렸다. 함련에서는 '어염계'와 '태고심'의 대구를 통해 현실과 전원을 대비적으로 나타내고, 경련에서는 전원생활이 가져다주는 한가함을 제시하였다. 그리고 미련에서는 '흠'자를 제시하면서 모든 공부는 이 한 자에 귀결됨을 보였다. '흠'은 '敬'의 다른 말로 수양론의 핵심이다.844) 그러니까 최후대는 이 작품을 통해 한적한 생활 속에서 끊임없이 수기를 이룩해 나갈 것을 당부하고자 했던 것이다. 작품 (나)는 수기에서 나아가 '齊家'의 일환으로 형제간의 우애를 강조한 것이다. 형제는 한 몸이 서로 나누어진 것이라는 관점에서 서로 노여움

---

843) 崔后大, 「戒子姪」(『寒居集』 卷1 張5)
844) 『書經』 「虞書」의 '釐降二女于嬀汭, 嬪于虞, 帝曰欽哉!'에서 '흠'을 전통적으로 '경'이라 해석해 왔다. 蔡沈의 '欽, 恭敬也', 呂大臨의 '欽敬爲主', 朱熹의 '欽是個本領, 能敬便能明'이라 한 것이 그것이다. 자세한 것은 申體仁의 『崇敬錄』 「主敬淵源」을 참고할 수 있다. 한거가 주자의 「경재잠」을 좌우명으로 삼았고, 敬謹 두 자를 항상 마음 속에 지니고 다녔다는 것도 같은 맥락에서 이해할 수 있다. '敬'은 항상 깨어있는 의식과 어떤 사물이든 거기에 專一한 마음을 가지는 것을 말한다. 사림파 지식인들은 修己의 방법론으로 '誠·敬·義'의 관련체계를 인식하면서 敬工夫의 매진을 주장하였다. 최후대가 「次鄭仁叔幽居韻」(『寒居集』 卷1 張18)의 미련에서 보인 '須着工夫一字欽' 역시 이 같은 입장에서 제출된 것이다. 여기서의 '흠'은 바로 '경'을 말하는 것이기 때문이다. '誠·敬·義'의 수양체계에 대해서는 정우락, 『남명문학의 철학적 접근』(박이정, 1998), 57-68쪽을 참조할 수 있다.

이나 원망을 마음속에 둘 수 없다면서 우애를 제시하였던 것이다. 우리는 여기서 수기의 연장선상에서 치인을 이해하려는 최후대의 노력을 감지할 수 있게 된다.

최후대의 수기가 시비로 시끄러운 세상과 일정한 거리를 유지함으로써 형성되고 있다는 점에 주목하기로 한다. 그는 「自嘲」라는 작품을 통해 이를 구체화하고 있다. '쓸쓸한 모옥에 사는 한 늙은이, 그 늙은이는 지금 무슨 일로 풍년 들기를 바라는가'라고 물으면서 텅 빈집에서의 한가로운 정취와 잠시 술을 빌어 붉어지는 얼굴, 이 같은 생활에 따뜻함과 배부름이 있다고 했다. 그러니까 시끄러운 浮世에 대해서는 귀머거리가 되고자 한 것이다.845) 그러나 최후대는 이 수기에만 머물러 있는 것을 거부했다. 일정한 한계를 지니기는 하지만 유가적 치인을 실천하고자 했던 것이다. 즉 陸績의 懷橘고사를 떠올린 「詠橘」846)과 喜壽宴을 듣고 지은 「次金上舍聞喜宴席韻二絶」847) 등에서는 효도를 노래했고, 「戱贈兒孫」848) 등에서는 더하고 덜함이 없는 할아버지의 손자 사랑과 할아버지의 수염을 당기며 노는 손자의 재롱을 통해 가정의 평화를 노래했다. 우리는 여기서 사회적 진출의 장애를 경험한 은구형 사림이라 할 최후대가 '자조'를 통해 결국 자신의 수기를 더욱 강화하게 된다는 것을 알 수 있다. 이 수기의 강화는 齊家라는 한계 안에서 치인이 이루어지게 한다는 사실 역시 발견하게 된다.

---

845) 崔后大의 「自嘲」(『寒居集』 卷1 張20) 원문은 이러하다. "茅屋蕭然一老翁, 翁今何事願年風. 冬寒被褐迎東旭, 夏暑開襟向北風. 閒趣自任虛室白, 衰顔暫借麯生紅. 這中溫飽無餘望, 浮世紛紜耳欲聾."

846) 崔后大, 「詠橘」(『寒居集』 卷1 張2)

847) 崔后大, 「次金上舍聞喜宴席韻二絶」(『寒居集』 卷1 張3)

848) 崔后大, 「戱贈兒孫」(『寒居集』 卷1 張17)

3.3. 국토유람과 동국문화 재인식

조선조의 사림파는 대부분 지방에 생활의 근거지를 마련한 중소지주층 출신이다. 특히 1519년에 일어났던 기묘사화 이후에는 출사의 길을 아예 포기하고 그들의 생활과 정신의 바탕을 이루고 있는 산림, 즉 향촌에서 학문활동을 수행해 나가려는 풍조가 팽배하게 되었다. 최후대의 시대는 사화의 시대가 훨씬 지나갔고, 다수의 사림들은 정치적 진출을 하여 새로운 정국을 운영해 나갔다. 그러나 사림은 여전히 지방에서 그들 나름의 이상을 추구하면서 독특한 문화를 이루어나갔다. 이들은 자신의 생활과 정신의 근거지인 향촌을 중심으로 국토산하를 즐기며 문화를 재인식해나갔다. 이 과정에서 山水興을 일으키며 심성을 수양하기도 하고849) 동국문화에 대한 인식을 새로이 하기도 했다. 그러니까 국토산하는 이들의 사유와 감성의 발원지였고, 이에 대한 답사는 생활의 일부이자 동국문화의 발견과 그 모색의 場이었던 것이다. 최후대의 국토유람 역시 이렇게 이루어지고 있었다. 그가 답사의 감흥을 작품으로 펼쳐 보인 다음의 시편을 보자.

(가) 飄然高擧入雲中	표연히 높이 올라 구름 속으로 들어오니,
方丈群仙拜下風	방장산의 여러 신선들이 아래에서 절을 하네.
爭噴貝珠浮水面	다투어 뿜어낸 조개 구슬은 물 위에 떠있고,
好均紅綠餙山容	조화로운 붉고 푸른색은 산 모습을 꾸미는구나.
凌宵眞綵千年刹	하늘 높이 솟은 천년의 사찰엔 아름다운 단청이요,
路挾淸陰百尺松	길 옆의 백 척 소나무는 맑은 그늘을 드리우고 있네.
終夕耽看猶不厭	저녁이 다하도록 탐내며 보아도 오히려 싫지 않아,

849) 최후대는 명승지를 찾아 멀리 노니는 이유를 먼저 심성수양에 두었다. 「次朴安甫韻」(『寒居集』 卷1 張18)에서 '遠遊勝地淸肝肺'라 한 데서 분명히 읽을 수 있다.

更移藜杖一層崇　다시 명아주 지팡이를 옮겨 한층 더 높이 오르네.[850]

(나) 李白曾吟瀑布詩　이태백이 일찍이 읊은 폭포시는,
後來和者復爲誰　뒤에 화답한 사람은 다시 누구였던고?
今看飛下三千尺　지금 삼천 척을 날아 떨어지는 것을 보니,
疑是廬山却在玆　흡사 廬山이 도리어 여기에 있는 듯하네.[851]

위의 작품은 각각 지리산의 칠불암과 합천의 황계폭포를 노래한 것이다. 최후대는 신묘년(1711년) 늦은 봄에 42세의 나이로 朴士吉, 郭萬能 등과 함께 한 달 남짓 지리산 일대를 유람하면서 특별한 감흥에 젖는다. 지리산은 신라 이래 최후대가 살고 있는 당대에 이르기까지 동국의 國器를 蘊抱하고 있다[852]고 생각하였다. 세심정 등 덕산의 조식 유적을 찾아 조식을 그리워하는가 하면,[853] 특히 하동을 거쳐 화개동천으로 들어가 쌍계사와 신흥사를 지나 칠불암에 이르는 과정은 그에게 있어 특별한 경험이었다. 이에 가는 곳마다 그의 고양된 의식을 많은 작품으로 형상화하였다. 하동에서는 桂影樓에 올라 시를 짓기도 하고,[854] 악양에서는 姜德來를 만나 시를 지어주면서 당나라의 詩聖 杜甫를 떠올렸다.[855] 또한 화

850) 崔后大, 「到七佛吟」(『寒居集』 卷1 張19)
851) 崔后大, 「詠黃溪瀑布」(『寒居集』 卷1 張7)
852) 崔后大, 「題郭萬能頭流錄後」(『寒居集』 卷2 張3), "所謂頭流山者, 是已屹立於天中, 縹緲於海上, 遠隔市朝, 別有天地, 而自羅迄今, 蘊抱國器者, 何限?"
853) 이에 대한 작품으로는 「次德川洗心亭韻」(『寒居集』 卷1 張3)과 「詠洗心亭老松」(『寒居集』 卷1 張7) 등이 있는데 2장 1절의 '학문연원'에서 이미 살펴보았으니 여기서는 생략한다.
854) 崔后大, 「登河東桂影樓吟」(『寒居集』 卷1 張3)
855) 崔后大, 「贈岳陽主人姜德來」(『寒居集』 卷1 張15) 하동에는 악양루, 동정호, 고소성, 한산사가 있다. 『삼국사기』에는 하동을 韓多沙, 악양을 小多沙라 했고 그 일대를 多沙縣이라 했다. 소다사는 757년에 嶽陽으로 고쳐 하동군의 영현으로 삼게 되면서 이와 관련된 중국의 지명 여럿을 빌려오게 된다. 특히 두보의 시 「登岳陽樓」는 악양루에 올라 바라보는 광활한 동정호가 잘 그려져 있다. 한거 역시 이를 인식하면

개를 지나며 비를 맞고는 幽興을 만끽하기도 하고,856) 雙磎寺로 들어가며 중이 내미는 시축에 시를 써주기도 하였으며,857) 新興寺에서 자고 칠불암을 오르며 주위 산수의 아름다움을 노래하기도 했다.858) 위의 작품 (가)는 바로 칠불암에서 지리산이 만들어내는 감흥의 세계를 읊은 것이다. 작품 (나) 역시 지금의 합천군 용주면 황계리에 있는 황계폭포를 통한 장엄한 자연의 발견과 그 기쁨을 노래한 것이다. 최후대는 여기서 이태백이 「望廬山瀑布」에서 '날아 흘러 곧바로 삼천 척을 떨어지니(飛流直下三千尺), 흡사 은하수가 구천에서 떨어지는 것같다(疑是銀河落九天)'라는 구절을 떠 올렸다. 이태백의 눈으로 폭포를 감상하고자 했던 것이다.

최후대는 어릴 때부터 두보와 이태백의 시집을 즐겨 읽었다. 하동의 악양에서 두보를, 합천의 황계폭포에서 이태백의 작품을 연상할 수 있었던 것도 모두 이 때문이었을 것이다. 이것은 단순히 우리의 국토산하를 중국의 그것에 견주려는 것이 아니라, 우리의 국토산하를 새롭게 인식한 후 그 발견의 기쁨을 보여준다는 측면에서 중요하다. 여기서 나아가 국토산하 곳곳에 있는 선현들의 유적을 통해 동국문화를 재인식하는 데로 나아가기도 했다. 최후대가 답사한 곳은 지리산을 중심으로 한 하동, 악양, 합천, 성주, 현풍 등 대부분이 강우지역이었다. 지리산이나 가야산에서 고운 최치원을,859) 덕산에서 조식을,860) 성주에서는 정구를,861) 현

서 "岳陽曾在中華中, 夸大移來大海東. 畵出乾坤工部筆, 呑藏湖澤子長胸."이라 노래하였다.

856) 崔后大, 「花開路雨中作」(『寒居集』 卷1 張7)

857) 崔后大, 「題搏上人詩軸韻」(『寒居集』 卷1 張5)

858) 崔后大, 「到新興寺」(『寒居集』 卷1 張5) 신흥사의 원래 이름은 神凝寺였다. 이 절은 신흥암으로 존재하다가 6.25전후에 없어진 것으로 보이며, 현재는 그 터에 왕성초등학교가 자리하고 있다.

859) 고운 최치원에 대해서는 「題崔君景江亭」(『寒居集』 卷1 張2)에서 '吾友崔君景, 孤雲去後仙.'이라 했고, 「夢中作」(『寒居集』 卷1 張20)에서 '孤雲遺躅今來訪, 塵世喧囂耳外賖.'라 했으며, 「題郭萬能頭流錄後」(『寒居集』 卷2 張3)에서는 '遠則崔學士遺躅於前.'이라 했다.

풍에서는 망우당 곽재우862) 등을 그들이 남긴 유적을 통해 만나면서 옛 사람들의 덕을 찬미했다. 최후대는 이 밖에도 정려문이나 충렬각이 있으며 거기에 따른 감흥을 일으키고 있는데, 이를 통해 그는 우리 문화를 새롭게 인식하고 동국문화에 대한 자부를 드러내고자 했던 것이다. 우리는 여기서 은구형 사림인 최후대가 어떤 방식으로 우리 문화를 이해하고 있는가를 간취하게 된다.

4. 맺음말

본고는 최후대의 문학을 통해 은구형 사림의 문학세계, 그 일단을 밝히기 위해 마련된 것이다. 은구형 사림은 관인형 및 방외형 사림과 달리 자연에 은거하면서 내면적 심성을 닦아 천리를 보존하고자 한 사람들로서 성리학적 측면에서 순수할 뿐만 아니라, 정치일선에 나아가지 않았다는 측면에서 관인형이나 방외형 사림 등 여타의 사림과는 변별되는 특징을 갖추고 있다. 이들은 주자학에 그 사유의 근간을 두고 이론적 측면을 더욱 강화해 나가기도 하고, 그들 자신의 생활 현장을 더욱 가치 있는 것으로 보고 새로운 문화를 형성해 나가기도 했다. 최후대는 바로 후자의 전형이라 할 수 있다. 이를 인식하면서 본고는 우선 최후대 사유의 근원과 문학에 대한 인식을 고찰하였고, 나아가 그의 작품에 나타나는 일상에 대한 다면적 형상을 생활소사에 대한 관심, 자기 수양과 집안 다스리기, 국토유람과 동국문화에 대한 재인식 등으로 살펴보았다. 이제 이를

---

860) 제3부 제10장 각주 793) 참조.

861) 제3부 제10장 각주 804) 참조.

862) 곽재우에 대해서는 그의 묘에 비를 세우면서 지은 「次忘憂堂郭先生立碑韻二首」(『寒居集』 卷1 張15)에 잘 나타난다.

정리하면서 결론으로 삼고, 나아가 본고에서 다루지 못한 부분을 남은 문제로 제시하면서 後稿를 기다리고자 한다.

최후대의 학문연원은 이황 혹은 조식에게 두거나 유보적 태도를 취하는 것으로 나타났다. 최후대의 손자인 최익중은 이황을, 최후대 자신은 조식을, 제3자는 대체로 가학에 중심을 두면서 유보적 입장을 취하였다. 여기서 우리가 주목하고자 하는 것은 당연히 최후대 자신의 견해이다. 그는 '昔先師' 정구를 거쳐 '德川源', 즉 조식을 그 학문의 연원으로 인식하고 있었다. 이 때문에 성주의 정구 유적인 '망운암'이나 덕산의 조식 유적인 '세심정' 등에서 이들에 대한 추념을 지극히 했던 것이다. 최후대는 학문의 연원을 조식에게 두면서도 문학에 대한 인식은 그와 다른 측면이 있었다. 문학을 小技로 보는 것은 같은 점이라 하겠으나, 최후대가 이태백과 두보의 시문집을 즐겨 읽으면서 정감의 세계를 충실히 드러내고 있다는 측면에서 다르다. 인간의 자연스런 감정을 '天眞'으로 인식한 데서 여타의 성리학자들과도 다른 측면을 보였다. 이것이 바로 그의 문학적 형상이 일상의 다면상에 입각해 이루어지게 했던 원동력이었다.

최후대 문학에는 그의 일상에 대한 관심이 다양하게 표출되어 있다. 사물을 통해 천리를 발견하고 그것을 문학적으로 형상화한 것이 아니라, 인간관계를 소중히 여기며 생활소사들을 진솔하게 그려나간다. 또한 자기 수양 및 집안 다스리기와 관련한 일련의 시편을 남기게 되는데, 이것은 修己治人이라는 유가적 진리 구현방식이 적용된 것이다. 그러나 그의 치인은 齊家的 차원에서 머무를 수밖에 없었다. 이는 최후대의 치인이 은구형 사림이라는 한계 안에 놓여있기 때문이었다. 그리고 국토유람을 통한 동국문화의 재인식 역시 최후대 문학의 중요한 주제였다. 특히 지리산을 신라 이래 우리나라의 國器라고 인식하면서, 고운 최치원이나 조식 등 선현들의 다양한 유적에서 동국문화에 대한 자부를 드러내고자 했다. 여기서 우리는 최후대 문학에 나타난 일련의 구조를 발견하게 된다. 즉 인간소사에 대한 관심을 근간으로 하여 向內的으로는 자기 수양과 집안 다스리기를, 向外的으로는 국토유람과 동국문화에 대한 재인식이라는 二重構造가 그것이다. 이것은 최후대가 내면적 수양을 중시하면서도 이것을 고립적으로 이해하지 않았다는 것이며, 동시에 국토유람을 통해 동국문화를 자각하면서도 내면적 수양을 배척하지 않았다는 것이다. 최후대는 오히려 국토유람 역시 생활의 일부로 받아들이는 적극성을 보였던 것이다.

그렇다면 조식을 그 학문의 연원으로 하며, 주자서를 중심으로 하면서도 이태백과 두보의 시집을 즐겨 읽었던 것과 그의 문학에 나타난 일상에 대한 다면적 형상은 어떤 관계에 놓여있는가? 여기에 대한 언급은 본 논의를 유기적으로 이해하기 위하여 중요하다. 최후대는 작품을 많이 남기지 않았다는 측면에서, 혹은 형이상학적 성리논쟁보다 생활현장에 관심을 기울였다는 측면에서 조식의 정신과 일정부분 결합되어 있지만, 사회적 비판보다 자신의 個我的 情緖에 충실하며 그것을 진솔하게 문학적으로 형상화하고 있다는 측면에서 조식과는 다른 길을 열었다. 또한 문학인식에서 보듯이 인간의 자연스런 감정을 '天眞'으로 보면서 唐詩를 소중하게 여겼기 때문에 이태백과 두보의 눈으로 자연을 관찰할 수 있었다. 이 과정에서 그는 신라이래 國器라 할 수 있는 지리산을 중심으로 국토산하를 답사하게 된다. 그리고 많은 우리의 선현들을 통해 장대한 동국문화를 새로이 인식하면서 아울러 자부심을 갖게 되었던 것이다.

본고는 최후대 문학의 중요한 일면을 드러냈다는 측면에서, 이를 통해 은구형 사림의 상상력의 한 부면을 찾았다는 측면에서 일련의 의의를 갖는다. 사정이 이러함에도 불구하고 여전히 문제는 남아있다. 우선 최후대 문학정신의 비판적 성찰이 철저하게 다루어지지 않았다는 점을 들 수 있다. 최후대의 시대는 당쟁이 치열해지던 시기이면서 동시에 전국적으로 전염병이 퍼져 사람과 가축이 죽어가기도 했다. 거듭되는 흉년으로 도적이 출몰하는가하면 경기도와 충청도에서 민란(1671년)이 발생하기도 하고, 이인좌 등이 戊申亂(1728년)을 일으키기도 했다. 그야말로 위기적 현실이 계속되었던 것이다. 그러나 최후대는 이 같은 사회현실에 민감하게 반응하면서 지식인이 지녀야할 사회적 책무를 다했다고 하기 어렵다. 이것은 은구형 사림의 한계일수도 있으나 그가 치인을 '제가'에서 그쳤기 때문에 발생한 당연한 귀결이라 하겠다. 이 같은 점을 충분히 인식하면서 그의 현실대응방법 역시 논의되어 마땅하다. 그리고 書簡文나 記文, 혹은 序跋 등 산문에 나타나는 문학정신 역시 면말하게 관찰할 필요가 있다. 이를 통해 우리는 논리사유를 통해 최후대가 제시하고자 했던 의식의 또 다른 국면을 이해할 수 있기 때문이다. 최후대 문학을 이같이 다양한 각도에서 조망할 때 그 평가가 보다 온전하게 이루어질 것이다.

제 11 장

河應運의 主靜的 世界觀과 그 자연형상

1. 머리말

본고는 河應運(習靜齋, 1676-1736)이 지니고 있었던 중심 세계관과 이에 바탕한 그의 문학적 형상을 탐구하기 위해 기획된 것이다. 하응운은 정치와 역사, 문학과 사상 등 당대의 다양한 학문적 자장 속에서 자신의 세계관을 구축하였을 터이나 그 근저에 '고요함'에 바탕한 主靜的 世界觀이 내재되어 있었다. 본고는 이 주정적 세계관이 그의 문학작품 속에서 구체적으로 어떻게 형상화되고 있는가 하는 문제를 그 자신 가장 중요하게 생각하고 있었던 '자연'을 중심으로 검토하기로 한다. 이것은 주정적 세계관과 자연이 긴밀하게 상호관계를 유지하면서 문학적으로 형상화되고 있다는 측면을 주목하였기 때문이다.

하응운은 晉陽人으로 원래 이름이 應龍인데 나중에 응운으로 개명하였으며, 자를 汝登, 호를 習靜齋라 하였다. 아버지 潤宇와 이조참판을 지낸 海平人 尹世揆의 따님 사이에서 3남 2녀 중 장남으로 태어났다. 생년은 1676년(숙종2, 병진)이며 출생지는 지금의 진주시 대곡면 단목리인 丹池洞이다. 단목리에 세거하게 된 것은 그의 9대조부 河起龍이 진주부 남쪽의 代如村에서 단목리로 이거하면서부터였다. 하기룡의 후손들은 단목리에 세거하면서 재지적 기반을 중심으로 뛰어난 문인과 학자들을 배출하였다. 단목리의 진양 하씨는 어득강 등 당시의 주요 문인과 통혼관계를 유지하고, 남명학파의 중요 일원이 되면서 사회적·학문적 기반을 굳혀 나갔던 것으로 보인다.[863]

鄭相虎(東野, 1680-1752)는 「祭文」에서 하응운이 높은 기품을 갖고 있었기 때문에 사람들을 인정하는 것이 적었으며, 시비에 더욱 분명하여 다른 사람들에게 뜻이 흔들리거나 빼앗기지 않았다[864]고 기록하고 있다. 그는 당시 사람들로부터 하응운과 더불어 龍虎의 관계로 불리는 막역한 사이였다.[865] 정상호는 또한 '40년 동안 서로 사귀었으나 일찍이 한 마디도 어김이 없었으니 소위 막역지교'라고 하면서, '나를 아는 이 자네 같은 사람이 없고, 자네를 아는 자 누가 나와 같겠는가?'[866]라고 하였으니 이들의 관계를 충분히 알 수 있다. 제문이 특수한 상황에서 쓰인

863) 진양 하씨 창주가의 연혁에 대해서는, 김학수, 「진양하씨 창주가(滄洲家)의 가계와 학문의 연원」(『선비가의 묵향』, 한국정신문화연구원 장서각, 2004)을 참조하기 바란다.

864) 鄭相虎, 「祭文」(『習靜齋集』 卷3 張8). "君, 氣品最高, 於人少許可. 以是, 人或不悅君, 其不悅者, 非君所與也. 於君何有焉? 君, 於是非又分明, 不爲人所撓奪."

865) 하응운의 처음 이름이 하응룡이었으므로, 사람들은 '하응룡'과 '정상호'의 끝 자를 따서 그렇게 불렀다고 한다. 河啓龍, 「遺事」(『習靜齋集』 卷3 張5). "…… 嶺右之人, 始知忠逆之義, 目之曰當世龍虎, 蓋府君初諱應龍, 東野諱相虎也."

866) 鄭相虎, 「祭文」(『習靜齋集』 卷3 張8). "以四十年之相從, 而曾無一言之有違, 此其所謂莫逆之交耶! …… 知我者莫如君, 知君者孰如我阿?"

것임을 고려하더라도 이로써 우리는 하응운이 강직한 기품을 소유하고 있었던 사람임을 알게 된다. 그리고 다음과 같은 그의 유언도 하응운을 이해하는데 있어 도움이 된다.

> 英宗 丙辰 정월 28일에 세상을 떠났다. 죽음에 임하여 정신이 명료하였으며 한 마디의 다른 말도 없었는데, 붓을 들고 다음과 같은 글을 써서 아들 재악에게 주었다. "선조를 받드는 것은 『가례』로써 하고, 齊家는 『소학』으로 하여라. 또한 화복은 자기가 구하지 않은 것이 없는 것이니, 오직 경계하고 삼가하고 두려워하여 術家의 허탄한 말에 마음이 흔들리지 말아야 내가 편히 눈을 감을 수 있을 것이다.[867]

하응운은 1736년에 세상을 떠난다. 그가 세상을 떠나기 5일 전인 정월 23일 장자 재악에게 고문서의 형태로 남긴 「長子載岳處遺言」에는 조금 다른 내용이 보이기는 하지만,[868] 위의 글은 그가 세상을 떠나면서까지 강조한 부분이 무엇이었던가 하는 점을 분명히 알게 한다. 선조 받들기, 집안 다스리기, 자기 수양하기가 바로 그것이었다. 선조는 『가례』로 받들고, 집안은 『소학』으로 다스릴 것이며, 자기 수양은 '戒愼恐懼'로 해야 한다고 했다. 우리는 여기서 하응운의 평소 관심과 함께 자신의 가문을 위하여 어떤 생각을 갖고 있었는지를 충분히 파악하게 된다.

본 논의에서는 하응운의 문학세계를 탐구하기 위하여 세 단계의 과정을 거친다. 첫째 단계에서는 그가 어떤 가문에서 성장하여 당대를 어떻게 인식하고 있었던가를 알아본다. 둘째 단계에서는 그의 시대인식에 기

867) 河啓龍, 「遺事」(『習靜齋集』 卷3 張6). "英宗丙辰正月二十八日沒. 臨沒, 神想了然, 無一言及他, 取筆書之, 以遺子載岳, 曰 奉先以家禮, 齊家以小學, 且禍福無不自己求者, 惟戒愼恐懼, 勿撓於術家虛誕之說, 則吾目瞑矣."

868) 河應運, 「長子載岳處遺言」(『선비가의 묵향』, 한국정신문화연구원 장서각, 2004)에는 토지와 노비의 분재에 따른 당부사항과 자신이 죽은 후 치상과정에서 주의할 점 등을 유언의 형태로 적어두었다.

반한 행동양식이 어떻게 나타나고 있었던가를 검토한다. 여기서 우리는 그의 자호에 나타나 있는 '靜'의 문제를 세계관적 입장에서 이해하게 될 것이다. 셋째 단계에서는 구체적 문학작품이 자연공간을 통해 형상화되는 양상을 따진다. 이 같은 과정을 거치면서 우리는 하응운의 山水之趣가 시대인식 및 세계관과 결합되어 있다는 것을 알 수 있을 뿐만 아니라, 그의 문학작품에 자연인식이 다양하게 작용되고 있다는 것을 창작기법의 측면에서 이해하게 될 것이다.869)

2. 가학적 전통과 시대인식

문학작품이 그것을 둘러싸고 있는 환경에 직·간접적 영향을 받을 수밖에 없다는 입장에서 작가연구는 필수적이다. 특히 전통문학을 파악하기 위해서는 가학적 전통을 작가가 어떻게 이어받고 있으며, 당대의 정치적·학문적 배경에 대한 문학적 응전논리는 어떻게 마련하고 있는가를 관찰하는 것이 작가와 그 작품을 이해하는데 있어 대단히 유효하다. 하응운의 경우 선대가 남명학파의 주요 일원이었으나 조부인 河洺(滄洲, 1630-1677) 대에 와서 노론으로 전환하면서 새로운 전기를 마련하고, 손자인 자신 대에 이르러 명실상부한 진주의 노론 명가로 부상한다. 우선 그의 가계도를 간단히 작성해보자.

---

869) 본 연구의 텍스트는 하응운의 7세손 河祐植(1875-1943)이 선조의 유문을 모아 1939년 간행한 『習靜齋集』으로 한다. 이 책은 3권 1책으로 구성되어 있으며 1939년 9월에 쓴 閔丙承의 서문이 있다. '창주후손가소장 전적 현황'에 의하면, 『습정재집』은 필사본도 함께 전하는 것으로 되어 있다. 한국정신문화연구원 장서각국학팀, 「晉州 晉陽河氏 滄洲後孫家所藏 典籍〔文集類〕의 현황과 내용」, 『藏書閣』 3, 한국정신문화연구원, 2000. 278-279쪽 참조.

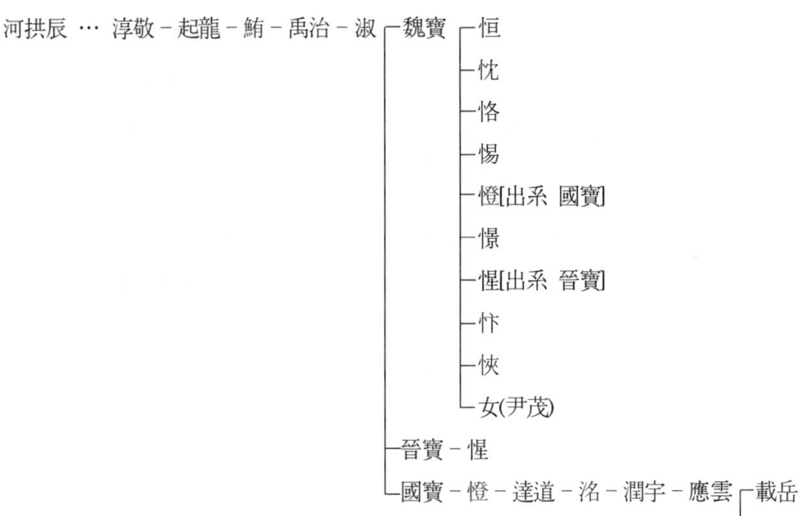

진양 하씨는 河拱辰 계열, 河珍 계열, 河成 계열로 나뉜다. 이 가운데 하공신 계열은 진주의 비봉산 하 中安里에 세거해 오다가 하순경 대에 와서 진주부 남쪽 代如村으로 이주하였고, 그의 아들 하기룡이 단목리로 옮겨오면서 그 후손들은 대대로 이곳에 정착하게 되었다. 하위보의 다섯째 아들 하증은 하국보의 양자로, 일곱째 아들 하성은 하진보의 양자로 들게 되며, 하증이 無後하자 하성의 아들 하달도를 양자로 맞이하여 대를 잇게 한다. 이러한 과정에서 하응운이 탄생하게 되는데, 그는 하명의 손자이면서 하증의 현손이다.

우리가 여기서 주목하고자 하는 것은 이 가문이 曺植(南冥, 1501-1572)과 학연을 가지면서 남명학파의 주요 일원이 되어 17세기 중엽까지 활동하며, 이와 관련하여 노론의 기호학을 적극적으로 수용하여 진주지역의 노론 명문가로 성장한다는 것이다.870) 즉 河魏寶, 河晉寶, 河恒은 모두

870) 이 부분에 대해서는 김학수, 앞의 논문, 330-331쪽과 정신문화연구원 장서각국학

조식의 문인이며, 하증은 비록 조식의 문인은 아니었지만 생부와 숙부, 그리고 백형이 모두 조식의 문인이었으니 그 가학적 전통을 충분히 알 수 있다.[871] 그러나 1665년을 전후로 하여 발생한 『남명집』 훼판사건과 관련하여 하증의 손자 하명이 무고를 당하자 종숙 河達漢과 함께 宋時烈(尤庵, 1607-1689)과 宋浚吉(同春堂, 1606-1672)에게 도움을 요청하면서 이들의 문인이 되는데, 兩宋은 특히 하명을 들어 仙鶴이라 하였다고 한다.

단목리의 진양 하씨 가문은 하응운 대에 이르러 진주지역의 노론 명가로 거듭나게 된다. 이 때문에 그는 둘째 아들 필동에게 명하여 '두 선생은 동방의 대현으로 우리 가문의 은혜로운 분이니 너는 정성을 다 하여라'[872]라고 하면서 송시열과 송준길의 문묘종사소에 적극적으로 가담하게 한다. 당시 강우지역의 사림들은 남인과 노론으로 대립해 있었으며, 송시열과 송준길의 문묘종사소에 가담한 사람을 처단해야 한다는 방이 나붙기도 하는 등 사태가 심상치 않았다. 하응운은 여기에 개의치 않고 그의 아들을 양송 문묘종사 일에 적극 참가하도록 하였고, 둘째 아들 河必東을 李縡(陶庵, 1680-1746)에게 보내 그 문하에 들게 한다. 우리는 여기서 노론 계열에 대한 하응운의 분명한 입장을 알게 된다.

하응운의 독서경향과 자제 교육에서도 노론 색채는 짙게 묻어난다. 그는 주자서를 중심으로 당대 선비들이 일반적으로 읽었던 책을 두루 읽지만 역학에 특별한 관심을 가졌다고 한다. '역학의 오묘함을 깊이 체득하여 일찍이 揲蓍로 길흉을 판단하였는데 합치되지 않음이 없었다. 『역학

팀, 앞의 논문, 262-266쪽을 참고할 수 있다.

871) 權載奎가 지은 「書滄洲先生河公年譜後」에 '공은 남명선생을 사숙하여 敬義의 전함을 얻고 한 평생 服用함이 이 경의에 있었으니 그 학문의 바름을 알 수 있다'라 하고 있으니, 하증의 남명숭모를 충분히 알 수 있다.

872) 河啓龍, 「遺事」(『習靜齋集』 卷3 張4). "二先生, 東方大賢, 吾門恩家, 汝其盡誠也."

계몽』이나 『황극경세』 등의 책에 대해서도 또한 그 근원을 깊게 연구하였다.'[873]고 한 것에서 이 같은 사실을 충분히 알 수 있다. 그리고 가정의 경영과 자녀의 교육을 위하여 『소학』과 『격몽요결』이 가장 긴요한 책이 된다고 생각했다. 다음 자료를 보자.

> 나는 어려서부터 『소학』을 받아 읽었으나 중년이 되어 과거공부를 하느라 익힌 것은 글자만 겨우 아는 것에 불과했다. …… 병이 조금 나아 우연히 상자 속의 옛 책을 보게 되었는데 거기서 율곡선생의 『격몽요결』을 얻게 되었다. 장마다 적확하고 말마다 친절하여 진실로 사람이 되는 요법이었다. 책을 잘 손질하고 베껴내어 스스로 책을 펼쳐 완미하고 아이들에게도 주어 익히게 함으로써 나의 면려하는 뜻을 부친다.[874]

이 글은 하응운이 『격몽요결』 뒤에 쓴 것이다. 여기서 우리는 하응운이 『소학』과 『격몽요결』을 얼마나 중시하고 있었던가 하는 점을 이해하게 된다. 이 책을 아이들에게 읽게 할 뿐만 아니라 그 자신 이 책에 바탕하여 면려할 수 있기를 희망했다. 하응운이 李滉(退溪, 1501-1570)의 문집을 읽고 '깊은 학문은 나아가고 물러나는 것에서 더욱 밝다'[875]며 칭송한 적이 있기는 하지만, 『격몽요결』에는 특별한 애정과 관심을 가지고 酷好[876]하였다. 이 책은 송시열 등 노론이 존경해마지 않았던 李珥(栗谷,

---

873) 河啓龍, 「遺事」(『習靜齋集』 卷3 張3). "於易, 深得其妙, 嘗揲蓍以斷吉凶, 無不脗合, 於啓蒙皇極經世等書, 亦皆究覈其源."

874) 河應運, 「書擊蒙要訣後」(『習靜齋集』 卷2 張13), "余自髫齔, 卽受小學, 中年仍治公車業, 所習, 不過爲偸竊佔畢而已 …… 病間, 偶閱篋中舊書, 得栗谷先生擊蒙要訣, 章章的確, 言言親切, 誠做人之要法也. 繕粧謄出, 以自披玩, 仍付兒子輩課習, 以寓余勉勵之意云."

875) 河應運, 「讀退溪先生文集」(『習靜齋集』 卷1 張3-4), "千載東方又考亭, 一生辛苦見精誠. 許多樣子爲人地, 邃學尤於進退明."

876) 『격몽요결』을 매우 좋아했다는 것은 閔丙承이 「習靜齋文集序」에서 '公, 平生絶意名

1536-1584)의 저작물이라는 점을 상기할 때 하명에 의해 시도되었던 진주 단목의 노론화가 하응운 시대에 와서 얼마나 확실하게 정착되고 있었던가 하는 점을 짐작하고도 남는다.

하응운의 시대인식 역시 가학적 전통에 입각해서 이루어졌다. 그는 젊었을 때 세상을 향한 포부를 갖고 세 번이나 향시에 합격을 하지만[877] 신축년(1721)과 임인년(1722)에 걸쳐 일어났던 辛壬獄事 이후 과거를 단념하고 일생을 처사로 살 결심을 한다. 이로 보아 그가 처사의 길을 걷게 된 것은 바로 철저한 유가적 출처관에 입각한 때문이었다.[878] 이를 두고 閔丙承은 『습정재집』 서문에서, '일찍부터 세상을 지탱하고 가르침을 세우려는 뜻이 있었지만 혼탁하고 어려운 시대를 만나 뜻을 펼칠 곳이 없게 되자 홀로 풍도를 우뚝하고 엄연하게 견지하여 늙어 머리가 하얗게 세도록 변치 않았다'[879]라고 하였다.

하응운은 당대에 대한 위기의식을 지니고 있었다. '늙은 나이에 시대가 위태롭고 길은 지극히 험하여, 한 집안이 남북으로 각각 달리 산다네'[880]라고 하면서 당대를 '時危'로 인식하였던 것이다. 이 같은 인식은 그의 회포를 기술한 다양한 글에서 나타난다. 예컨대 「寫懷賦」에서 '내가 말세에 태어남이여! 어찌 위태로운 시대를 만났던가? 생애를 한 번 웃음이여! 기쁨과 슬픔 모두를 잊어버린다네.'[881]라고 하면서 당대를 時運不

利, 事親至孝, 酷好擊蒙要訣.'이라고 한 데서도 알 수 있다.

877) 「易義六爻之動三拯之道」라는 고문서 형태의 試券이 남아 있어 하응운의 과거공부의 흔적을 찾을 수 있다. 『선비가의 묵향』, 한국정신문화연구원 장서각, 2004. 114-115쪽 참조.

878) 유가적 출처관은 정우락, 『남명문학의 철학적 접근』, 박이정, 1998. 293-294쪽 참조.

879) 閔丙承, 「習靜齋文集序」(『習靜齋集』 序 張1). "早有扶世立敎之志, 而值時迍難, 無所發抒, 獨持風裁巍然儼然, 至老白首, 不變塞焉."

880) 河應運, 「寓中寫懷二首・其一」(『習靜齋集』 卷1 張18), "年老時危路極險, 一家南北各殊居."

881) 河應運, 「寫懷賦」(『習靜齋集』 卷1 張1), "余生世之渺末兮, 何遭時之蹇剝. 發一笑

利를 의미하는 '蹇剝'으로 인식한 것도 모두 위기의식을 표출한 것에 다름 아니었다. 현실에 대한 위기의식이 이 같았으므로 그는 퇴처의 길을 선택하지 않을 수 없었다. 다음 작품을 보자.

少日君民妄有志　젊은 날 임금과 백성에게 망령되이 뜻을 두었으나,
晩嘗世味薄於紗　만년에는 세상맛이 깁보다 엷어졌다네.
雲林自有衰年樂　운림에서 스스로 늘그막의 즐거움이 있으니,
何必長吟白石歌　어찌 반드시 길이 白石歌를 부르리?[882]

하응운은 여기서 젊은 시절 세상을 향한 포부가 있었으나 만년에는 세상의 맛이 엷어졌다고 했다. 세상을 향한 포부는 출사를 의미한다. 그러나 세상이 그의 도를 펼칠 수 있는 상황이 아니었으므로 퇴처하지 않을 수 없었다. 이 같은 사정을 승구에서 '세상맛이 깁보다 엷어졌다'고 했다. 위기의 시대를 감지한 때문이다. 따라서 보다 적극적으로 퇴처의 길을 선택하여 雲林, 즉 자연을 찾았으니 결구에서처럼 굳이 백석가를 부를 필요가 없었던 것이다. 백석가는 춘추 시대 衛나라 사람 甯戚이 가난하여 齊桓公에게 벼슬을 구하러 가서 소뿔을 두드리면서 불렀다는 노래다. 결국은 세상을 향한 포부보다 자연 속에서 진리를 찾으며 도를 즐기려는 隱求的 姿勢를 더욱 중시했던 것이다.

그렇다면 하응운이 위기의식을 가질 수 있었던 결정적인 이유는 무엇일까? 바로 서상한 바 있는 신임옥사다. 『진양속지』에 '옳고 그름의 분변이 명확하여 일찍이 세 번이나 향시에 급제를 하였으나 신임의 참화를 보고 드디어 문을 닫고 조용히 앉아 성리학을 깊이 연구하였다'[883]라고

於生涯兮, 却兩忘於忻慽."

882) 河應運, 「感懷」(『習靜齋集』 卷1 張20)

883) 『晉陽續誌』(『習靜齋集』 卷3 張9). "嚴於陰陽淑慝之辨, 嘗三捷鄕解, 而目見辛壬之慘禍, 遂閉戶靜坐潛究性理之學."

하는 기록을 통해 이를 확인할 수 있다. 이에 대하여 崔益鉉(勉庵, 1833-1906)은 하응운의 「묘표」에서, '신임옥사 때 대처한 의리로 영우지역에서 굳건히 正道를 지킨 인물이라는 것을 알 수 있었다'[884]라고 하거나, '공은 보잘 것 없는 일개의 유생이었을 뿐이나 동야 정상호와 함께 신임옥사에 찬동한 사람을 꺾었다'[885]라고 한 것이 그 대표적이다.

신임옥사는 왕위계승문제를 놓고 노론과 소론 사이에 일어난 화란이다. 이 옥사에서 소론이 주장한 노론의 왕권교체설로 노론의 4대신인 金昌集(夢窩, 1648-1722), 李健命(寒圃齋, 1663-1722), 李頤命(疏齋, 1658-1722), 趙泰采(二友堂, 1660-1722)가 파직 되거나 유배되었고, 이어서 睦虎龍(1684-1724)이 노론 측의 경종 시해모의설을 고변함으로써 노론 4대신이 사사되는 등 역모와 관련된 170여 명의 노론계 인사들이 살육되거나 가혹한 형벌을 받는 대옥사가 일어났다.[886] 당시 영우지역에서는 남인과 노론이 대치하고 있었으며, 하응운은 이 때 노론의 입장을 분명히 하며 영우지방의 사람들에게 충성과 반역이 무엇인지를 강조하였다고 한다.[887]

경종 독살설은 1728년(영조 4)에 일어났던 戊申亂의 직·간접적인 배경이 되었다. 무신란은 소론과 남인의 일부세력이 영조와 노론을 제거하고 密豊君 坦을 추대하고자 했던 사건이다. 이 때에도 하응운은 정상호 등과 함께 의연히 정의를 지키며 조금도 흔들리거나 굴하지 않았다고 하

---

884) 崔益鉉, 「墓表」(『習靜齋集』 卷3 張1). "其於所以處辛壬義理, 知其爲嶺右之毅然守正人也."

885) 崔益鉉, 「墓表」(『習靜齋集』 卷3 張1). "公渺然一儒生耳, 乃與鄭東野相虎, 折其左辛壬者."

886) 신임옥사에 대해서는, 이성무, 『조선당쟁사』 2, 아름다운날, 2007. 127-137쪽 참조.

887) 이를 두고 최익현은 「墓表」(『習靜齋集』 卷3 張1)에서 '아! 영우지방이 지금에 이르도록 충성과 반역의 구분을 알게 한 것은 오직 두 공(하응운과 정상호)에 힘입은 것이다. 당세의 사람들이 龍虎로 일컬었던 것은 마땅하다.'라고 하였다.

는데, 이를 두고 河啓龍(1851-1932)은 '영남지방이 모두 어육이 되지 않은 것은 모두 당시 제현의 힘이었다'고 기록하고 있다. 뿐만 아니라 무신란을 경유하면서 영우 사림들의 의견이 분분하고 또한 신임옥사에 대한 논의가 다시 일어나자, 李翔(打愚, 1620-1690)의 말을 빌려 '영남에서 兩賢(송시열과 송준길)을 모함하여 배척한 후 인재가 나지 않았다. 그대들은 지금 이처럼 無君의 논의를 펴는가!'[888]라고 하면서 忠逆의 의리를 알게 하였다고 한다.

하응운은 조식 학통을 이어받았지만 노론으로 정립한 학자다. 그의 5대조부인 하위보 등은 조식의 제자였고, 고조부 하증은 재전제자였다. 이들은 모두 조식의 경의사상을 철저히 받아들였던 것으로 보인다. 그의 조부 하명 역시 남명학파의 주요 인물이었으나 1665년(현종 6) 경에 있었던 『남명집』 훼판 사건과 관련하여 河弘度(謙齋, 1593-1666)의 문인과 대립하면서 송시열과 송준길의 도움을 요청하게 되고 이후 노론으로 전향한다. 이 같은 가학적 전통을 이어받은 하응운은 왕위계승문제를 놓고 노론과 소론 사이에 있었던 신임옥사를 거치면서 퇴처를 단행한다. 당대를 위기의 시대로 인식한 때문이다. 그의 시대인식과 퇴처는 노론의 입장을 분명히 한 것이며, 문학형상의 중요한 외부요소로 작용한 것으로 보인다.

3. 주정적 세계관과 작품경향

당대를 '時危'로 읽고 있었던 하응운은 산림으로 퇴처하며 자기수양을

888) 河啓龍, 「遺事」(『習靜齋集』 卷3 張5), "打愚公有言, 嶺南毁斥二賢之後, 人才不生, 今君輩, 復爲此無君之論耶?"

거듭했고, 이에 따라 느낀 바를 문학작품을 통해 형상화하고자 하였다. 자기수양은 主靜的 세계관과 결합되어 있으며, 이것을 문학으로 표출하였으므로 이 둘을 함께 고찰해 보는 것은 방법론상으로 지극히 온당하다. 그의 창작에 대한 세계관적 기반과 구체적인 문학작품의 상관관계를 검토할 수 있기 때문이다. 은구형 사림이 출사를 거부하고 산림에 숨어서 진리를 구하는 유형의 지식인이라면,889) 하응운은 바로 여기에 해당한다. 이를 염두에 두면서 그가 추구하고자 했던 주정적 세계관과 작품경향을 차례대로 살펴보자.

하응운의 주정적 세계관은 민병승의 「습정재문집서」에 잘 나타난다. 이 글에서 민병승은 '그의 학문은 인욕을 제거하고 靜을 주장하는 것을 공부로 삼았는데, 전일하되 함몰되지 않았으며 넓되 능히 요약하였으니 粹然히 一家를 이루었다.'890)라고 했다. 여기서 그는 '主靜爲工'이라 하였는데 바로 하응운의 세계관을 정확하게 파악한 것이라 하겠다. 하응운이 주정적 세계관을 가진 것은 과거를 포기하고 산림으로 물러나면서 구체화되었고, 周敦頤(濂溪, 1017-1073) 이하의 성리학을 본격적으로 습득하면서 체계화된 것으로 보인다. 다음 자료를 보자.

> 겨우 열다섯 살이 되었을 때 문예가 이미 성숙하였으며 세 번이나 향시에 합격하였다. 그러나 서로 다투는 당시 선비들의 습속을 목격하고서는 드디어 다시는 과거에 응하지 않고 장서 수천 권을 갖고 문을 닫은 채 공부에 침잠하면서 사물에 마음을 두지 않았다. 일찍이 '靜字

889) 사림파 문인의 유형은 관료형, 은구형, 방외형으로 나눌 수 있다. 이 가운데 은구형 사림은 자연 속에 은거하면서 내면적 심성을 닦아 천리를 보존하고자 한 문인군으로 정치현실과 일정한 거리를 유지하면서 자연 속에서 유가적 진리의 세계를 추구한다. 이에 대해서는 정우락, 「사림파 문인의 유형과 은구형 사림의 전쟁체험」, 『한국사상과 문화』 28, 한국사상문화학회, 2005. 19-20쪽 참조.

890) 閔丙承, 「習靜齋文集序」(『習靜齋集』 序 張4), "其學, 以主靜爲工, 專而不泥, 博而能約, 粹然成一家."

> 工夫는 周先生으로부터 시작하여 程門에서 사람을 가르칠 때 두 번째로 삼지 않았다. 오직 '靜養'하고 난 다음에 행동해야 제대로 성취할 수가 있는 것이다.'라고 하면서 호를 '習靜'이라 하였는데 대개 근본한 바가 있다고 하겠다.[891]

여기에는 여러 가지 정보가 내장되어 있다. 당대의 부조리한 시대와 관련된 그의 과거 포기, 자연 속에서의 침잠과 독서, 독실한 養靜工夫, '습정재'라는 호의 연원 등을 두루 알 수 있기 때문이다. 여기서 가장 중요한 용어는 '靜' 한 자에 있다. 자호는 자신의 세계관적 비전을 묵시적으로 나타내는 것이라 할 수 있으므로, 스스로의 호에 이르기까지 '정'을 수용하고 있으니 하응운이 이 '정'자를 얼마나 중시하고 있는가 하는 것을 어렵지 않게 알 수 있다. 周敦頤 이래 성리학에서의 '정자공부'를 강조하고 있으니, 주돈이가 지은 『通書』의 다음 구절을 참고해 볼 필요가 있다.

> "聖을 배울 수 있는가?" "배울 수 있다." "요체가 있는가?" "있다." "청컨대 듣고자 한다." "하나가 요체가 되는 것이니, 하나라고 하는 것은 無欲이다. 무욕은 靜虛와 動直이니 고요(靜)할 때 마음이 비게(虛)되면 밝고(明), 밝게 되면 통달(通)한다. 움직(動)일 때 곧으면(直) 공정(公)하고 공정해지면 보편성(溥)이 있게 된다. 밝고 통달하며 공정하고 보편성이 있으면 성인에 가깝다."[892]

---

891) 崔益鉉, 「墓表」(『習靜齋集』 卷3 張2), "甫成童, 文藝已成, 三捷鄉解, 目見士習奔競, 於是, 遂不復應擧, 藏書數千卷, 閉戶潛玩, 不以事物經心. 嘗曰, 靜字工夫, 自周先生發之, 而程門教人不作第二義, 蓋惟靜養然後動, 可以有爲. 號以習靜, 蓋有所本云."

892) 周敦頤, 「通書」(『性理大全』 卷2 通書1). "聖可學乎? 曰可 曰有要乎? 曰有 請聞焉. 曰 一爲要 一者無欲也, 無欲則靜虛動直, 靜虛則明, 明則通, 動直則公, 公則溥 明通公溥, 庶矣乎!"

『通書』「聖學」 제21의 일부인데 이 문장을 통해 하응운이 주정적 세계관으로 귀착하고자 하는 경계를 알게 된다. 안으로는 '靜虛→通→明'의 과정을, 밖으로는 '動直→公→溥'의 과정을 밟아 '성'에 이르고자 한다는 것이다. 이 같은 『성리대전』의 「聖可學論」을 바탕으로 그는 자연으로 퇴처하였으며, 그 첫 단계인 '養靜'과 '習靜'을 성취하고자 했던 것이다. '정허'를 '體'라면 '동직'은 '用'이라 할 것인데, 이 때문에 '정허'를 유지하는 것이 무엇보다 긴요하다. 이것은 우리 마음이 明鏡止水와 같아서 조금의 사욕도 마음 가운데 남아 있지 않는 것을 의미한다. 程頤(伊川, 1033-1107)는 특히 '정허'를 위하여 마음에 주장하는 것이 있어야 한다고 했는데,[893] 바로 마음에 대한 주정적 논리를 형성시키고 있는 것이다. 하응운은 이 점을 민첩하게 포착하여 자신의 주정적 세계관을 확고히 했던 것으로 보인다.

주정적 세계관은 그의 문학작품에 구체적으로 나타나기 마련이다. 이에 대해서는 다양하게 설명될 수 있으나 우리는 먼저 그의 작품규모에 착목할 필요가 있다. 주정적 세계관은 성리학적 수양론에 기반해 있으므로, 역대로 이 같은 세계관을 지니고 있었던 성리학자들은 문학을 玩物喪志로 이해하고 창작활동에 적극적이지 않았기 때문이다. 하응운이 작품집인 『습정재집』을 일별해보면 賦 3수, 詩 102제 134수, 書 3편,[894] 雜著 3편, 跋 4편, 祭文 10편으로 구성되어 있다. 작품규모가 그리 크지 않다고 하겠는데, 이는 그의 글이 일실되어 문집에 누락된 부분이 많기

---

893) 『性理大全』(卷2 通書1)에는 '問, 一是純一, 靜虛, 是此心如明鏡止水, 無一毫私欲塡於中, 故其動也, 無非從天理流行, 無一毫私欲撓之, 靜虛是體, 動直是用. 曰, 也是如此, 靜虛易看, 動直難看, 靜虛, 只是伊川云, 中有主則虛, 虛則邪不能入, 是也.'라 한 바 있다.

894) 『습정재집』에 실리지 않은 書 1편이 『선비가의 묵향』(한국정신문화연구원 장서각, 2004)에 등재되어 있다. 하응운이 趙生員에게 보낸 서간인데 부탁한 일을 독촉하는 내용이다.

때문이기도 하겠지만, 그 스스로 창작활동을 크게 즐기지 않은 데 연유한 것이라 하겠다.

하응운이 창작활동을 즐기지 않았지만 그것과 문학적 성과는 전혀 다른 문제이다. 즉 많은 작품을 남기지는 않았지만 당대인으로부터 문예에 특별한 자질이 있다고 인정을 받고 있었기 때문이다. 예컨대, 하응운과 절친했던 정상호는 그를 들어 '문원의 사종이라 해도 좋을 것이다'[895]라고 평가한 것은 그 대표적인 예가 된다. 비록 제문의 형태를 빌려 발언한 것이기는 하나, 그가 하응운을 가장 잘 알고 있었던 사람이기 때문에 이 말은 신빙성이 있다. 다음 자료 역시 그의 문학적 자질과 문학경향을 포괄적으로 이해하는데 도움을 준다.

> (가) 昌舍 孫命來 공이 문장으로 자부하였는데, 부군의 저술을 보고 크게 놀라며, '이 사람의 글이 또한 이 같은가? 안중에 짝할 자가 없겠구나.'라고 하면서 드디어 망년지교를 맺었다. 그 뒤 함께 南宮으로 들어가 장차 과거를 보고자 할 때 공이 부군에게 '자네의 글이 비록 고문에 가깝기는 하나 세상 사람들의 눈에 들지 않는 것은 무슨 까닭인가?'라고 하니 부군이 정색을 하면서 '내가 어찌 나의 규범을 버리고 다른 사람들에게 팔리기를 구하겠는가?'라고 하였다.[896]

> (나) 부군은 고문을 지을 때 일찍이 유념해 두지 않고 경치를 만나면 바로 써내려갔지만 그 情趣가 곡진하였는데, 유집 수권이 집에 보관되어 있다. 동야 정상호 공이 일찍이 말하기를 '군의 문장은 淸越奇健하고 往往逼古하여 비록 詞宗이라 해도 될 것이다.'라고 하였다.[897]

---

895) 鄭相虩, 「祭文」(『習靜齋集』 卷3 張8). "雖謂之文苑詞宗, 可也."

896) 河啓龍, 「遺事」(『習靜齋集』 卷3 張3). "昌舍孫公命來, 以文章自負, 見府君著述, 大驚曰, 此子亦復是耶? 可謂目中無兩! 遂正忘年之交, 及後同入南宮, 將射策, 孫公謂府君曰, 君之文雖近古, 奈不入時眼何? 府君正色曰, 吾豈可舍我範, 而求售於人耶?"

앞의 자료는 창녕에서 태어나 주로 진주에서 활동한 孫命來(昌舍, 1664-1722)와 하응운 사이에 있었던 일화를 통해 하응운의 문학경향을 알게 한다. 대책문을 잘 짓기로 이름이 난 손명래가 하응운의 글을 보고 망년지교를 맺었다고 하면서, 하응운의 글을 '고문에 가깝다'고 평가하였다는 것이다. 뒤의 자료는 하응운과 절친했던 정상호의 「제문」을 근거로 하여, 하계룡이 선조의 문학을 '淸越', '奇健', '逼古'로 요약하고 있다. 이는 각각 하응운의 문학이 세속에서 벗어나고, 기이하고 웅장한 풍격을 갖추었으며, 고문에 매우 가깝다는 것을 나타낸다. 여기서 우리는 당대인이 하응운의 문학을 대체로 어떻게 인식하고 있었던가 하는 점을 쉽게 알게 된다.

하응운은 당대에 대한 위기의식에 입각하여 산림으로 물러나 주정적 세계관을 정비한다. 이는 주돈이 이래 성리학자들이 聖學을 터득하기 위하여 치열하게 구축해갔던 세계관이다. 하응운 역시 이 주정적 세계관에 입각하여 자신의 호를 '습정'이라 하였고, 이를 통해 안으로는 通明을, 밖으로 公溥를 획득하고자 했다. 이 같은 세계관에 기반하여 문학창작을 하였으며, 당대인으로부터 '文苑의 詞宗'이라 칭송을 받기도 했다. 그러나 그는 문예 창작을 그리 달갑게 여기지 않았으며 이에 따라 그가 지은 글은 분량면에서 풍부한 것이 아니었다. 우리는 여기서 그의 문학인식을 확인할 수 있다. 또한 그의 글이 時文과 일정한 거리를 유지하며 '淸越奇健'하고 '往往逼古'했다는 평가를 통해 그 문체적 경향도 감지할 수 있다.

---

897) 河啓龍, 「遺事」(『習靜齋集』 卷3 張3). "府君, 於古文辭, 未嘗留意, 而遇景輒寫, 曲盡其趣, 有遺集數卷藏于家. 東野鄭公相虎, 嘗曰, 君文章, 淸越奇健, 往往逼古, 雖謂之詞宗, 可也."

4. 문학으로 형상화한 자연공간

사림파 작가들이 체질적으로 자연을 주된 재료로 하여 작품을 창작하였고, 하응운 역시 마찬가지였다. 그의 문집에 의하면, 평소 山水의 興趣가 있어 鄭栻(明庵, 1683-1746) 등과 함께 세상을 잊는 뜻을 지녔으며,[898] 한줄기 냇물과 하나의 수석이라도 淸陰한 곳이 있으면 배회하면서 완상하였고 어떤 때는 종일토록 그렇게 했다[899]고 한다. 자연은 그에게 있어 자기수양의 공간이었으며, 또한 도체를 발견하는 하나의 資具였기 때문이다. 본장에서는 사정의 이러함을 염두에 두면서 하응운이 자연을 習靜의 공간, 창작의 공간, 생활의 공간으로 인식했던 점을 구체적으로 밝혀 그가 이를 문학작품으로 어떻게 형상화하고 있는지를 살펴보기로 한다.

4.1. 습정공간으로서의 자연

하응운은 위기의 시대를 벗어나 자연으로 퇴처한 작가이다. 이는 사대부들이 정치현실과 대비적 관점에서 산수자연을 인식했던 일반론에 의거한 것인 바, 유가적 출처관과 깊숙히 결합되어 있다. 하응운은 여기서 더욱 나아가 주정적 세계관에 입각하여 자호를 습정이라 하고 養靜을 통해 수양에 힘썼다. 사정의 이러함은 앞에서 이미 앞에서 살펴본 바다. 그렇다면 문학작품에 이 같은 모습이 구체적으로 어떻게 나타날까? 그는 부조리한 현실로 인한 답답한 심경, 이것을 해소하기 위하여 문학을 창작하고 산수를 유람한 것으로 보인다. 우선 다음 작품에서 그의 자연에로

---

898) 崔益鉉, 「墓表」(『習靜齋集』 卷3 張2). "公, 素有山水趣, 與鄭明庵栻, 趙无庵埜動, 輒相隨, 飄然有遺世之意."

899) 河啓龍, 「遺事」(『習靜齋集』 卷3 張5). "府君, 素有山水之趣, 於一水一石, 稍淸陰處, 輒徘徊賞玩, 或竟日焉."

의 침잠과 그 이유를 알아보자.

(가) 天下傷心事　천하의 마음 아픈 일은,
人間有別離　인간 세상에 이별이 있는 것이라네.
如何愁作雨　어찌 비 내리는 것을 근심해서,
咫尺惕衝泥　지척의 진흙탕을 두려워하리?
客恨靑山遠　나그네 한에 청산은 멀고,
歸心碧草知　돌아가는 마음을 푸른 풀이 알리라.
方將遊北海　바야흐로 북해의 곤어로 노닐다가,
矯翮學南爲　대붕의 날개 곧추 세워 남쪽으로 나는 것을 배운다네.[900]

(나) 客裏殊涔寂　나그네 길 유별나게 적막하여,
門前斷往還　문 앞에서 돌아감이 끊겼다네.
蘿烟從自敍　담쟁이넝쿨과 안개는 마음대로 자라나고,
竹戶任渠關　대나무문은 시냇가에 닿아 있네.
眼入玄同際　눈길은 차별 없는 경계로 들고,
夢隨白鷺灣　꿈은 백로가 나는 물굽이를 따른다네.
避時今到老　시대를 피해 살다 지금 늙음에 이르렀으니,
轉覺此行艱　이 같은 행보가 어렵다는 것을 알겠네.[901]

하응운은 「雜詠」이라는 제목으로 네 수의 시를 지었는데 위의 작품은 그 가운데 두 수이다. 그는 여기서 일정한 곳에 정착하지 못하는 나그네 의식을 보여주고 있다. (가)의 경련에서 '客恨'이라 한 것이나 (나)의 수련에서 '客裏'라 한 것이 모두 그것이다. 나그네 의식은 그의 작품 도처에 보이는데, 「客中感事」에서 '하늘과 땅 사이의 한 선비, 강호와 바다를 떠

900) 河應運, 『雜詠四首·其一』(『習靜齋集』 卷1 張9)
901) 河應運, 『雜詠四首·其二』(『習靜齋集』 卷1 張9)

도는 백년의 몸'[902]이라고 하거나, 「客中」에서 '홀연히 하늘 가에 있다는 것을 깨달으니, 신세가 참으로 슬프구나.'[903]라고 한 것은 그 대표적이다. 이 같은 나그네 의식은 정치현실과 강호자연이라는 두 갈래의 길 가운데서 갈등하는 자아를 나타낸다. 하응운은 이 갈등 속에서 강호자연을 선택하였던 것이다. 여기서 더욱 나아가 '耽靜', '習靜', '愛靜'을 강조하며 자연 속에서 養靜을 추구하기도 했다. 주정적 세계관이 그 바탕에 있음은 물론이다.

(다) 避時非避世　시대를 피한 것이지 세상을 피한 것은 아니지만,
耽靜似耽禪　靜을 탐하는 것이 禪을 탐하는 것과 비슷하네.
破壁殘燈暗　무너진 벽에 잔등은 어둡고,
空林夜雨懸　텅 빈 숲에 밤비만 내리네.
不妨居寂寞　적막 속에 사는 것을 꺼리지 않고,
無夢到園田　전원으로 돌아갈 꿈도 꾸지 않네.
一逕疎籬外　외길은 성긴 울타리 밖으로 나 있는데,
寒梅破臘姸　한매가 섣달을 지나 곱게 피어 있네.[904]

(라) 久作山中客　오랫동안 산중의 나그네 되어,
居然絶世紛　거연히 세상의 어지러움을 사절했다네.
愛閒仍謝客　한가로움을 즐겨 손님을 사양하고,
習靜或看雲　고요함을 익히며 구름을 보기도 하네.
病自冠巾懶　병이 들어 갓을 쓰는 데 게으르고,
書多披閱謹　책이 많아 열람하기를 부지런히 하네.
呼童收榾柮　아이를 불러 마들가리를 주어오게 하여,
終日對爐燻　온 종일 화로의 따뜻한 기운을 대하고 있다네.[905]

---

902) 河應運, 「客中感事」(『習靜齋集』 卷1 張3), "乾坤一介士, 湖海百年窮."
903) 河應運, 「客中」(『習靜齋集』 卷1 張23), "忽覺在天邊, 身世堪悲訵."
904) 河應運, 『雜詠四首 · 其三』(『習靜齋集』 卷1 張9)
905) 河應運, 『雜詠四首 · 其四』(『習靜齋集』 卷1 張9)

(마) 客居涔寂竹門關　나그네 적막하게 대나무문을 잠그고 살아,
愛靜還如出世間　고요함을 사랑하여 마치 세간을 떠난 것 같네.
東林惠遠時携策　동쪽 숲의 혜원이 때때로 지팡이를 끌고 와서,
來破幽人半日閒　유인을 깨뜨리니 반일이 한가롭네.[906)]

위의 작품에서도 나그네 의식과 출처의식은 두루 나타난다. 나그네 의식은 (라)의 '山中客'이나 (마)의 '客居' 등에서 읽을 수 있다. 이 같은 의식은 모두 현실을 중시하는 유가 지식인이 현실세계에서 자신의 포부를 펴며 활동할 수 없는 상태에서 발생한다. 이 때문에 엄격한 출처논리를 스스로에게 적용시켜 자연으로의 퇴처를 단행하게 되었던 것이다. 하응운은 이것을 '避時'(다), '絶世紛'(라), '出世間'(마) 등으로 표현하였다. 모두가 어지러운 당대를 피해서 살고자 하는 그의 의지를 명확히 제시한 것이라 하겠다.

우리가 여기서 주목하고자 하는 것은 그의 퇴처가 '避世'가 아니라 '避時'라고 한 점이다. 전자가 도가나 불가적 입장에서의 '세상 피하기'라면 후자는 유가적 입장에서의 '시대 피하기'이다. 하응운은 이것을 분명히 하면서 자연을 통한 습정의 논리를 폈다. (라)의 함련에서 제시한 '習靜或看雲'이 바로 그것인데, 자연공간을 습정의 특별한 도구로 활용하고 있다는 것을 여기서 파악하게 된다. '습정'은 (다)의 '耽靜', (마)의 '愛靜'으로 확대되면서 그 수양론적 깊이를 더했다. 그 깊이는 얼핏 보아 불가적 경계를 넘나들기도 했다. (다)의 수련에서처럼 '탐정'을 '耽禪'과 같다고 하거나, (마)의 '애정'을 '出世間'과 같다고 한 것이 그것이다. 이는 물론 세속을 완전히 사절한 상태의 철저한 자기수양을 강조하기 위한 것이며, 습정이 수양론적 완성을 위해 존재한다는 것을 보여주기 위한 것이다.

906) 河應運, 「贈僧」(『習靜齋集』 卷1 張12)

요컨대 하응운에게서 자연은 '습정', 곧 자기수양을 위한 공간이었다. 습정은 '탐정'과 '애정' 등으로 발전하면서 그 깊이를 더했다. 하응운은 정치현실과 강호자연 사이에서 갈등하면서 나그네 의식을 지니고 있었으나, 그 귀결은 자연에 귀의하는 것이었다. 그는 자신의 자연귀의가 '피세'가 아니라 '피시'였음을 힘주어 강조하였는데 이는 불가나 도가적 입장의 '세상 피하기'가 아니라 유가적 입장에서의 '시대 피하기'였음을 명시적으로 보여준 것이다. 여기서 더욱 나아가 우주 만물에 충만해 있는 생기를 느끼게 되고 이것과의 일체감을 통해 합자연의 경계를 이루기도 했다. 여기에 습정의 논리가 적용된 것은 물론이다. 습정을 통해 합일을 이룰 수 있다고 보았기 때문이다.

4.2. 창작공간으로서의 자연

하응운은 자연을 창작공간으로 인식하고 활용하기도 했다. 이는 자연이 자기수양을 거듭하는 습정공간일 뿐만 아니라 창작을 위한 특별한 材料가 되기 때문이다. 그는 자연 속에 펼쳐져 있는 수많은 사물을 詩料, 즉 시적 소재로 인식하고 관련시를 다양하게 창작하였다. 1729년(己酉) 4월에는 鄭栻·趙埜 등과 함께 의상대를 유람한 적이 있었는데,[907] 그 때 같이 유람한 사람들과 이 부분에 대한 진지한 이야기를 나눈다. 당시 이들은 말을 타고 가다가 의령의 窟巖 아래에서 고깃배로 갈아타고 물을 거슬러 오르며 흥취에 젖은 일이 있다. 당시 작시와 함께 주흥 역시 도도하였는데, 이에 대하여 하응운은 '언덕의 지초와 물가의 오리가 詩料 아닌 것이 없었다'[908]고 회고한 바 있다. 이로써 모든 사물이 시적 소재가

907) 鄭栻은 「與史汝義湘臺」(『明庵集』 卷1 張25)에서, "携手三人石逕行, 法天風日十分晴"이라 했다.

908) 河應運, 「遊義湘臺錄」(『習靜齋集』 卷2 張9), "岸芷汀鳧, 無非詩料."

될 수 있음을 보였다. 다음 자료에서는 이 같은 생각을 더욱 진전시켰다.

> 이 날 의상대에서 묵었다. 나는 이틀 동안 산행을 하느라 다리가 저리고 기운이 쇠하여 주지방에 쓰러져서 한 편의 시도 짓지 못하였다. 敬甫와 史汝는 내가 붓을 들지 못하는 것을 다행스럽게 생각하여 운을 다투어 부르며, '汝登에게 알리지 말자. 여등이 만약 일어나면 반드시 煙霞의 빛을 빼앗아 우리들의 詩料가 줄어들게 될 것이다.'고 하였다. 내가 이 말을 듣고 일어나면서, '그대들은 걱정 말라. 내가 보건대 골짜기에 가득한 烟雲은 모두 그대가 아는 것이며, 이미 고개를 넘어오면서 본 風月도 모두 그대가 아는 것이니, 마음 속에서 나로 하여금 무슨 수작을 하려는가? 저 산신령이 또한 그대들에 대하여 본디 아는 것이 있으니 어찌 뒤에 온 생소한 객에게 부림을 받겠는가? 그대들의 시는 특별한 격조가 없다네. 다만 강산의 도움을 빌려 잠깐 그 光焰을 붓끝에 빌릴 뿐 어찌 그대의 가슴 속에 원래 이것이 있겠는가?'라고 하였다.[909]

위는 의상대에서 묵으면서 일어났던 일을 적은 것이다. 하응운은 의상대에 먼저 올랐는데 뒤에 따라온 정식과 조야가 방장에 누워있는 하응운을 배제하고 다투어 시를 지었다. 시료를 빼앗길까 염려해서였다. 이를 안 하응운은 이들을 나무라며 흉중에 터득한 특별한 시적 재능이 있어야 비로소 자연의 본질을 작품에 담을 수 있지 그렇지 않으면 자연의 외양만을 붓끝으로 빌릴 뿐이라 했다. 이것은 작품의 격조는 바로 자연과의

---

909) 河應運, 「遊義湘臺錄」(『習靜齋集』 卷2 張12-13), "是日, 宿于義湘臺, 余山行兩日, 脚痿氣病, 頹頓方丈, 不做一篇詩. 敬甫·史汝, 幸余噤筆, 拈韻爭唱曰, 無使汝登知也. 汝登若起, 則必奪我烟霞色, 吾輩詩料減矣. 余聞言卽起曰, 君輩無憂也. 吾觀滿壑烟雲, 皆子知, 已度嶺風月, 皆子知, 心欲使我將何所酬酢耶? 彼山靈, 亦於君有素, 其肯受役於後來之生客耶? 君於詩, 非有別樣格也, 徒假借江山之助, 乍被其光焰於毫端耳, 豈君之胸中, 素有是哉?"

진지한 교감 속에서 완성된다는 것이다. 그 교감은 마음속으로 시를 제대로 이해하고 있어야 가능한 것임을 강조한 것이라 하겠다.

문학을 창작함에 있어 자연과의 진지한 교감이 필요하다고 생각한 하응운은 자연을 문학창작의 특별한 공간으로 생각하지 않을 수 없었다. 눈앞에 펼쳐진 滿壑煙雲이 모두 자신의 마음속에 내재한 시적 재능과 교감하면서 작품으로 탄생되는 것이니, 산신령은 자연의 본질을 이해하지 못하는 사람에게는 강산의 외양만 줄 뿐이라고 했다. 이처럼 문학과 자연의 관계에 특히 주목했던 하응운이었기 때문에, 자연 속에서 벗들과 시에 관한 담론을 적극적으로 나눌 수 있었고, 술을 통해 시흥을 더욱 북돋울 수 있었다. 다음 작품을 중심으로 이 점에 대하여 검토해 보자.

(가) 絶壑韶華晩　깊은 계곡의 늦은 봄빛,
他鄕歲月遷　타향에서 보내는 세월.
從來爲客久　예전부터 오랜 나그네 되어,
何去不愁纏　어디를 간들 근심으로 얽히지 않으리?
碧水殘霜外　푸른 물은 남은 서리 밖에 있고,
靑山暮雨前　청산은 저물녘 내리는 비 앞에 있구나.
癯仙時解榻　여윈 신선 때때로 걸상을 내려놓고,
詩話亦因緣　시 이야기로 또한 인연을 맺는다네.[910]

(나) 窮巷深深竹影移　궁벽한 거리 깊은데 대나무 그림자 옮기고,
一年爲客病相欺　일 년 동안 나그네 되니 병이 서로 속이네.
今日逢君君似我　오늘 그대를 만나니 그대는 나와 같아,
不妨終夕對論詩　밤늦도록 대하여 시를 이야기함이 싫지 않다네.[911]

910) 河應運, 「詠懷」(『習靜齋集』 卷1 張15)
911) 河應運, 「客至二首 · 其二」(『習靜齋集』 卷1 張16)

위의 작품에서 (가)의 '벽수'와 '청산', (나)의 '궁항'과 '죽영' 등은 모두 작가가 현재 자연 속에 생활하고 있음을 보인 것이다. 그는 현재 그 자연 속에서 어떤 이와 시에 대해 담론하고 있다. 자연이 문학의 창작공간으로서 기능하기 때문에 이것은 지극히 자연스런 것이라 하겠다. 시를 함께 이야기하는 사람은 하응운의 시심을 잘 이해하는 사람임이 분명하다. 이 때문에 (가)에서는 陳蕃과 徐穉 사이에 있었던 '해탑'의 고사를 인용하면서[912] 시를 이야기한다고 했고, (나)에서는 객과 함께 밤늦도록 論詩한다고 했다. 우리는 여기서 자연과 시, 그리고 작가가 어떤 함수관계를 가지면서 흥취의 세계로 몰입하고 있음을 관찰한다. 이 같은 시적 흥취는 술이 동반되면서 더욱 증폭된다. 다음 작품을 보자.

(다)	二十年前此往來	이십년 전에 왕래한 이 곳,
	槐花黃落幾經回	회화나무 꽃 누렇게 떨어지는 것 몇 번이나 보았던가?
	猶記當時行樂處	오히려 당시의 노닐던 곳을 생각하며,
	故人詩酒共登臺	옛 친구와 시 짓고 술 마시며 함께 대에 올랐네.[913]

(라)	他鄕爲客病支離	타향에서 나그네 되어 병은 지리한데,
	此日衡門爲子開	오늘 잠긴 문을 그대 위해 열었다네.
	莫說當筵詩興薄	자리에 앉아 시흥이 엷다고 말하지 말게,
	已敎諸婦覓深盃	이미 며느리에게 깊은 술잔을 찾아오라 하였다네.[914]

912) 후한시대 陳蕃이 豫章太守로 있을 때 특별히 탑상 하나를 마련해 놓고는, 徐穉가 찾아올 때만 반갑게 맞으면서 내려놓았다가 그가 돌아가면 다시 올려놓고는 아무에게도 내려 주지 않았던 고사를 말한다.

913) 河應運, 「塔臺」(『習靜齋集』 卷1 張15)

914) 河應運, 「客至二首・其二」(『習靜齋集』 卷1 張16)

두 작품 모두 자연과 사람, 시와 술이 상호 어울려 흥취의 세계를 만들고 있다. (가)에서처럼 오랜만에 만난 친구와 대에 올라 시 짓고 술 마신 것이나 (다)에서처럼 술을 통해 시흥을 북돋운 것이 모두 그것이다. 이것이 자연 속에서 이루어진다는 측면에서 자연을 특별한 작품창작의 공간으로 인식했음을 알 수 있다. 사정이 이러하므로 그는 세상의 모든 시비에 입을 닫고 作詩와 飮酒로 늙어가고자 했다.[915] 이로써 시비가 난무하는 현실세계를 벗어나 자연 속에서 詩酒로 생활하고자 하는 작가의 뜻을 곡진히 폈다고 하겠다. 이 역시 자연을 창작의 공간으로 인식한 결과에 다름 아니다.

이상과 같이 자연은 하응운에게서 창작의 공간이기도 했다. 우주의 만물이 모두 시적 소재가 된다고 생각했던 그는 문학과 관련하여 자연에 대한 특별한 생각을 갖고 있었다. 즉 자연의 본질을 제대로 이해하는 사람만이 그에 합당한 시를 창작할 수 있다고 본 것인데, 그렇지 않으면 작가가 붓끝으로 자연의 빛을 잠시 빌릴 뿐이라는 생각이 그것이다. 그리고 자연 속에서 사람은 詩話를 나누고, 酒興를 통해 시흥은 더욱 증폭된다고 생각했다. 하응운은 여기서 시창작의 적극성을 보이기도 한다. '봄 근심 바야흐로 蕩逸한데 반드시 시 읊조리는 것을 경계할 필요가 없다'[916]고 한 발언이 그것이다. 이로써 우리는 하응운 문학에 있어 자연이 문학창작 공간으로서 수행하는 역할을 이해하게 된다.

4.3. 생활공간으로서의 자연

하응운이 자연을 습정공간이나 창작공간으로 인식하기도 했지만, 그

915) 하응운은 「贈史汝」(『習靜齋集』 卷1 張7)에서 "詩酒吾將老, 是非已全啞"라고 했다.
916) 河應運, 「得遲字韻二首・其一」(『習靜齋集』 卷1 張15), "春愁方蕩漾, 不必戒吟詩."

스스로가 자연 속에서 삶을 영위한 선비였으므로 자연을 생활공간으로 인식하고 작품화하기도 했다. 이 때문에 그의 작품에는 선비의 일상생활 속에 있을 수 있는 다양한 일들, 예컨대 독서·여행·제사·접빈·죽음·만남 등과 관련한 일들이 소재로 자주 등장한다. 산 속에서의 삶을 포괄적으로 그린 작품도 있지만 주위의 사람들과 시를 주고받으며 일상생활을 표현한 작품이 많다. 이는 하응운이 선비로서의 자기생활을 지켜가면서도 이웃에 대한 관심을 문학적으로 형상화한 것이라 하겠다.

하응운이 산 속에 살았으므로 그의 작품집을 보면 산과 생활이 밀착되어 있는 제목이 많다는 것을 바로 발견할 수 있다. 「山居」, 「山居觀獵」, 「山行」, 「登山」, 「遊山」 등 허다한 작품이 그것이다. 산 속에서 사는 일상의 즐거움을 맑은 필치로 드러내는가 하면, 주위의 산을 오르면서 느낀 정감의 세계를 수양론과 결부시켜 형상화하기도 했다. 산 속의 일상적 삶을 구체적으로 드러내기도 하고 포괄적으로 드러내기도 했는데, 이 가운데 가장 포괄적으로 표현한 작품은 「산거」라는 제명 하에 쓰인 세 수의 시이다. 이 가운데 둘을 들어보자.

(가) 屋下淸溪屋後山　집 아래는 맑은 개울 집 뒤에는 산,
洞門深鎖石爲關　골짜기의 문은 깊이 잠기고 돌은 빗장이 되었네.
桃花流水依然在　물 위에 뜬 복사꽃 의연히 있으니,
莫遣春紅出世間　봄꽃으로 하여금 세간을 나서지 말게 하라.917)

(나) 地僻無塵客　땅이 후미져 세속의 객은 오지 않아,
柴扉晝不開　사립문을 낮인데도 열지 않는다네.
不敎兒灑掃　아이에게 물 뿌려 쓸게 하지 않는 것은,
恐破錦紋苔　비단 무늬의 이끼를 깨뜨릴까 두려워서라네.918)

917) 河應運, 「山居」(『習靜齋集』 卷1 張12)
918) 河應運, 「山居二首·其一」(『習靜齋集』, 卷1 張14)

위의 작품을 통해 우리는 산 속에서의 하응운이 어떠한 삶을 누리고 있는가 하는 것을 바로 알 수 있다. 앞의 작품에는 궁벽한 곳이지만 배산임수의 입지조건을 갖추고 있는 그의 집을 소개하면서 작품은 시작된다. 동구가 석문으로 닫혀 있고 복사꽃이 물을 따라 흐르고 있으므로, 그는 여기서 자신이 사는 곳을 무릉도원이라 생각한다. 결구에서 보는 것처럼 세속 사람들에게 알리고 싶지 않다고 하면서 자신의 산 속 생활에 대하여 만족감을 보인다. 이 같은 시상은 뒤의 작품에서도 그대로 이어진다. 여기서 그는 속인들이 찾아오지 않아 사립을 열 필요가 없고, 비단 무늬 이끼를 사랑하여 아이에게 마당을 쓸게 하지도 않는다고 했다. 하응운의 산 속 생활은 이처럼 고요하고 정갈한 것이었다.

선비의 산 속 생활 가운데 대표적인 것은 책읽기와 글쓰기, 그리고 글씨 쓰기일 것이다. 앞에서 이미 언급한 바 있듯이 하응운은 『소학』과 『주역』 등의 교과서류와 『격몽요결』과 『퇴계집』 등 동국제현의 문집을 두루 읽었다. 그리고 견문을 넓히기 위하여 연행록을 읽기도 하고 고금의 인물을 두루 알기 위하여 역사서를 읽기도 했다. 이 과정에서 「讀退溪先生文集」·「題燕行錄四首」·「張子房」·「諸葛孔明」·「韓退之」 등의 작품을 남긴다. 글쓰기는 『습정재집』에 보이는 다양한 문체의 글을 통해 확인할 수 있고, 글씨 쓰기는 朱熹(晦庵, 1130-1200)와 韓濩(石峯, 1543-1605)의 서체에 대하여 특별한 관심을 가진 데서 알 수 있다. 주희의 글씨에는 비평을 겸한 찬양의 시를 짓기도 하고, 한호의 글씨를 따라 쓰면서 자신의 것으로 만들기 위하여 노력하였다. 다음은 주희의 글씨를 보고 지은 작품이다.

而余生苦晩　내가 너무 늦게 태어나,
深恨未同時　시대를 같이하지 못한 것이 깊이 한스럽네.

蒼古先生筆　창고한 선생의 필법,
分明後學師　분명히 후학의 스승이 되네.919)

하응운은 여기서 너무 늦게 태어나 주희와 시대를 같이 하지 못한 것에 대하여 안타까워하고 있다. 그러나 그의 글씨를 '蒼古'로 비평하면서 후학에게 커다란 가르침을 주는 스승이라 했다. '창고'는 '奇崛'과 병칭되는 서체에 대한 평어로 예스러우면서도 강건한 필치를 의미한다. 따라서 하응운 자신이 '창고'한 글씨를 본받고 싶었던 것을 알 수 있는데, 이것은 결구에서 주희의 글씨가 후학에게 스승이 된다는 말에서 분명히 확인된다. 한호의 글씨를 좋아한 것도 그 연장선상에서 이해할 수 있다. 하계룡의 증언에 의하면, '부군께서는 어릴 때부터 韓石峯의 글자체를 익혀 遒勁奇健하였는데 늙음에 이르러 더욱 공교하였다.'920)고 전한다. 이는 현재 남아 있는 그의 필적을 통해 충분히 확인할 수 있는 바다.921)

하응운이 자연을 생활공간으로 인식하고 이를 작품으로 형상화한 것은 다양하지만 그 가운데서도 여행관련 작품은 대표적이다. 산수를 유람하고 거기서 발생한 흥감의 세계를 그리는 것은 사대부 작가들에게서 있어 보편적인 것이다. 그러나 하응운의 경우 여행과정에서 창작한 작품이 그의 작품세계 안에서 가장 큰 비중을 차지하는 것으로 보아 그의 작품세계에 있어 이 부분은 특기할 만하다. 육로와 수로를 통해 여행을 하면서, 때로는 산을 오르기도 하고 때로는 누정을 오르기도 하면서 시를 지었다. 그리고 마을을 지나거나 머물면서 보고 느낀 바를 작품으로 형상화하기도 했다. 이 가운데 함안의 여항산 의상대 유람은 대표적이다. 이때 산문

---

919) 河應運, 「敬題朱子筆帖」(『習靜齋集』 卷1 張3)
920) 河啓龍, 「遺事」(『習靜齋集』 卷3 張5), "府君, 幼時學習韓石峯字體, 遒勁奇健, 到老益工."
921) 『선비가의 묵향』, 한국정신문화연구원 장서각, 2004. 114쪽 참조.

으로는 「유의상대록」을, 운문으로는 「與鄭敬甫趙史汝遊義湘臺諸作」 7제 9수[922]를 남긴다. 다음은 운문 가운데 두 수다.

(다) 江上幽花滿目斑　강가의 그윽한 꽃 눈 가득 빛나는데,
一樽相對小巖間　한 동이 술을 작은 바위 사이에서 서로 대하네.
閒情酒興誰相似　한가로운 정과 주흥은 누구와 서로 같은고?
惟見沙邊白鳥還　오직 보이는 것은 모랫가로 돌아오는 흰 새라네.[923]

(라) 穿林渡石路紆縈　숲을 지나고 돌을 너머 길을 휘휘 감돌아,
百丈巖頭畵閣明　백 길 바위 머리에 단청한 누각이 밝구나.
半夜雲窓淸磬發　한 밤 구름 나는 창가로 맑은 풍경소리 울리니,
十年塵土夢初醒　십 년 묵은 진토가 첫 꿈에 깨이네.[924]

의상대가 함안의 여항산 꼭대기에 원효암과 함께 있음을 하응운은 밝히고 있다. 이때 말을 타고 가다가 의령 굴암에서는 배로 바꾸어 타고 鄭栻과 聯句를 짓기도 하고 즉흥시를 쓰기도 한다. (다)는 당시에 쓴 즉흥시 가운데 한 수다. 하응운은 여기서 배를 타고 가면서 가진 주흥을 마음껏 노래하고 있다. 그리고 養豪亭, 鄭星卿家, 濂滄江, 韓夢參遊覽處, 深源寺, 元曉庵 등을 거쳐 드디어 목적지인 의상대에 도달했다. 당시 하응운 일행은 의상대에서 묵게 되는데, (라)는 의상대에 오른 당시의 감격과 함께 한밤에 들리는 풍경소리를 통해 맑아지는 마음을 표현한 것이다.

하응운의 여행은 전방위적으로 이루어졌다. 산은 여항산뿐만 아니라 월악산에도 올라 당시의 감흥을 노래했다.[925] 그리고 新基·玉洞·大谷

922) 아홉 수는 정식과의 聯句로 지은 「泛舟窟巖聯句」, 7언절구 「舟中卽題二首」·「登養豪亭二首」·「過濂滄江題壺送許汝集索酒」·「登義湘臺」, 5언고시 「贈敬甫」·「贈史汝」 등이다.
923) 河應運, 「與鄭敬甫趙史汝遊義湘臺諸作·舟中卽題」(『習靜齋集』 卷1 張3)
924) 河應運, 「與鄭敬甫趙史汝遊義湘臺諸作·登義湘臺」(『習靜齋集』 卷1 張3)

등의 마을에 유숙하면서 가진 특별한 느낌을 작품[926]에 담았고, 또한 消憂亭·養豪亭·霞鶩堂·月波亭·涵碧樓·枕溪堂·惠山亭 등을 올라 관련 작품[927]을 남긴다. 이뿐만 아니다. 어떤 때는 「過沃野遇疾風」이나 「江陽道中二首」에서처럼 길을 가다가, 「馬上記所見」과 같이 말 위에서, 「渡蔚津風波甚急」과 같이 나루를 건너며 지은 것도 있다. 모두 여행 과정에서 창작한 것이다. 우리는 여기서 여행이 하응운의 일상에서 얼마나 중요한 것이었던가 하는 것을 알게 된다.

하응운이 산림 속으로 퇴처하였으니 자연은 그의 생활을 위한 일상공간이기도 했다. 그의 작품 가운데 '산'이 유독 많은 소재로 등장하는 것도 모두 이 때문이다. 이처럼 자연이 생활공간이었으므로, 사대부의 일상인 책 읽기나 글씨 쓰기, 여행이나 손님 맞기와 관련한 작품들이 그의 작품세계에는 다량 내장되어 있다. 책을 읽으면서 역사적 인물에 대하여 시로 형상화하고, 주희의 필첩을 보고 느낀바 있어 시를 짓기도 했다. 그리고 무엇보다 여행은 그에게 있어 중요한 일상사였으므로 여항산 의상대나 월악산 청련암 등 인근의 산과 암자, 혹은 누정을 찾아 작품화한다. 그에게 있어 생활은 모든 것이 시료 아님이 없었던 것이다.

5. 맺음말

본 연구는 河應運(習靜齋, 1676-1736)의 세계관에 주정주의가 내포되어

925) 河應運, 「遊月嶽題靑蓮庵」(『習靜齋集』 卷1 張13)
926) 河應運 『習靜齋集』 卷1의 「留新基」(張14), 「留玉洞三首」(張17), 「留大谷七首」(張18-19).
927) 河應運 『習靜齋集』 卷1의 「登消憂亭賦」(張2-3), 「登月波亭」(張4), 「登養豪亭二首」(張3), 「登霞鶩堂」(張8), 「上涵碧樓」(張10), 「題梨谷枕溪堂」(張17), 「惠山亭次權載重韻」(張14).

있다고 보고, 이와 관련한 문학적 형상을 따진 것이다. 이를 위하여 우선 그의 가학적 전통과 시대인식을 살펴볼 필요가 있었다. 문학작품이 그것을 둘러싸고 있는 환경에 직·간접적 영향을 받을 수밖에 없다고 보기 때문이다. 하응운은 선대로부터 조식 학통을 이어받았으나 노론으로 정립한 학자다. 그의 시대에 와서 명실상부한 진주지역 노론 명문가로 발전하게 된다. 이 같은 처지에서 노론과 소론 사이에 있었던 신임옥사를 거치면서 퇴처를 단행한다. 철저한 유가적 출처의식에 기반한 것이었다.

하응운은 당대를 위기의 시대로 판단하고 산림 속으로 물러나 주정적 세계관을 정비한다. 이는 주돈이 이래 성리학자들이 聖學을 터득하기 위하여 치열하게 구축해갔던 세계관이다. 그 역시 이 주정적 세계관에 입각하여 자신의 호를 '습정'이라 하였고, 이를 통해 안으로는 通明을, 밖으로 公溥를 획득하고자 했다. 이 같은 세계관에 기반하여 문학창작을 하였으며, 당대인으로부터 '文苑의 詞宗'이라 칭송을 받기도 했다. 그의 문학은 時文과 일정한 거리를 유지하며 '淸越奇健'하고 '往往逼古'했다는 평가 받았다. 이를 통해 우리는 그의 문학적 경향을 대체로 파악하게 된다.

주정적 세계관에 기반하여 작품을 창작했던 하응운은 자연을 '습정'의 공간으로 인식하기도 하고, 창작의 공간으로 인식하기도 하였으며, 또한 생활공간으로 인식하기도 했다. 습정공간으로서의 자연은 그의 문학이 유가적 수양론과 밀착되어 있다는 것을 의미한다. 창작공간으로서의 자연은 起興의 대상이 되어 하응운으로 하여금 다른 사람들과 시화를 나누고 주흥을 이끌어내어 작품을 창작케 하는 구실을 하였다. 그리고 생활공간으로서의 자연은 책읽기나 글쓰기 등 선비의 일상사를 추구할 수 있게 하는 존재였으며, 특히 여행은 자연을 작품화 함에 있어 가장 중요한 역할을 담당하였다.

이상과 같은 논의로 하응운의 문학세계를 모두 말했다고 하기 어렵다.

즉 논의하며 풀어 가야할 문제들이 아직도 많이 남아 있다는 것이다. 이는 본 논의가 지니고 있는 한계이면서 동시에 앞으로 우리가 풀어가야 할 문제이다. 남은 문제로는, 우선 하응운의 산문에 대한 본격적인 연구를 들 수 있다. 우리의 논의가 주로 자연을 형상화한 한시문학을 중심으로 따진 데서 오는 필연적인 귀결이다. 몇 통의 편지글을 통해 그의 교육관 등도 살펴볼 수 있겠지만, 하응운은 「遊義湘臺錄」을 지어 여항산에 있는 의상대를 일정기간 유람하고 이에 대한 구체적인 작품을 남긴다. 이를 중심에 두고 한시작품을 원용하는 본격논의가 필요하다.

다음으로 그의 현실인식에 따른 작품의 경향과 그 의미에 대한 검토이다. 본고에서도 살펴 본 것처럼 하응운은 당대를 '危'로 판단하고 있었다. 그는 이 때문에 유가적 출처관에 입각하여 산림 속으로 퇴처하였고 습정의 논리로 자기 수양을 거듭해 갔다. 여기서 하나의 의문이 생기지 않을 수 없다. 그 스스로 산림 속으로 퇴처한 자신의 행보가 '避世'가 아니라 '避時'라고 했던 하응운이었으나, 그의 작품에는 자연을 중심으로 한 선비의 일상이 정갈하게 드러날 뿐 당대 선비들의 습속을 비판하고 세도를 匡正해보려는 현실주의적 자세는 약화되어 있다는 것이다. 그러니까 시대인식과 문학작품 사이에 생기는 괴리를 설명할 수 있어야 한다는 것이다.

하응운의 6대손 하계룡이 전하는 말에 의하면 하응운이 당대의 백성에 특별한 관심을 갖고 있었다고 한다. 특히 賦稅와 徭役에 대한 비판이 신랄하였다며, '옛날의 부세가 백이었다면 오늘날은 천이고, 옛날의 요역이 천이었다면 오늘날은 만이다. 땅을 개간할 수가 없고 백성들은 이미 곤핍하다'[928]면서 깊이 탄식했다고 한다. 이로 본다면 하응운은 爲民意識에 입각하여 당대 백성들의 곤고한 삶에 대하여 지대한 관심을 가졌을

928) 河啓龍, 「遺事」(『習靜齋集』 卷3 張6), "府君歎曰, 昔之賦百, 而今則千矣. 昔之徭千, 而今則萬矣. 地不加闢, 而民已困矣."

것이고, 문학작품 역시 이 같은 의식과 일정한 함수관계를 지니고 있어야 할 것이다. 그러나 지금 남아 있는 작품집에는 이 방향에서의 창작이 지극히 소략하다. 자료의 일실에 의한 것일 수도 있으나 현재로서는 선불리 판단하기 어렵다.

제 4 부 사림파의 사물관과 남명학파 문학의 구조